SCIENCE FICTION

Herausgegeben
von Wolfgang Jeschke

JOHN CROWLEY

MASCHINENSOMMER

Drei phantastische Romane

Sonderausgabe in einem Band

WILHELM HEYNE VERLAG
MÜNCHEN

HEYNE SCIENCE FICTION & FANTASY
Band 06/4182

Illustrierte Sonderausgabe der Bände

In der Tiefe
(IN THE DEEP)
Deutsche Übersetzung von Irene Holicki
Illustriert von Hubert Schweizer
(HEYNE BUCH Nr. 06/3821)

Geschöpfe
(BEASTS)
Deutsche Übersetzung von Hans Maeter
Illustriert von J. Nilsson
(HEYNE BUCH Nr. 06/3684)

Maschinensommer
(ENGINE SUMMER)
Deutsche Übersetzung von Irene Holicki
Illustriert von Ursula Olga Rinne
(HEYNE BUCH Nr. 06/3932)

Das Umschlagbild schuf Klaus Holitzka

Redaktion: Wolfgang Jeschke

Printed in Germany 1985
Umschlaggestaltung: Atelier Ingrid Schütz, München
Satz: Schaber, Wels
Druck und Bindung: Elsnerdruck GmbH, Berlin

ISBN 3-453-31162-0

Der erste Roman

IN DER TIEFE

In memoriam J.B.C.

Kannst du den Leviathan fangen mit der Angel und seine Zunge mit einer Fangschnur fassen?
Kannst du ihm ein Binsenseil an die Nase legen und mit einem Haken ihm die Backen durchbohren?
Meinst du, er wird dich lang um Gnade bitten oder dir süße Worte geben?
Meinst du, er wird einen Bund mit dir schließen, daß du ihn für immer zum Knecht bekommst?
Kannst du mit ihm spielen wie mit einem Vogel oder ihn für deine Mädchen anbinden?
Meinst du, die Zunftgenossen werden um ihn feilschen und die Händler ihn verteilen?
Kannst du mit Spießen spicken seine Haut und mit Fischerhaken seinen Kopf?
Lege deine Hand an ihn! An *den* Kampf wirst du denken und es nicht wieder tun!

Hiob

DIE PERSONEN

Alle Personen in diesem Buch sind frei erfunden, und jede Ähnlichkeit mit lebenden oder verstorbenen Personen ist rein zufällig.

Hauptpersonen:

Die Schwarzen:

König Klein Schwarz
Die Königin, seine Frau
Schwarz Harrah, der Liebhaber der Königin
Jung Harrah, dessen Sohn
Ein Bastard von Farin dem Schwarzen

Die Roten:

Rot Senlin
Rot Senlins Sohn (der spätere König)
Sennrot, Rot Senlins jüngerer Sohn
Rothand
Alt Rothand, dessen Vater
Junior Rothand, dessen Bruder
Caredd, dessen Frau
Mutter Caredd
Fauconrot

Die Gerechten:

Nyamé, deren Name Nod heißt
Das Weder-Noch
Adar

Die Grauen

Mariadn, die Richterin

Rothand der Gelehrte, Rothands Bruder, der spätere Richter

Endweiber, Ser und Norin

Und ein Namenloser von Anderswo, der abwechselnd
Besucher,
Sekretär und
Berichterstatter genannt wird.

Der Besucher

1

Nach dem Gefecht fanden ihn zwei Endweiber in der Dunkelheit neben dem großen, silbernen Ei liegen. Sie brauchten nicht lange, um zu entdecken, daß er weder ein Mann noch ein Weib war; etwas länger dauerte es, bis sie sich darüber klar wurden, ob er noch lebte oder tot war. Er lebt, sagte die eine; die andere war nicht sicher, wie lange noch; auf alle Fälle hoben sie ihn auf ihre primitive Bahre und trugen ihn beinahe eine Meile weit dorthin, wo eine Woche vorher, als der Kampf begonnen hatte, eine ihrer Stationen errichtet worden war; dort legten sie ihn nieder.

Sie hatten ihn zusammenflicken wollen, so gut sie es mit ihren Mitteln konnten, aber als sie an die Arbeit gingen, erkannten sie, daß ihm mehr als das Geschlecht fehlte. Teile von ihm schienen nicht aus Menschenfleisch zu bestehen, und das Blut, das aus der Wunde an seinem Hinterkopf sikkerte, schien zähflüssig wie Öl. Als die ältere der beiden ein wenig davon auf einer Glasplatte auffing und sie nahe an das Lampenlicht hielt, stockte ihr der Atem: Es lebte – es wirbelte unaufhörlich in winzigen Schlieren, wie Öl in Alkohol, aber feiner, blau in rot. Sie zeigte es ihrer Schwester. Da setzten sie sich, sahen verunsichert die Gestalt auf dem Strohlager an; totenbleich war sie im Lampenlicht, und völlig unbehaart. Sie hatten keine Angst: Sie hatten schon zu viel Entsetzliches gesehen, um noch etwas zu fürchten. Aber sie waren unsicher.

Die ganze Nacht beobachteten sie ihn im Lampenlicht. Als die Dämmerung nahte, begann er sich leicht zu bewegen, Laute von sich zu geben. Dann kamen Krämpfe, heftig, obwohl er keine Schmerzen zu haben schien – es war, als würde er wie eine Marionette an Fäden gezogen. Sie betteten seinen weißen, verletzten Kopf auf ein Kissen; die eine hielt seine um sich schlagenden Arme fest, während die andere einen Beruhigungstrank bereitete. Als sie ihn jedoch fertig hatte, hielten sie inne, sahen sich an, wußten nicht, welche Wirkung dieses Mittel, dem sie am meisten von all ihren Geheimnissen vertrauten, haben würde. Schließlich zuckte die eine die Achseln, die andere schürzte die Lippen, und sie zwängten ihm ein wenig der Flüssigkeit zwischen die festgeschlossenen Zähne.

Nun, soweit war er doch ein Mensch; Minuten später lag er ruhig und atmete regelmäßig. Sie untersuchten, behutsam und beinahe mit Widerwillen, die Wunde an seinem Kopf; sie hatte schon begonnen sich zusammenzuziehen und blutete nicht mehr. Sie kamen überein, daß sie wenig mehr tun könnten als warten. Sie beugten sich einen Augenblick lang über ihn; dann machte die ältere ein Zeichen, und sie traten aus der Hütte aus Rasenstücken, die ihre Station war, in die fortschreitende Dämmerung hinaus.

Die weite, graue Heide, auf der sie gingen, wurde das ›Trommelfell‹ genannt. Ihre Schritte verursachten kein Geräusch darauf, aber wenn die Pferdeherden, die hier weideten, schnell galoppierten, oder wenn ihre Reiter sie schnell galoppieren ließen, füllte sich die Luft mit einem langgezogenen Summen, einem entfernten Donnergrollen, ähnlich einem Summen, das man nach ›einwärts‹ hören konnte bis zu dem wogenden Ackerland, genannt die ›Hügel‹, und nach ›außenwärts‹ bis zu den kahlen Steinhaufen der Trommelkante, Außenposten wie dem ›Alten Wächter‹, den sie sehen konnten, wenn die Straße den höchsten Punkt einer Steigung erreichte, eine undeutliche Narbe am flachen Horizont, weit entfernt.

Sie konnten diesen Donner schwach hören, als sie am höchsten Punkt der Steigung standen, ihre braunen Röcke flatterten im Wind. Sie blickten hinunter auf die graue, grasbewachsene Ebene, auf der letzte Nacht der Kampf stattgefunden hatte; es war eine breite Senke im Trommelfell, das überall solche taschenähnlichen Verstecke aufwies.

11.80

Diese Tasche enthielt jetzt vier tote Männer oder Frauen, die Spaten, die die Endweiber zum Begräbnis verwendet hatten, und ein Ei aus mattem Silber, mannshoch und scheinbar massiv.

»Was ist«, sagte da die Jüngere, »wenn außer uns niemand von ihm weiß?«

»Wir müssen seinen Kameraden, wer das auch sein mag, sagen, daß er bei uns ist. So ist es der Brauch. Wir müssen den Kameraden jedes Überlebenden mitteilen, daß er lebt. Und nur seinen Kameraden.«

»Und woher sollen wir wissen, welche – wenn überhaupt – von beiden Seiten seine Kameraden waren? Ich glaube, er gehörte zu keiner Seite.«

Die Ältere dachte nach.

»Vielleicht«, sagte die Jüngere, »sollten wir es beiden sagen.«

»Dann würde wahrscheinlich eine Seite einen Vorteil erringen und die andere wahrscheinlich nicht. Der Schutzherr Rothand ließe ihn vielleicht festnehmen, und die Gerechten wären im Nachteil. Die Gerechten könnten ihn töten, dann wäre der Schutzherr im Nachteil. Schlimmer noch: Es könnte seinetwegen ein Kampf ausbrechen, den dann wir verursacht hätten.«

»Nun ...«

»So etwas ist schon vorgekommen, daß Endweiber, die nicht aufgepaßt haben, welche Seite vielleicht einen Vorteil erringen könnte, den Tod von Menschen verursacht haben. Es ist schon vorgekommen. Zu unserer Schande.«

Die andere schwieg. Sie blickte hinauf, wo der Morgenstern ruhig leuchtete. Das Heim der Ungeborenen, so wie der Abendstern die Heimat der Toten war.

»Vielleicht übersteht er diesen Tag nicht«, sagte sie.

Sie nannten ihn den ›Besucher‹. Seine seltsame Wunde heilte schnell, aber die beiden Schwestern waren der Meinung, daß sein Gehirn beschädigt sein mußte. Er sprach selten, und wenn er es tat, dann in seltsamen, sinnlosen Silben. Er hörte aufmerksam auf alles, was man zu ihm sagte, verstand aber nichts. Er schien weder überrascht noch ungeduldig, noch dankbar für seine Lage; er aß, wenn sie ihm zu essen gaben, und schlief, wenn sie schliefen.

Die Woche war ruhig gewesen. Nach der Schlacht, in die der Besucher hineingeraten war, kehrten die Gerechten ins Nirgendwo zurück, wohin sie verschwinden konnten, und die Männer des Schutzherrn kehrten zu den Bauernhöfen und den Pferdesammelstellen zurück, zu neuen Schlachten im Namen des Schutzherrn. Seit einigen Tagen war außer einigen Torfstechern aus den Hügeln niemand mehr vorbeigekommen.

Gegen Ende eines kalten, klaren Tages wanderte die ältere der Endweiber, Ser, in Kreisen langsam quer über das Trommelfell heimwärts. In ihrem großen Korb hatte sie etwa zehn Schachteln und Töpfe, und immer wieder kniete sie nieder, wenn ihr schweifendes Auge in dem Gewirr von grauem Gras ein Heilkraut oder einen Schößling erblickte: sie pflückte die Pflanze, zerquetschte sie, roch daran und wählte dann mit geschürzten Lippen einen Topf dafür aus. Als es zu dunkel wurde, um noch etwas sehen zu können, war sie beinahe zu Hause; gelbes Lampenlicht strömte aus der offenen Tür. Sie reckte ihren steifen Rücken und sah, daß die Sterne und Planeten schon leuchteten; sie flüsterte ein Gebet und bedeckte ihre Töpfe zum Schutz vor dem Abendstern, nur für alle Fälle.

Als sie durch die Tür trat, blieb sie mitten in einem »Nun ...« stehen, verstummte, zog die Tür zu und schlich sich zu einem Stuhl. Der Besucher redete.

Das jüngere Endweib, Norin, saß gebannt vor ihm und wandte sich nicht um, als ihre Schwester eintrat. Der Besucher saß reglos auf dem Bett und brachte mühsam ein Wort nach dem anderen hervor, als müsse er jedes einzeln auswählen. Aber er redete.

»Ich erinnere mich«, sagte er gerade, »an den Himmel. Dieses – Ei, wie ihr es nennt. Ich saß darin. Und. Getrennt. Von meiner Heimat. Dann, Absturz. In dem Ei. Hierher.«

»Deine Heimat«, sagte Norin. »Dieser Stern.«

»Du sagst, ein Stern«, sagte der Besucher ausdruckslos.

»Ich glaube, es kann kein Stern gewesen sein. Ich weiß nicht, wieso ich das weiß, aber, ich weiß es.«

»Aber er umkreiste doch die Welt. Am Abend stieg er aus der Schlucht. Und wanderte nach oben. Am Morgen sank er wieder in die Schlucht.«

»Ja.«

»Wie lange?«

»Ich weiß es nicht. Ich wurde dort gemacht.«

»Es gab dort noch andere. Deine Eltern.«

»Nein. Nur mich. Der Ort war nicht viel größer als das Ei.«

Er saß mit ausdruckslosem Gesicht auf der Bettkante, die langen, bleichen Hände auf den Knien. Er sah aus wie eine Statue. Norin wandte sich mit glänzenden Augen an ihre Schwester.

»Ist er nun verrückt?« sagte Ser. Das Gesicht ihrer Schwester verdüsterte sich.

»Ich ... weiß nicht. Nun, er hat erst heute sprechen gelernt. Heute morgen, als du gingst, fing er an. Er lernte ›Becher‹ und ›trinken‹ wie ein Baby, und hör ihn dir jetzt an! In einem Tag spricht er so! Er hat so schnell gelernt ...«

»Oder er hat sich erinnert«, sagte Ser und erhob sich langsam, die Augen auf den Besucher geheftet. Sie beugte sich über ihn, sah in sein weißes Gesicht; seine Augen waren schwarze Löcher. Sie wollte streng sein, ihn erschrecken; das wirkte manchmal. Ihre Hand bewegte sich zum Lampenschirm, drehte ihn so, daß das Licht voll auf ihn fiel.

»Du wurdest also in einem Stern am Himmel geboren?« fragte sie scharf.

»Ich wurde nicht geboren«, sagte der Besucher ruhig. »Ich wurde gemacht.«

Sers alte Hand auf dem Lampenschirm zitterte, denn das Licht fiel auf Augen, die weder Iris noch Pupille hatten, sondern von einem sanften, leeren Violett waren, unendlich tief und ohne Spiegelung. »Wie ... Wer bist du?«

Der Besucher öffnete die dünnen Lippen zum Sprechen, aber er schwieg. Ser senkte den Lampenschirm.

Dann setzte sich Ser neben ihre Schwester, und sie hörten zu, wie der Besucher sich bemühte, sich ihnen laut verständlich zu machen, wobei sie ihm hie und da mit einem Wort oder einer Tatsache halfen, die sie errieten.

»Als sich das Ei öffnete«, sagte der Besucher, »und ich hinauskam in die Dunkelheit, da wußte ich. Ich kann mich an das Wissen erinnern. Wer ich bin, was mich geschaffen hat, zu welchem Zweck. Ich kam heraus ... trug all das wie ... wie ...« – er deutete auf Sers Korb.

»Ein Geschenk«, sagte Norin.

»Ein Bündel«, sagte Ser.

»Aber dann, im gleichen Moment beinahe, als ich mich erhob, waren Männer über mir, dunkel und schweigsam; ich glaube nicht, daß sie mich sahen; jeder hatte etwas Langes, Dünnes auf den Rücken geschnallt ...«

»Ja«, sagte Norin. »Die Gerechten.«

»Und noch bevor ich mit ihnen reden konnte, kamen andere, mit ... mit ...«

»Pferden«, sagte Ser. »Ja, die Männer des Schutzherrn Rothand.«

»Ich rannte das ... die Böschung hinauf, gerade als die beiden Gruppen aufeinanderprallten. Da waren Schreie, ich schrie auch, damit sie mich bemerkten. Dann war da ein Knall, der die Luft erfüllte.«

»Ein Gewehr«, sagte Norin.

Dann schwieg der Besucher. Die Endweiber warteten, die Lampe summte leise.

»Das nächste, woran ich mich erinnere«, sagte er schließlich, »ist dieser Becher, und daß ich heute daraus getrunken habe.«

Sers Lippen waren geschürzt. Sie wollte ihn immer noch lieber für verrückt halten; aber die leeren, jetzt samtschwarzen Augen, das zähflüssige, lebendige Blut, die Geschlechtslosigkeit ... vielleicht war sie selbst verrückt. »Wie«, begann sie, »hast du so schnell gelernt, so gut zu sprechen?«

Er schüttelte langsam den Kopf. »Es scheint ... leicht, ich weiß nicht ... Es muß – ein Teil dessen sein, wozu ich geschaffen wurde. Ja. So ist es. Man hat mich so gemacht, damit ich mit euch sprechen kann.«

»Euch«, sagte Ser zweifelnd. »Und wer ist ›euch‹?«

»Ihr«, sagte der Besucher, »ihr alle.«

»›Alle‹, das gibt es bei uns nicht«, sagte Norin. »Es gibt das ›Volk‹, aber das sind nicht alle von uns. Weil es auch die Gerechten gibt mit ihren Gewehren ...«

»Krieger für das Volk«, sagte Ser. »Das behaupten sie von sich. Sie führen Krieg gegen die Schutzherren, die das Land besitzen, um es ihnen wegzunehmen und dem Volk wiederzugeben. Geheimen Krieg, Meuchelmord. Sie kennen sich nur untereinander. Und dennoch halten sich die meisten vom Volk von den Gerechten fern; und seit Hunderten von Jahren, so lange geht das schon, hat sich nichts verändert, nicht wirklich. Aber der Krieg geht weiter. Du hast versucht, mit beiden, Gerechten und Leuten des Schutzherrn, gleichzeitig zu sprechen; du siehst, wie es ist.«

»Selbst die Schutzherren«, sagte Norin. »Sie besitzen das Land, sie sind die herrschenden Leute ...«

»Sie also«, sagte der Besucher.

»Aber sie sind in Parteien zersplittert, es gibt Intrigen, Bündnisse. Sie hassen einander ebenso, wie sie die Gerechten hassen.«

»Die Roten und die Schwarzen«, sagte Norin.

»Alte Streitigkeiten.« Ser seufzte. »Wir Endweiber kommen nach der Schlacht, nicht vorher. Wir helfen den Verwundeten zu überleben und begraben die Toten.«

»Wir begraben öfter, als wir helfen können«, sagte ihre Schwester.

»Wir sind verpflichtet, bei keiner Streitigkeit helfend oder schadend einzugreifen. Und ... ich glaube nicht, daß man es dir erklären kann, aber ... die Welt ist so zersplittert, daß, wenn außer uns jemand von dir wüßte, du als Figur in ihrem Spiel benützt werden würdest. Ein tödliches Spiel. Und der Tod, der bei den nächsten Zügen erfolgen würde – wenn es zum Tod käme –, wäre unsere Schuld.«

Aus seinem glatten Gesicht war nicht zu ersehen, ob er irgend etwas davon verstanden hatte. »Das Volk«, sagte er schließlich.

Ser schürzte die Lippen. Er konnte es nicht lassen. »Sie

sind nicht daran gewöhnt, daß man viel mit ihnen spricht«, sagte sie trocken. »Nur die Grauen tun das.«

»Die Grauen?«

»Eine Bruderschaft; Rechtslehrer und Gelehrte; Richter, Priester, Hüter der Weisheit ...« Er hatte sich ihr zugewandt. »Und was«, fragte sie leise, »willst du denen denn erzählen?«

Sie sah, nicht an irgendeiner Veränderung seiner Gesichtszüge, sondern daran, wie sich seine langen Finger krümmten, daß es ihn quälte, keine Antwort zu wissen.

»Ich kann mich nicht erinnern«, sagte er schließlich.

»Gut.«

Seine bleichen Hände hörten auf, sich zu bewegen, und lagen ruhig auf seinen spitzen Knien. Sein Gesicht wurde, wenn möglich, noch abwesender; er blickte geradeaus ins Nichts, als warte er auf einen Rat von innen. Dann sagte er, weder geduldig noch hoffnungsvoll: »Vielleicht wird mir, wenn ich warte, wieder etwas einfallen. Irgendeine Anweisung, ein neuer Teil meines Wesens, der mich wissen läßt, was ich als nächstes zu tun habe.«

Irgendwo von weit her erhob sich ein leises Summen, unbestimmt, aus dem Nichts kommend, es verstärkte sich aus dieser Richtung, dann aus jener. Reiter auf dem Trommelfell; die Heide sprach. Ser erhob sich schwerfällig, die Augen auf die Tür gerichtet, und drehte die Lampe herunter.

»Vielleicht«, sagte sie. »Bis dahin wirst du hierbleiben. Im Haus. Und dich ruhig verhalten.«

Die Trommelschläge wurden stetig deutlicher; das allumfassende Summen löste sich auf in das Geräusch einzelner, schnell galoppierender Pferde. Dann Schreie, gleich vor der Tür. Und Ser konnte die Tür nicht verriegeln, denn die Tür eines Endweibs wird niemals verriegelt.

Dann stand in der Tür ein dickes Faß von einem Mann, stiernackig, kahlgeschoren bis auf einen Flaum eisengrauen Haares. Ganz in rotes Leder gekleidet. Hinter ihm trugen zwei weitere, rotgekleidete Männer einen dritten zwischen sich, dessen Kopf hing nach rückwärts, aus dem offenen

Mund drang Stöhnen, und seine rote Jacke war vom Blut noch röter geworden.

Der faßförmige Mann begann zu sprechen, hielt jedoch inne, als er sah, daß da jemand auf dem Bett saß, bleich und regungslos, und ihn mit dunklen Augen betrachtete.

Der Verteidiger Fauconrot mochte die Feder nicht. Er mochte auch kein Papier und keine Tinte. An stürmischen Tagen (die jetzt zum Jahresende hin häufiger wurden) oder an den Abenden nach dem Pferdetreiben liebte er es, sich auf der Pritsche in seinem Zelt auszustrecken, mit einem Becher Blem mit warmem Wasser, und auf die Bilder zu starren, die die glühende Holzkohle im Kohlenbecken hervorzauberte.

Aber einmal in der Woche, jede Woche, mußte er seine faßförmige Gestalt in einen Feldstuhl zwängen und die Lampe putzen; zwei oder drei Federn spitzen; Papier zurechtlegen und Tinte mischen; dasitzen, seufzend und summend, und sich mit seinen dicken Fingern durch die stoppeligen, eisengrauen Haare fahren; und endlich beginnen.

Der Verteidiger Fauconrot an den Großen Schutzherrn Rothand, Grüße, etc. Dieser Teil war einfach.

Wir sind an diesem Tag in Sichtweite des Alten Wächters, auf einer Linie zwischen ihm und dem Kleinen See, so weit vom See entfernt, wie man an einem klaren Tag ein weißes Pferd sehen kann ... Er hielt inne, tauchte seine Feder ein. *Die Herde zählt jetzt einhundertundfünf Tiere. Von diesen sind siebenundvierzig Hengste. Von den Jährlingen gab es im Frühjahr neunundvierzig, wie sich der Schutzherr erinnern wird. Wir haben dreißig gefunden. Von allen Pferden lahmt eines, zwei haben die Kolik, und drei haben wir tot aufgefunden, einer davon war der alte, scheckige Hengst, den der Schutzherr erwähnte. Der Stallmeister sagt, die Herde müßte zusammen hundertundvierzig Tiere zählen, wenn man die toten & verwundeten & kranken Tiere mitrechnet. Er sagt, in ein oder zwei Wochen sind schwere Regenfälle zu erwarten. Ich glaube, in einer Woche. Wenn keine andere Anweisung vom Schutzherrn ergeht, werden wir in etwa zehn Tagen mit dem*

Rücktrieb beginnen und die Hügel vor der Barnolswoche erreichen. Ich werde dann mit dem Wächter zur Nabe kommen und die Pferde mitbringen, die der Stallmeister auswählt, etwa zwanzig oder nach Belieben des Schutzherrn.

Fauconrot kaute am Ende seiner Feder, sammelte die übrigen Neuigkeiten in seinem Kopf und beugte sich dann mit einem Seufzer wieder über das Papier.

Auch wurde die Rotschimmelstute mit der weißen Blesse gefunden, die der Schutzherr erwähnte, sie ist gesund.

Auch haben wir einen entdeckt, der mit einem Gewehr im Hinterhalt lag. Als wir ihn befragten, antwortete er nicht, sondern machte nur ein hochmütiges Gesicht. Er wurde gehängt und sein Gewehr zerschlagen.

Auch wurde auf einen Mann meiner Wache mit einem Gewehr geschossen, und obwohl er es überleben wird, sind wir mehr auf der Hut.

Auch ...

Auch ... Der Verteidiger legte seine gesplissene Feder nieder und sah hinaus zu dem Besucher, der vor dem Zelt stand, reglos, geduldig, eine dunkle Gestalt in dem braunen Umhang des Endweibs, den er zum Schutz gegen die sich auftürmenden Gewitterwolken trug.

Auch ... Wie konnte man ihn dem Schutzherrn erklären? Fauconrot zog ein frisches Blatt heraus und nahm eine neue Feder. *Schutzherr, ich habe einen gefunden, dem die Endweiber Unterschlupf gewährt haben, einen, der weder Mann noch Weib ist, keine Haare hat, und der sagt, er sei nicht von dieser Welt, sondern er sei im Himmel gemacht worden.* Er überlas das Geschriebene und biß sich auf die Lippen. *Ich schwöre auf meine Eide, die ich dir und den Unseren geleistet habe, daß das wahr ist.* Je mehr er schwor, desto phantastischer klang es. *Vielleicht,* begann er und strich es wieder aus. Es war nicht seine Sache, Vermutungen anzustellen. *Er bittet um Erlaubnis, zum Schutzherrn zu kommen. Ich weiß nicht, was ich tun soll, außer, ihn zu dir zu bringen.* »Verteidiger«, hatte das alte Endweib zu ihm gesagt, »da du mich oder meinesgleichen immer brauchen wirst, verpflichte ich dich, ihn vor Schaden zu bewahren.« Er bewegte die Feder in quälendem Zweifel über das

Papier. *Ich habe ihm meinen Schutz versprochen. Ich hoffe ...* Ausgestrichen. *Ich weiß, daß der Schutzherr mein Versprechen ehren wird.* Und er unterzeichnete: *Das Trommelfell, Bannswoche, durch meine Hand, der Verteidiger Fauconrot, dein Diener.*

Er faltete die Briefe einzeln, den gewöhnlichen und den widersinnigen, nahm Wachs, erhitzte es an der Lampe und ließ es, das Kinn in die Hand gestützt, in leuchtendroten Klumpen wie Blut auf den Falz eines jeden Briefes tropfen. Er drückte seinen Ring, der eine Hand zeigte, die einen Becher hob, in die glitzernden Klumpen und sah zu, wie sie trockneten, hart und vollkommen wurden. Er schüttelte den Kopf und hievte sich mit einem Grunzen aus seinem Stuhl.

Der Besucher stand immer noch reglos, blickte über die graue, abendliche Heide hinaus. Der Wind war stärker geworden und zerrte an dem braunen Umhang, in den ihn das jüngere Endweib gewickelt hatte; das war jetzt seine Verkleidung, und Fauconrot empfand, als er ihn in diesem Gewand sah, seine Geschlechtslosigkeit sehr stark.

»Die Hirten sind zurückgekehrt«, sagte der Besucher.

»Ja«, sagte Fauconrot.

Sie saßen in guter Haltung auf ihren Ponies, bis zu den Augen eingehüllt in dunkle Tücher, die sie wie Fähnchen umflatterten. Sie trieben die schnelle Herde vor sich her mit Schlägen der langen, schlanken Peitschen und mit Schreien, die, vom Wind getragen, seltsam gedehnt zu Fauconrot und dem Besucher drangen. Hinter der Herde war der Alte Wächter in dicken Sturmwolken verschwunden, die sich schnell heranbewegten. Der Sturm hatte die Farbe alten Eisens und zog einen Rock aus Regen hinter sich her; fahlgelbe Blitze zuckten von innen heraus. Die Rotschimmel, Schimmel und Schecken donnerten vor dem Sturm her, mit nervös verdrehten Augen; der Donner des Trommelfells wurde, während sie rannten, von den Trommeln des Sturms erwidert, verhöhnt durch das Glucksen von Fauconrots Zeltwand, die im Winde schlug.

»Dahinter«, sagte der Besucher und erhob seine sanfte Stimme gegen den Lärm. »Hinter dem Alten Wächter. Was ist dort?«

»Die Außenlande«, sagte Fauconrot. »Sümpfe, Marschen, Ödland.«

»Und dahinter?«

»Dahinter? – Nichts.«

»Wie, nichts?«

»Die Welt muß irgendwo aufhören«, sagte Fauconrot. »Und das tut sie. Man sagt, da sei eine Kante, ein Rand. Wie bei einem Tablett, weißt du. Und dann nichts mehr.«

»Es kann nicht nichts sein«, sagte der Besucher schlicht.

»Nun, es ist jedenfalls nicht die Welt«, sagte Fauconrot. Er hielt seine gefurchte Handfläche hoch. »So ist die Welt. Hinter der Welt, das ist, wie hinter meiner Hand. Nichts.«

Der Besucher schüttelte den Kopf. Fauconrot seufzte ungeduldig, winkte und rief einer Gruppe Reiter in roten Jakken weiter unten etwas zu. Einer löste sich aus der Schar und ritt den langen Abhang herauf. Fauconrot wandte sich um und schlüpfte in sein Zelt zurück.

Er kam wieder mit den Briefen unter dem Arm und schaute in ein winziges, in Ziegenleder gebundenes Buch, er benetzte seinen dicken Daumen, um die feinbeschriebenen Seiten umzuwenden. Er fand die gesuchte Stelle und drehte das Buch zum Lesen ins letzte Tageslicht. Der Besucher neigte sich nahe zu ihm, um ihn durch das Geräusch des Windes und der Pferdehufe verstehen zu können. Sorgfältig formte Fauconrot die Worte:

»Die Welt ist auf einem Pfeiler gegründet, der in der Tiefe gegründet ist.

Die Welt, sie ist ein großer Kreis; ihr Mittelpunkt ist die See-Insel, genannt die ›Nabe‹, ihre Ränder sind wüst und öde.

Der Pfeiler, er ist aus diamanthartem Stein. Sein Durchmesser ist beinahe der Durchmesser der Welt, und kein Mensch kennt seine Länge, denn er ist in der Tiefe gegründet. Der Pfeiler trägt die Welt wie der Arm und die Hand eines unendlichen Dieners, der eine Platte hochhält.«

Fauconrot blätterte um und hielt mit einem Finger die hochstehende Ecke der Seite nieder.

»Der Himmel ist die Tiefe über der Welt«, fuhr er fort,

»und wie die Tiefe schwer ist, so ist der Himmel leicht. Jeden Tag steigt die Sonne aus der Tiefe, zieht über die Welt und sinkt wieder in die Tiefe hinab; jede Nacht zieht sie unter der Tiefe vorbei und eilt an den Ort zurück, von wo sie aufstieg. Zwischen der Welt und der Sonne reisen sieben ›Wanderer‹, die ihrerseits aufsteigen aus der Tiefe und wieder in sie hinabsinken, aber in unregelmäßiger Bewegung ...«

Er schloß das Buch. Den Abhang herauf kam der Mann in roter Jacke, den er gerufen hatte. Der Reiter zügelte sein Pferd, es schnaubte, und Fauconrot nahm den Zügel.

»Es ist möglich«, sagte der Besucher.

»Möglich?« rief Fauconrot. »Möglich?« Er reichte dem bartlosen Mann in der roten Jacke die beiden Briefe hinauf. »An den Schutzherrn Rothand, im Hause seines Vaters in der Stadt.«

Der Wind hatte zu kreischen begonnen. »Sag dem Schutzherrn«, schrie Fauconrot über die Stimme des Windes hinweg. Der Knabe neigte sich zu ihm herab. »Sag dem Schutzherrn, ich bringe ihm einen ... einen Besucher.«

2

Es gibt sieben Fenster im Schlafgemach der Königin in der Zitadelle, die der Mittelpunkt der Stadt auf der See-Insel ist, die man die Nabe nennt und die in der Mitte der Welt liegt.

Zwei der sieben Fenster gehen auf die Turmwände hinaus und sind dunkel; aus zweien blickt man über die Innenhöfe; zwei gehen auf die verwinkelten Straßen, die sich zwischen den hohen, gesichtslosen Villen der Schutzherren hindurchwinden; und das siebente, durch das man auf die steile Straße der Vogelhändler und weiter hinten auf einen Spalt in dem Ring von Bergen sieht, der den See umgibt, ist des Nachts immer mit Sternen erfüllt. Wenn der Wind in den Bergen spricht, flüstert er in diesem Fenster und läßt die dünnen, braunen Bettvorhänge tanzen.

Weil es die Königin liebt, beim Lieben Licht zu haben,

brennt innerhalb der Bettvorhänge eine winzige Lampe. Schwarz Harrah, der langjährige Liebhaber der Königin, mag das Licht nicht; es läßt ihn ebensosehr an Entdeckung denken wie an Liebe. Aber schließlich ist man nicht zum eigenen Vergnügen allein Liebhaber der Königin.

Wenn jetzt ein Beobachter in der Nähe wäre, sagen wir, auf dem Balkon über der Doppeltür, oder in dem mit Vorhängen verhängten Korridor, der zur Dienertreppe führt, würde er das große Bett sehen, das von innen schwach erleuchtet ist. Er würde den großen, dicken Körper der Königin sehen, der ungeduldig mit Schwarz Harrahs altem, hagerem ringt, er würde hören, wie ihre Schreie anschwellen und verklingen. Er könnte, gut verborgen, beobachten, wie sie aufhören, sich voneinander lösen, schläfrig daliegen; könnte sie schändliche Dinge sagen hören, und später könnte er, wenn er solange wartet, hören, wie sie Staatsangelegenheiten besprechen, diese beiden, die Königin und ihr Liebhaber, der Große Schutzherr Schwarz Harrah.

»Nein, nein«, antwortet Schwarz Harrah auf eine Frage.

»Ich fürchte«, sagt die Königin.

»Es gibt Dinge, die Vorrang haben«, sagt Schwarz Harrah schläfrig. »Bindende Regeln, geschworene Eide. Unverrückbar wie die Sterne.«

»Neue Sterne werden geboren. Die Grauen haben einen gefunden.«

»Bitte. Eins nach dem anderen.«

»Ich fürchte Rot Senlin.«

»Er ist kein neuer Stern. Wenn je ein Mann durch Eide gebunden war ...«

»Er haßt mich.«

»Ja«, sagt Harrah.

»Er möchte König sein.«

»Nein.«

»Ich werde ihn töten.«

»Wenn er dich tötet ...?«

»Mein Sohn wird ihn töten. Wenn seine Söhne meinen Sohn töten, werden die Söhne meines Sohnes die seinen töten. Genug?«

Schweigen. Der Zuschauer (denn er ist wirklich da, auf dem Balkon über der halboffenen Doppeltür, zusammengekauert zu einem schwarzen, beobachtenden Bündel, reglos) nickt mit kleinen, zustimmenden Bewegungen mit dem Kopf, sehr zufrieden.

Die Königin fährt hoch, packt die Bettlaken und zerrt sie sich über den Leib.

»Was ist?« fragt Schwarz Harrah.

»Ein Geräusch.«

»Wo?«

»Da. Auf der Treppe. Schritte.«

»Nein.«

»Ja!«

Draußen werden Schritte laut. Schreie von den Garden der Königin, Befehle, Waffengeklirr. Rennende Füße. Plötzlich, sich wie ein Affe vom Balkon schwingend, sich festhaltend und auf den Boden fallend, der Zuschauer, ein winziger Mann, ganz in Schwarz. Mit schrillen Schreien schließt er unter Aufbietung aller Kräfte die große Tür und wirft den Riegel vor, gerade als sich draußen bewaffnete Männer in roten Jacken nähern. Das Klirren des Riegels hallt noch nach, als gepanzerte Fäuste von der anderen Seite her gegen die Tür hämmern:

»Öffnet! Im Namen des großen Schutzherrn Rot Senlin!«

Der Zuschauer klammert sich jetzt an den Riegel, als könnten ihn seine kleinen Arme unterstützen, und schreit: »Fort! Geht weg! Ich befehle es!«

»Wir suchen den Verräter Schwarz Harrah, um ihn im Namen des Königs festzunehmen ...«

»Narr! Fort mit dir! Ich gebe hier die Befehle, ich, dein König, und jetzt geh, wie du es mir schuldig bist!«

Der Lärm draußen verstummt für einen Augenblick. Der König Klein Schwarz wendet sich zum Bett. Schwarz Harrah ist fort. Die Frau des Königs steht aufrecht auf dem Bett, riesig und nackt.

»Flieh!« schreit der König. Sie steht unbewegt und starrt ihn an; dann wird dröhnend mit Brechwerkzeugen gegen die Tür gehämmert. Die Königin wendet sich um, ergreift

© 11.80

einen Umhang und rennt durch den Dienstbotengang davon, ihre kreischenden Zofen hinter ihr her. Die Tür hinter dem König bekommt die ersten Sprünge.

Weil die Inselstadt in einer tiefen Senke liegt, deren Ränder von Gebirgen gebildet werden, kommt hier die Morgendämmerung spät und der Abend früh. Und selbst wenn die hohen Turmspitzen der Zitadelle, die ganz oben auf der hochgetürmten Stadt liegt, vom Licht berührt werden, das durch die blaugrünen Wälder dringt, und wenn dann die Hohe Stadt rundherum und dann die altmodischen Villen, die fast alle die Fensterläden geschlossen haben, vom Licht berührt werden, und dann die alten Wirtshäuser und Märkte und die engen Gassen der Handwerker, und dann die gewundenen Treppen zum Wasser hinunter, die Gebäude, Piers, Schutzwälle, Promenaden und die Kais – selbst dann ist der stille See, der keinen Namen hat, schwarz. Aus seinen Tiefen steigt wie kalter Atem Nebel auf und verschleiert die glatte Oberfläche, so daß er kein See zu sein scheint, sondern ein Loch, das durch das Gewebe der Welt gebohrt ist, und die schattenhaften Schiffe mit dem breiten Bug, die an seinem Rand fahren – und die Stadt selbst – scheinen über der Tiefe zu hängen.

Aber wenn das erste Licht die Zitadelle trifft, weiß die ganze Welt, daß es später Vormittag ist; und obwohl die Wasserleute immer noch nur Sterne sehen können, sind sie an der Arbeit. Die Schutzherren haben sich immer vor einer großen Brücke über den See gefürchtet, die man im Notfall nicht niederreißen könnte, und daher sind die vier Brücken, die wie schwingende Bänder von den Toren der Stadt herabhängen, nur für Fußgänger oder einzelne Reiter geeignet. Daher ist das Geschäft der Wasserleute ausgedehnt und notwendig; sie sind eine engverbundene Sippe, werden wie Dienstboten bezahlt und sind doch keine Dienstboten, schulden niemand etwas, singen ihre endlosen Lieder ohne Melodie und tauschen ihre Witze aus, über die sonst niemand lacht.

Die Wasserleute in ihren geölten Ziegenhäuten waren es,

die zuerst sahen, daß Rot Senlin von den Außenlanden zurückgekehrt war, denn sie waren es, die ihn und seine bewaffneten Reiter und seine wilden, außenländischen Hauptleute in die Stadt brachten. Die Wasserleute kümmerte es nicht, ob Rot Senlin König werden wollte. Jeder weiß, daß die Wasserleute, ›zum Volk gehörig und doch nicht‹, sich nur um ihre Bezahlung kümmern.

Fauconrot hatte den Besucher für die Frühwache eingesetzt, um ihm eine nützliche Beschäftigung zu geben; aber als die ersten, kühlen Strahlen die Trommel versilberten, erwachte er, zitternd in einer Vorahnung, und suchte den Besucher auf.

Der wachte noch immer. Offensichtlich unempfindlich gegen Einsamkeit, Müdigkeit und Kälte blickte er immer noch über den Quadranten hin, der ihm zugewiesen worden war.

»Geh jetzt«, sagte Fauconrot heiser zu ihm und nahm ihn beim Ellenbogen. »Deine Wache ist seit langem vorbei.« Der Mann (wenn er ein Mann war) wandte sich von seinem Posten ab und ging ohne Frage oder Beschwerde mit Fauconrot.

»Aber – wonach«, fragte er, als sie an Fauconrots Feuer saßen, »sollte ich eigentlich Ausschau halten?«

»Nun, nach den Gerechten«, sagte Fauconrot. »Sie könnten überall sein.« Er neigte sich zum Besucher, als könnte er sogar hier belauscht werden, und der Besucher neigte sich nahe zu ihm, um ihn hören zu können. »Sie ziehen auf irgendeine Weise das Los, untereinander. So hörte ich sagen. Und jeder von ihnen hat dann einen Schutzherrn oder einen Verteidiger, den zu ermorden er verpflichtet ist. Im Geheimen, wenn möglich.

Und, siehst du, nachdem es durch das Los entschieden wird und nichts Persönliches ist, wirst du den Mann niemals kennen. Du kannst ihm von Angesicht zu Angesicht gegenüberstehen; er scheint ein Kleinbauer zu sein, oder … irgend jemand. Du sprichst. Der Ort ist einsam. Plötzlich ist dann das Gewehr da.«

Der Besucher dachte darüber nach, berührte die Stelle an

seinem Kopf, wo er verwundet worden war. »Wie konnte ich dann nach einem Ausschau halten?« fragte er.

Verwirrt und wütend warf Fauconrot Holzstücke aufs Feuer, gab aber weiter keine Antwort. Es wurde hell. Vor ihnen lagen endlich die Hügel ...

Es war ein Wirtshaus am Wasser.

»Heimlich«, sagte der Mann im Umhang. »Und schnell.«

»Du bist ...«

»Ein ... Händler. Ja. Was macht das aus?« Seine alte, knochige Hand zog einen Beutel aus einem unförmigen, mit einer Kapuze versehenen Reiseumhang. Der Beutel klang auf dem Wirtshaustisch wohlgefüllt.

Das Mädchen, mit dem er sprach, war die Tochter eines Wassermanns. Ihr langer Hals war unbedeckt; ihr blondes, beinahe weißes Haar kurzgeschnitten wie das eines Knaben. Sie wandte sich um, sah aus einem winzigen Fenster, das die graue Holzwand des Wirtshauses durchbrach. Über den Bergen war der Himmel bleich geworden; unten, weit unten, lag der dunkle See.

»Die Brücken?« fragte sie.

»Geschlossen. Rot Senlin ist zurückgekehrt.«

»Ja.«

»Seine Bande hat die Brücken gesperrt.«

»Dann ist es sicher nicht erlaubt, dich überzusetzen.«

Nach einem Augenblick des Überlegens fügte der andere einen zweiten Beutel hinzu. Das Mädchen beachtete keinen von beiden. »Besorge mir«, sagte der Reisende, »Proviant für drei Tage. Und ein Schwert. Und sage deinem Vater, er soll mich vor Tagesanbruch zur Bergstraße bringen. Ich werde das hier noch verdoppeln.«

Das Mädchen starrte einen Augenblick lang vor sich hin, dann erhob es sich schnell in der Dunkelheit des Wirtshauses. Der Reisende beobachtete sie, wie sie fortging; dann saß er da, wandte sich hierhin und dorthin, sah immer wieder aus dem winzigen Fenster auf den noch nicht dämmrigen Himmel. Um ihn herum saß ein dunkler Kreis von Wasserleuten; er hörte Fetzen von gemurmelter Unterhaltung.

»Es sind Eide geschworen worden.«

Jemand spuckte angeekelt aus.

»Er ist der rechtmäßige König.«

»Ja. So sehr wie jeder andere.«

»Schwarz Harrah wird ihn hängen lassen.«

»Oder vielleicht auch selbst hängen.«

Gelächter. Dann: »Wo ist Rothand?«

»Rothand. Rothand weiß Bescheid.«

»Ja. So gut wie jeder andere.«

Plötzlich stand das Mädchen vor ihm. Ihr langer Hals erhob sich säulengleich aus einem dicken Umhang, den sie über ihre geölten Ziegenhäute gezogen hatte – und über ein Bündel, das sie vor sich trug.

»Das Schwert?« flüsterte er.

»Komm!« sagte sie.

Eine endlose, feuchte Treppe führte durch den Kaninchenbau des Wirtshauses und schließlich auf eine Promenade hinaus, die immer noch in Dunkelheit und Nebel gehüllt war. Er folgte ihr auf dem Fuße, zuckte bei Geräuschen und Schatten zusammen.

»Das Schwert«, flüsterte er ihrem geisterhaften Rücken zu. »Jetzt.«

»Hier, die Wassertreppe hinunter.«

Sie ging in scharfer Kurve um den riesigen Fuß eines Pfeilers, der die Uferbehausungen über ihnen stützte, ging die klingende Steintreppe hinab, schneller, als er folgen konnte. Einen Augenblick später war sie verschwunden; er stolperte schnell hinter ihr her, alleine jetzt, als gäbe es nichts anderes in der Welt als diesen Abstieg, keine andere Führung als das Geräusch ihrer Schritte vor ihm.

Dann hörten ihre Schritte auf. Er blieb stehen. Irgendwo hörte man das Klatschen von Wasser.

»Bleib stehen«, sagte er.

»Ich bin schon stehengeblieben«, antwortete sie.

»Wo?«

»Hier.«

Die letzte Stufe führte auf ein kleines, kiesbedecktes Brett, kaum breit genug, um darauf zu gehen. Er konnte zuerst nichts vor sich sehen; machte drei ängstliche Schritte, dann sah er sie, einen großen, farblosen Geist, undeutlich, gerade vor sich.

»Oh, da bist du.«

»Ja.«

Er tastete sich vorwärts. Ihre Gestalt wurde deutlicher: die Blässe ihres weißen Kopfes, der dunkle Umhang, in ihrer Hand das ... In ihrer Hand das Gewehr.

»Schwarz Harrah«, sagte sie.

»Nein«, sagte er.

»Gerechtigkeit«, sagte sie.

Das Gewehr, das sie in beiden Händen hielt, war halb so lang wie ein Arm, und die große Öffnung des Laufs war wie ein Maul; es klickte, als sie abfeuerte, zischte weißen Rauch und explodierte wie aller Haß und alle Wut zusammen. Die Steinkugel zerschmetterte Schwarz Harrahs Gesicht; ohne einen Schrei brach er zusammen, wurde gegen die Stufen geworfen, eingehüllt in einen Schauer seines eigenen Blutes.

Hoch oben, auf der gegenüberliegenden Seite der Stadt, an dem Tor namens Goforth, aus dem die lange Zunge einer Brücke herauskam, kommandierte ein junger Mann zum erstenmal andere Männer; ein dunkler, kleiner Mann, von Geburt an zum Befehlen bestimmt; er war sich jetzt, als die Dämmerung begann, die Umrisse der Berge gegen den Himmel abzuzeichnen, sicher, daß er in der Tat für diese Arbeit geeignet war, und seine Hand begann endlich, den nervösen Griff zu lockern, mit dem er seinen Schwertknauf umklammerte. Er seufzte tief. Es würde keine Vergeltungsaktionen der Schwarzen geben. Seine Männer begannen, sich gegen die alten Brückenpfähle zu lehnen. Einer lachte. Der Tag war angebrochen, und sie waren noch alle am Leben.

Der Name des jungen Mannes war Sennrot; er war der jüngere von Rot Senlins beiden Söhnen, desjenigen, der aus dem Exil in den Außenlanden zurückgekehrt war, um seinen rechtmäßigen Platz an der Seite des Königs mit allen nötigen Mitteln wieder zu beanspruchen.

Daß der Große Schutzherr Rot Senlin ungerechterweise

durch Schwarz Harrah von König Klein Schwarz' Seite ferngehalten worden war; daß er jetzt kam, um dem König zu helfen, die Tyrannei von Schwarz Harrah abzuschütteln; daß sein ganzes Bestreben darauf abzielte, die Zitadelle von Skandal und Widerwärtigkeiten zu reinigen (und wenn das die Gefangennahme von Schwarz Harrah bedeutete, so sei's drum) – all dies wußte der junge Sennrot auswendig und hätte leidenschaftlich mit jedem gestritten, der die Motive seines Vaters in Zweifel gezogen hätte; aber gleichzeitig konnte Sennrot, wie viele, die jung, flink und loyal sind, die Dinge völlig anders sehen ...

Beinahe auf den Tag genau ein halbes Jahrhundert vor dieser ereignisschwangeren Dämmerung hatte ein Verbrechen das alte und festgefügte Gewebe dieser Welt zerrissen: Ein Großer Schutzherr, Halbbruder von König Ban, hatte dem Erben König Bans die eiserne Krone entrissen. König Bans Erbe war der Sohn von König Rot. Der Name des Großen Schutzherrn war Schwarz. Für die Familie Rot und alle ihre Zweige, ihre Verbündeten, ihre Vasallen, war es ohne Bedeutung, daß König Rots Sohn ein verderbter Krüppel war, ein tyrannischer Knabe, verliebt in den Anblick von Blut; er war Bans Erbe. Für die Familie Schwarz und ihre ebenso weitreichenden Verbindungen war nur von Bedeutung, daß die Krone auf den Kopf von Schwarz gepaßt hatte, daß die große Rechtsbruderschaft, die Grauen, ihn bestätigt hatte, und seinen Sohn, und den Sohn seines Sohnes. Es hatte Aufstände gegeben, Rebellionen; vor kurzem hatte eine kleine Schlacht bei Senlinshügel stattgefunden, und König Klein Schwarz, der kinderlos war, hatte Rot Senlin als seinen Erben akzeptiert. So hatte es keinen Krieg gegeben – nicht ganz; nur hatte sich die Welt noch mehr in Parteien gespalten, die Parteien hatten die Unabhängigen geschluckt, jede Partei hatte Söldnerarmeen aufgestellt, um sich vor der jeweils anderen zu schützen; jetzt warteten die Parteien im Gleichgewicht.

Rot Senlin war der wirkliche Erbe von König Rot. Das hatte er schon als Knabe gelernt. Niemals hatte er es auch nur einen Augenblick lang vergessen.

Und sein jüngerer Sohn Sennrot wußte in seinem Herzen, wer wirklich König und warum Rot Senlin von den Außenlanden zurückgekehrt war.

Um ihn herum, über ihm erwachten langsam die großen Stadthäuser der Schutzherren, soweit sie bewohnt waren; viele waren leer. Es gab, wie Sennrot wußte, eine schlafende Armee in der Stadt, die groß genug war, um noch vor Mittag zu entscheiden, ob die Welt sich heute verändern würde oder nicht; sie war in und um diesen dunklen Gebäudekomplex herum untergebracht, wo jetzt Lampenlicht aus winzigen Fenstern schimmerte – im ›Hafen‹, dem Haus der Familie Rothand.

Die Rothands würden sich einer neuen Welt bewußt werden, dachte Sennrot; und seine Hand schloß sich wieder fester um den Schwertknauf.

Am obersten Tisch in dem großen Saal, der vom Qualm der Fackeln und vom Lärm von etwa fünfzig Vasallen der Rothands erfüllt war, die hier speisten, saß Alt Rothand mit seinen drei Söhnen. Da war Rothand, der älteste, seine großen Soldatenhände brachen Brot, das er nicht essen wollte, seinen Mund umgab ein schwarzer Bart.

Neben ihm saß sein Bruder, der Gelehrte, der ein Grauer war. Das Grau, das Rothand der Gelehrte trug, war dunkel, dunkler als die Gewänder von Grauen, die weit älter waren als er, dunkel und faltenreich wie eine Gewitterwolke, ein Stückchen rotes Band, das in den Falten befestigt war, konnte es nicht erhellen.

Schließlich war da noch Junior. Junior kauerte in seinem Stuhl, drehte einen leeren Becher hin und her und sah aus, als hätte ihn jemand geschlagen und er wüßte nicht, wie er das heimzahlen sollte.

Als der Bote in der roten Jacke sich ihnen näherte, blickten sie alle erwartungsvoll auf, aber er brachte nur Briefe von der Trommel, von Fauconrot; Rothand steckte sie ungelesen weg ... »Die Königin«, sagte er zum Gelehrten, »ist geflohen, nach außenwärts. Niemand weiß, wie sie entkommen ist, oder wo sich Schwarz Harrah aufhält.«

»Rot Senlin hat sie entwischen lassen.«

»Das sieht ihm ähnlich. Er ist so plump wie ein Hund unter Vögeln.«

Rothands Stimme war ein tiefes, kratziges Brummen, eine Folge des gleichen Schwertstreichs, der auch eine purpurne Linie quer über seinen Hals bis zum Ohr hinauf gezogen hatte; Rothand trug einen Bart, um sie zu verbergen.

»Wo ist Jung Harrah?« fragte der Gelehrte. Die Freundschaft zwischen Schwarz Harrahs und Rot Senlins Söhnen war allgemein bekannt; beide gaben sich kaum Mühe, sie zu verbergen, obwohl ihre Väter dagegen Sturm liefen.

»Nicht im Kerker. Auf die Bitte von Rot Senlins Sohn hin – oder auf seine Forderung. Auch er wird auf der Flucht sein; er muß es, um am Leben zu bleiben. Er wird sich seinem Vater anschließen ...«

»Wird Rot Senlin jetzt König werden?« fragte Junior. »Will er das?«

»Er könnte mit seinen Wünschen einen Krieg heraufbeschwören«, sagte der Gelehrte. »Und das sähe ihm ähnlich.«

»Vielleicht«, sagte Rothand, »kann man es ihm ausreden.«

»Wir können es versuchen«, sagte der Gelehrte. »Die Gründe ...«

Zitternd vor unterdrückter Wut schnitt ihm sein Vater das Wort ab. »Du redest, als wäre er ein ungezogenes Kind. Er ist dein Onkel und zweimal so alt wie du.«

»Trotzdem muß er auf uns hören«, sagte Junior. »Weil er es ohne uns nicht schaffen kann. Und das weiß er.«

»Muß auf uns hören«, sagte Alt Rothand bitter. »Er wird sich gerade euren Wünschen fügen.« Seine Hände waren auf dem Tisch fest zu Fäusten geballt.

»Er wird es tun«, sagte Rothand.

»Und wenn er es nicht tut?« schrie Alt Rothand und erhob sich von seinem Platz. »Was dann? Werdet ihr ihm dann den Kopf abschneiden?«

»Halt ein!« sagte der Gelehrte. »Die Gäste ...«

»Er ist deinetwegen hier«, schrie Alt Rothand seinen ältesten Sohn an. »Wegen dir, dem Großen Schutzherrn Rothand. Wegen dir und deiner Armee glaubt er, dies tun zu können.«

»Er ist der rechtmäßige König«, sagte Junior leise und malte mit dem Finger in den verschütteten Getränken auf dem Tisch herum.

»Klein Schwarz ist König«, sagte sein Bruder Rothand.

»*Mein* König«, sagte sein Vater, »den man zweifellos bald ermorden wird, für den ich in den Außenlanden und gegen die Gerechten gekämpft habe, und für den auch Rot Senlin gekämpft hat, und in alten Zeiten ...«

»Die alten Zeiten«, kam die kratzige Stimme seines Ältesten, kalt vor Abscheu. »Wenn sich die Zeit rückwärts drehen würde, könntet ihr alle wieder jung sein. Aber gegen den Rat der Alten behält sie ihre Richtung bei.« Er stand auf und nahm seine Handschuhe. »Und vielleicht will sie, daß Rot Senlin König wird. Wenn durch meine Kraft, dann eben durch meine Kraft. Du bist verrückt geworden, wenn du dich uns in den Weg stellen willst.«

Auch sein Vater erhob sich und wollte sprechen, schreien, fluchen: Rothand stand unnachgiebig da, bereit, sich den Ausbruch anzuhören; und dann war hinten im Saal ein Geräusch zu vernehmen; Boten, gegürtet und bewaffnet, drängten sich zum obersten Tisch vor. Ihre Nachricht ging durch die Versammlung wie die Wellen von einem in einen Teich geworfenen Stein und erreichte den Haupttisch vor ihren Trägern.

Der Große Schutzherr Schwarz Harrah ist tot. Der reichste Mann der Welt, der Liebhaber der Königin, der König des Königs, wurde am Ufer des unergründlichen Sees mit einem Gewehr erschossen.

Der Weg von Rothands Haus zur Zitadelle führte die Straße der Vogelhändler entlang, steil hinauf durch den Edelsteinmarkt und durch die Straße der Glockengießer; Massen von Stadtbewohnern, von Gerüchten aufgepeitscht, schrien Rothand zu, und er winkte, gab aber keine Antwort; sein Bruder Junior und eine Gruppe seiner Rotjacken bahnten ihm einen Weg durch die verstörte Bevölkerung. »Rothand!« riefen sie ihm zu. »Rothand ...«

Man sagte von der Familie Rothands, sie hätte sich nicht weit von einer Hüttentür entfernt, was bei einem über ganze Epochen gehenden Zeitschema stimmte. Der Urgroßvater von Alt Rothand war der erste Verteidiger gewesen; er war nur als Pächter eines Grundbesitzers der Roten geboren worden, dessen Linie durch den Krieg und durch die Meuchelmorde der Gerechten ausgelöscht wurde ... So war es immer gewesen; es gab keinen Schutzherrn, ganz gleich wie groß, der nicht irgendwo in den Falten der Geschichte einen Bauern, einen Soldaten oder sogar einen Dieb versteckt hatte.

Warum jemand das Bedürfnis haben sollte, durch Intrigen und Kämpfe aus dem stillen Teich des Volkes aufzusteigen, um dann von der Spitze durch einen Krieg, eine Fehde oder einen Mord wieder weggefegt zu werden, das war eine Frage, die alle Dichter stellten, die aber noch keiner hatte beantworten können. Die Schutzherrschaft war ein egoistisches Martyrium; niemals war der Platz eines Schutzherrn unbesetzt. Die Gesetze und Dokumente über Erbschaftsangelegenheiten füllten modrige Stockwerke in der Zitadelle. Erbschaftsangelegenheiten waren die Hauptbeschäftigung aller Gerichtshöfe der Grauen. Erbschaft war die langsame Drehung dieser ruhigen Welt, und die Aufzeichnung ihrer auf- und absteigenden Linien verbrauchte viel mehr vom Papier und der Tinte dieser Welt als die der unregelmäßigen Bewegungen ihrer sieben Monde.

Am Königstor versperrten ihnen Männer, die Rothand als alte Soldaten von Rot Senlin erkannte und die schlechtsitzende Röcke der Männer des Königs trugen, den Weg. Rothand winkte einen unrasierten Mann mit einem Topf in der Hand zu sich. Als der Mann nahe herantrat, freimütig, kameradschaftlich, aber mit einem Kopfschütteln, beugte sich Rothand vor und nahm ihn mit einem würgenden Griff beim Kragen.

»Geißbock«, brummte er, »schaff mir deine Komödianten da aus dem Weg oder ich reite sie nieder!«

Es wäre ihm fast lieber gewesen, sie hätten nicht nachgegeben.

Ihre Hufe klapperten die Königstorgasse hinunter zwischen den Wänden von türlosen, gesichtslosen Villen, die nur weit oben von runden Fenstern durchbrochen waren. Irgendwo über ihnen knallte ein Fensterladen zu, es hallte von den kühlen, schattigen Steinwänden wider.

Unten am mit Pfützen bedeckten Ende der Gasse war eine winzige Tür namens ›Haltbar‹, nur ein Mauseloch in der großen, gekrümmten Mauer eines Rundbaus: einer von drei Eingängen in das Riesengebäude der Zitadelle.

Der Rundbau, in den ›Haltbar‹ sie einen nach dem anderen einließ, war unvorstellbar alt, mit unförmigen, aber großartigen Balkonen, Balustraden, Bögen und Durchbrüchen. Es hieß, dieser Rundbau müsse einst die ursprüngliche Zitadelle gewesen sein; er sei erbaut auf älteren, kleineren Gebäuden, die in den Wänden und Türen ihre Spuren hinterlassen hätten. Es hieß, der Mittelpunkt seines mit Figuren bemalten Steinbodens sei der genaue Mittelpunkt der Welt; man sagte, die tausend ineinander verwobenen Bilder, die den Boden bedeckten, würden, wenn sie erst einmal vom Schmutz der Jahrhunderte befreit und gedeutet worden wären, eine Erklärung für alles geben ... Zwei knochenweiße Gelehrte der Grauen blickten von dem Stück Boden auf, das sie gerade systematisch säuberten, und sahen den Männern zu, wie sie mit klirrenden Sporen den Raum durchquerten.

»Wo wird er sein?« fragte Junior.

»In den Gemächern des Königs.«

»Der König. Hat er ...«

»Er wird nichts tun. Noch nicht.«

»Was wirst du ihm sagen?«

Rothand riß sich die Kappe herunter und schüttelte sein dichtes Haar. Er zog seine Handschuhe aus, steckte sie in die Kappe und gab sie Junior.

Die Türen des Gemäldezimmers waren von untätigen Wachen umgeben, die so etwas wie Habacht standen, als Rothand herankam. Ohne auf sie zu achten, zog er die Schultern hoch, als wolle er eine Last auf seinem Rücken verteilen, ließ Junior und die Rotjacken an der Tür zurück und ging unangemeldet hinein.

Rot Senlin war da und seine beiden Söhne. Der älteste hieß einfach Rot Senlins Sohn; er war derjenige, der mit Jung Harrah eng befreundet war. Den anderen hatte Rothand bei Hofe noch nicht gesehen; sein Name war Sennrot. Als Rothand eintrat, bewegten sich die drei in dem kleinen Raum, als wären sie Figuren in einem Spiel.

Das Gemäldezimmer war ein Versuch der Alten gewesen, Vornehmheit zu beweisen, einst war es auch zweifellos sehr schön gewesen; aber die Gemälde der Schlachten waren seit langem zu geisterhaften Kriegen im Nebel verblichen, wo sie nicht von grauen Schimmelwolken verschluckt worden waren. Und der seltsame Brauch, jedermann, sogar die Verwundeten, die aus rosa Eingeweiden bluteten, mit sichtbaren Zähnen lächeln zu lassen, machte des Ganze noch unheimlicher, entfernter, weniger vornehm.

Mit einem kurzen Nicken zu den Söhnen hin streckte Rothand seinem Onkel die Hand entgegen. »Willkommen daheim.«

Der Große Schutzherr Rot Senlin wurde in diesem Jahr achtundvierzig Jahre alt. Eine Schlacht in den Außenlanden, wo er Stellvertreter des Königs gewesen war, hatte ihn ein Auge gekostet; ein Schal nach Art der Außenlande bedeckte das tote Auge; das lebendige war von kaltem Grau. Seine Kleidung war äußerst einfach, derbes, ländliches Leder, seit langem aus der Mode, das an jedem, außer einem sehr Hochstehenden, lächerlich gewirkt hätte.

Auch Rothands Vater kleidete sich so. Vor ihm war sich Rothand seiner städtischen Eleganz stets peinlich bewußt.

Rot Senlin nahm seine Hand. »Schwarz Harrah ist tot.«

»Ja.«

»Von den Gerechten erschossen.«

»Ja?«

Rot Senlin zog die Hand zurück. Rothand wußte, daß sein Ton eine Herausforderung war, und sicherlich würde kein Schutzherr eines der verhaßten Gewehre benützen lassen, nicht einmal gegen seinen größten Feind – und keiner aus der Generation Rot Senlins würde einen Mann meuchlings ermorden lassen. »Mit einem Gewehr, Neffe«, sagte er kurz.

»Das sind häßliche Zeiten.« Hinter ihm machte Senlins jüngerer Sohn Sennrot eine zornige Bewegung. Rothand schenkte dem dunklen Knaben mit dem verschlossenen Gesicht ein Lächeln. So verschieden von seinem hochgewachsenen, gutaussehenden, älteren Bruder, den nichts zu kränken schien – nicht einmal die Aufmerksamkeiten von Schwarz Harrahs Sohn.

Rot Senlin erstieg die einzige Stufe zu dem bemalten Stuhl und setzte sich. »Schwarz Harrahs Besitzungen sind riesig. Die Hälfte der Schwarzen Hügel ist ihm lehenspflichtig. Durch seinen Verrat hat er ... viel davon verwirkt.«

»Sein Sohn ...« Ein graues Auge wandte sich auf den blonden Knaben, der scheinbar desinteressiert am Kamin lehnte. Und zu Rothand zurück.

»Ist geflohen, vermutlich, um sich der Hure seines Vaters und anderen Verrätern anzuschließen. Verstehe mich recht. Der König wird die Freiheit haben, über vieles zu verfügen.«

Es war eine alte Praxis, von den Grundbesitzern vielgehaßt und seit langem als unehrenhaft betrachtet: den Besitz seiner gefallenen Feinde einzuziehen und damit die Freunde zu bezahlen, die die Feinde geschlagen hatten. Nach der Schlacht bei Senlinshügel war Rothand in den Besitz wertvoller Ländereien gekommen, die Farin dem Schwarzen gehört hatten. Er wollte sie nicht besuchen; er hatte sie Farins Frau und seinen Kindern geschenkt. Aber er hatte den Titel ›Groß‹, der mit dem Besitz verbunden war, behalten. Und gewisse Einkünfte ... Es ärgerte Rothand jetzt mehr als alles andere, mehr als die Tatsache, daß man ihn nicht gleich zu Rate gezogen hatte, mehr als das Gefasel seines Vaters über die alten Zeiten, mehr als der Kompromiß mit seinen den Schwarzen geleisteten Eiden, daß man ihm auf diese Weise einen Preis anbot, dafür, daß er seinen Onkel zum König machte.

»Die Harrahs und ihre Schwarz-Sippe werden es nicht gut aufnehmen, wenn du ihre Besitzungen aufteilst.«

»Sie sollen es so aufnehmen, wie sie müssen.«

»Du stiftest einen Krieg zwischen Rot und Schwarz an.

Und wer immer in diesem Krieg fällt, gleich auf welcher Seite, wird mit dir verwandt sein.«

»Das Leben«, sagte Sennrot kühl, »ist uns nicht so teuer wie unser Recht.«

»Euer – Recht?« Irgendwie erinnerte ihn Sennrot an seinen Bruder Junior: der gleiche, schnell aufflammende Zorn, der gleiche Blick, wie von einem geheimen Schmerz.

»Muß ich all das noch einmal durchspielen, Neffe?« fauchte Rot Senlin. »Schwarz nahm König Rots Sohn die Krone mit Gewalt ab ...«

»Wie auch du es vorhast?«

»Der Vater meines Vaters war der nächste Bruder von König Rots Sohn ...«

»Und Schwarz war Halbbruder von König Ban selbst.«

»Aber es war der Vater meines Vaters, der im Laufe der Zeit hätte König werden sollen!«

»Aber statt dessen den Schwarzen Eide schwor.«

»Erzwungene Eide, die ...«

»Die er geschworen hat. Die auch der Vater meines Großvaters geschworen hat. Die du und ich unsererseits dem Sohn von Schwarz' Sohn geschworen haben.«

»Das können wir vergessen. Dein Bruder, der Gelehrte, könnte die Grauen dazu bewegen, mir das zu bestätigen.«

»Und alle Glaubwürdigkeit vor der Welt durch einen solchen Betrug verlieren?«

»Betrug? Ich bin sogar jetzt schon der Erbe von Klein Schwarz, da er keine leiblichen Erben hat.«

»Du weißt, daß die Königin ein Kind trägt.«

»Von Schwarz Harrah!«

»Das ist den Schwarzen gleichgültig. Sie werden dem Kind von Klein Schwarz mit einer Hand auf ihrem dicken Bauch Eide schwören.«

»Vetter.« Rot Senlins Sohn sprach ruhig von seinem Standort am Kamin aus. »Ich glaube, du hast all diese Argumente schon früher gehört, zwischen meinem und deinem Vater. Die Rolle, die du jetzt spielst, spielte dein Vater schon oft.«

Rothand fühlte plötzlich, wie ihm die Hitze ins Gesicht stieg.

»Ich weiß nicht«, fuhr der Sohn träge fort. »Das alles scheint mir einer anderen Zeit anzugehören.«

»Auch mir bedeutet es nichts, Verteidiger«, sagte Rothand heftig. »Aber es gibt andere ...«

»Mir scheint, es gilt, einen Preis zu erringen«, sagte der Sohn und unterbrach Rothand jetzt schärfer. »Mir scheint, daß Klein Schwarz eine kalte Pastete ist, die von den Festmählern unserer Ahnen übrigblieb. Mein Eid, den ich ihm geschworen habe, läßt ihn auch nicht besser schmecken.«

»Er ist schwach im Kopf«, brummte Rothand, nicht sicher, ob das eine Entschuldigung oder eine Anklage sein sollte.

»Ja«, sagte Rot Senlins Sohn. »Wir leben in üblen Zeiten. Der König wird verrückt, und die alten Eide sind nicht länger bindend.« Er schenkte Rothand ein freundliches, komplizenhaftes Lächeln, und Rothand blickte zur Seite. »Nur unsere eigene Stärke kann uns schützen.« Er nahm mit plötzlichem, festem Griff Rothands Arm. »Wir werden König sein. Sag uns jetzt, ob du uns dabei unterstützen wirst oder nicht!«

Rothand betrachtete die blauen, sorglosen Augen. Rot Senlin war vielleicht böse geworden, ehrlos, verbittert durch die ständige Wiederholung alter Sehnsüchte; er mochte in einem leidenschaftlichen Anflug von Eitelkeit alte Bündnisse verraten. Er würde vielleicht bei diesem Anfall von Eitelkeit umkommen. Das war gut möglich. Aber dieser blauäugige Knabe war etwas Neues in der Welt; er würde niemals verlieren, weil sein Herz an nichts hing. Und plötzlich stieg eine dunkle Welle unter Rothands Herz auf: Er wollte noch kein alter Mann sein, neben seinem Vater am Feuer sitzen und den Kopf über das Kommen schlechter, ehrloser Zeiten schütteln: Er wollte plötzlich unbedingt gewinnen, solange er es noch konnte.

»Wenn Eide verworfen werden«, sagte er, löste sich aus dem Griff des Sohnes und trat zurück, um alle drei anzublicken, »nun, dann werde ich nicht schwören und auch von euch keine Schwüre verlangen. So lange, bis ich keine

Hoffnung mehr in euch setze, bin ich euer.« Rot Senlin schlug triumphierend auf die Armlehne seines Stuhls.

»Aber eines schwöre ich doch«, fuhr Rothand fort, den Arm gegen sie erhoben, die Stimme drohend kratzig. »Ich bin nicht euer Hund. Und wenn ihr nach mir tretet, werde ich zubeißen, bis auf die Knochen.«

Später, als Sennrot ungebeten mit Rothand zur Tür Haltbar ging, konnte Rothand seine dunklen, mißtrauischen Augen beinahe spüren. »Wenn wir diese Sache machen müssen«, sagte er schließlich, als sie in dem uralten Rundbau standen, »müssen wir zumindest so tun, als seien wir Freunde.«

»Ich kann mich nicht sehr gut verstellen.«

»Dann mußt du es lernen.« Er deutete zu den überhängenden Arkaden hinauf. »Wenn du hier alt werden willst.«

Als sie fort waren, sah Sennrot den beiden Gelehrten der Grauen zu, die in den langen, langen Lichtstrahlen der staubigen Nachmittagssonne an ihrem Stückchen Boden arbeiteten, mit feinen Bürsten den Staub wegfegten, mit feinen Werkzeugen kratzten und mit farbiger Tinte kopierten, was sie bloßlegten.

»Ein Muster.«

»Ein Teil von einem Muster.«

Gekrönte Männer, denen rote Tränen aus den Augen rannen, hielten sich wie verirrte Kinder an den Händen, aber jede war in einer anderen Haltung verrenkt, er konnte nicht erkennen, ob sie Freude oder Schmerz ausdrückten, denn sie lächelten natürlich alle mit sichtbaren Zähnen. Hinter ihnen und um sie herum waren schwarze Gestalten, die sie wie Liebende umfangen hielten, unverständlich, Dämonen oder Geister. In jeder der Kronen brannte ein Feuer, und die grinsenden, schwarzen Wesen rissen dem einen König die Zunge und die Eingeweide heraus und schürten damit das Feuer, das in der Krone des andern brannte, zerrissen dem anderen den Körper, um das Feuer in der Krone des ersten zu schüren, und so weiter, rundherum, Dämon und König, wie ein Reigen der Qual.

»Wenn Barnol die Trommel mit Regen tränkt«, sang Caredd, die Frau des Schutzherrn Rothand, »dann Caermon den Hügeln das gleiche schenkt; wenn Caermon den Hügeln Regen bringt, auf der Nabe das Wasser vor Fain nicht mehr sinkt; wenn Barnol die Trommel noch trocken hält, dann ... dann ... Ich habe vergessen, wie es weitergeht.«

»Jede Woche hat einen Namen«, sagte der Besucher.

»Jede Woche«, sagte sie.

Barnol hatte die Trommel mit Regen getränkt, und jetzt, zwei Wochen später, ließ Caermon Rotshügel das gleiche widerfahren. Hinter der großen, offenen Scheunentür waren die Hügel wie gefaltete Hände, bloß und bewaldet, gezeichnet von Zäunen und den Furchen der Egge, in einen silbernen Regenschleier gehüllt. Der Regen flüsterte an der Tür, tickte auf das schräge Dach; drang durch Ritzen und Löcher und platschte Tropfen für Tropfen in die sich füllenden Regentonnen. Vor ihm in der großen, düsteren Scheune geschützt, suchte Caredd in dem Heu, das einen alten, zerbrochenen Heuwagen füllte, nach Eiern. Der Besucher folgte ihr, wie er es, seitdem ihn Fauconrot hierher gebracht hatte, beinahe ständig tat: immer höflich, sogar schüchtern, aber doch immer und überall ihr auf den Fersen, wo sie es ihm gestattete, begleitete er sie, wie ein Novize es bei einem alten Grauen tun würde.

»Warum diese Namen?« fragte er. »Was bedeuten die Namen?«

»Ich weiß es nicht.« Das war die Antwort, die sie am häufigsten auf seine Fragen gab, aber niemals ungeduldig. Wenn Fauconrot mit rotem, gereiztem Gesicht die Arme hochgeworfen hätte, antwortete sie nur immer wieder: »Ich weiß es nicht.«

Caredd war mehr als zehn Jahre jünger als ihr Gatte, der Schutzherr, und sie wirkte ebenso sorglos und blond, wie er dunkel und bedrückt war. Rotshügel, sein Besitz, war ihre Heimat, hatte ihrem Vater gehört, und dem Vater ihres Vaters – der war ein unbedeutender Verteidiger gewesen, der nacheinander die Witwe des einen Nachbarn und dann die einzige Tochter des anderen geheiratet hatte, dadurch war er zum Schutzherrn einer ausgedehnten und schönen Besitzung geworden. Caredd, die gleichzeitig mit dem Laufen das Reiten gelernt hatte, kannte all die moosbedeckten Wälder und kleinen Seen, das steinige Hochland und die weiten Kornfelder von Rotshügel und liebte sie wie nichts sonst. Sie war nur an wenigen anderen Orten gewesen, sicher, aber sie hatte sicher auch nichts Vergleichbares gesehen; und sie, die die graue Leere des düsteren Festungshauses liebte, fröstelte in der grauen Leere der Stadtvilla ihres Gatten.

Sicher liebte sie auch Rothand auf ihre Art. Liebte ihn zum Teil deshalb, weil er ihr ihre Heimat als Hochzeitsgeschenk gegeben hatte, als sie beinahe verloren schien. Ihr Vater und ihr Bruder waren auf einem Waldweg in einen Hinterhalt der Gerechten geraten, waren ausgeraubt und ermordet worden; ihre schwachsinnige Mutter hatte mit einem unzufriedenen Herrn der Roten nach dem anderen angebändelt, bis man sie beinahe wegen Verrats vor Gericht gestellt hätte, und ihre Ländereien, das geliebte Rotshügel, waren als dem König verfallen erklärt worden: also an Schwarz Harrah.

Und dann war Rothand gekommen. Ernst, beinahe mürrisch, von unfehlbarer Höflichkeit, hatte er den verwirrten, verängstigten Wildfang umworben, mit reichen Geschenken und einseitigen Gesprächen, in denen er ihr seine Macht bei Hofe erklärte und die Gefahr, in der ihre Mutter schwebte – bis sie in einem Moment erwachsener Klugheit eingesehen hatte, daß ihr Vorteil – und damit auch ihr Herz – bei ihm lag.

So war in der weitläufigen Burg eine großartige Rothand-Hochzeit gefeiert worden.

Von diesem Tag waren ihr nur zusammenhanglose Augenblicke im Gedächtnis geblieben, wie Fetzen aus einem lebhaften Traum; sie erinnerte sich, wie sie in dem winzigen, dunklen Vorraum vor dem großen Saal auf das Stichwort zum Eintreten gewartet hatte, dicht an ihn gedrängt, schützend umgeben von seiner Mutter, seinen Brüdern, seinem schwitzenden Vater, wie sie sich gleichzeitig sicher und ängstlich gefühlt hatte, einbezogen und doch entfernt; wie Mutter Rothand lachte, wie von drinnen Hörner riefen, Butler drängend aus der engen Türe flüsterten, und wie sich unter lautem Rascheln vieler Gewänder der bunte Knoten entwirrt und sich hineinergossen hatte in den vollbesetzten Saal, der mit roten Fahnen behängt und von dem dumpfen Summen vieler Instrumente erfüllt war.

Sie erinnerte sich, wie die Gäste sie mit Salz bestreut und ihnen Papierdornen um die Handgelenke gewunden hatten, und wie sie dabei lachten, obwohl dies doch bedeutete, daß Leid kommen würde und ertragen werden mußte; und wie die Bauern ihnen kandierte Eier für ihr Kopfkissen geschenkt hatten. Und sie erinnerte sich, wie man ihr später das Haar gelöst und ihr wolkenähnliches Kleid weggenommen hatte, und wie sie dann in schüchterner Nacktheit unter einem Schleier aus weißer Spitze vor ihm stand ...

Er war lange genug geblieben, um seine neuen Pächter kennenzulernen und ihre Namen und Gesichter durcheinanderzubringen, Leute, die ihr teurer waren als Verwandte; dann war er fortgeritten, zum Hof, in die Schlacht, zu seinen anderen, sich vergrößernden Besitzungen. Außer für eine unruhige Woche oder zwei im Sommer und zu einem politischen Ball am Jahresende kam er wenig nach Rotshügel. Manchmal fand sie, es sei vielleicht besser so. Manchmal.

Sie legte ein geflecktes Ei aus ihrem vollen Korb in eine dunkle Ecke für die Scheunenelfe, von der sie wußte, saß sie hier lebte. Sie zupfte einen Strohhalm aus ihrem kastanienbraunen Haar und ließ den Besucher ihren Korb tragen. Über Steinstufen, die zu glatten Mulden ausgetreten waren, kamen sie durch den Torbogen einer Seitentür hinaus in einen offenen, überdachten Gang, der zur Küche führte; die Blätter des schwarzen Weins, der hier wuchs, waren schon herbstlich rot geworden, und der Regen fegte in Schauern über den gepflasterten Weg, und Caredds Pluderhosen klebten an ihren Hüften. Ungeschickt versuchte der Besucher, ihr den alten Umhang umzulegen, den er noch immer trug, aber sie schüttelte ihn ab, lief lachend auf Zehenspitzen durch die Pfützen und die Küchentreppe hinauf, wischte den sauberen Regen von ihren Wangen und amüsierte sich über den Besucher, der vorsichtig und zielbewußt auf sie zuging.

Die Räume in Rotshügel waren groß, frostige Säle mit steiflehnigen Bänken an den Wänden, Zimmer mit baumdicken Pfeilern und Feuerstellen, so groß wie Hütten, feierliche Zimmer, mit Teppichen behängt und nach Schimmel riechend. Aber wenn keine Gäste da waren, wenn nichts in Ordnung gehalten werden mußte, blieben Caredd und die anderen mit dem Volk in der langen, rauchgeschwärzten Küche. Dort gab es vier Feuerstellen mit Bratspießen, Haken und Kochkesseln an Ketten, mit hochlehnigen Bänken daneben und ständig warmen Kaminecken: Da gab es stabile Tische, die so abgewetzt waren, daß man die glatte Maserung sehen konnte, darauf lagen Haufen von Herbstwurzeln, die aufgefädelt oder in Netze gepackt und oben an den schwarzen Deckenbalken aufgehängt werden sollten. Der Regen klopfte und flüsterte gegen die tiefen, kleinen Fenster, ohne eindringen zu können. Zwei alte Witwen saßen in einer Ecke und spannen, die eine davon schaukelte dabei mit ihrem immer bloßen Fuß eine Taschenwiege, die hier in der Wärme hing. »Wenn Barnol die Trommel mit Regen tränkt«, sangen sie, »dann Caermon den Hügeln das gleiche schenkt ...«

»Ja, der Regen ist da«, sagte der Verteidiger Fauconrot von seiner Bank her. Er tauchte seinen Holzlöffel in einen auf dem Kaminvorsprung dampfenden Kessel und füllte seine Tasse von neuem. »Und wann wird er wieder aufhören, ihr Damen?«

»Vielleicht heute abend, Verteidiger«, sagte eine und drehte dabei ihr Spinnrad.

»Vielleicht auch morgen«, sagte die andere und drehte das ihre.

»Vielleicht wird auch Schnee daraus.«

»Vielleicht bleibt es auch naß.«

Fauconrot grunzte und füllte die Tasse von Mutter Caredd, die sie mit einer trägen, geistesabwesenden Anmut nahm, auf die Lehne der Bank stellte und dann begann, ihre Wolke von weißem Haar mit vielen Knochennadeln aufzustecken. Mutter Caredds Haar mußte anscheinend immer aufgesteckt werden; Caredd sah sie selten, ohne daß sie unaufhörlich, geduldig die niemals geschnittenen Strähnen auftürmte.

»Siehst du, Besucher«, sagte sie zerstreut, »das sind nach Regen klingende Namen für die Wochen, das ist alles; Barnol und Caermon, Haspen und Shen … ebenso wie Doth trocken ist und Finn kalt …«

»Ich habe mich schon gefragt, wo sie herkommen«, sagte der Besucher. Er saß neben Caredd und blickte von einem Sprecher zum anderen, als wenn er in einem Klassenzimmer säße und Schüler oder Lehrer oder beides wäre. Mutter Caredd hatte keine Lektion mehr aufzusagen, sie zuckte die Achseln und lächelte. Das unglückliche Ende ihres politischen Spiels hatte sie noch geistesabwesender gemacht, als sie schon immer gewesen war, aber auch irgendwie ruhiger, lieblicher und sanft resignierend: Wenn der Besucher Fauconrot nervös machte und verwirrte und Caredd faszinierte, lächelte Mutter Caredd ihn nur an, als wäre es die natürlichste Sache von der Welt, daß er einfach vom Himmel gefallen war.

»Um wirkliche Antworten zu bekommen«, sagte Caredd, »mußt du wohl schließlich zu den Grauen gehen. Sie besitzen das alte Wissen.«

»Sie wissen?«

»Sie behaupten zu wissen. Hilf mir hier.« Sie versuchte mit ihren langen, geduldigen Fingern die Saiten auf einem alten, geschnitzten Instrument neu aufzuziehen.

»Man sagt«, fuhr Mutter Caredd wie zu sich selbst gewandt fort, »daß alle Gerechten Namen für ihre Namen haben. Stimmt das? Sie benennen ihre Namen, und warum … Auch ihre Gewehre haben Namen, alle, nicht wahr? Ich frage mich, ob auch die Namen der Gewehre Namen haben, und so weiter und so weiter …«

»Ich weiß es nicht, Mutter«, sagte Caredd lachend. »Könnten sie sich das denn alles merken?«

»Ich könnte es nicht. Aber ich würde es auch nicht wollen, oder?«

Caredd liebte ihre Mutter leidenschaftlich, und obwohl sie sich selbst gestattete, über ihr weitschweifiges Gerede zu lächeln, ließ sie nicht zu, daß irgend jemand sie verspottete, und sie wäre lieber gestorben, als ihre Mutter erneuten Kränkungen ausgesetzt zu sehen.

»Die Gerechten«, sagte der Besucher nickend; die kannte er; aber einen Augenblick später fragte er doch: »Wer sind sie? Woran könnte ich sie erkennen?«

»Mörder«, antwortete Caredd schlicht.

»Das klingt verstimmt.«

»Banditen, wie ich dir schon sagte«, sagte Fauconrot und blickte finster in seine Tasse. »Die Männer sind ohne Ehre und Gesetz; die Frauen sind Huren.«

»Verrückte«, sagte Mutter Caredd.

»Warum heißen sie dann Gerechte?« fragte der Besucher.

»Dieser Name ist so alt, daß sich niemand daran erinnern kann, weshalb sie ihn tragen. Vielleicht hatte er einmal eine Bedeutung. Man sagt, sie seien Träumer.« Sie zupfte einen gedämpften Ton. »Sie träumen Alpträume.«

»Alte Namen halten sich«, sagte Fauconrot. »Wie Schutzherr, Verteidiger. Ursprünglich waren sie Schutzherren und Verteidiger des Volks.«

»Schutzherren des Volkes gegen ...«

Fauconrot zog seine grauen Augenbrauen zusammen. »Nun, ich nehme an, gegen die Gerechten.«

Caredd klimperte eine eintönige Melodie und legte das alte Instrument beiseite. Die beiden Witwen spannen weiter an ihrem endlosen Faden. »Wenn's schneit am letzten Tag des Jahrs«, sangen sie, »bis Fain hört auf nicht Schnee, nicht Regen/Bringt uns das neue Jahr entgegen ...«

Bis zum Abend war der Regen in Richtung auf die Stadt weitergezogen und hatte nur ein zerrissenes Wolkenband zurückgelassen, das die Sonne mit ihren letzten Strahlen färbte. Um den Sonnenuntergang zu betrachten, war Caredd hundert Stufen hinaufgestiegen bis zu dem langen, mit Zinnen besetzten Wehrgang, der die außenwärts gelegene Seite von Rotshügel bewachte, und dann war sie zwischen zwei Turmruinen hinaufgeklettert zu einer flachen Stelle, die sie kannte und wo sie ungestört sitzen konnte. Auf dem Turm hinter ihr flatterten zwei Standarten, so rot wie der Sonnenuntergang, unermüdlich im gleichen Rhythmus wie ihr eigener, schwerer Umhang im Wind. Sie wickelte ihn fester um sich, zog die Knie an den Körper und fragte sich, was Rothand an diesem Abend wohl machte ... Auf dem Wehrgang unter ihr war ein unaufdringliches Geräusch zu hören, mit dem sich jemand bemerkbar machen wollte. Caredd lächelte zu dem unermüdlichen Besucher hinunter.

»Selbst hierher noch?« fragte sie. »Die Treppen sind lang.«

»Ich bitte um Verzeihung«, sagte der Besucher. »Ich gehe wieder.«

»Nein, bleib! Besser, wenn ich mit dir spreche, als ... Bleib!«

»Ich überlege gerade«, begann er, und Caredd lachte. Er senkte den Kopf und fuhr bedächtig fort: »Ich überlegte, warum niemand aus dem Volk mit mir sprechen will.« Er war mit Caredd auf den Bauernhöfen herumgewandert, hatte zugesehen, wie sie überall stehenblieb, um Leute zu umarmen, mit ihnen zu reden und ihre Kinder zu streicheln, wie sie selbst von alten Leuten zärtlich angesprochen wurde, die sie als ein Zwischending von einem geliebten Schoßtier und einer Prinzessin behandelten. Aber wenn er kam, hatte das fröhliche Geplapper der Leute aufgehört, hatte sich in kühle Zurückhaltung verwandelt; niemand hatte ihm je etwas anderes als ein Nicken und ein vorsichtiges, beinahe ängstliches Lächeln geschenkt.

»Sie halten dich für ein Geschöpf der Grauen«, sagte Caredd schlicht.

»Ein ... Geschöpf?«

»In alten Zeiten konnten die Grauen Kämpfer gegen die Sieben Besetzer schaffen. Geschöpfe, die nichts anderes waren als eine der Sieben Kräfte. Das Volk hat tausend Geschichten über diese Dinge, über die Kämpfe der Sieben Besetzer gegen die Sieben Kräfte. Moralische Geschichten, weißt du; das Wissen und die Lehren der Grauen wurden in eine Geschichte über einen Kampf umgeformt. Das Volk hält sie für wirklich, die Sieben, für so wirklich, daß man sie sehen und anfassen kann.«

»Aber der Graue im Dorf, er hat genausoviel Angst vor mir.«

Wieder lachte Caredd. »Der alte Driggory? Er hat Angst davor, daß du geschickt sein könntest, um seinen eigenen Besetzer zu bekämpfen, den, der Blem genannt wird.« Der Besucher schien verwirrt. »Trunkenheit. Driggory ist ein guter alter Mann, aber er ist nur ein einfacher Landschreiber; er hat kaum eine Ahnung, wozu die großen Grauen fähig sind. Denn, siehst du, von ihm und all seinen Vettern, den Dorfschreibern und den kleinen Grauen, hat das Volk seine Geschichten von den Sieben vor langer Zeit gelernt.«

Der Besucher schüttelte den Kopf. »Ich wollte mit ihnen sprechen. Wie kann ich ihnen begreiflich machen, daß ich kein Geschöpf der Grauen bin?«

Caredd blickte auf das seltsame Wesen dort unter ihr hinunter, das mit seinen unendlich leeren Augen zu ihr heraufsah. Wenn es wirklich Streiter der Grauen für das Recht gäbe, könnten sie so aussehen: oder auch Dämonen. »Wessen Geschöpf bist du?« fragte sie.

Die Tiefe hatte wieder einmal die Sonne verschluckt, und obwohl die Wolken außenwärts noch nicht all ihre Farbe verloren hatten, war der Himmel über ihnen leergefegt, und an dieser blauschwarzen Decke brannten schon drei der Wanderer, rosa, golden und rot, alle im Abnehmen begriffen. »Ich kann mich nicht erinnern«, sagte der Besucher, als sei es das erste Mal.

»Vielleicht«, sagte Caredd, »bist du keine der Kräfte, sondern ein Besessener; und der Besetzer hat dein Gedächtnis aufgegessen und dein Haar ausfallen lassen. Der Besetzer Blem ist zu so etwas fähig; man zeigt das in den Umzügen am Jahresende.« Sie war eine windumwehte Silhouette im

Spalt des Wehrgangs, und der Besucher konnte ihr kleines, spöttisches Lächeln nicht erkennen.

»Und wenn es so wäre?« fragte der Besucher. »Ich glaube es zwar nicht, aber wenn ich nun ein Besessener wäre?«

»Wenn du einer bist«, sagte Caredd nachdenklich. »Nun, ich weiß nicht, was dann geschehen würde, und sicher weiß es auch Driggory nicht. Du müßtest nach ›Unantastbar‹ gehen und fragen.«

»›Unantastbar‹?«

»Das Haus der Grauen in den Bergen. Oder ...« – ein plötzlicher Einfall, der ihr wieder ein Lächeln entlockte –, »warte, bis dich Fauconrot zu meinem Gatten bringt. Sein Bruder ist ein großer Grauer, oh, sehr hochstehend.« Sie konnte das undurchdringliche Gesicht des Gelehrten vor sich sehen, wenn dieses Geschöpf ihn bat, ihm seine Weisheit mitzuteilen.

Der Besucher wandte sein haarloses Gesicht dem tiefen Himmel zu, der ihn, wie er wußte, hervorgebracht hatte. Ihn gemacht hatte, damit er ... irgendwo in ihm versuchte etwas Geformtes, sich zu vereinigen: ein Grund, eine Anweisung, die richtige Frage, der unverschlüsselte Name. Er stand stocksteif da und verfolgte, wie sich stoßweise die strukturierte Regelmäßigkeit seines Wesens erhellte ... und sich dann ebenso schnell wieder in leere Unwissenheit auflöste.

»Nun gut«, sagte er, als er fühlte, daß es vorbei war. »Ich werde also warten. Ein wenig noch.«

Rothand der Gelehrte war nicht besonders gelehrt, aber ein Rothand war er sicher. Sein Familienname hatte seinen schnellen Aufstieg durch viele Stufen bis zu dem Grau, das er jetzt trug, wohl kaum behindert, einem Grau, das so dunkel war wie Regenwolken kurz vor dem Platzen; aber sein Aufstieg war doch in gleichem Maße seinen eigenen Anstrengungen zu verdanken, seinem scharfsinnigen, wenn auch nicht tiefgründigen Verstand, seinem unerschütterlich liebenswürdigen Benehmen. Trotz eines gewissen Zynismus, einer lächelnden Mißachtung der Dogmen seines Ordens, die die Leute verwirrte, hatte er eine tiefe Zuneigung für die komplizierten Systeme, eingebaut in Rituale wie in altes, glänzendes Holz, die die Grauen in der Arbeit zahlloser Jahrhunderte entwickelt hatten. Aber er hatte wenig Interesse daran, diese Systeme in all ihrer Vielschichtigkeit zu beherrschen; er war es zufrieden, sich auf dem tiefen Strom der Wissenschaft der Grauen treiben zu lassen, einen Finger nachzuziehen, aufrecht gehalten durch die Immunität, die ihm die waffenlose Stärke des Grauen in der gewalttätigen Atmosphäre des Hofes verlieh.

Er liebte jedoch ohne jede Einschränkung das Haus Unantastbar, wo er zum erstenmal das weiße Leinen angelegt hatte, wo er bei den Grauen aufgewachsen war und sich alle Weisheit angeeignet hatte, die sie besaßen. Er liebte den Berggipfel, der zu Unantastbar gehörte, so lange sich irgend jemand erinnern konnte, und von dem man auf die weit entfernte Stadt hinunterblicken konnte und nach außenwärts, bis zu den Hügeln, umgeben von den Geräuschen und der Stille der lieblichen, felsigen Wälder. Und er liebte vor allem den uralten Garten innerhalb der Mauern. Seit Jahrhunderten gehegt und gepflegt, waren seine schattigen Gehölze, die weinbedeckten Mauern und die jäh hervorsprudelnden Quellen zu einem Gefüge einsamer Plätze geworden, individuell und doch eine Einheit, wie Zustände eines Gemüts.

Das Jahr war jetzt im Garten weit fortgeschritten, und so war auch die Stimmung. Die dunklen Gehölze waren größtenteils entblättert, und die sich kreuzenden Pfade trugen eine dicke, schwarzbraune Schicht. Die Luft war klar und windig; der Wind sammelte die Blätter und die Stimmen weit entfernter, spielender Knaben und schickte Kräuselwellen durch den kupferfarbenen Efeu, ließ weiße Schaumflecken auf den vielen Quellen entstehen.

Wie kalt mußte es jetzt auf der Trommel sein, dachte Rothand der Gelehrte, wenn sogar die Quellen schwarz und grau vom Wind sind ... Es war nun schon einige Jahre her, seitdem er nach Unantastbar hatte zurückkehren müssen, und als er jetzt im Garten auf die Unterredung wartete, um die er gebeten hatte, fühlte er sich einem ungewohnten, angenehmen Heimweh ausgeliefert, einer seinem Ich und der Jahreszeit entsprungenen Empfindung, wie eine vielschichtige Harmonie, zusammengefügt aus dem Nachmittag, dem Garten, den Quellen – und sich selbst, als Knabe, als Mann, in dieser gleichen Jahreszeit, aber in anderen Jahren, mit einem anderen Ich in derselben Haut. Ein Gefühl der Unwirklichkeit, reich, aber trügerisch, war die Folge.

Der enge, steinerne Torbogen, der vom Garten aus nach Unantastbar hineinführte, hoch wie zehn Mann, hatte weder Tür noch Pforte, nur einen großen, schwarzen Vorhang aus uraltem, unverwüstlichem Stoff, so schwer, daß ihn die unruhige Luft kaum bewegen konnte: Er hob sich ein wenig und fiel auf einer Seite wieder mit einem leisen, feierlich schnappenden Geräusch zurück, füllte sich wieder mit Luft und atmete langsam aus. Der Gelehrte beobachtete, wer durch diese Tür aus und ein ging, junge Studenten und Landschreiber in knochenweißen Gewändern, rauchgrau gekleidete Rechtsgelehrte und niedere Richter in Eisengrau, gefolgt von weißgekleideten Knaben, die Taschen mit Schreibzeug hinterhertrugen, Gerichtsbeamte in Gewittergrau und Kammerherren mit ihren Laienbittstellern ...

Und dann stand er auf, als eine Gestalt herauskam, winzig und durch das Alter noch kleiner geworden, in einem Grau, das von Schwarz nicht zu unterscheiden war, kaum anders als die schwarze Kutte einer alten Witwe, ohne Begleitung, abgesehen von einem dicken Rohrstock. Auf den Treppen traten die anderen vor dieser schäbigen Gestalt zurück, die lächelnd nach allen Seiten hin nickte. Rothand der Gelehrte erhob sich, aber sein Hilfsangebot wurde mit einem Winken abgelehnt: Statt dessen machte er eine elegante Verbeugung. Die alte, uralte Richterin über Recht und Unrecht, die graueste aller Grauen setzte sich vorsichtig zu dem Gelehrten auf die Bank.

»Ist es nicht zu kalt hier im Garten?« erkundigte sich Rothand der Gelehrte.

»Nein, Gelehrter, wenn du es kurz machst.« Nur wenig an Richterin Mariadn verriet ihr Geschlecht, außer ihrer Stimme: Alles andere war mit ihrem hohen Alter geschlechtslos geworden, aber die Stimme gehörte irgendwie noch immer dem jungen Bauernmädchen aus den Hügeln, das sie vor sechzig Jahren gewesen war. »Aber ehe wir miteinander sprechen, mußt du das hier entfernen.« Ihr Zeigefinger, schmal wie ein Knochen, deutete auf das Stückchen roten Bandes, das Rothand der Gelehrte trug.

Er war klug genug, der Richterin nicht zu widersprechen. Als wäre es sein eigener Einfall, löste er das Band und steckte es, während er schon sprach, in die Tasche. »Ich komme mit der Bitte, du mögest mir ein Stück uralter Geschichte deuten«, sagte er.

»Du warst doch schon immer spitzfindig, Rothand«, sagte Mariadn. »Erkläre dich deutlicher. Deine Partei – entschuldige, die Partei deiner Familie – wünscht, daß der Eid, den sie den Schwarzen geschworen haben, aufgehoben wird.«

»Die Schutzherren wünschen es.«

»Ja?«

»Es ist kompliziert«, sagte der Gelehrte nachdenklich, als prüfe er die Vorzüge seines Arguments. »Nach all den alten Erbgesetzen hat es den Anschein, als hätte Rot Senlins Großvater König werden sollen. In Anerkennung jener Forderungen wurde er zum Erben von Klein Schwarz erklärt. Jetzt scheint die Partei der Schwarzen den Anspruch mit der Begründung zurückweisen zu wollen, die Königin sei schwanger, obwohl niemand den König nach den zehn unfruchtbaren Ehejahren dessen für fähig hält. Die Roten scheinen Rot Senlins Anspruch mit Gewalt durchsetzen und ihn jetzt als Rache für den Widerruf der Schwarzen krönen zu wollen.«

»Aus Prinzip, nehme ich an«, sagte die Richterin kühl. »Nur um die Rechnung auszugleichen.«

Rothand der Gelehrte lächelte. »Richterin, es gibt zweifellos viel zu gewinnen. Die Herrschaft von Klein Schwarz war lang und unehrenhaft. Die Schutzherren der Roten haben unter der Amtsführung von Schwarz Harrah schwer gelitten; ich glaube, sie wollen sicher Rache. Nein. Nicht aus Prinzip. Ganz im Gegenteil.«

»Und sie kommen also im vorhinein, damit wir ihnen an

unserer Quelle die Hände waschen. Warum sollten wir uns von ihrer Rache beschmutzen lassen?«

Der Gelehrte hielt inne und blickte in den hellen, schieferfarbenen Achat, den er an seinem Finger trug. Der Meister der Umschreibung mußte sich sein Thema erst einmal selbst zurechtlegen; aber als er sich darüber klargeworden war, fand er keine hübsche Art, um es vorzubringen. »Richterin: Rot Senlin will König sein. Viele der Großen unterstützen ihn dabei. Sogar bis zum Krieg mit der Königin. Sie wünschen, daß ihr Vorhaben von den Grauen sanktioniert wird.«

»Und wenn wir es nicht sanktionieren können? Sie dürfen nicht um einen Schiedsspruch einkommen, Gelehrter, wenn sie nicht vorhaben, sich daran zu halten.«

»Das ist die größte Schwierigkeit.« Er drehte den Stein an seinem Zeigefinger hin und her. »Ich brauche dir nicht zu erzählen, daß die starke Kette der Eide in unseren schlimmen Zeiten kaum mehr ein Faden scheint. Aber ich bin sicher, wenn die Grauen gegen Rot Senlin entscheiden, werden die Roten ... werden sie Anhänger verlieren, ja. Sie werden in den Augen des Volks an Glaubwürdigkeit verlieren. Sie werden sogar selbst den Gerechten Vorwände liefern, die in letzter Zeit sehr stark werden. Aber sie werden trotzdem weitermachen.«

Mariadn war schon zu lange Richterin, um gekränkt zu sein, und dachte mit geschlossenen Augen nach. »Und dann werden sie vielleicht von der Königin besiegt, und ihre Sünde wird offenbar.«

»Vielleicht. Aber ich glaube es nicht. Schwarz Harrah ist tot. Und der Große Schutzherr Rothand und alle seine Anhänger stehen auf der Seite von Rot Senlin.«

»Sie sind von Dindred besessen«, sagte die Richterin ruhig. »Der Stolz ist ihr Herr, und welche Kraft kann man gegen ihn zu Hilfe rufen?«

»Richterin«, sagte Rothand der Gelehrte noch drängender, »die Frage der Erbfolge ist auf jeden Fall zweifelhaft. Sie könnte vernünftigerweise auf zweierlei Art beigelegt werden: Sicherlich kann man nach dem Gesetz eine Menge für den Anspruch Senlins vorbringen. Aber denke darüber hinaus auch an den Orden, dem wir verpflichtet sind. Ich glaube, Rot Senlin hat auch ohne unsere Hilfe Chancen, diese Sache durchzusetzen. Mit dem Wort der Grauen hinter sich, kann er beinahe sicher sein. Wenn er unseren Spruch hat und siegt, sind wir um so stärker. Wenn er ohne unseren Spruch siegt, wird dieser künftig nur noch wenig Macht haben.«

»Die Macht unserer Urteile liegt in ihrer Rechtschaffenheit.«

»Ja. Von alters her. Und wir müssen auf diese Macht achten. Sie ist bedroht. Die Gerechten verkünden auch in diesem Jahr wieder Leviathans Namen in den Dörfern. Wenn die Schutzherren ohne Rücksicht auf uns handeln, dann ... dann werden Eide entkräftet, die viel älter sind als jene, die die Schutzherren der Sippe von Klein Schwarz geschworen haben, und sie werden hinfällig werden.«

Die Richterin Mariadn bedeckte ihre alten Augen mit den Fingern einer Hand. Nur ihr feingefurchter Mund war sichtbar; ihre Stimme hielt Rothand den Gelehrten in Bann wie das sanfteste aller Laster. »Gelehrter, ich bin alt. Ich empfange nur wenige Besucher. Vielleicht kann ich die Vielschichtigkeit der Welt nicht mehr erfassen; nein, nicht diese neuen Irrlehren, ich hasse und fürchte sie, und so bin ich nicht befähigt zu sprechen. Ich muß mich auf dich stützen, auf deine Weltkundigkeit, die ich zum Teil ebenso fürchte ... Nur schwöre mir jetzt, Gelehrter, auf all die alten, heiligen Dinge, daß du das, was du rätst, aus Liebe und aus Sorge für unseren Orden rätst. Nur für unseren Orden.«

»Das schwöre ich«, sagte der Gelehrte ohne zu zögern. Mariadn stieß einen kleinen Seufzer aus, erhob sich und nahm ihren Stock. Langsam ging sie zurück zu dem schwarzverhangenen Torbogen, der nach Unantastbar hineinführte.

»Gut«, sagte sie ohne zurückzublicken. »Es soll geschehen, wie du es rätst, wenn ich auch andere umstimmen kann. Das ist vielleicht auch ... nur eine kleine Sünde. Vielleicht.«

Rothand der Gelehrte saß noch lange, nachdem sie gegangen war, im dunkler werdenden Abend, sah den schwarzen Blättern zu, wie sie fielen und in dem unruhigen Teich der Quelle trieben. Er sollte eigentlich in seiner Kutsche sitzen, die Nachricht von seinem Erfolg zum Hafen bringen; aber es war ein Erfolg, den er plötzlich gar nicht mehr so gerne laut verkünden mochte.

Seltsam, dachte er; er und sie hatten so viel von den neuen, die Eide mißachtenden Zeiten in der Welt gesprochen, und doch hatte sie, als er geschworen hatte, seinen Eid ohne Zögern angenommen. Es war unvorstellbar für sie, daß er, ein Grauer, selbst an so einem verhängnisvollen Tag falsch schwören könnte.

Vielleicht hatte er das auch wirklich nicht getan. Ohne die Grauen wäre Rothand der Gelehrte nur der jüngere Bruder von irgend jemand gewesen, sonst nichts; die Kraft und Stärke der Grauen war auch die seine. Auf jeden Fall würde es früher oder später eine Prüfung für diesen Eid geben, den er soeben geleistet hatte, eine Abrechnung. Er fragte sich, wie er dabei abschneiden würde.

Er stand auf, um zu gehen. Der Herbstabend war feucht geworden; das hohe Alter des Gartens schien ihm plötzlich greifbar und von tiefer Schwermut.

Es war der Abend der Haspenswoche, und plötzlich war es sogar in der Stadt in ihrem Bergkessel kalt geworden. In jener Nacht brachten sie König Klein Schwarz von der Zitadelle in eine alte Villa der Schwarzen, die seit langem verschlossen und unzugänglich auf einer Felsspitze namens Sping gleich außerhalb der Tore der Hohen Stadt lag.

Denn man hatte beschlossen, in einer Vollversammlung aller Schutzherren, daß Rot Senlin der Erbe von Klein Schwarz sei, und in Zeiten königlichen Wahnsinns auch Vizekönig. Die schwarzen Grundbesitzer waren dem Treffen natürlich ferngeblieben; ebenso viele andere. Und selbst die Roten und die Vertreter des Volks, die erschienen waren, meist Vasallen von Senlin und Rothand, waren so mürrisch und schweigsam, daß Rot Senlin seine kurzen, kreischenden Beleidigungen und Argumente, seine in dem beinahe leeren Rundbau widerhallenden Schreie abgebrochen hatte. Gleichgültig. Es war beschlossen worden.

Der kleine Zug bewegte sich, von Bewaffneten abgeschirmt, durch die schattenerfüllte Dunkelheit der tausendgesichtigen Straße. Man hatte beschlossen, daß der König jetzt wirklich im Wahnsinn war und auf jeden Fall zumindest kränklich und schwach aussah. Er kauerte sich auf seinem Klepper zusammen, eingemummt in einen alten, schwarzen Umhang, und blickte ängstlich von der schweigenden Menge auf die blitzenden Äxte und Speere, die rauchenden, lodernden Fackeln seiner Eskorte.

Der Vizekönig Rot Senlin ritt neben seinem goldhaarigen Sohn. Man hatte beschlossen, daß der Sohn und sein jüngerer Bruder, der dunkelhaarige Sennrot, mit einer Zahl von Anhängern nach Senlinshügel reiten und dort all die Freunde des Schutzherrn zusammenrufen sollten. Jung Harrah war, wie der Vizekönig erfahren hatte, in einer ganz anderen Richtung verschwunden, zu den Schwarzen Hügeln und zur Königin.

Rothand ritt an der rechten Seite des Königs; zu seiner Linken ritt Rothands Vater, Alt Rothand. Um Alt Rothands Hals hing eine alte Kette, einst vergoldet, jetzt wieder bis auf das nackte Eisen abgewetzt, die schon immer das Abzeichen des Höchsten der riesigen Rothandsippe gewesen war. An dieser alten Kette hing jetzt etwas Neues: der große, geschliffene Beryll, der das Siegel der Stadt ist und den der Stellvertreter des Königs trägt, der Herr der Stadt – bis vor kurzem war das noch Schwarz Harrah gewesen.

Man hatte beschlossen, daß die Familie Rothand diese große Ehre erben sollte.

Es war mehr als Ehrerbietung gewesen, als Rothand darauf bestanden hatte, nicht er, sondern sein Vater solle das Stadtsiegel erhalten. Rothand wußte, daß der Krieg mit der Königin so schnell wie ein Wutanfall kommen würde, und er hatte gehofft, das Stadtsiegel würde seinen Vater sicher in der Stadt zurückhalten, während er und Rot Senlin die verräterische Schau abziehen würden, die sie gegen die

Wünsche des alten Mannes untereinander ausgekocht hatten. Aber es hatte nicht funktioniert. Statt dessen war beschlossen worden – von Alt Rothand beschlossen mit all seiner restlichen Kraft und seinem Willen –, daß im Falle plötzlicher Notwendigkeit das Siegel auf seinen Sohn übergehen und er, Alt Rothand, das Kommando der Rothandtruppen übernehmen würde. Er war noch nicht zu alt, um nicht für seinen Freund zu kämpfen.

Rothand versuchte, seine Augen auf die Straße zu richten, auf den König, auf die Gesichter der Menge – aber sie wurden vom Gesicht seines Vaters angezogen. Es war ein Gesicht, das wie eine Klippenwand von Wind und Zeit gezeichnet war, härter als seine Rüstung und durch den Glorienschein seines spärlichen Haares, das er nach alter Art um die Ohren kurzgeschnitten trug, nicht weicher gemacht. Anders als die Augen seines Sohnes wurden die seinen von nichts angezogen, sondern blickten vorwärts, über das Ende der Straße oder auch das Ende der Welt hinaus.

Als sie durch das Farinstor ritten und hinaus auf die Höhen außerhalb der Stadt, wurde die Menge spärlicher. Es war nicht die richtige Zeit für Bewohner der Hohen Stadt, um außerhalb der Tore zu sein. Die großen Villen auf dieser Seite, auch Farins Haus, Schwarzhafen, waren dunkel; nur ein Haus war erleuchtet, hier, am Ende des Dammes, auf dem Felsen Sping, erleuchtet von den Fackeln und Wachfeuern derer, die abgestellt waren, um den kleinen König auf immer streng zu bewachen.

Plötzlich zügelte Alt Rothand sein Pferd. Jemand drängte sich vorne durch die Reihen; der Vizekönig Rot Senlin beugte sich vor, um die Botschaft zu hören. Ein Gemurmel erhob sich unter den Bewaffneten. Jemand flüsterte dem König etwas zu, und dessen Gesicht zeigte ein bleiches Lächeln. Junior trieb sein Pferd an Rothands Seite und erzählte ihm die Neuigkeit.

Die Königin hatte auf dem Trommelfell eine Armee versammelt. Sie hatte sich einwärts gewandt, hatte ihre Flucht abgebrochen, nachdem sie von niemand verfolgt worden war, und wenn ihr dort nicht bald eine große Streitmacht entgegentrat, konnte nichts sie hindern, die Stadt selbst zu belagern. Es war nicht in einer Zeit des Wahnsinns geschehen. Die Königin handelte anscheinend in voller Absicht.

Alt Rothand warf nur einen flüchtigen Blick auf seinen Sohn und spornte sein Pferd vorwärts, wo Rot Senlin ihn heranwinkte.

Das bedeutete Kampf, und es war noch viel zu entscheiden.

4

Den ganzen Tag lang, schon vor Anbruch der kühlen Dämmerung waren die rotjackigen Reiter mit ihren gestreiften Bündeln die Wassertreppen zum See heruntergekommen, hatten ihre Pferde die Rampen entlanggeführt. Befehlsrufe drangen weit in der ruhigen, kalten Luft; Hauptleute schwitzten, obwohl ihnen der Atem vor dem schreienden Munde gefror. Große Flaschenzüge senkten bemalte Fuhrwerke auf die Fähren hinunter; Pferde bäumten sich auf und wieherten; nervöse Stallknechte versuchten von Listen abzustreichen und schrien die Wasserleute an, die keine Bezahlung zu größerer Eile antreiben konnte.

Das Mädchen hatte seit dem Morgen gezogen und geschleppt, mit einem tiefen Hochgefühl, hervorgerufen durch die ersten, frischen Brisen des neuen Jahres, die aus der falschen Richtung wehten; jetzt erzeugte das harte Sonnenlicht ein ungewohntes Glitzern auf dem unruhigen Wasser und erwärmte ihren kurzgeschorenen, blonden Kopf. Sie lachte laut auf, als sie sah, wie sie hier am Ufer mit ihrem Krieg kämpften. Ihr Gelächter verlor sich im allgemeinen Lärm: Peitschen knallten, und die Ochsen am anderen Ufer muhten gequält auf, als man wieder begann, die knarrenden Winden zu drehen.

Soldaten, die sich auf die aufgeschichteten Bündel über ihr gesetzt hatten, riefen ihr freundliche Unanständigkeiten zu, während sie sich zum vorderen Ende des beladenen Kahns durchkämpfte. Sie kletterte eine Kiste hinauf, auf der

Rothands Zeichen, die offene Hand, in frischer, roter Farbe aufgemalt war, und blickte, die Hand über die Augen gelegt, hinauf, wo die vier Brückenzungen aus den Tormäulern der Hohen Stadt ragten. Sie dachte, daß wahrscheinlich dort, am Tor namens Goforth, die Generäle herauskommen würden – ja, dort, denn jetzt, während sie noch hinsah, brachen all ihre Fahnen aus der Zitadelle hervor und erreichten die Treppen zur Brücke, so als hätte ein Riese eine Handvoll Blütenblätter aus dem Tor geblasen. Sie konnte keine Gesichter sehen, aber sicher mußten sie da sein, denn da waren Rothands offene Hand und Senlins Fahne, rot wie getrocknetes Blut, mit alten Worten beschriftet; die Soldaten und die Stadt jubelten ihnen zu, und auch sie jubelte, lachte bei dem Gedanken, daß die Brücke unter dem großen Gewicht ihres Stolzes brechen könnte und sie abstürzen würden, nur ihre Fahnen zurücklassend, leicht wie der Wind.

Etwas ergriff Rothands Herz, etwas, das kälter war als seine kalte Rüstung, als er da stand, unter den fröhlichen Fahnen, mit seinem Bruder Junior. Sein Vater, Alt Rothand, zwang sein Streitroß Dunkle Nacht mit hartem Rucken am Zügel durch Goforth. Durch die Wolke von Fahnen vor dem Tor, durch die bändergeschmückte Reitermenge, bis dorthin, wo seine Söhne standen, ohne auf Zurufe zu hören.

»Sind unsere Leute vollzählig versammelt?« fragte er und wiederholte es, um den endlosen, mächtigen Gesang der Kriegsviolen zu übertönen.

»Ja«, antwortete ihm Rothand. »Vater …«

»Dann gib mir den Kommandostab.«

So viele Dinge hatte Rothand seinem Vater schon hinaufgereicht, Dinge, die für das Kind gefährlich oder für die es noch zu klein war, aber nie war es mit so schwarzer Vorahnung geschehen, die zu kalt war für Zorn, wie jetzt, als er den schmalen Generalsstab in die ausgestreckte Hand seines Vaters hob.

»Du kannst immer noch hierbleiben«, brummte er. Beider Hände hielten den Stab. »Bleib hier und hüte die Stadt …«

»Hüte du sie«, sagte sein Vater. »Gib ihn mir!«

Rothand ließ den Stab los; Alt Rothand steckte ihn in seine Schärpe und lehnte sich zu Junior hinüber, dessen Blick verzweifelt am Gesicht seines Vaters hing. Alt Rothand zog Junior mit seiner gepanzerten Hand zu sich, küßte ihn. Er küßte ihn noch einmal, gab ihm ohne ein Wort oder ein Lächeln einen leichten Klaps auf die Wange. Wandte sich ab und riß sich die Rothandkette mit dem Stadtsiegel daran von seinem alten Hals.

»Senlin!« schrie er mit einer Stimme, die nicht seine eigene war. Rot Senlin stellte sich in den Steigbügeln auf und winkte ihm zu. »Willst du *König* sein?« Rot Senlin zog sein Schwert und deutete damit außenwärts. Alt Rothand wandte sich an Rothand, seinen Sohn. Er warf ihm die Kette zu. »Gib acht!« sagte er. »Hüte sie gut!«

Zu stolz, um beim Überqueren der Brücke abzusteigen, ließen die beiden Generäle ihre schweren Rosse mit unendlicher Vorsicht über die schwankende Brücke gehen. Rothand beobachtete ihre Anstrengungen, bis er es nicht mehr ertragen konnte, und rannte dann mit übervollem Herzen die Treppe hinauf, durch Goforth, in die schweigende Stadt hinein, zu deren Herrn ihn die Kette machte, die er jetzt trug.

An diesem Abend überpuderte der erste, leichte Schnee Rotshügel, von der Trommel her wurde er hereingeweht. Von einem Fenster in dem hohen Turm aus, der auf einer Landzunge stand und die Grenze von Rotshügel bezeichnete, beobachteten Caredd und ihre Mutter, wie sich die Pferde des Schutzherrn, Fauconrot und seine Rotjacken, die Pferdetreiber und auch der Besucher auf der ausgefahrenen Straße zu den Bergen und zur weit entfernten Stadt sammelten. Sie waren in den Schauern feinzerstäubten Schnees nur undeutlich sichtbar; da war der Besucher im braunen Umhang der Endweiber. Die Pferdetreiber knallten mit ihren Peitschen, und die Gesellschaft verteilte sich, die scharfen Hufe klapperten laut auf dem frischgefrorenen Boden.

»Sieh nur, wie er sie antreibt«, sagte Mutter Caredd.

»Fauconrot?« fragte Caredd.

»Ja, auch er wird angetrieben.«

»Wer treibt sie, Mutter?«

»Nun, Rizna, Tochter«, sagte ihre Mutter. »Du siehst ihn doch sicher dort, so groß, mit seinen schwarzen Augenhöhlen und der Sichel, die von seinem Hals hängt ... Sieh nur, wie er sie ausschreiten läßt!«

»Mutter ...«

»Wie ein großer, zerlumpter Schäfer dumme Schafe treibt ... Was für große Schritte er doch macht!«

»Mutter, so etwas ist nicht da.« Dennoch blickte sie scharf hin und hielt sich dabei die Kehle, in der das Blut pochte.

»Warum treibt er sie, wohin, wozu? Sieh nur, wie sie zurückblicken und dann vor Angst weiterreiten ...«

»Da ist nichts, Mutter! Hör auf!« Sie bemühte sich, die Karawane zu sehen, die sich lang auf der Straße hinzog; sie waren schon wie Schatten, dann verschwanden sie in einem Nebel aus wirbelndem Schnee. Mutter Caredd begann, ihr Haar mit vielen Knochennadeln aufzustecken ...

Wenn es in den Bergen starke Schneefälle gab, während sie die hohe Straße, die stadtwärts führte, hinaufmarschierten, würde es eine Verzögerung bis weit nach Jahresende geben, sie würden in einer öden Herberge oder in einem Pilgerhaus der Grauen sitzen, und das wollte Fauconrot auf gar keinen Fall. Er war so schnell er konnte durch den schwarzen, kahlen Wald geeilt, ließ Männer vorne und hinten reiten, um nach den Gerechten Ausschau zu halten: Diese Berge waren ihre Burgen und Städte, sie kannten das felsige Hochland und hatten einen Namen für jeden breiten Hohlweg, konnten daraus auftauchen und darin verschwinden wie die Traumgesichter, die Fauconrot in den knorrigen Baumstämmen zu sehen glaubte. Er trieb seine Reiter an, bis er heiser war, und hätte sie noch die ganze Nacht hindurch gehetzt, hätte er nicht noch mehr gefürchtet, irgendein wertvolles Bein oder seinen eigenen Hals in der Dunkelheit zu brechen, als er die Geräusche und die Stille außerhalb der undeutlichen, rauchigen Löcher fürchtete, die die Lagerfeuer seiner Leute bildeten.

Er sagte sich, er sagte seinen Leuten, daß ihm ein möglicher Hinterhalt, die Gewehre der Gerechten Angst einjagten. Aber die Pferdetreiber, Leute vom Trommelfell, hatten ihre eigenen Geschichten über diese Bergwälder, und sie erzählten sie unaufhörlich am Feuer: Geschichten von den Ausgehöhlten. »Der Halbbruder meines Großvaters wollte einmal Pferde in die Stadt bringen, genau auf dieser Straße, und sah in der Dämmerung ein Ding, das neben der Straße zwischen den Bäumen herlief, ohne ein Geräusch zu machen, ein Ding – ein Ding, so entsetzlich, als sähe man einen großen Kapuzenumhang aufstehen und weggehen, ohne daß jemand darinsteckt, sagte der Halbbruder meines Großvaters ...« Die Ausgehöhlten, so sagte man, seien die Körper der Besetzer, die die Besetzer selbst verlassen hätten, damit sie ihren heimtückischen Wanderungen als Tote nachgehen könnten, damals, als die Kräfte die Besetzer aus den Wohnstätten der Menschen in die Tiefe getrieben hatten. Hier wanderten die Körper umher, ausgehöhlt, ruhelos, leere Gefäße, die noch einen Bodensatz von Gift enthielten, die alle Lebewesen aussaugten, die sie erwischen konnten. Insekten, Tiere, Menschen, um sich von ihnen zu ernähren.

An den meisten Tagen konnten sie jetzt, weit entfernt und undeutlich, höher als jede aufragende Felsspitze, Unantastbar sehen auf seiner hohen Warte, gelassen und stark; an einem kalten, stillen Tag glaubten sie sogar, den leisen Klang seiner Glocken zu vernehmen. Aber dann zogen sie eine gewundene Meile weit ins Tal hinunter, zwischen zwei hohen, nackten Felsen hindurch, die die Menschen die Knie nannten, und das Wetter wurde soviel wärmer, daß dicke, bittere Nebel aufsteigen konnten: Unantastbar war verloren. In der Dämmerung am Lowtag, dem Tag vor Jahresende, dem Tag vor dem Abend der Besetzer, waren sie tief in der felsigen Heimat des Flusses Wanderer.

Irgendwo unterhalb ihres schmalen Weges jagte Wanderer lärmend durch seine Hallen, schallte wider in Klammen und Schluchten, spuckte auf Höhleneingänge; aber sie konnten ihn nicht sehen, denn sein Atem war beinahe so weiß und dicht wie Heustaub und so kalt wie Finn.

Fauconrot wollte nicht anhalten. Es war verwirrend und angsteinflößend, zu versuchen, diesen Weg im Nebel zu passieren und auch noch in Eile, wenn einem das Gebrüll des Flusses in den Ohren dröhnte; aber es war noch schlimmer anzuhalten, wenn vielleicht die Pferde auf einem Felssims steckenbleiben, in Panik geraten und hinunterspringen mochten. Sie brauchten all ihre Kräfte und ihre Lungen, um die Tiere weiter hinunterzubringen, wo schließlich die hohe Wand neben ihnen sich öffnete und ein Paß nach unten führte, mit hohen Wänden, unheimlich, aber immerhin ein Paß: Die Kehle nannte man ihn, und er sprach mit der mächtigen Stimme Wanderers, noch während er sie verschluckte. Die Kehle bemächtigte sich, sobald sie in ihrem Inneren waren, auch ihrer eigenen Stimmen, verstärkte sie auf seltsame Weise, so daß jeder Mann, der sprach, erschrocken hinter sich blickte, um den Ursprung seiner eigenen Worte zu suchen. Es war der Besucher, dessen Ohren sich als so scharf wie die eines Hundes erwiesen hatten, der zuerst die anderen Reiter im Paß hörte.

»Das ist nur die Kehle«, sagte Fauconrot. »Das Echo unserer eigenen Hufschläge.«

»Nein. Laß anhalten und höre! Dort unten, sie kommen zu uns herauf.«

Fauconrot versuchte, Angstvisionen in das Gesicht des Besuchers hineinzulesen, aber da war nur Aufmerksamkeit. Die Angst war seine eigene. Er schrie den Befehl zum Halten, und die Pferdetreiber riefen der Herde zu, um sie zu beruhigen. Dann warteten sie, bis ihre eigenen Echos verklungen waren. Das Geräusch war da, von irgend jemand, irgendwo. Der Besucher behauptete, es käme von vorne, Fauconrot behauptete, von hinten, die Pferdetreiber und die Wachen blickten wild hierhin und dorthin, ihre panische Angst übertrug sich auf die Pferde und verwirrte jedes Ohr. Nebelschwaden zogen in zerrissenen Fetzen in die Kehle, verbargen sie voreinander und enthüllten sie dann. Und jetzt sahen sie auch, weit unten in der Kehle, graue Gestalten, die in wahnsinniger Geschwindigkeit auf sie zukamen, gestikulierend und bleich wie Rauch.

Ein Rasseln von Eisen, Schwerter, die aus der Scheide gezogen wurden. Fauconrot wußte, wenn es Menschen waren, mußten sie energisch angegriffen werden, denn wenn er und seine Leute überleben wollten, durften sie sich nicht durch die Kehle zurückdrängen lassen. Wenn es keine Menschen waren ... Er trieb seine Rotjacken mit Schreien vorwärts und stürmte eifrig an der Spitze voran, in der Hoffnung, daß sie es wagen würden, ihm zu folgen.

Die bleichen Reiter kamen näher, nahmen aus Nebel und Hufdonner heraus Gestalt an. Sicher waren es Menschen, ja, lebendige Menschen – es war ... war ein Soldatentrupp, mit gezogenen Waffen, war eine Gruppe der Roten – Rothand! »Rothand!« schrie Fauconrot und riß sein Pferd hart herum. Sie stießen beinahe zusammen. Fauconrot konnte gerade noch verhindern, daß seine Reiter mit denen seines Herrn durcheinandergerieten. Er wandte sich um, erleichtert Rothand zulachend, und blickte in dessen Gesicht, eine graue, erschreckende Maske mit geweiteten Augen, in denen der Wahnsinn stand. »Rothand ...« Er sah aus wie ein Mensch, aber als Fauconrot sah, wie er blicklos um sich starrte, das gezogene Schwert fest umklammert hielt, fröstelte es ihn vor Angst: die Ausgehöhlten ... sie konnten irgendeine Traumgestalt annehmen ...

Die Gestalt Rothands sprach. »Laß deine Männer wenden.« Die rauhe Stimme war nur ein ausdrucksloses, erschöpftes Krächzen. »Zieht zur Straße nach außenwärts.«

Fauconrot sah die Eisenkette der Rothands an seinem Halse hängen. »Was ist geschehen?«

»Krieg mit der Königin.«

»Rot Senlin ...«

»Tot. Getötet vor ›Vergessenheit‹ ... Warum wendet ihr nicht?« fragte Rothand tonlos. Jemand tauchte plötzlich neben Fauconrot auf, und Rothand riß mit einem Schrei seinen Schwertarm hoch. »Wer ist das ... was ...?«

»Der, von dem ich dir berichten ließ. Der ... Besucher.«

»Halte ihn um alles in der Welt fern von mir! ...« Der Besucher wich zurück, aber Rothands geweitete Augen fixierten ihn noch immer. Fauconrot wollte sprechen, tat es aber nicht. Ein Augenblick gespenstischer Stille hing in der Kehle, dann brach Rothand in seltsames, gequältes Schluchzen aus.

Er hatte seit Tagen nicht geschlafen, hatte jeden Mann, den er erwischen konnte, in seine Dienste gepreßt, hatte sie gnadenlos durch den Wald gejagt, einmal sogar rebellische Nachzügler mit der Spitze seines Schwerts vorangetrieben ... Fauconrot hatte widerwillig das Kommando übernommen, er brachte sie alle mit viel Geduld zurück durch die Kehle, auf den Weg, den Rothand gekommen war, ließ lagern und ein wertvolles Faß anstechen, das gleichzeitig Zorn und Angst beschwichtigte: Und während Blem das Wort hatte, Trink-aus, Schlaf-schnell, kein-Morgen, brachte Fauconrot seinen Herrn zum Sprechen, in Worten, die trunken waren von Müdigkeit und Leid.

Die Königin hatte die Armee der Roten in einem schnellen Flankenangriff über die Ebenen zur kahlen Trommelkante gejagt, Rot Senlin hatte verzweifelt versucht, sie von den einwärts führenden Straßen und gleichzeitig vor ihren außenwärts stehenden Streitkräften abzuschneiden, bis er sich, müde von der Jagd, die zu keinem Kampf führte, nach Vergessenheit wandte, der Wachfestung an der Kante, wo ihm die Garnison lehenspflichtig war. Sie hatten sie am Vorabend der Finnswoche erreicht. Sie schlossen einen Waffenstillstand mit der Königin, der über das Jahresende dauern sollte. Und dann waren einige von Rot Senlins Männern beim Furagieren von einer plündernden Gruppe des Feindes angegriffen worden. Alt Rothand und Rot Senlin hatten einen Ausfall aus der Burg gemacht, um ihnen zu Hilfe zu kommen – und waren von der Hauptmacht der Armee der Königin eingekesselt worden, die sie auf diese Weise herausgelockt hatte. Rot Senlin war unter den ersten Gefallenen. Alt Rothand war entweder getötet oder gefangengenommen worden, niemand wußte es, niemand konnte es ihm sagen ...

Zwei Tage lang war Rothand in qualvoller Angst im Hafen geblieben. Und dann war ein neuer Bote gekommen, ein

Knabe, hager vor Kälte und Hunger, mit dem roten Handzeichen auf der Schulter.

Alt Rothand war in der Schlacht gefangengenommen und im Kerker von Vergessenheit, wo er noch tags zuvor Gast gewesen war, eingesperrt worden. Am nächsten Tage im ersten Lichtstrahl hatte der Knabe beobachtet, wie sie ihn hinaus in den Burghof brachten, wo es schneite; und ein Bastard von Farin dem Schwarzen hatte ihm mit einem Schwert den Kopf abgehauen.

Dann war der Knabe geflohen. Er wußte nur, daß Jung Harrah Herr auf Vergessenheit werden würde und daß die Königin einwärts gezogen kam, hinter ihm, mit ihrer Armee.

»Sie werden morgen am Rande der Hügel sein«, sagte Rothand. »Rot Senlins Sohn marschiert von Senlinshügel heran, um sie aufzuhalten; wir müssen weiter, müssen vor Einbruch der Nacht aufbrechen ...« Er versuchte, sich zu erheben, aber Fauconrot hielt ihn sanft zurück. »Schlaf«, sagte er. »Schlaf ein wenig.« – Und Rothand schlief ...

Sie machten aus Papier eine Krone für Rot Senlin und setzten sie ihm aufs Haupt; sie steckten den abgehauenen Kopf auf eine Stange und trugen sie vor sich her, als sie über die Trommel einwärts strömten. Alt Rothand ließen sie im Burghof von Vergessenheit zurück, wo ihn Jung Harrah, der jetzt dort Herr war, begraben konnte oder nicht, wie er wollte; aber Rot Senlin zog vor der Armee der Königin einher.

Die riesige, matte Rüstung, die die Königin sich hatte anfertigen lassen, mit breiten Schwingen und unzähligen Nieten, kreuzförmig mit Ketten behangen und starrend von Spitzen, hätte komisch gewirkt, wenn nicht der erste Eindruck der von Grausamkeit gewesen wäre. Ein äußerst kräftiger Hengst war vonnöten, um die Königin samt dieser Rüstung zu tragen; ihr Hauptmann hatte ihn teuer bezahlt, nachdem sie den starken Schwarzen, auf dem sie geflohen war, zu Tode geritten hatte. Unter ihrem Visier, über dem schweren Schleier, den sie gegen die Kälte trug, waren ihre Augen weich wie Lampenruß und ebenso dunkel und vermittelten den Eindruck, daß irgendwo unter all den Fleischmassen und der starren Rüstung eine schöne Frau gefangengehalten würde. Es war in bestimmten Zeiten eine nützliche Illusion gewesen.

Schwarz Harrah hatte zehn Jahre zuvor, teils als geschickten diplomatischen Schachzug, teils als Werkzeug für seinen eigenen Gebrauch und teils als Witz auf Kosten des winzigen, schwachsinnigen Königs, aus seinem Schlupfwinkel in den Außenlanden das schwerfällige, schwarzäugige Mädchen mitgebracht, die Tochter eines Häuptlings in tausend Messingpailletten. Ihr Brautpreis, ihr eigenes, riesiges Gewicht aufgewogen in wertvollem Metall, hatte ihren Vater in der Tat zu einem reichen Mann gemacht. Und jetzt ist Schwarz Harrah tot, sie ist sicher, daß er von den Roten ermordet wurde; und sie hat bei dem unaufhörlichen Jagen und Kämpfen unter Qualen sein Kind verloren; aber davon weiß noch niemand. So blicken bei Sonnenuntergang in der Nähe des Kleinen Sees ihre dunklen Augen auf eine dünne Linie von Reitern und Fußsoldaten der Roten, die Armee von Rothands und Rot Senlins Söhnen; sie stellt sich vor, sie wären erschlagen, und ihre eigenen, gepanzerten Füße wateten in ihrem Blut.

Ihre Feinde hatten sich an der Kreuzung hinter Senlinshügel getroffen. Sie machten eine Krone für den Sohn von Rot Senlin, einen goldenen Reif, der an seinen Helm genietet wurde, und Rothand setzte ihn ihm aufs Haupt, und die beiden Armeen jubelten gedämpft im Wind und in der Kälte der Trommel; dann saßen sie wieder auf und ritten zum Kleinen See. Bei Sonnenuntergang flogen sie die Harrahstraße hinunter durch die stillen, weißen Hügel, Rothands schnelle Reiter in der Vorhut und Rot Senlins jüngerer Sohn Sennrot wild vor Kummer. Lichter wurden in den letzten paar Hütten angezündet, die in dem hügeligen Land eingeschneit waren; Schafe stampften und dampften und rannten dichtgedrängt in einer Masse vorbei.

Sie kamen zwischen den Meilensteinen wieder auf die gefrorene Trommel herunter, als die Sonne begann, in die dunstige Tiefe vor ihnen hinabzusinken; die Königin erwartet sie und hat in dem knisternden Schnee vor dem Kleinen See angehalten und ihre Trophäe aufgepflanzt. Als seine Söhne sie sehen, ist sie schon seit einer Woche gefroren, der Wind hat an dem Fleisch gerissen, der Unterkiefer ist abgefallen.

Da stehen sie sich gegenüber, und die Späher und die Hauptleute erklären, wer wer ist. Die Königin auf ihrem Hengst. Kyr, ihr kalter Häuptling aus den Außenlanden. Rot Senlins Sohn, der größte in seiner Armee. Dort, bei der Hundefahne, Sennrot, klein und gebeugt. Rothand – ja, Rothand kennt sie. Rot Senlins Sohn sucht nach jemandem, nach einer Fahne, kann sie nicht finden. Sie schauen lange Zeit. Die letzten Sonnenstrahlen machen sie zu Figuren in einem Spiel: die Armee der Königin eine schwarze Silhouette, die des Sohnes von König Rot Senlin mit Purpur überhaucht. Sie wenden sich ab.

Das Spiel ist aufgestellt. Die ersten Züge erfolgen in der Dämmerung.

Wie es sich herumsprach, so daß so viele von der braunen Schwesternschaft, den Endweibern, in eine winddurchwehte Ebene über dem Schlachtfeld gekommen sind, weiß niemand außer ihnen selbst. Aber sie sind gekommen; am Morgen sind sie da, sie sind die Nacht hindurch gewandert oder auf ihren zweirädrigen Karren oder langen Planwagen gefahren; und sie sind zahlreich erschienen. Soweit sich ein Lebendiger zurückerinnern kann, war der Krieg mit den Gerechten ein Plünderungs- und Täuschungsmanöver, ein Jagen und Ausweichen, Suche und Scharmützel, und erst im letzten, bitteren Augenblick ein Aneinandergeraten. Jetzt blicken die Endweiber durch die neblige Dämmerung auf zwei Heere hinab, Schutzherren und Verteidiger, und alle ihre Fahnen, Hunderte davon auf jeder Seite, flankiert von der durch Schneemassen behinderten Kavallerie, die sich durch die Schneewehen aufeinander zuschieben, als wollten sie sich alle umarmen.

»Wer ist dieser Riese auf dem Karrenpferd, Schwester?«

»Die Königin. Der Kopf ihres Feindes ist ihre Standarte. Sieh nur, wie sie nach vorne kommt ...«

Rothand wollte den Besucher nicht in seiner Nähe haben. Fauconrot ist nichts Besseres eingefallen, als ihn zu den Endweibern zu schicken, damit er ihnen helfe. Er steht bei ihnen, beobachtet, hört zu.

»Bald wird es wieder schneien. Es ist jetzt dunkler als bei Dämmerung.«

»Der Wind weht auf die Königin zu.«

»Wem gehört die Hundefahne? Sie weichen vor ihm zurück.«

»Das ist Sennrot mit der schiefen Schulter, der Bruder des neuen Königs ... Oh, was für ein Gemetzel sie doch da unten anrichten.«

Gegen Mittag kommt der Schnee; der Wind weht außenwärts, weht auf die Königin zu, die zurückweichen muß. Die sich umklammernden, beweglichen Linien wanken, bewegen sich auf den See zu, jetzt weiter weg, jetzt näher heran; dann teilen sich die Reihen der Königin, hier, dort, und viele werden ins schwarze Wasser gedrängt. Wenn sie gehofft hatte, die Angst vor diesem eiskalten See würde ihre Armee davon abhalten zu weichen, so hat sie sich getäuscht; für die Schwestern sieht es aus wie ein grausames Spiel; aber dann verdunkeln Schnee und Wind das Feld, verdekken die Sonne, und die Endweiber lauschen schweigend auf die Schreie, Rufe und das Aufeinanderschlagen von Metall, das so anhaltend ist, daß es wie ein stetiges Flüstern klingt, ausgelöscht, wenn der Wind schreit oder die Trommel vom Getrampel der Pferdehufe dröhnt.

»Schürt die Feuer, Schwestern. Haltet die Fackeln trokken. Sie bereiten uns hier eine lange Nacht.«

»Weicht zurück!« Und sie weichen in der Tat zurück, befreit aus dem Strudel durch dieses heisere Krächzen, das die Hauptleute wiederholen; nur Sennrot und sein Flügel zögern, Sennrot ist immer noch kampfdurstig. Aber sie weichen zurück.

»Formiert euch wieder!« Sie zwingen ihre keuchenden Rosse in eine Art von Schlachtordnung hinter ihm, die schlagenden Hufe werfen große Klumpen schmutzigen

© 11.80

Schnees auf. Seine Fahne mit der roten Hand ist in der schneeerfüllten Dunkelheit kaum zu sehen; aber sie sehen sein schneenasses Schwert. Seine Arme fühlen sich an wie Stein: so taub, so unnachgiebig. »Los jetzt! Schlagt zu! Auf sie!«, und die Streitmacht hämmert über die Trommel in einem heftigen, wirbelnden Sturm von Schmutz und Nässe.

Er wird von Sennrot überholt, wird durch die Flankenbewegung des beinahe erschöpften Pferdes abgeschnitten, der steinerne Arm schlägt mit steinernem Eigenwillen um sich; er kann nichts hören außer einem großen Gebrüll und dem Pfeifen seines eigenen Atems. Dann teilen sich die Pferde der Schwarzen, zerstreuen sich und weichen zurück. Auch der unermüdliche Schneesturm teilt sich, und das Feld wird einen Augenblick lang gespenstisch hell, und er sieht inmitten der aufgeriebenen, fliehenden Kavallerie der Schwarzen die Königin, wie sie mit dem schlanken Schwert in der großen, gepanzerten Hand sich auf ihrem großen Pferd davonschleppt.

Er treibt jeden, der um ihn ist, mit Schreien voran; ihr Anblick peitscht wie ein eisiges Stärkungsmittel durch seine Adern. Entsetzen und Haß, er würde sie wie ein großes Insekt zerquetschen, wenn er nur könnte. Er schleudert einige ihrer Diener mit einer Art Freude aus seinem Weg, sieht, wie sie zu ihm und seinen Männern zurückblickt, sieht, wie sie ihr Pferd zu einem wuchtigen Trab antreibt; sieht aber in seiner eindimensionalen Konzentration auf sie nicht, wie ihr Mann Kyr mit seinem außenländischen Speer auf ihn zurast. Jemand schreit hinter ihm; er wendet, durch den Schock des Zusammenpralls stockt ihm plötzlich der Atem; sein Pferd kreischt unter ihm, denn der steinerne Arm mit seinem eigenen Auge hat gesehen und zugeschlagen, hat die Speerspitze seinem eigenen Pferd in die Brust geschleudert. Es bäumt sich auf, dreht sich Blut spritzend in der Luft, katapultiert Kyr mit dem Speer in seiner Brust weg, stürzt, wird von Kyrs rasendem Pferd überrannt, dessen Hufe zertrampeln seinen schreienden Kopf, zertrampeln seinen Herrn Rothand. Er wird von den Hufen weggetreten, fällt mit dem Gesicht nach unten. Sein weggeschleudertes

Schwert, das in den Schlamm getaucht ist, schwankt, zittert, steht still. Auch Rothand bewegt sich nicht mehr.

Schnell gefrorenes Blut bleibt so rot wie frisch vergossenes.

Zielbewußt wie Aasvögel bewegen sich die Endweiber zwischen den Gefallenen, wählen aus, wenden die Toten, um die Lebenden zu finden, die unter ihnen begraben sind.

Die körperliche Beschaffenheit des Besuchers bewahrt ihn vor Müdigkeit, aber nicht vor dem Entsetzen. Er hört die Schreie des Entsetzens in den Ohren, er stolpert darüber, wo es halb begraben im blutigen Schnee liegt. Seine Augen weiten sich darob.

Es ist schwierig für ihn, die Lebenden von den Toten zu unterscheiden. Er sieht, wie die Schwestern einige, die sich noch bewegen, untersuchen und liegenlassen; andere, die reglos daliegen, versorgen sie. Da ist einer: Gesicht nach unten, Arm grotesk verdreht; nun ... Der Besucher dreht ihn sanft um, mit übermenschlicher Kraft, hält seine Fackel nach unten, um sehen zu können. »Du bist tot.« Eine Vermutung. Die Augen schauen blicklos zu ihm auf. »Bist du tot?« Er wischt rosa Schnee von dem Gesicht. Es ist der Mann Rothand, der röchelnd zu atmen beginnt, auf seinen grauen Lippen bildet sich eine Blutblase. Der Besucher hält das für ausreichend und hebt ihn mühelos in seinen Armen hoch, wendet sich hierhin und dorthin, um herauszufinden, was nun zu tun ist. Rothands Atmen wird weniger mühsam; er hängt sich an den Besucher, fast wie ein Kind in den Armen der Amme, seine tauben Finger umklammern den braunen Umhang. Fauconrots Zelt: Er sieht die Fahne mit dem Becher von weitem, als jemand mit einer Fackel daran vorbeigeht. Selbst als es wieder in der Dunkelheit verschwindet, bewegt er sich unbeirrbar darauf zu, über dieses zertrampelte, schreiende Feld; und jeder einzelne Schrei wird einzeln eingegraben in sein unsterbliches, nicht dem Vergessen unterworfenes Gedächtnis.

Fauconrot fährt hoch, als er ihn sieht. Der Tag war für ihn voll von schrecklichen Dingen, aber irgendwie scheint jetzt das Gesicht des Besuchers das Schrecklichste von allem zu sein: Das, was unveränderlich und leer geschienen hatte, hat sich verändert, die Augen sind geweitet und tief umschattet, der Mund dünn und nach unten gezogen.

»Er ist es, Rothand.« Die glatte, kühle Stimme hat sich nicht verändert. »Hilf mir! Sag mir, ob er tot ist. Sag mir ... Er darf nicht tot sein. Das darf nicht sein. Er muß leben!«

Zwei

Der Sekretär

1

Ein Bildnis von Caermon: ein Mann, bekränzt mit Blättern, in einer Hand einen Strauß von Zweigen, auf einem Stein sitzend.

Er erkannte, obwohl er keineswegs einem Grund oder einer Anweisung für seine Existenz näherkam, daß sein Verständnis für seine Fähigkeiten wuchs, hauptsächlich durch das Erstaunen anderer. Fauconrot war zuerst sein Gehör aufgefallen, damals in der Kehle; seine Kraft beim Aufheben und Tragen des verwundeten Rothand hatte die Endweiber erstaunt. Jetzt hatte Rothand der Gelehrte beobachtet, wie er, nur innerhalb von einigen Wochen, die modernen und alten Sprachen lesen lernte – und alles behielt, was er dabei erfuhr.

Ein Bildnis von Shen: eine Frau, weinend, in einem von Hunden gezogenen Karren sitzend, eine Krone auf dem Haupt.

Der Besucher ermaß sein Wachstum auch an subtileren Dingen: Als er den Sohn des Königs Rot Senlin sah, mit gesenktem Kopf, das Schwert auf den Knien, die Aufmerksamkeit anderswohin gerichtet, fühlte er immer noch, nicht weniger als auf dem Schlachtfeld, die Kraft in ihm. Das gab ihm ein seltsam prickelndes Gefühl, der Kontinuität das angenehme Empfinden zu verstehen: Der König auf dem Schlachtfeld und der König hier, in Muße, das ist ein und derselbe König. Als der Besucher versuchte, Rothand dem Gelehrten diese Erfahrung zu beschreiben, konnte der Graue nicht begreifen, was daran wunderbar sein sollte. Er fand es viel faszinierender, daß der Besucher einen Stein, den er in die Luft geworfen hatte, dazu bringen konnte, langsam in seine eigene Hand zurückzuschweben, anstatt in seiner natürlichen Bahn herunterzustürzen. Der Besucher war seinerseits in der Verlegenheit, die Erklärung des Grauen nicht verstehen zu können, warum das, was er getan hatte, eigentlich unmöglich war.

Ein Bildnis von Doth: ein Mann mit einer Lampe oder einem Feuertopf, alt und zerlumpt, auf einen Stab gestützt.

Der Kopf Rothands des Gelehrten begann zu schmerzen. Vielleicht hatte er es in Wirklichkeit überhaupt nicht getan ... Der Besucher und das Geheimnis um ihn wurden schnell eher lästig als fesselnd, wie ein Rätsel ohne Auflösung. Selbst im strahlenden Winterlicht des Solariums im Hafen verursachte der Besucher eine Art Dunkelheit, so als würde ihn die dichte Unklarheit der fernen Vergangenheit, ausströmend wie ein Gas aus den alten Schriften, über denen er brütete, umwölken.

»Diese Bildnisse«, sagte der Besucher und markierte die Stelle, die er gerade gelesen hatte, sorgfältig mit dem Finger, ehe er aufblickte, »zeigen alle Männer oder Frauen. Warum ist das so?«

»Nun«, begann der Gelehrte, »der Prozeß der Symbolbildung ...«

»Ich meine, bei den Wochennamen könnte man doch annehmen, daß mindestens einer, oh, eine Weizengarbe, ein Pferd, eine Wolke ...«

»Der primitive Geist ...«

»Wäre es möglich, daß diese Namen einst tatsächlich die Namen wirklicher Männer und Frauen waren?«

»Nun ... was für Männer und Frauen denn?« Die Vorstellung der Grauen von der Vergangenheit, formuliert wie ihre einfachen, strengen, moralischen Fabeln aus einer langen Erfahrung mit den Regeln des menschlichen Verstandes heraus, enthielt schlicht, daß es vor einer bestimmten Zeit keine Taten gegeben hatte, daß die Menschen zu ungeformt waren oder zu wenig Geist hatten, um welche zu vollbringen, die erinnerungswürdig gewesen wären, und daß daher, weil sie keine Denkmäler hinterlassen hatte, die ferne Vergangenheit völlig unerforschbar war. Die Zeit begann, so sagten die Grauen, als der Mensch sie erfand und Dokumente hinterließ, durch die sie gekennzeichnet werden konnte. Der Versuch, diese Dunkelheit zu sondieren, besonders mit Hilfe von Manuskripten aus der Zeit vor den Grauen, die behaupteten, die Anfänge durch unverständliche ›Urbilder‹, ›Sinnbilder‹ und ›Schatten erster Dinge‹ zu erklären, war sicherlich fruchtlos und wahrscheinlich sogar ketzerisch. »Nein«, fuhr er fort, »das sind, glaube ich, nur Gedächtnishilfen, wenn auch unsinnig komplizierte.«

Der Besucher blickte einen Augenblick lang in das glatte, freundliche Gesicht des Gelehrten und kehrte dann wieder zu seiner Lektüre zurück.

Ein Bildnis von Barnol trägt diesen Sinnspruch: Breite Segel aus, um das Licht der Sonnen einzufangen.

Ein Bildnis von Athenol trägt diesen Sinnspruch: Leviathan.

»Leviathan«, sagte der Besucher leise.

»Ein imaginärer Gott oder vielleicht irgendein Ungeheuer«, sagte der Gelehrte. Für die rationale Denkweise der Grauen war beides eins. Plötzlich stand ein Diener im Torbogen des Solariums. Die Böden der Halle waren zur Dämpfung von Geräuschen mit Stroh ausgelegt worden, seit man Rothand beinahe tot nach Hause gebracht hatte: Die Diener bewegten sich wie Geister. »Der Schutzherr«, flüsterte der Diener und deutete auf den Besucher, »wünscht dich zu sehen.«

Leviathan ...

Der Besucher erhob sich, nickte dem Gelehrten zu, ging mit dem Mann hinaus und folgte ihm gewundene, strohbedeckte Gänge hinunter.

Leviathan. Es war, als habe ihn dieser Name in einer Dunkelheit, in der er sich allein geglaubt hatte, bei der Hand genommen. Habe ihn bei der Hand genommen und sei dann davongeschlichen. Vorsichtig, blind, forschte er nun in seiner Dunkelheit und suchte wieder nach dieser angsteinflößenden Berührung.

Rothand war sichtlich gealtert. Er saß, auf Kissen gestützt, in einem Baldachinbett, alte, kundige Diener machten Aufgüsse und Kompressen, und der Medizingeruch erfüllte den hohen Raum. Ein großes Feuer verströmte mächtige Hitze und bullerte gleichmäßig in der düsteren Stille. Rothands dunkel umrandete Augen fanden den Besucher und leiteten ihn zum Bett; Rothand klopfte auf die prunkvolle Bettdecke, und der Besucher setzte sich.

»Hast du einen Namen?« Der Besucher konnte in Rothands Gesicht die gleiche blinde Angst erkennen wie damals im Wald: Er konnte auch den verstümmelten Körper sehen, den er gerettet hatte. Beides war Rothand.

»Man nennt mich – Besucher«, antwortete er.

»Das ist ...«

»Es genügt.«

»Fauconrot hat mir – unglaubliche Dinge erzählt. An die er anscheinend glaubt.« Rothands Augen hatten den Besucher nicht losgelassen. »Ich nicht.«

Es gab eine Geste, die der Besucher gesehen, die er geübt hatte, wenn er allein war, nachdem er ihre verschwommene, aber nützliche Bedeutung erfahren hatte. Er führte sie jetzt aus: ein schnelles Heben der Schultern und Augenbrauen, dann Rückkehr zur Teilnahmslosigkeit.

»Du hast mir das Leben gerettet.«

»Ich ...«

»Ich möchte dich – belohnen, oder ... Gibt es irgend etwas, das du brauchen kannst?«

Alles. Konnte er das verstehen?

»Es gibt jetzt einen neuen König in der Welt. Ich habe ihn gemacht. Vielleicht ... war es ein Fehler von mir. Sicherlich habe ich dabei verloren.« (»Gib acht!« hatte sein Vater gesagt. »Hüte sie gut!«) »Aber es ist geschehen. Ich bin nun hoch aufgestiegen in der Welt, und ...« Er bewegte seinen sich verkrampfenden Körper vorsichtig auf den Kissen. »Der Gelehrte sagt mir, daß du schnell lernst.«

»Das sagt er auch zu mir.«

»Hm. Nun gut. Lerne also. So lange du willst. Alles, was du brauchst ... mein Haus, meine Diener stehen zu deiner Verfügung.« Er versuchte zu lächeln. »Ich werde mir zunutze machen, was du lernst, wenn ich darf.«

Stille, erfüllt von der Stimme des Feuers. Schon, so schien es dem Besucher, waren Rothands Gedanken anderswo. Es war seltsam. Ihm war, als sei er von weither gekommen, von einem Ort, an dem kein Mensch je gewesen war, und hatte, obwohl er es nicht aussprechen konnte, ein Wissen mitgebracht, das sie hier niemals erfahren konnten, wenn nicht von ihm. Und doch versenkten sie sich immer in ihre eigenen Angelegenheiten ... »Du warst in Rotshügel«, sagte Rothand. »Du hast dort meine Gemahlin gesehen. Ging es ihr gut? War sie gastfreundlich?« Er blickte zur Seite. »Hat sie ... von mir gesprochen?«

»Oft.«

»Sie hat mir von dir geschrieben. Dieses ... nichtssagende Gerede.«

Der Besucher schwieg.

»Ich muß dich als einen Menschen betrachten.«

»Mehr will ich nicht.«

Rothands Augen kehrten zu ihm zurück; es schien, als seien es wieder die Augen, die ihn in der Kehle voll Entsetzen angeblickt hatten: wachsam aus Angst und doch träumerisch.

»Wer bist du?« fragte Rothand.

›Vergessenheit.‹

Die Schutzherren hatten Vergessenheit erbaut, ebenso wie den Alten Wächter, weit entfernt an der Kante der Trommel nach Sonnenaufgang zu, in jenen Tagen, als sie die Hoffnung aufgegeben hatten, die wilden, nicht faßbaren Stämme der Außenlande erobern zu können; sie hatten es gebaut, um sicherzustellen, daß sie, wenn sie schon nicht erobern konnten, zumindest selbst nicht erobert würden. Die riesigen Gebäude, stark besetzt, hatten den Anschein diplomatischer Beziehungen mit den Häuptlingen der Außenlande ermöglicht; sie hatten mit der Zeit einen Stellvertreter des Königs als ihren nominellen Herrscher akzeptiert und nur gelegentlich versucht, ihn zu ermorden. Rot Senlin hatte diese Stelle innegehabt; und vor ihm Schwarz Harrah. Im Augenblick war der Posten nicht vergeben; aber wahrscheinlich, so dachte Jung Harrah, wird er Junior Rothand zufallen, wegen seiner verdammten, unerschöpflichen Geduld ...

In der Shenswoche saß Jung Harrah in den schwitzenden, unbehauenen Steinmauern von Vergessenheit, in ein Pelzgewand gewickelt; völlig sicher natürlich, aber eigentlich in einer Falle: Es kam auf das gleiche heraus. Ein Haufen von Außenländern zur Gesellschaft, der Frühling im Kommen, aber keine Hilfe zu erwarten.

»Kapituliere«, sagte er.

»Ich sehe es nicht«, sagte der Hauptmann mit den dicken Backen, dem er beigebracht hatte, ›Krieg im Himmel‹ zu spielen – oder zumindest die Steine zu bewegen. Die dicken Finger des Außenländers spielten mit zwei himmelblauen Steinen, schoben sie zögernd zwischen die Figuren, die auf dem Brett standen. »Vielleicht solltest du aufgeben?«

»Zieh!« Rot Senlins Sohn spielte König in der Stadt; die dicke Königin, die einstige Hure seines Vaters, leckte irgendwo in den Sümpfen der Außenlande ihre Wunden, flüsterte mit den Wickelbärten, die sie anbeteten; und Rothands Bruder, diese Bulldogge, klammerte sich hier fest, als ginge es um sein Leben, und war nicht abzuschütteln. Eine Zeitlang war es ganz lustig gewesen, sie dort draußen zu beobachten, sie ein paar Entbehrungen erdulden zu lassen, ehe sie ihren häßlichen, nutzlosen Siegespreis, diese Burg, einnahmen. Das Spiel war nicht mehr amüsant. Der Sohn spielte König in der Stadt ... das war das Spiel. Der Außenländer nahm den Siebenstein, biß sich auf die Unterlippe und setzte ihn wieder an dieselbe Stelle zurück. Jung Harrah seufzte.

»Na, na«, sagte der Außenländer. »Na, na.« Schließlich sah er die Falle und umging sie frohlockend. Jung Harrah klopfte mit dem Fuß, seine Gedanken waren anderswo, und warf ohne zu überlegen einen roten Stein quer über den Himmel.

Es war natürlich ein Kampf auf Leben und Tod. Die Königin glaubte, die Roten hätten Schwarz Harrah getötet. Sicherlich hatte sie selbst Rot Senlin, den Vater des neuen Königs, getötet, und auch Alt Rothand. Dafür konnte es keine Verzeihung geben. Sie mußten, er mußte, mit dem Sohn des Königs Rot Senlin kämpfen, bis Rizna Einhalt gebot. Ja. Und er konnte sich niemanden vorstellen, mit dem er lieber kämpfen wollte als mit dem goldgliedrigen König ... Mit seinen langen Zehen warf er den ›Krieg im Himmel‹ um, daß die Figuren durcheinanderklapperten. Der Außenländer blickte auf. Jung Harrah warf seinen schönen Kopf zurück und sagte: »Niederlage.«

Entlang der winddurchwehten Trommelkante, einem unfruchtbaren Land, wo die zerklüfteten Berge lang abfallend in die tiefer gelegenen Außenlande übergingen, war es noch Winter. Der Schnee war ein grimmiger Dämon, der die Wagenspuren füllte, die sich im Schlamm gebildet hatten und jetzt gefroren waren, und wie Sand wieder hinausgeblasen wurde. In Mäntel gehüllte Wachen schritten mit ihren Spießen auf und ab, Reiter bewegten verbissen ihre Rosse auf dem zertrampelten Boden. Der Wind erfaßte die Wimpel auf ihren Stäben, riß den Lagerhunden das Gebell vom Maul weg; und trug plötzlich von den Mauern von Vergessenheit das Kapitulationslied der Kriegsviole herüber, blies es in seltsamer Verzerrung durch das ganze Lager.

Jung Harrah führte die verdrossenen Außenländer durch den tiefen Einschnitt in den Felsen herunter, der die vordere Straße nach Vergessenheit war. Er ritt mit hocherhobenem Kopf, lauschte auf den entfernten Jubel der Sieger. An einer Kurve konnte er Junior Rothand und vier oder fünf andere sehen, die zu ihm heraufkamen. Er saß ab und ging Junior entgegen, der ihn erwartete. Es belustigte ihn zu sehen, daß Junior während der Belagerung Zeit gefunden hatte, sich den Schnurrbart eines jungen Mannes wachsen zu lassen. Die jubelnden Truppen wurden durch eine Handbewegung Juniors zum Schweigen gebracht, und Jung Harrah reichte ihm sein Schwert hinauf.

»Werde ich den König sehen?« fragte er.

»Vergebung«, sagte der König. »Milde.«

Die Hohe Stadt war wie ein staubiger Lappen ausgeschüttelt worden, bis sie von der Düsterkeit und den Schatten der Herrschaft von Klein Schwarz gereinigt war. Große, seit langem verschlossene Häuser wurden geöffnet und gelüftet, Straßen wurden verbreitert und mit hellem Stein neu gepflastert. Die Handwerker der Stadt, seit langem auf dem absteigenden Ast, mußten plötzlich Lehrlinge suchen, um die Bedürfnisse der Großen befriedigen zu können – denn wieder einmal gab es Große in der Stadt, ihre Kutschen flogen zur Zitadelle, sie wurden vom König empfangen, sie hatten Audienzen bei Rothand; sie brauchten alles, was in Mode war, diese Leute von den Hügeln, und ihre schläfrigen Stadthäuser wurden von einer Parade von Händlern aufgeschreckt, die an ihre dicken Türen klopften. Alle Haushofmeister schrien nach Kerzen, guten Wachskerzen, aber es gab keine: Es gab nur Schilfkolbenlichter, Talgkerzen, Pechfackeln, Lampen und Kienfackeln – die Kerzen hatte man alle in die Zitadelle gebracht, zum Schmuck des Balles.

»Keine Festnahmen, keine Hochverratsprozesse«, sagte der König. »Jetzt noch nicht.«

»Wenn jetzt nicht«, sagte Rothand der Gelehrte, »dann niemals. Du kannst nicht Jahre später alte Verbrechen verfolgen.«

»Ich meinte«, sagte der König und wandte sich einen Augenblick von seinem Spiegel ab, »keine Verratsprozesse für diese Verbrechen. Später ...«

Der Ball soll ein Maskenfest sein, ein uralter Brauch, den man wieder zum Leben erweckt hat. Der König wird als Hirsch, gefangen im Hain, erscheinen – ein Bild, das er in einem alten Gemäldezimmer entdeckte, das er sich nicht selbst hätte ausdenken können, da es seit unzähligen Jahren keine Hirsche mehr in den Wäldern gibt –, und während er entkleidet und vorbereitet wurde, unterhielt er sich mit Rothand und seinem Bruder, dem Grauen, und mit Rothands Sekretär. Der Gelehrte wollte nicht kostümiert gehen; ein Grauer darf das nicht; aber er trug eine Maske mit langer Nase. Rothand trug nur einen Domino, blutrot. Der König konnte nicht verstehen, warum Rothand seinen Sekretär auf dem Ball dabeihaben mußte, bestand aber darauf, wenn er schon dabeisein müsse, müsse er auch maskiert sein. Also erklärte sich der Sekretär mit dem Domino einverstanden –

genoß sogar die gesichtslose Zurückgezogenheit in dieser Maske.

»Die Schutzherren«, sagte Rothand, »werden dich dafür preisen.«

»Ich weiß es.«

»Sie sind in diesem Krieg reduziert worden.«

»Ich werde sie wieder aufstocken.«

»Große Grundbesitzer sind gefallen ...«

»Ich werde neue ernennen. Streng« – mit einer Verbeugung zum Gelehrten hin – »nach den Gesetzen der Erbfolge.« Er hob den Arm, damit ihm sein Kammerdiener das Hemd ausziehen konnte. »Warum glaubst du, Schutzherr«, sagte er lässig, »sind wir fähig gewesen, diese Sache durchzuführen?«

»Welche Sache?«

»Einen König stürzen, einen neuen König machen.«

»Kraft.«

»Rechtschaffenheit«, sagte der Gelehrte wohlwollend.

»Eher Kraft«, sagte der König. »Aber persönliche Kraft. Die Kraft großer Männer, deren Treue zu dem alten König nur in einem Eid bestand.«

»Nur?« sagte der Gelehrte.

Der König lächelte. »Ich will nur sagen, das, was wir getan haben, könnte sich wiederholen.« Er sah mit träumerischem Interesse im Spiegel zu, wie sein Kammerdiener ihm Rock und Beinkleider abstreifte. »Ich möchte das verhindern.«

»Durch ...«

»Durch die Schaffung einer neuen Art von Schutzherren. Deren Loyalität hier liegt, in der Zitadelle. Die ihre Stärke weniger in irgendwelchen entfernten Hügeln und Vasallen suchen, sondern direkt« – er wandte sich nackt zu ihnen um – »in der Person des Königs.«

Rothand, in seinen Domino gehüllt, war undurchschaubar.

Der Kammerdiener des Königs kleidete ihn unter leisem Knistern des kostbaren Materials in prachtvoll mit Bildern geschmücktes Grün.

»Der Hain«, sagte der König. Die Kerzen des Raumes spielten auf dem Stoff, ließen goldene Lichter in den Blättern aufglitzern wie Mittagssonne. Der König nahm aus der Hand seines Kammerdieners einen großen Kopf, mit goldenen Hörnern versehen, die gleichzeitig eine Krone darstellten und mit Bändern behängt waren.

»Der Hirsch«, sagte er. »Die roten Bänder sind sein Blut, diese blauen hier seine Tränen.« Er setzte den Hirschkopf auf seinen eigenen blonden, und man half ihm in hohe Schuhe, die unter dem Haingewand zierliche Hufe sehen ließen.

Gegen seinen Willen war Rothand von diesem Glanz beeindruckt.

Nur …

»Wo«, fragte er, »ist der Jäger?«

Da sieht man eine Rose mit einem Wurm in der Brust, die mit einem gespenstischen Selbstmord lacht; da sieht man einen Käse voll Löcher, der vorgibt, sich vor dem Teller und dem Messer zu fürchten; da gibt es zwei brennende Häuser, die einander kühl gegenüberstehen; da gibt es eine Sternennacht, da gibt es eine Weizengarbe, ein Pferd, eine Wolke.

Da gibt es etwas, nicht Mann, nicht Weib, in einem Stern gemacht; aber es ist als Sekretär des Großen Schutzherrn Rothand verkleidet, und den Sekretär hat man dann, wie seinen Herrn, in einen roten Domino gehüllt.

Wo ist der Jäger? Er ist ganz in grünes Leder gekleidet, trägt einen Gürtel und Schnallen und hat einen Bogen und alte Wurfpfeile. Als der Hirsch ihn sieht, springt er auf und rennt davon, schreitet auf seinen winzigen Hufen durch die erschrockene Menge. Die Musik kommt aus dem Takt; die Schatzkiste unterbricht ihren Tanz mit dem zerbrochenen Krug, der sich an den Berg wendet; er stößt dabei an den Kopf ohne Körper, so daß sein Trinkbecher verschüttet wird.

Unter einem großen Kreis aus Kerzen, die über einem Podium hängen, wird der Hirsch in die Enge getrieben. Er zittert; wenn er zittert, lassen die Kerzen seinen sich bewegenden Hain aufglitzern. Der Jäger zieht einen Pfeil hervor und zielt.

»Was ist das für ein Mummenschanz?« fragt Rothand und setzt seinen Becher nieder.

»Wird er den König erschießen?« fragt sein Sekretär.

Rothand lacht kurz auf und drängt sich durch die murmelnde Schar von Masken bis zu einem Platz, von wo aus er sehen kann.

»Stoß zu!« sagt der Hirsch mit mächtiger Stimme. »Ich werde nicht mehr vor dir fliehen; dies ist wahrlich dein Tag, und dein Haus möge über dein Jagdglück frohlocken.«

Der Jäger zögert. »Mein Arm verweigert mir den Dienst, meine Finger rebellieren gegen den Wunsch meiner Hand.«

»Sieh«, ruft der Hirsch, »deine Klinge hat eine rote Quelle hervorsprudeln lassen; es ist an dir, sie in einen Brunnen zu fassen; tu es schnell!«

Der Sekretär flüstert Rothand ins Ohr: »Diese Worte. Das ist ein Lied aus den *Tausendundsieben Liedern*.«

»Ja?«

»Ja. Es ist ein ... Liebeslied.«

»Warum weinest du?« fragt der Jäger und senkt den Bogen. »Hatten wir nicht den ganzen Tag lang eine schöne Jagd? Bist du mir nicht wieder und immer wieder entschlüpft, wenn ich alles verloren glaubte und hätte alles aufgeben mögen, und ist es jetzt nicht gut, daß ich dich durch meine Kraft so weit gebracht habe?«

»Es ist gut so.«

»Weine nicht.«

»Ich muß.«

»Ich kann nicht schießen.«

»Wo sind dann deine schwarzen Jagdhunde, die so viel von meinem roten Blut vergossen haben?«

»›Schwarze Jagdhunde‹ ist falsch«, flüstert der Sekretär Rothand zu. »Es gab keine Jagdhunde. Im Lied ... schießt er.«

»Schau hin!« sagt Rothand. »Ich beginne zu verstehen.«

Auf das Zeichen des Jägers hin springen sieben schwarze

Jagdhunde hervor, die auf den Hirsch zueilen und ihn bedrängen. Aus seinem Hain (oder aus der Kulisse dahinter) kommen, als der Hirsch aufschreit, sieben rote Wunden hervor. Die Sternennacht neben Rothand schreit auf. Dann weichen die Hunde zurück und bedecken ihre Augen.

»Sie sind erstaunt«, ruft der Jäger. »Sie werden dir kein Leid mehr zufügen, nachdem sie dich in diesem Jammer sehen.«

»Befiehl es ihnen!«

»Ich kann es nicht! Meine Zunge sträubt sich gegen den Gedanken, dies zu sagen!« Plötzlich, wie in großer Qual, stürzt er auf das Podium, fällt vor dem Hirsch nieder und huldigt ihm. »Edles, edles Tier! Jede Wunde, die du empfängst, ist eine Wunde in meinem eigenen Körper. Jeder Hund, der dich anfällt ...« – er gibt ihnen ein Zeichen mit der Hand, woraufhin auch sie dem Hirsch huldigen –, »scheint mich bluten zu machen. Vergib mir dies und alle anderen Frevel! Ich werde keinen Mord an dir begehen und niemals wieder nach deinem roten Blut dürsten!« Er bricht seinen dünnen Spielzeugbogen übers Knie. »Und diese stummen Geschöpfe ...« – er deutet auf seine kauernden Jagdhunde –, »in ihrem Namen bitte ich das stumme Blut, das sie vergossen haben, um Vergebung.«

»Erhebe dich, tapferer Jäger!« ruft der Hirsch voll Freude. »Trage Braun, nicht Grün, denn mit diesen Worten beginnen meine Wunden zu heilen ...« Er gibt ein unauffälliges Zeichen, und die Musik fällt ein; jeder der Hunde umarmt eine Wunde.

»Ich vergebe dir! Dir und all diesen Tapferen, die durch diese Bitte mehr als tapfer sind. Komm!« Er beugt sich nieder, hebt den Jäger auf; die Musik spielt eine fröhliche Weise. Er zieht dem Jäger die grüne Ledermaske vom Gesicht.

Jung Harrah, vom Spiel erhitzt, wendet sich lächelnd an die erstaunte Gesellschaft.

Alles schweigt. Die Musik zittert ins Leere.

Rothand tritt vor, wirft seinen Domino zurück, um sich zu erkennen zu geben, und beginnt zu applaudieren. Sein Applaus klingt einen Augenblick lang hohl, einen langen

Augenblick, und dann beginnt die Sternennacht zu klatschen; dann der Käse und der Selbstmord, das brennende Haus und die Schatztruhe. Der Hirsch, hocherfreut, schiebt Jung Harrah und Rothand aufeinander zu, damit sie sich umarmen. Die Masken drängen sich applaudierend nach vorne, um zu gratulieren.

Rothand nimmt Jung Harrah am Arm. »Schade«, sagt er, »daß die Königin, die an derselben Jagd so eifrig teilgenommen hat, nicht hier ist, damit auch ihr vergeben werden kann.« Jung Harrah blickt ihn an, sein Lächeln wird unsicher. »Hast du meinen Bruder gesund angetroffen?«

»Er hat mich gefunden, Schutzherr.«

»Ist er gesund? Ich frage nur, weil seine Gesundheit nicht sehr stabil ist, und die Winde an der Kante ...«

»Schutzherr«, sagt Jung Harrah mit kaum merklicher Schärfe in der Stimme, »dein Bruder kam als Eroberer zu mir, nicht als guter Bekannter. Ich habe mich nicht nach seinem Wohlbefinden erkundigt.«

»Schon gut. Nun, wenn ich dieses Spiel richtig verstanden habe, sind wir hier beide zu Brüdern des Hirschs gemacht worden. Ich möchte, daß du mir ein Bruder bist, nicht ein Besiegter, auch kein guter Bekannter.«

Der Jäger schenkt ihm ein halbes Lächeln, wendet sich dann um und schüttelt anderen die Hand.

»Diese anderen«, sagt Rothand zum Hirsch, »ich glaube, ich kenne sie. Werden wir ihre Gesichter zu sehen bekommen?«

Pantomime: Jeder der sieben Jagdhunde nimmt seinen haarigen Kopf ab, jede der Wunden schlägt ihren rotbebänderten Umhang zurück.

»Wie ich es mir dachte«, sagt Rothand zu seinem Sekretär. »Die Jagdhunde sind junge Verteidiger der Schwarzen, jüngere Söhne von gefallenen Vätern, solche, deren Ergreifung vielleicht vorgesehen war. Die unschuldigen Wunden – das sollten sie doch sein? –, Sennrot, der Bruder des Königs, Söhne von unnachgiebigen Vätern, kleinen Landbesitzern, solchen ...«

Der letzte Hund hat sich demaskiert. Ein dicker, tierischer

Kopf, hundeähnlicher als seine Maske. Es ist ein Gesicht, das Rothand flüchtig kennt; ein gewisser Bastardsohn von Farin dem Schwarzen.

Der Hirsch hat wieder zu sprechen begonnen, von Liebe, Versöhnung, einer neuen, schönen Ordnung der Dinge. Rothand wendet sich ab, schiebt die murmelnden Gäste beiseite und verläßt den Tanzboden.

»Süßer, komm zu Bett!«

Keiner sieht es, außer dem augenlosen Hirschkopf, der auf einem Stuhl liegt.

»Ich lasse mich nicht verspotten.« Jung Harrah trinkt seinen Becher leer, nackt steht er vor dem Baldachinbett.

»Niemand verspottet dich.« Der König legt das Haingewand ab, läßt es raschelnd fallen. »Komm zu Bett!«

»Rothand.«

»Rothand«, sagt der König. »Rothand ist einer von meinen Männern. Er wird dich lieben um meinetwillen.«

»Er wäre gerne dein Herr.«

»Ich habe keinen Herrn.«

Der Raum dampft vor Weihrauch; die Bettvorhänge, die Harrah beiseite zieht, sind so fein wie Rauch. »Keinen?«

»Keinen anderen.« Er bewegt sich ungeduldig im Bett. »Liebster. Beherrsche mich.« Er greift hinaus und zieht Harrah zwischen die Laken. »Beherrsche mich. Beherrsche mich …«

2

Es war, als würden sich dieses Frühjahr aller Augen und Ohren einwärts wenden, zu der Stadt auf der Nabe in ihrem Ring von Bergen.

Das Verlangen des Königs nach künstlerischen Darbietungen, Siegesfeiern, prunkvollen Aufführungen wurde größer; unzufrieden mit den schäbigen Schaustellertruppen, die an finsteren Straßenecken Stücke aufführten, die jeder auswendig kannte, gab er seine eigenen Stücke in

Auftrag, die von eifrigen jungen Männern aus alten Geschichten zusammengeschrieben wurden, Geschichten voll von neuem Witz und unerhörtem Aufwand. Zunftangehörige aus der Stadt benützten ihre Werkzeuge zu seltsamen Zwecken, indem sie die Apparate für Entführungen und Inthronisationen bauten, mechanische Wunderwerke – und die geschicktesten von ihnen wurden gut bezahlt, mit glänzenden Münzen, die der König neu hatte schlagen lassen und die nicht eine rohe Wertangabe als Aufdruck hatten, sondern sein eigenes Profil – fast zu schön waren sie, um ausgegeben zu werden.

Der König selbst bot jedoch das auffallendste Schauspiel. Mit seinem Gefolge aus jungen Verteidigern, alle gutaussehend, alle stolz, einen Baldachin über sich und vor sich Soldaten mit phantastischen Spießen und Fahnen, ritt er jede Woche durch die Stadt, besuchte die Zunfthallen und die Läden der Handwerker, überwachte den Bau von Torbögen und die Vorbereitung von Schauspielen, von ›Das Schwert namens kostbare Kraft‹ oder ›Die bei König Ban vorgebrachten Klagen‹; zu seiner Rechten ritt immer Jung Harrah, zu seiner Linken Rothand, der Herr der Stadt, mit seinem Schatten, dem Sekretär, ganz im roten Domino; und dahinter, dicht dahinter, des Königs Bruder Sennrot.

Sennrot, der Bruder des Königs, war so klein und dunkel wie der König groß und blond war; manche sagten, ein anderer als Rot Senlin müsse Sennrots Vater gewesen sein, während Senlin königlicher Stellvertreter in den Außenlanden gewesen sei, habe ein anderer wahrscheinlich ... Aber das sagte ihm niemand ins Gesicht. Sennrots rechte Schulter war höher als seine linke, deswegen nannte man ihn schief; aber die Ursache für diese gekrümmte Haltung war nur seine ständige Übung mit dem Schwert; durch diese Übung war er jedem lebenden Mann gewachsen, obwohl er, wie er dachte, sich deswegen die Liebe seines Bruders nicht verdient hatte.

Die Fahne, die in diesem Prunkzug Sennrot vorangetragen wurde, war die des Hundes; er hatte sie sich selbst ausgesucht; er hatte sich zum Wachhund für seinen Bruder gemacht, und wenn die Ratgeber gingen und die Leibwächter schliefen und der König betrunken war und herumstreifte, um mitten in der Nacht nach seinem Liebhaber zu suchen, gab es immer noch einen, der wachte, stumm wie ein Hund.

Der auch jetzt wachte, mit halbem Ohr die Neckereien zwischen Jung Harrah und dem König aufnehmend, neben ihnen war Rothand, finster und altmodisch.

Rothand. Einst hatte Sennrot Rothand mißtraut, hatte gedacht, wenn Gefahr drohe, würde sich Rothand gegen die Senlinsippe stellen. Dann waren ihre Väter gemeinsam bei Vergessenheit gestorben, und Sennrot hatte am Kleinen See neben Rothand gekämpft: und er hatte Rothand einen Teil seiner dunklen Liebe geschenkt. Es schmerzte ihn jetzt zu sehen, wie sich sein Bruder von Rothand abwandte; noch mehr schmerzte es ihn zu sehen, daß er sich Jung Harrah zuwandte.

Niemand wußte, daß es Sennrot danach verlangte, Jung Harrahs Blut zu vergießen, ihn an geheimen Stellen zu verwunden, denn niemand fragte nach Sennrots Meinung. Das war gut so.

Sie zogen langsam die Glockengießerstraße hinunter, durch Menschenmengen hindurch, die begierig waren, den König zu berühren (nur wenige hatten jemals auch nur von ihrer Arbeit aufgeblickt, um Klein Schwarz vorbeireiten zu sehen); begierig waren sie auch auf die neuen Münzen, die er verteilte.

Es war gut so. Denn Sennrot wußte, wem die Liebe des Königs gehörte, und er wollte lieber sterben, als sie verletzen. Aber Rothand ... Jetzt übertönte das Dröhnen und Klingeln der Glocken das Gelächter des Königs mit Jung Harrah; Sennrot sah, wie sie sich lachend Rothand zuwandten, der sich abwandte. Sennrot drängte sich nach vorne, winkte die Spießträger beiseite und nahm Rothands Arm mit dem starken Griff seiner Schwerthand.

»Es gibt einen neuen Witz«, sagte er im Schutze des Glokkengeläuts zu Rothand. »Man fragt sich bei Hofe, wer denn jetzt das Zepter des Königs hält.« Er starrte ohne zu lächeln zu Rothand hinauf. »Verstehst du? Wer jetzt das Zepter des Königs hält.«

Wütend, mit rotem Gesicht zog Rothand seinen Arm aus Sennrots Griff und drängte sich aus der Prozession, durch die neugierige Menge, hinaus und fort, die Straße der Goldschmiede hinunter, dicht gefolgt von seinem Sekretär.

Ein großer, gelber Wanderer ging in dieser Nacht voll auf und schien in die Straßen der Stadt, auf geschlossene Kutschen, auf späte Zecher in zerdrückter Kleidung; ruhig, weiblich, überstrich er die engen Straßen und die hohen Häuser mit bleichem Licht. Er schien auf zwei Spaziergänger, einer in einem Domino, und verwandelte ihre rote Farbe in neutrales Schwarz.

Seit er zum Königlichen Herrn der Stadt ernannt worden war, hatte Rothand oft schlaflos die Nächte durchwandert, die gewundenen Straßen entlang; er hatte die Stadt kennengelernt wie ein Straßenräuber, er kannte ihre geheimen Orte, ihre verschwiegenen Plätze, die spät noch geöffneten Tavernen und die Nachtschwärmer – Wasserleute und Huren, Wächter und die, die sie bewachten, Liebespaare, allein zu zweit: Er fand einen Trost in der Stadt, den er in der Stille seiner Parks auf Rotshügel nie gefunden hatte. Kein Herr der Stadt hatte sie je so gut gekannt wie Rothand; wenn Schwarz Harrah von der Zitadelle auf seine Besitzungen gefahren war, hatte er eine geschlossene Kutsche benützt. Rothand und sein Sekretär blickten von einer alten Bogenbrücke hinab auf den lautlosen See.

›Wenn ihr nach mir tretet, werde ich bis auf die Knochen durchbeißen.‹

In der Reihe von Hütten am Seeufer brannte Licht. Aus dieser Tür trat eine große, schlanke Gestalt mit einem Bündel, legte es in ein kleines Boot und stieß ab, hinaus auf den See, wo das Licht des Wanderers zitterte.

»Der König«, begann der Sekretär, »und Jung Harrah ...«

»Sie müssen wissen«, brummte Rothand. »Sie müssen wissen, daß ich ihn töten werde, wenn ich kann.«

Der eine Wanderer war untergegangen; ein neuer, blaßblau, war aufgestiegen, als sie das andere Ende des Sees erreichte. Sie steuerte ihr Boot zwischen die kleinen Schiffe, die hier schliefen, und stieg von Deck zu Deck, wie über Trittsteine, hinaus auf den Kai. Jemand rief ihr zu, und sie antwortete mit dem singenden Ruf der Wasserleute; der andere wollte nicht mehr wissen und schwieg. Sie wartete einen langen Augenblick im Schatten eines Windengerüsts, lauschte auf andere Geräusche als die des Sees; hörte nichts und ging schnell die Wassertreppe hinauf bis dorthin, wo diese die Straße in die Berge erreichte. Dort holte sie sich nicht im Wachhaus eine Erlaubnis, die Straße zu betreten, sondern verschwand mit einer Lautlosigkeit, die sie nicht auf dem Wasser gelernt hatte, in den dichten Wäldern, die neben der Straße entlangführten.

Die Fackeln des Wachhauses, die den weiten Eingang der Straße erleuchteten, lagen weit hinter ihr, als sie wieder einen langen Moment stehenblieb und auf Geräusche neben denen des Waldes lauschte. Wieder hörte sie nichts, zog sich an dem Buschgewirr am Straßenrand hoch und trat hinaus auf die glatte, blaue Straße, freudig erregt wanderte sie in tiefer Nacht mit langen Schritten dahin.

Ihr Name war Nyamé, und der Name ihres Namens war Nod. Der Name ihres Gewehrs war ›Plötzlich‹. Sie trug Plötzlich in einer Hülle aus geöltem Ziegenleder an ihrer Seite, so wie die Wasserleute ihre Habseligkeiten bei sich tragen, denn sie war die Tochter eines Wassermanns: das heißt, Nyamé war das. Nod war eine Gerechte. Plötzlich hatte das gesagt.

Feuchte Winde hatten die Tage überbrückt, in denen Fain und Shen sich trafen, und dann war es warm und trocken geworden; jetzt waren die Pflastersteine unter ihren Füßen grün von Moos, und neben der Straße waren winzige, sternförmige Blumen erblüht. Die Kapuze ihres Reiseumhangs von unbestimmbarer Farbe, der das Ziegenleder, das Gewehr und alles übrige bedeckte, war zurückgeschlagen, und der Nachtwind kraulte ihren kurzgeschorenen, blonden Kopf; er schien ein Wort in den knospenden Wald zu sprechen, ein Wort, das sie beinahe hören konnte: ›erwache‹, und auch das nicht. Es ermutigte sie; beinahe ohne sich dessen bewußt zu sein, begann sie als Antwort auf den ruhiger werdenden Wind zu singen.

Die Melodien waren die, die das Volk schon immer gesungen hatte, sie waren einander so ähnlich, daß eine in die andere überging, ohne daß sie das beabsichtigte. Die Worte jedoch waren die der Gerechten: voll Trauer und Hoffnung, albern und bedrückt. Sie sang von alten, alten Dingen, von Göttern, die seit langem schliefen, von den Zweiundfünfzig, die nie geboren worden waren, den Himmelsseglern; sie sang, wobei sie einige Intervalle übersprang, Scherzreime, die den König und all seine Edlen verspotteten, sie einen närrischen Reigen tanzen ließen, ehe sie tot umfielen, wie sie alle, einer nach dem anderen, fallen mußten: Denn sie sang auch von ihrem Gewehr und seinem Hunger. Sie sang von der Tiefe und ihren Wesen, vom Leviathan, der sich um den Pfeiler der Welt ringelt und alle Dinge träumt, die es je gab, die schon damals alt waren und nur in der Erinnerung lebten, als die Grauen noch jung waren. Sie sang, und Tränen stiegen ihr in die Augen, vom Jungsein, von der Tapferkeit und vom baldigen Tod.

Ich lag am Abhang
Ich träumte von Adar
»König Rot liegt am Trommelspalt,
Aber er wird sich nicht mehr erheben
Diesen nenne ich den Flucher
Dies ist der Feuerstein, jenes die Kugel, mit der ich ihn füttern werde,
Damit er sie in König Rots Auge spuckt.«

Ich erwachte am Abhang
Die Brüder und Schwestern waren versammelt
»König Rot liegt am Trommelspalt
Eine Steinkugel in der Stirn
Aber der, den ich den Flucher nenne, ist zerbrochen
Und Adars Fleisch sättigt die Hunde, die König Rot betrauern.«

Adar, das Gras wächst immer noch am Abhang
Das lange Gras des Vergessens, das uns bedeckte;
Warum, warum kommst du nicht hierher, wo ich liege und warte?

Die gepflasterte Straße ging bald in einen unbefestigten Weg über, der durch den Frühjahrsregen aufgeweicht war, und der Weg wurde oft zu einem Pfad, der nur durch stabile Steinbrücken, die die Alten schon gebaut hatten, um die tiefsten Gräben zu überspannen, gekennzeichnet war. Diese Brücken zählte sie, und an der fünften blieb sie, gerade als gleichzeitig die Sonne und ein dünner Nebel aufstiegen, stehen; sie blickte schnell hinter sich, dann stieg sie in den Graben unter der Brücke. Ein Pfad, der aussah, als hätte ihn der Regen ausgewaschen, was aber nicht der Fall war, führte stetig abwärts, tief unter die alten Bäume, deren Wipfel den Graben füllten. Während sie ging, wurde das, was von oben unpassierbar schien, mehr und mehr eine bequeme Klamm in der Finsternis dort unten. Sie aß beim Gehen Brot und Käse, lauschte auf die erwachenden Vögel; und noch ehe die Sonne den Nebel völlig vertrieben hatte, stand sie vor der Tür im Wald.

Hatte es wirklich einmal jemanden mit dem Namen Adar gegeben?

Sie kannte einige, die ihre Namen nach ihm benannt hatten. Aber König Rot war mit Sicherheit in hohem Alter in seinem Bett gestorben, als Gefangener in der Zitadelle.

Einst, vor so langer Zeit, daß niemand seinen oder den Namen des Königs wußte, hatte ein Gerechter einen König getötet.

Und jetzt, dachte sie, töten sich die Könige gegenseitig. Mögen sie doch, betete sie, damit fortfahren, bis der letzte seines Stammes allein steht, verlassen, mit der Krone, seinem Schatz, allein vor den Gerechten; und möge dann ein Gewehr vertraulich mit ihm sprechen; und möge dann das Volk endlich frei sein.

Zu ihren Lebzeiten, solange sie noch jung war? Wie viele

von den Gerechten mochten sich das schon gefragt haben, seit wie langer Zeit ...?

Jedem, dem es nicht erlaubt war, sie zu durchschreiten, jedem, der nicht zu den Gerechten gehörte, wäre die Tür im Wald nicht als Tür erschienen. Sie war nur ein enger Pfad zwischen den verschlungenen Wurzeln zweier alter Bäume, mit unentrinnbaren Todesfallen auf beiden Seiten; sie bemühte sich aber, all die richtigen Zeichen für die Wächter der Tür zu machen, die sie nicht sehen konnte, von denen sie aber wußte, daß sie dort wachten.

Hinter der Tür sah es ziemlich genauso aus wie davor; auch hier war die düstere Klamm, und auch hier erwachten die Vögel. Ihr jedoch war es, als habe sie all ihre Ängste an jener Tür zurückgelassen und sei endlich nach Hause gekommen. Als der Pfad schließlich den Wald verließ und auf eine weite Wiese hinausführte, konnte sie weit unten das ganze Tal übersehen; hinter dieser Wiese war wieder eine Wiese, dann noch eine, sie zogen sich hin wie Teiche aus Gras im Wald, hinunter bis dorthin, wo die steinigen Wände des Tals eine weitere Tür zu schließen schienen. Dann ragten schroffe Bergwände auf; weit entfernt zeigte sich ein bleiches Glitzern; Sonnenlicht streifte die weißen Steine von Unantastbar. Sie konnte es sehen, aber von dort aus nicht gesehen werden: ein prickelndes, stilles Vergnügen.

Hier, am Rande der Wiese, bildete das frische, mit Blumen geschmückte Moos ein Bett, und sie legte sich in plötzlicher Erschöpfung dankbar nieder; das Gewehr in seiner Hülle behielt sie neben sich, ihr Bündel schob sie sich unter den Kopf, dann schlief sie ein.

Sie erwachte, weil sie fühlte, daß jemand da war. Sie hatte vergessen, wo sie sich befand, oder wann sie hierhergekommen war, oder welche Tageszeit es jetzt war: Aber das wußte sie, daß jemand in der Nähe war und sie beobachtete. Sie setzte sich unvermittelt auf, alles schien gleichzeitig hier Form anzunehmen: Spätnachmittag, hinter der Tür, und vor ihr ein Knabe, lächelnd, ein Gerechter.

Beinahe ein Spiegelbild ihrer selbst, er hatte ihr kurzes, blondes Haar, ihre hellen Augen, ihre langen Glieder, und sie lächelte sein Lächeln. Sein grobes Wollgewand war zu dem gleichen Blau verblichen wie seine Augen – als sei es ein Teil von ihm, hatte es nicht zu glättende Falten wie seine Hände, war es glatt und nützlich wie seine nackten Füße. Über seinem Rücken, beinahe so lang wie er selbst, hing ein schwarzes, mit Bildern bedecktes Gewehr.

Aus einem Beutel zog er eine Handvoll grauer, welkender Blätter. »Ich habe sie für dich gesammelt.«

»Woher weißt du, daß ich hier bin?«

Er lächelte. »Ich habe dich schon vor Stunden gefunden. Habe die hier gesammelt. Ich habe dir beim Schlafen zugesehen.«

Als er das sagte, glaubte sie sich zu erinnern, daß sie von ihm geträumt hatte. »Wie wird dein Name genannt?«

»Mein Name wird Adar genannt.«

»Mein Name wird Nod genannt.« Nicht ihren Namen sagte sie, sondern, wie ihr Name genannt wurde. Warum schien das mehr zu verraten, als wenn sie ihren Namen gesagt hätte?

Adar hatte einen flachen Stein gefunden und die grauen Blätter daraufgelegt; mit Feuerstein und Stahl brachte er den kleinen Haufen zum Glimmen. Hungrig beugte sich Nod darüber, fächelte sich mit den Händen den Rauch ins Gesicht und atmete ihn ein. Adar tat das gleiche, als Nod gesättigt zur Seite gerückt war; sie beugten sich abwechselnd darüber, bis alles zu bleicher Asche verbrannt war. Dann saßen sie nebeneinander und blickten über das Tal hinaus.

Obwohl flaumige Wolken über dem Tal aufstiegen und es überquerten, schien es ihnen jetzt, als drehe sich das Tal unter bewegungslosen Wolken, scharf und klar, als sei es für einen gewaltigen Festzug gemalt. So schien auch der Wind, der die Wolken bewegte, eher die Bewegung des Tales durch die stille Luft zu sein: Die beiden, im Mittelpunkt dieser Bewegung, sahen zu, wie sich die Welt unter dem Himmel drehte.

Dann betrat das sich drehende Tal Neuland: Die Wolken, unter denen es sich bewegte, wurden dichter, grau wie Lammwolle, und das Tal bewegte sich schneller durch kühle, feuchte Luft, die ihnen das Haar zauste und ihre Nasenlöcher öffnete. Das Tal stöhnte in seinem beschleunigten Lauf, mahlte vielleicht Felsen, aus denen bleiche Blitze zuckten; dann schob sich der vordere Rand durch einen Vorhang von Regen, und die dicken Tropfen erfüllten die Luft, erschreckten sie und vertrieben ihren Traum. Sie rückten zusammen, zogen sich zurück in den dichten Hain, der plötzlich vom Lärm des Regens voll war; sie ertappten sich dabei, wie sie gegenseitig ihr regennasses Fleisch kosteten.

Sein Hunger überraschte sie; sie selbst fühlte sich kühl, gelassen, so wie sie sich gerne vor einer gefährlichen Sache fühlte, obwohl es oft nicht so war; sie genoß das Gefühl jetzt, half seinen hilflos-gierigen Händen, sie zu entkleiden. Sie ließ ihn sich an ihr gütlich tun, ließ sich allmählich von seiner Hitze aus ihrer Zurückhaltung locken, bis sie aufschreien mußte: Sich diesen Aufschrei zu gestatten, war wie ein Rückwärtsfallen, wenn man weiß, daß etwas Weiches den Fall dämpfen wird. Ihr Schrei beruhigte seine Leidenschaft, seine Hände verloren an Sicherheit; da begann sie, ihn zu nehmen, zog das weiche Wollgewand von seinem glatten Fleisch.

Donner schlug auf sie nieder. Der Hain wurde im Gewitter wild und dunkel.

Es hatte sie immer fasziniert, blind, gierig, so hilflos und verletzlich und dann zu gebieterisch, als daß man es hätte abweisen können. Sie fühlte sich wieder gelassen, aber jetzt auf einem höheren Gipfel, bereit zu springen, aber noch zögernd. Er machte eine Bewegung auf sie zu, es änderte nichts, jenes hielt sie mit seinem blinden Auge fest: Als sie es nahm, hüpfte es wie erschrocken in ihrer Hand.

Als sie erwachte, ließ um sie herum der Hain die Tropfen von einem schaudernden Blatt zum anderen fallen. Draußen waren die Wolken wie dunkle Fetzen vor dem hellen Nachthimmel, an dem nur die hellsten Sterne erkennbar waren. Um die Wiese herum saßen viele, in dunklen Zweier- oder Dreiergruppen, der lange, schwarze Schatten ihrer Gewehre war scharf in dem seltsamen Licht. Aus dem Wald und dem Tal dahinter kamen noch mehr, geräuschlos, riefen mit den Stimmen nächtlicher Wesen, um sich anzukündigen. Adar war verschwunden.

Das war es, wozu sie gekommen war.

Im Zentrum der Wiese ein Zelt, etwas Ähnliches wie ein Zelt – zwei schlanke Stangen, ein hauchdünnes Tuch, ein Teppich über das nasse Gras geworfen. Auf dem Teppich Einer, zu dem einzeln jeder auf der Wiese kam. Nod wartete, sah zu, bis sie eine unsichtbare Bewegung in der Menge fühlte, die sie auf die Beine trieb und ihrerseits zum Zelt führte.

Schmal, weich, weiß wie der Tod, mit einer Mähne weißen Haares, hockte das Weder-Noch auf dem Teppich wie ein plumper, weißer Vogel; auf dem bemalten Brett vor Ihm waren die Bildkarten eines länglichen Päckchens ausgelegt.

Das Weder-Noch, weder Mann noch Weib, Richter der Gerechten, Hüter der Neunundfünfzig Karten und aller Geheimnisse. Es – nicht-er-nicht-sie – löste in Seinem langen, zerbrechlichen Körper die Widersprüche auf, die die Herrscher dieser Welt (und besonders ihre Günstlinge, die Grauen) im Streit halten wollten: Herrscher und Beherrschte; Gut und Böse; Zufall und Sicherheit; Mann und Weib.

Seit es die Gerechten gab, wurden sie von einem solchen Wesen geführt; seit das erste erschienen war, vor vielen Menschenaltern, um die Menschen von der Tyrannei zu befreien. Dieses erste Weder-Noch war aus dem Nichts erschienen, ein reiner Ausfluß der Tiefe oder des Himmels, Es trug in einer Hand die Karten, in der anderen ein Gewehr – geschlechtslos, ohne Öffnungen und Anhängsel; ohne Geburt und Nabel; unsterblich, Es war nur fortgegangen und hatte nichts zurückgelassen.

Dieses Weder-Noch, Nachfolger des ersten, heiliger Körper Chalahs, Zwei Hände der Wahrheit, warf Seinen Farbtopf und Seine Spiegelscherbe angeekelt weg. In diesem Licht konnten Seine Augen nicht ähnlich wirken ... Sein Zorn verflog, vertrieben durch eine Bewegung der Zwei Hände. Nod kam heran und setzte sich dicht vor Es; Es

10.80

wandte seinen Fabelkopf und sah sie an; in der Weichheit Seines Gesichts waren Seine Augen doch irgendwie wild und männlich. Denn dieses Weder-Noch war nicht frei vom Geschlecht, nicht wirklich keines von beiden, sondern nur beides in verkümmerter Form. Es war kurz nach Seiner Geburt von den Gerechten mitgenommen worden, man hatte Es als Nachfolger des alten Weder-Noch aufgezogen, welches sterben würde. Also würde auch dieses hier sterben: war nur ein Mensch, auch wenn Es so fremdartig war. Aber es gab diese Bestimmung, und es hatte sie (so glaubten die Gerechten) immer gegeben: Das Weder-Noch war ein Gerechtes, mehr als sie alle; Es war weise; Es wählte klug aus den Karten, zu wem die Gewehre sprechen sollten; Es hütete ihre Geheimnisse gut und würde sterben, um sie geheimzuhalten. Es war genug. Das Weder-Noch empfing ihre Liebe und gab ihnen Seine Liebe rückhaltlos, selbst wenn Es den Tod austeilte.

»Kind.« Mit einem Klingeln der Armbänder streckte Es eine Hand aus, um Nods geschorenen Kopf zu streicheln. »Viele haben mir von Schwarz Harrah erzählt.« Seine beweglichen Finger wendeten und wendeten die Karten. »Weißt du, daß ich einen Stein, ein Blatt, ein Stückchen Erde von den Orten habe, wo sechs deiner Brüder und Schwestern liegen, sechs, die Schwarz Harrah aus meinen Karten gezogen haben?« Nod konnte nichts sagen. Das Weder-Noch betrachtete sie, ein winziges Lächeln auf Seinen malvenfarbenen Lippen. »Und du kommst also so bald schon wieder, um einen neuen zu ziehen?«

»Was sonst konnte ich tun, Gesegneter?« Es war keine Angeberei; in der würzigen, winddurchwehten Nachtluft, der Kühle nach dem Regen, hier, vor dem Schicksal, fühlte sich Nod durchsichtig; ihre Worte an das Weder-Noch schienen so wahrhaftig, als seien es gar nicht ihre eigenen. Das Weder-Noch senkte den Kopf, machte eine winzige Bewegung, wendete eine erste Karte um. Nod begann zu sprechen, erzählte in schlichten Worten von ihrem bisherigen Leben; was sie gesehen hatte; wem der Großen sie nahe gewesen war. Einmal unterbrach das Weder-Noch, sagte zu einer Bemerkung Nods: »In Rothands Gefolge, in einen roten Domino gekleidet ...«

»Ein nacktes Gesicht, die Augen waren nicht wie Menschenaugen. In der Schlacht mit der Königin war er es, der Rothand rettete, als er stürzte ...«

Sie sah zu, wie das Weder-Noch eine Karte umdrehte: Es war ein Bild von Finn mit einem Totenkopf und einem in seinem Bauch brennenden Feuer. Es hatte diesen Sinnspruch: ›Gefunden von den Verlorenen.‹ »Seltsam«, flüsterte das Weder-Noch. »Aber nein, nicht er ... Weiter. Ist Jung Harrah dabei?«

Nein, dachte Nod. *Nicht beide, Vater und Sohn. Laß die Karten nicht so sprechen* ... Sie fuhr langsam fort und beobachtete dabei den stillen Fall der Karten.

»Sie nennen sich Brüder des Hirsches.« Sie schluckte. »Es sind Rote und Schwarze, und sie sagen, sie haben ihren Streit beigelegt, um alle dem König zu dienen. Jung Harrah ist ihr Anführer ...«

Das Weder-Noch drehte eine Karte um. »Also nicht Jung Harrah. Hier ist Chalah.«

Das Päckchen, aus dem das Weder-Noch las, enthielt zweiundfünfzig Karten, jede für eine Woche, und sieben Trümpfe. Diese Trümpfe waren die, welche die Grauen die Besetzer nannten, mit denen die Sieben Kräfte einen endlosen Krieg in der Welt und in den Herzen der Menschen führten. Die Gerechten wußten es anders, daß es nämlich nur die Sieben gab, und Sieben allein, und daß sie den Widerspruch enthielten, den die Grauen vor so langer Zeit zu ihren Zwecken in einen offenen Krieg umgewandelt hatten. Wenn ein Trumpf fiel, nannte ihn das Weder-Noch; denn diese Sieben waren es, die die Zeit beherrschten, und die Zweiundfünfzig sind die Zeit.

Chalah, die Liebe und ihre Erlösung, ist auch die Wollust und ihre Gemeinheit.

Dindred, der Stolz, der Ruhm, daher die Größe in den Augen der Welt, ist auch die blinde Wut, daher Verrat und Schmach.

Blem, die Freude und die schönen Zeiten, die Kameradschaft und all ihre Annehmlichkeiten, ist auch die Trunkenheit, Unmäßigkeit und alles Ungemach.

Dir, der Verstand, ist derselbe Dir, der die Dummheit ist.

Tintinnar ist die Großmut des Reichtums, die Sorge um Geld, daher Geiz und Armut.

Thrawn ist Kraft und Geschicklichkeit, Anstrengung, Erschöpfung und schließlich Schwäche und Trägheit.

Diese sechs schützen, wenn sie auf einen Namen fallen, den Träger dieses Namens, oder sie legen den Gerechten Hindernisse in den Weg, wenn sie ihn verfolgen wollen; daher schützte Chalah aus einem Grund, den das Weder-Noch nicht kannte, Jung Harrah. Nod redete weiter, das Herz schlug ihr gegen die Rippen.

»Rothand hält sich fern von ihnen, obwohl auch er das Abzeichen trägt. Er sammelt Kräfte. Sein Bruder, der Gelehrte, ist ein dunkler Grauer. Sein Bruder Junior ist der Herr der Burg Vergessenheit. Sein Vater ist gefallen, alle Ehren und Ländereien des Vaters sind jetzt sein. Er ist größer als der König ...«

Mit geschürzten Lippen wendete das Weder-Noch den letzten Trumpf um.

Rizna ist der Tod. Tod und Leben, er trägt die Sichel und den Samenbeutel und erntet stets, was er beständig sät.

»Du bist tapfer«, sagt Es mit Seiner süßen, piepsenden Stimme.

»Nein.«

»Unerbittlich.«

Sie kann nicht antworten.

»Gerecht?«

»Ja.«

»Ich glaube, das stimmt.« Es schiebt Rizna umgedreht zu Nod hin. »Hast du Angst?«

»Ja.« Bis zum Tod – seinem oder ihrem – sind sie hier verbunden worden.

Tränen rinnen plötzlich die weißen Wangen des Weder-Noch hinunter. Es ist ein uraltes Geschöpf; so viele Schicksale hat Es herausgelesen, so viele hat Es in den Tod geschickt; jetzt weint Es, weil Es nichts sehen kann.

»Rothand«, sagt Nod und versucht, ihn beim Namen zu fassen.

»Rothand.«

Die Richterin Mariadn liegt im Sterben.

Die uralte, die graueste aller Grauen, sie liegt auf Kissen gestützt in ihrem schlichten Zimmer. Die Flügelfenster sind zum Garten hinaus geöffnet, obwohl die Ärzte das für schädlich halten, und eine Brise hebt die Ränder vieler Papiere, die auf Tischen liegen.

Ihr Gesicht ist glatt, aschgrau, ruhig. Vor Sonnenuntergang, sicher vor dem Morgen wird ihr Herz aufhören zu schlagen. Sie weiß es.

Während all dieser Wochen sind sie gekommen, die großen Grauen und die unbedeutenden, von überall her, vom Hof, aus den Richterstuben, von den Landsitzen, haben sich hier zusammengeballt wie ein Sommergewitter. Eine Zeitlang konnte sie ihre Anwesenheit in Unantastbar spüren, in den Gemächern außerhalb ihres stillen Zimmers; jetzt sind sie größtenteils verschwunden. Ihre Welt ist sehr klein geworden; sie schließt das Fenster ein, das Bett, den Diener, der noch älter ist als sie selbst, ihren sich auflösenden Körper und sein Nachlassen – nur noch wenig mehr.

Das Gesicht des Dieners, ein Mond, schwebt langsam auf sie zu.

›Ist er schon gekommen?‹ denkt sie, glaubt sie zu fragen. Als der Diener keine Antwort gibt, sagt sie wieder, mühevoll diesmal: »Ist er schon gekommen?«

»Er ist jetzt hier.«

Sie nickt zufrieden. Die Welt ist sehr klein geworden, aber an diese Sache hat sie sich erinnert, an eine Sache, die in keinem der Testamente und Urkunden aufgeführt ist, die sie schon vergessen hat. Sie möchte es hinter sich bringen; will nicht, daß dies, ein Eid in einem Herbstgarten, etwas Unerledigtes, ihre Auflösung stört, einen Prozeß, der all ihre alten, verschlossenen Truhen aufgebrochen, ihre inneren Mauern niedergerissen hat, der vergangenes Licht einließ, damit es auf die gegenwärtige Dunkelheit scheine: das Licht eines Bauernhofs in den Hügeln im Frühling, zur Saatzeit, das die jungen Glieder und die braune Erde erwärmt ...

Er ist schon seit einiger Zeit hier, als sie wieder die Augen öffnet.

»Gelehrter.«

»Richterin.«

»Sie werden es mir nicht verwehren ...« Sie hält inne, ihre Lippen zittern. Sie darf nicht faseln. Dafür muß noch Kraft da sein. Sie ist da: Sie zehrt davon, und die Welt wird kleiner. Sie ruft ihren Diener: »Hole sie jetzt! Du weißt schon, welche. Nur sie.«

Sie nimmt seine warme Hand in ihre kalte. »Gelehrter, komm nahe heran ... Gelehrter, mein Nachfolger wird von den Ratsversammlungen benannt werden. Still, still ...« Er hatte angefangen, tröstende Worte zu sprechen. Dafür ist keine Zeit; ihre Zeit rinnt davon wie aus einer zerbrochenen Sanduhr. »Hilf mir jetzt. Um unseres Ordens willen. Du mußt; du hast keine Wahl, keinen stichhaltigen Grund, dich zu weigern. Hebe mich hoch. Sie sind gekommen.«

Eine Rauchwolke am Ende des Bettes verdichtet sich zu Gesichtern, Formen. Viele kennt sie, seitdem sie Knaben und Mädchen waren; es scheint, als hätten sie sich überhaupt nicht verändert. Sie muß streng mit ihnen sein. »Ich will, daß Rothand mein Nachfolger wird.« Sie kann nicht sagen, ob sie sie ansehen oder Rothand oder einander. Es ist zu lange her, als daß sie sich erinnern könnte, wer wer ist, wer einwilligen würde, wer von welchem anderen umgestimmt werden könnte. Es macht nichts. »Ich habe nicht mehr die Zeit und die Kraft, darüber zu diskutieren. Nehmt ihn auf mein Wort hin oder laßt es bleiben. Aber laßt nicht zu, daß einer von euch meinen Platz begehrt. Haltet euch fern davon. Ich erlege Rothand nur Arbeit und Leid auf. Denkt daran. Wenn ihr den nicht haben wollt, den ich benenne, so gebt dem, den ihr wählt, euer Mitleid und eure Liebe.«

Alles ist getan; und ihre letzte Kraft versickert. Es fällt ihr schwer, auf die Worte zu hören, die man zu ihr spricht, Richterin, Richterin; sie hat vergessen, warum dieser Mann nicht, wie alles andere, von ihrer Welt ausgeschlossen werden sollte, außer weil seine Hand warm ist und seine Stimme angenehm, wenn es auch ohne Bedeutung ist.

Vorbei. Der Sonnenuntergang ist plötzlich gekommen, das Zimmer ist dunkel. Ihre kleine Welt schließt sich mit einem dankbaren Seufzer, bis sie klein ist, kleiner als eine Faust; sie zieht sich zusammen zu einem kleinen Punkt und ist verschwunden.

Und doch, und doch – seltsam: Selbst als sie kühl auf dem weißbezogenen Bett liegt, fällt das Sonnenlicht immer noch lautlos durch die Flügelfenster herein, hebt der Wind immer noch die Ecken der Papiere auf den Tischen. In den Gärten werfen die Bäume immer noch Blüten auf die Pfade, die ihrer Wege gehen. Rothand der Gelehrte am Flügelfenster kann sie sehen und fühlt auf seinem Gesicht die heißen, erschreckenden Tränen, die ersten, die er vergossen hat, seitdem er das graue Gewand anlegte.

3

An meine geliebte Caredd in Rotshügel:

Der, der dieses überbringt, ist dir bekannt und kann dir vieles erzählen, was für diesen Brief zu lang ist.

Du mußt wissen, daß die Richterin Mariadn tot ist. Es war ihr Wunsch, und die Grauen in der Ratsversammlung haben ihm entsprochen, daß mein Bruder der Gelehrte ihr Nachfolger werde. Das ist eine großartige Neuigkeit und ein Grund zum Feiern – kein anderer in unserer Familie ist so hoch aufgestiegen. Die Zeremonien & alles andere, was dazugehört, waren teilweise geheim & ich habe nur durch Andeutungen des Gelehrten davon erfahren, aber es ist alles sehr feierlich und großartig.

Das muß also gefeiert werden! Du schreibst mir, daß das Lammen vorbei ist & die Kaninchen sich überall ausbreiten; nun denn, es wird ein Fest geben in Rotshügel, wie es dieses weichliche Zeitalter noch nicht gesehen hat, eines, an dem der Vater deines Vaters vielleicht gerne teilgenommen hätte. Ich überlasse alles deiner Er-

fahrung & weiß, daß uns alles, was du tust, zur Ehre gereichen wird.

Wenn es nicht am Abend der Rokeswoche stattfinden kann, schreibe mir schnell und laß Ham den Brief überbringen. Ich werde den Abend der Rokeswoche festsetzen, wenn ich von dir nichts anderes höre.

Meine pflichtschuldigen Grüße etc. an unsere Mutter dort, und gib meinem Mädchen einen Kuß von mir. Ich habe vor, am letzten Abend dieser Woche aufzubrechen.

Vom Überbringer, im Hafen, Devonswoche.

Unter seiner Unterschrift, in Rothands eigener, langgestreckter Handschrift:

Caredd, es gibt hier einige, die sagen, sie seien nicht meine Feinde, und die ich nicht fürchte, denen ich aber mißtraue. Sie sind teilweise Geschöpfe des Königs; es sind kleine Männer ohne Bedeutung, auch wenn sie das Abzeichen des Königs tragen und sich als Brüder des Hirsches bezeichnen. Wenn ein Fest, wie ich es vorhabe, diesen Leuten zeigen könnte, was es heißt, Schutzherr über Menschen und Ländereien zu sein, wäre das meinen Plänen nicht zuwider. Ich weiß, du verstehst meine Gedanken; du hast sie immer verstanden. R.

Sie faltete das knisternde Papier und lächelte den Überbringer an. »Willkommen in Rotshügel«, sagte sie. »Ich freue mich, daß du wieder hier bist.«

»Es ist schön, wieder hier zu sein.« Der Sekretär wußte, daß dies die richtige Antwort war, aber eigentlich erschien es ihm höchst seltsam, daß er hierher zurückgekehrt war: Es war der erste Ort auf seiner Reise, zu dem er zurückgekommen war, und beinahe erwartete er, von hier aus zum Pferdetreiben zurückzukehren, zur Hütte der Endweiber, zum Ei ... »Und es ist schön, dich zu sehen.« Das stimmte: Ihre herbstbraunen Augen und ihre achtsamen Hände und ihr kastanienbraunes Haar erregten in ihm die gleiche Verehrung, wie er sie in jenem Herbst empfunden hatte. Er beobachtete sie, fühlte sich plötzlich selbst als Einheit, so wie er den König und Rothand als Einheit empfunden hatte ... nein. Nicht ganz genau so.

Sie nahm seinen Arm und führte ihn durch den Garten, wo er sie angetroffen hatte, durch diesen Garten, der vor Frühling und Sonne verrückt war, in die niedrige Dunkelheit der Halle.

»Du bist jetzt Sekretär bei meinem Gatten.«

»Ja.«

»Kein Besessener mehr, oder irgendein Geschöpf?«

Er konnte nicht antworten.

»Du willst also dein Geheimnis wahren?«

»Ich weiß nicht, wie ich es verraten soll.«

»Du mußt jetzt wohl viele neue Geheimnisse haben, Stadtgeheimnisse, Politik ...« Sie beschwor mit ihrer Handbewegung unbestimmtes und gefährliches Wissen herauf.

»Ich bin Sekretär«, antwortete er. »Das ist nicht ... wofür ich vorgesehen war, ich glaube nicht. Wenn ich könnte, würde ich vergessen – alles andere. Es genügt mir.«

»Der Gelehrte ...«

»Hat mich viel gelehrt. Lesen, um altes Wissen zu erfahren.«

Wie einen Schauer fühlte er es kommen und wieder vergehen: *Leviathan.* »Aber nie, wer oder was ich bin. Ich habe jetzt vor, Rothand zu dienen.«

Sie sah ihn an; sein ausdrucksloses Gesicht zeigte noch immer keine Spur von einem Menschen dahinter, die Augen waren immer noch Teiche von unerforschlicher Dunkelheit.

»Und ich will auch dir dienen«, sagte er. »Wenn du es mir gestattest.«

Sie lächelte. »Du bist galant geworden in der Stadt. Ja. Diene mir. Erzähle mir von diesen Brüdern des Hirsches und ob Rothand in Gefahr ist. Hilf mir bei diesem Fest.«

Ihr Lächeln verschwand.

»Beobachte Rothand. Du hast ihn aus der Schlacht gerettet. Du hast Kräfte, die mich erschrecken. Laß Rothand niemals aus den Augen.«

Er würde es tun. Wenn es auch nicht die Aufgabe war, zu

der man ihn geschaffen hatte, nicht die Anweisung, die zu befolgen er gemacht war, so kam der Auftrag doch von ihr. Das würde genügen.

Spät, sehr spät kam Rothand zu ihr. Unten setzten die Gäste, die bei Sonnenuntergang mit ihm angekommen waren, ihr Spiel fort, obwohl es jetzt schon beinahe wieder hell war. Die ganze Nacht seit seiner Ankunft war er nur als Herr von Rotshügel mit seiner Herrin bei ihr gewesen; sie hatte zugesehen, wie er wie ein Hirte seine Freunde aus der Stadt und diese Brüder des Hirsches vom Trinken zum Essen und wieder zum Trinken getrieben hatte, mit einem festgefrorenen, eisigen Lächeln, das sie früher nicht an ihm gekannt hatte. Sie hatte ihn beobachtet, ihn und den Gelehrten, für den schließlich das morgige Fest ausgerichtet wurde, hatte gesehen, wie man die beiden aus den Scherzen ausgeschlossen oder zur Zielscheibe gemacht hatte – so schien es ihr jedenfalls, obwohl sie beide lächelten und Rothand einen Becher nach dem anderen vollschenkte, ohne selbst zu trinken, als fürchte er sich vor Blems Unbedachtheit …

Und dann, ganz spät, nachdem sie die Bösartigkeit und Sonderbarkeit, die sie im König und seinen jungen Männern, besonders in Jung Harrah, spürte, ins Bett getrieben hatte, kam Rothand zu ihr.

Er tauchte in ihre warmen Decken, schweigend, hastig, so begierig, daß es für sie schwer war, mit ihm Schritt zu halten, und doch so wild, daß er sie wie im Sturm mitriß.

Später setzte ein kühler Sommerregen ein.

Rothand schien es, als regne es jedesmal, wenn er nach Rotshügel kam. Immer. Nachdem die Leidenschaft abgeflaut war, fühlte er, wie diese Tatsache mit furchtbarer Ungerechtigkeit auf ihm lastete und ihn mit schwarzem Selbstmitleid erfüllte, bis er aufstehen, sein Hemd anziehen, ein Licht anzünden und zu dem grauen Fenster gehen mußte, um das Fallen der Tropfen zu beobachten. Nach einer Weile wurde sie von seiner Abwesenheit wach und rief leise nach ihm.

»Es war der Regen«, sagte er.

Sie bewegte sich unter den Laken. »Was haben sie vor?«

»Sie?«

»Dort unten. Der König.«

Er sagte nichts, weil er es selbst nicht wußte.

»Schaden? Für uns?«

»Und wenn es so wäre?«

Der Regen fiel mit gleichmäßigem Geräusch. Die Dunkelheit sprach wieder zu ihm: »Der König«, sagte sie. »Jung Harrah ist ... Sie haben irgendeinen Plan.«

»Sie sind auf meine Einladung hier. Zu einem Fest. Sie haben keinen Plan.« Der Regen erinnerte ihn an sie, deutete selbstgefällig an, was jene nicht auszuführen wagten, deutete die Rache an, für die sie zu schwach waren, die Macht, die sie nicht ergreifen konnten. Die sie Rothand nicht entreißen konnten. Sein Kopf sank auf seine breiten Schultern wie der eines Stiers, als er an sie dachte. »Laß ihn ruhig am König saugen. Laß sie ihre Witze machen, wer das Zepter des Königs hält. Sie sind wie Insekten an einer Kerzenflamme ...«

Da wußte sie, während sie still dalag, um seine kratzige Stimme zu hören, daß sie recht gehabt hatte, daß der König, wenn nicht den Tod ihres Gatten, dann seinen Ruin beabsichtigte; und daß Rothand es nicht wußte.

Der Tag des Festes dämmerte herauf; der Regen wurde in Richtung auf die Stadt fortgeblasen.

»Wollen wir also hineingehen?«

In den Zimmern und Vorzimmern von Rotshügel hatte man Feuer angezündet, obwohl es Frühsommer war; ein paar sonnige Wochen konnten aus den Mauern des alten Hauses die Kälte nicht vertreiben. Rothand der Gelehrte stand vor einem Feuer, seine Hand mit dem dunklen Achatring lag auf dem geschnitzten Kaminsims. Die andere spielte mit einem Stück flammenroten Bandes.

»Er kommt«, sagte Fauconrot, »zu einem Fest mit einer bewaffneten Wache, die zahlreicher ist als das Gesinde seines Gastgebers.«

»Das Vorrecht eines Königs«, sagte Rothand.

»Glaubst du«, sagte der Gelehrte, »daß er gekommen ist, um unsere Juwelen zu stehlen? Oder um unsere Pagen zu vergewaltigen?«

Fauconrot fuhr sich mit den Fingern durch seine graue Stoppelmähne. »Das glaube ich nicht, Gelehrter.« Er wandte sich an Rothand. »Wenn du erlaubst, nehme ich das Festmahl mit den Wachen ein.«

Rothand zuckte die Achseln. »Laß uns jetzt hineingehen. Caredd ...« Er nahm ihren Arm.

Der Gelehrte wandte sich vom Feuer ab und warf das Stückchen Band hinein, das schon verbrannt war, bevor es die Flammen berührte, so fein war der Stoff.

Die weiten Türen wurden aufgestoßen, und sie betraten den Saal, und alle, die hier versammelt waren, erhoben sich murmelnd zu Ehren des Grauesten aller Grauen.

Der letzte Jongleur ließ seinen letzten Ball fallen, und niemand forderte ihn auf, ihn nochmals aufzuheben. Die Musikanten, hübsch um den Eingangsbogen herum placiert, auf einem mit Blumen und Fahnen geschmückten Gerüst oder Spalier aus Balken, brachen ab; der Kapellmeister blickte auf den Haushofmeister, der seinerseits Rothand ansah, aber von ihm kein Zeichen bekam.

Der König war noch da, und an seiner linken Seite Jung Harrah und einige der Brüder des Hirsches. Rothand saß zur Rechten des Königs; ein paar andere saßen an den großen Tischen, auf denen hochaufgetürmt die Überreste von Braten und Torten standen; einige der Gäste schliefen mit dem Gesicht auf den wein- und fettbefleckten Tischtüchern.

»Großartig«, sagte der König. »So ... altmodisch.«

Allein an einem langen Tisch, von dem der Richter, Caredd und die übrigen, die zu Rothands Haus gehörten, schon aufgestanden waren, saß Rothands Sekretär und schälte eine Frucht, die er nicht zu essen vorhatte.

»Noch mehr von diesem?« fragte Rothand und winkte einen Mundschenk herbei. Der König winkte ab.

Auch der Bruder des Königs, Sennrot, saß allein und beobachtete den Haupttisch, eine Hand lag auf seinem

Schwert. (Waffen, hatte der Festkämmerer gesagt, waren im Bankettsaal nicht gestattet. Sennrot hatte nichts erwidert, und der Kämmerer hatte seine Worte nicht wiederholt. Sennrots Schwert schlief mit ihm. Es sollte auf jeden Fall auch mit ihm zechen.)

»Dies«, sagte der König, »ist ein Ort für einen Mann. Hier auf einem Land, das ihm gehört, mit seinen Vasallen um sich. Ein guter Bauer, ein guter Nachbar.« Jung Harrah kicherte. »Dein Vater muß doch schon hier gesessen sein, und dessen Vater ...«

»Ich habe das Land erheiratet«, brummte Rothand.

»Oh. Ich erinnere mich. Die wahnsinnige Rote.«

Rothand sagte nichts.

»Ich frage mich«, sagte der König, »was du an der Stadt findest, das auch nur halb so kostbar wäre wie das, was du hier zurückläßt.«

Eine Vorahnung überfiel Rothand wie ein plötzliches Frösteln. All das war nur ein neuer Scherz von ihnen, er hatte eine grausame Spitze, die ihn stechen sollte und die er noch nicht erkennen konnte. Aber er sah, daß Jung Harrah aufgehört hatte, mit den Resten seines Essens zu spielen.

»Meine Pflicht«, sagte er vorsichtig, »verlangt meine Anwesenheit in der Stadt.« Der König blickte ihn nicht an. »Ich trage das Siegel der Stadt, mein Vater hat es mir gegeben.«

Der König streckte die Hand aus und hob mit den langen, lässigen Fingern den schweren Stein, der an Rothands Kette hing. »Wirst du es denn mir geben?« Er fragte es schüchtern, neckend, wie man einen Liebhaber um ein Pfand bitten würde.

»Ich habe nicht das Recht, es zu verschenken.«

»Habe also ich das Recht«, fragte der König, »es zu vergeben?«

»So ist es.«

»Und auch das Recht, es wieder zu nehmen? Mir scheint«, sagte er, ohne auf eine Antwort zu warten, »daß man mit so vielen Vasallen, Ländereien, einer Frau und einer Tochter diesen Stein als schwere Last empfinden könnte.«

Als er endlich sah, was sie vorhatten, legte sich eine unheimliche Ruhe über Rothands Ängste; er empfand plötzlich keine weitere Verpflichtung, mit ihnen zu streiten. Nur weiter verspotten durften sie ihn nicht. »Deshalb bist du also gekommen.«

»Wir werden nicht fortgehen, ohne es mitzunehmen.« Jung Harrahs Stimme war hell und melodisch; ihr Tonfall veränderte sich nie, ganz gleich, was er sagte. »Ich habe für ein Jahr genug von den Vergnügungen des Landlebens gesehen; je früher wir gehen, desto besser.«

»Siehst du«, sagte der König, »vielleicht würde jemand ohne diese anderen Pflichten, jemand ...«

»Der nur an den König gebunden ist«, sagte Jung Harrah lächelnd. »Jemand ...«

»Hör auf damit!« Rothand stand auf, riß das Juwel von der Kette und schleuderte es den Tisch hinunter. »Ich habe es mit dem Blute meines Vaters bezahlt. Könnt ihr mir diesen Preis erstatten?« Er stieß seinen Stuhl zurück, um Jung Harrah besser sehen zu können; das Fallen des Stuhls hallte in dem hohen Saal nach.

»Du«, sagte er, »kannst du das?«

Jung Harrah betrachtete ihn. »Dir den Tod deines Vaters vergelten? Ich wünschte, ich könnte es. Es ist keine angenehme Erinnerung.«

»Nicht – *an-ge-nehm?*« Ein plötzlicher, wahnsinniger Klang in Rothands Stimme ließ seinen Sekretär aufstehen.

»Dein Vater«, sagte Harrah kühl, »ist nicht gut gestorben.«

Rothand schnappte sich ein langes Tranchiermesser mit beinernem Griff vom Tisch; der König stellte sich ihm in den Weg, und Rothand stieß ihn beiseite, ergriff Harrah und zog ihn hoch; schlug Harrah ins Gesicht, einmal, zweimal.

Sennrot sprang auf, mit gezogenem Schwert. Der König packte Rothand an der Schulter, Rothand riß sich los und warf den langen Tisch zwischen ihnen um, zerrte Jung Harrah durch die Scherben des Geschirrs und der Becher in die Mitte des Raums.

»Ist nicht gut gestorben! Ist – nicht – *gut* – *gestorben?*« brüllte Rothand.

Die Brüder des Hirsches stürzten schreiend vorwärts, ebenso der König mit dem Ruf: »Sennrot!«

Von einem Tisch ergriff Rothand ein zweites Messer und stieß es Jung Harrah in die Hand. »Jetzt kämpfe gegen mich! Kämpfe gegen mich, du – Weib!« Wieder ohrfeigte er Jung Harrah, und aus dessen Nase schoß das Blut.

Sennrot erreichte die Kämpfenden zuerst, er wandte sich um, sah den König und seine Brüder an, richtete flink das Schwert auf sie. »Haltet Abstand«, sagte er ruhig. »Das ist nicht euer Kampf. Haltet alle Abstand.« Und sie mußten ihm gehorchen.

Harrah hielt das Messer vor sich, in seinen hübschen Augen stand die Angst eines gehetzten Wildes, er wich zurück, stolperte über am Boden verschüttete Becher und Abfall; Rothand ging, ohne darauf zu achten, auf ihn los, hieb mit der unhandlichen Waffe um sich und schrie Harrah an, er solle kämpfen. Einen Augenblick lang blieb der verzweifelte Harrah stehen, leistete Widerstand; Rothand mußte einen Schnitt auf der Wange einstecken und trieb im selben Augenblick seine Klinge tief in Harrahs Hals.

Harrah kreischte auf, stürzte; sein Blut spritzte, besudelte Rothand. Er wand sich einmal, versuchte aufzustehen, zerrte an der Klinge in seiner Kehle; dann lag er still, mit weit geöffneten Augen.

Es folgte ein Augenblick, in dem niemand sich bewegte, niemand sprach.

Dann schlug einer von hinten auf Sennrot ein, während der betäubt auf Jung Harrah niedersah; Sennrot stürzte in voller Länge zu Boden, und die Gäste gingen auf ihren Gastgeber los.

»Rothand!« Der Sekretär stand unter dem Gerüst am Torbogen. »Hierher!« Er warf seine Arme um einen der dicken Balken, die die Konstruktion hielten, und begann zu ziehen. Das Gerüst knirschte, Bolzen sprangen heraus, die Musikanten hüpften und strampelten. Rothand rannte hindurch. Farins Bastardsohn folgte ihm auf dem Fuß. Der Sekretär spannte alle Kräfte an, die Anstrengung entlockte ihm einen Aufschrei; das Gerüst schwankte, splitterte und brach vor dem Torbogen zusammen, ein Hindernis für die Verfolger. In den engen Korridoren von Rotshügel knallten die Türen rund um Rothand, laufende Füße verfolgten ihn, weitere Türen öffneten und schlossen sich hinter ihm. Er drehte sich nicht um; er folgte der flinken Gestalt seines Sekretärs, wohin sie ihn führte, bis er vor einer Treppe keuchend stehenblieb. Schnelle Schritte kamen hinter ihm her, er konnte nicht einschätzen, wie nahe sie waren. Der Sekretär rannte die Treppe hinunter und riß die Tür an ihrem Fuß auf, das Licht des Spätnachmittags strömte herein. »Hierher!«

Gesattelte Pferde standen wartend in dem Küchenhof hinter der Tür. Einen Augenblick lang zögerte Rothand, unfähig, vor seinem Heim, vor seiner Tat davonzulaufen.

»Sie sind im Langen Saal des alten Flügels«, sagte der Sekretär mit seiner leidenschaftslosen Stimme. »Die Diener werden sie nicht lange aufhalten können.«

»Nein.«

»Kennst du einen Ort, wohin du fliehen kannst?«

»Ja.«

Immer noch stand er da; schließlich kam der Sekretär zu ihm, nahm ihn wie ein Kind, schob ihn hinunter, zur Türe hinaus und fort.

In den Ställen herrschte ein düsteres Zwielicht. Farins Sohn stolperte fluchend, rief nach Stallknechten, nach Licht, nach seinem Pferd.

Eine Laterne flackerte im dunklen Hintergrund des Stalles auf.

»Stallknecht! Bring das Licht hierher! Sind sie hiergewesen?«

»Sie?«

»Dein Herr. Dieser andere. Wer bist du eigentlich? Kannst du mir mein Pferd bringen? Dein Herr, Bursche, hat einen Mord begangen und ist geflohen.«

Die Laterne bewegte sich vorwärts. »Wer bist du?«

Farin berührte sein Schwert. »Ein Mann des Königs. Farins Sohn. Stell dich dorthin, wo ich dich sehen kann ... Dein Herr hat einen Mann getötet und ist davon, ich glaube,

© 11.80

zum Trommelfell. Willst du mir mein Pferd holen und mir helfen, oder ...«

»Ja.« Die Laterne wurde heller, wurde an einen Pflock gehängt. Eine schlanke Gestalt in einem Umhang von unbestimmbarer Farbe stand in ihrem gelben Licht. »Laß mich mit dir reiten. Ich ... Er ist hierhergekommen, er ist tatsächlich hiergewesen, und ich habe gesehen, wohin er geritten ist.«

»Also schnell.«

Sie arbeiteten flink, sattelten Farins Schwarzen und einen Klepper für den anderen. Aus der Burg über sich hörten sie Rufe, Schreie, Alarm. Rothands Gesinde kämpfte mit der Leibwache des Königs.

»Die Laterne«, sagte Farins Sohn und griff danach.

»Laß sie hier«, sagte der andere. »Er wird sie besser sehen, als wir ihn mit ihr sehen können.«

Im Stallhof kämpften einige Männer des Königs mit Rothands Rotjacken, wetteifernd mit den Pferden, die ausschlugen und die Zähne bleckten, wild geworden durch die Aufregung und den Blutgeruch. Einige Rotjacken wollten Farins Sohn aufhalten; er schlug auf sie ein, gab seinem Pferd brutal die Sporen und erzwang sich den Weg zu dem Stalltor, der außenwärts führte. Von dort konnten sie einen Trupp Männer mit angezündeten Fackeln sehen, die in einer anderen Richtung außenwärts ritten: königliche Reiter. »Da«, sagte Farins Sohn. »Denen werden wir uns anschließen.«

»Nein. Sie nehmen die falsche Richtung. Er ist dorthin geflohen.«

»Aber ...«

»Dorthin.«

Der Klepper machte einige kurze Sprünge, ging dann in einen schwankenden Galopp über; die Kapuze des Umhangs wurde zurückgeblasen, enthüllte kurzgeschorenes, blondes Haar. Farin stand unschlüssig da und blickte den anderen nach.

»Nun komm doch! Du willst ihn doch haben?«

Farin wendete sein Pferd und holte auf.

»Wer wurde denn ermordet?«

»Jung Harrah. Es gab keinen feineren, hübscheren Herrn als ihn ...« In der dichter werdenden Dunkelheit konnte er ihr Lächeln nicht sehen.

Eine Woche lang hatte sie sich in Rotshügel verborgen, zuerst im Wald, dann auf dem Besitz, schließlich im Haus selbst, hatte Nahrungsmittel gestohlen, sich versteckt, sich in dem riesigen Komplex verirrt, ohne zu wissen, ob Rothand überhaupt anwesend war. Dann hatte sie ihn kommen sehen mit dem König und den anderen, hatte die Vorbereitungen zum Festmahl bemerkt. So hatte es geendet. Er war allein irgendwo dort draußen; allein, vielleicht sogar unbewaffnet.

»Halt!« sagte Farins Bastard. »Das ist wie eine Jagd auf Schnellflügler.«

Sie hatte nicht geglaubt, daß er dumm genug wäre, ihr so weit zu folgen.

Eine laue, windige Nacht war jetzt voll hereingebrochen. Sie standen auf einer Kuppe, die eine Aussicht auf die Wiesen gewährte, Rothands Wiesen, die nach außenwärts bis zur Trommel reichten. Sie lagen da, riesig und konturlos, flüsterten unbestimmte Nichtigkeiten aus Gras, Wind und Insekten.

»Wo sind die anderen?« fragte Farin und stellte sich in die Steigbügel. »Ich kann ihre Lichter nirgends sehen.«

»Nein.« Sie würde ein besseres Pferd brauchen als den Klepper, den sie jetzt ritt; sie würde andere Waffen brauchen, denn es mochte notwendig werden, die Arbeit geräuschlos zu erledigen. Sie mußte schnell sein; sie mußte Rothand als erste finden.

»Inzwischen werden ihn einige seiner Leute gefunden haben.«

»Ja?«

»Wenn wir auf sie treffen, werden sie Widerstand leisten.«

»Ja.«

»Wir werden also umkehren.«

Sie stieg ab.

»Bist du verrückt? Wir sind allein hier.« Sie hörte das Klirren seines Zaumzeugs, als er unschlüssig sein Pferd wendete. »Willst du ihn zu Fuß suchen? Ich kehre jedenfalls um.«

»Steig ab, Farin!«

»Dann bleib doch hier!« rief er ihr von hinten zu. »Schließ dich ihm an, wenn das dein Plan war! Oder hast du mich absichtlich von ihm weggelockt?«

»Komm, Farin. Steig ab!« Immer noch kehrte sie ihm den Rücken zu.

»Du ...« Sie hörte, wie er sein Schwert zog, hörte, wie das Pferd auf sie zukam. Er wollte sie niederschlagen.

Sie wandte sich um. Plötzlich.

Sicher wäre es leichter gewesen, wenn er abgestiegen wäre. Sie hatte nur eine Chance und durfte das Pferd nicht verletzen.

Der Nachtwind schickte lange, zitternde Lichtstreifen durch das Grasmeer. Das Land schien flach, aber es war überall mit Senken, Höhlungen und Gräben vernarbt. Man konnte einen Mann hier tagelang suchen; es gab enge, tiefe Stellen, wo sich zwei Männer mit ihren Pferden verbergen und hinausblicken konnten, und wo Verfolger schon von weitem sichtbar waren.

Weit entfernt durchbrach ein scharfes Geräusch die Nacht, hallte wider, verklang. Rothand und sein Sekretär hielten Ausschau, konnten nichts sehen als das Licht der Sterne, das sich durch das Gras bewegte. Kein weiteres Geräusch drang in ihr Versteck, nur das Schnauben ihrer erschöpften Pferde war zu hören. Es gab keine Verfolger.

Rothand kannte viele solcher Stellen in dem weiten Winkel zwischen den Wiesen und dem Trommelfell, der unter seinem Schutz stand; er mußte sie kennen, denn die Gerechten kannten sie auch, und von solchen Plätzen aus konnten jederzeit Geächtete angreifen.

Geächtete. Mörder der Schutzherren, in Löchern verborgen.

Er lachte, rollte sich auf den Rücken. Irgendwie fühlte Rothand sich gereinigt, frei. Jung Harrah lag in Rotshügel: Er hatte schon viele Morde begangen, aber er wußte, wenigstens dieses eine Gesicht würde nicht wiederkehren, würde ihm nicht in seinen Träumen erscheinen.

Über ihnen war der Himmelsgrund, bestreut mit unveränderlichen Sternen. Zwischen ihnen zogen die Wanderer anmutig, wohlwollend ihre Bahn.

»Dort wurdest du geboren«, sagte Rothand zu seinem Sekretär.

Die Nacht eignete sich für solche Gedanken.

»Nicht geboren«, sagte der Sekretär. »Gemacht.«

»In einem Stern?«

»Nein. In einer ... einer Maschine, die in den Himmel gestellt ist, um dort zu kreisen wie die Wanderer. Glaube ich.«

Rothand bettete den Kopf auf die Hände. In einer so klaren Nacht schienen die Sterne, wenn man sie unverwandt anblickte, unmerklich langsam näher zu kommen. Aber wirklich nahe kamen sie niemals.

»Wie hat es von dort ausgesehen? Konntest du die Stadt erkennen?«

»Nein.« Der Sekretär wandte sich von seinem Beobachtungsposten ab, um mit Rothand in den Himmel zu blicken. »Es gab keine Fenster, oder ich war blind, ich weiß nicht ...« Dann schienen die Sterne plötzlich alle miteinander einen harmonischen Klang zu erzeugen, laut, aber doch weit entfernt ... Er setzte sich kerzengerade auf.

»Was ist los? Hörst du einen Verfolger?«

»Nein.«

»Was dann ...?«

»Ich habe es gesehen. Es ist mir plötzlich eingefallen. Einmal. Viele Male vielleicht, aber es scheint nur einmal. Ich sah es.«

»Und?«

So klar war es ihm plötzlich, als wäre es sein ureigener Gedanke, der Grund seines Daseins: »Die Welt«, sagte er, »ist auf einem Pfeiler gegründet, der in der Tiefe gegründet ist.«

»Ja«, sagte Rothand. »So ist es.«

Der Sekretär verfolgte, wie sich die kostbare Erinnerung

in ihm entfaltete; sie schien einen Klang zu erzeugen, harmonisch, laut, aber doch weit entfernt …

Ein Chaos von dumpfer Finsternis, unbelebt, außer durch die schwarzen Stürme in seinem eigenen Innern. Dann ein Gefühl, als verdünne sich die Finsternis zur Spitze zu, wo man sehen konnte, wo Klarheit herrschte. Und dann stiegen ein paar Sterne aus der Dunkelheit, funkelten auf dem klaren Schwarz des unendlichen, dunklen Himmels.

»Du bist am Morgen aus der Tiefe aufgestiegen«, sagte Rothand.

Dann kam von weit her ein Licht, heller als jeder Stern, stieg auf aus Dunkelheit und Chaos, die jetzt unter ihm zu fließen schienen.

»Ja«, sagte Rothand. »Die Sonne, die auch aus der Tiefe aufsteigt.«

Die Sonne. Sie bewegte sich, stieg auf aus der Tiefe, blendend hell, warf Licht hinunter in die Tiefe unter ihm.

»Ja«, sagte Rothand.

Und dann kam die Welt. Zuerst nur ein heller Strich in der Dunkelheit des Horizonts, wo die Tiefe und der schwarze Himmel sich trafen; dann weitete sich die Linie zu einer Ellipse. Die Welt, flach und rund und glitzernd, wie eine Münze auf das Antlitz der Tiefe geworfen. Sie kam näher, oder er wuchs ihr entgegen – die Sonne, die über ihr hin wanderte, warf wechselndes Licht auf sie, und er sah zu, wie sie sich veränderte, wie ein Edelstein, von Blau zu Weiß zu Grün, bis sie geädert und gefleckt wurde wie Marmor. Nur sie, über dem Abgrund, der ganzen Tiefe, die sie umgab, in all der unendlichen, dichten Dunkelheit, nur sie glühte: ein kleiner Kreis von Etwas in einem Meer von Nichts.

Und als er nahe genug herankam, konnte er sehen, daß die Scheibe der Welt auf einem fetten Stengel ruhte, der sie aus dem Nichts hochhielt, auf einem Pfeiler, der, wie er einen Augenblick lang sehen konnte, hinunterreichte, hinunter, endlos weit hinunter in die Tiefe, wie weit … aber dann war die Welt ganz unter ihm, wolkig, milchig grün und blau, wie eine Platte, die vom Arm und der Hand eines unendlich großen Dieners hochgehalten wird.

»Ja«, sagte Rothand. »Genau so.«

Die Sterne wanderten über ihnen vorbei, zogen ihre unverständlichen Bahnen.

»Nun«, sagte Rothand, »hast du nichts von den Wesen der Tiefe gesehen?«

»Wesen?«

»Unter der Welt. Oh, der Schwanz des einen Wesens, sagt man, sagen die Gerechten, reicht um den Pfeiler, der die Welt hochhält, und so klammert es sich an wie Efeu.«

»So etwas sah ich nicht.«

»Sein Name«, sagte Rothand, »ist Leviathan.« Sein Pferd gab einen Laut und öffnete vor dem Nachtwind die Nüstern. Rothand wandte sich um und blickte über die Hügel.

Und wie, dachte der Sekretär, soll ich denn zu ihm gelangen, unter die Welt? Und warum hat er mich gerufen?

»Reiter«, flüsterte Rothand.

Sie waren nur wie ein Klecks vor dem Himmel, der sich zur Dämmerung hin erhellte; es war nicht zu erkennen, wie viele es waren, aber sie bewegten sich langsam, suchend; jetzt trennten sich zwei oder drei, ritten weg, kamen zurück. Sie kamen immer näher.

Rothands Pferd stampfte, sein Zaumzeug klirrte. Sie standen reglos, schauten, bereit, aufzusitzen und zu fliehen, so hoffnungslos das auch schien. Ein Reiter, der ihnen näher war als die übrigen, hielt an, blickte zu ihnen herüber. Einen langen Augenblick stand er da; dann konnten sie sehen, wie er mit den Fersen schlug, und sein Pferd trottete auf sie zu. Hielt an. Und dann, schneller, zielbewußter, kam es in ihre Richtung.

Plötzlich war der Sekretär auf den Beinen, rannte auf den Reiter zu, der Wind umfaßte seinen Domino, der rot war wie ein Leuchtfeuer. Der Reiter trieb sein Pferd zu kurzen Galoppsprüngen an.

»Halt!« schrie Rothand.

»Fauconrot!« rief der Sekretär.

»Rothand!« rief Fauconrot. Er sprang von seinem laufenden Pferd ab und prallte gegen den Sekretär. Dann rutschte er unter Hallorufen den Abhang zu Rothands Versteck hinunter.

»Fauconrot!«

»Wir haben dich also zuerst gefunden! Ich glaube, die Männer des Königs haben aufgegeben. Bist du unverletzt?«

»Die anderen …« Sie sammelten sich jetzt, und er konnte die rote Lederkleidung von Fauconrots Männern sehen, und die Männer auf ihren Bauernpferden mit Harken, die Knaben mit Sicheln, das Küchengesinde mit Fleischmessern und -beilen. Auf Fauconrots Befehl hin formierten sie sich zu einer behelfsmäßigen Truppe.

»Caredd …«, sagte Rothand.

»Sie wollten etwas gegen sie unternehmen«, sagte Fauconrot.

»Sie wagten es nicht«, sagte einer vom Gesinde. »Nicht, solange der Richter dort ist.«

»Sie steht unter seinem Schutz.«

»Der König tobt deswegen wie ein Wahnsinniger«, sagte ein anderer.

»Es sind viele von unseren Leuten getötet worden«, sagte Fauconrot. »Die Männer des Königs haben das Haus und den Grund besetzt. Er wird mit einer Armee nachkommen. Schon sind einige Männer fort, um seine Freunde in der Nähe zu mobilisieren.«

Rothand blickte in die Ferne, in die Dämmerung hinein, aber er konnte nichts von seinem Heim sehen; nur ein paar Nachzügler, die über die Hügel eilten, um sich anzuschließen.

»Jetzt«, sagte Fauconrot.

»Jetzt.« Rothand stieg auf. »Außenwärts.«

»Außenwärts?«

»Zu Vergessenheit.«

Sie folgten ihm, ein Heer von Geächteten; Soldaten, Köche, Bauernknechte.

Und noch jemand, der sich jetzt erst anschloß, eine knabenhafte Gestalt in einem Umhang von unbestimmbarer Farbe, auf einem schönen, schwarzen Pferd.

11.80

4

Es gab ein einziges Fenster in dem Raum, in den man Caredd, die Frau des Schutzherrn Rothand, und Sennrot, den Bruder des Königs, gesperrt hatte. Es war ein blaues Loch, das in die glatte Außenwand gebohrt war. Die Ziegel der Wand waren grob vermauert, und ein geschickter Mann hätte vielleicht hinunterklettern können, mit einem Seil, einem Seil aus Bettlaken ... Sennrot beugte sich weit hinaus und blickte hinab, fühlte, wie eine unheimliche Angst seine Knie ergriff und ihn zurückzog. Er haßte hochgelegene Plätze, und er haßte seine Angst vor ihnen.

Unten, im Dämmerlicht des Burghofs von Rotshügel, wurde ein Haufen erschrockener Diener von Soldaten aus dem Haus getrieben. Undeutlich konnte er Bitten, Befehle hören. Er wandte sich vom Fenster ab.

Caredd hatte zu weinen aufgehört.

Sie saß auf dem Bett, die Augen auf den Boden gerichtet, ihre Hände ruhten in ihrem Schoß.

»Herrin«, sagte er.

»Haben sie ihn zurückgebracht?« fragte sie tonlos.

»Nein«, sagte er. »Nein, sie haben ihn nicht gebracht.«

Er wollte sich nicht aufdrängen, indem er sich neben sie auf das Bett setzte; er fühlte sich zu eingeschlossen in ihren Schmerz. Daher war er in der Nacht meistens stehen geblieben, hatte hilflos versucht zu helfen, hatte sich bemüht, lahme Antworten auf ihre unbeantwortbaren Fragen zu finden. Zeitweise hatte er um ihretwillen beinahe gewünscht, er hätte verhindert, was im Bankettsaal geschehen war.

»Werden sie das Haus verbrennen?« fragte sie.

»Niemals«, sagte er mit beinahe zu starker Überzeugung. »Niemals, solange der Richter drin ist.«

»Und wenn er fortgeht?«

»Das wird er nicht tun. Nicht, bis man ihm deine Sicherheit versprochen hat.«

Sie schwiegen eine Zeitlang. Das blaue Fenster erhellte sich unmerklich.

»Was werden sie mit dir machen?« fragte sie.

»Ich bin der Bruder des Königs. Willst du nicht schlafen, Herrin? Es wird dir kein Leid geschehen.«

Sie hatte ihn kaum angesehen, hatte nur gesprochen, wenn sie ihm Fragen stellte; er konnte nicht erkennen, ob sie ihn haßte. Für Jung Harrah hatte er keinen Gedanken übrig gehabt. Um sich selbst machte er sich wenig Sorgen. Der Gedanke, daß Rothands Gemahlin litt, seinetwegen ... ihr leises Weinen die ganze Nacht, das war für ihn wie ein Messerstich gewesen.

»Ich glaube«, sagte sie leise, »du mußtest tun, was du getan hast ... zum Teil wenigstens ... um seinetwillen.«

»Ich habe gehandelt«, sagte er aufrichtig, »ich habe damals so gehandelt, wie ich glaubte, daß er es haben wollte.« War es so gewesen? »Vielleicht habe ich falsch gehandelt.«

Sie blickte auf zu ihm, wie er da am Fenster stand. »Ich hoffe, sie werden dir nichts tun.«

Vielleicht war es die Erschöpfung der schlaflosen Nacht, er wußte es nicht, aber plötzlich fühlte er, wie ihm selbst die heißen Tränen in die Augen stiegen. Er wandte sich wieder zum Fenster. Ein Trupp Männer des Königs ritt langsam die Straße von den Hügeln herauf. Ein Mann hielt die Zügel eines Pferdes, das mit gesenktem Kopf vorwärtstrottete; über seinen Rücken hatte man ein Bündel geworfen ... »Nein!« schrie er auf und biß sich gleich darauf bedauernd auf die Lippe. Aber sie hatte es gehört und rannte neben ihn ans Fenster.

»Sie haben ihn nach Hause gebracht«, flüsterte sie.

»Sie haben jemanden nach Hause gebracht.«

»Er war nicht bewaffnet. Er konnte unmöglich ...«

»Herrin, er wußte sich zu helfen. Und er war tapfer.«

»*War*. Oh, ihr Götter ...«

»Ist das sein Pferd?«

»Seins? Nein, es ist keines, das ich kenne ...«

»Wo ist sein Sekretär? Geflohen?«

»Das würde er nicht tun.«

»Er ist aber nicht dabei.«

Sie hatte Sennrots Hand genommen, vielleicht unbewußt; sie drückte sie fest. »Sie müssen mir erlauben, ihn zu sehen!«

»Sie ...«

»Nein! Ich will nicht! Ich kann nicht ...«

Der Trupp ritt in den Hof. Auf dem Rücken des Kleppers schwankte etwas, was jetzt deutlich als Körper eines Mannes erkennbar war. Caredd starrte mit geweiteten Augen, die Mundwinkel nach unten gezogen. Ein Stiefel fiel von einem leblosen Fuß, ein grüner Stiefel mit Stulpen, ein modischer Stiefel mit Quasten. Caredd schrie auf: »Das ist nicht seiner!«

»Nicht sein Stiefel?«

Sie lachte oder schluchzte. »Nie. Niemals würde er so etwas tragen.«

Sennrot beugte sich weit aus dem Fenster, schrie und winkte.

»Wer ist es? Wer ist der Tote?«

Ein Soldat blickte auf. »Es ist Farins Bastard.«

»Wer?« fragte Caredd.

»Farins Bastard«, frohlockte Sennrot.

»Mit einem Gewehr erschossen«, rief der Soldat.

»Mit einem Gewehr! Wo ist Rothand?«

»Geflohen. Außenwärts geflohen mit seinen Leuten.«

»Fauconrot!« sagte Caredd. Sie sackte nach vorne. Sennrot fing sie auf und half ihr zum Bett.

»Ein Gewehr«, staunte er. »Dieser Tölpel! Reitet los, um einen Mörder zu finden – und findet auch einen! In dieser Nacht von allen Nächten im Jahr stöbert er so ein Wild auf! Dieser Idiot! Ich hätte es von Anfang an sehen sollen! Er hat schon immer Unsinn geschwatzt; es ist nicht schade um sein elendes Leben ... Und über seine Stiefel zu stolpern ...«

»Seine grünen Stiefel«, sagte Caredd. »Mit den lächerlichen Stulpen.«

»Und Quasten.«

Sie lachte. Sie lachte vor Erleichterung, vor Erstaunen, vor Kummer, ein langes, volles, liebliches Lachen, ohne eine Spur von Hysterie oder Erschöpfung; ihr ganzer Körper lachte, und ihr Lachen ergoß sich über Sennrot wie kühles Wasser.

Der Riegel an der Tür glitt mit einem kratzenden Geräusch zurück.

Es war der Richter mit zehn oder zwölf Wachen und zwei der jungen Favoriten des Königs.

»Sennrot«, sagte der Richter. »Sie werden dich in die Stadt bringen.«

»Ich will mit dem König sprechen.«

»Der König will dich nicht sehen«, sagte einer der jungen Verteidiger.

»Ich werde nirgendwo hingehen, ohne mit dem König gesprochen zu haben.«

»Sennrot«, sagte der Gelehrte. »Ich habe mir die Freiheit genommen, ihnen zu versprechen, du würdest dich gut benehmen, wenn sie dafür die Sicherheit der Dame Caredd garantierten.«

»Und die Unversehrtheit des Hauses«, sagte Sennrot. Davon hatte sie während der Nacht am meisten gesprochen.

»Er wird nichts garantieren, was über ...«

»Hört mir zu«, sagte Sennrot zu den Männern des Königs. »Hört mir zu und sagt es dem König weiter! Ich bin sein Erbe. Er wird keinen anderen haben. Wenn ich jemals König werde und herausfinde, daß irgendein Teil des Hauses beschädigt oder daß dieser Dame auch nur ein Haar gekrümmt wurde, werde ich mein Leben, meine Krone und all ihre Macht darauf verwenden, mich dafür zu rächen. Mich äußerst fürchterlich zu rächen.«

Er warf einen Blick auf Caredd, die schüchtern auf dem Bett saß; er hörte noch das Echo ihres Lachens.

»Und jetzt werden wir zur Stadt gehen.«

Es war die Rennswoche der Weinblüte, eine seltsame, kurze Zeitspanne, in der in der ganzen Welt Sommer war, sogar im Ödland weit außenwärts.

Die zerklüfteten Felswände der Kante trugen gelbgrüne Bärte; die Gräben und Spalten führten, nur während dieser kurzen Zeit, Wasser; winzige, sonnenfarbene Blumen nickten im trockenen Wind, der sie bald ausdörren würde. Die wenigen Menschen, die so weit außenwärts lebten, einsiedlerische Leute, Edelsteinsucher, Erzschmelzer, Leute, so braun wie die Erde, lächelten in dieser Woche, so schien es, das einzige Lächeln des ganzen Jahres.

Die Wachburg Vergessenheit schien direkt aus der stumpfen Erde zu wachsen; sie war aus dem gleichen Stein errichtet, unbehauen, unverziert, zwar rechteckig, aber kaum mehr als die gespaltenen und gesplitterten Klippen der Kante, die sie bewachte. Die Burg hatte nur wenige Fenster und noch weniger Türen; blind war sie und stumm. Nur jetzt, in dieser Woche, blühten die endlosen Schnörkel der Weinranken, die Vergessenheit an die Erde fesselten, für kurze Zeit in strahlendem Orange, so orange, daß ursprünglich die Blume und die Farbe mit einem Wort bezeichnet wurden; und Bienen wurden aus dem Tal im Außenland angezogen, um sich an dem Nektar zu laben, der aus den fetten Blüten wie aus Mündern tropfte. Und in dieser einen Woche schien Vergessenheit den richtigen Namen zu tragen: ein vergeßlicher, alter Tyrann mit Weinblättern im Haar, trunken von Honigwein, der sein sündhaftes Leben vergessen wollte.

Ein Dorf aus Zelten und Höhlen klebte zu Füßen der Festung, versorgte die Soldaten mit allem, womit Soldaten schon immer versorgt wurden; ein paar seiner niedrigen Gebäude waren, wie eine Parodie auf ihren Herrn, ebenfalls mit Weinblüten bedeckt. Zwei Soldaten kletterten an diesem Tag der Rennswoche den Steinpfad hinauf, der vom Dorf nach Vergessenheit zurückführte.

»Geht es ihm denn so schlecht?« fragte der Stallknecht.

»Schlechter denn je«, sagte der Quartiermeister.

»Hat nicht das Endweib gesagt, der Frühling würde ihn auf die Beine bringen und ...?«

»Sie sagte, es sei eine Melancholie.«

»Eine Soldatenkrankheit.«

»Und wenn es das nicht ist, würde sie es wissen?«

Sie hielten an, um Atem zu schöpfen. Der Duft der Weinblüten war betäubend. Vergessenheit winkte ihnen zu, fast fröhlich, mit seinen Fingern aus Weinblättern.

»Er hat befohlen«, sagte der Quartiermeister, »mehr Steine auf das … in den Hof zu schaffen. Und Gurte und Eisenspitzen.«

»Um die Steine niederzuhalten«, sagte der Stallknecht.

»Hat die letzten drei Tage nicht geschlafen.«

»Träumt also im Wachen.«

Der Quartiermeister schauderte. »Ich möchte seine Träume nicht haben«, sagte er. »Nicht für allen Reichtum Tintinnars.«

Weit über ihren Köpfen schlugen die Kriegsviolen auf dem Wehrgang Alarm. Die beiden kletterten die Felswände hinauf bis zu einem Aussichtspunkt. Einwärts, einwärts, rief das Lied, und sie blickten einwärts.

Das konnte keine Armee sein; es gab keine Wagen, keine Vorhut, keine Fahnen. Der Zug schleppte sich in Zweier- und Dreiergruppen über die steinige Ebene hin; aber die Männer an der Spitze waren rot gekleidet, und während die beiden noch hinsahen, löste sich eine kleine Abordnung und ritt schnell auf Vergessenheit zu, entfaltete im Reiten eine Fahne mit einer roten, geöffneten Hand darauf.

»Rothand.«

»Er kommt, um seinem Bruder einen Besuch abzustatten.«

»Was sind das für Waffen? Eine Hacke?«

»Ein Rechen. Vielleicht …«

»Was?« fragte der Quartiermeister.

Der Stallknecht rutschte vom Felsen. »Vielleicht ist auch er verrückt geworden. Das wird ein fröhliches Treffen geben.«

Im Hof von Vergessenheit meckerten die Ziegen, leuchteten die Kochfeuer bleich in der Sonne, lungerten neugierige Soldaten in Türöffnungen herum und schauten von den Brüstungen auf die Armee und das Gesinde des Großen Schutzherrn Rothand herunter.

Im Hof von Vergessenheit, inmitten von alledem, war ein Steinhaufen errichtet, halb so hoch wie ein Mann. Über und durch einige der Steine liefen Lederriemen und Strohseile, die stramm an Pfosten festgezurrt waren. Das Ganze schien unheimlich zweckmäßig, entworfen von einem Geist, der den übrigen im Hof, den Köchen, den Ziegen, den Soldaten, fremd war, und doch war es der Mittelpunkt von allem, wie der Altar eines primitiven, mächtigen Kults.

Rothands Pferd drehte eine Runde nach der anderen in dem weiten, sonnenbeschienenen Hof. Man hatte ihm die Tore geöffnet, aber niemand hatte ihn begrüßt. Seine kleine Schar blickte sich um, schweigend, auf einen Befehl wartend.

»Du.« Rothand rief einen grauhaarigen Mann an, der ihn unverhohlen anstarrte. »Ruf deinen Hauptmann!«

»Unpäßlich.«

»Wie, unpäßlich?«

Der Soldat starrte Rothand nur an, grinste im Sonnenlicht oder über einen heimlichen Witz; kaute auf einem Knochensplitter herum. Dann wandte er sich um und kletterte die ausgetretenen Stufen zu einer schlitzförmigen Tür hinauf. Noch während er auf sie zuging, trat ein Mann aus der Dunkelheit dort drinnen, bewaffnet, mit einem Helm auf dem Kopf.

»Junior!« Rothand stieg ab, ging seinem Bruder entgegen. Junior kam die Treppe herunter auf ihn zu, ohne zu lächeln; seine Augen hatten den leeren, nach innen gerichteten Blick eines Kindes, das gerade aus einem Alptraum erwacht ist. Wortlos umarmte er seinen Bruder, klammerte sich fest an ihn. In dieser Umklammerung verspürte Rothand Furcht.

Er zog sich zurück, versuchte es mit einem freundlichen Lächeln, einem Schlag auf die Schulter, einem Lachen der Begrüßung. Junior reagierte auf den Schlag, als sei er gestochen worden, und das Lachen blieb Rothand in der Kehle stecken.

Er wandte sich an Fauconrot. »Kannst du …?« Er wartete, bis Fauconrot seinen Blick von Juniors Gesicht löste. »Kannst du für Unterkunft, für Ställe sorgen? Ich fürchte, du wirst keine Hilfe bekommen.« Fauconrot nickte, warf einen Blick auf Junior und begann, den Männern hinter sich Befehle zuzurufen.

Rothand legte versuchsweise vorsichtig einen Arm um

Juniors Schulter. »Bruder«, sagte er. »Bruder.« Junior reagierte nicht, schmiegte sich nur, wie er es bei großem Kummer immer getan hatte, in die Beuge von Rothands Arm. »Komm herein.«

Er ging mit Junior zu der Tür, aus der dieser gekommen war. Um sie herum gafften alle Mitglieder der Garnison und ihre Mitläufer, einige grinsend, einige ängstlich. Man hatte seinen Bruder gequält, das wußte Rothand. Es war schon früher so gewesen; und immer hatte dann Rothand auf die anderen losgeschlagen, hatte in ihre grinsenden, dummen Gesichter hineingehauen, die so viel verrückter schienen als das seines Bruders. Und er würde es wieder tun, gelobte er, während er sich die Spötter einprägte, unbesänftigt durch das Wissen, daß sie es ja nicht besser verstanden.

Bei dem Steinhaufen blieb Junior stehen und starrte ihn an, alle seine Sinne konzentrierten sich darauf, wie die eines Kaninchens auf einen versteckten Fuchs. »Im Winter«, begann er mit dünner, träumerischer Stimme.

»Ja.«

»Im Winter war der Boden gefroren.«

»Und?«

»Er lag still. Jetzt ...«

»Er?«

»Vater. Wo sie ihn begraben haben. Der Boden war hart gefroren, und er konnte nicht durchbrechen. Jetzt möchte er durchstoßen. Er darf es aber nicht; nein, auch wenn er mich anfleht.« Er fuhr plötzlich zusammen, starrte auf den Haufen, und es war, als könnte Rothand eine Welle von Furcht durch den Arm spüren, mit dem er seinen Bruder umfaßt hielt.

»Es war Harrahs Sohn«, sagte Junior.

»Harrah?«

»Harrahs Sohn, der sah, wie er getötet wurde. Harrahs Sohn, der ihn in ein flaches Loch warf, viel zu flach, daß die Vögel kamen und auf dem Boden herumpickten und ihn aufscharrten. Harrahs Sohn, seinetwegen will Vater herauskommen, er will ihn suchen, aber das darf er nicht, darf er nicht ...«

»Harrahs Sohn«, sagte Rothand langsam, »ist tot. Ich habe ihn getötet.«

Junior wandte sich ihm langsam zu. Er packte Rothands Arm mit dem eisenhaften Griff eines Wahnsinnigen. Tränen der Angst und der Erschöpfung stiegen ihm in die Augen. »Warum bewegen sich dann die Steine immer? Warum windet er sich? Warum will er nicht still liegen?«

In der Rennswoche hatte es damit angefangen, als er zehn Jahre alt gewesen war: Als die Weinblüten die Wände von Rothands Haus bedeckten, hatte Junior einen Kindereimer voll Erde auf das Gesicht seines schlafenden Vaters geschüttet, weil, wie er mit Tränen in den Augen sagte, doch jedermann sehen konnte, daß der Mann tot war ...

Die Nacht an der Kante war kalt, sogar in der Rennswoche. Ein Feuer war angezündet worden; es war die einzige Beleuchtung in dem riesigen Raum. Es beleuchtete Junior, der hineinstarrte, entzündete Lichter in seinen Augen, obwohl Rothand den Eindruck hatte, er blicke durch die Augen seines Bruders hindurch, und die Lichter, die er sähe, seien Flammen in dessen Innerem.

»Es gab ein Duell«, sagte Rothand. »Eine Art Duell mit Tranchiermessern im Bankettsaal in Rotshügel. Ich tötete ihn. Dann bin ich geflohen.«

Unmöglich zu beurteilen, ob Junior hörte oder begriff. Er blickte nur ins Feuer, und die Flammen flackerten in seinen Augen.

»Jetzt brauche ich dich, Junior.«

Es war immer so gewesen, daß die Partei, die eine Garnison an der Kante kommandierte, aus ihr eine Waffe zum eigenen Gebrauch schmieden konnte. Nach der Schlacht bei Senlinshügel, in der alten Zeit, kehrte Schwarz Harrah, ohne Befehl dazu zu haben, von Vergessenheit zurück, mit einer ungebärdigen Armee und einer neuen, dicken Frau für den König, und die Roten, die geglaubt hatten, sie hätten den König in der Tasche, mußten zurückweichen.

»Der Sohn des Königs Rot Senlin«, sagte Rothand, »war der Liebhaber von Jung Harrah. Er wird eine Armee schikken, um Vergessenheit zu belagern, sobald er auf die Idee kommt, daß ich hier bin. Ich möchte das unbedingt verhindern.«

Ja, und auch Rot Senlin, dachte Rothand. Er war damals an die Kante gegangen, als Vizeregent, und als seine Zeit gekommen war, kehrte er zurück, mit gekauften Häuptlingen aus den Außenlanden und einer Armee von an die Kante vertriebenen Soldaten. Und Schwarz Harrah hatte sich umgedreht und war geflohen ...

Plötzlich fand sich Rothand in den Windungen einer alten Sage gefangen, einer Geschichte für Kinder, die sich endlos wiederholte. Nun, welche anderen Möglichkeiten hatte er denn, außer das zu wiederholen, was seine Väter und deren Väter getan hatten? Er würde nicht hier warten, bis er wie ein Kaninchen herausgejagt wurde.

»Ich will zuerst marschieren, Junior. Ich will dich bei mir haben. Hilf du mir jetzt, so wie ich dir immer geholfen habe.«

Junior sagte nichts, wandte sich nicht vom Feuer ab.

Es gab also einen Fehler in der Geschichte. Die alte Sage hörte hier auf, bei dieser Wendung zögerte der Erzähler.

Dieser Pöbel im Hof war keine Armee. Fauconrot hatte irgendeinem Banditen die Ohren abschneiden müssen, um Unterkunft für Rothands Gesinde zu bekommen. Er könnte sie mit ähnlichen Mitteln zur Ordnung prügeln, zu einer Art von Ordnung, wenn er wochenlang Zeit dazu hätte. Er hatte nicht wochenlang Zeit.

»Wenn Fleisch Stein wäre«, sagte Junior. »Wenn alles Fleisch Stein wäre ...«

Nein. Er konnte sich dem König und dem Volk sowieso nicht mit einem solchen Haufen entgegenstellen. Außenländer und Männer wie diese hatten nicht die Hemmungen, wie sie die Schutzherren dem Volk gegenüber hatten; sie würden nehmen, was sie erwischen konnten. Er mußte die ländlichen Verteidiger zu seinen Fahnen locken, sich die Stadt offenhalten. Das konnte nicht mit Plünderern geschehen.

Und sie würden sich keineswegs freiwillig um ihn scharen. Er hatte keine wahren Freunde; seine Stärke waren

Verträge, Bündnisse, die mit großzügigen Geschenken besiegelt wurden. Das hatte Rot Senlins Sohn gesehen und es ihm verdorben durch seine Höflinge in der Stadt und durch seine eigene Großzügigkeit.

Es mußte eine andere Fahne geben, nicht die seine, unter der man einwärts reiten konnte.

»Ihre Spione«, sagte Junior lächelnd. »Die Botschaften, die sie ihr bringen. Lieder, Lügen, Witze. Was ist denn daran Schlimmes?«

Mit plötzlicher, schrecklicher Klarheit erinnerte sich Rothand an das letzte Mal, als er sie gesehen hatte: am Kleinen See, im blutigen Schnee, wie sie auf ihrem großen Pferd davonschlich, außenwärts ritt, sich angstvoll umblickte.

Nein!

Sie mußte das Kind inzwischen bekommen haben. Zweifellos Schwarz Harrahs Kind. Wie er zu Rot Senlin gesagt hatte (es schien so lange her), machte das nichts aus. Die ganzen Außenlande und die halbe Welt würden niederknien, um den Erben von Klein Schwarz zu küssen.

Nein!

Eine Vereinigung von Rot und Schwarz. Ein Ende der Qualen in der Welt. Trotz seiner Versprechungen hatte der König Land konfisziert, es unter seine Freunde verteilt, die sich in der Stadt amüsierten, während die Bauernhöfe verkamen. Das Hügelland würde ihm gehören. Und die Stadt – nun. Er war Herr der Stadt gewesen. Er hatte Freunde. Es würde genügen.

Nein! Nein!

»Was ist daran Schlimmes?« fragte Junior wieder, und seine Stimme begann zu zittern.

Rothand packte seinen Widerstand, drehte ihm mit einer Kraftanstrengung den Hals um, würgte seinen Protest ab. »Gar nichts Schlimmes, Bruder«, sagte er. »Kannst du einen von diesen Spionen auftreiben? Kennst du sie?«

»Ich kenne sie. Oh, ich kenne sie alle.«

»Schicke nach einem. Laß ihn hierherbringen. Ich ... möchte der Königin auch einen kleinen Witz erzählen.«

Junior starrte wieder ins Feuer. »Nur ...«

»Nur?«

»Wir werden einwärts gehen. Aber ...« Er wandte sich Rothand zu.

»Vater darf nicht mitkommen!« Er schlug bei jedem Wort mit der Handfläche auf die Stuhllehne. »Sie sagten, er hätte an einer Soldatenmelancholie gelitten. Sie sagten, die Endweiber hätten gesagt, der Frühling würde ihn wieder auf die Beine bringen, und sie würden ihn wieder gesundpflegen. Aber das waren Lügen.«

Wie in einem der neuen Festzüge, die der König in der Stadt hatte aufführen lassen, hatte der Verrückte im Hof von Vergessenheit Publikum, wenn es auch nur aus einer Person bestand; und anders als die Schauspieler in diesem Festzug war er sich nicht bewußt, daß er beobachtet wurde, denn das Drama, das sich in seinem Inneren abspielte, nahm all seine Aufmerksamkeit in Anspruch.

Auf dem Aussichtsturm darüber sah sein Bruder, das Publikum, aufmerksam zu, obwohl er das Gefühl hatte, den Faden verloren zu haben, die Pointe, die Handlung; er fröstelte im warmen Wind, fühlte sich fehl am Platze, verloren, fühlte, daß jeden Augenblick ein unerwarteter Schock eintreten konnte. Er lehnte sich gegen den Aussichtsturm, in gespannter Erwartung, durchdrungen von schrecklicher Vorahnung.

Und anders als bei den Festzügen in der Stadt, hatte das Publikum seinerseits ein Publikum.

Wieder ein Einmannpublikum.

Nur sie kannte die Handlung. Diese Szene war in Karten ausgelegt worden, die der besorgte Mann, den sie beobachtete, nie zu Gesicht bekommen hatte; es war eine Szene in einer Geschichte, die vor, sie wußte nicht wie vielen Jahrtausenden vor ihrer Geburt begonnen hatte, deren Ende erst ebensolange nach ihrem Tod kommen mochte; sie kannte nur ihre eigene Rolle und betete nun zu vielen Göttern, daß sie sie richtig spielen möge.

Aus einer Hülle unter ihrem Umhang von unbestimmbarer Farbe zog sie das Gewehr namens Plötzlich hervor. Sie stand hinter einem dicken Pfeiler aus erdbraunem Stein. In ihrem Rücken war eine Treppe. Weit hinten, außenwärts, umrahmten gelbe Wolken die untergehende Sonne wie Höflinge einen sterbenden König der Roten, und wenn die Sonne dann unterging, würden die Kriegsviolen von Vergessenheit anheben und die Garnison zum Mahl und zur Zusammenkunft rufen. Sie hoffte, der Lärm würde die Stimme von Plötzlich übertönen. Danach würde sie schnell jene Treppe hinuntergehen, hinunter zu den Ställen, zu Farins schwarzem Pferd, das sie lieben gelernt hatte, ohne, wie sie hoffte, noch mehr Verdacht zu erregen, als es ohnehin schon geschehen war. Und danach ... nun: Sie wußte es nicht. Einbruch der Nacht. Ein Vorhang vor dieser Szene. Es kümmerte sie kaum, solange das alles richtig gespielt wurde.

Sie wußte auch nicht, daß sie, die sie den Zuschauer des Verrückten beobachtete, selbst einen Zuschauer hatte. Festzüge über Festzüge: Sie wurde beobachtet.

Er war die enge Treppe heraufgekommen, um seinen Herrn zu suchen. Hatte sie oben an der Treppe gesehen, undeutlich, einen blauen Schatten im Abendlicht. Als sie das Ding aus ihren Gewändern zog, erkannte er zuerst nicht, was es war; er stand unbeweglich, während eine Kette von Assoziationen in ihm ablief.

So standen sie einen Augenblick lang alle reglos: er auf der Treppe, sie mit dem Gewehr, er auf dem Aussichtsturm, er, der unten an den Nägeln kaute, und auch er, der ohne Kopf in der unbeständigen Erde lag.

Dann rannte der auf der Treppe nach oben.

Sie wußte nicht, wer oder was sie gepackt hatte, nur, daß die Kraft desjenigen schrecklich war. Eine Hand drückte sich ihr aufs Gesicht, sie konnte nicht aufschreien, nicht atmen: Ein Arm umfaßte sie, stramm wie ein Eisenband, drückte das Gewehr gegen ihren Körper, so daß sie sich selbst treffen würde, wenn sie schoß. Sie wurde aufgehoben wie ein gewichtsloses Bündel, und bevor sie schnell die Treppe hinuntergerollt wurde, sah sie, daß der Mann auf dem Aussichtsturm immer noch nach unten blickte; er hatte nichts gesehen oder gehört.

Sie gingen schnell abwärts. An einer düsteren Biegung hielten sie an; der, der sie gefangen hatte, schien unsicher; sie wandten sich einen tunnelähnlichen Gang hinunter, blieben aber stehen, als aus der Ferne das Geräusch von Menschen zu hören war; wandten sich rückwärts, schlüpften in eine Nische, die durch zwei aufeinandertreffende, riesige Pfeiler gebildet wurde, und warteten.

Ihr wurde langsam flau; sie konnte nicht atmen, und wo sein Arm sie hielt, war der Schmerz einer prickelnden Taubheit gewichen. Leere, schwarze Tücher wehten vor ihren Augen hin und her. Sie schmeckte Blut; durch den Druck seiner Hand waren ihre Zähne in die Lippe gedrungen.

Als die Leute, die den Gang heraufkamen, vorbei waren, ohne sie gesehen zu haben, wurde sie hastig wieder hinaus und abwärts geschoben. Sie sah durch eine Tür am Ende des Tunnels das Abendlicht strömen, dann erlosch es, und sie wußte eine Zeitlang nichts mehr.

Der dumpfe Ton einer sich schließenden Tür weckte sie. Sie wachte auf, nach Luft schnappend, und blickte in ein kahles, leeres Gesicht in einer roten Kapuze, seltsam ruhig. Die dünnen Lippen bewegten sich, und die Worte klangen wie entfernt. »Du wirst nicht schreien, dich nicht wehren.«

»Nein.«

»Wenn sie dich fänden, wenn ich dich ihnen auslieferte, würden sie dich hängen.«

»Ja. Ich werde es nicht tun.« Er gehörte also nicht zu ›ihnen‹?

Sein Gesicht verschwand. Ihr pochendes Herz verlangsamte seinen rasenden Schlag, und unwillkürlich entfuhr ihr ein langer, zitternder Seufzer.

Der Raum war winzig, beinahe höher als breit; über ihrem Kopf zeigte ein schmales Fenster einen Fleck des Sommerabends; sonst gab es kein Licht. Eine Holztür, klein und dick. Eine einfache Holzpritsche, auf der sie lag. Ein Holzstuhl, auf dem er saß; mit einer Hand hielt er Plötzlich am Kolben, lose, als wäre es ein Löffel.

»Du gehörst zu den Gerechten«, sagte er.

»Wenn du das fallen läßt«, sagte sie mit immer noch heiserer Stimme, »werden sie bald genug wissen, daß du mich hast.«

Er hob das Gewehr hoch, untersuchte es ohne Neugier. »Hat es einen Namen?«

»Warum versteckst du mich?« sagte sie. »Ich kenne dich. Ich weiß, du gehörst zu ihm.« Sie hoffte, ihn zu reizen, wollte sehen, ob es irgendeine Treulosigkeit gab, irgendeinen Groll, den sie ausspielen konnte ... Sein Gesicht blieb jedoch ausdruckslos, die gleiche Maske, die sie in diesem Frühling immer an Rothands Seite in der Stadt gesehen hatte. Wer war er also?

»Man sagte mir, sie hätten Namen.«

»Das stimmt.«

»Ich bin an Namen interessiert.«

Als wenn sie für einen gelehrten Schwatz zusammengekommen wären. Sie mußte beinahe lächeln. »Und wie ist dann dein Name?«

»Man nennt mich jetzt Sekretär.«

»Das ist kein Name.«

»Nein. Aber ich habe keinen anderen.«

Sie konnte ihn nicht durchschauen. Da war nichts Greifbares. Seine Stimme, kühl und glatt, die seltsame Nacktheit seines Gesichts. Seine abscheuliche Kraft. Zum erstenmal, seitdem er sie erwischt hatte, empfand sie Angst; sie konnte sich aber nicht vorstellen, wie sie ihn anflehen, anbetteln sollte, sie fühlte, daß er von Gnade nichts wußte. Kalter Schweiß trat ihr auf die Stirn.

»Ich werde einen Namen sagen«, sagte er, »wenn ich kann, und du wirst mir sagen, ob du ihn kennst.«

Welchen Namen? Den eines anderen, den sie getötet hatte? Den eines Bruders oder einer Schwester? Sie würde ihm nichts sagen ...

»Das ist der Name.« Es schien ihn alle Kraft zu kosten, ihn auszusprechen. »Leviathan.«

Sie sah ihn nur ungläubig an.

»Leviathan«, sagte er wieder. »Kennst du diesen Namen?«

Die Abenddunkelheit hatte sich vertieft. Der rote Umhang, den er trug, war jetzt bräunlich wie getrocknetes Blut; sein bleicher Kopf schimmerte wie Wachs. Und je dunkler es im Raum wurde, desto heller schienen seine Augen zu glühen, wie es kostbare Steine tun.

»Ja.« Ein Flüstern.

»Wo er wohnt«, sagte die dunkle Gestalt. »Wo er wohnt, wer er ist, wie man zu ihm kommt.«

Er konnte das nicht ernst meinen. Es mußte verrückt sein.

Und doch. »Ja.« Wieder ein Flüstern; er beugte sich vor, um sie verstehen zu können. »Ja, ich weiß es.«

Langsam, als wolle er es eigentlich nicht, richtete er Plötzlich auf sie. »Drückt man hier ab? Mit diesem Hebel hier? Und wird es dich dann töten?«

Sie preßte sich gegen die Steinwand hinter ihr, konnte sich aber nicht hindurchdrücken.

»Hör mir zu«, sagte er mit klarer, ruhiger Stimme. »Ich lasse dir die Wahl. Bring mich zu dem einen, den du kennst, wo er auch sein mag, wie weit außenwärts er auch wohnt. Ich werde dir das zurückgeben. Wenn du dich weigerst, sag es mir jetzt, dann werde ich dich damit töten.«

Sie kannte eine alte Geschichte: Ein Bruder war von Männern des Königs umzingelt, die mit Fackeln und Hunden auf ihn eindrangen; er war völlig verloren, mußte aber doch entkommen. Er tat folgendes, so hieß es: Er machte einen Schritt außenwärts, einen Schritt einwärts und einen Schritt fort, hinaus und weg. Als die Männer des Königs den Kreis schlossen, fanden sie nur sich selbst; ihn fanden sie nie, und auch die Gerechten sahen ihn niemals wieder.

Sie machte den Schritt. »Ja. Ich werde dich hinbringen. Wenn wir heute nacht aufbrechen. Ich werde dich zu ihm bringen, ich schwöre es, von Angesicht zu Angesicht.«

Der Berichterstatter

1

Wie viele Dinge hatte er doch gelernt seit jenem lang vergangenen Morgen auf der Trommel, als ihm das junge Endweib beigebracht hatte, ›Becher‹ und ›trinken‹ zu sagen. Wenn er fähig gewesen wäre, sich zu wundern, er hätte darüber gestaunt.

Bei Rothand hatte er Verschwiegenheit gelernt, auch, wie man Zwecke erreichte, die anderen unbekannt waren, durch Mittel, die so angelegt waren, daß sie nicht als das erschienen, was sie waren. Es war keine Methode, für die er sich eignete; er hatte diese eine Schwäche: eine Neugier in bezug auf die anderen, die es ihm schwer machte, verschwiegen zu sein. Aber er hatte auch diese eine Stärke: All das bedeutete ihm wenig, abgesehen vom Lernen, und er verriet sich niemals durch Übereifer oder Bedürfnisse.

Niemals, bis jetzt.

Denn diese Aufgabe war nur ihm bestimmt. Niemand hatte sie ihm zugewiesen, wie ihm etwa Caredd die Bewachung ihres Gatten aufgetragen hatte oder Rothand die Geheimhaltung seiner Bündnisse. Diese Aufgabe hatte er in sich selbst gefunden, sie war der Motor seines Wesens, und er hatte mit Gewalt und List und sogar mit dem Verrat seines Vertrauens zu Rothand gearbeitet, um sie zu erfüllen. Damals tobten Stürme in seinem Inneren, schreckliche Stürme, die er kaum ertragen konnte: Dies, dachte er, ist es, was sie alle fühlen, diese Einzigartigkeit, diese Last einer unbekannten Aufgabe, die alles andere vertreibt, andere Bindungen in den Schatten stellt, die sie dazu bringt, ihre Augen und Gedanken im Gespräch abwandern, ihre Aufmerksamkeit abschweifen zu lassen: ein Auftrag, dessen Umfang sie nicht erkennen können, dessen Zweck sie fürchten, ein Zweck, der vielleicht ein Mittel ist, sie wissen es nicht, oder eine Lüge, und doch haben sie keinen anderen.

Er dachte, daß er durch diese Aufgabe ebenso völlig Mensch geworden sei wie jeder von ihnen. Das schenkte ihm Freude, und Angst; eine wilde Entschlossenheit und ein seltsames Schwanken, wie er es nie zuvor gekannt hatte.

Er hatte gestohlen. Nahrungsmittel aus der Küche, Geld aus der Börse, die er für Rothand aufbewahrte, gute Stiefel, eine Lampe und eine Zeltbahn vom Quartiermeister, ein langes und ein kurzes Messer. Er hätte auch Pferde gestohlen, aber sie sagte, sie würden ihnen nichts nützen, ehe sie nicht ganz weit draußen wären.

Er hatte die geplünderte Börse mit den Papieren für Rothand zurückgelassen, ohne Erklärung – er hatte daran gedacht, einen Zettel zu hinterlegen mit der Nachricht, daß er zu den Sternen zurückkehre, hatte es aber nicht getan –, und war dann, um Mitternacht, mit dem Mädchen fortgeschlichen. Fort von seinem Herrn und dem Vertrauen, das dieser ihm geschenkt hatte. Fort von den Intrigen, die auch er mit gesteuert hatte. Fort von Juniors sehr lehrreicher Verrücktheit. Fort von der Außenwand von Vergessenheit trug er das Mädchen Nod auf seinem Rücken und ihr Gewehr in seinem Gürtel die blinden, nächtlichen Klippen der Kante hinunter, immer weiter fort, bis die Dämmerung kam und das Mädchen schlief und Raubvögel das Felsband umkreisten, auf dem sie lagen, aufgeschreckt vielleicht durch den Anblick von flügellosen Wesen an diesem Ort.

Von dort auf dem Felsband blickte er am Morgen über die Außenlande, die rauchig waren vor Dunst und verhangen mit Wollknäueln. Die Pfade der sich windenden Flüsse waren von dichterem Weiß als das grünbeschattete Land, das sich flach und nebelverschleiert in weite Fernen erstreckte; weit draußen schienen sich die Nebelschwaden in den Himmel hinein zu verdichten, und man konnte graue Regenschauer wie bleiche Vorhänge im Winde flattern sehen. Außer einigen niedrigen Hügeln, die ihre Rücken über den Dunst erhoben, war alles verhüllt. Er weckte sie, sie aßen und stiegen weiter abwärts.

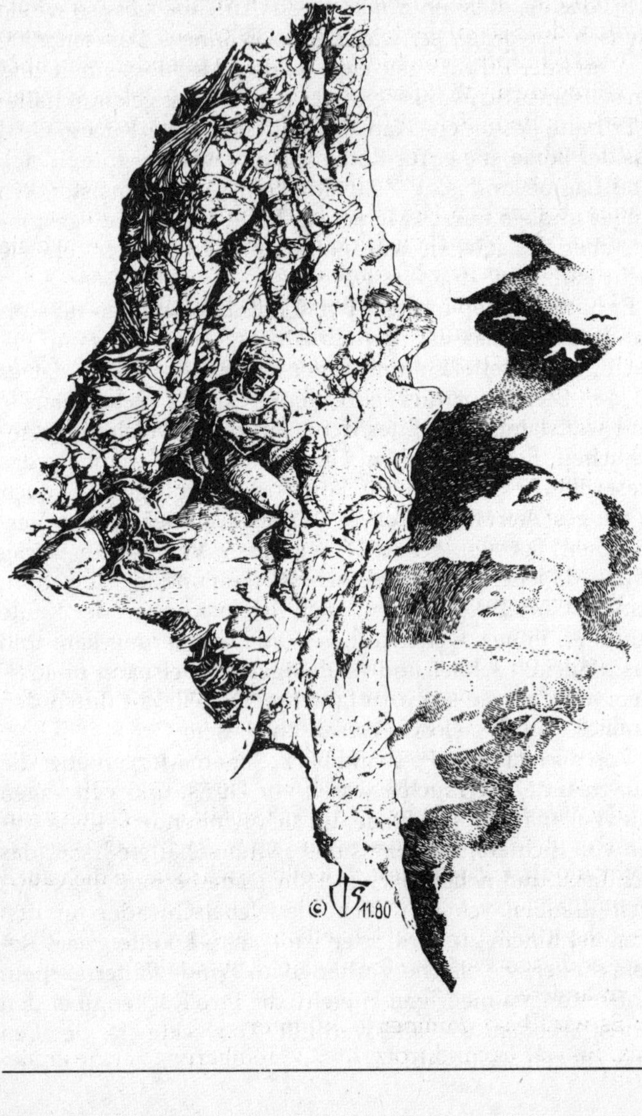
© 11.80

Er stellte sich vor, dies sei so wie sein Weg vom Himmel zur Erde, obwohl er sich an nichts davon erinnern konnte. Während sie abwärts stiegen, schien sich die Luft zu verdichten, der Schein der Sonne trübte sich, die glatten Felsen wurden schlüpfrig von Moos, und der Steinboden ging über in krümelige Erde, zuerst sandig und von Wasserrinnen durchschnitten, dann dunkler und von Pflanzen zusammengehalten.

Am Abend des zweiten Tages waren sie in den Außenlanden, bis zu den Knien in deren sumpfigem Griff.

Spät in der Nacht erwachte Nod, hatte vergessen, wo sie war, wie sie hierhergekommen war. Sie setzte sich in völliger Dunkelheit auf, hörte tierische Laute, die sie nicht erkannte. Etwas grunzte ganz dicht neben ihr, und sie zog, noch immer halb im Schlaf, scharf die Luft ein. Dann wurde die Lampe mit einem summenden Laut hell, und sein vertrautes, nacktes Gesicht blickte sie ruhig und forschend an.

»Gehen wir jetzt weiter?« fragte er.

Sie blinzelte ihn an. »Schläfst du eigentlich nie?«

Um den Schein der Lampe war ein Hof aus Feuchtigkeit, und schwerfällige Insekten stießen dagegen.

»Wie weit ist es?«

»Viele Tage. Wochen.« Woher sollte sie es wissen? Wie weit ist es bis zum Himmel, wie lange dauert der Tod? Es gab tausend Geister, an die Nod glaubte, zu denen sie betete, die sie fürchtete. Wenn jedoch jemand zu ihr gesagt hätte, komm, suchen wir den Kobold, der im See wohnt, oder die Dryade im Hochwald, dann hätte sie gelacht. All das lag in einer anderen Richtung, auf einem Weg, auf den man keinen Fuß setzen konnte, irgendwo im rechten Winkel zu allem anderen. Wenn sie *dich* wollten, würden sie dich auch finden.

Und vielleicht wollte Leviathan diesen hier. Vielleicht ging er diesen Weg, vielleicht war er im rechten Winkel zu allem anderen.

»Es wird bald dämmern«, sagte er.

Ja. So war es; und trotz ihrer Vereinbarung führte er sie:

an die Kante der Welt, um über die Kante zu blicken und in die Tiefe hinunterzuschreien.

Den ganzen Morgen hindurch stieg der Dunst in fahlen Fetzen, die wie unglückliche Gespenster wirkten, von den Außenlanden auf, wurde von der Sonne aufgesogen, lag aber am Fluß entlang, dem sie folgten, noch immer dicht. Graue Bäume mit schwankenden Ästen wateten bis zu ihren knorrigen Knien in seinem trägen Wasser.

»Wir müssen höher hinauf«, sagte sie. »Wir brauchen trockenen Grund, auch wenn wir den Weg nach außenwärts verlieren.« Soviel wußte sie, daß die Flüsse hier nach außenwärts flossen, ebenso, wie sie auf der anderen Seite der Kante nach einwärts flossen. Aber sie würden einen anderen Anhaltspunkt finden müssen, wenn sie nicht ihr Leben hier im Schlamm verbringen wollten.

Sie hatten gerade begonnen festzustellen, welcher Weg aufwärts führte, als der Sekretär stehenblieb und lauschte. Auch sie blieb stehen, konnte nichts hören und unterschied dann aus dem Murmeln des Waldes ein Klopfen von Holz auf Holz, das weiche Platschen von Wasser um einen Schiffsbug. Ein Geräusch, das sie gut kannte.

Die Außenländer, die sie kennengelernt hatte, waren mürrische Händler, die sie zur Stadt übergesetzt hatte, prächtig angetan für diesen Anlaß, aber auch eingeschüchtert: Sie hatte sich ihnen überlegen gefühlt mit ihrer städtischen Erfahrung. Hier war es anders, und sie sank hinter den Knien eines großen Baumes zu Boden. Der Sekretär tat es ihr nach, denn sie war schließlich der Führer.

Die Schiffsgeräusche kamen näher, aber durch den Dunstschleier konnten sie nichts erkennen; und dann erschien, wie auf dem Wasser gehend, eine große, riesengroße Figur mit abscheulich rotem Gesicht und starren Augen ... Es dauerte einen Augenblick, bis sie erkannten, daß es der geschnitzte Bug eines Schiffs war.

Dunkle Männer mit langen, zierlichen Stangen loteten den Flußkanal aus und riefen leise den Ruderern hinter sich Anweisungen zu. Mit tiefem Bauch, langsam, mit winzigen Fahnen, die schlaff in der unbewegten Luft hingen, fuhr das

Schiff so nahe vorbei, daß sie das Ächzen der Ruderer hören konnten, und das Kielwasser leckte an ihren Füßen. Meter für Meter zog es vorbei, jedes Ruderloch war als Gesicht gemalt mit dem Ruder als Zunge, und jedes Gesicht starrte sie blicklos an.

Im Heck, seltsamer als all die gemalten Gesichter, saß eine Frau unter einem Zeltdach, eine gewaltige Frau, eine Frau, deren Bauch so groß war wie der des Schiffes. Sie lag da auf ihren Fettpolstern, den Kopf auf einen Arm gelegt, der so dick war wie ein Schenkel, und schlief fest.

Zu ihren Füßen schliefen ebenfalls, in verschiedenen Haltungen, Außenländer, Häuptlinge mit in die Bärte geflochteten Messingplättchen, einer drückte eine bizarre Streitaxt an seine sich leicht hebende Brust.

Das Schiff fuhr mit leisem Geräusch vorbei, rollte leicht im Kanal, wodurch die Königin schräg zu liegen kam, und verlor sich im Dunst.

Andere Schiffe kamen hinterher, nicht so prächtig, aber vollgestopft mit bewaffneten Männern, starrend und klirrend vor Waffen. Eines nach dem anderen tauchten sie auf und glitten vorbei. Tief in einem der Boote gluckste jemand.

»Ist das Kind kräftig?« fragte Rothand. »Gesund? Ist es ein Knabe oder ein Mädchen?«

Die Königin sagte nichts, verzehrte nur weiter ihren Imbiß. Vor ihr stand ein Teller wie ein Tablett, nach Art der Außenlande vollgehäuft mit Kuchen, Obst, Käse und fetten Würsten.

»Ich möchte das Kind sehen«, sagte Rothand.

»Es gibt andere Dinge«, sagte die Königin, »die Vorrang haben.«

Sie wurde bedient von einem hageren, fischäugigen Mann, ihrem Gefährten und General, einem Mann namens Kyr; Rothand und er hatten sich vorgestellt, sich lange gegenseitig ins Gesicht geblickt, beide hatten versucht, sich an etwas zu erinnern, aber keiner kam darauf, daß es Kyr gewesen war, der Rothand am Kleinen See beinahe getötet hätte. Kyr reichte seiner Herrin eine Serviette; sie nahm sie, ohne die Augen vom Essen zu wenden.

So warteten sie – Rothand; Fauconrot, der so rot war im Gesicht und so wütend aussah, als hätte man ihn geohrfeigt; und Junior Rothand.

Es war eine furchtbare Woche gewesen. Mit Fauconrots Hilfe hatte Rothand seinen schreienden Bruder in ein Turmzimmer gesperrt, tief in der Nacht, damit es niemand sah. Dann hatte er befohlen, den Steinhaufen im Hof abzutragen.

Er fand in der Garnison einen schmächtigen, unrasierten Mann, der behauptete, ein Grauer zu sein, machte ihn präsentabel und ließ dann, unter seiner Aufsicht, Alt Rothand im Hof ausgraben. Er zwang sich hinzusehen, seine Kinnmuskeln schmerzten nach den langen Nächten schlafloser Entschlüsse; er ließ auch die Angehörigen der Garnison zusehen, und sie gehorchten schweigend und eingeschüchtert durch seine Grausamkeit und die sterblichen Überreste seines Vaters.

Er hatte in Vergessenheit eine stille Kammer gefunden, die einst eine Kapelle gewesen sein mochte, mit einem verblaßten Fresko an der Wand, das er nicht deuten konnte, vielleicht stellte es ein lächelndes Kind mit Flügeln dar; der Raum würde genügen. Er ließ die großen Steine aus dem Fußboden herausreißen und eine Grube ausheben; aus dem dunklen Holz alter Truhen hatte ein Schreiner seines Gesindes eine Kiste gezimmert.

»Wein«, sagte die Königin. »Kein Wasser.«

Als die letzten Steine wieder an ihrem Platz im Fußboden eingemauert waren und derselbe Schreiner sich an einer Inschrift versucht hatte, zwei oder drei alte Buchstaben, die für das übrige stehen würden, ging Rothand in den Turm und ließ Junior frei. Zögernd, die Wangen von getrockneten Tränen verschmiert, ließ Junior es zu, daß man ihn in den Hof brachte und ihm die leere Stelle zeigte, und dann die stille Kammer und ihre sicheren Steine. »Jetzt«, hatte Rothand gesagt und seinen Bruder an den Schultern gepackt, »jetzt hast du keine Entschuldigung mehr, verrückt zu sein. Bitte, bitte ...« Sie hatten sich umarmt, waren eine Zeitlang beieinander gestanden, und auch Rothand hatte geweint, aus Erschöpfung und verwirrter Liebe ...

Was immer es war, das richtige Begräbnis oder die Kraft, die Rothand dabei bewiesen hatte, oder auch nur die Tatsache, daß in jener Woche die Weinblüten abfielen: Die scheußliche Kur wirkte. Junior schlief einen Tag lang, todmüde von seinem Abenteuer, und erwachte ruhig: Er war munter genug, um jetzt bei seinem Bruder und Fauconrot zu sitzen, ein wenig betäubt, mit dem Blick eines Menschen, der von einer langen, beängstigenden Reise zurückgekehrt ist.

Kyr goß Wasser aus einem Krug über die Finger der Königin, und erst als sie sie abgetrocknet hatte, blickte sie endlich hoch und sah ihre neuen Verbündeten mit ihren wundervollen Augen an. »Laßt das abräumen«, sagte sie und deutete mit ihrer beringten Hand auf die Reste ihres Festmahls, »dann werden wir sprechen.«

Rothand hatte wenig Zeit gehabt, sich über seinen Sekretär und dessen unheimliches Verschwinden Gedanken zu machen, obwohl er ihn jetzt vermißte. Der Mann, wenn er ein Mann gewesen war, war so unirdisch, daß Rothand in gewissem Sinne das Gefühl hatte, er sei gar nicht wirklich dagewesen; und das, obwohl er Rothand zweimal das Leben gerettet hatte. Nun, es half nichts. Rothand hatte weniger das Gefühl, daß er einen Freund oder auch nur einen Gehilfen verloren, als daß er ein Amulett verlegt habe, das glückbringend, aber möglicherweise auch gefährlich war.

»Nun, Herrin?« fragte Rothand.

»Wir haben Bedingungen«, sagte sie. »Wir haben sie aufgezeichnet und du, und wer sonst auch immer, wirst sie unterschreiben.«

»Bedingungen?«

»Gewisse Einkünfte, die ich verlange. Rückgabe bestimmter Würden. In der Nähe von Farinshügel gibt es ein Haus, das ich als Sommerresidenz wünsche.« Sie nahm ein Blatt, das Kyr ihr reichte. »Hier sind die Namen derer, die ich bestraft wissen will.«

»Bestraft?«

»Man hat mir großes Unrecht getan.« Als wäre es ein Lekkerbissen, entrollten ihre fetten Hände liebevoll das Papier. »Rot Senlins Sohn, hier steht er, und er muß sterben.«

»Das müssen wir alle.« Der Anflug eines Lächelns war auf Rothands Gesicht erschienen. »Wen hast du noch auf deiner Liste?«

Sie ließ das Papier los, und es rollte sich wieder zusammen. Ihre dunklen Augen blickten mißtrauisch. »Es gibt noch andere.«

»Die Hälfte der Schutzherren der Roten?«

»Ich will Rache haben.«

Rothand begann zu lachen, ein heiseres, seltsames Lachen, das er seiner alten Wunde verdankte, und über sein Gelächter erhob sich die Stimme der Königin: »Ich will Rache haben! Sie haben Schwarz Harrah ermordet, sie haben meinen Gatten eingesperrt, sie haben mir die Krone genommen, sie haben mein Kind getötet!«

Rothand hörte auf zu lachen. »Dein Kind.«

Die Königin starrte ihn trotzig an.

»Wo ist das Kind?« fragte er.

Sie erhob sich langsam, reckte stolz den Kopf. »Es gibt kein Kind«, sagte sie ruhig. »Rot Senlin hat es ermordet.«

»Ein *Kind* ermordet?«

»Durch seine Unbarmherzigkeit, seine beständige Verfolgung. Ich hatte auf der Trommel eine Fehlgeburt.«

Auch Rothand erhob sich und ging auf die Königin zu, so feindselig, daß Kyr einen Schritt näher trat. »Du hast kein Kind«, sagte Rothand. »Dann sag mir doch, Herrin, was du eigentlich hier suchst mit deinen Bedingungen, deinen Forderungen, deiner Rache. Glaubst du, wir schulden dir noch etwas, jemand von uns, irgend jemand auf der Welt? Glaubst du, nur wegen deiner Schönheit?«

Sie wich nicht zurück, ließ nur ihre schwarzen Wimpern flattern.

»Das hier«, sagte er und schlug, heiser vor Zorn, auf ihre Papiere, »das hier soll also für uns ein Grund sein, die Trommel zu überqueren? Antworte mir, Herrin! Den König zu töten und jeden, der dich vielleicht einmal verhöhnt oder dir unrecht getan hat?«

»Nein, Rothand.«

»Was soll dann der Grund sein?«

»Meinen Gatten aus dem Haus zu befreien, in dem man ihn gefangenhält. Befreie Klein Schwarz und mache ihn wieder zum König.«

Rothand wandte sich ab, ließ sich in seinen Stuhl fallen.

Aber er sagte nichts.

»Schicke zu den Schutzherren der Schwarzen«, sagte die Königin. »Teile ihnen mit, daß du dies vorhast. Er ist immer ihr König gewesen. Sie werden sich erheben.«

Rothand starrte mit zusammengepreßten Kiefern ins Nichts.

»Es ist deine einzige Hoffnung, Rothand.«

»Der alte Mann ist vielleicht tot oder verrückt«, sagte Fauconrot.

»Er ist nicht tot. Ich habe Spione in seiner Nähe. Und er ist nicht verrückter, als er es immer schon war.«

»Wenn der König davon erfährt«, brummte Rothand, »wird er Klein Schwarz töten. Es überrascht mich, daß er es bisher noch nicht getan hat.«

Die Königin setzte sich schwerfällig. »Er wird nichts davon erfahren. Wende dich nur an Schwarze, ich werde dir sagen, an welche, sie werden nichts verraten. Deinen Freunden unter den Roten sagst du nur, daß du ihre Hilfe brauchst. Laß verbreiten, das Kind sei am Leben.«

Rothand schüttelte langsam den Kopf.

»Es hat dich zu mir geführt, daß du das glaubtest«, sagte die Königin leichthin. »Und ehe Rot Senlins Sohn erfährt, daß du irgend etwas anderes beabsichtigst, als dich selbst zu retten, wird Klein Schwarz bei uns sein. Ich habe Leute in der Stadt, Rothand, die seine Flucht geplant haben, die bereitstehen, um Klein Schwarz auf mein Wort hin von diesem schrecklichen Ort fortzubringen.«

»Ich habe kein Vertrauen in diese Angelegenheit«, sagte Rothand.

»Ich auch nicht«, sagte Fauconrot.

Die Augen der Königin blitzten wild auf. »Dann sagt mir doch, ihr Ausgestoßenen, ihr Geächteten, was ihr sonst für eine Chance habt. Welche andere Hoffnung.«

Es herrschte ein langes Schweigen. Weit her, aus dem

Hof, konnten sie ein Bruchstück eines außenländischen Liedes hören. Rothand, in Gedanken versunken, sah weniger aus wie ein Mann, der seine Möglichkeiten abwägt, denn wie einer, der dazu verdammt ist, sich zu fügen. Schließlich sagte er, beinahe wie zu sich selbst: »Wir werden also nach einwärts ziehen.«

Die Königin beugte sich vor, um ihn zu verstehen. »Einwärts?«

»Benachrichtige deine Leute. Befreie den König, wenn du das kannst.«

Sie sprang auf, schleuderte die Arme hoch und begann einen grotesken Tanz. »Einwärts! Einwärts! Einwärts!« Sie stürzte zum Tisch, ergriff ihre Papiere. »Die Bedingungen …«

»Nein.«

»Du mußt sie unterschreiben.«

»Nein. Nicht mehr. Laß das!«

Sie ging wütend auf ihn los. »Du wirst sie unterschreiben! Oder ich kehre zurück!«

»Ja!« zischte Rothand … »Ja, kehre nur zurück in deine Sümpfe und spiele die Herrin über deine Dörfer, vergieße ruhig Tränenströme über das Unrecht, das man dir angetan hat. Ich werde keine Rache üben lassen. Keine!« Er hob den Arm gegen sie. »Bete zu all deinen Göttern nur um eines, daß du nämlich dafür nicht gehängt wirst. Stelle keine anderen Bedingungen!«

»Meine Einkünfte«, sagte sie, sich unterwerfend. »Was mir zusteht.«

»*Wenn* das gelingt«, sagte Rothand, »dann wird man dich behandeln, wie es der Gattin des Königs zukommt. Aber die Befehlsgewalt, jetzt und später, werde ich haben.«

»Du möchtest selbst König sein.«

»Es wäre sicherer. Und in einer Welt leben, die mich nicht haßt. Für dich ist das bestimmt schwer zu verstehen.«

Sie rollte ihre Papiere zusammen. »Gut. Im Augenblick jedenfalls. Wir werden noch weiter darüber sprechen.«

»Das werden wir nicht.« Er wandte sich um, wollte gehen. Fauconrot und Junior standen auf, um ihm zu folgen.

»Rothand«, sagte sie. »Da ist noch etwas.« In königlicher Haltung, auf seltsam kleinen Füßen kam sie auf sie zu, wie unter Segeln. »Du mußt vor mir niederknien.«

»Knien?« sagte Fauconrot.

»Du mußt niederknien, dort draußen vor allen, oder ich schwöre, daß ich zurückkehren werde.«

»Niemals, niemals wird er das tun«, flüsterte Junior.

Sie sah sie nur an, wartete auf das, was ihr gebührte. »Knie nieder vor mir, knie nieder und küsse mir die Hand, schwöre, mein Verteidiger zu sein!«

Fauconrot und Junior mit seinem knabenhaften Aussehen warteten. Rothand machte eine Handbewegung, als wolle er eine Wolke vor seinen Augen wegwischen, und nickte nur.

Es dauerte alles so lange, dachte er, so schrecklich lange. Das Leben ist kurz, so sagte man. Aber das seine dehnte sich hin, ermüdend, schwierig, jeder Augenblick war eine Mühsal von unaussprechlicher Länge. Er wünschte plötzlich, es möge bald vorüber sein.

Von allen Härten, die Sennrot je ertragen hatte, schien die Gefangenschaft die schlimmste zu sein. Mißgeschicke hatten ihn nie verletzt, nicht tief jedenfalls; manchmal schien er durch sie sogar aufzublühen. Der Spott der Kinder über seine Mißgestalt hatte ihn nicht hart gemacht, sondern ihm Spannkraft verliehen; Tod und Krieg hatten ihn nur noch stärker in eine wilde Beschützerhaltung gegen alles, was er liebte, getrieben; die Intrigen am strahlenden Hof seines Bruders hatten ihn nicht hitzig und reizbar gemacht wie den Sohn, sondern langmütig, weitsichtig und zäh. Obwohl er jung war, an Jahren jünger als der junge König, war in Sennrot nichts Ungestümes, Unfertiges, Lautes mehr.

Was ihn als jung kennzeichnete, war seine Art zu lieben. Er schenkte oder verweigerte seine Liebe vollständig und sofort. Er hatte sie seinem Bruder geschenkt und Rothand. Und dann schließlich einer jungen Frau mit herbstbraunen Augen und Kastanienhaar, ein freiwilliges Geschenk, ohne Bedingungen, ein Geschenk, von dem sie noch nichts wußte.

Und was ihn an der Gefangenschaft quälte und ihn toben ließ, war, daß sie ihn von denen trennte, die er liebte, daß sie ihn hinderte, über sie zu wachen; er konnte sich nicht vorstellen, daß sie ohne ihn auskamen; die Angst, daß sie in Gefahr waren, bedroht, daß sie Schritte unternahmen, die er nicht sehen konnte, machte ihn blind.

Dort, wo man ihn hingebracht hatte, konnte er kaum erkennen, ob es Tag oder Nacht war.

Als wäre es ein Labyrinth, gedacht als Auslauf für ein kleines Schoßtier, war der größte Teil des großen Hauses, in das man ihn eingeschlossen hatte, hermetisch abgeriegelt, die übrigen Räume hatten keine Türen und Fenster, dort konnte er sich bewegen. Es war eine Villa der Schwarzen gewesen, in einer weit zurückliegenden Epoche; es gab hohe Säle, wo gespenstisches Mobiliar immer noch Sitzungen abhielt; verkommene Schlafräume, Korridore mit Schnitzereien und Säulen, in denen seine Schritte vielfach widerhallten und ihm von anderen Korridoren mit Schnitzereien her entgegenzukommen schienen. Tagelang wanderte er hier herum, mit Kerzen, die er von seinen Wächtern erbettelt hatte, forschte, suchte, ohne genau zu wissen, wonach; nach einem Ausweg, irgendeiner architektonischen Spielerei, die plötzlich nach außen wegkippen und ihm blauen, taghellen Himmel zeigen würde.

Seine Gefährten waren eine Frau, die das Essen brachte, taub und übelriechend – er glaubte manchmal, ihr Geruch sei in seine Speisen eingedrungen, und konnte nichts essen –, und seine Bewacher, die er an unerwarteten Orten und zu unerwarteten Zeiten zu treffen pflegte. Er schien selten den gleichen Wächter zweimal zu sehen und konnte nicht sagen, ob es eine Unzahl von Wachen gab oder ob sie nur oft abgelöst wurden. Auf jeden Fall waren sie alle riesig, in Leder gekleidet, langweilig und anscheinend gut bezahlt; alles, was er von ihnen bekommen konnte, waren Kerzen und ab und zu ein Krug Blem, nach dessen Genuß er durch die großen Räume zu gehen, Dinge zu zerbrechen und auf die Echos zu lauschen pflegte.

Und es gab den Geist.

Der war zuerst nur ein flüchtiger Eindruck gewesen, ein Schatten am Außenrand des Blickfelds, und Sennrot sah nie mehr von ihm als den Zipfel eines Gewandes, der um eine Ecke verschwand. Aber der Geist schien sich einen Spaß daraus zu machen, ihm zu folgen, und sie begannen ein Spiel miteinander in der lichtlosen Finsternis des Hauses; Sennrot vermutete, der Geist leide genauso unter erstickender Langeweile wie er selbst.

Es war nur natürlich, daß ein solches Haus einen Geist haben sollte, obwohl Sennrot den Verdacht hegte, daß dieser zumindest ein wenig lebendig war. Und er hatte auch nicht lange gebraucht, um zu erraten, wessen Geist es sein mochte. Er hätte gerne seine Wächter gefragt, fürchtete aber, sie würden neue Vorkehrungen treffen, und seine einzige Ablenkung von der Qual der Gefangenschaft war sein Plan, diesen anderen zu erwischen.

Seine Falle war gestellt.

Er hatte einen niedrigen Korridor gefunden, eine Spülküche oder so etwas, mit Türen an jedem Ende der linken Wand. Er entdeckte, daß die beiden Türen zu einem langen Schrank gehörten, der hinter der Wand den ganzen Korridor entlanglief. Er entdeckte, daß er durch die hintere Tür hineingehen, durch den Schrank zurücklaufen – wobei er aufpassen mußte, daß er nicht über den Schmutz und das Gerümpel stolperte, das dort lag – und durch die andere Tür herauskommen konnte, direkt hinter jemandem, der ihm in den Korridor gefolgt war.

Nachdem er das einmal entdeckt hatte, brauchte er nur noch zu warten, bis sein Geist mutig genug wurde, ihm dorthin zu folgen. Soweit er die Zeit abschätzen konnte, dauerte es eine Woche, bis er an der Tür seiner Falle stand und auf leise, vorsichtige Schritte lauschte ...

Als er meinte, sie seien gerade an ihm vorbeigegangen, sprang er mit Gebrüll heraus, bedeckt von Spinnweben, und geriet mit seinem Geist in ein Handgemenge.

Er hatte zuerst den verrückten Einfall, daß es wirklich ein Geist war, nur ein fettiger Lumpen über einem Bündel Knochen; aber dann drehte er das Bündel zu sich herum und sah in das Gesicht, das er erwartet hatte, mit wildem Blick, den Mund in einem lautlosen Schrei weit geöffnet.

»Majestät«, sagte Sennrot.

»Verschone mich!« sagte der König Klein Schwarz mit kläglicher Stimme. »Verschone mich, um des Rechts willen!«

»Und was wirst du mir dafür geben?«

»Was du dir am meisten wünschst«, sagte der Geist.

»Freiheit«, sagte Sennrot. »Freiheit von diesem Ort. Mit der Macht deiner Krone, alter Mann, gewähre sie mir.«

Er war alt und lebte von der Eidechsenjagd. Vielleicht war das blutbefleckte Boot sein ganzer Lebensunterhalt; der Sekretär dachte jedenfalls nicht darüber nach, obwohl er das Entsetzen des alten Mannes bemerkte, als sie vor ihm erschienen, als seien sie dem Schlamm entstiegen. Die Münzen, die sie ihm gaben, mußten für ihn beinahe wertlos gewesen sein; es war gleichgültig; nach Tagen im Schlamm waren sie bereit gewesen, ihm das Boot auch gewaltsam zu entreißen, wenn es sein mußte, und das wußte der Alte.

Der Sekretär wandte sich noch einmal um und blickte ihn prüfend an, während das Mädchen davonstakte. Er stand da, ohne zu blinzeln, verrunzelt wie ein Reptil, seine alte Klaue umklammerte das Gold ...

Nod hatte schon lange jeden Gedanken daran aufgegeben, den, der sie gefangen hatte, zu überwältigen, ihm das Gewehr zu entreißen, ihn meuchlings zu ermorden. Selbst sich davonzuschleichen, das Gewehr zurückzulassen, obwohl das ebenso gewesen wäre, wie wenn sie ein Glied verloren hätte, selbst das hatte sie aufgegeben. Er schlief nur, wenn sie schlief, und ihre leichteste Bewegung weckte ihn.

So ging sie außenwärts, tagelang, wochenlang, in einem unwirklichen Traum; in einer Art Halbtraum, in dem der Schläfer weiß, daß er träumt und sich unablässig bemüht zu erwachen. Doch sie konnte nicht aufwachen. Wenn sie wachte, stakte sie das Boot; wenn sie schlief, träumte sie davon.

Es war, als bewegten sie sich durch das Innere eines ungeheuren Organismus. Es war immer dunkel, außer genau am Mittag, wenn ein seltsames, gebrochenes Sonnenlicht alles zum Glänzen brachte. Die Bäume ließen Strähnen von dickem Moos in den braunen, vom Treibsand trägen Fluß hängen; der Fluß verzweigte sich überall in Adern, die von stinkenden Pilzen und phosphoreszierender Fäulnis verstopft waren. Bei Nacht lagen sie in ihrem Zelt und lauschten auf das Gurgeln und Rascheln.

Einmal kamen sie an einen Ort, wo eine frische Quelle zwischen dem Abschaum und der Fäulnis entsprungen war. Die Quelle hatte eine kleine Lagune saubergespült und sogar ein paar Felsen von ihrem schleimigen Algenüberzug befreit.

Sie schwamm, gesprenkelt von Sonnenflecken, die durch die verschlungenen Blätter drangen.

Er hatte eine nur abstrakte Vorstellung von den Körpern der Menschen, ihrer Hitze und ihren Funktionen, und er hatte Hofklatsch und Witze aufgespeichert, um sie sich später erklären zu lassen. Jetzt beobachtete er das Mädchen mit leichter Neugier. Sie war nicht viel anders gebaut als er.

Sie schlängelte sich lachend auf die Felsen hinauf, wischte sich das Wasser aus dem Gesicht, bleich und glitzernd wie ein Fisch.

Sie merkte, daß er sie beobachtete. »Dreh dich um!« sagte sie streng, und er gehorchte.

Als schließlich der Wald dünner wurde und die Baumstämme wipfellos und verfault wie alte Zähne dastanden, und die Flüsse in einen seichten, salzigen See mündeten, der die Welt ertränkt zu haben schien, hatten sie vergessen, welche Woche es war.

»Warum gibt es hier keine Menschen?« Seine Stimme war laut in der vollkommenen Stille. »Sollte es hier nicht Dörfer, Städte geben?«

»Ich weiß es nicht.«

»Es gibt doch Außenländer?«

»Ja.«

»Wo?«

»Anderswo.«

»Weißt du, wo wir sind?«

»Nein.«

Es gab keine Trennungslinie zwischen Wasser und Himmel; alles war einheitlich grau. Die verschleierte Sonne schickte ihre brennenden Strahlen einwärts, und ein ihr ähnliches Licht brannte innerhalb des Sees.

Es gab hier keine Bäume; vielleicht war die Weltplatte darunter zu dünn geworden, um ihre Wurzeln halten zu können. Es gab nur Büschel von braunem Kraut, das ohne Blätter scharf aufragte, mit einem silbernen Kreis von Kielwasser um jeden Stengel. Nur an diesen Kräutern konnten sie feststellen, daß sich ihr kleines Boot überhaupt bewegte.

Weit draußen, zu ihrer Rechten, konnten sie einen beweglichen rosa Flecken auf dem Wasser sehen. Er hob sich, sank nieder. Dann kroch ein langes Boot, grau wie der See, aus dem Kraut dort draußen, und graue Männer mit Netzen an langen Stangen begannen, die rosa Vögelchen einzufangen, die sich vom Schwarm entfernt hatten. Als eines ins Netz ging, schrie es auf, und der rosa Klumpen erhob sich und ließ sich nicht weit entfernt wieder nieder.

»Schnellflügler, zu dumm, um ganz wegzufliegen«, sagte Nod. Es war das erstemal an diesem Tag, daß sie überhaupt gesprochen hatte, außer, um ihm zu antworten.

»Du wirst mit ihnen sprechen. Frage sie ...

»Nein.«

»Frage sie ...«

»Ich will nicht, nein, nein!« Sie blickte um sich, suchte nach einem Fluchtweg, aber es gab nur graues Wasser, grauen Himmel, ohne Unterschied, konturlos. Sie setzte sich unvermittelt ins Heck und begann zu weinen.

Er starrte sie nur verständnislos an, die langen Hände auf den Knien.

Weit draußen, wo sich die Netze in dem düsteren Licht so schnell bewegten wie Vögel, drehten sich Männer um und zeigten auf ihr Boot.

Die Vogelleute hatten sich auf diesem See ohne Land eine Insel errichtet; es war ein Floß, am Grund verankert, ein Morgen zusammengebundener Stämme, Plattformen verfaulten Holzes. Die ganze Nacht flatterten die Schnellflügler, die sie gefangen hatten, in langen Käfigen aus Rohr und Schnur herum; die ganze Nacht sickerte das Wasser des Sees durch die uralten Balken des Floßes herauf. So alt und groß war das Floß, daß darauf kleine Pilzkolonien entstanden waren und Fische ihr ganzes Leben inmitten der schützenden Tangwedel verbrachten, die an seiner Unterseite wuchsen. Auf diese Insel brachten sie Nod und den Sekretär, nicht gerade als Gefangene, aber auch nicht wirklich als Gäste.

Die ganze Nacht saß der einäugige Vogelmann neben Nod und redete in einer Sprache auf sie ein, die sie nicht verstand. Er schlüpfte immer wieder in die Dunkelheit und kehrte mit einem Geschenk zurück, einem Stein, einem Fetzen bunten, verrotteten Tuchs, einem Eidechsenkiefer.

Sie redete sich ein, er sei gar nicht da. Sie saß mit hochgezogenen Knien, versuchte, die unerklärlichen Wunden an ihren Füßen zu säubern, die dort entstanden waren.

Hin und wieder blickte sie auf; weit entfernt, im schmutzigen Licht einer Laterne saß der Sekretär im Gespräch mit einigen von ihnen. Sie gestikulierten, standen auf, deuteten und setzten sich wieder. Er lauschte, ohne sich zu bewegen. Sie hatte den Eindruck, daß er nicht mehr von ihrem Gerede verstand als sie selbst.

Als der einäugige Vogelmann mit einer plötzlichen Bewegung seine kalten, feuchten Hände unter ihre Kleider schob, stand sie wütend auf und suchte sich einen Weg über unverständliche Bündel und schlüpfrige Verdecke dorthin, wo der Sekretär saß und außenwärts blickte.

»Beschütze mich«, flüsterte sie wütend, »oder gib mir mein Gewehr zurück.«

Die Dämmerung war ein grauer Fleck, überall und nirgendwo.

»Hörst du nicht? Ich bin hier hilflos. Ich hasse das alles. Bist du ein Mann?«

»Dort.« Er deutete außenwärts. Ein Licht, es hätte ein Sumpflicht sein können, flackerte weit draußen und verschwand wieder. »Dort. Das letzte Haus in der Welt, sagten sie; und der, der dort wohnt, hat mit Leviathan gesprochen.«

2

Der Turm von Unantastbar ist vielleicht der höchste Platz in der Welt. Niemand hat nachgemessen, aber niemand kennt einen höheren Ort. Im Turm gibt es viele Räume, Gelehrtenzimmer, die man dort weniger wegen der Erhabenheit der Höhe eingerichtet hat, sondern weil der Orden glaubt, daß Männer, die ihr Leben zwischen Buchseiten verbringen, aus Gesundheitsgründen wenigstens Treppen steigen sollten. Da Unantastbar keine Verteidigung nötig hat, sind in den Turm große Fenster eingelassen, und die Fenster blikken überallhin, über die Wälder hinunter zum See in der Mitte der Welt, der an Sommermorgen ein blauer Dunstklecks ist, nach außenwärts über die Hügel, wo sich der Fluß Wanderer in hundert Wasserfinger teilt, zur Trommel und noch weiter. Aber wenn die Gelehrten ihre Federn niederlegen und aufblicken, ist ihr Blick nach innen gerichtet; die Bilder, die sie sehen, sind in der Zeit, nicht im Raum angesiedelt.

Einer jedoch blickt hinaus, ein schmächtiger, weichlich hübscher Mann in Schwarz, er sucht nach etwas, das er wahrscheinlich aus dieser Höhe, dieser Entfernung sowieso nicht erkennen könnte ... Weit in der Ferne steht ein Turm aus dunklen Wolken, ein letztes Sommergewitter, das einwärts über die Trommel wandert, um die erntereifen Felder mit Hagel zu überschütten; Rothand der Gelehrte kann das Murmeln des Donners hören. Das Gewitter treibt Stürme rund um die Welt; selbst hier, in den Wäldern, dreht der Wind die Blätter, daß sie ihre bleichen Unterseiten zeigen, als schleudere er Hände voll Silbermünzen durch die Bäume. Es wird bald genug hier sein. Ja: Die schwarzen

© 11.80

Schutzherren stellen auf den Schwarzen Hügeln eine Armee auf. Rothands Vasallen entrollen, wenn auch widerwillig, ihre alten Schlachtenbanner: Der Sturm wird bald einwärts kommen.

Ist die alte Mariadn gestorben, um dem zu entgehen? Ist das die Last, um die ihn die Grauen auf ihren Befehl niemals beneiden sollten? Hat sie sie ihm auf den Rücken gelegt, nur weil er verdiente, sie zu tragen, oder weil sie in ihm etwas sah, was die Last erleichtern könnte, eine Kraft, die einen Schutz vor diesem Gewitter bieten konnte? Wenn es so war, kann er diese Kraft in sich nicht finden.

In einem anderen Turm läuten Glocken, leise und süß, schallen durch Unantastbar, verkünden ›Tagesende‹, ›Tagesende‹. Um den Gelehrten herum schließen sich Bücher mit dem Geräusch vieler winziger Türen zu geheimen Orten, und man hört Sprechen um des Sprechens willen, jetzt, da das Schweigen aufgehoben ist. Sie gehen auf ihrem Weg nach unten hinter dem Gelehrten vorbei, grüßen ihn scheu, ohne eine Antwort zu erwarten, Richter, Richter, guten Abend, guten Tag, Richter, unsere Gedanken sind bei dir ... Gegen das Geräusch ihrer vielen Füße, die die Treppen hinuntergehen, hört er das Geräusch von jemandem, der heraufkommt; als die hinuntergehenden Schritte leiser werden, kommt einer näher. Er ist jetzt allein im Turm; der viereckige Sonnenfleck auf der Wand hinter ihm wird blasser, und das Fenster vor ihm klappert, als die Winde beginnen, Unantastbar einzuhüllen.

Die fraglose Zuneigung, die aufrichtige Hoffnung seiner Gelehrten, er weiß, daß sie weniger ihm gelten als dem Schwarz, das er trägt; auch wenn er sich vielleicht diese Zuneigung und Hoffnung am Ende seines lebenslangen Richteramtes für sich persönlich verdienen kann. Oder vielleicht werden sie ihn auch, wie einige andere aus uralten Zeiten, einen weißen Richter nennen, närrisch, ohne Nutzen für die Welt.

Oder schlimmer noch, einen roten.

Nein. Das niemals.

Ein knochenweißer Grauer erreicht endlich das Zimmer,

in dem der Gelehrte sitzt, und kommt zu ihm, zögernd, ungern stört er den Gelehrten beim Nachdenken.

»Ja? Komm herein! Was ist los?«

»Ein Reiter ist unten, Richter, ganz in rotem Leder.«

»Ich glaube, ich habe ihn erwartet.«

»Er sagt, er kommt von deinem Bruder, dem Schutzherrn. Er bringt dir dies.«

Es ist ein kleines Stück scharlachrotes Band, zu einem komplizierten Knoten geknüpft.

»Sag ihm, er soll warten«, sagt der Gelehrte und dreht das Band zwischen den Fingern hin und her, »und laß meine Kutsche reisefertig machen.«

Später in dieser Nacht, an einem geheimen Ort im Wald, weit hinter Unantastbar, legten weiße Hände auf einem Brett in einem bunten Zelt Karten aus. Das Weder-Noch zitterte, und auch die Flamme der Lampe flackerte, als der Wind das Versteck des Zeltes entdeckte und die Zeltbahnen zum Flüstern brachte; aber es war nur zum Teil der Wind, der das Weder-Noch zum Zittern brachte.

Zum siebtenmal hatte Es die Karte umgedreht, die ein Bildnis von Finn trug: einen Totenkopf, ein im Bauch brennendes Feuer, und diesen Sinnspruch: *›Gefunden von den Verlorenen.‹*

Das Weder-Noch hatte die Karte Roke für das Mädchen gewählt, das Nod hieß; und Roke sollte in irgendeiner Beziehung zur Karte Caermon fallen, die für Rothand stand; sollte fallen mit dem Trumpf Rizna dazwischen, so hatte Es gehofft. Aber Caermon verbarg sich im Päckchen, und Finn fiel. Seltsam.

Wo war Nod?

Tot ... nein; das schienen die Karten nicht zu sagen. Fort, verloren. Auf jeden Fall blieb ihre Aufgabe unerledigt, das war klar. Rothand versteckte sich. Das Weder-Noch ließ die Ecke der Karte Roke gegen das Brett schnellen.

Der Wind hob in einer plötzlichen Bö die Türklappe des Zelts wie eine Hand. Draußen rasten Wolken über die Wanderer hin, oder die Wanderer rasten, niemand konnte sagen, wie es war; der Wald, üppig in der windigen Dunkelheit, machte der Tür des Weder-Noch Zeichen.

Jemand kam den geheimen Weg zum Zelt des Weder-Noch herauf.

Mit einem plötzlichen Ansturm von Erregung glaubte das Weder-Noch, es sei Nod. Aber einen Augenblick später wurde die Gestalt als Mann erkennbar, eigentlich als Knabe, der aussah wie das Mädchen Nod. Sein Name wurde Adar genannt, erinnerte sich das Weder-Noch: ein Name, der für große Dinge ausersehen war.

Wie das Weder-Noch zum Teil vermutet hatte, war Adar gekommen, um nach dem Mädchen zu fragen.

»Keine Nachricht, keine Nachricht ...«

»Die Karten ...«

»Sie schweigen, sind vielleicht verwirrt.«

Sie saßen beisammen, als schwebten sie; die Zeltbahnen füllten sich wie Segel, und der Wald knarrte, klopfte und flüsterte unaufhörlich. Das Weder-Noch begann Karten auszulegen, ziellos, fast ohne hinzusehen, während der Knabe sprach.

»Der König hat in der Stadt ein Grabmal begonnen. Hundert Handwerker sind an der Arbeit. Er spielt damit, während die Königin Kräfte sammelt.«

Doth, Haspen, Shen. Barnol, Ban, der Trumpf Tintinnar, wieder Roke und Finn.

»Ich habe in der Nähe von Fennshügel zugesehen. Sie werden nicht ohne den König losschlagen. Rothand ...«

Das Päckchen des Weder-Noch gab die Karte Caermon frei. »Rothand.« Der Weder-Noch kannte die Karte. Adar schwieg. Was immer aus Nod geworden war, was immer die kalte Karte Finn aussagen mochte, mindestens kannte Es jetzt den nächsten Schritt.

»Rothand«, sagte Adar, und das Weder-Noch legte Rizna umgedreht vor ihn hin, Rizna mit Sichel und Saatbeutel, der beständig erntet, was er dauernd sät.

»Es wird bald ein Gewitter kommen«, sagte das Weder-Noch. »Setze dich noch eine Weile zu mir, ehe du gehst ...«

Die ganze Nacht und den ganzen nächsten Tag und noch einmal die Nacht hindurch rollte die geschlossene schwarze Kutsche des Richters über die Welt, hinter dem Mann in rotem Leder her. Sobald sie den Wald verlassen hatten, flogen sie über die Straßen von Hügeldörfern, die vom Regen blankgewaschen und beinahe verlassen waren; über gepflasterte und unbefestigte Straßen, vorbei an mit Läden verschlossenen Wänden, an denen die schreienden Plakate der Gerechten klebten, die das Volk nicht entfernen wollte, oder die es nicht zu entfernen wagte, und weiter, vorbei an der letzten, im dunklen und stürmischen Nachmittag erleuchteten Hütte, und weiter nach außenwärts.

Drinnen lauschte der Richter, mit einem breitkrempigen Hut gegen das Tröpfeln aus einem Loch im Dach geschützt, die Hände auf einem Stock zwischen den Knien, auf das Klappern der Beschläge und das Rütteln des Windes an der Tür. Hin und wieder wälzte er im Geiste ein altes, ketzerisches Paradoxon: Wenn ein Mensch zwei Eltern, vier Großeltern, acht Urgroßeltern hat, und so weiter, endlos bis zum Beginn der Zeiten zurück, wie war es dann möglich, daß die Welt mit nur zweiundfünfzig Menschen begonnen hatte?

Die Kutsche rollte; acht, sechzehn, zweiunddreißig, vierundsechzig, einhundertachtundzwanzig, zweihundertsechsundfünfzig ... Nach etwa dreißig Generationen wäre die Zahl beinahe nicht mehr auszudrücken. Und doch begann die Welt mit zweiundfünfzig ...

Die Straße lief eben weiter, naß und silbrig glänzend, zwischen endlosen, niedrigen Stützmauern aus aufgeschichteten Feldsteinen, in denen Kaninchen lebten. Die paar Angehörigen des Volks, die noch versuchten, im Regen das durchnäßte Heu einzubringen, sahen sich nach ihm um, als er vorbeifuhr.

Hoch in einem Turm auf einer Landspitze, der über Rotshügel hinausblickte, in einem Zimmer, das sie nie mehr verließ, saß Mutter Caredd am Fenster und steckte ihr schönes, weißes Haar mit vielen Knochennadeln auf. Weit unter ihr, auf der Straße, die außenwärts führte, erschien, wie herbeigezaubert, eine Kutsche. Sie erklomm eine Steigung und schien auf den Regenflügeln, die sie aufspritzte, in ein Sumpfloch hinabzuschweben; dann verschwand sie, nur um etwas weiter entfernt, etwas kleiner, wieder aufzutauchen. Sie sah sie vorbeifahren; die Kutsche schien eine dringende Verabredung mit den schwarzen Wolken weit außenwärts zu haben, auf die die Straße zwischen den Steinmauern zulief.

»Beeile dich«, sagte Mutter Caredd, und ihre Dienerin blickte auf. »Beeile dich, beeile dich!«

Bei Anbruch der nächsten Nacht hatte der Mann in Rot die Kutsche in einen riesigen Kreis von Wachfeuern auf der Trommel geführt, vorbei an roten, schwarzen und außenländischen Posten, in das Heerlager der Königin. Es sah aus, als sei die halbe Welt in den Krieg gezogen.

»Und Caredd?« fragte Rothand.

»Nun. Sie wird nicht belästigt. Das Haus wird zwar bewacht, aber man läßt sie in Frieden. Nur ist es ihr nicht gestattet zu schreiben, nicht einmal an mich.«

Es war seltsam, aber der Gelehrte war noch nie in einem der Kriegszelte gewesen, obwohl sein Bruder ebensoviel in Zelten gelebt hatte wie in Häusern. Das Zelt war groß, düster, mit Wandteppichen ausgehängt. Teppiche bedeckten auch das Trommelgras am Boden; ein Holzkohlebecken glühte auf einem Dreifuß. Es gab Stühle, Truhen, ein Bett, alles geschickt so konstruiert, daß man es zusammenklappen und auf Wagen befördern konnte. Die Möbel schienen alt, viel gebraucht, angeschlagen wie alte Soldaten ... Wie lange und wie gut, dachte der Gelehrte, bereiten wir uns doch auf den Krieg vor, mit wieviel Liebe und Überlegung wird für ihn gerüstet.

»Hast du die Königin schon gesehen?« fragte Rothand.

»Nein.«

»Du wirst sie sehen wollen.«

»Nein.«

Rothand blickte von den Papieren auf, die er studierte, und schob sie zur Seite. Seine Leselampe warf ihren Schein auf eine Rüstung, sorgfältig poliert, die auf einem Ständer neben ihm stand wie ein zweiter Rothand. »Gelehrter.« Er lächelte sein altes, aufrichtiges Lächeln. »Ich danke dir. Es kann keine angenehme Fahrt gewesen sein.«

»Ich hatte Zeit zum Nachdenken.«

Rothand stand auf, und einen Augenblick lang schien der Gelehrte einen anderen Mann vor sich zu haben, alt sah er aus und müde, als sei ihm sogar das Stehen und Sitzen zu mühsam. Rothand goß dem Richter ein dampfendes Getränk aus einem Krug neben dem Kohlebecken ein. »Gegen die Kälte auf der Trommel. – Ich wäre zu dir gekommen«, fuhr er fort, »aber ich bin jetzt ein Geächteter, mein Name ist in den Städten angeschlagen wie der eines Pferdediebes. Du verstehst?«

»Ja.«

»Was wir von dir wollen«, sagte er, und drehte seinen Becher in den Händen, »ist einfach, und du hast es zweifellos schon erraten. Wir wollen nur, daß du die Entscheidung der alten Richterin zugunsten von Senlins Ansprüchen rückgängig machst und alles wieder Klein Schwarz zusprichst.«

»Nur?«

»Sag, sie war zu alt, unfähig. Du weißt doch, wie man so etwas macht.«

Der Gelehrte wünschte plötzlich, seinem Bruder nicht sagen zu müssen, was seine Pflicht war; er wünschte nur, dieser rauhen Stimme zu lauschen, die voll lebhafter Autorität war; er kostete bewußt ihren Klang aus, so, als würde er ihn vielleicht nie mehr hören. »Erinnerst du dich«, sagte er, »als ich damals fortging, zum erstenmal Grau anlegte?«

Rothand lächelte flüchtig. Es gab viel zu tun.

»Als ich an jenem Jahresende nach Hause kam in meinem neuen, weißen Gewand, so eitel; ich wollte keine Befehle mehr von dir entgegennehmen oder den Spieß drehen, wenn du es mir sagtest.«

»Ich erinnere mich.«

»Ich war ekelhaft. Ich beugte mich Vater, aber nur unter Vorbehalt. Man hatte mir nämlich gesagt, ich gehörte nicht mehr meiner Familie, und ich würde auch nie mehr eine

Familie haben: Die Grauen waren alles, und ich schuldete ihnen alles.«

»Da war doch etwas mit einem Pferd.«

»Mein Schecke. Du sagtest, wenn ich jetzt ein Grauer wäre, hätte ich keinen Anspruch mehr auf ein Pferd der Rothands.«

»Wir kämpften.«

»Kämpften? Du hast mich erbarmungslos verprügelt! Ich war nie ein Kämpfer.«

»Vergibst du mir?« fragte Rothand lachend.

»Wichtiger ist, Bruder, geliebter Tyrann, daß du mir jetzt im voraus vergeben mußt.«

Rothand setzte seinen Becher nieder.

»Ich kann nicht tun, worum du mich bittest«, sagte der Gelehrte leise. Schrecklich, ihn so zu sehen, so hilflos, in der Gewalt eines jüngeren Bruders, der ihm immer zugestimmt hatte. »Rothand, all meine Macht, all meine Reichtümer sind dein.«

»Alles, bis auf dieses Urteil.«

»Das darf ich nicht geben. Es gehört der Rechtschaffenheit.«

»Fromm.« Er spuckte das Wort aus. »Fromm. Wenn es doch eine einzige Lüge war, Gelehrter, dein Urteil, und auf meine Veranlassung hin ausgesprochen wurde, auf Veranlassung deiner Familie ...«

»Ich weiß es. Sprich nicht weiter. Ich kann das doch nicht tun.«

Rothand setzte sich wieder. »Willst du mich verdammen?«

»Das alte Urteil bleibt bestehen.«

»Einen Verräter nennen?«

»Bist du das nicht?«

Sie saßen da, ohne sich anzusehen; das feindselige Schweigen war greifbar zwischen ihnen. Draußen verkündeten gedämpfte Trommeln die Wache, Rothand goß parfümiertes Wasser über seine Hände, wischte sich über Gesicht und Bart und saß dann da, die Hände vor das Gesicht geschlagen.

»Rothand, wenn du diese Sache bleiben läßt ...« – es war hart, das auszusprechen –, »laß diese Schlampe und ihre Aufrührer mit ihrem Krieg, dann wirst du unter meinem Schutz stehen. Wenn die Königin unterliegt, verzeiht dir der König vielleicht. Vielleicht gibt er dir Rotshügel zurück ...«

Rothand blickte auf, aber nicht zum Gelehrten, sondern ins Nichts. »Und was werde ich in Rotshügel tun? Bitte?« Mit den Knöcheln schlug er auf einen Gong, der hinter ihm hing. Der Mißklang hing im Zelt. »Dieser Schecke, von dem du gesprochen hast, er ist erst letzten Herbst gestorben, nach einem langen Leben. Es war ein stolzes Pferd, und es zeugte viele Fohlen.«

»Ja.«

»Als wir damals kämpften, geschah es, weil ich glaubte, du wolltest ihn kastrieren und ihn zu einem Zelter eines Grauen machen. Du verstehst.«

Zwei bewaffnete Männer erschienen im Zelteingang.

»Spielst du immer noch ›Krieg im Himmel‹?« fragte Rothand seinen Bruder.

»Selten.«

»Nun. Ich habe die Linie überschritten, Gelehrter. Alle meine Steine sind auf dem Brett. Wenn ich Gesetze brechen muß, will ich sie brechen. Ich bin ausgezogen, um wieder einen König zu machen, und ich glaube, ich kann auch einen Richter machen.« Er winkte die Bewaffneten herein. »Nehmt den Richter«, sagte er, »bringt ihn an einen sicheren Ort und haltet ihn unter Arrest.«

»Rothand, tu das nicht!«

»Er soll alle Annehmlichkeiten haben, aber laßt ihn nicht entkommen.«

Die beiden Männer ergriffen den Gelehrten, vorsichtig, respektvoll. Er stand auf, nahm seinen breitkrempigen Hut mit gegen den Regen draußen. »Du willst Krieg haben.«

»Bis zum Tode, seinem oder meinem.« Es schien ihm kaum wichtig, wessen Tod es sein würde. »Es würde mir helfen, wenn ich dieses Urteil hätte. Wenn du es sprechen willst, sage es mir nur, und wir werden dich nach Hause schicken.« Die Wachen begannen, den Gelehrten wegzuführen. »Warte!«

Das Licht des Kohlebeckens ließ zwei Feuer unter Rothands dichten Brauen aufglühen. Er saß so zusammengekauert in seinem Feldstuhl, als sei er selbst und nicht der Gelehrte der Gefangene. »Etwas, das mit dem Recht zu tun hat«, sagte er.

»Ich möchte ein Testament machen. Wie kann ich es so formulieren, daß Caredd alles bekommt, und völlig ohne Gefahr?«

»Ich werde darüber nachdenken«, sagte der Gelehrte. »Da gibt es Möglichkeiten.«

»Danke.«

»Und ich habe noch ein Problem für dich.«

»Ja?«

»Wenn ein Mensch zwei Eltern hat und vier Großeltern, acht Urgroßeltern und so weiter bis zum Beginn der Zeiten, wie ist es dann möglich, daß die Welt mit nur zweiundfünfzig Menschen begann?«

»Tat sie das denn?«

»So heißt es.«

Rothand betrachtete ihn, während er auf seinem Daumennagel kaute. »Kennst du die Antwort?«

»Zum Teil. Wir drei, du, Junior und ich, wir sind ein Teil der Antwort.«

»Gut.« Er legte die Hand auf die Papiere, die vor ihm lagen. »Ich habe hier noch andere Probleme.«

»Vielleicht«, sagte der Gelehrte. »Vielleicht, Rothand, und vielleicht auch nicht.«

»Sie werden mich wieder zum König machen.«

Oh, er war flink; er flog in der Dunkelheit Hintertreppen hinauf, von denen Sennrot nichts gewußt hatte, als helfe ihm ein sechster Sinn, die morschen Stufen zu überspringen. Er kletterte wie eine eifrige Spinne auf Säulengänge. Trotz seiner jugendlichen Kraft konnte ihm Sennrot kaum folgen. Kein Wunder, daß er Sennrot seit Wochen entschlüpft war; kein Wunder, daß er mit Spionen Verbindung halten konnte, von denen die Männer des Königs nichts wußten.

Aufwärts gingen sie, kletterten durch das große Haus wie durch einen Kamin.

Durch einen Spalt, ein ungenügend verschlossenes Fenster, drang ein flüchtiger Sonnenstrahl herein, voll von goldenen Stäubchen. Der König Klein Schwarz blieb stehen und zog zum zwanzigsten Male das Papier heraus, das vielfach gefaltet und weich wie eine abgestreifte Haut war. Er las oder sagte auswendig den Inhalt schnell vor: »Fürchte nicht, Herr, deine Befreiung ist nahe. Rothand und die Armee der Königin zählen jetzt nach Tausenden, und der Sohn ist auf dem Wege, und wenn du bei ihnen bist, werden ihre Herzen voll Freude sein, und du wirst Nachfolger werden. Sei an der Stelle, die wir schon früher vereinbart haben, in der Nacht, nachdem du dies erhältst, wir werden jede Nacht wachen. Herr, beeile dich, wenn du kannst; wir sind hier in großer Gefahr.« Er faltete die Notiz. »Siehst du, siehst du?«

»Ja. Wir wollen weitergehen.«

»Du sollst belohnt werden«, fuhr der König mit seiner winzigen Stimme fort. »Ich kenne die Treuen, und du sollst eine Belohnung haben. Du wirst mein Minister sein. Du wirst dafür sorgen, daß ihre Köpfe rollen, ja, abgetrennt werden, jeder einzelne.« Er hielt inne, um ein Brett aufzustemmen, das ihnen den Weg versperrte und das Sennrot für unverrückbar gehalten hätte; als sie sich durch die Lücke gezwängt hatten, zog er es sorgfältig an seinen Platz zurück. »Rothand werden wir den Hals ganz durchschneiden, ja, und auch Rot Senlin.«

Er schien den Krieg, der ihn entthront hatte, mit dem durcheinanderzubringen, der jetzt herrschte, schien seine neuen Verbündeten töten und alte Feinde wiedereinsetzen zu wollen. Man hatte immer geglaubt, die Hinrichtungen während seiner Amtszeit seien alle Schwarz Harrahs Werk gewesen, weil der König sich nie gezeigt hatte. ›Wenn das nur Klein Schwarz wüßte‹, pflegten seine Getreuen immer zu sagen. Aber Sennrot hatte jetzt seit Tagen seinen gräßlichen Gelüsten zugehört. Er war sicher, daß der König in jenen Tagen eine geheime Nische gefunden hatte, von wo aus er alles beobachten konnte.

An dem plötzlichen Echo ihrer Schritte im Dunkeln erkannte Sennrot, daß die Hintertreppe in einen weiten, hohen Saal eingemündet war, mit nacktem Fußboden, ohne Möbel.

Unter dem Geruch nach Moder und Alter lag noch ein anderer, der Sennrot sehr vertraut war.

»Halt! Warte ein wenig.«

»Schnell, schnell!«

Dieser Geruch ... Ja! Er war sich jetzt sicher und stolperte mit ausgestreckten Armen vorwärts, um die Wand zu finden und die Ständer an der Wand, er wußte, daß sie hier sein mußten ... Er trat in ein paar Stücke einer Rüstung, die wie Glocken erklirrten, und der König stieß ein erschrockenes Quietschen aus.

Aber Sennrot hatte gefunden, was er wollte.

Wie viele Stunden hatte er in einem solchen Raum verbracht, einem Raum, der nach Leder roch und nach Stahlpolitur, nach Schweiß und verrotteten Strohschießscheiben, wo die Waffen klirrten; wieviel vom kleinen Glück seines Lebens hatte er dort empfunden! Er umfaßte dankbar den Griff des Schwertes; es war, wie wenn man in warme Kleider schlüpfte, nachdem man lange nackt gewesen war.

»Geh nur voran, Majestät«, sagte er. »Dein Minister kommt dicht hinter dir.«

Eine erstickende Stunde lang mußten sie zwischen zwei dicht nebeneinander stehenden Wänden aus abbröckelnden Ziegeln hinaufkriechen, nur mit Ellenbogen und Knien und von ihrem Willen gehalten. Der König kletterte voran, und Sennrot schob ihn von unten; seine Nase war voll vom modrigen Geruch der Kleidung des alten Mannes, er haßte ihn leidenschaftlich; und dann war ein Loch über ihnen in der Decke, und sie krochen in ein Turmzimmer hinaus, das Fenster hatte und luftig war.

Luft. Licht. Sterne. Sennrot stand keuchend da, wischte sich den schmutzigen Schweiß aus dem Gesicht.

Sie waren ganz nahe an der Spitze des Hauses, oben zwischen den steilen Dächern und Kaminen und fantastischen Kuppeln. Unter ihnen leuchteten in der hoch aufgetürmten Stadt schon Lampenlichter wie Sterne; um sie herum lag der See wie ein in die Schlucht gebohrtes Loch.

Das Haus stand außerhalb der Mauern der Hohen Stadt, auf einem Felsenfinger namens Sping, der durch einen Damm mit der Hohen Stadt verbunden war; dort unten brannten Wachfeuer, standen Wachen, das wußten sie. Auf dieser Seite jedoch fielen die Mauern des Hauses ab und trafen auf die schroffe Wand des Felsens Sping, die hinunterstürzte, hinunter bis zum See und dann weiter, vermutlich bis zum Grund der Welt.

»Sie werden mit einer Laterne winken«, sagte Klein Schwarz.

»Dort unten, wo Sping und das Haus zusammentreffen. Dort sind keine Wachen; sie wissen nicht, daß es von dort einen Weg über den Felsen hinunter zum See gibt.« Er kicherte. »Sie werden es eines Tages wissen, wenn sie alle, einer nach dem anderen, über Sping hinuntergeschleudert werden. Einer nach dem anderen.«

»Eine Laterne. Und wie werden wir dann zu ihnen hinunterkommen?«

»Hinunterkriechen, hinunterkriechen, so schnell wie nur etwas.« Er spähte über den Fenstersims hinaus in die Dämmerung. »Es gibt Wege. Es gibt Handgriffe.«

»Und wenn wir einmal unten sind ...«

»Sie haben unten auf dem See ein Boot versteckt. Dort drüben gibt es einen Pfad den Berg hinauf, der auf die Hohe Straße trifft.« Er klatschte fröhlich in die Hände. »Und dann frei! Frei!«

Sennrot lehnte sich neben dem König hinaus. »Zeig es mir. Erkläre mir genau, wie du hinunterklettern willst.«

Der gekrümmte Finger des Königs zeichnete den Weg nach unten, an Regenrinnen entlang, über Dächer hinunter, über Wasserspeier, an die man sich hängen, über Simse, auf denen man sich entlangtasten mußte. Die entsetzliche Angst biß ihm schon jetzt in die Knie, aber Sennrot prägte sich den Weg ein.

»Da!« rief Klein Schwarz. »Da sind sie!«

Unten, wo die Wände des Hauses auf die Wände des Felsens Sping trafen, blinkte ein gelbes Licht, einmal, zweimal.

›Jetzt‹, rief Sennrots ganze Klugheit ihm zu, ›tu es jetzt, hier, eine andere Gelegenheit wird es nicht geben ...‹ Er ergriff das Schwert, starrte auf den Rücken des Königs; auf das verklebte, weiße Haar des Königs, das im Abendwind flatterte.

Er konnte es nicht tun; konnte das Schwert nicht heben, konnte es nicht in den schwarzen Umhang stoßen. Der König wandte sich um und grinste ihn wild an, dann glitt er über den Fenstersims.

Sennrot blieb nichts anderes übrig, als ihm zu folgen. Er kannte nicht einmal den Weg in sein Gefängnis zurück. Ein Ziegeldach führte steil vom Turmzimmer hinunter, hinunter zu einer mit Grünspan bedeckten Dachrinne; der König ließ sich die Ziegel hinabrutschen wie ein spielendes Kind und fing sich an der Dachrinne. Sennrot folgte langsamer und hatte es schwerer; seine Vorsicht ließ ihn an den Ziegeln hängenbleiben, und er wäre beinahe in die Nacht hinausgeschleudert worden. Er lag zusammengekrümmt, keuchend an der Dachrinne und versuchte sich zusammenzureißen. Es gibt nur eine Möglichkeit, dachte er, ich muß das ohne Angst tun, sonst werde ich fallen ... Er versuchte, in sich die Furchtlosigkeit zu entdecken, die der König (der ihm drängend um die Biegung des Dachs herum zuflüsterte) als Geschenk seiner Torheit besaß.

Eine Zeitlang ging es hinter der Biegung des Daches einfacher; sie gingen durch eine Rinne, die durch das Aufeinandertreffen von zwei Dächern gebildet wurde, krochen um Gruppen von Kaminen, die unheimlich und unbeteiligt im Mondlicht standen, und blickten dann im Stehen über einen Sims. Hier stürzte die Wand steil ab; es gab nur eine Leiter aus Steinen, die die Maurer aus irgendeinem unbekannten Grund hatten herausstehen lassen und die man hinuntersteigen konnte. Mit einem leisen, triumphierenden Grunzen machte sich der König ans Hinunterklettern. Sennrot konnte nur folgen, weil er überzeugt war, daß er abstürzen würde, daß Vorsicht sinnlos war ...

Er trat vom letzten Stein auf einen Sims, beinahe überrascht.

Sie waren in einem Tal zwischen zwei Flügeln des Hauses. Ein schmaler Abgrund trennte den Sims, auf dem sie standen, von einem identischen an der Wand gegenüber; sie mußten den Abgrund überspringen; sie konnten auf dieser Stelle nicht weiter hinunterklettern, sonst hätte man sie vielleicht gesehen. Der Abgrund war dunkel; wie weit er hinabreichte, war nicht zu erkennen, bis zum Fundament des Hauses, oder gar noch weiter ...

Draußen, zwischen den beiden Flügeln des Hauses, war eine schmale Fahne des Nachthimmels sichtbar, am Horizont noch schwach grün, aber schon mit Sternen bedeckt. Sie konnten von hier zum See hinuntersehen, und der Weg, den man ihnen versprochen hatte, war da; und noch während sie hinunterblickten, blinkte das gelbe Licht wieder auf.

Jenseits des Abgrunds hing eine Eidechse, das Phantasiegebilde eines Steinmetzen, an der Wand über dem Sims.

»Spring, spring!« sagte der König. »Pack das Ding, wenn dein Fuß auf den Sims trifft, und halte dich an der Wand fest!«

Er stupste Sennrot, der wie versteinert dastand und hinunterschaute. »Nein!« sagte der König. »Schau nur dorthin, auf das« – und drohte dem Ungeheuer mit dem Finger.

Sennrot sprang.

Seine Hand faßte den Fuß der Eidechse, als sein Fuß auf dem Sims zu stehen kam, ein sonderbarer Laut drang aus seiner Kehle, und er hing einen Augenblick da, selbst zu Stein geworden, bis ihn das Drängen des Königs dazu brachte, loszulassen und sich weiterzuschieben.

Der König balancierte einen Augenblick; sein Haar bewegte sich im Luftzug, der durch diesen engen Spalt jagte; seine Hände krümmten sich wie Klauen. Dann sprang auch er.

Seine Hand faßte den Kopf der Eidechse, und sanft, als sei er aus morschem Holz, löste sich der Kopf.

Der König machte ein leicht überraschtes Gesicht, schwankte nach rückwärts, vom Sims herunter, eine Hand wedelte durch die Luft, die andere hielt den Eidechsenkopf fest, als wäre er ein Geschenk.

Sennrot beugte sich mit einem Schrei vor, stürzte beinahe selbst ab und griff nach dem schwarzen Umhang des Königs. Der löste sich in seiner Hand, und der König rollte hinaus wie aus einer Tasche.

Er stürzte lautlos ab. Sennrot war es, der schrie, ohne es zu wissen, als er den König sah, und er häufte in diesem einen Augenblick den Stoff für ein ganzes Leben voll schwindelerregender Träume auf.

Er stand lange Zeit auf dem Sims, hielt den Umhang fest, starrte nach unten. Lebte der König noch, klammerte er sich an irgendeinen Sims? Er rief, seine Stimme war nur ein Krächzen. Kein Laut antwortete. Dann blinkte unten, am Fuß des Hauses, wieder das Signallicht auf. Wer auch immer dort unten war, er hatte nichts gesehen, nichts gehört.

Würden sie irgendein Kennwort verlangen, ein Zeichen?

Nein. Alles, wonach sie Ausschau hielten, war ein kleiner Mann, schwarzgekleidet, allein und unbewaffnet.

Er blickte auf den schmierigen Lumpen in seinen Händen und auf den Weg, den er hinuntermußte, und eine dunkle Welle aus Angst und Ekel überschwemmte ihn.

3

Jedesmal, wenn Caredd, die Gattin des Schutzherrn Rothand, ihr Pferd zügelte, zügelten auch, nicht weit entfernt von ihr, die Reiter in der Livree des Königs ihre Tiere. Die beiden hatten einige Schwierigkeiten, sich so nahe bei ihr zu halten, wie es ihre Befehle erforderten, und aus Mitleid für sie machte sie oft eine Pause, um sie aufholen zu lassen.

Es war dieser schaurige Erntetag, an dem die sterbende Welt lebendiger scheint denn je. Ein kühler Wind blies ihr entgegen, rötete ihre Wangen wie eine Herbstfrucht. Dunkle, wechselnde Wolken, von Sonnenstrahlen durchbohrt,

© 11.80

die sich wie Lampenstrahlen über die farbigen Hügel bewegten, eilten über ihr fort; als sie verschwanden, ließen sie den Himmel hart, blau, bis in die Höhen mit reinem Wind gefüllt, zurück.

Sie ritt über das ganze Gebiet von Rotshügel, vom weißen, dunstigen Morgen an bis in den Nachmittag, überwachte die langsamen Wagen, die sich unter der schweren Last der Ernte zu den Scheunen schleppten; sie plante mit dem Stallmeister das Pferdetreiben, so fröhlich, als gebe es keinen Krieg; sie blieb überall stehen, um mit den Kindern zu sprechen, die die Vögel vom Korn scheuchten, und mit den Alten, die in der letzten Sonne des Jahres in den Türen ihrer Hütten saßen. Sie war die Herrin von Rotshügel und dessen Diener, die Zügel waren in ihrer Hand, und dennoch, als sie ihr Pferd kurz vor der Straße nach außenwärts, die von staubigen Bäumen abgeschirmt war, anhielt, hatte sie ein verrücktes Verlangen zu fliehen, ihre Verfolger abzuhängen und zu ihrem Gatten in sein Zelt zu eilen.

Als sie da stand, konnte sie das Geräusch von Wagen und vielen Männern näher kommen hören. Sie wendete ihr Pferd und ritt auf höhergelegenes Gebiet in der Nähe; jene beiden folgten ihr.

Es war eine Armee, die sich außenwärts bewegte und Staub aufwirbelte. Durch die Baumreihe entlang der Straße konnte sie die langen Lanzen hochragen sehen, mit Wimpeln behangen und blitzend, und die Oberteile schwerer Kriegswagen, und die Köpfe einer mürrischen, endlosen Reihe von Fußsoldaten. Knaben wie ihre eigenen von Rotshügel, wie die beiden, die sie bewachten. Sie stellte sich in den Steigbügeln auf und winkte ihren Wachen, näher zu kommen. Sie zögerten, und als sie herangaloppierten, waren sie voll Ehrerbietung. Sie waren beide noch sehr jung.

»Wessen Armee ist das?«

»Die des Sohnes von König Rot Senlin, Herrin.«

»Wohin ziehen sie?«

»Sie wollen den Geächteten Rothand bestrafen.«

»Den Schutzherrn Rothand«, sagte der andere schnell. »Und die Königin.«

Ihr Pferd tänzelte unruhig unter ihr, und sie beruhigte es mit ihrer behandschuhten Hand. In der Mitte der Marschformation konnte sie einen Baldachin in den Farben des Königs sehen, der sich wie ein hübsches Boot in dem Strom von Männern vorwärtsbewegte.

»Wer wird in dieser Sänfte getragen?«

»Der König, Herrin.«

»Er ist krank geworden«, sagte der andere.

»Wird er sterben?«

»Wir werden alle sterben, Herrin.«

Sie dachte plötzlich an den dunklen Sennrot im Turmzimmer. ›Wenn ich König werde ...‹

Um sie herum peitschte der Wind auf der gelben Weide das reife Unkraut, verstreute die Samen. Insekten hüpften summend vor den Füßen des Pferdes auf. Der Himmel hatte am Horizont eine steingrüne Farbe angenommen, schwach geädert von Wolkenfetzen. Bis es beinahe dunkel war, zogen die Kolonnen, die Wagen, die Berittenen und die Wimpel vorbei.

Sie wünschte den Tod des Königs nicht.

Sie schauderte heftig, als sie das dachte. Und wendete ihr lebhaftes Pferd heimwärts.

Heimwärts.

Das letzte Haus in der Welt war ein flacher Turm aus Holz und Steinen am nach außenwärts gelegenen Ufer des Sees. Unkrautbüschel wuchsen dicht drumherum, als wollten sie es beschützen, aber sonst gab es kein Leben; dahinter verlief die Küste, gleichförmig und von rostbrauner Farbe, weiter, soweit man sehen konnte.

Es gab kein Zeichen von dem letzten Mann, der dort lebte.

Von dem Turm aus streckte sich ein langer Pier wie eine Zunge über das Wasser hinaus. Die Vogelmänner hielten sich so weit vom Turm entfernt, wie sie nur konnten, häuften schweigend und hastig auf dem Ende des Piers einen großen Vorrat an Nahrungsmitteln in geölten Häuten auf und viele Bündel Stöcke, ebenfalls eingewickelt. Sie setzten das Mädchen und den Sekretär ab und ruderten dann weg, so schnell sie nur konnten.

Nod und der Sekretär standen wartend auf dem Pier.

»Die Stöcke sind für ein Leuchtfeuer«, sagte der Sekretär. Er zeigte auf die geschlossene Tür am Ende des Piers, die in den Turm hineinführte. »Er entzündet es. Um die Vogelmänner zu warnen, wenn sie der Küste zu nahe kommen.«

»Wozu brauchen sie eine solche Warnung?«

»Es erzürnt IHN, sagen sie. Wenn dieser hier so alt wird wie Alt Fan, sagen sie, braucht er das Leuchtfeuer nur noch sechzig Sommer lang anzuzünden.«

»Entsetzlich.«

»Er wird bald verrückt werden. Der Wahnsinn wird ihm die Kraft zum Leben geben. Sie sagten, das sei sein Geschenk.«

Ein seltsamer Wind wehte hier, nach einwärts, den sie draußen auf dem See nicht bemerkt hatten. Er war stetig, ausdauernd, wie der sanfte Druck von Fingern, die sie wegschieben wollten. Der Wind spielte im Turm eine durchdringende, unveränderliche Melodie.

Die Tür am Ende des Piers begann sich quietschend zu öffnen, widerwillig, als sei sie lange nicht mehr benützt worden.

Der letzte Mann in der Welt war kein Mann; er war ein Knabe, dürr wie der Tod und ebenso hohläugig, mit glattem, schwarzem Haar, das ihm über den Rücken hing, und einem Anflug von Bart auf seinen blassen Wangen. Er starrte sie zögernd an, schien fliehen zu wollen, oder sprechen oder lächeln oder schreien, aber er sagte nichts; nur seine gequälten Augen redeten; sie waren ein Leuchtfeuer, aber wovor es warnen sollte, konnte man nicht erkennen.

Auf der Spitze des Turms war die Asche vom Leuchtfeuer der letzten Nacht noch warm.

Da alles um sie herum flach war, schien der Turm schwindelerregend hoch zu sein. Nirgends ragte etwas auf. Einwärts waren der See und der Himmel einander gleich; ohne Horizont, leer, bluteten sie unmerklich in die Nacht hinein. Außenwärts ging die konturlose Küste weiter auf die Tiefe zu; dort draußen sah man gelegentlich einen Staubwirbel. Die untergehende Sonne schien riesig, ein aufgeblähter Ball, dunstig und rot.

Nod war es, als schwebte sie zwischen dem Nichts, die Welt war in zwei leere Hälften geteilt durch die Küstenlinie: die graue, dunstige Hälfte des Sees und die rostfarbene Hälfte der Wüste und des Staubs. Die Sonne erschreckte sie. Beinahe ohne es zu wollen, schob sie ihren Arm unter den des Sekretärs, stand halb geschützt hinter ihm wie ein Kind.

»Er wird uns Nahrung für eine Woche oder zehn Tage geben. Und Brennstoff für die Lampe«, sagte der Sekretär.

Warum für eine Woche? dachte Nod. Woher weiß er, ob die Welt in einer Woche zu Ende ist?

Der letzte Mensch in der Welt nickte, zustimmend, oder zu etwas, was er außenwärts sah. Der Wind hob sein glattes, schwarzes Haar, wirbelte Strähnen um sein Gesicht, die er ab und zu mit der Hand wegstrich, langsam, abwesend.

»Ich sehe manchmal sein Auge dort draußen«, sagte er mit einer Stimme, die so dünn und süß war wie die eines Schnellflüglers. »Ich sehe sein Auge, wie einen kleinen Mond. Ich höre ihn.«

»Was sagt er?« fragte der Sekretär.

»Er sagt ›Schweigen‹«, sagte der letzte Mann.

»Da ist eine Kante, ein Rand«, hatte ihm Fauconrot an jenem Tag am Beginn seines Lebens gesagt, als sie miteinander das Pferdetreiben beobachtet hatten; »eine Kante wie bei einem Tablett; und dann nichts mehr.«

Seit Tagen schien der Horizont näher zu kommen, nicht so, als würden sie sich einer Bergkette nähern, sondern als würde sich die Welt stetig, unmerklich verkürzen. Wenn die Sonne unterging, konnten sie eine dunkle Linie am Horizont sehen, ein Schattenband, das jeden Abend dicker wurde.

Unter ihren Füßen veränderte sich der in den ersten Tagen als sandig erkennbare Boden in seiner Beschaffenheit, er wurde härter, weniger abwechslungsreich; die gelegentlichen, vom Regen ausgewaschenen Gräben, ja sogar die Kiesel und das Geröll der Erde wurden seltener. Der Boden, auf dem sie gingen, war hart, unendlich ermüdend, wie ein endloses, flaches Deck; er schien schwache, regelmäßige Streifen zu haben, die nach außenwärts verliefen.

Irgendwie, auf unmögliche Weise, schienen sie der Sonne näher zu kommen.

Jeden Abend ging sie an einem leeren, wolkenlosen Himmel unter; riesig und formlos dehnte sie ihre Schatten hinter ihnen aus, soweit sie gekommen waren, und wenn sie auf dem Horizont auftraf, schien sie beinahe einen Ton zu erzeugen. Sie erleuchtete nichts; es gab nichts, worin sie hätte reflektiert werden können. Die feinen Streifen in der Erde wurden tiefer. Wie Steine auf einem Spielbrett rollten sie auf ihren Spieler zu.

Dann, an einem Abend, erleuchtete die untergehende Sonne ETWAS!

Am oberen Rand des Schattenbandes, das die Kante der Welt war, fing ETWAS das Feuer der Sonne für einen Augenblick ein, glänzte auf in ihrem Licht, nur ein Funke, und er verschwand schnell. Wenn es etwas, irgend etwas sonst in all dieser Öde zu sehen gegeben hätte, er hätte das kurze Aufblitzen nicht bemerkt.

»Schau«, sagte er, und sie blieb stehen. Sie wollte ihre Augen nicht erheben; sie konnte die untergehende Sonne nicht mehr ertragen. Als sie dann aufblickte, war das Zeichen verschwunden. Er konnte ihr nur sagen, daß es dagewesen war; sie blickte nur von ihm auf die schnell dunkler werdende Kante, deren Schatten auf sie zukamen, ausdruckslos, beinahe gesichtslos, wie ein mißhandeltes Kind.

Wie kam es nur, daß sie genauso weit in ihr Inneres vorgedrungen wie sie außenwärts gegangen war? Mit jedem Schritt schien sich eine Schicht von ihr zu lösen; etwas, dessen sie so sicher gewesen war wie ihres eigenen Namens, wurde dünn, dann unhaltbar und wurde schließlich abgestreift wie eine Haut. Sie hatte nicht gewußt, wie viele dieser Schichten sie besaß, wie viele sie zu verlieren hatte. Als sie glaubte, sie sei völlig entblößt, sei so leer von allen Wünschen, Gedanken, Vermutungen und Bedürfnissen wie eine Nadel, da erkannte sie, daß es noch mehr gab, was ihr das Schweigen und die Leere abstreifen konnte.

Sie hatte ihn niemals gehaßt. Was immer in ihr war, das ihn hätte hassen können, war abgerieben worden, schon vor langer Zeit, vielleicht auf den Klippen der Kante. Jetzt war er der einzige in der Welt außer ihr, und sie erkannte, daß die Nadel ihres Wesens, die ihr noch verblieben war, ihn in dieser Einsamkeit unbedingt brauchte, nicht nur als Gesprächspartner, denn gesprochen hatten sie in letzter Zeit nur wenig; aber es war ein Tag gekommen, an dem sie nicht mehr weitergehen konnte, wenn er nicht ihre Hand hielt, und eine Nacht, in der sie nicht aufhören konnte zu weinen, wenn er sie nicht festhielt, an sich drückte.

So waren sie weitergegangen, Hand in Hand.

Sie errichteten das Zelt dort, wo er das Zeichen gesehen hatte, obwohl es hier weder heiß noch kalt war. Teilweise suchten sie Schutz vor dem Wind, der nicht stark war, nur beständig und unaufhörlich wie die Hoffnungslosigkeit; hauptsächlich jedoch hatten sie, wenn es aufgestellt war, einen Ort inmitten der Leere.

Sie hatten sich auf dem lautlosen See nicht vorstellen können, bis zu welch unerträglichem Grad die Lautlosigkeit gesteigert werden konnte. »Was liebst du?« schluchzte sie spät in der Nacht, in sein rotes Gewand gewickelt, in seine Arme geschmiegt. »Was liebst du? Sag es mir. Was bedeutet dir mehr als Liebe? Was bringt dich zum Lachen? Wofür würdest du sterben?« Ihre Tränen netzten seine Brust, Tränen, die wärmer waren als sein Fleisch. Er konnte nicht antworten; er wiegte sie nur im Takt ihres schnell schlagenden Herzens, bis sie ruhiger wurde.

»Was wirst du tun?« fragte sie dann, »wenn du ihn gefunden hast?«

»Ihn fragen, warum er mich gerufen hat.«

»Und was wird er antworten?«

›Schweigen.‹

Als am nächsten Tag die Sonne über ihnen stand und sie keinen Schatten hatten, kamen sie zur ersten Stufe.

Die Stufe war niedrig, scharf gemeißelt wie mit Werkzeugen, und sie war breit, schien um die ganze Welt zu führen, und sie war so tief, daß sie nicht sehen konnten, ob sie zu einer zweiten führte. Sie blieben einen Augenblick lang stehen, denn es war ein Zeichen, und sie hatten den ganzen Tag kein anderes gesehen. Sie klammerte sich fester an seine Hand, dann stiegen sie hinauf. Weit, weit hinter ihnen schrie ein Vogel, so überraschend, daß sie beide zusammenzuckten, als ob ihr Schritt den Schrei ausgelöst hätte. Sie blickten zurück, konnten aber keinen Vogel sehen.

Die nächste Stufe, zu der sie kamen, war merklich höher; hinter ihr, näher diesmal, konnten sie die nächste sehen, die noch höher war.

Den ganzen Nachmittag hindurch kletterten sie dem oberen Ende der Kante der Welt entgegen, das über und vor ihnen lag und scharf und flach wie eine Klinge schien. Die Stufen verloren in geometrischer Progression an Tiefe und gewannen an Höhe, jede schien die letzte zu verdoppeln, bis gegen Sonnenuntergang die Stufen, die sie erkletterten, höher waren als tief und die Kante der Welt senkrecht über ihnen aufragte. Sie waren in ihrem Schatten.

Entlang der makellosen Treppe, die die Welt umgab, waren riesige Sprünge; das Herz wollte ihnen stehenbleiben, wenn sie sich das Erzittern der Erde vorstellten, das nötig gewesen war, um diesen Bau zum Brechen und Splittern zu bringen, um seine geglättete, fehlerlose Oberfläche in glitzernden Schutt zu verwandeln. In unerreichbarer Entfernung hatte sich ein poröser Stein, vielleicht ein Mond, irgend etwas Riesiges, in die Treppe eingegraben und ihre Flächen auf weite Strecken hin gesprengt. Sie waren erschreckend in ihrer Angemessenheit, die unermeßliche Treppe, der unergründliche Stein.

Sie selbst waren es, die nicht hierher paßten.

Er kletterte vor ihr nach oben; setzte sich auf die Treppe, streckte ihr die Hand hinunter und zog sie mit sich hinauf. Beide trugen sie die zerfetzten Kleider, in denen sie Vergessenheit verlassen hatten, er seinen roten Domino, sie ihren Kapuzenumhang, sie erkletterten Stufen, die nie für jemanden wie sie gebaut worden waren; lebendige Wesen in dieser Wüste.

Die letzte Stufe war ein Sims, kaum breit genug, um darauf zu stehen, und eine schroffe Wand, die höher war als er. Er schob sich seitwärts entlang, sie war unter ihm auf der nächsten Stufe, bis sie näher an die Stelle kamen, die durch die Katastrophe zerschmettert worden war. Dort kämpften sie sich durch eine Einbruchstelle hinauf, ihre Hände und Knie bluteten von der feindseligen Oberfläche, bis er sich stöhnend über den letzten Sims zog und zum letzten Ort in der Welt kam. Er wandte sich zitternd um und zog sie mit sich hinauf. Es war nichts als der obere Teil der letzten Stufe. Sie war breit, aber sie konnten ihren Rand sehen, gezackt, mehr zertrümmert als die Treppe. Und dahinter das Nichts, Nichts, völliges Nichts. Ein Wolkenschleier streckte sich von der Kante außenwärts wie ein Sims aus falscher Erde, und die Sonne fleckte ihn braun und orange; aber durch den Schleier konnten sie sehen, daß das Nichts hinunterreichte, hinunter, und sich zur Dunkelheit verdichtete.

Zwei Dinge waren mit ihnen auf der Kante. Da war der Wind, der jetzt stärker geworden war, erfüllt von einer Gegenwart, die sie nicht anschauen konnten, obwohl sie sie so lange gesucht hatten. Und da war, nicht weit von der Stelle, an der sie heraufgekommen waren, ein Ei aus weichem Silber, so hoch wie ein Mann, nahtlos, vom Licht des Sonnenuntergangs feurig angestrahlt.

Er war niemals sicher gewesen, keinen Augenblick lang, daß er recht gehabt hatte, daß er sich aus seinem beschädigten Wissen die richtigen Stichworte, die richtige Stimme bewahrt hatte. Erst jetzt wußte er es.

Er ging zu dem Ei, berührte die Hand, die ein Spiegelbild seiner eigenen in der glasigen Oberfläche war. Wandte sich zurück zu Nod: Sie kauerte auf dem Sims der Welt, berührte dessen Oberfläche mit ihren Händen, als fürchte sie, sie könnte hinunterstürzen.

»Das«, sagte sie, und ein anderer hätte ihre winzige Stimme nicht gehört.

»Ein ... Gefährt.« Er ging zu ihr und setzte sich neben sie.

Sie sahen zu, wie das Feuer des Sonnenuntergangs schweigend auf dem Ei erlosch.

»Was wirst du tun?« fragte sie schließlich.

»Essen«, sagte er und nahm ein wenig von dem Proviant, den ihnen der letzte Mann gegeben hatte, aus seinem Bündel, teilte ihn und gab ihr davon.

Das Ei wurde im Abendlicht geisterhaft blau, dann dunkel, schien zu verschwinden. Sie steckte ihren dünnen Arm in den seinen, der kalt war wie Stahl, kälter denn je.

»Wenn du allein zurückkehren mußt«, sagte er.

»Nein.«

»Wenn du mußt ...«

»Nein.«

Er sagte nichts mehr. Es wurde kalt, und sie begann zu zittern, hörte aber dann auf, als habe sie es bewußt unterdrückt.

In der Nacht konnten sie beinahe glauben, sie seien nicht dort, wo sie waren. Die Sterne, kalt und entfernt, schienen vertraut und nah.

Sie fühlte, wie er plötzlich neben ihr erstarrte, konnte beinahe spüren, wie seine Sinne arbeiteten.

»›Ja‹«, sagte er, und der Wind riß ihm das Wort von den Lippen. Der Wind wurde stärker.

Er ging zum Ei, berührte die Sterne, die seine Oberfläche zu bedecken schienen. Der Wind wurde stärker.

Der Wind wurde stärker, durchdrang ihn, erfüllte ihn, als sei er hohl, machte ihn taub, dann blind, dann völlig empfindungslos: ruhig in der Stille. Die Blindheit komprimierte sich zu einer Stimme, oder zur Metapher einer Stimme, die Sinne ansprach, von deren Dasein er nicht gewußt hatte; lieblich, weise, schlaftrunken murmelnd.

›Du bist spät gekommen, Berichterstatter.‹

Sein ganzes Wesen bemühte sich zu sprechen, aber er konnte keine Stimme finden.

›Geh denn‹, sagte seine Blindheit, ›geh zu ihm, er erwartet dich.‹

›Leviathan‹, versuchte er zu sagen, ›Leviathan.‹

Die Blindheit zitterte, als sei sie unsicher, zog sich in brül-

© 11.80

lendem Schweigen zurück. Der letzte Ort in der Welt erstarrte vor den Augen des Berichterstatters wie der unwirkliche Ort eines Traums, obwohl er nie geträumt hatte, und er sah Nod auf den Knien liegen, mit geöffnetem Munde, einen idiotischen Ausdruck auf dem Gesicht.

Er schrie auf, wußte nicht, was er sagte, in panischer Angst, daß die Blindheit vielleicht nicht wiederkehren würde. Er preßte seine nackte Wange gegen das kalte Ei und wartete. Wartete …

Die Blindheit, zornig, unvollständig, peitschte durch seine Sinne.

›Warum bist du noch nicht fort?‹

Jetzt fand er die Stimme, um zu dieser Stimme zu sprechen: Ich weiß nicht, wohin ich gehen soll, sagte er. Störe ich dich?

›Ja.‹

Dann sag mir nur, was ich tun muß.

›Wie soll ich das wissen, wenn du es nicht selbst weißt?‹ fragte sie.

Weißt du es nicht?

›Ich weiß nicht, welche andere Aufgabe er dir gestellt haben könnte außer der, Bericht zu erstatten, für die du gemacht wurdest und die du erfüllen mußtest.‹

Du warst es nicht …?

›Ich?‹

Du, der mich gemacht hat, du, der mich gerufen hat.

›Gerufen vielleicht. Geführt, wie ein Leuchtfeuer. Aber nicht gemacht. Nein. Was sollte ich mit deinen Berichten anfangen? Ich habe mehr vergessen, als er jemals geschaffen hat. Das ist meine Fähigkeit.‹

Wer ist er denn? Ist er Leviathan?

›Ich bin Leviathan; so nennen mich die Menschen. Er ist … ein anderer als ich. Ein Bruder.‹

Wo ist er? Wie soll ich zu ihm kommen?

›Nun, wo? Ich kann es nicht sagen. Dein Gefährt wird ihn finden. Eine Reise von tausend Jahren. Mehr. Weniger … Geh nur. Öffne das Gefährt. Du hast den Schlüssel, nicht ich.‹

Ich habe keinen Schlüssel, sagte der Berichterstatter zu seiner Blindheit und fühlte sich betäubt durch eine schreckliche Ungeduld, die ihn zum Gehen drängte. Ich habe keinen Schlüssel, Leviathan, ich bin beschädigt, ich habe alles vergessen; hilf mir. Hilf mir!

›Helfen. Das kann ich nicht ...‹

Fang von vorne an, sagte der Berichterstatter; und, wie er es bei den Endweibern auf der Trommel gesagt hatte: Vielleicht wird mir wieder etwas einfallen, ein Teil der Art, wie ich gemacht bin, der mir sagen wird, was ich tun soll.

›Anfänge‹, sagte die Blindheit. ›Du weißt nicht, was du da verlangst. Ich habe die Anfänge von Welten vergessen, die schon tot waren, bevor diese hier geboren wurde.‹

Dann hörte der Berichterstatter nichts mehr; aber er wartete, denn er glaubte zu fühlen, daß sich tief in ihm etwas regte, ein Gedanke, der schmerzhaft aus einem uralten Abgrund heraufgezogen wurde. ›Ich habe vergessen‹, begann die Blindheit schließlich wieder, ›vergessen, wieso ich hierherkam ... Aber ich war es, der den Pfeiler in die raumlosen Schluchten senkte ... ich baute dieses Dach, um mich vor den Steinen des Himmels zu schützen.‹

Du hast die Welt gemacht.

›Diese Welt ist mein Haus; mein Dach, mein Besitz, mein Unterstand. Darunter wohnte ich, tief unten, wo es heiß und feucht und unveränderlich ist. Ich war alleine, dann brachte er sie.‹

Die Menschen.

›Sie gehörte mir, ehe sie kamen. Sie wird wieder mir gehören, wenn sie fort sind.‹

Wie brachte er sie her?

›Er segelte.‹

Wie, segelte?

›Er hat Segel und ich nicht. Wir sind nicht gleich. Er ist eifrig und streift weit umher; ich bin schläfrig und bleibe an einem Ort. Er hat Segel: Segel, so fein wie gesponnene Luft; so groß wie die Welt. Viele davon. Sie sind seine Schnelligkeit.‹

Breitet Segel aus, um das Licht der Sonnen einzufangen ...

›Ja, das tat er, als er sie brachte.‹

Von woher?

›Von anderswoher. Was machte es schon aus? Eine Reise von tausend Jahren. Weniger. Mehr.‹

Wie haben sie das überlebt?

›Er brachte keine lebendigen Menschen; nein, dafür sind sie zu wenig widerstandsfähig; er brachte statt dessen einen Splitter von jedem, ein Korn, einen Samen, daraus konnte er, wenn er wollte, einen ganzen Menschen wachsen lassen. Diese Samen, oder wie immer du sie nennen willst, konnten die Reise überstehen, auch wenn es die Menschen nicht konnten ...‹

Es waren zweiundfünfzig.

›Vielleicht. Und all ihre Gräser, die grünen Dinge, die sie besitzen, und auch ihre Tiere, eines von jeder Art – nein, zwei, eines von jedem Geschlecht. Und er setzte sie alle nacheinander aus, um sie auf meinem nackten Dach wachsen zu lassen: Sie sollten wachsen und sich mehren. Und zuletzt setzte er die Menschen aus, neugewachsene Menschen.‹

Und dann?

›Und dann blickte er sich um und sah, daß es gut war.‹

Der Berichterstatter hatte das dringende Bedürfnis nach einer Unterbrechung, um all dies zu sammeln, damit es sich in ihm vereinigen und eine Antwort bilden konnte; aber als er zögerte, zitterte Leviathan. Warte, sagte er da; ich habe nichts verstanden; sag mir, wer ich bin, was aus mir werden soll, warum er mich gemacht hat.

›Er hat kein Vertrauen zu mir.‹

Sein Vertrauen ...

›Ich schuldete ihm einen Gefallen, aus einer anderen Zeit. Er gab sie in meine Obhut. Ich habe aufgepaßt, so gut ich konnte, zwischen den Zeiten, in denen ich schlief. Wenn er mir nicht vertraute, hatte er dich.‹

Mich?

›Dich und andere wie dich; Berichterstatter, Schlichter. Er hat nicht vergessen. Diese Welt ist sein wichtigstes Spielzeug; nein, nicht das wichtigste, nicht mehr. Aber er hat nicht vergessen. Und wenn er hier Sinne zu haben wünscht, wirft er einen Berichterstatter unter die Menschen. Ein Ding, seine Erfindung, seinen Finger.‹

Warum?

›Die Welt muß im Gleichgewicht gehalten werden. Das ist der Sinn des Spiels, der ganze Witz. Es ist eine kleine Welt, Berichterstatter; nur mein Rücken; sie muß zurechtgestutzt werden, dann und wann reguliert. Also hat es Schlichter gegeben: Kriegshetzer, Friedensstifter, Idioten, Kartenleger. Seine Erfindungsgabe ist unendlich.‹

Die Gerechten.

›Die Gerechten. Eine schöne Einrichtung. Das kleine Rad, das das große rechtfertigt. Er formte eine Idee für sie, verstehst du? Und als sie sich um die Idee scharten, gab er ihnen das Messer zum Zurechtstutzen in die Hand. Das Gewehr, meine ich. Und so wird die ganze Sache im Gleichgewicht gehalten ...‹

Die völlige Konzentration des Berichterstatters war einen winzigen Augenblick lang abgelenkt worden: Nod ...

›Wer ist da bei dir?‹

Sie hat mich hergebracht.

›Dich hergebracht?‹

Ich kannte die Aufgabe nicht, auch wußte ich nicht, wie ich zu dir kommen sollte, um dich nach ihr zu fragen. Sie führte mich.

›Es ist unwichtig. Sie kann nicht hören. Taub. Taub, blind, stumm: So sind sie alle.‹

So bin auch ich.

›Nun. Du bist eines seiner Dinge. Er wird schon wissen, ob du noch irgendwie von Nutzen bist.‹

Ich glaube ... ich werde nicht zu ihm gehen.

›Berichterstatter.‹

Warum? Warum haben sich die Menschen mit so etwas einverstanden erklärt?

›Sie haben darum gebeten.‹

Das ist nicht möglich.

›So ist die Geschichte, Berichterstatter. Er kam zu ihnen, auf seinen endlosen, geschäftigen Reisen; er fand sie auf dem letzten, noch nicht verwüsteten Streifen irgendeines elenden, zerstörten Steines. Sie verehrten ihn; das war immer sein Vergnügen. Er gewährte ihnen ihren Wunsch.‹

Und welches war ihr Wunsch?

›Der Veränderung ein Ende zu machen. Welchen anderen Wunsch kann es geben? ‚Bring uns von hier fort', beteten sie, ‚in eine neue Welt, in eine wie die, in der unsere entferntesten Ahnen lebten, in eine kleine Welt, wo die Sonne aufgeht und an den Ort zurückeilt, wo sie aufgegangen ist, wo wir ewig leben können und wo nichts davonläuft.' So habe ich seine Erzählung im Gedächtnis ...‹

Und er brachte sie hierher. Hierher.

›Sie kannten sich selbst nicht. Sie machten einen schlechten Tausch. Wir behielten unseren Teil.‹

Wirklich?

›Sie wollten ewiges Leben; er gab ihnen ewige Bewegung. Es läuft auf dasselbe hinaus für so eine Rasse.‹

Warum? Was hat er dabei gewonnen?

›Ich kann mich nicht erinnern. Eine gewisse Befriedigung. Es hatte nichts mit mir zu tun. Nur um des Spaßes willen vielleicht, wahrscheinlich ...‹

Weiß er, wie Menschen leiden?

›Leiden sie?‹

Ich glaube, sagte der Berichterstatter, ich glaube, ich will nicht zu ihm zurückkehren.

›Du glaubst. Du willst nicht. Berichterstatter! Er hat auf deine Erschaffung Energie verwendet. Er wird nicht zulassen, daß sie vergeudet wird. Er vergeudet nichts. Jeder Teil von dir ist genau registriert; er wird dich völlig auseinandernehmen, wird aus jedem Faden von dir die Farbe saugen, mit der er gefärbt ist. Er freut sich schon darauf.‹

Ich glaube, ich ...

›Berichterstatter! Ich bin aus dem Schlaf erwacht, um dich willkommen zu heißen, bin aus Tiefen und Längen von Schlaf erwacht, die du dir nicht vorstellen kannst. Es ist eine Qual, zu deiner Unwissenheit zu sprechen. Geh zu ihm! Wenn du dann sprechen kannst, bitte *ihn,* es dir zu erklären: *Wenn* du sprechen kannst, wird er dir vielleicht antworten ...‹

Unfähig, mehr zu ertragen, suchte der Berichterstatter in seinem Inneren nach einer Schranke, um sich dahinter vor dieser lieblichen Stimme zu verbergen, nach einer Weigerung, einer Kraft ... Er fand sie. Sie würde in ihm aufsteigen, wenn er es fertigbrachte, sie zu rufen: Er fand die Kraft dazu: Sie stieg auf, blockierte den blinden Wahnsinn.

Wie von weit her, aber näherkommend, begann der letzte Ort der Welt vor ihm zu erscheinen. Und die Art der Wand, die er gefunden hatte, wurde deutlich:

Er schrie.

All seine vielfältigen Kräfte zogen sich in seiner Kehle zusammen, wurden dorthin konzentriert und in einen Laut gepreßt, einen langen, atemlosen, anhaltenden Laut, der lauter wurde, je höher er stieg, bis er aufhörte, ein Laut zu sein. Der Laut durchsuchte ihn, reinigte ihn, heilte ihn, drang in Stellen in seinem Inneren ein, die seit dem Gewehr versiegelt gewesen waren, und ließ all sein beschädigtes Wissen heraus.

Mit Entsetzen erinnerte er sich an alles. Wer er war. Was ihn gemacht hatte. Und wozu: Er kannte den ganzen Plan, für den er gemacht worden war, den Grund für seine furchtbare Kraft, er sah den blutigen Helden, der er hätte sein sollen, den langen Krieg, der jetzt niemals stattfinden würde ... Und mit dem großen Wissen kam ein kleines: Er wußte, warum er schrie, denn bei einer bestimmten Tonhöhe und Lautstärke öffnete sich das Ei vor ihm geräuschlos.

Der Schrei hatte sein Gefährt geöffnet. Er war der Schlüssel.

Er hörte auf; der Laut hallte nach, lief fort, verschwand; er stand da, seine breite Brust hämmerte, er war erschöpft.

Es war beinahe Morgen. Einwärts verblichen die Sterne an einem purpurn erleuchteten Himmel. Nod lag vor ihm auf dem Boden ausgestreckt, die Hände an die Ohren gepreßt, das Gesicht gegen den Boden gedrückt. Als der Laut verklungen war, hob sie den Kopf, ihr tränenverschmiertes Gesicht blickte ihn an, sie konnte den Blick nicht wenden.

Der Wind hatte sich gesteigert, erbarmungslos, wie kein

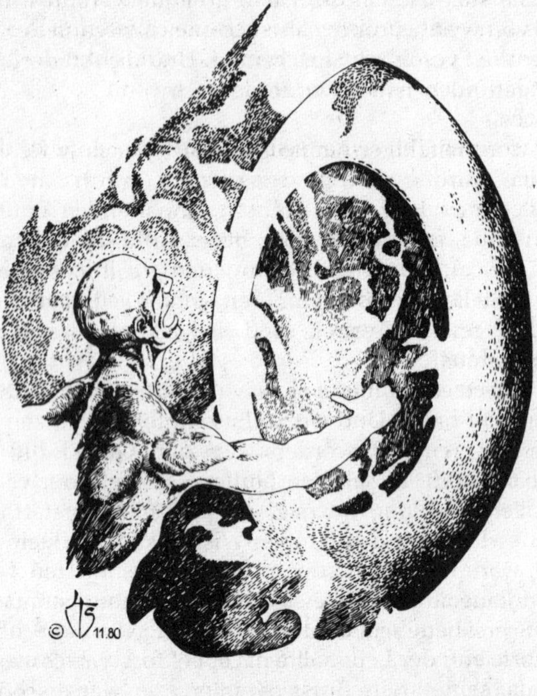
© 11.80

Wind der Welt. Er zerrte an seinem zerfetzten Gewand, drängte ihn, es abzuwerfen. Er stieß seine aufgeplatzten Stiefel von den Füßen, er zog das Gewehr heraus, ließ es fallen; öffnete seinen Gürtel und ließ das Gewand los. Es machte einen Schritt fort auf dem Wind, als sei es lebendig, dann brach es zusammen.

Der Wind konnte ihn jetzt nicht mehr berühren. Seine Haut glänzte, undurchdringlich, gesäumt von strahlenden Silberfäden, unheimliche Muskeln zeichneten sich knotig ab. Haarlos, geschlechtslos, ohne Geburt, ohne Tod.

»Weder-Noch«, hauchte Nod, als sie ihn so sah. »Weder-Noch.«

Es gab einen Teil seiner selbst, das wußte er jetzt, den er erfunden hatte; hatte erfinden müssen, wegen des Schadens, den er erlitten hatte. Es gab eine Wahrheit, die zu entdecken ihm seine Erfindung gestattet hatte, die zu entdekken er aber nicht geschaffen worden war. Dieser erfundene Teil wollte, daß er das Mädchen aufhob, es festhielt, ihm Trost zusprach, wie er es, so glaubte er sich zu erinnern, einst getan hatte. Dieser erfundene Teil, den sein Schöpfer nicht vorgesehen haben konnte, wollte, er wollte ...

Er zog Nod hoch, bis sie kniete.

»Nun, ich werde mit ihm sprechen«, sagte er, und seine heisere Stimme verlor sich fast im Wind. »Ich verspreche es. Ich spreche mit ihm, frage ihn ...«

»Nein!« sagte sie. »Bleib!«

Er wandte sich ab von ihr; der erfundene Teil war im Schwinden begriffen, löste sich von ihm; es war jetzt unnötig, daß er wieder ganz wurde. Und doch würde er eine Frage hinüberretten. Eine Frage, über die ganze Länge seiner ungeheuren Reise. Er ging zu dem offenen Gefährt, fand eine Möglichkeit, sich in sein Inneres zu zwängen.

»Nein! Du sagtest nein ...«

Der Wind drehte sich, bildete plötzlich einen Strudel in die Tiefe hinein. Er schrie, als er hinabfuhr, heulte, schluchzte, kreischte. Der Erdsims zitterte. So lautlos, wie es sich geöffnet hatte, schloß sich das Gefährt, schloß den Berichterstatter in sich ein.

Noch schluchzend, unfähig, sich aufrecht zu halten, suchte sie auf Händen und Knien nach Plötzlich; der gefolterte Wind drehte sich wieder und floh nach oben. Das Gefährt begann, sich langsam um seine Achse zu drehen.

Das Gefährt hob sich in die Luft, drehte sich schneller.

Leviathan stieg aus der Tiefe, um dem Ding seines Bruders Lebewohl zu sagen.

Im Wahnsinn rannte Nod zur Kante, zu der ungeheuren Größe, die sich aus der Tiefe erhob, schreiend, Flüche schreiend, flehend, beschimpfend. Als sich das Riesige erhob, verfinsterte es jeden flackernden Stern über sich; als es so hoch war, daß es den ganzen Himmel über ihr auslöschte und, wie sie glaubte, auf sie herabsah, mit einem Auge, das größer war als die Nacht, feuerte sie mit Plötzlich auf das Auge, versuchte sie, alles von sich den Lauf entlang mit dem kleinen Ball gegen dieses Hassenswerte zu schleudern.

Denn sie hatte gehört. Alles gehört, alles. Sie stürzte vom Schock der Explosion, stürzte dorthin, wo sein Gewand auf dem Erdsims zur Ruhe gekommen war; sie umklammerte den schäbigen Stoff und wußte eine Zeitlang nichts mehr.

Aber sie hatte gehört und hatte registriert.

4

In späteren Zeiten würde man vom Sohn des Königs Rot Senlin sagen, daß er der größte, der bestaussehende Mann seines Zeitalters gewesen sei; daß keiner, der ihn einmal in Rüstung gesehen hatte, jemals seinen Glanz vergaß.

Man würde den Beginn eines Zeitalters mit dem Beginn seiner Herrschaft datieren, und die Pracht seiner neuen Stadt, den Witz seiner Dichter, die Herrlichkeit der Arbeit seiner Handwerker in Ehren halten. Man würde seine Arroganz, seine Genußsucht, seine Verschwendungssucht vergessen, und warum auch nicht? Man würde sich nur daran erinnern, daß er gut aussah und daß seine Liebe groß war und seine Herrschaft von kurzer Dauer.

11.80

Das Märchen, das man den Kindern erzählte, würde berichten, wie er mit seinen Architekten im Regen und bei Fackellicht am großen Harrahstein gearbeitet und sich eine tödliche Erkältung zugezogen hatte. Es würde nicht den verräterischen Gott Blem erwähnen, oder die Blätter namens Schlaf, die er inhalierte, oder die Gewalttätigkeit seiner Liebhaber gegen ihn. Es machte keinen Unterschied. Unter dem Stein schlief er inzwischen und war nicht mehr; und auch Harrah nicht. Nur der Stein blieb.

Sie weckten ihn aus einem dumpfen, fiebrigen Schlaf, Männer, in Rüstungen verborgen, die er zuerst nicht erkannte.

»Sie sind eine Meile weit draußen auf der Trommel«, sagte einer mit vom Eisen gedämpfter Stimme.

»Fünfzig Wachfeuer. Sie sind stärker, als wir dachten.«

Der König starrte sie an, wie er da auf dem Rand seines Bettes saß. »Rothand.«

Sie blickten sich an.

»Das ist alles sein Werk«, sagte der König schwerfällig. »Sein Verbrechen.«

Sie sagten einen Augenblick lang nichts. Dann: »Die Königin ist auch dort«, sagte einer.

Er sah sie nur an. In ihm waren Wellen vertrauten, die Kräfte verzehrenden Schmerzes, und seine Glieder waren kalt. Was hatten sie gesagt? »Bringt mir die Zeichnungen.«

»Wirst du hinausreiten?« fragte einer von ihnen. »Sie dir dort ansehen, deine Armee ansehen?«

»Es würde ihnen guttun, dich bewaffnet zu sehen«, sagte der andere.

»Bringt mir die Zeichnungen«, sagte der König. »Wo ist mein Bruder?«

Da gaben sie auf, einer von ihnen brachte ihm einen flachen, mit Tinte befleckten Holzkasten. Der andere stand einen Moment lang im Zelteingang, schlug mit einem schweren Handschuh auf seine andere behandschuhte Hand, dann wandte er sich um und ging.

Der König machte sich ungeschickt am Schloß zu schaffen, bekam es auf; er drehte die Lampe hoch und breitete die Zeichnungen vom Harrahstein aus.

Alles war da, von den ersten groben Vorstellungen in verschmierter Holzkohle bis zu den kleinen Einzelheiten jeder Statue, schraffiert in blaßbrauner Tinte. Er würde nie aufhören, über ihre ruhige, vollkommene Fülle zu staunen, ihren wechselnden Ausdruck von Kummer, Kraft, Stolz, Ruhe, Einsamkeit. Wie hatten sie das fertiggebracht, mit welcher Zauberkunst? Dahinter zeigten einige Zeichnungen den alten Rundbau, eine schwere Last, plump, schweinsäugig, die chaotischen Türme von tausend Regierungen stachen auf seiner Rückseite in die Luft.

Das mußte niedergerissen werden. Dafür würde er sorgen ...

Tief im Herzen dieses ausgewogenen Denkmals, unten, wo jede Linie das Auge anzog und wohin jeder Finger deutete, lag der Stein, der Schwarz Harrah bedeckte. Und hier waren die Ornamente eingezeichnet, die diesen Stein bedeckten.

Aber wie, dachte der König zum tausendstenmal, wie will er hier atmen, unter diesem Stein? Er merkte, wie ihm selbst das Atmen schwer wurde. »Rothand«, sagte er wieder. Er wandte sich an den Bewaffneten, den er hinter sich fühlte. »Bring mir meine Rüstung ...«

Er war allein im Zelt.

Er wandte sich langsam zu den Zeichnungen zurück, der Gedanke an Rothand entschwand ihm schon wieder. Er wendete die knisternden, gelben Blätter um.

Unten in der Ecke einer Zeichnung, die einen Mechanismus zum Heben von Steinen zeigte, hatte der Architekt eine andere kleine Skizze gemacht, ein seltsames Ding, etwas, das anscheinend nichts mit Steinen zu tun hatte. Da war eine winzige Gestalt, ein Mann, eingeschnallt in ein Gestell aus Zahnrädern und Pedalen. Aus dem Zentrum des Gestells, aus Streben und Stoff gefertigt, kamen wie Strahlen die Flügel eines Vogels. Eines Vogels von der Größe eines Menschen.

Lange Zeit starrte der König die Skizze an. Sie verschwand immer wieder in einer Wolke von Schmerz und erschien dann wieder, immer noch in ihrem unmöglichen Flug.

Wie groß ist die Welt? dachte der König und fuhr mit zitterndem Finger die menschlichen Flügel entlang. Wie hoch ist der Himmel?

Aus den Fenstern seiner verschlossenen Kutsche konnte der Richter auf beiden Seiten auf die Armee hinausblicken, die sich einwärts schleppte und Kräfte sammelte in diesen Tagen, die sich zum Winter hin verdunkelten.

Sie war nicht wie ein einziges Tier, wie er sich oft eine Armee vorgestellt hatte, das im Takt und wild entschlossen vorwärtsmarschierte. Nein, es waren nur Menschen; manche blieben zurück; Truppenteile gingen verloren, es gab täglich Deserteure und Streitigkeiten, besonders in dieser Armee aus neuen, unruhigen Verbündeten. Der ganze Zug breitete sich über eine Meile auf dem Trommelfell hin, in einer Ordnung, die vielleicht die Hauptleute durchschauten, obwohl er selbst es bezweifelte.

An einem windigen, von Wolken durchzogenen Tag wurde seine Kutsche länger als gewöhnlich in einem Landstrich aufgehalten, der noch wüster als gewöhnlich war. Vielleicht hatte eine andere Kutsche weiter vorne ein Rad verloren; vielleicht hatten sein Bruder und die Königin eine Meinungsverschiedenheit gehabt ...

Gegen Abend, einem trostlosen Abend in der Barnolswoche, kam Fauconrot zu seinem Zelt und sperrte in einiger Verlegenheit die Schlösser auf.

»Wie geht es eurem Krieg?« fragte der Gelehrte.

»Nicht mehr lange jetzt, Gelehrter«, sagte Fauconrot schroff. »Wir nehmen hier unsere Stellungen ein.«

»Und ...«

»Warten auf den König. Es wird nicht lange dauern.«

»Onkel«, sagte der Gelehrte (und Fauconrot senkte die Augen, obwohl die Rothandkinder ihn immer so genannt hatten), »Onkel, würdest du Rothand dies geben?« Es war ein zusammengefaltetes Papier, mit einem Ring gesiegelt.

»Ist das ...«, begann Fauconrot und drehte es in seinen Händen.

»Nein. Nur eine Aufgabe, die ich erledigen konnte, ein Testament. Sei sein Zeuge, wenn er es unterschreibt, und laß es mit dieser Botschaft nach Unantastbar schicken.« Er gab Fauconrot ein zweites Papier. Fauconrot blickte zweifelnd drein, und der Gelehrte nahm seine alte Hand. »Ich werde euch nicht verraten. Ich kann euch nicht helfen, aber verraten werde ich euch auch nicht.«

Fauconrot sah ihn einen Augenblick lang an, als suche er etwas, ein Wort, das ihn aus all dem befreien könnte; als er es nicht fand, tippte er mit den Papieren gegen seine Hand und wandte sich ab.

Der Gelehrte sah zu, wie er ging, fest wie ein Faß, und fragte sich, ob Fauconrot in seinem ledernen Herzen lieber gegen den König gewinnen oder verlieren wollte.

Am Abend der Barnolswoche kam das Bataillon des Sohns des Königs Rot Senlin aus dem Hügelland.

Rothand der Gelehrte, dem man gestattet hatte, im Blickfeld einer Wache auf einem Hügelkamm über der Armee der Königin spazierenzugehen, sah zu, wie sie sich den Tag über dort aufstellten, tausend Mann stark, vielleicht mehr. Zelte wurden errichtet und Fahnen darüber aufgezogen, manche davon waren die gleichen, wie sie über den Zelten von Rothands Armee flatterten. Familien waren gespalten worden; die Krieger des Vaters des Königs standen jetzt gegen den König; die Söhne derer, die gegen Rot Senlin gekämpft hatten, standen jetzt an seiner Seite.

Er sah den Sohn nicht. Er sah, wie ein königliches Zelt errichtet wurde, das niemand betrat; keine Fahne wurde darüber aufgezogen. Als es aufgestellt war, kamen Rothand und die Königin heraus und sahen es sich an, aber niemand trat heraus, und sie zogen sich wieder in ihre jeweiligen Zelte zurück. Der Gelehrte wunderte sich, daß sie nicht plötzlich ihre Armee konzentrierten und sie wie einen schnellen Dolch in die Armee des Königs stießen, solange diese noch in Unordnung war. Er hätte es so gemacht. Sie schienen warten zu wollen wie Boxer, wie Spieler warten, bis sich ihre Gegner eingerichtet hatten und der Wettstreit beginnen konnte. Seltsam ...

Am Abend sah er von seinem Beobachtungsposten aus etwas, das niemand sonst zu bemerken schien. Weit draußen, hinter dem linken Flügel der Armee des Königs, jede Deckung ausnützend, jeden Fleck vertrockneten Gebüschs, jeden vom Regen ausgewaschenen Graben, bewegte sich ein junger Mann über den breiten Streifen grauer Heide, der die beiden Armeen trennte. Der Gelehrte beobachtete ihn, verlor ihn hin und wieder aus den Augen und blickte auch manchmal weg, damit niemand sehen konnte, was er da beobachtete: Er kannte das Vorhaben dieses Mannes nicht, und wie ein Endweib wollte er es auch nicht kennen. Er hatte in diesem Streit seine letzten Züge gemacht; in der Stille seiner Gefangenschaft hatte er sich von seinen Brüdern verabschiedet, hatte das getan, was er vorher nie völlig vollzogen hatte: Er hatte sich von seiner Familie gelöst. Wie ein Tier in der Falle war er entkommen, indem er sich einen Teil seiner selbst abgenagt hatte. Er hatte nichts mehr zu tun; aber er beobachtete den, der sich da anschlich, bis ihn die wolkenbedeckte Dunkelheit dem Blick entzog; und er fragte sich: Was wäre, wenn all der Lärm und das Geschrei und die großen Massen nur Schau waren und dieser eine das Spiel in der Hand hielt und es, wie der einzige Schuß eines Gewehrs, beenden konnte?

Als Rothand später diesen Knaben in den Schatten seines Zeltes verborgen fand, mit dunkler Kapuze, das Gesicht mit Asche verschmiert, machte er eine Bewegung, um die Wachen zu rufen; aber der Knabe legte einen Finger auf die Lippen und gab Rothand ein zusammengefaltetes Papier.

Das Haus eines Torfstechers, so hieß es in dem Papier, *liegt weniger als fünf Meilen von uns entfernt an der Kante des Hügellandes, diesseits eines Moores namens ›Gefürchtet‹, dort, wo die Harrahstraße herauskommt. Komm in der Nacht, nachdem du dies erhältst, hierher. Komm allein, oder schicke nur einen anderen voraus, um dich zu versichern, daß dir keine Gefahr droht. Sprich mit niemandem darüber, besonders nicht mit der Königin. Ich werde da sein, allein. Ich schwöre dir bei unserer Freundschaft, daß dir nichts geschehen wird; ich vertraue auf deine Freundschaft, daß auch du mir nichts zuleide tun wirst. Rothand, es gibt so viel, was du wissen solltest und nicht weißt.*

Sennrot

»Das ist eine Fälschung«, sagte Rothand und faltete das Papier sorgfältig zusammen.

Der Knabe sagte nichts.

»Sennrot ist in der Stadt gefangen.«

»Ich kenne sein Gesicht nicht«, sagte der Knabe. »Nur, der, der mir das gab, war ein kleiner Mann, dunkel, und eine seiner Schultern war höher als die andere. Und er sagte, er sei Sennrot.«

»Hat er dir gesagt«, fragte Rothand, »daß man dich hängen und vierteilen und deinen Körper der Armee vorwerfen wird, als Antwort darauf?«

Der Knabe sagte nichts.

»Warum du? Wie wurdest du ausgewählt? Bist du einer von Sennrots Leuten, daß er gerade dich auswählte?«

»Ich bin ... ich bin niemand. Es wurde ein Freiwilliger gesucht. Ich wählte mich selbst.«

»Zu wessen Gesinde gehörst du?«

»Ich komme von Fennshügel.«

Rothand las den Brief noch einmal und verbrannte ihn nachdenklich im Kohlebecken. »Wie wirst du zurückkommen? Hast du darüber nachgedacht?«

»Ich will gar nicht zurück. Laß mich nur entkommen, dann werde ich außenwärts gehen. Dort gibt es keine Wachtposten.«

»Und was wird er mir in diesem Hause sagen?«

»Ich kann nicht lesen«, sagte der Knabe. »Ich weiß nicht, was da geschrieben steht.«

Ein Aschenfetzen von dem Brief stieg aus dem Kohlebekken und ließ sich wie ein Vogel nieder. »Tritt zurück«, sagte Rothand und schlug auf den Gong neben sich. »Zurück, hinter diese Vorhänge dort!«

Ein Mann in roter Jacke trat ein, gerade als sich der Knabe versteckte.

»Geh zum Verteidiger Fauconrot«, sagte Rothand. »Schicke ihn zu mir.« Der Posten wandte sich zum Gehen. »Hör zu! Sprich nur mit Fauconrot! Sag ihm, er soll kommen, wenn Wachwechsel ist! Sage es niemandem sonst!«

Als sie wieder allein waren, kam der Knabe hinter dem Vorhang heraus. Er hatte seine Kapuze abgestreift und zeigte sein kurzes, blondes Haar und die helle Haut über dem mit Asche beschmierten Gesicht.

»Die Wache wird jetzt gewechselt«, sagte Rothand. »Geh jetzt!«

Ohne Kapuze erinnerte ihn der Knabe an jemanden; er konnte sich nicht erinnern, an wen, oder aus welchem Abschnitt seines Lebens, vielleicht nur aus einem Traum.

»Du bist tapfer«, sagte er. »Wird man dich belohnen?«

Irgendwo ertönten die Kriegsviolen. Der Knabe streifte seine Kapuze wieder über, wandte sich in den Schatten, hob den Rand von Rothands Zelt und war verschwunden.

In Rüstung, aber ohne Waffen, bis zu den Augen in dunkle Umhänge gewickelt, die ebenso flatterten wie die Mähnen und Schwänze ihrer Pferde, blickten Rothand und Fauconrot am Abend von einer Anhöhe des Trommelfells auf die elende, niedrige Hütte eines Torfstechers hinunter. Schwaches Licht drang aus dem einzigen Fenster in den kleinen Hof; das Tor schwang im Wind.

Fauconrot zog den Umhang von seinem Mund. »Ich werde hinuntergehen.«

Rothand blickte den Weg zurück, den sie gekommen waren. Niemand war ihnen gefolgt.

»Warte hier«, sagte Fauconrot. »Warte, bis ich dir ein Zeichen gebe.« Er spornte sein Pferd zu einem sanften Trab an und ritt vorsichtig zu der Hütte hinunter. Im Hof stieg er ab, führte sein Pferd um eine Ecke, außer Sicht.

Rothands Pferd stampfte, und das Klirren des Geschirrs war laut in der Stille.

Die weite, graue Heide, bei Tag offen, wenn auch düster, war bei Nacht trübsinnig und geheimnisvoll geworden. Irgendwo am Rand des Blickfeldes sah Rothand Lichtblitze und -kräusel, die nicht vorhanden waren, wenn er sich umwandte und nach ihnen suchte, vielleicht war es nur Abendlicht, wechselhaft in dem winddurchkämmten Gras ... Da gab es dunkle Taschen, die Nebel züchteten wie düstere, träge Tiere; da war das Moor Gefürchtet, es erstreckte sich hinter dem kleinen Haus; dort draußen entzündeten verwesende Dinge abgeschirmte Lichter, die sich wie Verschwörer bewegten, auf ihn zubewegten ...

Nein. Er war allein. Völlig allein. Einen Augenblick lang konnte er sogar glauben, er sei der einzige lebendige Mensch überhaupt weit und breit.

Fauconrot beendete seine Kontrolle, kam um das Haus herum und winkte ihm zu. Als Rothand sich ihm näherte, fand er, er stünde da wie ein verhüllter Geist, wachsam, neben der niedrigen Tür: was wäre, wenn er ... im Bunde mit ihnen ... Sein Haar sträubte sich. Der verrückte Gedanke verflog beinahe noch während er entstand, aber Rothand merkte, daß er leicht zitterte, als er absaß.

»Niemand«, sagte Fauconrot. »Niemand hier, nur die Leute vom Volk.«

»Paß auf«, sagte Rothand. Er gab Fauconrot seine Zügel und trat gebückt durch die kleine, runde Tür.

Zwei Frauen, in Schals gehüllt, saßen am Torffeuer; sie blickten auf, als er eintrat, der Feuerschein schmiedete ihre Gesichter zu hellen Münzen. »Schutzherr«, sagte die eine, und sie blickten weg von ihm. Im anderen Raum des Hauses bewegte sich etwas; Rothand wandte sich um, die breiten Fußbodenbretter schrien leise auf; er konnte jemanden sehen, krank oder schlafend, der auf einem Podest in dem Raum lag.

»Habt ihr eine Lampe?« fragte er.

»Da ist das Feuer«, sagte die jüngere der Frauen. Und die andere zitierte: »Es gibt keine Lampe, bei der die Narren besser sehen können.«

Er setzte sich also in einen alten Rohrstuhl, der vertraut knarzte. Alles hier redete: Der Wind, verzerrt durch einen Spalt im Fenster, schrie mit schwacher Stimme, der Schlafende bewegte sich, seufzte, die Frauen sangen: Wenn Barnol die Trommel mit Regen tränkt, Caermon den Hügeln das gleiche schenkt; wenn Caermon den Hügeln den Regen bringt, auf der Nabe das Wasser vor Fain nicht mehr sinkt; bringt uns das neue Jahr entgegen; neues Jahr, altes Jahr, immer das gleiche …

Zuerst fuhr Rothand bei jedem Geräusch zusammen; aber dann begann das Feuer die Kälte der Trommel aus ihm zu vertreiben und auch eine Fessel in ihm zu lösen, die ihn festgehalten hatte. Er seufzte, atmete den dunklen Duft der Hütte tief ein.

Bei den Hofdichtern gab es eine Richtung, die dieses kleine Leben, das Leben in Hütten, für das einzig wahre und glückliche hielt; erfüllt mit kleinen Sorgen, aber ohne wirkliche Lasten, und reich durch die Unsterblichkeit der Gleichförmigkeit. Rothand hatte nie so empfunden, er hatte niemals die Armen beneidet, sicher nicht die Torfstecher und Kleinhäusler. Nein, es gab keine jungen Leute hier, und Rothand wußte auch, warum – sie waren geflohen, wahrscheinlich, um eine unbewohnte Farm zu übernehmen, froh, ein Stück Land zu bekommen, einen Anteil an der Welt, und ihre Kinder dann mehr kaufen und erben zu sehen, zu sehen, wie sie Grundbesitzer wurden, und die Enkelkinder vielleicht Verteidiger, und so weiter und weiter, bis die Nachkommen dieser Frauen, die die Jahreszeiten besangen, die oberste Spirale der Welt erreichten und außenwärts geschleudert wurden, in Stolz und Krieg, und vor die Gewehre.

Zwei Eltern, hatte der Gelehrte gesagt, vier Großeltern, acht Urgroßeltern, sechzehn Ururgroßeltern, zweiunddreißig, vierundsechzig, einhundertachtundzwanzig … Wir drei, hatte er gesagt, sind ein Teil davon. Rothand, der Gelehrte, Junior.

Brüder. Nun, dann war es einfach; nicht jeder Mensch brauchte all diese Ahnen, er teilte sie mit anderen. War das die Lösung? Sie war nicht ausreichend; immer noch mußte man die Zahl der Vorfahren multiplizieren, wenn man durch die Generationen zurückging, wie viele Tausende von ihnen, jede Generation verdoppelte die letzte, bis die riesige Bevölkerung, die man brauchte, um die Welt zu beginnen, über ihre Kanten drang, in die Tiefe ... Es war Wahnsinn ...

Eine klingende Klarheit erfüllte ihn, ein wohlwollendes Verstehen, das bewirkte, daß sich die enge Hütte vor seinen Augen ordnete und lächelte.

All jene Millionen waren tot, und als die zweiundfünfzig die Welt begannen, waren die Millionen noch nicht geboren. Ja, ihre Schatten drängten sich an den Kanten der Welt; ja, es gab Unzählige von ihnen. Aber sie lebten nicht; sie hatten niemals alle zur gleichen Zeit gelebt; sie waren einfach all die Menschen, die es jemals gegeben hatte, zusammengezählt, wie wenn ein Bauer seine Ernte berechnen wollte, indem er alle Körner aus allen Samen zählte, die er jemals gesät hatte. Es war absurd, daß er sich zu dem Gedanken hatte verleiten lassen, sie müßten alle gleichzeitig leben. Dankbar verengte sich die Welt in seinem Inneren zu einem kleinen, überschaubaren Ort, einem Ort für wenige; eine Handvoll zu jeder Zeit, die denen Platz machten, die nachher kommen würden.

Platz machen ...

Das Gefüge des brennenden Torfs war wie tausend kleine Städte in Flammen. Es fesselte ihn; er sah zu, wie Wälle zerbröckelten, Türme einstürzten, Bevölkerungen in Panik gerieten. Über dem Feuer war ein dicker, schwarzer Kessel aufgehängt, den er zuvor nicht bemerkt hatte. Er hatte zu kochen begonnen, dicke Dampfschwaden stiegen auf. Hin und wieder nahm die jüngere der Frauen aus ihren Kleidern eine Handvoll von irgend etwas, Samen oder Gewürz, und warf es hinein. Der Topf kochte jedesmal wütender auf, wenn sie das tat, er schäumte bis zum Rand. Die alte Frau war ängstlich, sie schrie jedesmal auf, wenn der Topf überzukochen begann.

»Schutzherr«, sagte sie, »hilf uns hier, sonst fließt der Topf über.«

»Warum tut sie das?« fragte Rothand. »Sie soll es doch in Ruhe lassen, damit es sich setzt.«

»Ich muß, ich muß«, sagte die Jüngere und warf noch

mehr hinein; diesmal rann ein Rinnsal des Schaums über den Rand des Kessels und verzischte mit stechendem Geruch. Die Alte keuchte, als hätte sie Schmerzen. »Schutzherr«, sagte sie, »denk an dein Gelübde. Hilf dem Volk!«

Er stand auf, unsicher, was er tun sollte. Im Kessel wallte und brodelte eine Masse; die jüngere Frau warf ihre Samenkörner hinein, das Zeug stieg wie in hilflosem Zorn. Ruhig beugte er unter ihren Augen seinen Kopf zum Kessel und trank den brodelnden Überschuß ab …

Er wachte mit einem Ruck auf.

Ein Pferd war im Hof. Ein Mann stieg gerade ab. Fauconrot riß die Tür auf. »Es ist Sennrot«, sagte er. »Er ist allein.«

Es gab keinen Kessel … Die beiden Frauen eilten scheu in den anderen Raum, als Sennrot eintrat. Sein Gesicht, das nie jung gewesen war, wirkte im Feuerschein alt. »Ich wäre schon früher gekommen«, sagte er, »nur wollte ich nicht, daß mir jemand folgte.« Er streckte Rothand die Hand entgegen, der zögerte, immer noch von seinem Traum verwirrt. Dann stand er langsam auf und nahm Sennrots Hand.

»Weiß der König«, fragte er, »von diesem Treffen?«

Beinahe unmerklich schüttelte Sennrot den Kopf.

»Hat er dir vergeben?«

»Ich hoffe es.«

»Er hat dich freigelassen.«

»Ich bin ausgebrochen.« Sennrot legte den Umhang ab, den er trug, und ließ ihn fallen. Er berührte Rothand sanft, um an ihm vorbeizukommen, und setzte sich schwer in den einzigen Stuhl. »Ich bin zusammen mit Klein Schwarz ausgebrochen.«

»Mit ihm?«

»Er zeigte mir den Weg hinaus. Wir wurden – dicke Freunde im Gefängnis.« Ein schwaches Lächeln verschwand schnell; Sennrot wiegte seine bleiche Stirn in seiner Hand und fuhr fort, ohne Rothand anzusehen: »Wir kletterten auf das Dach unseres Gefängnisses. Und dann hinunter. An einem bestimmten Punkt … an einem bestimmten Punkt stürzte Schwarz ab …«

»Lügen.« Mit plötzlicher, wilder Wut durchschaute Rothand die ganze Geschichte. »Lügen!«

»Ich packte ihn am Umhang, als er abstürzte«, fuhr Sennrot im gleichen Ton fort, als sei er nicht unterbrochen worden. »Aber der Umhang hielt nicht. Er stürzte ab. Ich habe es gesehen.«

»Wer hat diese Geschichte geschrieben?« brummte Rothand. »Einer von den Schreiberlingen des Königs? Und du hast sie dann wohl auswendig gelernt?«

»Rothand ...«

»Nein, Sennrot, das ist ein schlechter Trick.« Aber in seinem Nacken kribbelte es; Sennrots Blick hielt stand, mit einer furchterregenden Zärtlichkeit; er sprach nicht weiter – es schien ihm nicht von Bedeutung, ob Rothand ihm glaubte oder nicht. »Warum ...«, sagte Rothand und schluckte. »Warum ist dann der König nicht hier? Warum wird das im Geheimen gemacht? Schrei es doch unter meiner Armee aus, schrei es der Königin in die Ohren ...«

»Nein! Die Schwarzen würden glauben, ihr König sei ermordet worden ...«

»Wurde er das nicht?«

»Sie würden kämpfen, Rothand. Hör mir jetzt zu! Ich will keinen Krieg anfangen. Das war nie mein Streit. Der König sagte zu mir: ›Verbrenne Rothands Haus, seine Felder; laß nichts am Leben.‹ Ich werde es nicht tun. Es schmerzt mich, Rothand, etwas nicht zu tun, worum er mich gebeten hat. Aber ich kann es nicht.«

»Was sahst du da?«

»Ich bitte dich, die Königin zu verlassen. Hole deine Armee weg. Brich das Lager ab, bei Nacht. Es wird keine Vergeltungsaktionen geben. Ich schwöre es.«

Eine sonderbare Angst stieg wie Speichel in Rothands Kehle.

»Und wer bist du?« sagte er beinahe flüsternd. »Wer bist du, Sennrot, daß du so etwas schwören kannst?«

»Der Erbe. Erbe von allen: Rot und Schwarz. Es gibt keinen anderen, Rothand, der König ist tot.«

Mit einem plötzlichen Schwirren verflog all sein nervöses

Mißtrauen, verflogen seine Zweifel, seine Pläne, ließen ihn einen Augenblick lang in blinder Leere zurück. Warum hatte er nicht erkannt ...? Mit übelkeiterregender Gewißheit wußte er, daß er den Tränen nahe war.

Mach Platz, mach Platz ...

Gegen Morgen ritt Sennrot fort. Fauconrot half ihm in den Sattel, und er und Rothand sahen hinterher, bis er verschwunden war.

»Los dann«, sagte Rothand. »Wir sollten nicht miteinander zurückkehren.«

»Nein.« Er stieg mit unbeholfener Würde auf und zog seinen Umhang um sich. »Heute wird die Sonne nicht scheinen.«

»Nein. Es gibt Nebel, glaube ich. Nebel auf dem Trommelfell.«

»Dann wird es leichter sein.«

»Ja. Geh jetzt!«

Fauconrot hielt sein Pferd einen Augenblick lang zurück; ein Hahn krähte ... Er glaubte zu wissen, was sein Vater fühlte, aber er wußte nichts dazu zu sagen. Er grüßte und spornte sein schweres Roß an.

Rothand stand lange Zeit in dem kleinen Hof, beobachtete, wie sich die Luft um ihn herum verdichtete. Es war völlig still. Einwärts erlosch eine rote Dämmerung so schnell, wie sie entstand; Gefürchtet war mit dichtem Nebel verhangen.

Und wenn er unrecht tat?

All jene Knaben und Männer, deren Lenden von Nachkommen strotzten, würden morgen dem Tod entgehen. Vielleicht war es falsch, daß sie am Leben blieben, vielleicht würden ihre Kindeskinder, die es auch nicht geben könnte, über die Ränder der kleinen Welt fließen ... Er verwarf all das mit einem Achselzucken. Die Wahrheit, die er undeutlich erspäht hatte, war brüchig und dünn geworden; er gelobte, nicht mehr an sie zu rühren. Ideen waren nicht seine Sache; er war nur dankbar für das, was er jetzt empfand: Ruhe, Frieden beinahe, zum erstenmal seit vielen Wochen.

Hinter ihm knallten plötzlich in der Stille die Läden der Hütte zu. Er wandte sich um, sah ein erschrockenes Gesicht herausblicken, bevor der letzte Laden geschlossen wurde. Als er sich wieder umdrehte, kam jemand auf ihn zu, aus dem Nebel, von Gefürchtet her.

Als die Gestalt aus der Weiße Formen annahm, sah er mit plötzlicher Freude, daß es sein verlorener Sekretär war, an den er seit Wochen nicht mehr gedacht hatte. Aber dann, nein, die Gestalt kam näher, veränderte sich; er war es nicht.

Es war der blonde Knabe, der ihm Sennrots Botschaft gebracht hatte.

Rothand trat auf ihn zu, wollte ihn gerade ansprechen, ihm sagen, was bei seiner Mission herausgekommen war. Da sah er das Gewehr in den Händen des Knaben.

Einen Augenblick lang standen sie da, nicht weit voneinander entfernt.

Der Knabe hatte nur den einen Gedanken, die Hoffnung, das alte Gewehr möge in der Nässe nicht versagen. Rothand fühlte nur einen schwachen Groll, weil der Knabe ihm gesagt hatte, er könne nicht lesen.

Der Schuß ließ Fauconrots Pferd hochfahren und Fauconrot selbst aufschreien. Der Schuß hallte wider, das Echo rollte weit über das flache Land, erreichte beinahe den Ort, wo die beiden Armeen standen, ehe der Nebel es schließlich erstickte.

Es gab zwei Endweiber, ein junges Mädchen namens Norin, eine alte Frau namens Ser, die einige Meilen weit durch den Nebel gekommen waren, mit einem Krankenwagen; sie waren sich des Weges nicht sicher, stiegen dann und wann ab und führten die Pferde, die nicht weiterzugehen wagten; dann waren sie überzeugt, daß sie sich im Nebel verirrt hatten. Als jedoch die Nacht kam, die nur eine Verdichtung des Nebels war, kamen sie auf höheres Gelände. Da waren Lichter, Wachfeuer, matte Flammenbrocken nur in der Nässe: ihre Schwestern.

Die ganze Nacht hindurch kamen weitere an, aufgehalten durch den Nebel; sie bereiteten sich vor, lauschten auf die schwachen Geräusche der Menschenmenge unten auf der

Ebene, die sich bewegte, rührte – wahrscheinlich bewaffneten sie sich. Sie sprachen wenig, sagten nur, was für ihre Arbeit notwendig war; hofften, ohne es auszusprechen, daß der Nebel anhalten und es nicht zur Schlacht kommen würde.

Vor der Dämmerung kam Wind auf. Sie konnten seine Kälte auf ihren nach außenwärts gewandten Wangen fühlen; der Wind begann, am Nebel zu reißen. Ihre Wachfeuer wurden heller, als der Tag herankam, konnten sie langsam ihre dort versammelten Wagen sehen, stufenweise deutlicher, als ob sie aus einer Narkose erwachten.

Als die Sonne aufging, war der Nebel auf der Flucht. Lange Streifen von Sonnenlicht fielen über die Ebene, auf der die Schlacht stattfinden sollte.

Aber dort fand keine Schlacht statt.

Eine einzige Armee von Menschen war da, riesig, chaotisch, die größte Armee, die man je gesehen hatte. In ihrer Mitte stand ein königliches Zelt, und darüber wehte eine Fahne mit einem Hund; nahe dabei eine Flagge, die eine rote Hand zeigte. Es war still; keine Kriegsviolen spielten; die Endweiber glaubten, schwaches Gelächter zu hören.

Gegenüber, wo die zweite Armee hätte sein sollen, waren hundert flackernde Lagerfeuer. Es gab einige schwarze Zelte, halb abgebrochen. Auch Soldaten, verstreute Truppenteile, die erst spät erkannten, was in der Nacht geschehen war, aber nicht viele; die meisten waren fort, über die Trommel, ein langer, zerlumpter Zug, keine Armee, der schnell außenwärts marschierte, ohne es geplant zu haben.

Bis Mittag gab es überhaupt niemand mehr, der sich der größten Armee der Welt entgegenstellte. Alle, die sich ihr nicht angeschlossen hatten, waren vor ihr geflohen.

Nur eine einzige, geschlossene Kutsche blieb übrig. Neben ihr stand ein Mann mit einem breitkrempigen, schwarzen Hut, die Hände hinter dem Rücken, der auffrischende Wind spielte mit dem Saum seines schwarzen Mantels. Der Wallachschecke vor seiner Kutsche knabberte ruhig an dem vor Feuchtigkeit glitzernden, sonnenbeschienenen Gras.

Epilog

Als die Schneefälle kamen, hielt das Weder-Noch Seinen Winterschlaf.

Tief in einer mit Teppichen verhangenen Höhle, in einem Bett mit hochaufgeschichteten Decken, Kissen und Pelzen döste Es eine Woche nach der anderen hindurch, Wochen voll von Stürmen, die Seinen Wald erstickten, die Tür versperrten.

In der Rathswoche kroch das Weder-Noch bleich und geschwächt wie nach einer Krankheit aus dem Bett zum Höhleneingang und blickte hinaus. Der Wald glitzerte, tropfte, funkelte vom schmelzenden Schnee; die Felswände der Klamm waren, wo sie nicht nackt und schwarz glänzten, zerstörte Eispaläste.

Es war, Seiner Rechnung nach, ein dem Rizna geweihter Tag, ein Tag, an dem sich unter dem Frost, tief im Leib des Todes, schwach neues Leben regt. Kein Tag, um alleine auf einen Winterwald hinauszublicken und seine Nacktheit zu bespitzeln. Aber das Weder-Noch hatte keine Angst vor den Mächten; dazu besaß Es zu viele davon; und als weit entfernt die Gestalt in Rot erschien, wie Blut auf dem Schnee, erwartete das Weder-Noch sie ruhig, nur vor Kälte zitternd.

Aber als die Gestalt näher kam, taumelnd, knietief im Schnee, nahe genug, um erkannt zu werden, stockte dem Weder-Noch der Atem. »Ich dachte, du seist tot.«

Die Augen des Mädchens waren starr auf Es gerichtet, schienen aber nichts wahrzunehmen. Abgesehen von den Schauern, die seine furchtbare Magerkeit erschütterten, und dem zerlumpten roten Umhang, der sich bewegte, hätte das Weder-Noch es immer noch für tot halten können.

Auf in Lumpen gewickelten Füßen schleppte sich Nod auf Es zu. Überwältigt von Mitleid wollte ihr das Weder-Noch entgegengehen, aber Nod hielt einen Arm hoch; sie wollte alleine kommen.

Als sie vor dem Weder-Noch stand, zog sie Plötzlich hervor und schlug mit dem bißchen Kraft, das ihr noch verblieben war, das Gewehr gegen die Felswand, zerbrach seinen Schaft. »Nein«, sagte das Weder-Noch und nahm Nod mit den Händen bei den Schultern. »Du hast nicht versagt. Wirklich nicht. Die Aufgabe ist erfüllt. Rothand ist tot.«

Sie stand da, das zerbrochene Gewehr in der Hand, die Verweigerung wie gefroren auf ihrem Gesicht, und das Weder-Noch ließ sie los, erschrocken, ohne sagen zu können, wovor. Und Nod begann zu sprechen ...

Er hatte nicht die Begeisterung seines Bruders für Werke und Worte, aber er hatte seinen Bruder innig geliebt, und während er König war, würde er dessen Werke vorantreiben. In jenem Winter wurde der Harrahstein vollendet; dort lag sein Bruder mit Harrah beisammen, ihre fehlerhafte Liebe wurde im Grab so vollkommen, daß Sennrot nicht einmal an den düstersten Wintertagen das Gefühl hatte, der Geist seines Bruders finde keine Ruhe.

Er hatte ein altes Gefängnis in ein Theater verwandelt. Einen Plan, Bücher zu machen, ohne sie mit der Hand zu schreiben, den Sennrot kaum verstand und der ihm auch kaum etwas bedeutete, hatte er sowieso gefördert.

Er kümmerte sich geduldig den ganzen Winter hindurch, während seiner Trauerzeit, um diese Dinge und um seinen Frieden. Und während ihrer Trauerzeit.

Es war einfach gewesen, ihr allein auf immer das Besitzrecht an Rotshügel zu garantieren; er hatte mit Freuden auf jedes seiner Rechte auf Rückbehalt, Beschlagnahmung oder Einziehung des Vermögens an dieser alten Festung und ihren grünen Hügeln endgültig verzichtet. Er wußte, daß es unmöglich war, ihr darüber hinaus Trost zu geben; mit der Weisheit eines Erwachsenen hatte er es der Zeit überlassen, das zu tun.

Als jedoch der Frühling, wenn auch mit schmerzlichen Verzögerungen, hervorzukriechen begann, schickte er ihr Geschenke, Briefe, die von einwandfreier Schicklichkeit und so zurückhaltend waren, daß sie darüber lachen mußte, als sie sie las.

Und an einem Tag, als sich sogar in die kalte, alte Zitadelle

11.80

die süßen Düfte eines jubelnden Frühlingstages verirrten, bereitete er sich darauf vor, selbst zu ihr zu gehen.

Es gab sieben Fenster in dem Raum, in dem er saß. Vor sechs davon hielten die Türme der Burg und die Höhen der Stadt die Hände, um das Licht nicht einzulassen. Das siebente blickte jedoch hinaus über den See und die Berge; sein breites Fensterbrett war warm, als er die Hand darauf legte.

Dort draußen, in jenen grünenden Bergen, irgendwo, hielt die Frau in Rot ihre Versammlungen ab.

Sie war keine Gerechte, sagte man, obwohl sie wie jene von den alten Göttern sprach – aber wenn sie von ihnen sprach, verfluchte sie sie. Wovon sie sonst noch sprach, wußte der König nicht; seine Informanten widersprachen sich, ihre Berichte waren verwirrend. Von der Frau selbst sagten sie nur, daß sie immer einen zerlumpten, roten Domino trug, und daß sie die Tochter eines Wassermannes war, mit kurzgeschorenem blonden Haar. Die Grauen hielten sie für gefährlich; die Augen der Alten verengten sich, als sie ihm das eine oder andere Bruchstück ihrer Gedanken erklärten. Der König schwieg. Die Leute waren unruhig, waren in Bewegung, soviel war sicher. Er erfuhr, daß sie alle Schichten ansprach – Gerechte, Verteidiger, Volk. Einige, die er hinschickte, um ihre seltsame Geschichte anzuhören, lauschten – und kehrten nicht mehr zurück.

Ein Frühlingswahn. Nun, so etwas kannte er ... beinahe, so schien es, hätte er es vielleicht selbst hervorbringen können, aus dem unerklärlichen Sehnen heraus, das ihn an solchen Tagen durchdrang: Er fühlte, wie er schmolz, wie er im Inneren zerbröckelte, wie im Winter verkommene Erdwälle vor geschwollenen Flüßchen. Oft wußte er nicht, sollte er lachen oder weinen.

Unten auf dem Boden des alten Rundbaus waren die geduldigen Grauen immer noch bei ihrer Reinigungsarbeit, als der König und sein Gefolge hindurchschritten. Sie hatten viel geleistet, seit Sennrot sie zum erstenmal bemerkt hatte, an jenem Tag, als Rot Senlin in die Stadt gekommen war, um König zu werden. Der gequälte Reigentanz der Könige, den sie vor seinen Augen aufgedeckt hatten, hatte sich dann doch nicht als Reigen herausgestellt, sondern als Teil einer Spirale, Teil einer Geschichte, dachten sie, die von einem Anfang in der Mitte ausging und zu einem Ende führte – wohin?

›Du mußt lernen, dich zu verstellen‹, hatte Rothand gesagt, als sie hier beieinandergestanden waren, ›wenn du hier alt werden willst.‹ Nun, er war dabei, es zu lernen; er wollte es so gut lernen, wollte hier so lange leben, daß er vielleicht anfangen konnte, jene Spirale aus ihrem schrecklichen Tanz herauszuführen, sie zu führen ... wohin?

In der Mitte des Bodens hatten die Grauen begonnen, bizarre Bilder aufzudecken – ein Ding mit riesigen Segeln; Sterne, oder Sonnen; Geschöpfe der Tiefe.

Sprach nicht auch die Frau in Rot von Sonnen und Segeln und von der Tiefe? Sie hatte bestimmt davon gesprochen, daß sie ihre Botschaft dem König bringen wollte. Würde er es wagen, auf seinem Weg nach außenwärts stehenzubleiben, mit ihr zu sprechen, ihr zuzuhören? Alle hatten ihm davon abgeraten. Ein Frühlingswahn, sagten sie, Leute im Aufruhr.

Er stieg vorsichtig an den grinsenden Königen vorbei zur Tür Haltbar, die in diesem Winter erst erweitert worden war. Sein lachender Diener hielt einen brandneuen Reiseumhang für ihn bereit.

Und wenn es nun doch kein Wahn war, nichts Vorübergehendes? Wenn die Zeit wirklich aus ihrem altgewohnten Trott ausgebrochen war, wenn sie auf neuen Wegen auf Abenteuer ausging? Würde er es erfahren? Und würde es von Bedeutung sein, ob er es wußte?

Er nahm seinem Diener den Umhang ab. Bald würde er Caredd sehen, und das war von Bedeutung, sehr sogar.

[illegible]

[illegible] und Nahrung, und [illegible]

[illegible]

Er [illegible] Kathrin [illegible]

[illegible]

[illegible]

[illegible] Weg [illegible]

[illegible]

[illegible]

[illegible]

Der zweite Roman

GESCHÖPFE

Wärest du der Löwe, so würde der Fuchs dich betrügen; wärest du das Lamm, so würde der Fuchs dich fressen; wärest du der Fuchs, so würdest du dem Löwen verdächtig werden, wenn dich der Esel vielleicht verklagte; wärest du der Esel, so würde deine Dummheit dich plagen, und du lebtest doch nur als ein Frühstück für den Wolf ... Welch ein Geschöpf könntest du sein, das nicht einem anderen Geschöpf unterworfen wäre.

Timon von Athen, IV, 3

Der Schrotturm

Loren Casaubon hielt sich für einen Einzelgänger. Nicht nur aus diesem Grund hatte er sich für seine Arbeit als ethologischer Feldarbeiter entschlossen, aber er hielt seine Neigung zum Alleinsein für einen Vorteil bei seiner Arbeit, die es ihm möglich machte, die Gesellschaft von Tieren und Nichtmenschen zu ertragen – und sogar zu genießen, wie er glaubte. Der alte Schrotturm und seine neuen, wilden Bewohner, um die Loren sich in diesem Sommer kümmern sollte, waren ihm mehr als willkommen. Er hatte laut gelacht, als er den Turm zum erstenmal erblickte, und seine einsame Intransigenz hatte eine Saite in ihm zum Schwingen gebracht: er wußte, daß er heimgekommen war.

Da der Schrotturm in den letzten Bodenwellen eines bewaldeten Hügellandes vor dem Beginn der Ebene verborgen lag, kam er trotz seiner Höhe von fast dreißig Metern plötzlich und überraschend in Sicht. Er schien aus dem Granit der Berge hervorzuschießen und auf der anderen Seite der Straße den Weg zu versperren, oder sich bei der Annäherung eines Menschen plötzlich aufzurichten. Über zweihundert Jahre lang hatte er keine menschliche Gesellschaft gehabt. Die weite, von Marschen gesprenkelte Ebene, die sich von den Flanken der letzten Höhenzüge bis zum Meeresufer erstreckte, und vor der der Schrotturm stand wie der letzte Wachtturm eines kriegerischen Bergreiches, wurde nur von wilden Lebewesen bewohnt.

Der unbekannte Pionier, der ohne jede Voraussicht am Rand der Marschen ein Industrieprojekt entwickeln wollte, war damit nicht weiter gekommen, als den Turm und ein paar Nebengebäude zu errichten. Sie waren aus Stein, wie der Turm, und hatten deshalb die Jahrhunderte überdauert. Alles, was aus Holz gebaut worden war, war längst verfallen. Der Kanal, der ihn, wie er gehofft hatte, mit anderen Teilen des entwickelten Gebietes in Verbindung setzen sollte, versickerte vierzig Meilen weiter in Sandverwehungen, wie er entdeckt hatte. Der längst vergessene Pionier, der dieses Projekt begonnen hatte, mußte mehr Träumer als Geschäftsmann gewesen sein, sagte sich Loren, als er zum erstenmal vor dem Turm stand. Er hatte ein reiner Zweckbau sein sollen, eine Fabrik zur Herstellung von Schrotkugeln. Seine schlanke Höhe war nur deshalb erforderlich, damit geschmolzenes Blei, das in dem Raum an seiner Spitze durch Siebe gegossen wurde, sich während des Fallens zu winzigen, runden Kugeln formen konnte, bevor es in den Wassertank am Boden des Turms regnete. Aber der Erbauer hatte nicht den romantischen Assoziationen widerstehen können, die sein hoher, runder Granitturm in ihm hervorgerufen haben mochte, und ihm die Gestalt eines Wehrturms verliehen, streng gotisch, mit langen, schmalen Schießscharten und einer wehrhaften Krone. Der Turm war ein pseudofeudales Memento in einer neuen Welt, dessen einzige wirkliche Ähnlichkeit mit wirklichen Wehrtürmen sein Daseinszweck war: Krieg.

Aber diesen Zweck erfüllte er schon lange nicht mehr. Die Genialität des Turms und des Bleischrots war längst durch eine neue, schrecklichere Genialität ersetzt worden. Bis zur Ankunft Lorens hatte der Turm keinen anderen Daseinszweck gehabt als seine pittoreske Absurdität. Loren gab ihm eine neue Funktion: er sollte für Mitglieder einer fast ausgestorbenen Rasse von Klippenbewohnern zu einer Ersatzheimat werden.

Er fühlte Bewegung in dem Pappkarton, als er ihn vom Gepäckträger seines Fahrrades hob. Er stellte ihn auf den Boden und öffnete ihn. Vier weiße flaumige Vögel, die in dem Karton kockten, erhoben ein wütendes Krächzen. Lebendig und gesund, stellte Loren zufrieden fest. Die lange Fahrt auf dem Gepäckträger des Fahrrades war sicher alles andere als angenehm gewesen, aber es gab keine andere Transportmöglichkeit in dieser Gegend. Auch ihn hatte die Fahrt auf der verfallenen, holprigen Straße gründlich durchgerüttelt, obwohl er aus Rücksicht auf seine Schützlinge langsam gefahren und jeder Unebenheit sorgfältig ausgewichen war. Jetzt lachte er über seine Skrupel. Die waren gesund und kräftig wie junge Teufel, die vier halbwüchsigen Wanderfalken, zwei Männchen und zwei Weibchen. Ihre indignierte Wut, die halb geöffneten, gekrümmten Schnäbel, ließen sie eher gefährlich als gefährdet erscheinen, und alles andere als kindlich, ihr Schreien klang drohend und nicht mitleiderregend. Sie konnten natürlich nicht wissen, daß sie zu den letzten ihrer Art gehörten.

Der Versuch, Wanderfalken in Gefangenschaft zu züchten und sie dann in die Freiheit zu entlassen – eine Art reversierter Falkenjagd, bei der viele Techniken der Falkner verwandt wurden –, hatte vor einigen Jahren begonnen, als eine Art Schutzhysterie für Wildtiere und die letzten unberührten Landschaften angebrochen war, durch deren Gefährdung die Ökologie der Welt bedroht wurde. Wie alle Gefühlsaufwallungen war sie jedoch nicht von Bestand. Das Rettungsprogramm für die Falken war zusammen mit anderen, ehrgeizigeren Vorhaben stark reduziert worden – aber es war nicht ganz gestrichen worden. Die Haltung von Greifvögeln erforderte so viel Geschick und Erfahrung und stellte eine solche Herausforderung dar, daß sie selbsterhaltend wurde, wie früher die Falknerei. Die kleine Gruppe von Menschen, die sich damit befaßte, bildete eine verschworene Gemeinschaft. Ihr Gewerbe war schwierig, esoterisch und anspruchsvoll, wie das Leben von Zen-Mönchen oder Meistern des Go-Spiels. Ihrem völligen Aufgehen in ihrer Berufung war es zweifellos zu verdanken, daß die Wanderfalken bisher vor dem Aussterben bewahrt worden waren, und genauso sicher würde es diese Vögel nicht mehr geben, sobald diese Männer ihre Arbeit einstellten. Die Gruppe war zu klein, die Zahl der in die Freiheit entlassenen Vögel zu gering, um einander zu finden und sich paaren zu können. In einigen Studien, die Loren gelesen hatte, wurde die Überlebensrate der großen Greifvögel mit zwanzig Prozent angegeben, und nur zehn Prozent von diesen Überlebenden fanden einen Partner und zogen Junge auf.

Folglich würden die Falken ohne die Arbeit Lorens und seiner Kollegen, die von quixotischen Stiftungen und Geldern einiger kleinerer Universitäten finanziert wurde, von diesem Kontinent verschwinden. Die stolzesten und unabhängigsten Vogelarten waren auf eine seltsame Weise parasitär geworden.

Loren hielt den Karton fest in beiden Händen, als er sich durch die niedere, bogenförmige Eingangsöffnung duckte und den Turm betrat. In seinem Inneren konnten nicht einmal die schmalen, schräg einfallenden Sonnenstrahlen darüber hinwegtäuschen, daß er einmal eine Fabrik gewesen war. Die enge Wendeltreppe, die nach oben führte, war aus Eisen, und die Stufen klirrten unter Lorens Tritten. Auf verschiedenen Ebenen gab es noch die Eisenrungen als Reste früherer Plattformen. Von jeder Plattform war eine andere Größe von Schrotkugeln in das Wasserbecken geregnet: Staubschrot aus einer Höhe von vierzig Fuß, Vogelschrot von der darübergelegenen Plattform, Rehposten von der nächsthöheren, und so weiter, bis zu Musketenkugeln, die auf der obersten Ebene gegossen wurden. Die Plattform in der Turmspitze war als einzige intakt geblieben. Nur ein Teil der von Schießscharten durchbrochenen Wand war eingestürzt, und die Hälfte des Daches war eingebrochen. Hier oben richtete Loren einen Nistkasten für die vier Falken ein, eine mit Gittern gesicherte Kiste, in der sie die nächsten Wochen verbringen sollten. Er stellte die Kiste so auf, daß die jungen Vögel zwischen den Gittern hindurch auf ihre neue Umgebung blicken konnten.

In dieser Höhe wehte ein scharfer Wind, der Lorens dichtes, dunkles Haar verwirrte und an seinem Bart zauste. Ohne Hast öffnete er das Gitter des Nistkastens und hob die vier Vögel, einen nach dem anderen, hinein. Er konnte ihre raschen Herzschläge fühlen, und ihre kräftigen Klauen gruben sich in seine Hände. Sobald sie in der Kiste waren, hörten sie auf zu schreien. Sie stellten sich auf die Füße und schüttelten ihr flaumiges Gefieder, genau wie es ausgewachsene Vögel ihrer Gattung taten.

Aus einer der vielen Taschen seines derben Arbeitsanzuges zog Loren eine Tüte mit winzigen Fleischstückchen und eine Pinzette. Mit der Pinzette würde er die Jungtiere füttern und ihren Kot entfernen, genau so, wie es die Eltern mit ihren Schnäbeln getan hätten. Gierig verschlangen sie das rohe Fleisch, die Schnäbel weit aufgerissen. Sie fraßen, bis ihre Kröpfe gefüllt waren.

Als sie gesättigt waren, verschloß Loren die Kiste mit dem Gitter und stellte sie in den zerbrochenen Teil der Turmwand. Er blieb eine ganze Weile vor der ausgezackten Öffnung stehen, blinzelte in den Wind und blickte mit seinen schwachen Menschenaugen über die weite Fläche von Wald, Grasland, Marschen und Meeresufer, die bald das Jagdrevier seiner vier Falken werden würden. Dicht unter dem Horizont glaubte er einen hellen Streifen wahrzunehmen, den Saum des Ozeans. Es gab an die dreihundert Tierarten, die seinen Falken als Beute dienen konnten, in diesem Gebiet: Kaninchen, Lerchen, Krähen, Frösche, Stare, und für die größeren, kräftigeren Weibchen sogar einige Entenarten. In Amerika wurde der Wanderfalke in früheren Zeiten auch ›Enten-Habicht‹ genannt, eine Bezeichnung, die von Farmern erfunden worden war, die in diesem Vogel einen Schädling sahen und ihn gnadenlos abknallten, genau wie den rotschwänzigen Habicht, den sie ›Hühner-Habicht‹ nannten. Eine sehr engstirnige Auffassung, da weder der Wanderfalke noch der fast ausgerottete rotschwänzige Habicht ausschließlich oder auch nur vornehmlich von Hausgeflügel lebten, aber Loren brachte trotzdem Verständnis für den Standpunkt der Farmer auf. Jede Spezies entwickelt ein Weltbild von ihrer Warte aus. Selbst Loren, der seine Arbeit in den Dienst am Falken gestellt hatte, sah die Welt aus der Sicht eines Menschen, und nicht aus der eines Falken. Er wandte sich um und überzeugte sich, daß seine Schützlinge alles hatten, was sie für die Nacht brauchen würden, daß die Wasserschale gefüllt war (sie tranken nur sehr selten, aber sie würden bald beginnen, sich zu baden), dann begann er die dröhnenden Eisenstufen hinabzusteigen, glücklich bei dem Gedanken, daß er zu Hause war, mit einer Aufgabe – und allein.

Bevor er die vier Vögel zum Turm gebracht hatte, war er allein hier gewesen, um sich einzurichten. Auf dem Gepäckträger hatte er in mehreren Fahrten alles hergeschafft, was er für einen dreimonatigen Aufenthalt brauchte: Medikamente, einen Schlafsack, einen Ofen, Lebensmittel, zwei Schrotflinten und Munition. Während der nächsten vier oder fünf Wochen würde seine wichtigste Aufgabe darin bestehen, Futter für seine Falken zu beschaffen, bis sie in der Lage waren, für sich selbst zu sorgen. Wenn sie nicht an den Anblick und den Geschmack ihrer zukünftigen Beutetiere gewöhnt wurden, würden sie vielleicht unfähig sein, sie als Nahrung zu erkennen. Sie würden Vögel jagen und töten, weil sie von ihrem Instinkt dazu getrieben wurden, aber eventuell würden sie sie nicht fressen. Deshalb stand Loren vor der Aufgabe, ihnen jeden Tag frisch getötete Beutetiere zu verschaffen.

Heute aber war es schon zu spät, um auf die Jagd zu gehen. Morgen früh würde er damit beginnen. Er hatte die Möglichkeit erwogen, einen erwachsenen, trainierten Jagdfalken mitzunehmen und ihn zur Beutebeschaffung für seine Jungtiere zu verwenden. Aber obwohl die immensen Schwierigkeiten dieses Plans ihn reizten, entschied er sich schließlich, ihn fallenzulassen. Wenn der erwachsene Falke aus irgendeinem von tausend möglichen Gründen nicht genügend Futter für die jungen heranschaffen konnte, wäre er schuld daran, und an den Folgen. Das Leben, auf das er die Jungtiere vorbereiten mußte, war so hart, daß die Aufgabe seine ganze Kraft und Aufmerksamkeit erforderte.

Eine ganze Weile saß er vor dem kleinen Steinhaus, das er als sein eigenes Quartier eingerichtet hatte, während die endlose Dämmerung des vergehenden Tages endlich der Dunkelheit wich, das staubige Gelb einem leuchtenden Blau. Über ihm, in der Spitze des Turms, würden die vier jungen Falken eine Weile ihr flaumiges Gefieder putzen, bevor sie still wurden, ihre Raubvogelköpfe senkten und schließlich schliefen. Loren hatte nicht genug zu tun, um sich auch während der Nachtstunden zu beschäftigen, und obwohl er sich vornahm, früh zu Bett zu gehen und noch vor Sonnenaufgang wieder auf den Beinen zu sein, fühlte er doch eine gewisse Beunruhigung bei der Aussicht auf die Leere der vor ihm liegenden Nachtstunden, eine völlig grundlose Unruhe, der er den Zugang zur Oberfläche seines Bewußtseins versperrte. Er nahm sich Zeit bei der Zubereitung einer einfachen Mahlzeit und beim Essen. Dann ordnete er seine Vorräte, und als er damit fertig war, steckte er eine Lampe an und begann, in ein paar herumliegenden Zeitschriften zu blättern.

Wer immer hier kampiert hatte – es war im letzten Sommer gewesen, schloß er aus der Datierung der Zeitschriften –, mußte ein leidenschaftlicher Leser gewesen sein, oder Seher, zumindest, denn es handelte sich um reichlich bebilderte Zeitschriften. Sonst hatte der unbekannte Camper kaum Spuren hinterlassen, bis auf ein paar leere Weinflaschen und Konservendosen. Aus dem Impuls heraus, den Raum für seine eigenen, mönchischen Bedürfnisse vorzubereiten, hatte Loren zuerst daran gedacht, die Zeitschriften zu verbrennen. Sie schienen eine Verunreinigung und ein Eingriff in seine Einsamkeit, eine Intrusion menschlicher Wünsche, Bedürfnisse und Langweile. Aber er hatte sie nicht verbrannt und empfand fast eine Art Schuldgefühl, als er in ihnen zu blättern begann.

North Star war ein Regierungsblatt, dem er bisher niemals Aufmerksamkeit geschenkt hatte. Die Ausgabe, die er hier gefunden hatte, war ziemlich umfangreich, eine Sonderausgabe ›zur Feier eines Jahrzehnts des Friedens und der Autonomie‹. Auf dem Titelblatt sah er den blonden Kopf des Direktors der Nördlichen Autonomie, Dr. Jarrell Gregorius. Doktor von was? fragte er sich. Ein Ehrendoktorat wahrscheinlich, genauso unverdient wie die Bezeichnung ›Jahrzehnt des Friedens‹ für die letzte Dekade, nur weil es in ihr keine totalen Kriege gegeben hatte.

Vor zehn Jahren war ein langjähriger Krieg durch die Neuaufteilung des amerikanischen Kontinents beendet worden. Beinahe willkürlich – so wie streitende Eltern und Kinder sich in verschiedene Räume zurückziehen – waren zehn große Autonomien und mehrere kleinere – zumeist unabhängige Stadtstaaten – geschaffen worden. Sie hatten untereinander in endlosen Fehden gelegen, und auch im Kampf gegen den rudimentären Rest der Zentralregierung, der eigentlich als Mittler und Schlichter wirken sollte, in Wirklichkeit jedoch zu einer bewaffneten Konspiration alter Bürokratien und junger Technokraten geworden war, die verzweifelt versuchten, ihre Macht zu erhalten oder auszuweiten, so wie einst ein kriegerisches Heiliges Römisches Reich seine Aufgabe darin gesehen hatte, die rebellierenden Fürstentümer zu beherrschen und zu unterdrücken. Für junge Leute von Lorens Zuschnitt hatte der lange und immer noch andauernde Kampf jedoch auch sein Gutes: er hatte dem uniformen, gedankenlosen ›Fortschrittsdenken‹ des zwanzigsten Jahrhunderts ein abruptes und fast totales Ende gesetzt und die riesige Maschinerie des Fortschritts zum Stillstand gebracht, ihr Räderwerk teilweise sogar gezwungen (was in der vergangenen Zeit niemand für möglich gehalten hatte), sich rückwärts zu drehen. All die enormen und langwierigen Leiden, die diese Umkehrung einer hochzivilisierten Gesellschaft abgefordert hatte, die lange von einem Ressourcen-Management, technologischer Entwicklung und einer Welt von Artefakten abhängig gewesen war, konnte Lorens Freude an der neuen Entwicklung nicht trüben, an der durch eigene Beobachtungen und Lesen von Berichten fundierten Tatsache, daß die Wildnis immer mehr Gebiete wieder in Besitz nahm, hier ein Bungalowdorf oder eine ehemalige Touristenattraktion überwucherte, dort die vom Tagebau gerissenen Narben in der Landschaft wieder von Gras und Sträuchern bedeckt wurden.

Deshalb blickte er mit einem freundlichen Lächeln auf das Konterfei des eitlen Doktors auf dem Titelblatt der Illustrierten. Wenn es nur Eitelkeit und Dummheit waren, welche die Teilung zustande gebracht hatten und die kleinen, impotenten Pseudonationen am Leben erhielten, und im ständigen Kleinkrieg miteinander, so war das ein Beweis für die Richtigkeit von Lorens Theorie – und nicht nur der seinen –, daß selbst die Schwächen einer Spezies zur Stärke des Gesamtlebens der Erde beitragen können.

Jetzt konnte der Zeitpunkt gekommen sein – darauf deutete auch der Inhalt eines Artikels der Zeitschrift hin –, an dem die Menschen ›ihre Lektion gelernt‹ hatten und fühlten, daß es an der Zeit war, zu einer Wiedervereinigung zu gelangen. Das jedenfalls war die Meinung dieses Dr. Gregorius. Loren bezweifelte jedoch, ob das vergossene Blut und der so lange geschürte Haß leicht vergessen werden konnten. ›Unabhängigkeit‹, politische Unabhängigkeit war ein starker, wenn auch alberner Mythos, aber er war weniger gefährlich als die Mythen der Einigkeit und Bündnistreue, die zu den vergangenen Kriegen geführt hatten, auf jeden Fall ungefährlicher für die Welt der Wildnis, die Loren den Leben und Bauten der Menschen vorzog. Sollen die Menschen ruhig wieder auf ihre eigenen Möglichkeiten reduziert werden, dachte er, sollen sie ihr Leben von klein auf neu gestalten, sollen sie im Chaos leben, wenn sie dadurch ihre konzentrierte Macht einbüßen, der Welt Schaden zuzufügen: denn das war die praktische Bedeutung der Unabhängigkeit, ganz gleich, aus welchen verschrobenen Träumen des Menschengeistes sie geboren worden war. Loren hoffte, daß dieser Zustand von Dauer sein würde. Unsere große, unabhängige Nördliche Autonomie, sie möge lange leben. Er schlug die Seiten des *North Star* zu und wollte sie auf den Stapel der anderen Zeitschriften zurückwerfen, als ein Foto seine Aufmerksamkeit erregte.

Die Aufnahme konnte Dr. Gregorius als Kind darstellen, war sein erster Eindruck, es handelte sich jedoch um ein Porträt seines Sohnes, und es wies einige deutliche Unterschiede auf. Das Gesicht des Vaters drückte eine fragile Kraft aus; das Gesicht des Sohnes, weniger ausgeprägt, mit dunkleren, tiefer in den Höhlen liegenden Augen und volleren Lippen, wirkte willensstärker und gefährlich. Es war das Gesicht eines jungen, ungeduldigen Erben. Sein Name war Sten. Loren lehnte die aufgeschlagene Zeitschrift an den Lampenfuß. Als er sich ausgezogen und seine Fitneßübungen erledigt hatte, drehte er den Lampendocht niedriger. Das Gesicht des Jungen verschwamm im Halbdunkel. Als er bei Dämmerungsbeginn erwachte, war das Gesicht noch da, fahl und blaß im ersten Grau des Morgens, als ob auch der Junge gerade aufgewacht sei.

Es liegt eine gewisse winzige Verrücktheit in der Einsamkeit, und Loren wußte das. In einigen Tagen würde er beginnen, seine Gedanken laut auszusprechen, sich nicht nur mit den Vögeln zu unterhalten, sondern auch mit sich selbst. Einige Bahnen seines Bewußtseins würden zu ausgetretenen Wegen werden, weil es kein anderes Bewußtsein gab, das sie widerspiegeln konnte. Bereits vor hundert Jahren hatte der Biologe Yerkes – einer der Heiligen in Lorens kurzem Kanon – in seinen Betrachtungen über Schimpansen festgestellt, daß ein einziger Schimpanse kein Schimpanse sei. Menschen reagierten genauso auf das Alleinsein, wenn auch ihr eidetisches Gedächtnis und ihr eigenständiges Selbstbewußtsein eine oder ein Dutzend anderer Wesen kreieren konnten, um Gesellschaft zu haben. Auch Loren würde bald allein in Gesellschaft leben, in der Gesellschaft von einigen Selbst, mit denen er lachen und sprechen konnte, die er tadelte, die ihn tyrannisierten, ihn unterhielten, ihn verdammten.

Gegen Mittag spaltete er mit seinem Taschenmesser die Schädel von drei Wachteln, die er geschossen hatte, und bot die Hirne seinen Schützlingen als Futter an. »Es sind nur drei für euch vier, seht ihr? – Hört auf damit! – Was ist denn los? – Freßt, verdammt noch mal! – Warte, ich werde es kleiner schneiden. – Mein Gott, was sind das für Manieren! . . .« Er überließ ihnen eine der Wachteln, während er die beiden anderen für eine spätere Fütterung vorbereitete. Er beobachtete die noch tastende, unsichere Gier der Falken mit Faszination. Als er aufblickte, sah er, daß große, graue Wolken von See her ins Land trieben.

Am folgenden Tag war der Himmel von tiefhängenden Wolken bedeckt, und es regnete ununterbrochen. Er mußte die Lampe anstecken, um lesen zu können, und setzte seinen Hut auf, weil Wasser durch die verrottete Decke heruntertropfte. Ein Erdhörnchen suchte in seinem Haus Schutz vor der Nässe, und er überlegte, ob er es für seine Falken erlegen sollte, ließ es aber leben. Zweimal watete er durch tiefe Regenpfützen zum Turm, fütterte die Falken mit den Resten des Fleischs der beiden Wachteln und kehrte danach wieder zu seinem Platz bei der Lampe zurück.

Die ein Jahr alten Zeitschriften faszinierten ihn, sie berichteten von Dingen, die längst vergangen waren, und prophezeiten zukünftige Ereignisse in der naiven Annahme, daß die Vorurteile und Denkmodelle des Augenblicks zuverlässige Schlüsse auf die Zukunft zulassen und auf ewig Gültigkeit haben würden. Während er die feuchten Seiten umschlug, versuchte er sich vorzustellen, was ein Mensch, der vor sagen wir hundert Jahren lebte, zu diesen kryptischen, flüchtigen Stories sagen mochte. Abgesehen vom Stil würden sie ihm wahrscheinlich kaum anders als die Stories seiner eigenen Epoche erscheinen, genauso selbstgefällig und kurzsichtig. Aber sie reflektierten eine Welt, die sich völlig verändert hatte.

USE fordert Quarantäne für freilebende Leos.

Nirgends in diesem Blatt befand sich ein Hinweis darauf, daß USE die Abkürzungsformel für ›Union of Social Engineering‹ war. Wie sollte der Leser dieses Akronym also verstehen?

Und was in aller Welt sollte er sich unter einem ›Leo‹ vorstellen?

›Es war eine seit langem feststehende Tatsache – bei Mäusen und Menschen, zum Beispiel –, aber der wirkliche Anfang lag beim Tabak‹, lautete der einleitende Satz des Artikels. So, jetzt mach dir einmal einen Reim darauf, forderte Loren von seinem fiktiven Leser aus einer hundert Jahre zurückliegenden Epoche. Unklar? Mysteriös? Nur ein Klischee; in jedem Artikel über die Leos wurden die Fakten aufgeführt. ›Es war seit langem bekannt, daß die Schutzwände von Zellen zerstört werden können, von Enzymen durchlässig gemacht, und daß das genetische Material im Innern der Zellen mit anderen fusioniert werden und Hybridzellen bilden kann, welche die genetischen Charakteristika beider Ursprungszellen – sagen wir eines Menschen und einer Maus – aufweisen. Eine solche Vereinigung war bereits seit geraumer Zeit möglich, es war jedoch lange nicht gelungen, solche Hybridzellen zum Wachstum zu bringen.‹ Wissenschaftlich sehr oberflächlich, stellte Loren fest, selbst für eine anspruchslose Zeitschrift. Geduldig erklärte er seinem fiktiven und unbeeindruckten Leser den Vorgang der Zellfusion, und las dann weiter: »Bis im Jahr 1972« – genau zu dem Zeitpunkt, an dem Lorens Jahrhundertleser diesen Artikel zu Gesicht bekam – »zwei Wissenschaftler die Zellen zweier wildwachsender Tabaksorten fusionierten – die eine kurzwüchsig und mit zottigen Blättern, die andere hochstämmig und schlank –, und diese Hybridzellen zum Wachstum bringen konnten: eine mittelgroße Pflanze mit leicht gekräuselten Blättern, die ohne weitere Eingriffe ihre eigene Art reproduzierte. Dies war die Geburtsstunde einer neuen wissenschaftlichen Disziplin, der *Diagenetik.*« Wissenschaft wird geschaffen, nicht geboren, korrigierte Loren, und den Begriff der Diagenetik hat es nie gegeben, außer in der Presse. »In dem seit diesem Zeitpunkt vergangenen Jahrhundert sind diesem Wissenschaftszweig grundlegende Neuschöpfungen gelungen: auf dem Sektor der Nahrungsmittel die Züchtung einer riesigen Weizenart mit hohem Proteingehalt und der Robustheit von Wildkräutern.« Und genauso geschmacklos, setzte Loren hinzu. »Neue Pflanzenarten, die zugleich über dem Boden Früchte hervorbringen und unter der Erde eßbare Wurzelknollen. Walnüsse so groß wie Grapefruits und mit weicher Schale.« Und wenn jemand auf sie gehört hätte, wenn jemand im Lauf all der Jahre fähig gewesen wäre, seinen Verstand zu gebrauchen, anstatt sich den Vergnügen von Krieg, Teilung und religiösen Zelotentums hinzugeben, dann wäre die Ebene, die Loren von der Höhe seines Turms überblicken konnte, jetzt mit riesigen Walnußplantagen oder Feldern von drei Meter hohem Weizen bedeckt.

»Das zweite Ergebnis dieser Forschungen waren, wie bekannt, die Leos«, las Loren weiter. Und ohne jede weitere Erklärung, nachdem man mit den einleitenden Sätzen dieser Pflicht Genüge getan zu haben glaubte, begann jetzt ein neuer Abschnitt über die Gründe und die Durchführung der von USE vorgeschlagenen Quarantäne. Loren verbrachte den Rest dieses feuchten Nachmittags damit, dem fiktiven Leser, den er geschaffen und nun irgendwie nicht wieder loswerden konnte, die Leos zu beschreiben und zu erklären.

Nach dem ersten Erfolg mit den Tabakpflanzen waren Versuche mit Tieren durchgeführt worden, zunächst mit kleineren Wirbeltieren, später mit Säugern. Aber für eine lange Zeit endeten all diese Experimente mit Fehlschlägen. Wenn auch die Apparaturen und Methoden immer moderner und verfeinerter wurden, erwiesen sich die statistischen Möglichkeiten für Fehlschläge bei allen Versuchen der Zellfusion als praktisch unerschöpflich, und niemanden hätte es überrascht, wenn niemals ein brauchbares Resultat erreicht worden wäre.

Aber das Leben ist voller Überraschungen, und das Dogma *deiner* Epoche, daß jede Lebensform jeder anderen gegenüber grundlegend feindlich gesonnen sei, war schon vor geraumer Zeit widerlegt und als Denkfehler erkannt worden. Wir alle, jedes Lebewesen, sind nichts als ein Konsortium von mehreren Selbst, die sich in einer Art ständiger parlamentarischer Debatte miteinander befinden, voneinander abhängig sind, voneinander leben, auch wenn wir nichts davon wissen. Wir dringen in das Leben des anderen ein – »genauso, wie die Falken oben im Turm auf mich angewiesen sind, und wie ich auf sie angewiesen bin, auch wenn wir das nicht unbedingt zu wissen brauchen, um diese Interdependenz zu praktizieren …«

Und so geschah es, daß mit wachsender Erfahrung und theoretischem Wissen – und als die Wissenschaftler wahrscheinlich gerade nichts Rechtes zu tun hatten, nachdem der Hunger von der Erde verbannt war, erklärte Loren – neue und immer groteskere Hybriden geschaffen wurden, wie man sie nur auf den Abnormitätenschaus eines Zirkus oder in einem Alptraum erlebt. Die meisten von ihnen starben bereits wenige Stunden nach Verlassen ihrer künstlichen Gebärmutter, unfähig, als die eine oder die andere ihrer Ursprungsarten zu funktionieren, oder sie lebten eine

Weile, soweit man diesen Zustand völliger Sterilität und Abhängigkeit als Leben bezeichnen kann.

Die Zellen eines Menschen und eines Löwen aber vereinigten sich ohne jede Komplikation und wuchsen genauso problemlos. Die Hybriden, die aus dieser Zellfusion entstanden, paarten sich und brachten Junge zur Welt, die ihr Ebenbild waren. Es gab keine Erklärung dafür, warum gerade diese Zellvereinigung so erfolgreich war. Die Chancen, einen Löwen und einen Schmetterling zu kreuzen, waren fast genauso groß.

Die Leos glaubten, daß die Sonne ihr Vater sei, der sie groß und kräftig gemacht und ihnen befohlen habe: Geht hin und mehret euch.

Loren blieb stehen. Erst jetzt bemerkte er, daß er die ganze Zeit in dem engen Raum auf und ab gegangen war, laut doziert und seine Worte mit Gesten unterstrichen hatte. Er schüttelte den Kopf, zog seine Gummistiefel an und verließ das Haus. Es war unwahrscheinlich, daß bei diesem Wetter Kaninchen seine amateurhaft aufgestellten (und illegalen) Drahtschlingen aufgesucht und sich darin gefangen hatten, aber er überprüfte sie trotzdem, eine nach der anderen. Als er zum Haus zurückkehrte, stellte er erleichtert fest, daß der Himmel wieder heller wurde.

Später, als er sich in seinen Schlafsack verkrochen hatte, sah er den Mond am Himmel aufsteigen, an dem nur noch ein paar kleine, schleierartige Wolken standen. Er konnte nicht einschlafen. Er hatte John Doe, einem Mann, der einen braunen Anzug in der Mode des zwanzigsten Jahrhunderts trug, Ursprung und Fiktionen der Union for Social Engineering erklärt. Er wußte, daß dieser Mann, den er erst heute erfunden hatte, jetzt bei ihm eingezogen war und der ständige Gast seiner Einsamkeit sein würde.

»Herzlich willkommen, John«, murmelte er.

Es regnete wieder, als Loren einen Monat später von seinem Turm zur nächsten Stadt fuhr. Er brauchte neue Vorräte, und vielleicht lagen Briefe für ihn auf dem kleinen Postamt. Außerdem war die Fahrt auch eine kleine Feier: morgen, wenn sich das Wetter besserte, und es sah ganz danach aus, würde er das Gitter von dem Nistkasten entfernen. Seine Falken würden zum erstenmal fliegen, oder zumindest die Möglichkeit dazu haben. Von morgen an würde er nur noch Beobachter sein, gelegentlich Diener oder Arzt. Sie würden frei sein. In den kommenden Tagen oder Wochen würden sie noch zum Turm zurückkommen, um gefüttert zu werden. Aber wenn sie nicht krank oder verletzt waren, würde er ihnen kein Futter mehr geben. Seine Aufgabe als Elternersatz war vorüber. Er würde sie hungern lassen, bis sie sich ihr Futter selbst jagten. Es würde ihn hart ankommen, aber es mußte sein. Der Hunger war die Peitsche, mit der er seine Falken in die Freiheit treiben wollte. Und in zwei oder drei Jahren, wenn sie geschlechtsreif wurden – falls sie bis dahin nicht erschossen, vergiftet, an Starkstromleitungen verschmort oder auf eine der anderen tausend möglichen Arten gestorben waren –, würden vielleicht zwei von ihnen zum Turm zurückkehren und auf ihrer alten Ersatzklippe eine Brut dauniger Jungen aufziehen. Loren hoffte, dabeizusein, wenn es geschah.

Sein Fahrrad hatte einen kleinen Hilfsmotor, den er abschaltete, als er die Ebene erreichte, wo die Pedalkraft ausreichte. Die Reifen schleuderten braunen Schlamm empor, wenn er durch eine der vielen Pfützen fuhr, mit denen die Straße übersät war. Der Poncho wehte hinter ihm her, wie die Flügel eines Vogels, der vom Boden abheben will. Er begann leise zu singen. Es war niemand da, um seine Stimme zu hören, aber es machte ihm Spaß. Er hörte erst auf, als er die schwarz geteerte Straße erreichte, die direkt zur Stadt führte.

Er bestellte sich ein festliches Frühstück – die ersten frischen Eier seit einem Monat – und schlürfte geräuschvoll Kaffee aus einem großen, weißen Becher. Die Zeitung, die er beim Frühstück las, berichtete zumeist über lokale Ereignisse, der Rest war Propaganda der Bundesregierung. Dieser südliche Ausläufer der Northern Autonomy lag in der Nähe der Küstenstädte, die sich, wie einst die alten Vatikan-Staaten, um die Hauptstadt drängten und die Protektion der Regierung genossen. Und die Stimme der Regierung war stärker als ihre Macht. ›Der Präsident fordert zur Rückkehr zur Vernunft auf.‹ Er lachte und rülpste laut. Dann steckte er sich eine billige Zigarre an, deren Rauch angenehm nach Stadt und Menschheit schmeckte.

In seinem Schließfach auf dem Postamt fand er einen einzigen Brief. Er trug den diskreten Aufdruck der quasi-staatlichen Stiftung, bei der er arbeitete.

Lieber Mr. Casaubon!

Wir bedauern, Ihnen mitteilen zu müssen, daß die Stiftung ihr Programm zur Rettung bedrohter Tierarten eingestellt hat. Damit werden alle von uns erteilten Anweisungen und auch jede von uns Ihnen gegenüber eingegangene Verpflichtung aufgehoben. Wir bedauern, wenn Ihnen aus der Einstellung dieses Programms Unannehmlichkeiten und Nachteile erwachsen sollten. Falls Sie Instruktionen für die Rückgabe von Geräten, Vorräten etc. wünschen, lassen Sie uns das bitte wissen.
D. Small
Programminspektion

Loren hatte das Gefühl, sich in einem dieser Scherzhäuser zu befinden, die es im vergangenen Jahrhundert auf vielen Jahrmärkten gab und die plötzlich und unerwartet in sich zusammenfielen und den Besucher in einen weiten, weichen Segeltuchschlauch stürzen ließen. Falls Ihnen Unannehmlichkeiten und Nachteile …

»Darf ich mal telefonieren?« fragte er den Mann hinter dem Schalter.

»Klar. Da drüben. Aber – Sie müssen dafür bezahlen.«

»Verstehe. Die Kosten werden von der anderen Seite übernommen.«

Der Mann schien das nicht zu verstehen. Er starrte Loren erwartungsvoll an. Mit einer plötzlichen Wut auf diesen Mann biß Loren auf seine Zigarre und kramte Geld aus der Tasche. Er fand eine stählerne Dollarmünze, knallte sie auf den Schaltertisch und ging zur Telefonzelle.

»Dr. Small, bitte.«

»Dr. Small ist in einer Besprechung.«

»Hier ist Loren Casaubon. *Doktor* Lauren Casaubon. Ich rufe von außerhalb an. Fragen Sie ihn noch einmal.«

»Einen Augenblick.«

In der Leitung summte es, und Loren hörte das Vakuum der weiten Entfernung.

»Loren?«

»Was ist los? Ich bin eben in die Stadt gekommen ...«

»Es tut mir leid, Loren. Ich habe diese Entscheidung nicht getroffen.«

»Welcher Idiot ist dann dafür verantwortlich? Man kann doch so ein Programm nicht einfach abbrechen. Das ist kriminell, das ist ...« Er hätte mit dem Anruf noch etwas warten sollen, damit er sich seine Argumente in Ruhe zurechtlegen konnte. Er kam sich plötzlich verloren vor, verwundbar, als ob er gleich zu stottern und zu weinen beginnen würde. »Mit welcher Begründung ...«

»Wir haben unter starkem Druck gestanden, Loren.«

»Unter Druck? Unter was für einem Druck?«

»Es gibt eine starke Strömung gegen diese Art von Wildschutzprogrammen. Wir geben schließlich Steuergelder aus und ...«

»Sprechen Sie von USE?«

Dr. Small antwortete nicht gleich. »Sie haben irgendwie Einblick in unsere Bücher bekommen.« Seine Stimme war so leise, daß Loren ihn kaum verstehen konnte. »Loren, diese Sache ist streng vertraulich. Es ist eine Menge Geld für Programme verschwendet worden, die ... unwichtig waren.« Er räusperte sich, als ob er einen Einwand Lorens verhindern wollte. »Daraus hätte sich ein Skandal entwickeln können. Er *hätte* sich entwickelt. Offengestanden, ich glaube, daß sie an uns ein Exempel statuieren wollten, und das konnte sich die Stiftung nicht leisten. Deshalb haben wir nachgegeben, unsere Programme abgemagert, das Fett weggetrimmt ...«

»Sie Bastard!«

Keine Antwort.

»Meine Vögel werden sterben.«

»Ich habe mir viel Zeit gelassen und den Brief an Sie erst abgeschickt, als es nicht mehr länger hinauszuzögern war. Ist die erste Phase Ihres Programms nicht abgeschlossen, Loren? Ich habe wirklich alles getan ...«

Seine Stimme war so leise geworden, daß Lorens Wut abklang. Er hatte sie an dem falschen Mann ausgelassen. »Ja. Ich habe einen Monat Zeit für sie gehabt. Und wenn ich noch zwei Monate draußen bleiben und mich um sie kümmern könnte, dann hätten sie vielleicht eine Chance – *vielleicht,* sage ich – durchzukommen.«

»Tut mir leid.«

»Ich werde bleiben, Dr. Small. Ich habe Ihren Brief nicht erhalten.«

»Machen Sie keinen Unsinn, Loren. Sie kennen die Lage nicht. Diese Leute von der USE sind äußerst – gründlich. Es könnte Ihnen sehr schaden.«

Bis zu diesem Augenblick hatte Loren noch keinen Gedanken an sich selbst verschwendet. Doch plötzlich sah er seine Zukunft vor sich wie eine gerade, asphaltierte Straße. Es gab nicht viele Jobs für eigenbrötlerische, individualistische, launische Ethologen.

»Hören Sie, Loren.« Dr. Small sprach sehr schnell, als ob er jeden Einwand von vornherein abbiegen wollte, als ob er eilig ein Geschenk herausnähme, mit dem er ein weinendes Kind trösten wollte. »Man hat mir angetragen, einen ... nun, so eine Art Tutor zu suchen. Einen Tutor besonderer Art. Einen Mann wie Sie, der reiten und jagen kann, aber auch akademische Qualifikationen besitzt. Man hat mir da ziemlich freie Hand gelassen. Es geht um zwei Kinder, einen Jungen und ein Mädchen. Beides sehr *außergewöhnliche* Kinder. Und das Gehalt ist auch außergewöhnlich.«

Loren sagte nichts. Er begriff natürlich, daß er bestochen werden sollte. Das paßte ihm nicht, aber sein Selbsterhaltungstrieb verhinderte, daß er das Angebot brüsk zurückwies. Er wartete.

»Sie müssen sich sofort entscheiden, Loren.«

Loren schwieg.

»Ich meine, jetzt gleich. Dieser Mann ist es nicht gewohnt, daß man ihn warten läßt.«

»Wer ist er?«

»Dr. Jarrell Gregorius. Es sind seine Kinder.« Dies sollte der Coup sein, der Meisterstreich, und aus einem Grund, den Dr. Small nicht kennen konnte, war er das auch.

Mit dem Gefühl, ein Stück seines Körpers herauszureißen, seine Zunge, einen Teil seines Herzens, sagte Loren tonlos: »Ich möchte ein paar Bedingungen stellen.«

»Sie nehmen also an?«

»Okay.«

»Was?«

»Ich sagte, *okay!*« Und dann, leiser: »Ich sagte, daß ich annehme.«

»Gut. Sobald Sie können, Loren.« Dr. Smalls Stimme klang sehr erleichtert. Loren legte auf.

Auf dem Rückweg, als er durch dünne Wolken eines aufsteigenden Nebels fuhr, schwankte Lorens Stimmung zwischen unbeherrschter Wut und ungeduldiger Erwartung.

USE!

Wenn die frühere Bundesregierung das Heilige Römische Reich darstellte, so war die Union for Social Engineering sein Jesuitenorden: militant, motiviert, selbstlos, routinierte Propagandisten, selbstgerechte Vertreter eines Zwecks, der ihre Mittel heiligte. Loren begann einen wütenden Dialog mit ihnen, mit dem kurzhaarigen, nachlässig gekleideten ›Sprecher‹ der Union, dessen Foto er in den Zeitschriften gesehen hatte. Seine Argumente waren unsachlich und von einer irrationalen Wut geschürt, die auf der Erkenntnis beruhte, daß sie ihn besiegt hatten, und leicht besiegt hatten. Warum? Was war der Grund dafür? Welchen Schaden hatten seine Falken ihren Programmen und Plänen zugefügt? Da Loren selbst nie nach Macht gestrebt hatte, konnte er sich nicht vorstellen, daß es Menschen gab, deren einziges Ziel die Macht war, die dafür logen, Kompromisse schlossen, intrigierten, die Vernunft mißachteten. Wenn ein Mensch auf die Tatsachen eines Falles hingewiesen wurde – und Loren war überzeugt, daß er es getan hatte und daß sein Standpunkt richtig war – und sein Handeln nicht danach ausrichtete, konnte er nach Lorens Ansicht nur schwachsinnig, verrückt oder kriminell sein.

Aber natürlich war die USE überzeugt, auf seiten ebendieser Vernunft zu stehen: ihr erklärtes Ziel war eine Beendigung aller brudermörderischen Querelen, die Rückkehr zu einer zentralen Planung und rationaler Zusammenarbeit, zu einem intelligenten Gebrauch aller Ressourcen des Planeten zum Wohl der Menschheit. Die Welt ist unser, argumentierten sie, und es ist unsere Pflicht, sie zu unserem Besten zu gebrauchen. Bescheiden und selbstlos hatten sie sich die Aufgabe gestellt, die Welt des Menschen vor dem Menschen zu retten. Und es war beängstigend, wie gut ihre Gegeninformation ankam: die USE erschien den Menschen als die letzte, einzige Hoffnung, eine rettungslos auf die Selbstzerstörung zutreibende Welt doch noch retten zu können.

Loren gab zu – zumindest sich selbst gegenüber –, daß sein im geheimen wachsendes neues Paradies auf der selbstzerstörerischen Tendenz des Menschen begründet war, oder zumindest auf diese in seinen Träumen und in seinen Institutionen manifestierte Tendenz. Er sah darin eine evolutionäre Kontrolle. Die USE betrachtete sie als einen heilbaren Irrsinn. Genau wie viele hungrige, verzweifelte, angstvolle Bürger, und ihre Zahl wuchs von Tag zu Tag. Die USE war die Schlange in diesem schwierigen, neuen Garten Eden, und der alte Adam, dessen lange, sündige Herrschaft über eine willig dienstbare Schöpfung vorüber zu sein schien, erstickte in Blut und Verschwendung, wurde zu einer neuen Herrenrolle verführt.

Am Abend wartete Loren im Turm auf die Rückkehr der Falken. Aus den Latten des Nistkastens, den sie jetzt nicht mehr brauchten, hatte er eine größere, flachere Kiste gezimmert, in der die rasch gewachsenen Vögel ausreichend Platz hatten. In seiner Tasche steckte eine schwarze Falkenhaube, und er trug einen Falknerhandschuh an seiner linken Hand. Die schwarze Haube hatte er selbst angefertigt, und sich lange damit beschäftigt, sie mit Stickereien und aufgenähten Federn zu verzieren. Jetzt zog er sie aus der Tasche und betrachtete sie kritisch, unsicher, ob sie für den Falken, der sie tragen würde, Verrat oder Rettung bedeutete.

Sie beachteten ihn nicht, als sie einzeln und in langen Abständen den Turm anflogen. In ihrer Welt war er nur ein Objekt; weder ein Falke noch Beute für Falken, und deshalb unbedeutend. Sie konnten nicht wissen, daß er ihr Schöpfer und Erhalter war. Falken haben keine Götter.

Sie hatten anscheinend nicht gefressen, keiner der Vögel hatte einen nach außen gewölbten Kropf. Es dauerte ziemlich lange, bis sie zur Ruhe kamen, hungrig und erregt, wie sie waren, aber als die untergehende Sonne den westlichen Horizont rot färbte, hockten sie sich schließlich zum Schlafen auf den mit trockenen Gräsern gepolsterten Boden der Kiste.

Loren wählte das kleinere der beiden männlichen Tiere. Um seine Schwingen zu fesseln, benutzte er eine Socke, von der er die Spitze abgeschnitten hatte. Er packte ihn und streifte ihm die Socke über den Körper, bevor er richtig begriff, was mit ihm geschah. Er schrie einmal kurz auf, und die drei anderen Falken waren sofort wach und fluchtbereit. Aber nachdem sie ihr Mißfallen über die Störung verkündet hatten, hockten sie sich wieder hin. Ihr Bruder war inzwischen gefesselt und hatte die Haube über dem Kopf. Doch das kümmerte sie nicht.

In dem Raum, in dem er eigentlich den ganzen Sommer verbringen wollte, suchte Loren seine persönliche Habe zusammen: die beiden Schrotflinten, Kleidung, seine Notizbücher. Sollten sich andere um die übriggebliebenen Vorräte kümmern. Wenn sie den Bestand für ihre Abrechnungen brauchen sollten, so konnten sie auch ohne seine Mithilfe feststellen, was er übriggelassen hatte.

Das Exemplar der Zeitschrift *North Star* lehnte noch immer am Lampenfuß, die Seite mit dem Foto von Sten Gregorius aufgeschlagen. Davor, auf dem Boden, stand ein verschlossener Karton mit dem gefesselten jungen Wanderfalken. Dieser zumindest würde überleben. Die drei im Turm vielleicht nicht. Wenn sie wählen könnten: welches Leben würden sie vorziehen?

Welches würde er selbst vorziehen?

Er setzte den Hut auf. Das Licht reichte gerade noch, um sich wieder auf den Weg zur Stadt zu machen. Er wollte am nächsten Morgen nicht hier aufwachen. Er könnte es nicht ertragen, die drei zurückgebliebenen Falken bei Sonnenaufgang vom Hunger getrieben aus dem Turm fliegen zu sehen. Es war besser, jetzt aufzubrechen und seine Frustration an den Pedalen seines Fahrrades auszutoben. Vielleicht würde er dann sogar schlafen können.

Er löschte die Lampe und warf die Zeitschrift in die Ecke, zu den anderen.

Okay, dachte er. Ich werde es ihm zeigen. Ich werde es ihm zeigen!

Zwei

Sphinx

Wenn ein Löwe sprechen könnte,
wir würden ihn nicht verstehen.
Wittgenstein

Er nannte sich Painter.

Es war selten, daß man einen Leo so weit nördlich antraf. Caddie hatte noch nie einen gesehen. Sie kannte Leos nur von Abbildungen in ihren Schulbüchern: gelbe Sonne, gelbes Land, und der Leo stand mit einer seiner Frauen vor seiner Hütte aus Grassoden. Die Bilder waren steril und formalistisch gewesen und hatten sie nicht besonders beeindruckt. Aber einmal hatte sie von einem Leo geträumt. Ihr Vater hatte sie aus irgendeinem Grund zu ihm geschickt. Er hatte in einem unerträglich heißen Haus gelebt, das mit Asbest ausgeschlagen war, wie um es davor zu bewahren, sich selbst zu verzehren. Sie hatte gekeucht vor Hitze und mit ständig zunehmender Angst auf das Erscheinen des Leo gewartet. Der Traum kehrte jetzt mit einer erdrückenden Realität wieder. Sie war zum falschen Ort gekommen. Nicht der Leo wohnte hier, sondern die Sonne, deshalb war es so heiß. Sie erwachte, als der Leo erschien. Plötzlich war er da und stand vor ihr. Er war riesig, ein riesiger Löwe, der wie ein Mensch aufrecht stand, aber sein Gesicht glänzte, als ob es aus geschmolzenem Gold bestünde, und seine Mähne war ein Kranz heller, fast weißer Haare um seinen Kopf. Und er schien wütend auf sie.

Painter war kein Löwe. Und er war nicht riesig – sie hielt sich trotzdem in vorsichtiger Entfernung von ihm –, aber er war doch groß und kräftig. Und er war nicht wütend. Er war ein ruhiges, friedliches Wesen. Den größten Teil seiner Zeit verbrachte er in seinem Haus, oder an einem Tisch in der Bar, und er sprach kaum ein Wort, nur gelegentlich zu Hutt.

Caddie sah ihn an, als er den Telefonhörer abhob. »Ja«, sagte er und hielt den Hörer in einiger Entfernung von seinem Ohr. Dann horte er nur schweigend zu und legte schließlich ohne ein weiteres Wort auf.

Am Abend saß er an einem Tisch, wo sie ihn von der Tür der Wäscherei aus sehen konnte. Die Bar wurde mit qualmenden Laternen beleuchtet, und der Rauch der schwarzen Zigaretten, die er ununterbrochen rauchte, stieg in den Lichtkreis der Laternen auf und hing dort in dicken Schwaden.

»Ich frage mich, wo seine Frau ist«, sagte sie zu Hutt, als er zur Tür der Wäscherei trat. »Haben sie ihre Frauen nicht immer bei sich, ganz egal, wohin sie gehen?«

»Ich halte es für besser, ihn nicht danach zu fragen«, sagte Hutt.

»Stinkt er?«

»Nicht mehr als ich.« Hutt grinste sie zahnlückig an und warf ihr einen Armvoll grauer Bettlaken zu.

Hutt hatte Angst vor Painter, erkannte Caddie, und sie wußte auch warum. Die Handgelenke des Leo waren so stark wie Äste, und seine Armmuskeln spielten unter der Haut wie Pleuel und Kolben einer gut geölten Maschine, wenn er sich nur eine Zigarette ansteckte. Hutt hatte so wenige Kunden, daß er sich für jeden neuen interessierte und mit ihm näher bekannt zu werden versuchte. Aber nicht mit diesem. Und dem Leo schien das nur recht zu sein.

Später am Abend jedoch, als sie zum Ziegenstall ging, um ihn abzusperren, sah sie Hutt und den Leo nebeneinander an der Bar sitzen. Hutt sagte etwas zu Painter und gestikulierte erklärend mit den Händen. Als sie vorbeiging, blickten beide Männer zu ihr auf. Die Augen des Leo waren golden wie das Licht einer Lampe, und auch fast so groß wie eine Lampe. Er starrte sie mehrere Sekunden lang aufmerksam an. Was wollte er von ihr? Als sie Hutt fragend ansah, wich er ihrem Blick aus.

Caddies Eltern waren erfolgreiche Geschäftsleute gewesen, Industrielle Relationen, was immer das bedeuten mochte. Als Kind hatte sie diese Worte oft vor sich hin ge-

murmelt, so wie eine Prinzessin im Exil sich ihre Abstammung in Erinnerung rufen mochte. Sie hatten kein Glück mehr gehabt, als sie nach Beginn der Bürgerkriege aus dem Süden fliehen mußten. Ihr Vater hatte sich beim Holzhakken ins Bein geschlagen, die Wunde infizierte sich, und er war daran gestorben. Ihre Mutter hatte ihn nicht lange überlebt. Nachdem sie Caddie genug von dem Reichtum, dem Komfort und dem Respekt berichtet hatte, den sie früher genossen hatten, in einer Zeit, an die Caddie sich nicht mehr erinnern konnte, resignierte sie am Leben und trat ab. Der Prozeß dauerte jedoch eine ganze Weile. Einmal im Monat war ein Arzt aus der Stadt gekommen, hatte sie angesehen und war wieder gegangen. Als es im Mai noch einmal schneite, bekam sie eine Erkältung und starb daran.

Das ließ Caddie, damals vierzehn Jahre alt, die Wahl zwischen zwei Möglichkeiten: dem Hurenhaus und der Leibeigenschaft. Sie hatte sich fast schon für das Hurenhaus entschieden, und sah diesem neuen Lebensabschnitt mit beklemmender Erwartung entgegen, wie ein Mädchen, das sein erstes Semester im College vor sich hat, als Hutt auf ihre Ausschreibung zur Leibeigenschaft einging. Der Vertrag sollte eine Laufzeit von zehn Jahren haben, danach war sie wieder frei, und die Summe, die Hutt ihr dafür bot, kam ihr damals wie ein Vermögen vor.

Er hielt sein Wort, was das Geld betraf. Jeden Monat fuhren er und Caddie zur J.-P.-Bank, und Hutt zahlte die festgelegte Rate auf ihr Sperrkonto ein. Und er behandelte sie nicht anders als eine normale Angestellte. Sie kam bald dahinter, daß er kräftige Lastwagenfahrer und Soldaten bevorzugte, und ihr war das nur recht. Die Arbeit störte sie nicht, obwohl sie hart und zeitraubend war. Sie erledigte sie mit einer Art selbstverständlicher Arroganz, die Hutt ärgerte. Nach einiger Zeit wurde ihr die Arbeit zur Routine, und sie konnte sie sich so einteilen, daß sie immer mehr Zeit für sich hatte. Nach allen Seiten erstreckten sich unentdeckte, unerschlossene Wälder, die sie oft tagelang durchstreifte, allein oder mit einem Packpferd.

Sie stellte fest, daß sie sich eine Menge aufladen konnte,

nicht nur Lasten, kalte Nächte und lange Märsche, sondern auch die Last der Tage selbst, die Unzufriedenheit, die sie ständig wie einen schweren Packen herumschleppte, das *Warten* – denn das schien ihre Hauptbeschäftigung zu sein, Tag für Tag – warten –, und sie redete sich ein, daß es das Ende ihrer Leibeigenschaft war, worauf sie wartete, das Ende der zehn Jahre. Aber das stimmte nicht.

Der nächste Morgen war kalt für September, und so weit im Norden bedeutete das Temperaturen nahe dem Gefrierpunkt. Weißer Dampf stieg aus dem Teich empor, von den Leibern der Packpferde, die Hutt zum Vermieten hielt, und von ihrem Dung. Als Caddie zum Ziegenstall ging, hing ihr Atem in weißen Dampfwolken vor ihrem Gesicht, und Dampf stieg von den frisch gefüllten Milchkannen auf. Alles, was warm war, dampfte.

Als sie mit einem Eimer Ziegenmilch zurückkam, sah sie Ruta und Bonnie, die kleinen Packpferde, tänzeln und schnauben und sich gegen die Stangen des Corrals drücken. Sie trat näher, rief ihre Namen und sah, daß die Augen der Tiere angstvoll geweitet waren. Auf der anderen Seite des Corrals lehnte Painter, der Leo, und rauchte eine seiner schwarzen Zigaretten.

»Was haben Sie ihnen getan?« fragte Caddie und stellte den Milcheimer ab. »Was ist los?«

»Es ist der Geruch«, sagte Painter. Seine Stimme war heiser, belegt, als ob er geschwollene Mandeln hätte.

»Ich rieche nichts.«

»Nein. Aber die Pferde.«

Wie lange mochte es her sein, daß es etwas Ähnliches wie Löwen in diesen Bergen gegeben hatte? Im letzten Winter war Barlo eine Wildkatze über den Weg gelaufen, und er hatte wochenlang davon erzählt. Und doch hatte in Ruta und Bonnie eine Art Urangst vor diesen Raubtieren überlebt und konnte wachgerufen werden.

»Ich frage mich nur«, sagte Painter, »wie sollen wir die verdammten Pferde benutzen, wenn sie sich vor mir zu Tode fürchten?« Er warf den Rest der Zigarette mit seinen dicken, goldbehaarten Fingern zu Boden. »Wir werden wunderbar miteinander auskommen.«

»Wir? Wollen Sie und Hutt etwas unternehmen?«

»Hutt?«

»Wen meinen Sie denn sonst mit ›wir‹?«

»Sie und mich«, sagte Painter.

Sie fand keine Worte darauf.

Das Gesicht des Leo blieb ausdruckslos, vielleicht, weil er nur zum Teil Mensch war, oder weil er, wie eine Katze, nichts auszudrücken hatte. Jedenfalls, wenn er eben einen Scherz gemacht haben sollte, so begriff sie ihn nicht. Painter sah sie schweigend an, und aus seinen Nüstern stieg Atemluft in weißen Wolken empor.

»Wie kommen Sie auf die Idee, daß ich mit Ihnen irgendwohin gehen könnte?« sagte Caddie schließlich. Zum erstenmal, seit sie den Leo kannte, hatte sie Angst vor ihm.

Er steckte sich eine neue Zigarette an. »Ich habe Sie gestern nacht gekauft. Ich habe ihm den Rest Ihrer Leibeigenschaft abgekauft. Hutt, meine ich.« Er ließ das Streichholz fallen. »Sie gehören jetzt mir.«

Sie starrte ihn ungläubig an. »Gekauft!« rief sie wütend. »Glauben Sie, ich bin ein Paar Schuhe?«

»Tut mir leid, wenn ich mich falsch ausgedrückt haben sollte«, sagte Painter. »Aber es ist völlig legal. In dem Vertrag steht, daß er sein Recht auf Sie verkaufen kann.« Er spreizte seine kurzfingrigen Hände, und sie sah seine gebogenen, klauenartigen Fingernägel.

Caddie schüttelte verwirrt den Kopf. »Wie konnte er so etwas tun? Warum hat er mir nichts davon gesagt?«

»Sie haben ihm zehn Jahre Ihres Lebens verkauft«, sagte Painter. »Sie gehören ihm, und er kann Sie verkaufen, wenn er will. Ich glaube nicht, daß er Sie vorher fragen muß, jedenfalls steht nichts davon in den Papieren, glaube ich. Und es kommt ja auch nicht darauf an.«

»Es kommt nicht darauf an?«

»Mir nicht.«

Sie wollte fortlaufen, zu Hutt. Sie wollte ihm weh tun, ihn schlagen, ihn bitten …

Ruta und Bonnie hatten sich wieder beruhigt und schnaubten nur noch hin und wieder, blieben aber auf der anderen Seite des Corrals, soweit wie möglich von dem Leo entfernt. Eine ganze Weile standen Caddie und Painter schweigend, fast genausoweit voneinander entfernt wie von den beiden Pferden.

»Was haben Sie mit mir vor?« fragte Caddie schließlich.

An diesem Abend in der Bar vermieden Barlo und die beiden Lastwagenfahrer, mit denen er zusammensaß, die Nähe Painters, obwohl sie hin und wieder zu ihm hinüberblickten. Er ignorierte ihre Blicke.

Die Fahrer waren von Süden heraufgekommen. Sie trugen eine Art Uniform und brachten die üblichen Berichte mit: von Flüchtlingen, die die Straßen blockierten, von liegengebliebenen Autos, denen man ausweichen mußte, von Städten, die sich wie Festungen von der Außenwelt abgeschirmt hatten. Caddie hatte es längst aufgegeben, die Ereignisse zu verfolgen. Die Menschen im Süden waren verrückt geworden, sie waren verrückt gewesen, solange sich Caddie zurückerinnern konnte. Painters Gesicht zeigte keinerlei Interesse an seiner Umgebung, wohl aber seine Ohren. Die breiten, aufrechtstehenden Ohren waren das am meisten Leonide, Tierhafte an seinem seltsamen Kopf. Selbst in dem dichten, zurückgestrichenen Haar waren sie noch sichtbar, wenn sie sich selbsttätig und ohne den Willen Painters auf eine Geräuschquelle richteten. Wahrscheinlich wurde es ihm nicht einmal bewußt. Aber Caddie, die hinter der Bar saß, war von dem eigenwilligen Spiel seiner Ohren fasziniert, und sie fühlte ihr Herz schlagen, wenn sie zu ihm hinübersah.

»Uns geht das nichts an«, sagte Barlo. »Wir sind unabhängig.« Die kleine Waldprovinz im Norden hatte sich völlig von den Staaten getrennt und war jetzt – zumindest offiziell – ein Teil Kanadas. »Wir haben damit nichts mehr zu tun.«

»Und was ist, wenn sie eines Tages kommen und uns zurückholen wollen?« sagte der ältere der beiden Lastwagenfahrer.

»Die Regierung meint er«, sagte der jüngere.

»Mich kriegen sie nicht«, sagte Barlo und grinste, als ob er sich dabei sehr weise vorkäme. »Mich nicht.«

Caddie hatte zu tun. Sie brachte frisches Bier für die beiden Lastwagenfahrer, und einen Brandy zu Barlos Kaffee, und gebratene Steaks für andere Gäste. Normalerweise war das Hutts Aufgabe, aber Hutt war zur Stadtverwaltung gegangen, um die Papiere notariell beglaubigen zu lassen. Als er das Haus verließ, hatte er einen langen roten Striemen auf der linken Wange, die Spur von Caddies Ring.

Bis zu diesem Morgen hatte Caddie sich in ihrer Welt ziemlich sicher gefühlt. Ihr Leben war zwar nicht gerade ideal gewesen, aber sie hatte sich damit abgefunden und konnte es ertragen. Jetzt, plötzlich und ohne jede Vorwarnung, hatte sich alles verändert und lag wie ein tiefer, bodenloser Abgrund vor ihr, der ihr zuzurufen schien: Die Welt ist größer, als du geglaubt hast. Größer, als du dir vorstellen kannst.

Es war nicht nur, daß Hutt sie verraten hatte und es anscheinend keine Möglichkeit gab, sich gegen diesen Verrat zu wehren, sondern die ganze Welt hatte sie verraten: die Angst, Verwirrung und Unsicherheit, die sie fühlte, wurden sowohl von dem Verrat an ihrem leichtfertigen Entschluß, den sie vor so vielen Jahren gefaßt hatte, hervorgerufen, als auch von der Erkenntnis, daß sie plötzlich einem Leo gehörte.

Ihm gehörte. Nein, so war es nicht. Ärgerlich spülte sie Gläser, tauchte sie in das graue Wasser. Sie gehörte niemandem, weder Hutt und schon gar nicht diesem Monster. Sie hatte niemals jemandem gehört. Selbst ihrer Mutter, die trotz Exil und Armut versucht hatte, sie anständig zu erziehen, hatte sie immer wieder vorgehalten: »Ich bin nicht dein Eigentum.« Vielleicht hatte sie einmal ihrem Vater gehört. Manchmal glaubte sie eine längst vergangene Zusammengehörigkeit zu spüren, ein Joch ihrer fernen Vergangenheit, das sie an den Mann fesselte, dessen Bild in ihrer Erinnerung immer undeutlicher wurde. Aber durch seinen Tod war die Fessel zerrissen.

»Es wird mulmig in der N.A.«, sagte der ältere Fahrer. »Richtig mulmig.«

»Wieso?« fragte Barlo.

»Sie wollen alle Autonomien wieder vereinigen. Die Regierung. Die N.A. sträubt sich dagegen. Aber das wird nicht lange dauern. Und wenn sie wieder zur Föderation gehört, was wird dann aus euch? Sie werden euch zerquetschen.«

»Wir hören hier nicht viel von dem, was draußen vor sich geht«, sagte Barlo unsicher. Es wurde still, und man hörte das leise Klirren einer losen Fensterscheibe im Wind.

Der Leo winkte Caddie. »Ich brauche Zigaretten.«

Die drei Männer an der Bar wandten den Kopf und sahen ihn an, dann drehten sie sich rasch wieder um.

»Wir haben keine mehr«, sagte Caddie. »Der Lastwagen kommt erst in einer Woche.«

»Dann brechen wir morgen auf«, sagte Painter.

Sie stellte das Glas ab, das sie abtrocknete. Dann trat sie hinter der Theke hervor und setzte sich zu Painter an den Tisch, ohne das gespannte Schweigen der anderen zu beachten. »Warum ich?« fragte sie. »Warum nicht ein Mann? Sie könnten doch einen Mann anstellen, der alles tun kann, was Sie von mir erwarten, und mehr und besser und billiger.«

Er streckte seine Hand aus und faßte ihr unters Kinn. Seine Handfläche war glatt, hart und trocken, und die Berührung war sanft.

»Ich brauche eine Frau, die mir hilft«, sagte er. »Ich bin es so gewöhnt. Mit einem Mann wäre es ... schwierig. Aber das können Sie nicht verstehen.«

Sie hatte erwartet, in seiner Nähe, bei seiner Berührung, Widerwillen, sogar Ekel zu empfinden. Was sie jedoch jetzt spürte, war etwas viel Einfacheres, eine Art Staunen. Sie dachte an die Kreaturen der Mythologie, die mit den Menschen sprachen. Die Sphinx. War nicht auch die Sphinx zur Hälfte Mensch, zur anderen Hälfte Löwe? Ihr Vater hatte ihr erzählt, daß die Sphinx den Menschen ein Rätsel aufgab und jenen tötete, der es nicht lösen konnte. Caddie hatte das Rätsel vergessen, aber sie erinnerte sich noch an die Lösung. Sie lautete: Mensch.

Hutt saß an einem Tisch in Türnähe bei seinem Kaffee und tat, als sei er mit seiner Abrechnung beschäftigt. Sie ging mehrmals an ihm vorbei, als sie Painters Sachen aus seinem Zimmer holte, auf den Boden des Schankraums warf und dort zu Packen zusammenschnürte, die sie zu den Pferden hinaustrug.

»Eigentlich hast du Glück«, sagte Hutt schließlich. »Die Fahrer sagen, daß sie in einem Monat oder zwei die Straße sperren. Dann kommen keine Lastwagen mehr durch. Wovon sollte ich dich dann bezahlen?« Er sah sie an, als ob er sie um Verzeihung bäte. »Ich weiß selbst nicht, wovon ich dann leben soll.«

Wortlos lud sie sich den Packen auf, den sie gerade fertiggeschnürt hatte. Sie traute sich nicht zu sprechen, weil sie Angst hatte, kein Wort herausbringen zu können, daß die Wut und der Haß, die sie spürte, ihr die Kehle zuschnüren würden. Bevor sie den Packen hinaustrug, nahm sie noch Painters Karabiner auf, der an einem der Tische lehnte, dann ging sie hinaus.

Als Ruta und Bonnie fertig gepackt waren, wollte Painter das Leitseil nehmen, doch Bonnie scheute und versuchte auszubrechen. Painter verzog den Mund und stieß einen Laut aus, der zwischen einem Brüllen und einem Knurren lag, einen Laut gereizter Ungeduld. Er hätte Bonnies Hals unter einen Arm klemmen und sie erwürgen können, aber er beherrschte seine Wut und warf Caddie die Leine zu. »Sie werden das machen«, sagte er. »Ich gehe voraus, und Sie folgen mir. Sonst schaffen wir es nie.«

»Wohin?« fragte sie, aber er antwortete nicht. Er klemmte den Karabiner unter den Arm und stapfte los, mit kurzen, festen Schritten. Beim Gehen wandte er den mähnigen Kopf von einer Seite zur anderen, vielleicht, weil er nach etwas Ausschau hielt, vielleicht aus einer Art Halbinstinkt.

Sie gingen den ganzen Vormittag die halbfertige Sandstraße entlang, die nach Norden führte. Die gelben Straßenbaumaschinen, an denen sie vorbeikamen, standen verlassen am Straßenrand und sahen aus, als ob sie schon eine ganze Weile so gestanden hätten. Anscheinend hatte man den Bau dieser Straße über die Berge inzwischen aufgegeben.

Zwischen den Lauten des Waldes hörten sie jetzt ein Geräusch, das nicht zum Wald gehörte, ein lautes, dröhnendes Knattern, wie das nervöse Ticken einer gigantischen Uhr. Painter, der ein Stück vor ihr ging, blieb stehen und lauschte. Dabei wandte er den Kopf von einer Seite zur anderen. Das Geräusch wurde immer lauter, und plötzlich fuhr Painter herum, kam auf sie zugelaufen und winkte ihr zu, von der Straße zu gehen.

»Warum?« fragte sie. »Was ist los?«

Er antwortete ihr nur mit einem kehligen Knurren und stieß sie die Böschung hinab in ein dichtes Gestrüpp. Als die beiden Ponys sich widersetzten und am Seil zerrten, als er sie die Böschung herunterziehen wollte, schlug er sie mit der flachen Hand.

Das Geräusch wurde immer lauter. Painter hielt den Karabiner schußbereit in beiden Händen und starrte durch das dichte Laubdach des Gestrüpps, in dem sie sich verbargen. Plötzlich tauchte über ihnen – geisterhaft wie eine riesige Libelle – ein Helikopter auf. Elegant und drohend kreiste er über ihnen, als ob er nach etwas suchte. Dann drehte er nach Süden ab.

»Warum haben Sie sich versteckt?« fragte Caddie. »Suchen sie nach Ihnen?«

»Nein.« Er lächelte sie an. Bis jetzt hatte sie es nicht für möglich gehalten, daß er lächeln konnte. »Aber ich will trotzdem nicht, daß sie mich finden. Wir wollen jetzt weiter.«

Am späten Nachmittag ließ er sie auf einer überwachsenen Lichtung weitab von der Straße das Lager aufschlagen. »Essen Sie, wenn Sie wollen«, sagte er zu ihr. »Ich werde heute nichts essen.« Er streckte sich auf dem warmen, mit Kiefernnadeln bedeckten Boden aus und sah ihr bei der Arbeit zu. Sie spürte den Blick der goldgelben, riesigen Augen.

»Ich habe Ihnen Zigaretten mitgebracht«, sagte sie. »Ich konnte noch ein Päckchen auftreiben.«

»Brauche keine.«

»Warum haben Sie dann gesagt, wir würden sofort aufbrechen, als keine mehr da waren?«

»Menschen«, sagte er. »Ich kann den Geruch nicht ertragen. Nicht von den Menschen selbst, sondern von ihren Häusern, den Geruch – ich weiß auch nicht –, ihrer Leben.« Er schloß die Augen. »Nehmen Sie das nicht persönlich. Die Zigaretten mildern den Geruch, das ist alles.« Seine Augen öffneten sich wieder. Caddie hatte gegessen und wieder gepackt, und er lag noch immer ausgestreckt auf dem Boden, abwechselnd schlafend und wachend. Er hatte Caddie das Ziel seiner Reise noch immer nicht genannt, aber jedenfalls schien er keine Eile zu haben, es zu erreichen.

»Faulheit«, sagte er, als er wieder die Augen öffnete. »Das ist mein größtes Laster.«

»Sie scheinen es aber mit Würde zu tragen«, sagte Caddie.

Erst einige Tage später erkannte sie, daß sein direkter, oft finster wirkender Blick ins Nichts ging. Sie begriff es erst, als sie Tage später, wütend darüber, daß er sie minutenlang anstarrte, ihm die Zunge ausstreckte. Er nahm die beleidigende Geste nicht einmal wahr.

Er war eben kein Mensch. Kein *Mann*. Die Männer, die sie bisher kennengelernt hatte, hatten sie betatscht und befummelt, fordernd oder bettelnd – sie waren Männer. Die Erkenntnis löste in ihr ein Verlangen aus, das sie sich nicht eingestehen wollte.

Am späten Nachmittag wurde Painter unruhig, und sie zogen weiter. Anscheinend hatten sich die beiden Ponys jetzt an ihn gewöhnt, jedenfalls scheuten sie nicht mehr vor ihm, und Caddie konnte jetzt neben ihm gehen.

»Ich will ja nicht neugierig sein«, sagte sie, obwohl sie wußte, daß er die Ironie ihrer Worte nicht verstehen würde, oder vielleicht gerade deshalb, »und Sie haben die Papiere und so weiter, aber ich würde doch gerne wissen, was eigentlich los ist.«

»Warum?«

»Nur so.«

»Na schön«, sagte er. »Der Helikopter hat nach jemandem gesucht. Ich suche nach demselben Jemand. Ich weiß nicht, wo er steckt, aber ich habe eine ungefähre Vorstellung davon. Zumindest eine bessere Vorstellung ...« – er deutete nach oben – »als sie.« Er blickte sie an. Sein Gesicht war wie immer ausdruckslos. »Wenn sie ihn zuerst finden, werden sie ihn töten. Wenn ich ihn zuerst finde, töten sie vielleicht uns beide.«

»Beide?« fragte sie erschrocken. »Und was ist mit mir?«

Er antwortete nicht.

Was empfand sie für ihn? Haß? Ein Teil ihres Gefühls zumindest war Haß, erkannte sie, weil er sie so gedanken- und bedenkenlos aus ihrem Leben herausgerissen hatte, in dem sie sich – zumindest einigermaßen – wohl und sicher gefühlt hatte. Haß auf ihre eigene Machtlosigkeit eigentlich, da er keinerlei Grausamkeit gezeigt hatte. Er mutete ihr nur Arbeiten zu, die er rechtmäßig von ihr fordern konnte, wie es in den Papieren festgelegt war. Das war sein gutes Recht, und er hatte keinerlei Skrupel, es in Anspruch zu nehmen. Er machte sich auch nicht die Mühe, diese Tatsache höflich zu kaschieren – anscheinend war ihm die Möglichkeit der Verstellung gar nicht gegeben –, selbst wenn er einsehen sollte, daß er es ihr damit etwas leichter machen würde.

Aber das wäre nicht der Fall gewesen. Sie kannte ihre eigene Lebensgeschichte.

Und doch war er bei der Nutzung ihrer Arbeitskraft nicht so wie Hutt, ewig mißtrauisch, argwöhnisch, nachspionierend, aus dem Bestreben, ihr jeden kleinsten persönlichen Bereich, den sie für sich erobern konnte, wieder zu nehmen. Nein, Painter akzeptierte ihre Kompetenz, forderte von ihr nicht mehr, als sie geben konnte, bestimmte lediglich, wann und wo sie Rast machen und wann sie wieder aufbrechen würden, und überließ alles andere ihr. Wenn sie einen Fehler machte, zeigte er niemals Verärgerung oder Verachtung, sondern ließ ihr völlig freie Hand, den Fehler zu korrigieren.

Auf diese Weise wurde sie ohne ihren Willen, sogar gegen einen inneren Widerstand, zum Partner eines Unternehmens, dessen Sinn und Ziel ihr unbekannt waren. Hatte er es bewußt darauf angelegt, sie auf diese Weise zu seinem Partner zu machen? Sie hielt es für wenig wahrscheinlich. Darüber hatte er sich wohl kaum Gedanken gemacht. *Ich brauche eine Frau, die mir hilft,* hatte er gesagt. *Aber das können Sie nicht verstehen.*

Er berührte ihre Wange mit seiner harten, trockenen Handfläche. »Ist Ihnen kalt?«

Das Feuer war heruntergebrannt. Ihr Schlafsack war alt und zerschlissen, ein widerwilliges Abschiedsgeschenk von Hutt. Sie antwortete nicht und versuchte, ihr Frösteln zu unterdrücken.

»Verdammt, Sie müssen frieren.«

»Nein, bestimmt nicht.«

»Kommen Sie her.«

Es war ein Befehl. Sie blieb zusammengerollt und frierend in ihrem Schlafsack liegen, aber sie war an Befehle gewöhnt, und nach einer Weile stand sie auf und ging auf Zehenspitzen über den schon reifbedeckten Boden auf ihn zu. Er zog sie in seinen Schlafsack und drückte sie an sich. Sie wollte sich widersetzen, aber die Wärme, die sein Körper ausströmte, war unwiderstehlich. Sie preßte ihre kalte, feuchte Nase an seine behaarte Brust und legte ihren Kopf auf seinen Arm.

»Besser?«

»Ja.«

»Besser zu zweit.«

»Ja.«

Plötzlich, für sie selbst völlig überraschend, quollen Tränen in ihre Augen. Sie preßte sich fester an ihn, um ihr Schluchzen zu verbergen. Er nahm keinerlei Notiz davon. Sein Atem, langsam, ruhig und mit einem leisen, schnurrenden Unterton, hob und senkte seine Brust.

Es wurde gerade hell, als sie erwachte. Er war schon zum

Bach gegangen, in dessen Nähe sie das Lager aufgeschlagen hatten. Er stand im Licht der aufgehenden Sonne, das feine, helle Haar, mit dem sein ganzer Körper bedeckt war, glänzte golden, als ob das Sonnenlicht es in Brand gesteckt hätte. Er war dabei, sich zu waschen, langsam und gründlich. Caddie spürte ihr Herz rascher schlagen, ob wegen ihres ungewollten Eindringens in seine Privatsphäre oder aus einem anderen Grund, konnte sie nicht sagen. Painter bückte sich, schöpfte eine Handvoll Wasser und rieb es mit langsamen Bewegungen in seine dichte Mähne. Dann kniete er sich an den Rand des Baches nieder und trank. Als er sich wieder aufrichtete, tropfte Wasser aus seinem Bart. Er kam zum Lagerplatz zurück und trocknete sich mit einem alten karierten Hemd. Sie blickte ihn aus halbgeschlossenen Augen an und sah, daß sein Penis in einer Hautfalte saß, wie der eines Hundes, und von dem goldbehaarten Fell dicht an den Bauch gepreßt wurde.

Irgendwo in südlicher Richtung war wieder das Dröhnen des Helikopters zu hören, wie das Grollen eines weit entfernten Gewitters. Painter blickte zum Himmel auf und zog sich rasch an.

Während des ganzen folgenden Tages, während sie neben ihm ging oder ein Stück voraus (sie wußte inzwischen, daß sie besser zu Fuß war als er, weil seiner Stärke die Ausdauer fehlte, oder weil seine Beine nicht für lange Märsche gemacht waren, aber er legte jetzt nicht mehr so lange Pausen ein wie zuvor), fühlte sie immer wieder eine rasche, aufsteigende Hitze, die ihr Gesicht und ihre Brüste brennen ließ. Sie wandte immer das Gesicht zur anderen Seite, wenn sie es fühlte, weil sie sicher war, daß er es ihrem Gesicht ansehen konnte, und sie wandte sich auch selbst von diesem Gefühl ab, das sie sich nicht erklären konnte – es war wie eine seltsame Klarheit, eine Entschlossenheit, nur dunkler. Einmal jedoch, als sie bei einem steilen Anstieg ein Stück über ihm war und er sie anrief, wandte sie sich zu ihm um und fühlte die Hitze des Gefühls in sich aufsteigen, als ob sie glühte.

»Sie sind schnell«, sagte er und blieb neben ihr stehen.

Seine breite Brust hob und senkte sich mit seinen raschen Atemzügen. Sie sagte nichts. Sie starrte ihn nur an. Aber dann konnte sie seinem Blick nicht mehr standhalten, und sie wandte sich ab. Ihr Herz schlug rasch und schmerzhaft.

Am späten Nachmittag erreichten sie die Hütte.

Er befahl ihr, die beiden Ponys weit entfernt von der Lichtung, auf der die Hütte stand, im Schutz des Waldes anzubinden, und bevor sie die Lichtung betraten, stand er eine ganze Weile im Schutz der Bäume und blickte aufmerksam zur Hütte hinüber. Dann trat er aus seiner Deckung heraus, ging auf die Hütte zu und stieß die Tür auf.

»Niemand war hier«, sagte er, als sie ihm in das Halbdunkel der Hütte folgte. »Seit mehreren Wochen nicht.«

»Woran können Sie das erkennen?«

Er lachte auf – ein seltsamer, harter Laut, der nur wenig mit Lachen zu tun hatte – und ging langsam durch die beiden kleinen Räume der Hütte. In dem Nachmittagslicht, das durch die Ritzen der geschlossenen Fensterläden hereinfiel, sah sie, daß die Hütte komplett eingerichtet war. Es war keine Holzfällerhütte, sondern etwas Besonderes, ein komfortables Versteck, obwohl sie von außen wie eine primitive, notdürftige Behausung wirkte. Sie trat ans Fenster und wollte den Laden öffnen.

»Lassen Sie das«, sagte er. »Machen Sie Feuer. Es ist kalt hier drin.« Er öffnete den Wandschrank, ging dann zum Kleiderschrank, auf der Suche nach etwas, das er nicht fand. »Was ist das hier?«

»Brandy. Kennen Sie das nicht?«

Er stellte die Flasche, die er von einem Bord genommen hatte, wieder zurück.

»Wollten Sie sich hier mit jemand treffen?«

»Wir werden warten. Er wird kommen. Wenn er kann.« Nachdem er diesen Entschluß gefaßt hatte, verflog seine Unruhe, und er setzte sich auf eine Bank. Caddie zündete den Kamin an. Er wurde von einer Gasflasche beheizt, die blaue Flamme loderte auf, als Caddie ein Streichholz an die Düsen hielt. Warum ein Gasfeuer mitten im Wald? fragte sie sich. Und dann erkannte sie: aus demselben Grund, warum diese Hütte von außen wie eine Holzfällerbude aussah. Das macht keinen Rauch. Kein Rauch: niemand zu Hause.

»Wo sind wir?«

»Im Wald.«

»Sagen Sie es mir.«

Die Wärme des Feuers schien ihn milder zu stimmen. Sobald die Flamme brannte, setzte er sich auf ein kleines Sofa unmittelbar vor dem Kamin, die Beine gespreizt, die Arme um den Oberkörper geschlungen. Einem plötzlichen Impuls folgend, kniete sie sich vor ihn auf den Boden und begann, ihm die Stiefel auszuziehen. Er akzeptierte ihre Hilfe ohne jeden Kommentar, wie alles, was sie für ihn tat.

»Sagen Sie mir, was Sie vorhaben«, sagte sie und blickte ihn mit einem fast koketten Lächeln an.

»Wir sind an einem Ort«, sagte er langsam, »an den ein bestimmter Mann – ein Berater der Regierung – sich gelegentlich zurückzieht, wenn er für eine Weile seinem Amt oder der Stadt entfliehen will, und wohin er sich wahrscheinlich zurückziehen wird, wenn er der Regierung entkommen will. Wir werden ihn hier treffen. Wenn wir Glück haben.«

Es war die längste Rede, die sie jemals von ihm gehört hatte. Sie zog ihm den Stiefel aus und rollte die feuchte Socke von seinem schmalen goldhaarigen Fuß.

»Und was dann?« fragte sie, mehr, um ihn zum Weitersprechen zu bringen, als aus wirklichem Interesse. Das Rauschen des Blutes in ihren Ohren erschwerte ihr das Denken.

»Dieser Berater«, sagte er langsam – und auch ihm schien es gleichgültig, ob er ihr sein Vorhaben erklärte oder nicht –, »dieser Berater ist ein Freund von uns. Von unserer Art. Seine Regierung nicht. Und seine Regierung ist gerade zusammengebrochen, und er ...« – sie zog ihm den anderen Stiefel aus – »er hat wesentlich dazu beigetragen. Also muß er verschwinden. Und zwar sehr schnell.«

»Mögen Sie einen Drink?« fragte sie und deutete auf die Brandyflasche.

»Ich weiß nicht.« Er blickte ihr nach, als sie im Zimmer umherging, die Flasche vom Bord nahm, nach Gläsern suchte, die Flasche öffnete, und sie wußte, daß er sie jetzt mit anderen Blicken ansah. Sie spürte eine prickelnde Erregung, empfand die Gefahr der Entwicklung, auf die sie sich eingelassen hatte, wie das Brennen des Brandys.

»Warum«, sagte sie, als sie ihm das andere Glas in die Hand drückte und dabei seine Finger leicht berührte.

Er hob das Glas an den Mund, riß es dann aber rasch wieder fort, als ob es ihn gebissen hätte. Seine Nüstern waren weit geöffnet, und er stellte es ab.

»Wie kommt es eigentlich ...« – sie hatte sich nicht gesetzt, sondern stand vor ihm, ihr Glas in beiden Händen – »wie kommt es, daß Sie keinen Schwanz haben?«

»Schwänze«, sagte er und blickte sie aufmerksam an, »sind für Vierbeiner. Ich bin ein Zweibeiner.« Seine Stimme klang jetzt dunkler, etwas belegt. »Könnte nicht sitzen, mit einem Schwanz. Glück gehabt.«

»Mir gefällt ein Schwanz«, sagte sie. »Ein langer, glatter, geschmeidiger Schwanz ...«

Sie hielt erschrocken inne, trat einen Schritt zurück, als er sich bewegte, und eine innere Stimme sagte ihr: *Du kannst es nicht tun, du kannst es nicht tun ...*

Er stand auf. Seine Bewegungen waren schwerfällig, ungelenk, als ob er sich nach Äonen des Ausruhens zum erstenmal erhöbe. Seine Muskeln spannten sich, wie unter einem schweren Gewicht, als er sich mit beiden Händen von der Couch abstützte. Es war, als ob ein toter Gegenstand plötzlich zum Leben erwachte, wie in einem Alptraum. Als er stand, fiel der Schein des Feuers in seine Augen und ließ sie rot erstrahlen.

Sie war in eine Ecke zurückgewichen und preßte ihr Glas schützend vor ihre Brüste, plötzlich ängstlich und verschüchtert. »Warten Sie«, sagte sie – oder wollte sie sagen, aber es war nur ein unartikulierter Laut, und dann packte er sie. Es war sinnlos, sich gegen ihn zu wehren. Sie war völlig hilflos, genau wie er, der sie nahm, weil ihm keine andere Wahl blieb, und sie war es, die ihn in diese Lage gebracht hatte. Er strömte jetzt einen starken Körpergeruch aus, dumpf und von säuerlicher Schärfe, der sich mit dem Geruch vergossenen Brandys mischte. Sie konnte sein rasches, erregtes Atmen dicht an ihrem Ohr hören, und ihre zitternden Hände versuchten die seinen abzuwehren, die an ihrem Gürtel fummelten. In ihren Ohren rauschte das Blut, und sie hörte wieder eine Stimme rufen. *Du wirst es tun, du wirst es tun …*

»Ja«, sagte sie und riß an ihrem Gürtel. »Ja!«

Sie hatte geglaubt, daß ein einfacher Akt der Hingabe ausreichen würde, daß sie, nachdem sie ihn vollzogen hatte, sich ihm nur noch willenlos zu überlassen brauchte, daß alles andere, nur von der Leidenschaft diktiert, automatisch folgen würde. Ihre Hitze hatte sie keinerlei Schwierigkeiten voraussehen lassen, ihre Hitze hatte ihr nur die Vorstellung einer raschen, unausweichlichen Kopulation vermittelt, so wie starke entgegengesetzte Luftströmungen sich zu einem Hurrikan vereinigen. Aber so war es nicht. Er war kein Mensch, sie paßten nicht wirklich zusammen. Es war wie eine Schufterei, wie eine Schlacht.

Und doch fand sie die richtigen Wege, zwischen Ekel und Ekstase hin- und hergerissen, sich mit ihm zu vereinigen; manchmal mit dem Gefühl, unter ihm ertränkt oder erstickt zu werden, als ob er ihren Kopf unter Wasser drückte; manchmal von der Angst gepackt, daß er sie unabsichtlich, gedankenlos töten könnte; und in einer wilden Bewunderung ihres eigenen Tuns, als ob sie eine andere Person wäre, die ihrer eigenen Kopulation zusah, an ihrer Haut, wie an der einer anderen, die rauhe Behaarung seiner Arme und Beine spürend. Für jede Konjunktion, die sie erreichten, mußte sie sich durch dicke Lagen von Scham kämpfen, und nur durch schamlose Techniken, nur durch ständig wiederholte Akte anstrengender Hingabe, die ihr den Schweiß aus den Poren trieben, konnte sie sie erringen, die Eroberung neuen Landes, keuchend, nackt, voller Staunen.

Sie begann zu schluchzen, ohne zu wissen warum. Ihre Beine waren unter seinem Gewicht taub und gefühllos geworden. Sie lag an seinen massigen Oberschenkel gepreßt, der zitterte, als ob er einen harten Sprint hinter sich hätte. Ihr Körper wurde von hilflosem Schluchzen geschüttelt. Es war das Schluchzen eines Menschen, der eine Katastrophe überlebt hat, der an den Strand geworfen worden ist, der gelitten und den Tod gesehen hat; aber gegen jede Wahrscheinlichkeit, ohne jede Hoffnung auf Rettung, hatte sie überlebt, hatte sie einen Hafen gefunden.

Sie träumte, kurz vor Anbruch der Dämmerung, eng an ihn gepreßt, von seinen Frauen, die unter ihm lagen, von seinen feingliedrigen Händen, von ihren eigenen Armen, mit den seinen verschlungen, mit ihnen ringend. Die Erschöpfung ihrer schmerzenden Muskeln drang in ihren Traum ein, und das Bewußtsein: *Ich habe es getan, ich habe es getan* ...

Sie erwachte für ein paar Sekunden und preßte sich enger an seinen Körper. Sie träumte von seinem ruhigen, leicht schnurrenden Atem. Er wurde lauter und lauter, drohend ... sie fuhr aus dem Schlaf und hörte das metallische Dröhnen des Helikopters, das sich rasch näherte. Sie wollte ihn wecken, aber er war bereits wach, alle Sinne auf das immer lauter werdende Geräusch gerichtet. Es wurde zu einem ohrenbetäubenden Dröhnen, und ein harter Luftstoß erschütterte die Hütte. Der Helikopter war auf der Lichtung gelandet. Er umklammerte ihren Arm, und sie verstand, daß sie still sein sollte. Er schwang die Beine aus dem Bett und ging, geduckt und lautlos, zur Tür. Sie war verschlossen. Von draußen hörte sie Schritte, die sich der Tür näherten, durch den dicken Teppich von Kiefernnadeln gedämpft, so leise, daß sie sie nicht wahrgenommen hätte, wäre ihre ganze Aufmerksamkeit nicht auf das kleinste Geräusch konzentriert gewesen. Jemand drückte die Türklinke herunter, rüttelte daran, klopfte schließlich, nach einer kurzen Pause, wartete, wiederholte sein Klopfen, lauter, ungeduldiger, wartete wieder – und warf sich plötzlich mit aller Kraft gegen die Tür. Sekundenlang sah sie die Silhouette eines Mannes vor dem grellen Sonnenlicht, das durch die Türöffnung hereinfiel, sah ihn zögernd in das Halbdunkel blicken, sah die Pistole in seiner Hand. Und dann sprang Painter los.

Sie sah ihn nicht losspringen, und auch der Mann in der Tür sah es nicht. Sie hörte nur einen halberstickten Schrei aus seiner Kehle, sah eine Explosion von Bewegung, und dann hatte er den Eindringling schon gepackt. Der Mann stieß nur einen kurzen, unartikulierten Laut aus, einen Laut, den Caddie nie wieder vergessen würde – den verzweifelten, erschrockenen Aufschrei eines gepackten Beutetiers –, als Painter seinen Kopf mit beiden Unterarmen packte. Der Mann sank in sich zusammen, wie eine Marionette, deren Fäden man mit einem Schnitt durchtrennt hatte, und sein Kopf baumelte lose auf seinen Schultern.

Painter stand mit weit gespreizten Beinen, den leblosen Körper in beiden Händen, und schüttelte ihn – sagte sie sich später –, wie eine Katze ihre Beute schüttelte, um zu sehen, ob sie auch wirklich tot war. Dann ließ er ihn fallen. »Sonnenloser Bastard«, murmelte er, oder jedenfalls glaubte sie, diese Worte zu hören.

Draußen, auf der Lichtung, drehte sich der Rotor des Helikopters noch ein paar Minuten lang müde um seine Achse, bevor er zum Stehen kam. »Melden Sie sich, TK24«, sagte eine Stimme aus dem Lautsprecher des Funkgeräts. Die Stimme klang flach und unpersönlich, jede Betonung von Statik überlagert. Als sich TK24 nicht meldete, weil er tot war, begann die Stimme einen Dialog mit jemand anderem, dessen Standort so weit von der Lichtung entfernt war, daß seine Antworten nicht zu hören und nur durch Pausen markiert waren.

»Einverstanden. Kehren Sie zur Basis zurück!« ... »Nein, das ist bis jetzt noch nicht bestätigt worden.« ... »Negativ. Negativ. Ich würde es Ihnen sofort mitteilen« ... »Das ist mir nicht bekannt. Die Hütte war seine Nummer 1. Dann das Flugzeugwrack.« Ein Auflachen, halb erstickt von Statik. »Regierung. – Antiquiert, ein richtiges Fossil. Weit kann er nicht kommen.« ... »Positiv. Das ist Nummer 2 auf der Liste von TK24, und wir werden es bald wissen.« ... »Richtig. Positiv. Over. – TK24, bitte melden. Ich rufe TK24 ...«

Auf dem Sitz des Helikopters lagen Landkarten in einer klaren Plastikhülle. Auf eine der Karten waren mehrere Kreise in rotem Fettstift aufgetragen. Einer dieser Kreise war mit einer 1 markiert. Ein anderer Kreis, der etwa zehn Meilen entfernt lag, soweit Painter das beurteilen konnte, war als Nummer 2 gekennzeichnet.

Caddie trat auf ihn zu, vorbei an dem toten TK24, und sie hatte dabei das Gefühl, als ob sie einen fremden Ort beträte, der von ihrer bisher vertrauten Welt völlig verschieden war, und von dem es kein Zurück mehr gab. »Du hast ihn getötet.«

»Du bleibst hier«, sagte er. »Dort drüben, in den Bergen, ist ein Flugzeug abgestürzt. Vielleicht war es sein Flugzeug. Wenn nicht, bin ich bis zum Abend wieder zurück. Oder morgen.«

»Nein.«

»Hol mein Gewehr.«

»Ich hole es. Aber ich gehe mit dir.«

Er blickte sie eine Sekunde lang an, sah sie an – auf eine neue Art, auf der Basis der Verbindung, die nun zwischen ihnen bestand, sah er sie an ... Nein. Sie fühlte einen kalten Schauer, der etwas wie Verzweiflung war. Er sah aus wie vorher, er hatte sich nicht verändert. Für ihn hatte sich nichts geändert, gar nichts. Ihre Hingabe war umsonst gewesen, für nichts ... Er wandte sich ab. »Dann hol die Pferde. Wir nehmen sie mit, soweit wir können.«

Wenn er schon kein guter Geher war, so war er ein noch schlechterer Kletterer. Nur mit Hilfe seiner Kraft und seiner unbeugsamen Entschlossenheit schaffte er den steilen Aufstieg, und sie wagte nicht einmal, seine Konzentration durch Reden zu stören, mit Ausnahme kurzer Hinweise, wenn sie einen leichteren Anstieg entdeckt hatte. Er folgte schweigend. Einmal geriet sie zu weit voraus, verlor ihn aus den Augen und hörte ihn nicht mehr nachkommen. Sie kletterte zurück und fand ihn keuchend auf dem Boden sitzen, den Rücken gegen einen großen Stein gelehnt.

»Affe«, sagte er. »Ein verdammter Affe. Ich bin nicht so stark wie du.«

»So?« Sie sah ihn an. »Vor zwei Stunden hast du einen Mann mit deinen bloßen Händen getötet, in weniger als zehn Sekunden.«

»Weil ich ihn zuerst gesehen habe. Bei ihm hätte es weniger als zehn Sekunden gedauert. Er hatte eine Pistole.« Zum erstenmal, seit er sie damals bei Hutt angesehen hatte, in der Nacht, in der sie verkauft worden war, hatte sie das Gefühl, daß er versuchte, in ihrem Gesicht zu lesen. »Sie wollen uns alle umbringen, mußt du wissen.«

»Wer?«

»Die Regierung. Menschen. Ihr.« Seine Augen blickten noch immer in ihr Gesicht. »Wir sind nutzlos für sie. Weniger als nutzlos. Wilddiebe. Räuber. Polygamisten. Wir lassen uns nicht sterilisieren. Wir sind von ihnen geschaffen worden, und sie glauben das Recht zu haben, uns wieder abzuschaffen. Wenn sie uns kriegen können.«

»Das ist nicht wahr!« Sie fühlte tiefes Entsetzen, Beschämung. »Wie können sie das tun ... Ihr habt ein Recht zu leben!«

»Ich weiß nichts von einem Recht.« Er stand auf und löste seinen Blick von ihrem Gesicht. »Aber ich lebe. Und ich werde alles tun, um weiterzuleben. Gehen wir.«

Die Regierung. Menschen. Ihr. Was konnte sie unter diesen Umständen von ihm erwarten? Liebe? Der Leo hatte sie gekauft, so wie die Menschen Leos jagen. Sie waren nicht von derselben Art, nie würden sie und er zusammengehören können. Er konnte sie lediglich gebrauchen – oder auch nicht –, wie es ihm paßte. Sie stieg weiter den Berghang hinauf, Tränen der Wut (oder des Mitleids, für ihn oder für sich, darüber war sie sich nicht klar) in den Augen, die das Morgenlicht wie kleine Prismen in Spektralfarben aufbrachen.

Sie fanden Nummer 2 am Rande einer Lichtung. Der Rumpf des Flugzeuges war wie ein Keil zwischen zwei große Bäume gerammt. Seine Tragflächen waren abgesplittert, und abgerissene Teile der Maschine waren über einen Teil der Lichtung verstreut. Painter trat vorsichtig auf den Waldrand zu, auf die langen Schatten der Bäume, die die tiefstehende Sonne auf die Lichtung warf. Es war völlig still. Der Pilot der Maschine war nirgends zu sehen, weder lebend noch tot. Painter stand eine ganze Weile neben dem Wrack und sah sich nach allen Seiten um, jede Faser seines

Körpers gespannt. Plötzlich, als ob er einen Weg durch den Wald entdeckt hätte, sprang er vorwärts. Sie folgte ihm.

Er ging nicht direkt auf den Baum zu; es war, als ob er wüßte, daß es ihn gab, aber seine genaue Lage nicht kannte. Immer wieder blieb er stehen, sah sich um, wechselte die Richtung, und ging weiter. Das schwindende Licht drang nicht mehr bis hierher vor, es war fast dunkel unter den dichten Kronen der Bäume, und sie mußten sich langsam einen Weg durch das Unterholz bahnen. Aber dann fand er den Baum, einen uralten Monarchen des Waldes, längst entthront, tot und ausgehöhlt zwischen jüngeren Kiefern. Insekten und Nagetiere hatten sein Mark als einen Haufen mehlfeinen Staubs vor einem klaffenden Riß deponiert, einem schmalen Zugang zur Höhlung des toten Stamms.

»Guten Abend, Berater«, sagte Painter leise.

»Wenn Sie noch einen Schritt näher kommen«, sagte eine hohe Stimme aus dem Baum, »schieße ich. Versuchen Sie also nicht ...«

»Keine Angst, Berater«, sagte Painter.

»Sind Sie es? Painter? Mein Gott ...«

Sie war neben ihn getreten und warf einen Blick in den ausgehöhlten Baumstamm. Ein kleiner Mann hatte sich in die Höhlung gezwängt. Seine Brille – eins der Gläser war zersprungen, reflektierte das rötliche Licht der untergehenden Sonne, wie das Metall der Pistole in seiner rechten Hand.

»Kommen Sie heraus«, sagte Painter.

»Ich kann nicht. Mein Fuß ist gebrochen.« Seine Stimme klang schrill und rauh, wie Sandpapier, aus Angst, Erschöpfung, oder aus einem anderen Grund. »Mir ist kalt.«

»Wir können kein Feuer machen.«

»Im Flugzeug ist eine Zellenheizung. Vielleicht funktioniert sie noch.«

Sie hörte an seiner Stimme, daß er vor Kälte zitterte. Painter wandte sich um und verschwand im Unterholz. Sie blieb allein bei dem Baum. Sie hockte sich auf den Boden, angespannt und etwas ängstlich. Wer immer diesen Berater verfolgen mochte, er würde ihn bald finden.

»Haben Sie vielleicht eine Zigarette?« sagte die Stimme aus dem Baum ohne viel Hoffnung, und sie mußte ein Lachen unterdrücken, weil sie wirklich welche einstecken hatte, die Packung, die sie für Painter besorgt hatte, an einem Tag, der eine Ewigkeit zurückzuliegen schien ... Sie reichte ihm das Päckchen und ihre Streichhölzer. Er stöhnte vor Erleichterung. Als die Flamme des Streichholzes sekundenland auf sein Gesicht fiel, sah sie ein blasses, längliches Oval, kurze, rote Haare, einen sorgfältig gestutzten roten Bart. Das heilgebliebene Glas seiner Brille funkelte im Licht der Streichholzflamme.

»Wer sind Sie?« fragte er.

»Ich gehöre ihm.« Ja. »Seine Leibeigene von jetzt bis ...«

»Das gibt es nicht.«

»Was?«

»Gegen das Gesetz. Kein Leo darf einen Menschen als Leibeigenen halten. Ihr Vertrag mit ihm ist illegal. ›Kein menschliches Wesen soll einem Mitglied einer anderen Spezies dienstbar, untergeben oder untertan sein.‹« Er lachte trocken auf, dann schwieg er wieder, frierend und erschöpft.

Painter kam zurück, in einer Hand den Heizkörper, dessen Brennelement bereits dunkel glühte. Er stellte ihn vor die Öffnung des hohlen Baums und hockte sich auf den Boden. Die Anspannung war von ihm abgefallen wie ein Mantel, den er nicht mehr brauchte. »Wärmen Sie sich auf«, sagte er leise, als er es sich auf dem harten Boden bequem machte. »Wir holen Sie heraus. Ins Tal. Dort können wir reden.« Seine Augen, die im sanften, rötlichen Licht des Heizkörpers wie Juwelen glänzten, schlossen sich langsam, wurden wieder geöffnet und starrten ins Leere.

»Er sagt«, Caddie setzte sich ihm gegenüber, »daß du mich nicht besitzen darfst. Es ist ungesetzlich.«

Sein Gesicht konnte in diesem Augenblick Wut, Verachtung, Gleichgültigkeit oder Eifersucht ausdrücken, sie konnte es nicht erkennen. Es war unlesbar, wie immer. »Warm«, sagte er und kratzte sich. Er schlief.

»Natürlich«, sagte die hohe, spöttische Stimme aus dem

Baum, »er ist der König der Tiere. Zumindest Thronanwärter. Aber das schließt nicht die Menschen ein, nicht wahr? Der Mensch ist der Herr der Schöpfung.«

Painter lag absolut still, eine große, zottige Masse im Dunkel. Das Gesetz. Was bedeutete ihnen noch das Gesetz? Das Band zwischen ihnen, das sie mit ihrer totalen Ergebung geknüpft hatte, weil sie keine andere Möglichkeit hatte, ihn an sich zu fesseln, konnte jetzt nicht mehr zerrissen werden, nicht einmal von ihm. »Ich denke, daß ein Mensch seine Position als Herr der Schöpfung aufgeben kann. Und zum Tier werden kann.« Sie fühlte ein leichtes Zittern in ihren Schenkeln. »Zu einem seiner Tiere.«

»Ich weiß nicht.« Sie hörte, daß der Mann in der Baumhöhlung sich bewegte. Vielleicht versuchte er, sich aus ihr zu befreien. »Natürlich ist er immer mein König gewesen. Auch wenn ich ihn oft enttäuscht habe.« Ein kleiner Schrei. »Oder hintergangen habe. – Helfen Sie mir doch.«

Sie trat zum Baum, und er streckte ihr eine seltsam schmale, dunkelhäutige Hand entgegen, mit einem zerbrechlich wirkenden Handgelenk. Wenn er sich nicht an ihrer Hand festgeklammert hätte wie ein Kind, hätte sie ihn losgelassen, aus Angst, ihm weh zu tun. Er zog sich an ihrer Hand aus der engen Höhlung des Baums. Sein Gesicht war eine Grimasse äußerster Anstrengung, die Lippen wie in einem Grinsen zurückgezogen, und seine Zähne schimmerten gelblich.

»Wer sind Sie?« fragte Caddie.

»Das ist schwer zu sagen.« Lächelte er jetzt wirklich? Er stand jetzt dicht vor ihr, und ein Geruch, den sie vorher dem Wald zugeordnet hatte, wurde stärker. Stärker und vertraut. »Wirklich schwer zu sagen. Aber Sie können mich Reynard nennen.«

Drei

Das Fell Isegrims

Die schwerste Arbeit, lernte Sten bald, war das Tragen des Vogels. Loren wußte, wie schwer es dem vierzehnjährigen Jungen fallen mußte, ihn stundenlang auf seiner Faust zu tragen, selbst wenn er einen Falknerhandschuh übergezogen hatte, aber Sten weigerte sich hartnäckig, ihm den Falken zu überlassen. Es war sein Falke, er war der Falkner, also war es seine Pflicht und sein Vorrecht, den Falken zu tragen. Beim Reiten – nur im Schritt – war es etwas leichter, aber selbst zu Pferde hatte Sten nur ein Verlangen: den Arm sinken zu lassen und die erschöpften Muskeln etwas auszuruhen. Aber Loren durfte das nicht merken, und auch nicht der Falke. Während er ritt, sprach er in leisem, vertraulichem Ton mit seinem Falken. Er hatte ihm noch keinen Namen gegeben, obwohl Mika sich eine ganze Reihe von Namen ausgedacht hatte, stolze, kriegerische, königliche Namen. Aber Sten kamen all diese Namen irgendwie nazistisch vor, als Hervorhebung und Betonung von Kraft und Autorität, die ein Mensch vielleicht brauchte, ein Falke jedoch nicht.

An diesem Morgen hatte es zum erstenmal gefroren, und die trockenen Blätter und das braune Gras waren mit Rauhreif bedeckt. Aber wenn die Sonne höher gestiegen war, würde er tauen.

Chet und Martha, die beiden Vorstehhunde, stießen weiße Dampfwolken aus, als sie witternd die Morgenluft einsogen und dann zielsicher, aber ohne Eile, den ausgedehnten Feldern zuliefen, die hinter dem Farmhaus lagen.

Das Farmhaus enthielt Ställe, einen Hundezwinger, und Wohnräume, in denen jetzt Sten und Mika lebten. Ihr Tutor, Loren, war der einzige Mensch, der ihr kleines Reich betreten durfte. Als ihr Vater das langgestreckte, geräumige Landhaus gekauft hatte, dessen Dachfirst man jenseits der

Hügelkuppe erblicken konnte, wollte er das alte Farmhaus abreißen und mit dem Schutt den halb zugewachsenen, mit Entengrütze bedeckten Teich zuschütten lassen. Sten hatte dagegen Einspruch erhoben und seinen Vater überzeugen können, daß sowohl das Haus als auch der Teich erhalten bleiben müßten, der Teich für biologische Studien, das Haus, um ihnen ein eigenes Heim zu geben, für das sie selbst verantwortlich waren. Sten trug seine Argumente so geschickt und so überzeugend vor, daß sein Vater schließlich lachend einwilligte.

Sein Vater hatte vor allem befürchtet, daß das alte Farmhaus als Deckung und Basis für einen Angriff benutzt werden könnte. Die Sensoren, welche die Grenzen des riesigen Grundstücks bewachten, konnten schließlich nicht durch Wände blicken. Aber er schob seine Befürchtungen beiseite.

»Nicht, Mika!« rief Sten. Aber Mika hatte ihrem Pony schon die Hacken in die Flanken geschlagen und zum Galopp angetrieben. Mit elegantem Sprung setzte sie über die Steinmauer hinweg und zügelte das Tier auf der anderen Seite.

»Verdammt!« Stens Pony wurde unruhig, als es seinen Stallgefährten über die Mauer setzen sah, und wollte ihm folgen. Sten hatte nur eine Hand frei, um das Tier zurückzuhalten. Auf der linken Faust hockte der Falke, die schwarze Haube auf dem Kopf, den Schnabel halb geöffnet. Seine scharfen Krallen gruben sich tief in den dicken Lederhandschuh. Wütend, aber vorsichtig, lenkte Sten sein Pony durch eine Öffnung in der Mauer. Mika wartete auf ihn. Ihre braunen Augen lachten, ihr Gesicht blieb ernst.

»Warum hast du das getan? Siehst du denn nicht ein ...«

»Ich wollte es tun«, sagte sie trotzig, trieb ihr Pony an und folgte Loren und den Hunden, die bereits einen großen Vorsprung hatten.

Es ist der Falke, erkannte Sten. Sie ist eifersüchtig, das ist alles. Weil der Falke mir gehört, will sie ein bißchen angeben. Ja, er gehört mir.

Er folgte Mika in langsamem Trab und bemühte sich, seine Erregung vor dem Falken zu verbergen, der sehr empfindlich auf Stens Gefühlslagen reagierte. Der Falke war ein Eyas – das heißt, er hatte das Leben in Freiheit niemals kennengelernt; er war ein Menschenvogel, von Menschen aufgezogen und gefüttert. Eyas reagierten viel stärker auf die Stimmungen von Menschen als Vögel, die erwachsen eingefangen worden waren. Sten hatte alles getan, was er konnte, um ihn ›wild‹ zu halten – nach der ersten Mauser hatte er ihn sogar frei fliegen lassen, obwohl es ihn große Überwindung gekostet hatte, da die Gefahr bestand, daß er nicht zurückkehrte. Er behandelte den Falken mit der gleichen, höflichen Autorität, die sein Vater seinen Leuten gegenüber an den Tag legte. Und trotzdem: der Falke gehörte ihm, und Sten wußte, daß der Vogel ihn auf seine, kaum persönliche und kühle Art mit derselben Leidenschaft liebte, die Sten ihm gegenüber empfand.

Loren rief ihn. Auf der anderen Seite des Feldes, wo das Land zu den Marschen abfiel, waren die beiden Hunde stehengeblieben, Augen und Nüstern auf ein verwachsenes Gestrüpp gerichtet.

Sten stieg aus dem Sattel, eine langwierige und schwierige Prozedur, wegen des Falken. Mika hielt dabei den Kopf des Pferdes und übernahm dann seine Zügel. Sten ging über das Feld auf das Gebüsch zu, das die beiden Hunde vorstanden, und er fühlte sein Herz vor Aufregung rascher schlagen. Als Loren die rechte Hand hob, blieb Sten stehen und befreite den Falken von der schwarzen Kappe.

Der Falke war sekundenlang von dem plötzlichen Licht geblendet und drehte verwirrt den Kopf von einer Seite zur anderen. Die beiden Hunde standen unbeweglich wie Statuen, eine Vorderpfote angehoben. Loren beobachtete Sten und den Falken und die Hunde. Dies war die kritische, entscheidende Phase: eine nervöse Reaktion der Hunde, eine Unüberlegtheit Stens, und der Falke würde die aufgespürte Beute verlieren. Und wenn er versagte, würde er mißlaunig auf dem Boden hocken, oder dicht über ihnen müde, sinnlose Schleifen fliegen, oder aber aufbaumen und auf sie herabstarren, wütend und verstört, oder er mochte davonfliegen, vielleicht für immer.

Der Falke wechselte den Stand auf Stens Faust, und Sten erkannte: er weiß Bescheid, er ist bereit. »Jetzt!« rief er.

Loren schickte die beiden Hunde in das Gebüsch. Der Falke duckte sich zum Abflug, und Sten warf ihn mit aller Kraft, die sein ermüdeter Arm noch besaß, in die Luft. Der Falke zog steil nach oben, bis er direkt über ihnen stand, winzig wie ein Sperling. Dort hing er, fast auf der Stelle, und starrte angespannt nach unten, in der Erwartung, dort etwas zu entdecken, das er töten konnte.

»Er wartet«, sagte Mika, fast flüsternd. Sie beschattete die Augen mit der linken Hand, um die dunkle Silhouette des Vogels vor dem klarblauen Himmel besser ausmachen zu können. »Er wartet ...

»Warum treiben die Hunde nichts heraus?« sagte Sten unruhig. Er zitterte vor Anspannung. Hatte er den Falken zu früh losgeschickt? War vielleicht gar nichts in dem Gebüsch? Sie hätten es doch heraustreiben müssen. Und wenn es ein Rebhuhn war oder irgendein anderes, größeres Tier, mit dem der Falke nicht fertig werden konnte? Er ging auf das Gebüsch zu, mit langen, gleichmäßigen Schritten, damit der Falke ihn erkennen konnte.

Zwei Häher flatterten auf. Sten blieb stehen. Er blickte zum Himmel empor. Der Falke hatte sie gesehen. Seine Silhouette veränderte sich. Er legte die Flügel an und begann zu stürzen. Für Sten war die Welt plötzlich in Ordnung. Alles hatte seinen bestimmten Sinn und Zweck – die Hunde, die Vögel, die Pferde, die Menschen – und den Willen und die Kraft, ihn zu erfüllen.

Beide Häher blieben dicht über dem Boden, auf der Suche nach einer neuen Deckung. Sten konnte das verzweifelte Schlagen ihrer Schwingen hören. Der Falke stürzte steil auf sie herab, dabei korrigierte er ständig seine Richtung, paßte sie der Flucht des Hähers an, den er sich als Beute ausgewählt hatte. Der andere Häher entdeckte eine Deckung, eine niedrige Hecke, und stürzte sich hinein. Der andere, den der Falke sich als Beute ausgesucht hatte, reagierte zu spät und schoß an ihr vorbei. In einem verzweifelten Versuch, sie doch noch zu erreichen, zog er in einer plötzlichen, steilen Kurve nach oben. Und das hastige Ausweichen rettete ihm das Leben: der Falke reagierte nicht schnell genug und schoß wie ein schlecht gezielter Pfeil unter dem Häher hindurch.

Mika galoppierte bereits über das Feld. Sten fummelte nervös nach dem Steigbügel, schwang sich in den Sattel und schlug dem Pony wütend die Hacken in die Flanken. Loren pfiff Chet und Martha zurück. Der Häher würde es nicht mehr wagen, nach einer neuen Deckung zu suchen. Seine einzige Hoffnung lag jetzt darin, schneller und höher als der Falke zu steigen.

Der Falke zog weite Kreise um den hastig steigenden Häher. Er war ihm an Schnelligkeit und Kraft weit überlegen, mußte jedoch erst genügend Höhe gewinnen, um zu einem zweiten Sturz ansetzen zu können. Die beiden Vögel waren jetzt nur noch winzige Punkte am Himmel, aber Sten, der seine Augen mit dem klobigen Falknerhandschuh beschattete, erkannte die Geometrie der Jagd.

»Er ist geschlagen!« schrie er plötzlich. »Seht!«

Der Häher verlor rasch an Höhe, ließ sich erschöpft fallen. Im Flug geschlagen, wollte er doch wieder nach Deckung suchen. Er war jetzt ein gutes Stück unterhalb des Falken. Am Rand des Feldes stand eine Reihe von Bäumen, und der Häher stürzte auf sie zu. Aber sein Schicksal war schon besiegelt. Sten fragte sich in einem Augenblick kühler Klarheit, was der Häher empfinden mochte. Nur Todesangst? Oder was sonst?

Der Häher hatte die Bäume fast erreicht, als der Falke zuschlug. Mit mächtigen Flügelschlägen, die Sten und die anderen selbst über die Weite des Feldes hören konnten, bremste er seinen Sturzflug dicht über seiner Beute. Aus dem Geschoß wurde eine Axt. Eine Klaue packte den Häher mit der Sicherheit, die in Millionen Generationen entwickelt worden war, und tötete ihn in Sekundenbruchteilen. Er brachte die Beute zu Boden, und eine kleine Federwolke markierte seinen Flug.

Sten ritt langsam näher. Sein Herz schlug erregt, und seine Kehle war trocken. Der Falke riß an dem toten Häher.

Sten stand über ihm und starrte auf den kleinen, blutigen Körper, der mit halb geöffnetem Schnabel unter der Klaue des Falken lag. »Soll ich ihn weglocken?«

»Ja«, sagte Loren.

Der Falke hob den Kopf und blickte Sten an. Er breitete die Schwingen ein wenig aus, unwillig, auf Stens erhobene Faust zurückzukehren, aber er begrüßte seinen Herrn mit einem schrillen Schrei. Dann blickte er wieder auf den Häher und begann, ihn mit Schnabel und Klauen zu bearbeiten. Sten widerstrebte es, ihm die Freude zu nehmen, wußte jedoch, daß es nötig war. Er blickte zu Mika hinüber, die beide Ponys festhielt, und zu Loren, der die Vorstehhunde beobachtete. »Komm, Falke«, sagte er. »Komm!«

Auf dem Weg zurück überließ er es Loren, den Falken zu tragen, da sein Arm vor Ermüdung schmerzte. Aber er ging neben Loren, sein Pony am Zügel führend. Mika ritt ihnen voraus.

Als sie sich dem Farmhaus näherten, sahen sie Mika den halb überwachsenen Weg hinabblicken, der an der Farm vorbei zum Landhaus führte. Ein kleiner, dreirädriger Wagen kam auf sie zu. Er wurde langsamer, als er sich ihnen näherte, als ob er anhalten wollte, nahm jedoch wieder Fahrt auf und rollte lautlos auf das Landhaus zu.

»War das der Berater?« fragte Mika.

»Ich glaube, ja«, sagte Sten.

»Was will er hier? Das darf er doch gar nicht.«

»Warum nicht? Vielleicht doch. Ist das Verbot nicht nur auf andere Menschen beschränkt? Und da man ihn nicht einen wirklichen Menschen nennen kann ...«

»Er darf nicht herkommen.« Aus irgendeinem Grund, jedoch nicht vor Kälte, begann Mika zu zittern.

Der Berater trug einen weiten Umhang, weil normale Mäntel, selbst wenn sie für ihn maßgeschneidert wurden, nur seine seltsame Gestalt betonten. Der Fahrer öffnete die hintere Tür des Dreirads und half ihm beim Aussteigen. Der Berater wechselte ein paar Worte mit dem Fahrer und stieg dann mit seinen winzigen Füßen, auf einen Stock gestützt, die breite Fahrtreppe des Landhauses hinauf.

Die Wachen vor der Tür hielten ihn nicht auf, grüßten ihn jedoch auch nicht. Sie starrten ihn nur schweigend an. Sie waren instruiert worden, daß es nicht protokollgerecht wäre, ihn zu grüßen. Offiziell war er nicht Mitglied der Regierung der Autonomie. Sie hielten ihn nicht auf, weil er unverwechselbar war – es gab keinen zweiten seiner Art –, und das war auch der Grund, warum sie ihn anstarrten.

Die Halle des Landhauses war halbdunkel, angenehm für seine Augen. Er sagte dem Diener, der ihn empfing, daß er Umhang und Stock behalten wolle, und wurde durch mehrere Räume zu einem Zimmer im Zentrum des Hauses geführt.

Hallen und Empfangsräume faszinierten ihn. Er mochte ihren Geruch, ihr Mobiliar, das niemand benutzte, ihre Bilder, die niemand betrachtete – hier waren es Darstellungen einer Fuchsjagd in einem längst vergangenen Jahrhundert, mit allen dazugehörigen Aspekten, zumindest vom Standpunkt des Jägers aus gesehen. Es machte ihm nichts aus, als man ihn mit höflicher Reserve bat, eine Weile zu warten. Er setzte sich auf einen harten Stuhl, betrachtete eine schwarze versiegelte Amphore, die auf einem – was? Kommode? Anrichte? – stand und fragte sich, was für einem Zweck sie dienen mochte, falls sie überhaupt einem diente.

Die Terminsekretärin des Direktors, eine schlanke Frau mit der bestimmten Art von Nervosität, die bei einflußreichen Untergebenen häufig ist, begrüßte ihn mit kühler Höflichkeit und führte ihn durch eine Doppeltür in ihr eigenes Büro, vorbei an dem mit Akten und Papieren überladenen Schreibtisch und durch eine zweite Doppeltür in das Büro des Direktors.

Hallo, Isegrim, dachte Reynard. Aber er sagte es nicht. Er beschränkte sich auf die üblichen, konventionellen Begrüßungsformeln. Seine Stimme klang dünn und rauh wie Sandpapier, das über Stahl gerieben wird.

»Danke«, sagte der Direktor und stand auf. »Ich hielt es

für besser, Sie hier zu treffen. Ich hoffe, daß ich Ihnen damit keine zu großen Ungelegenheiten bereitet habe.«

Jarrell Gregorius sprach noch immer mit einem leichten Akzent. Er hatte Englisch erst als Schuljunge gelernt, als sein Vater – dessen Foto neben dem seiner beiden Kinder auf der sonst kahlen Schreibtischplatte stand – als Mitglied einer internationalen Kommission ins Land gekommen war, die versuchen sollte, bei dem Teilungsprozeß zu vermitteln. Diese Bemühungen waren natürlich gescheitert, obwohl der Grundgedanke von Autonomien übernommen wurde – der unwahrscheinlichste Teilaspekt der komplexen Vorschläge, die von der Kommission erarbeitet worden waren. Als der Vertreter Malagasians entführt und ermordet worden und es nicht länger zu übersehen war, daß die Autonomien zu selbständigen Nationen geworden waren, wurde die Kommission aufgelöst, und Lauri Gregorius war nach Hause gefahren, um Ski zu laufen. Er war es müde geworden, sich um die Verrücktheiten dieses Kontinents zu kümmern. Jarrell – oder Järl, wie man ihn eigentlich getauft hatte – war geblieben. Das Foto seines Vaters auf dem Schreibtisch war zwanzig Jahre alt.

»Darf ich Ihnen etwas anbieten? Lunch? Einen Drink?«

»Für beides noch zu früh, jedenfalls für mich.«

»Tut mir leid, falls wir Sie zu früh hergebeten haben sollten.«

Reynard setzte sich, obwohl der Direktor stehen blieb. Es gehörte zu seinen Privilegien, sich nicht nach Höflichkeitsregeln und dem Protokoll richten zu müssen. Die Menschen waren überzeugt, daß er sie nicht verstehen, die Feinheiten menschlicher Lebensformen nicht nachempfinden konnte. Sie irrten sich. »Ich weiß, es ist schwer zu verstehen, weshalb sich der Nokturnalismus in mir erhalten hat. Aber es ist so. Sie können deshalb aber nicht die Regierungsgeschäfte in die Nacht verlegen.«

»Wie wäre es dann mit Kaffee?«

»Gerne, wenn es keine Mühe macht.« Er stützte seine schmalen, rotbehaarten Hände auf den Knauf des Stockes, den er zwischen seine Knie geklemmt hielt. »Auf dem Weg nach hier habe ich Ihre Kinder gesehen.«

»Ja?«

»Ein Mann war bei ihnen. Er trug einen Vogel auf der Faust.«

»Mr. Casaubon. Ihr Tutor.«

»Hübsche Kinder. Ihr Sohn ähnelt Ihnen wirklich so sehr, wie immer behauptet wird. War da nicht ein Film ...«

»Ein Videoband. Ich bin froh, daß sie jetzt hier sind. Der Junge wurde durch Publicity schon ziemlich nachteilig beeinflußt. Hier kann er ein normales Leben führen ...«

»Verstehe.«

»Das Mädchen hat eine andere Mutter. Puertoricanerin. Sie ist erst etwa achtzehn Monate hier.« Während er sprach, ging er vor den großen Fenstern auf und ab. Die Fenster waren in Metallrahmen, und man sah durch sie auf eine Reihe von Betonbunkern, bei denen Männer in blauen Uniformen herumstanden. Gregorius würde gut aussehen in Blau; diese Farbe wäre ein wirkungsvoller Kontrast zu seiner sonnengebräunten Haut, dem blonden Haar. Doch er trug einen schwarzen, gut geschnittenen, aber sehr konventionellen Anzug. »Wie sollen wir uns heute verhalten?« fragte er. »Die Leute von der USE werden bald hier sein.«

»Werden sie eine Garantie für freies Geleit mitbringen?«

»Das haben sie versprochen.«

»Und zu welchen Bedingungen werden sie das Papier aushändigen?«

»Bei Übergabe einer von mir abgezeichneten Erklärung, in der ich den Prinzipien der Wiedervereinigungs-Konferenz zustimme.«

»Nach den Richtlinien der USE.«

»Natürlich.«

»Werden Sie die Erklärung abgeben?«

»Ich habe keine andere Wahl. Die Vereinbarung zwischen der USE und der Regierung sieht vor, daß die USE die Bedingungen akzeptieren wird, die von der Konferenz erarbeitet und festgelegt werden, wenn die USE die Vollmacht erhält, freies Geleit zu garantieren.«

»Und da alle Autonomien bei der Konferenz vertreten sein müssen ...«

»Genau. Sie werden wohl oder übel – zumindest nach außen hin – die Wiedervereinigungsvorstellungen der USE absegnen müssen.«

Reynard stützte sein langes Kinn in beide Hände, die auf dem Stockknauf ruhten. »Sie könnten Ihre Unterschrift verweigern. Sie könnten ohne die Garantie freien Geleits hinfahren und ...«

Gregorius blieb abrupt stehen. »Sagen Sie das nur, um mich auf die Probe zu stellen, oder haben Sie einen anderen Grund dafür?« Er nahm eine kleine, flache Metallschachtel von der Schreibtischplatte und trommelte auf ihren Deckel. »Ohne freies Geleit würde man mich an jeder Grenze festnehmen. Mit oder ohne bewaffnete Leibwächter. Und ich habe nicht die geringste Absicht, mir den Weg zur Konferenz freizuschießen.« Er öffnete die Schachtel, nahm mit Daumen und Zeigefinger eine Prise von den blauschimmernden Kristallen heraus, die sie enthielt, und sog sie in die Nase. »Ich bin ein Mann des Friedens.«

»Und?«

»Ich weiß, Sie sind kein Freund der Union for Social Engineering.« Gregorius fuhr mit der Hand durch sein dichtes blondes Haar. »Sie haben mich von ihr ferngehalten. Und mit Recht. Die Direktoratsmitglieder, die unter dem Einfluß der USE stehen, hätten mich kastriert.«

»Aber die Lage hat sich geändert.« Reynard konnte so etwas ohne Ironie, ohne jede Implikation sagen. Das war eine seiner Fähigkeiten.

»Jetzt«, sagte der Direktor, »*dieses* Mal könnte die Wiedervereinigung klappen. Und wegen meiner – meiner Machtposition hier, zu der Sie mir verholfen haben – bin ich der aussichtsreichste, der einzig logische Kandidat, den Staat zu führen.« Er setzte sich und starrte ein paar Sekunden lang auf die Schreibtischplatte. »Es könnte viele Wunden heilen ...«

Er wandte sich um und blickte aus dem Fenster. Über die niedrigen Betonbunker hinweg sah Reynard die beiden Kinder, die ihre Pferde am Zügel führten. Gregorius konnte sie nicht sehen, weil, wie Reynard mit Erstaunen bemerkte, seine Augen voller Tränen waren.

Sten und Mika hatten Loren die Erlaubnis für einen letzten Ritt vor Beginn des Nachmittagsunterrichts abgebettelt. Loren hatte nachgegeben, wie immer, wenn es um ›ein letztes Mal‹ ging, solange es wirklich ein letztes Mal war und kein Versuch, ihn hereinzulegen. Das war eine Abmachung zwischen ihnen, und die Kinder richteten sich meistens auch nach ihr.

»Wie kann er das sein, was du sagst?« fragte Mika.

»Er ist es nun einmal. Loren hat es mir gesagt.«

»Wie?« Es war ein Befehl, keine Frage.

»Sie haben ihn gemacht. Wissenschaftler. Sie haben Zellen eines Fuchses genommen, und Zellen von einem Menschen ...«

»Von welchem Menschen?«

»Spielt das eine Rolle? Von irgendeinem Menschen.«

»Es spielt eine Rolle, weil dieser Mensch seine Mutter ist. Oder sein Vater.«

»Meinetwegen. Sie haben diese Zellen also irgendwie kombiniert ...«

»Irgendwie!«

»Sie können das! Warum paßt dir das nicht?«

»Weil ich ihn nicht mag.«

»Jesus! Ist das ein Grund, nicht zu glauben, was er ist? Jedenfalls, sie haben die Zellen vereinigt, und sie haben sich vermehrt, sind gewachsen. Und er ist das Resultat davon.«

»Wie können solche Zellen wachsen? Loren hat gesagt, daß verschiedene Tiere – Pferde und Hirsche, zum Beispiel – sich nicht paaren können. Oder Hunde und Füchse. Wie ist es dann möglich, daß ein Mensch und ein Fuchs ...«

»Das ist nicht dasselbe. Hier geht es nicht um Ei- und Samenzellen. Es ist anders ... eine Mischung ...«

»Keine Eier und Samen?«

»Nein.« Sein Gesicht blieb ernst. Er mußte seine Überlegenheit wahren. »Eine Mischung – wie bei den Leos. An die Existenz von Leos glaubst du hoffentlich.«

»Klar. Leos. Davon gibt es Hunderte. Sie haben Eltern. Sie entstehen aus Eiern und Samen.«

»Jetzt schon. Aber ihr Ursprung ist anders: Mensch und

Löwe. So ist auch der Berater entstanden. Nur daß er neu ist. Wie, glaubst du, sind die ersten Leos entstanden?«

»Aus Eiern und Samen«, sagte sie trotzig. »Eierundsamen. He, laß uns Mongolen spielen! Sieh doch!« Sie deutete mit der Hand den sanft geneigten Hang hinab. Weit unten, jenseits einer anderen, halb verfallenen Steinmauer – fast alle Felder des weitläufigen Farmgeländes waren mit Mauern eingesäumt – sahen sie Loren, der gerade aus dem Haus getreten war und den Hof mit einem groben Reisigbesen fegte. Er trug einen langen, blauen Kaftan, den er sein Lehrerhemd nannte. »Sieh doch, Sten! Ein armer Bauer.«

»Der gerade seine magere Ernte eingefahren hat«, ging der Junge auf ihren Ton ein. Dies war ihr Lieblingsspiel. Ein gefährliches Spiel, aber das war die einzige Art von Spielen, die Sten mochte.

»Armer Hund«, sagte Mika. »Armer Eierundsamen. Hat keine Ahnung, was ihm bevorsteht.«

»Verbrennt die Frauen und Kinder! Vergewaltigt die Hütten und Scheißhäuser!« Ein Kloß stieg ihm in die Kehle, ob vor Lachen und Grausamkeit, er wußte es nicht. Er schlug dem Pony die harten Absätze seiner Stiefel in die Flanken. Mika war bereits angaloppiert. Sie umklammerte den Brustkorb des Ponys mit ihren kräftigen, braunen Beinen (*trigueña,* nannte sie die Farbe, Loren übersetzte sie ›nußfarben‹; ›wie 'ne taube Nuß‹, kommentierte Sten). Sie galoppierte auf die Steinmauer zu, und Sten versuchte, sie einzuholen. Er stieß seinen Mongolenschrei aus und beugte sich tief über die Kruppe des Ponys. Der Mongolenschrei war nur ein Schrei, unartikuliert und gellend, solange seine Luft reichte. Als sie zu Ende war, nahm Mika den Schrei auf, eine Tonlage höher und klarer, ohne den pubertären Stimmbruchdiskant, und als ihr die Luft ausging, setzte Sten wieder ein, um den Mongolengeist anzufeuern und die Opfer in Schrecken zu versetzen. Sie ritten Seite an Seite, so eng nebeneinander, wie sie es wagten, fast hautnah, um eine Reithorde zu simulieren, und das Dröhnen der Pferdehufe auf dem Boden war so kontinuierlich wie ihr Schrei.

Nebeneinander setzten sie über die Mauer. Mika saß fest

im Sattel, Sten verlor für einen Augenblick den Halt, und sein Schrei brach in einer Sekunde des Erschreckens ab. Der Farmer Loren blickte auf. Er hatte gerade begonnen, Holzscheite ins Haus zu tragen, mit denen er während des Nachmittagsunterrichts heizen wollte, aber er ließ sie fallen, als er die beiden auf sich zu galoppieren sah, lief auf die andere Seite des Hofs und griff nach dem Besen. Er hielt ihn wie eine Waffe in der Hand, als sie auf ihn zurasten.

Dies war der gefährlichste Teil des Mongolenspiels, wenn sie in vollem Galopp auf den Hof ritten, ohne die Tiere zu zügeln, so schnell, wie sie es wagten, so schnell, wie es die Ponys wagten, in ständiger Gefahr, von den aufgeregten Tieren abgeworfen zu werden, in ständiger Gefahr, den Tutor, den sie liebten, über den Haufen zu reiten.

»Nein, nein!« schrie Loren. »Nicht schon wieder!« Er schlug mit dem Besen um sich, die Pferde scheuten und tanzten in wilden Pirouetten um ihn herum. Ihre Hufe schleuderten feuchte Dreckbatzen in die Höhe.

»Ergib dich! Ergib dich!« rief Mika, vom Schreien heiser, und schlug mit der Reitgerte nach ihm.

»Niemals! Niemals, ihr verdammten Barbaren!« Er hatte Angst, für sich und für die Kinder, aber er dachte nicht daran aufzugeben. Er mußte dieses Spiel mit derselben Härte spielen wie sie. Sein Besen traf Sten an der Schulter. Stens Pony erschrak und bäumte sich auf. Mika lachte. Sten fiel zu Boden, und der schwere, dumpfe Aufschlag ließ Loren zusammenzucken.

»Die Bauern sind Nummer eins! Die Mongolen sind Dreck!« Er lief auf Sten zu und drückte ihn zu Boden, als der Junge aufstehen wollte. »Warte mal, erst wollen wir sehen, ob einer von diesen Mongolenknochen gebrochen ist.«

»Alles in Ordnung.« Stens Stimme zitterte. »Laß mich in Ruhe.«

»Halt den Mund!« sagte Loren. »Knie beugen – langsam. Okay. Jetzt steh auf. Nach vorne beugen.« Er mußte in scharfem Befehlston sprechen, sonst würde der Junge weinen und ihn dafür verantwortlich machen. »Du hast recht, alles in Ordnung.«

»Das habe ich dir ja gleich gesagt«, erklärte Sten indigniert.

»Stimmt.« Loren wandte sich Mika zu. »Die Ponys sind fertig und verschwitzt. Seid ihr jetzt glücklich?«

Sie grinste ihn an. »Bringt sie in den Stall und reibt sie trocken. Und dann wollen wir wieder mal etwas lernen.« Er gab Sten einen Knuff in die Seite. »Vielleicht schafft ihr es nächstes Jahr, Dschingis Khan.«

»Loren«, sagte Mika, »ist der Berater wirklich das, was Sten behauptet?«

»Sag's ihr«, sagte Sten, der wenigstens diesen Sieg für sich buchen wollte. »Sag's ihr ein für allemal.«

»Wenn du wissen willst, ob er zur Hälfte ein Fuchs ist – *vulpes fulva* – und zur Hälfte Mensch, also *homo,* auf strittige Weise auch *sapiens,* so hat Sten recht.« Er atmete tief durch.

»Es ist unheimlich.« Sie glitt aus dem Sattel. »Warum ist er ein Berater? Warum hört Vater auf ihn?«

»Weil er schlau ist«, sagte Sten.

Loren blickte zu dem Landhaus hinüber, dessen kugelsichere Fenster über dem Hügelkamm sichtbar wurden. »Ja, wahrscheinlich«, sagte er, »schlau wie ein Fuchs, wie das Sprichwort sagt.«

Reynard schob seine Kaffeetasse mit seiner langen, schmalen Hand zurück. »Angenommen«, sagte er nachdenklich, »die Konferenz verläuft erfolgreich, daß es wirklich zu einer Wiedervereinigung kommt – oder man wenigstens die Voraussetzungen dafür schafft, so bin ich ebenfalls der Meinung, daß Sie der richtige Mann wären, um zu führen. Aber wenn Sie unter dem Schutz der USE an der Konferenz teilnehmen, würden sie einige Erwartungen in Sie setzen, nicht wahr?«

»Ich habe ihre Zustimmung nicht erwartet.«

»Was dann?«

»Ich habe nicht die geringste Absicht, mich von ihnen ausnutzen zu lassen. Natürlich werde ich diese Erklärung unterschreiben müssen. Aber ich bin entschlossen, mir eine gewisse Unabhängigkeit zu bewahren.«

Reynard tat, als ob er darüber nachdächte. »Tun Sie das«, sagte er schließlich. »Sagen Sie den Leuten heute, daß Sie eine eigene Erklärung vorbereiten, eine Erklärung, in die Sie die Ziele der Konferenz festlegen werden, und die mit der ihren integriert werden soll.«

»Sie werden sie zurückweisen.«

»Versichern Sie ihnen, daß Ihre Erklärung nicht im Widerspruch zu der ihren stehen wird. Daß Sie ihre Erklärung unterschreiben werden, falls man die Ihre ablehnen sollte. Wenn sie sich dennoch weigern, spielen Sie einen Wutanfall. Werfen Sie ihnen Unnachgiebigkeit vor. Drohen Sie, die Verhandlungen abzubrechen.«

»Auch das wird nicht viel nützen. Sie verlangen völlige Unterwerfung.«

»Natürlich. Zum Schluß werden Sie sich auch unterwerfen.«

»Was würde ich damit gewinnen? Sie werden mir vorwerfen, daß ich entschlußlos bin.«

»Wenn sie das tun sollten, geben Sie es zu. Es ist schließlich die Wahrheit.«

»Aber …«

»Hören Sie zu. Die Leute wissen, daß Sie auf der Konferenz der einzige kompetente Vertreter dieser Autonomie sein werden. Lassen Sie sie ruhig merken, daß Sie eine gewisse Unabhängigkeit verlangen. Deshalb Ihre eigene Erklärung. Falls sie damit nicht einverstanden sind, werden sie Ihnen zumindest die Geste zugestehen, darum zu kämpfen.«

»Eine ziemlich leere Geste.«

»Sie werden unterschreiben. Das wissen sie.«

Gregorius dachte darüber nach. Dabei blickte er auf seine Hand, die zitterte. »Und wo ist die Erklärung, die ich abgeben soll?«

»Ich werde sie aufsetzen. Bis morgen.«

»Ich würde sie lieber vorher mit Ihnen absprechen.«

»Keine Zeit. Sie können sich auf mich verlassen.« Er stand auf. Die Terminsekretärin – ihr Name war Nashe – trat auf sie zu. »Haben Sie eigentlich gehört«, sagte Reynard,

»daß die USE seit einiger Zeit eine eigene Armee aufgestellt hat?«

»Hörensagen.«

»Sie sind natürlich Pazifisten.«

»Ich habe nur Gerüchte gehört.«

»Die Herren von der USE sind eingetroffen«, sagte Nashe.

»Fünf Minuten«, sagte Gregorius, ohne sie anzusehen. »Sie haben immer alles abgestritten: Attentate, Terroranschläge – und je offensichtlicher sie dafür verantwortlich waren, desto heftiger haben sie es verdammt.«

»Ja. Aber die Gerüchte sind hartnäckig.« Reynard nahm seinen Stock in die Hand. »Und so effektiv, als ob sie wahr wären. – Sagen Sie, gibt es hier einen zweiten Ausgang? Ich habe keine Lust, den Leuten von der USE guten Tag zu wünschen.«

Gregorius lachte. »Sie sind wirklich komisch. Sie hassen sie, aber Sie zeigen mir, wie ich mich ihnen unterwerfen soll.«

»Haß«, sagte Reynard lächelnd, »ist nicht der richtige Ausdruck.«

Als der Berater, ohne ein Wort des Abschieds, auf seinen Stock gestützt hinausgehumpelt war, setzte sich Gregorius wieder in den weichen Sessel. Er mußte sich innerlich auf den Besuch der USE-Leute vorbereiten. Sie würden sich in ihrem eigenen Jargon mit ihm unterhalten, für Außenseiter so unverständlich wie das priesterliche Latein der Jesuiten, obwohl die meisten ihrer Termini erst gestern entstanden waren. Sie würden von sozialen Erg-Quotienten reden, von einem holokompetenten Aktionsfeld, und so weiter, obwohl ihre wirklichen Absichten sehr klar waren: Macht. Unwillkürlich fühlte er einen Spannungsreflex: Sein Skrotum zog sich zusammen.

Das war der Grund für Reynards Unersetzlichkeit. Er war so unersetzlich wie seltsam. Er kannte die archaischen Alterationen von Rückgrat und Cortex, erkannte sie, wenn er sie sah, obwohl er sie nicht wirklich ›sah‹. Unbeeinflußt von allen Worten, wußte er, wenn ein Mann geschlagen war – oder unschlagbar. Er wußte, an welchem Punkt sich in einem Menschen Angst in Wut verwandeln würde. Er hatte sich noch nie geirrt. Auf seinen Rat mußte man hören. Er hatte Gregorius zu dem gemacht, was er war – und seine Feinde scheitern lassen.

Was jedoch die USE betraf, so war er nicht sicher. Wie konnte eine Kreatur, die nur zum Teil Mensch war, ihm unparteiisch und unbeeinflußt Rat geben über eine Gruppierung, deren erklärtes Ziel es war, die Alleinherrschaft der Menschen über die Erde wiederherzustellen? Vielleicht wurden an diesem Punkt die Unersetzlichkeit und sogar die Nützlichkeit des Fuchses in Frage gestellt.

Und doch blieb ihm keine andere Wahl. Er vertraute ihm nicht mehr völlig, aber ihm blieb nichts anderes übrig, als seinen Rat zu befolgen – jedenfalls sah er keine andere Möglichkeit. Er fühlte eine plötzliche Hoffnungslosigkeit in sich aufsteigen. Er blickte auf die flache Metallschachtel auf dem Schreibtisch, wollte nach ihr greifen, zog jedoch die Hand wieder zurück.

Er würde fest bleiben. Es konnte ihm nicht schaden, wenn er ihnen einen Tag lang Widerstand entgegensetzte. Sie würden dann begreifen, daß er sich von ihnen nicht in ihre Pläne einbauen ließ. Er warf einen Blick auf seine Uhr. Heute würde er keine Zeit haben, um mit Sten auszureiten, wie er es fast an jedem Nachmittag tat. Er fragte sich, ob der Junge darüber enttäuscht sein würde. Auf jeden Fall würde er es sich nicht anmerken lassen.

»Nashe«, sagte er in seiner sonoren Stimme, »bitten Sie die Herren herein.«

Es war Reynard unmöglich, sich anders zu sehen als so, wie die Menschen die Füchse sehen. Er war geschichtslos, er war ein Fuchsmensch, und die anderen Fuchsmenschen, die es jemals gegeben hatte, kamen nur in den Fabeln von Aesop und Lafontaine vor, in Erzählungen über Reynard, den Fuchs, und Isegrim, den Wolf. Es überraschte ihn, wie gut diese Fabelgestalt seinem Charakter entsprach; aber vielleicht hatte er seinen Charakter aus diesen Fabeln entnommen.

Die Posten hielten ihn nicht auf, grüßten ihn aber auch nicht, als er in seinem schwarzen Dreirad das Tor passierte.

Die Fuchsjäger (wie die auf den Aquarellen, die an den Wänden in Gregorius' Haus hingen) hatten bereits vor vielen Jahren ein Paradox erkannt: der Fuchs hat keine natürlichen Feinde, er ist für kein anderes Tier Beute. Aus welchem Grund besitzt er dann eine so große Geschicklichkeit und Schläue bei der Flucht? Es geht die Mär, daß ein fliehender Fuchs auf den Rücken eines Schafs springt und es zum Laufen bringt, um die verfolgenden Hunde von seiner Spur abzulenken. Die Fuchsjäger schlossen daraus, daß der Fuchs genauso viel Spaß an der Jagd hat, wie sie selbst, daß seine Flucht nicht von Angst motiviert ist, sondern von der Freude, die Verfolger durch seine überlegene Schläue abzuhängen.

Also verfolgten sie den Fuchs, bis sie ihn gestellt hatten, und die Hunde rissen ihn in Stücke, und die Jäger trennten ihm das Gesicht ab – seine ›Maske‹, wie sie es nannten, als ob der Fuchs nicht das wäre, was er zu sein vorgab – und hängten es an die Wand.

»Was hat er gesagt?« fragte der Fahrer des Dreirades, als sie das Tor passiert hatten. »Wird er der USE nachgeben?«

»Ja. Nichts, was ich ihm vorgehalten habe, konnte seinen Entschluß ändern.«

»Dann wird er sterben.«

»Ja.«

Reynard hatte Jahre gebraucht, um alle Macht des Direktorats auf Gregorius zu übertragen, um nacheinander alle anderen Machtzentren innerhalb des fluktuierenden, vage definierten Regierungsapparats auszuschalten. Wenn Gregorius ausfiel, war die schlanke, energische Sekretärin Nashe, die jetzt sein Vorzimmer beherrschte, der einzige Mensch, der in der Lage war, die Autonomie zu führen.

Das war der Grund, warum sie nach Jahren selbstlosen Dienstes in Reynards Plan eingewilligt hatte.

Sie würde natürlich nicht lange bleiben. Ungeachtet all ihrer Fähigkeiten war und blieb sie eine Dienerin. Sie würde gestürzt werden, und dann war niemand mehr da, nur noch Faktionen, wie die verrückte anarchistische Bande, der sein Fahrer angehörte. Es würde ein Chaos geben.

Chaos. Noch konnte er dieses Reich nicht seinem König übergeben. Er konnte ihm, wie der Fuchs Reynard in der Fabel, das Fell von Isegrim, dem Wolf, zu Füßen legen. Und ein Chaos schaffen. Das war das Äußerste, was er erreichen konnte, und für den Moment mußte es genügen.

Vielleicht war die Einstellung der alten Fuchsjäger gar nicht so falsch. Eine Kreatur, die auf irgendeiner vage definierten Linie zwischen Jäger und Beute stand, war geradezu gezwungen, ein übernatürliches Maß an Schläue zu entwikkeln. Zu einem Meister in der Kunst des Überlebens zu werden, und jede Form eines Ehrbegriffs abzulegen, sowohl die Unschuld des Gejagten als auch die Nobilität des Jägers. Und wenn den Menschen daran gelegen war, so eine Kreatur zu schaffen, dann würde er diese Rolle übernehmen. Er war dankbar, daß sie ihm wenigstens die Voraussetzungen für sein Überleben mitgegeben hatten.

»Wann holen wir ihn?« fragte der Fahrer.

»Morgen. Wenn er mit dem Jungen ausreitet.«

»Dann nehmen wir uns den Jungen auch.«

»Nein. Überlaßt den Jungen mir.«

»Das geht nicht. Er ist zu gefährlich.«

»Ich habe euch euren Tyrannen ausgeliefert. Überlaßt den Jungen mir, oder ich lasse die Sache auffliegen.«

Der Fahrer stieß einen unterdrückten Fluch aus und schlug mit der Faust gegen das Armaturenbrett.

Reynard lächelte. Fanatiker faszinierten ihn immer aufs neue. Sie waren so naiv und simpel; wie eine Gleichung, würde er hinzugesetzt haben, wenn er auch nur die einfachste Arithmetik verstanden hätte, aber das war nicht der Fall.

Das Videoband über Sten, das Reynard gesehen hatte, war zu seiner Zeit sehr beliebt gewesen und immer wieder vorgeführt worden, bis die Aufzeichnung blaß und streifig geworden war. Es war bekannt und abgedroschen wie ein altes Gebet, ein ständig wiederholtes Exerzitium. Es zeigte Sten, einen nackten Jungen von neun oder zehn Jahren, einen perfekten Pan-Gott mit Blumen im Haar, wie er auf einem Esel reitend die Maiparade anführte, strahlend und glücklich, Mittelpunkt des Interesses zu sein; Sten in einem feierlich schwarzen Anzug bei irgendeiner Versammlung neben seinem Vater, der die Hand auf die Schulter seines Sohnes legte; Sten auf dem Bogenschießstand, angespannt, konzentriert, etwas verkrampft, hin und wieder einen raschen Blick auf die Linse des Aufnahmegeräts werfend, als ob es ihn in seiner Konzentration störte. Sten beim Spiel mit anderen Jungen; es war, als ob er von einer besonderen Aura umgeben wäre, ganz egal, wie wild sie durcheinandertobten, immer stach er irgendwie aus der Gruppe hervor. Der Kommentar zu diesem Videostreifen war eine einzige Eloge. Kein Wunder, daß sein Vater versucht hatte, ihn von diesen Dingen fernzuhalten. ›Sten Gregorius‹, schloß der Kommentar des Videofilms, nachdem er eingehend seine europäische Abstammung geschildert hatte, ›der Sohn von hundert Königen.‹

Könige, dachte Reynard, Könige sind das, was das Volk will. Die verzweifelte Rationalität der Direktorate und Antonomien war unbefriedigend. Sie wollten Könige, die sie anbeten, stürzen und ermorden konnten.

Der Tag war kühler. Der Nachmittag schien rascher zu vergehen als der gestrige. Durch die kleinen Fenster des Farmhauses sah Reynard den Mond aufgehen, obwohl die Sonne noch immer hoch am Himmel stand. Ein Jäger-Mond, dachte er und suchte in sich nach einer dunklen Reaktion, über deren Vorhandensein er nicht sicher war.

Er trug keine Uhr; er hatte nie gelernt, ihre Zeiteinteilung mit seinem Zeitsinn in Übereinstimmung zu bringen. Er wußte, daß die Zeit jetzt gekommen war, und obwohl er bezweifelte, etwas zu hören – er konnte nichts hören, wenn sein Fahrer und dessen Genossen ihre Aufgabe richtig erledigten –, zuckten seine Ohren nervös, als ob sie ein Eigenleben führten.

Er hatte niemals eine Schule besucht, und die spezifischen Gerüche eines Klassenzimmers – nach Kreide und Kindern, alten Büchern und Tonbandgeräten, gelegentlich überlagert von dem durchdringenden Duft eines Apfelkerngehäuses, das irgendwo faulte – waren ihm neu und fremd. Neugierig sah er sich um, sog die Luft ein und betastete verschiedene Gegenstände. Eins von drei Schmetterlingsnetzen hing am Haken. Die anderen beiden hatten Mika und Loren mitgenommen, als sie zur unteren Wiese gegangen waren, wußte er. Es war gut, daß sie fort waren. Er war sicher, mit den dreien gemeinsam fertig werden zu können. Aber wenn das nicht nötig sein sollte, um so besser.

Er setzte sich auf einen hochlehnigen Stuhl, mit dem Rükken zur Wand, und stützte die Hände auf seinen Stock, den Blick auf die Tür gerichtet.

Sie krachte auf. Sten trat einen Schritt ins Zimmer. Seine Brust hob und senkte sich erregt, seine Augen waren weit geöffnet, und er hielt einen gespannten Bogen in den Händen. Die Spitze des Pfeils war auf Reynards Brust gerichtet.

»Ich bin unbewaffnet«, sagte Reynard mit seiner hellen Sandpapierstimme.

»Jemand hat ihn getötet«, sagte Sten. Seine Stimme zitterte vor Erregung und Schock.

»Deinen Vater?«

»Sie waren es.«

»Nein. Ich war bei ihm, im Haus. Ich habe ihm ein Papier übergeben. Dann bin ich hierhergekommen, weil ich mit dir sprechen wollte.«

Stens Gesicht zeigte Wut und Angst, und der Arm, der die gespannte Bogensehne mit dem Pfeil hielt, begann zu zittern.

»Erzähle. – Leg doch endlich den Bogen weg. – Was ist passiert?«

Mit einem Schrei riß Sten den Bogen herum und ließ den Pfeil fliegen. Er bohrte sich in eine Landkarte, die noch die alten Grenzen der Vereinigten Staaten zeigte. Er ließ den Bogen fallen und sank zusammen. Stöhnend vor Anstrengung setzte er sich auf und lehnte seinen Rücken gegen die Wand. »Wir sind geritten, wie fast jeden Nachmittag. Ich

wollte zum Biberdamm. Er sagte, er hätte keine Zeit dafür, wir würden die übliche Strecke nehmen. Wir ritten durch den kleinen Wald an der Westmauer ...« Sein Gesicht war jetzt ausdruckslos, leer. »Warum ist er nicht mit mir zum Biberdamm geritten?«

»Weil er keine Zeit hatte«, sagte Reynard sachlich.

»Es geschah völlig lautlos – jedenfalls habe ich nichts gehört. Plötzlich richtete er sich gerade auf, und ...« Sein Gesicht zerfiel, als er die Szene wieder vor sich sah. »Mein Gott ...«

»Und du bist ganz sicher, daß er tot ist?«

Sten antwortete nicht. Er war sicher.

»Sage mir, warum bist du dann hergekommen? Warum bist du nicht zum Haus geritten und hast die Wachen alarmiert? Oder Nashe ...«

»Ich hatte Angst.« Er zog die Knie an und umklammerte sie mit den Armen. »Ich dachte, sie würden mich auch erschießen.«

»Das hätten sie vielleicht wirklich.« Reynard fühlte eine prickelnde Erregung in sich aufsteigen. Er hatte ein sehr riskantes Spiel gespielt, auf einer sehr schwachen Informationsbasis, und gewonnen. Er hatte nur Gregorius gekannt, und das Videoband – er hatte es gründlich studiert, hatte gesehen, wie der Junge Sten auf dem Podium vor der Hand seines Vaters zurückwich, hatte sein Selbstbewußtsein bemerkt, das Selbstbewußtsein eines Menschen, der sich völlig allein fühlt – und daraus gelernt, daß es kein Band zwischen Gregorius und seinem jungen Erben gab. Und als Sten seinen Vater blutend und sterbend zu seinen Füßen liegen gesehen hatte, war er weggelaufen, aus Angst um sein Leben; nicht zum Haus, um Hilfe zu holen, sondern hierher. Hier war sein Zuhause.

»Sie könnten dich noch immer töten.« Er sah Wut, Angst und Abweisung im Gesicht des Jungen wechseln. Allein, so schrecklich allein, wußte Reynard. »Sten, was willst du jetzt? Rache? Ich weiß, wer deinen Vater getötet hat. Willst du seine Arbeit fortsetzen? Du könntest es. Ich würde dir dabei helfen. Du bist sehr beliebt, Sten.«

»Lassen Sie mich in Ruhe.«

»Willst du das wirklich?«

Sten schwieg. Eine ganze Weile. Er starrte Reynard an und versuchte, in seinen wimperlosen, braunen Augen zu lesen. Dann sagte er: »Sie haben meinen Vater getötet.«

»Dein Vater ist von Agenten der USE getötet worden. Ich weiß das, weil einer von ihnen mein Fahrer ist.«

»Ihr Fahrer!«

»Er wird es natürlich abstreiten. Und wenn er es zugeben sollte, wird er andere Gründe dafür nennen. Aber es gibt genügend Beweise, die ihn mit der USE in Verbindung bringen, in seiner Wohnung in meinem Haus, das sicher gründlich durchsucht werden wird.«

Reynards Augen waren wie die seines Falken, dachte Sten zuerst, aber das stimmte nicht. In den Augen des Falken lagen nur klare Intelligenz und mitleidlose Gewißheit. Diese Augen aber waren wachsam, verlangend, sicher nur in ihrer Unsicherheit, und mit einer Spur tiefsitzender Angst. Die Augen eines Säugetiers. Eines kleinen Säugetiers.

»Okay.« Sten schien seltsam ruhig geworden zu sein, obwohl seine Hände zitterten. »Sie haben meinen Vater getötet. Ja. Ich bin sicher, daß das bewiesen werden kann. Aber sie haben mich nicht getötet, obwohl sie die Möglichkeit dazu hatten.« Er betete zu seinem Falken: Hilf mir jetzt, hilf mir, das zu nehmen, was ich haben will. »Ich will nichts von Ihnen, ich will keine Rache, und ich will seine Arbeit nicht fortsetzen, oder sonst etwas. Ich will auch nicht Ihre Hilfe. Ich will nur allein gelassen werden. Lassen Sie mich hier bleiben. Sie werden mich nicht töten, wenn ich nichts tue.«

»Das ist sicher richtig.« Er hatte sich nicht bewegt, seit Sten die Tür aufgestoßen hatte.

»Ich werde nichts tun, das schwöre ich.« Seine Stimme zitterte, und er schluckte, um das Zittern zu unterdrücken. »Lassen Sie mir dieses Haus und das Land. Lassen Sie Mika und Loren auch hier bleiben. Und die Tiere. Das ist alles, was ich will.«

»Wenn es so ist«, sagte Reynard, »dann kannst du es haben.« Nichts verriet, daß dies genau das war, was er erwartet hatte, nicht das kleinste Zeichen deutete an, daß so ein Plan überhaupt existierte. »Und jetzt muß ich fliehen, nicht wahr? Und sehr schnell, da ich keinen Fahrer mehr habe. Ich bin ziemlich unsicher am Steuer.« Er stand auf. Stehend wirkte er zierlich, zerbrechlich. »Wenn du dich vorsiehst, Sten, brauchst du weder Jäger noch Gejagter zu sein. Du hast Macht, vielleicht mehr, als dir bewußt ist. Benutze sie, um dich weder in die eine noch in die andere Rolle drängen zu lassen, dann kann dir nichts passieren.« Er blickte umher. Es war dunkel geworden, und die Abendkühle drang durch die dicken Mauern. »Dann bist du sicher wie ein Haus.«

Ohne ein Wort des Abschieds ging er durch die offenstehende Tür. Sten, der noch immer zusammengekauert auf dem Boden saß, hörte den kleinen, scheppernden Motor des Dreirades anspringen, und erst, nachdem das Geräusch in der Ferne verklungen war, stand er auf. Jetzt begann er am ganzen Körper zu zittern. Er sollte zum Haus laufen, die Wachen alarmieren und berichten, was geschehen war. Aber nicht, daß er kopflos hierhergeflohen war, sondern daß er bis jetzt bei seinem Vater ausgeharrt und versucht hatte, das Blut zum Stillstand zu bringen.

Durch die offene Tür sah er, noch weit entfernt, Mika und Loren zurückkommen. Mika lief ein Stück voraus, wandte sich ab und zu um und schien Loren zu necken, der langsamer folgte, mit mehreren Sammelflaschen in den Armen. Die Schmetterlingsnetze flatterten wie fremdartige Banner in der Abendbrise. Die Banner seiner Armee. Seiner einzigen, winzigen Armee. Wieviel sollte er den beiden berichten? Alles? Nichts? War er dazu verurteilt, alles immer allein zu tragen? Tränen traten ihm in die Augen. Nein! Er mußte zum Haus. Jetzt, sofort, bevor sie ihn sahen, bevor sie sein Pony entdeckten.

Er zügelte sein Pony vor der Veranda, vor dem weißbefleckten Ständer, auf dessen Querstange der Falke hockte und sein Gefieder putzte. Im trüben Zwielicht wirkte er riesig, seine Brust so glatt und sanft, daß man sich wünschte, seinen Kopf daran zu betten.

Wie erträgst du den Tag? fragte sich Sten. Wie erträgst du es, nicht frei zu sein? Sage es mir, lehre es mich. Wie kann man in Fesseln leben? Lehre es mich.

»Sten wird auf der Farm bleiben und nichts unternehmen«, sagte Reynard zu Painter. »Vorläufig wenigstens. Der Tod Gregorius' wird der USE angelastet, die diesen Vorwurf natürlich sehr energisch zurückweisen wird. Und mein armer Fahrer, der die USE wahrscheinlich noch mehr haßt als Gregorius, wird sicher den Rest seines Lebens im Gefängnis verbringen. Die Dokumente, die beweisen, daß er ein Agent der USE ist, habe ich selbst in seiner Wohnung versteckt. Außerdem habe ich der USE einen sehr triftigen Grund für Gregorius' Ermordung gegeben: die Erklärung, die ich für ihn aufgesetzt habe – und die er natürlich nie zu Gesicht bekommen hat, war eine heftige Anklage der USE und all ihrer Ziele und enthielt eine Art ... düsterer Vorahnung, daß er seine Haltung vielleicht teuer bezahlen müßte. Dieses Papier wird zu einem bewegenden Dokument erklärt werden, zu den letzten Worten eines Märtyrers der Unabhängigkeit.

Die Konferenz für die Wiedervereinigung wird nicht stattfinden. Nicht in diesem Jahr und nicht im nächsten. Niemand wird jetzt noch Vertrauen in die USE setzen; eine Organisation, die fähig ist, ein Staatsoberhaupt abzuschlachten, nur weil es mit ihren Ansichten nicht übereinstimmt, kann kein Schiedsrichter über Frieden und Einheit sein. Ich traue jedoch der Regierung durchaus zu, nach anderen Wegen zu suchen, um die Autonomie zu unterwerfen. Man kann immer einen Vorwand finden ...«

Caddie hörte ihm fasziniert zu, obwohl sie nur wenig von dem, was er sagte, begriff. Es schien ihr, als ob seine Stimme nur eine begrenzte Kraftreserve hätte, die er beim Sprechen aufbrauchte, so daß seine Stimme zu einem dünnen, tonlosen Flüstern wurde. Aber dennoch sprach er weiter, redete ohne jede Bewegung von Verrat und Mord, die er begangen hatte, sprach von entsetzlichen Ironien ohne den Schatten von Ironie in der Stimme. Painter lauschte ihm aufmerksam, ohne ihn zu unterbrechen. Als Reynard schließlich schwieg, sagte er nur: »Und was habe ich davon?«

»Geduld, liebes Tier, Geduld.« Reynard lehnte seinen schmalen Kopf neben das massige Haupt Painters an die Rücklehne der Couch, auf der sie saßen. »Ihre Zeit ist noch nicht gekommen.«

Painter erhob sich und blickte auf den Fuchs hinab. Caddie fragte sich, wie viele Menschen die beiden jemals nebeneinander gesehen hatten. Noch niemand? War sie der erste?

»Was haben Sie jetzt vor?« fragte Painter.

»Ich werde untertauchen«, sagte Reynard. »Irgendwo. – Und Sie?«

»Ich werde nach Süden gehen. Zu meiner Familie. Es wird Zeit.«

»Verstehe.« Reynard blickte von Painter zu Caddie und wieder zu Painter. »Gleich südlich der Grenze liegt das Genesis-Reservat«, sagte er. »Ausgezeichnete Jagd. Niemand kann Ihnen dort etwas anhaben.« Er sah Caddie an. »Und Sie?«

»Nach Süden«, sagte sie. »Auch nach Süden.«

Vier

Geh zur Ameise, du Faulpelz, beobachte sie, lerne von ihrer Emsigkeit, sei weise!

Wenn sie auf einer der unteren Ebenen leben würden, oder auf dem Grasland, wäre die Sonne für sie längst untergegangen, für sie und alle anderen, die dort unten leben mochten. Aber es lebte niemand dort unten, kein Mensch lebte auf diesem Gebiet von fast tausend Quadratmeilen, das man das Genesis-Reservat nannte.

Sie lebten über dem Grasland, mehr als hundert Ebenen höher, im oberen Teil des Berges, und von hier aus konnten sie die untergehende Sonne noch als glühenden Ball dicht über dem Horizont sehen. Von den obersten Terrassen, in der Spitze des Berges, würde sie noch ein paar Minuten länger sichtbar bleiben. Nur am Abend wurden Meric Landseer die immensen Proportionen von Candy's Mountain so stark bewußt, wenn er von seiner Terrasse aus nach Westen blickte, in das schwindende Licht des vergehenden Tages, das über der weiten Ebene lag und langsam den Berghang zu ihm heraufkroch.

Das Licht der Sonne glitzerte in dem Glas, das er in der Hand hielt.

»Ihr seid das Salz der Erde«, sagte Bree, »und wenn das Salz seine Schärfe verliert, womit soll man dann salzen?« Sie blickte Meric an. »Was bedeutet das?«

»Keine Ahnung.«

Bree saß auf der Bank, ihre braunen Beine gespreizt, und kratzte sich am Bauch. Die Seiten des Buches, das aufgeschlagen auf ihren Knien lag, glänzten golden im letzten Sonnenlicht. Sie war nackt, bis auf die Sonnenbrille und die dicken Socken, die sie trug, weil sie an den Füßen zuerst fror, wie sie behauptete. Die Sonne, deren Licht in dieser

Höhe besonders klar war, zeichnete jede Kontur, jedes Detail ihres Körpers mit außergewöhnlicher Schärfe nach. Jedes Haar, jedes winzige Mal, war voll ausgeleuchtet und warf einen scharfen Schatten, selbst die winzigen Risse in ihren vollen Lippen wirkten wie Canyons.

Meric liebte Bree, und sie liebte ihn, aber Jesus liebte sie mehr. Die Sonne war unparteiisch, in ihrem sanften Licht wirkte der rohe Beton der Terrasse genauso schön wie Brees Körper oder der bernsteinfarbene Drink, den Meric in der Hand hielt. Jesus war unbeleuchtbar; er schuf ein Dunkel, das von dem kleinen Buch in Brees Händen fluoreszierte. Jedenfalls empfand Meric es so.

Die Schatten hatten jetzt ihre Ebene erreicht. Bree ließ das Buch sinken. »Kannst du sie sehen?« fragte sie.

»Nein.« Er blickte über das weite, leicht gewellte Grasland hinweg, das sich bis zum Horizont erstreckte. Vielleicht, wenn er den Blick eines Adlers hätte, von denen ein paar in den klippenartigen obersten Stockwerken des Berges nisteten, hätte er sie sehen können. Er hatte die Adler oft beobachtet, wenn sie auf der Höhe ihrer Terrasse im Aufwind des Berghangs segelten, ihre scharfen Augen auf das Grasland gerichtet, wartend und lauernd, daß einer der zahllosen Hasen sich zeigte, die dort unten lebten. »Nein, ich kann sie nicht sehen.« Ein Mensch, der hier oben lebte, durfte kein Schwindelgefühl kennen, und Meric war auch frei davon. Und dennoch, manchmal, wenn er in das tausend Fuß tiefer liegende Tal hinabblickte, fühlte er – was? Verwunderung? Staunen? – eine plötzliche Emotion, die ihm winkte, wie ein flatterndes Banner.

»Es ist kalt«, sagte Bree, fast mürrisch. Der kurze Altweibersommer war fast vorbei. Bree hatte diese letzten, schönen Tage als ein Recht betrachtet, als etwas, das ihr zustand, nicht als ein Geschenk. Sie empfand es immer als ein persönliches Unrecht, wenn die Sonne unterging. Sie stand auf und zog eine bodenlange, blaue Robe über. Meric blickte die Schräge des Berghangs hinab und sah auf anderen Terrassen Männer und Frauen aufstehen und blaue Roben überziehen.

Die plötzlich hereinbrechende Abendkühle ließ eine Brise aufkommen. Der Berg war so konzipiert, daß er die Ökologie des Reservats in keiner Weise beeinträchtigte, daß er keinerlei Schaden verursachte, weder dem Erdreich noch der Membrane von Leben, die es bedeckte. Der Berg war absolut autark und ersetzte alles, was er dem Boden entnahm, gewissenhaft in gleicher Quantität und Qualität. Nur die Luft wurde von ihm beeinflußt, von seiner Masse, von seinem Vorhandensein. Er ragte aus der Ebene empor wie eine riesige Rührkelle, die das Luftmeer quirlte und Stürme ablenken und hervorrufen konnte. Einmal pro Jahr oder so wurde eine der großen, bernsteinfarbenen Panoramascheiben aus ihrem Rahmen gerissen und segelte mehrere hundert Meter über das Grasland des Reservats, bevor sie landete. Wenn das geschah, gingen sie hinaus, suchten jeden kleinsten Splitter zusammen, brachten die Scherben zurück, um sie einzuschmelzen und wiederzuverwenden.

Aber die Störung der Luft konnten sie nicht abstellen. Ein Bauwerk von einer halben Meile Durchmesser an seiner Basis, und fast auch so hoch, das mitten in einem weiten, nur sanft gewellten Grasland steht, ist eben ein Hindernis, und nicht nur Meric hatte deswegen ein schlechtes Gewissen.

»Sie sind hier, nicht wahr? Sie müssen hier sein.« Bree schloß die breite Terrassentür hinter sich.

»Im Reservat«, sagte Meric. »Irgendwo da draußen.«

Bree stieß mit den Füßen ein paar Kissen näher zum niedrigen Tisch. Irgendwo außerhalb ihres türlosen Wohnbezirks – Wind und Zugluft machten es schwer, Entfernungen von Geräuschen richtig zu schätzen – sangen Männer und Frauen einen altertümlichen Choral, als sie von der Arbeit zurückkehrten. Bree und Meric hörten die Melodie, die Worte verstanden sie jedoch nicht.

»Deine Show beginnt heute wieder, nicht wahr?« sagte Bree, als Meric ihr frugales Abendessen auftrug. »Werden sie darin erwähnt?«

»Nein. Wir haben keine Filme oder Bänder von ihnen, und das ist vielleicht gut so.«

»Die Leute wissen nicht, was sie davon halten sollen.« Bree kniete sich an den Tisch. »Sollen sie überhaupt hier sein?«

»Sie sind keine Menschen.«

»Du weißt schon, was ich sagen will.« Das Reservat – das Land, das zu Candy's Mountain gehörte – war Sperrgebiet für Jäger, Wanderer, Camper – für *Menschen.*

»Ich weiß nicht. Es wurde ein paarmal davon gesprochen, sie in Reservaten anzusiedeln. – Irgendwo müssen sie schließlich leben.«

»Tun sie dir leid?«

»Ja. Sie sind keine Menschen. Sie haben nicht das Recht der freien Entscheidung. Sie können nicht, wie wir, aus eigenem Entschluß aufgeben ...«

»... Fleischfresser zu sein?«

»Ja. – Nicht mehr das zu sein, was sie sind.«

»Wir danken dir, o Herr«, sagte Bree und senkte den Blick, »für die Gaben, die du uns gewährt hast, und die wir empfangen im Namen Jesu, Amen.«

Sie nahm Brot, brach es und reichte ihm ein Stück.

Sechs Jahre war Meric alt gewesen, als er vor zwanzig Jahren hierher kam, und die riesige Konstruktion war nicht viel älter als er. Danach war sie sehr viel langsamer weitergewachsen, und jetzt stand fest, daß sie niemals die vorgesehenen zweihundert Ebenen erreichen würde. Sie würde niemals dem anspruchsvollen Modell entsprechen, das Isidore Candy entworfen hatte. Eins der am meisten beeindruckenden Erlebnisse Merics war der erste Anblick dieses Modells gewesen. Von seinem Leben davor waren nur wenige, vage Erinnerungen geblieben – die Flucht, das Vertriebenendasein, das ein unauslöschliches Gefühl der Unsicherheit hinterlassen hatte, aber nur wenige andere Erinnerungen –, so daß es ihm vorkam, als habe sein Leben erst mit dem Anblick des Modells begonnen.

»Seht!« hatte seine Mutter gerufen, als sich ihre kleine, erschöpfte Karawane dem Berg näherte, der noch viele Meilen entfernt lag. »Dort ist Candy's Mountain!« Seine enorme

Masse, blauschimmernd in der Ferne, schob sich wie gewaltige Schultern über den Horizont, wie die skelettierten Schultern aller toten Titanen. Nachdem es in Sicht gekommen war, machte es Meric nichts mehr aus, wie oft die Straße, auf der sie fuhren, in engen und weiten Kurven von ihm fortführte. Er war so riesig, daß es eine Ewigkeit zu dauern schien, bevor sie ihm merklich näher kamen. Aber der Berg wuchs höher und höher, und er mußte den Kopf immer weiter in den Nacken legen, um zu seiner Spitze hinaufblikken zu können. Und endlich standen sie vor der breiten Freitreppe des Haupttors. Das weite Grasland, durch das sie gezogen waren, erstreckte sich bis zu den Stufen und wogte wie Meeresbrandung gegen den Stein. Weder eine Straße noch ein Weg führten zum Berg. Er stand auf den Stufen der Treppe und hatte das Gefühl, auf einer Klippe zu stehen und in die Brandung hinauszublicken. Neben ihm stiegen fast hundert Menschen die Stufen empor und strömten in den Haupteingang und in ein gutes Dutzend kleinerer Türen, die ins Innere des Berges führten. Irgend jemand nahm ihn bei der Hand und führte ihn die Stufen hinauf. Aber das war unnötig, der Berg zog ihn von selbst an und in sich hinein, wie ein Magnet.

Die Schritte der Menschen hallten von den Wänden der riesigsten Halle wider, die Meric jemals gesehen hatte. Selbst in seinen Träumen war eine so gigantische Größe unvorstellbar gewesen. Die Echos hatten wieder Echos, und die zweiten Echos erzeugten dritte, so weit entfernt, daß sie kaum noch hörbar waren. Die Mitglieder der Flüchtlingskarawane ließen sich auf dem nackten Kalksteinboden der Halle nieder, hockten sich auf ihre Gepäckstücke, gingen hin und her auf der Suche nach Freunden, aber ihre Anwesenheit hatte keinerlei Einfluß auf den Raum, er schien um nichts kleiner. Aber durch die Menschen wurde er mit Geräuschen erfüllt, mit ihren Aktivitäten, mit ihrem Kommen und Gehen. Das zentrale Atrium wurde von Galerien, Terrassen und Gängen eingefaßt, und nur weil sich die Menschen in seiner Mitte drängten, entstand die Illusion, daß sie ihn füllten. Jetzt, wo Meric sich im Inneren des Berges befand, hatte er nicht mehr den Eindruck, auf einer Klippe zu sein, sondern in der Tiefe des Ozeans.

Er wagte fast nicht, mehr als einen Schritt in die Halle zu tun, überwältigt von ihrer immensen Weite. Es gab so viele Richtungen, in die man gehen konnte, keine davon war gekennzeichnet, und alle schienen in die Unendlichkeit zu führen. Doch dann erhielt sein Blick einen Fixpunkt: ein Mädchen, noch jünger als er, deren sonnengebräunte Haut in dem Halbdunkel wie Samt schimmerte. Sie bewegte sich unter den anderen Menschen wie jemand, der hier zu Hause war, jemand, der diese Fremden bei sich aufgenommen hatte, jemand, der so war, wie es die müden, verzweifelten Menschen, mit denen er gekommen war, erst werden wollten. Und in diesem Augenblick wollte Meric sogar noch mehr als das: er wollte sie sein.

Und dieser Wunsch war in ihm bis heute nicht ganz gestorben.

»Komm«, sagte sie zu ihm, oder zu ihm und einigen anderen, die in seiner Nähe standen, Erwachsene, die zu sehr mit anderen Dingen beschäftigt waren, um sie zu hören. Er folgte ihr, quer durch den riesigen Raum und in die Tiefe des Berges. Hinter dem Atrium wurde der Raum von Wänden zerteilt, halbiert, geviertelt und wieder zerteilt, und er hatte das Gefühl, einen immer enger werdenden, trichterförmigen Tunnel entlangzugehen. Und doch blieb der Eindruck von Höhe und Weite bestehen, da die meisten der Trennwände durchsichtig waren, entweder transparent oder Lattenkonstruktionen, offene Flure, an Kabeln hängende Plattformen, Holz, Metall, Glas.

Der Raum, in den das Mädchen ihn führte, war, wie er Jahre später erkannte, im Zentrum des Berges, und dort, auf einem Tisch, der fast so hoch war wie er selbst, stand das Modell des Berges. Es war weniger das Modell einer Konstruktion als das Modell einer Idee: ein durch die Symmetrie von Linien und Ebenen geometrisch aufgeteilter Raum. Nur allmählich begriff er, daß es das Modell des Ortes war, in dem er von nun an leben würde, daß diese gigantische Ansammlung eng beieinander liegender Linien und abgeteilter

Kuben die Modellierung von Räumen war, in denen man leben konnte, die riesenhafte Ausmaße besaßen. Das Atrium, dessen Größe ihn überwältigt hatte, war in diesem Modell nicht größer als seine Faust, und die Abstände zwischen den Ebenen, auf denen Hunderte von Menschen lebten und arbeiteten, waren so gering, daß er nicht einmal einen Finger dazwischen schieben konnte. Die Winzigkeit des Modells war das Größte, was er jemals betrachtet hatte. Dies, dachte er, zeigt wirklich, wie riesenhaft es ist. Seine Wände und Böden waren aus Materialien geformt, deren Zartheit die Wirklichkeit nur noch größer und immenser erscheinen ließen: Goldfäden und Nadeln, Sockel, die kaum stecknadelkopfgroß waren, Stufen, die aus papierdünner Folie bestanden – die Stufen, die er eben heraufgestiegen war. Das Mädchen deutete auf eine Fotografie, die hinter dem Modell hing: das Porträt eines alten Mannes mit einem zerknautschten Hut und einem zerknitterten weißen Hemd, aus dessen Tasche mehrere Kugelschreiber und Pinsel ragten, mit freundlichen Augen, die ihm – sein langer weißer Bart tat ein übriges – das Aussehen eines Weihnachtsmannes gaben.

»Er hat es gebaut«, sagte das Mädchen, und er wußte, daß sie damit sowohl das Modell als auch die riesige Konstruktion meinte, in deren Zentrum es sich befand. »Sein Name war Isidore Candy. Und ich heiße Bree.«

Während sie aßen, hörten Bree und Meric das dumpfe, endlose Stimmengewirr ihrer Ebene und – leiser und kaum mehr als ein Summen – das aus anderen Ebenen. Die Wände aus Papier, die einzigen Abgrenzungen der verschiedenen Lebensräume, vibrierten wie dünne Trommelfelle mit den Stimmen, den Lebensgeräuschen der Menschen, den Geräuschen der Arbeit und der Maschinen, ein Lautteppich, so konstant und vielgestaltig in seinen Variationen, daß sie ihn überhaupt nicht wahrnahmen.

»Wie viele sind es?« fragte Bree.

»Das weiß niemand genau.« Er nahm noch ein Stück von dem feuchten, bröckeligen Brot. »Vielleicht zehn oder so.«

»Wie nennt man so etwas eigentlich?« fragte Bree. »Ich meine, so eine Familie von Löwen. Gebrauchen sie das gleiche Wort?«

»Horde«, sagte Meric. Er blickte Bree an. In ihren braunen, goldgefleckten Augen sah er eine Beunruhigung, die er nicht deuten konnte, von der er aber wußte, daß sie da war. War es Angst? Sie wich seinem Blick aus. »Horde sagen sie dazu. Ihr Terminus für Familie.«

Sie stand auf, und er wußte, daß es besser war, ihr nicht mit den Blicken zu folgen, als sie unruhig in der Wohnung hin und her zu gehen begann. (›Wohnung‹ nannten sie den kaum abgeteilten Raum, in dem sie lebten, genauso wie sie die ebenso offenen Arbeitsplätze ›Büros‹ nannten, die Versammlungsstellen ›Hallen‹; sie wußten, was sie damit meinten.) Irgend etwas hatte sie während des ganzen Tages beunruhigt, und es war stärker und immer stärker geworden, das erkannte er an ihren ständigen, anscheinend belanglosen Fragen, deren Beantwortung sie nicht einmal zu hören schien.

Irgendwo läutete eine Glocke, rief die Menschen zu einer Versammlung oder einem Gebet.

Sie sah ihn an, fragend, bittend.

Warum war seine Zärtlichkeit kein stärkerer Wall gegen ihre Stimmungen?

»Wirst du dir die Show ansehen?«

»Wahrscheinlich.«

Er konnte sie nicht ansehen, ohne *seine* Stimmung zu verraten, seine Fragen, sein Bitten – bitten um was?

Sie trat zu ihm und fuhr mit der Hand streichelnd über seine Wange, als ob er seine Gedanken ausgesprochen hätte.

Meric war so hellhäutig, sein Haar hellblond, und er hatte fast überhaupt keinen Bartwuchs. Sein Haar endete irgendwo in der Nähe der Ohren, wie das einer Frau, und wenn er sich nicht rasierte, sproß nach einiger Zeit auf der Oberlippe nur ein leichter Flaum, das war alles. Bree gefiel das, er wirkte immer so sauber. Sie hatte selbst die meisten ihrer Körperhaare entfernt, weil sie sich dann sauberer fühlte. Das sanfteste, sauberste Gefühl, das sie kannte, war, wenn er mit einer Geste wie Dankbarkeit oder Erleichterung seine glatte Wange in ihren haarlosen Schoß drückte.

Aber jetzt hatte sie kein Verlangen danach. Sie hatte ihn gestreichelt, weil er das zu brauchen schien. Sie fühlte sich ein wenig unrein, eine Empfindung, die angespannter Erwartung irgendwie ähnlich, aber doch anders war.

Sie wandte sich wieder dem Neuen Testament zu, aber nicht so, als ob sie ernsthaft darin lesen wollte, sondern als ob sie auch ihm nur Fragen stellen wollte, deren Beantwortung sie kaum interessierte, selbst wenn sie von Jesus kamen.

»Warum interessierst du dich eigentlich so für sie?« fragte er. »Was fühlst du, wenn du an sie denkst? Ich meine, falls du an sie denkst.«

»Das tue ich nicht.«

Vielleicht dachte sie wirklich nicht an sie. Ihre Fragen hatten vielleicht keinerlei Bezug auf ihren Verstand, ihr Gefühl. Es kam häufig vor, daß sie solche ziellosen Fragen stellte, über seine Shows, über technische Probleme, die mit seiner Arbeit zusammenhingen, über Bänder und Kameras. Manchmal über das Wetter. Vielleicht waren es Fragen, die nur ihm zu schaffen machten. Vielleicht spiegelte sie nur eine Unruhe wider, die er fühlte.

»Hütet euch, seid wachsam«, las Bree, »denn der Feind ist um euch, wie ein brüllender Löwe, auf der Suche nach einem, den er verschlingen kann.«

Die Geburtstags-Show begann so:

Isidore Candys ins Riesenhafte vergrößertes Gesicht, eigentlich nur seine freundlichen Augen, füllten die Leinwände. Die Kamera fuhr zurück, so daß sein Hut und der lange, weiße Bart ins Bild kamen. Dazu erklang ein rasch anschwellender Ton, nur ein einzelner Ton, der sich nach allen Richtungen auszudehnen schien, als das Gesicht ins Blickfeld kam. Durch irgendeinen Kunstgriff wirkte das ganze Bild geladen und voller Erwartung. Eine tiefe, ruhige Frauenstimme sagte in einem getragenen, fast feierlichen Tonfall:

»Es lebte einmal ein alter, bärtiger Mann,
der sagte: ›Es ist so, wie ich befürchtet habe.
Zwei Eulen und ein Fasan,
drei Spatzen und ein Huhn
haben ihre Nester in meinem Bart gebaut.‹«

In diesem Augenblick öffnete sich der Monoton der Musik wie ein Fächer zu einem atemberaubenden Akkord, und auf der Leinwand erschien ein neues Bild: Adler, die ihre Nester in das unfertige, rohe Mauerwerk des Berges gebaut hatten, breiteten ihre mächtigen Schwingen aus und segelten im Aufwind der blutroten Morgensonne entgegen.

Dies war eine Szene, die Meric liebte, nicht nur, weil er sich ihrer Wirkung auf die Zuschauer sicher sein konnte, ein wichtiger Bestandteil ihrer richtigen Einstimmung zu Beginn der Show, sondern auch, weil er sich daran erinnerte, wie er diese Aufnahmen gemacht hatte, wie er zwischen bröckelndem Mauerwerk und Trägern gehangen hatte, von Schwindelgefühl übermannt, die Kamera in seinen frostklammen Händen, und in Greifnähe der stinkenden, weißknotigen Horste darauf gewartet hatte, daß die mächtigen Vögel erwachen und abfliegen würden, und wie er innerlich gejubelt hatte, als sie mit ausgebreiteten Schwingen in das Licht des neuen Tages schwebten. Auf keine andere seiner Aufnahmen war er so stolz wie auf diese.

Die Geburtstags-Show war ganz allein sein Werk. In gewisser Weise war es sein einziges Werk. Es wurde Jahr für Jahr an Candys Geburtstag vorgeführt, jedes Jahr ein wenig verändert, obwohl die Änderungen meistens so geringfügig waren, daß die meisten Zuschauer sie kaum bemerkten, um die von Meric gewünschten Effekte – eigentlich gefühlten Effekte – zu verstärken. Er hatte mehr als ausreichend Gelegenheit, die Reaktionen der Zuschauer zu überprüfen: selbst in dem riesigen, mit mehreren Leinwänden ausgestatteten Theater dauerte es fast einen Monat, bis alle Menschen, die im Berg lebten, den Film gesehen hatten.

Bree betrachtete diesen Film als Merics einzige Arbeit, obwohl er fast ständig damit beschäftigt war, Lehrfilme herzustellen, einen wöchentlichen Nachrichtenstreifen, und Propagandamaterial für die Außenwelt. Aber all diese Arbeiten waren für Bree nur ›Show‹, allein dieser Film war ›deine Show‹. Jahr für Jahr fragte er sie, ob seine neue, meistens nur unwesentlich veränderte Version besser sei, und lachte zufrieden, wenn sie ihm versicherte, daß sie wunderbar sei, sie aber keinerlei Unterschiede zu den vorhergehenden feststellen könne. Sie war sein liebstes Publikum.

Meric hatte – durch Erfahrung, oder aber auch durch einen angeborenen Instinkt – ein sicheres Gefühl für die Publikumswirksamkeit einer bestimmten Folge von Szenen, den Ablaufrhythmus eines Geschehens, welche Eindrucksverstärkungen – Musik, Sprache, optische Verzerrung – dazu beitrugen, eine beliebige Szenenfolge in der Perzeption des Publikums zu einem beeindruckenden Ganzen zu verschmelzen, zu komplexen oder überraschend einfachen Metaphern. Und er schaffte alles mit den einfachsten Materialien; obwohl es ausschließlich seine Arbeit war, so war sie es auf eine andere Weise doch nur zu einem sehr geringen Teil, weil er sie aus Teilen alter, vorhandener Aufzeichnungen zusammenschnitt, aus weggeworfenen Bandresten, aus uralten Dokumentarstreifen, aus Fotografien, aus Objekten, aus Abfall, genaugenommen – es war ein Vokabular, das er langsam und geduldig, mit der eichhörnchenhaften Erfindungsgabe, die Candy's Mountain selbst errichtet hatte, im Lauf der Jahre zusammengetragen und ausgewertet hatte. Die Stimme, die den Kommentar zu dem Film sprach – nicht aus einem Pfeiler des Unsichtbaren, sondern als ob sie eine plötzliche, starke Bewegung im Gehirn des Betrachters selbst wäre –, war die Stimme Emma Roths, der Frau, mit der er in der Genesis-Sektion zusammenarbeitete, einer Stimme, die er zum erstenmal gehört hatte, als sie statistische Daten des Wildschutz-Projekts auf ein Tonband sprach, eine Stimme von einer solchen Ausdruckskraft, daß sie selbst diese trockene Aneinanderreihung von Zahlen beeindruckend klingen ließ. Es lag ein Zauber in ihrer Stimme, und sie war sich dessen überhaupt nicht bewußt.

Bree ergab sich völlig dem Mosaik von Worten und Bildern, so wie sie sich, manchmal, ganz ihren Gebieten ergeben konnte; und tatsächlich war die Geburtstags-Show fast ein Gebet. Manche der Szenen beunruhigten und ängstigten sie, wie zum Beispiel die Einstellung, in der über flammendroten, rauchdunklen Industrielandschaften ein ständiger Regen schwarzen Mannas niederzugehen schien, und Hunde und blasse Kinder ziellos durch rauchgeschwärzte Straßen eilten, anscheinend auf der Suche nach Ausgängen, die nicht vorhanden waren, und der Himmel selbst schien sich in Stein verwandelt zu haben, fleckig und verschmutzt, und Emmas Stimme sagte dazu mit einer Stimme, in der weder Vorwurf noch Hoffnung lagen: »Die Flüsse Edoms werden sich in Pech verwandeln, und sein Land in Bimsstein; sein Land soll zu brennendem Pech werden. Weder in der Nacht noch am Tag soll der Durst dieser Erde gelöscht werden, für immer soll Rauch aus ihm zum Himmel emporsteigen. Von einer Generation zur anderen soll es wüst liegen, und niemand soll darüber hinwegschreiten, von nun an bis in Ewigkeit. Sie sollen es ›Kein Königreich‹ nennen, und seine Fürsten sollen nichts sein.«

Von nun an bis in Ewigkeit ...

Nein, die Vorstellung war unerträglich. Bree preßte beide Hände vor den Mund, bereit, mit ihnen die Augen zuzudecken, falls ihr der Anblick der folgenden Szenen zuviel werden sollte: geschwärzte, verzweifelte Gesichter – Flüchtlinge – Gefangenenlager – der hoffnungslose Kreis der Verzweiflung – von nun an bis in Ewigkeit ...

Nur durch Einblendungen tröstlicher Bilder wurde es erträglich: blühender Amaryllis, das Öffnen eines Kokons, das Ausschlüpfen eines Schmetterlings. Genesis-Reservat; tausend Quadratmeilen, von Edom gestohlen. Die Sonne erhob sich über ihm, ging wieder unter. Sie sah diese Festung, Genesis-Reservat. Erschüttert ließ Bree die Hände wieder sinken. Emma zitierte den Text eines uralten Vertrages, den die Regierung mit den Indianern abgeschlossen hatte, der ihnen die Wälder, die Ebenen und die Flüsse für alle Ewigkeit überließ – klangvolle Versprechen; Regierungen hatten die gleichen Versprechungen den Menschen von Candy's

Mountain gegeben, und deshalb lag in Emmas Worten sowohl eine Warnung als auch Sicherheit. Dann eine Totale von Candy's Mountain, aufgenommen aus der Weite des menschenleeren Reservats, eine bläulich schimmernde, riesenhafte Silhouette in der Ferne, irgendwie unwirklich, als ob es nur von Hirschen und Füchsen gesehen würde: ihr Heim.

Emmas Stimme sagte: »Niemand soll darüber hinwegschreiten, von nun an bis in Ewigkeit. Sie sollen es ›Kein Königreich‹ nennen, und seine Fürsten sollen nichts sein.« Und Bree wußte nicht, ob diese Worte, deren Sinn sie lediglich auf eine Weise verstand, die sie nicht artikulieren konnte, sie zum Weinen oder zum Lachen reizten.

Kehrt euch nach innen: das war die Essenz von Candys Lehre, die er immer wieder gepredigt hatte (das heißt, eigentlich nicht gepredigt, weil predigen eine Fähigkeit war, die ihm abging, aber er hatte es doch verstanden, sich mitzuteilen, wie auch Merics Show eine Interpretation dieser Lehre war). Ihr habt genug Schaden angerichtet, an der Erde und an euch selbst. Euer immenser, aggressiver Einfallsreichtum: kehrt ihn von außen nach innen, ihr seid dessen fähig. Laßt die Erde in Ruhe: alle ihre Wunder geschehen, wenn ihr nicht hinseht. Baut euch einen Berg, und ihr werdet alle Gnomen-Könige sein. Und die Erde wird neu erblühen in Dankbarkeit.

Seit Candys Tod war nun mehr als ein halbes Jahrhundert vergangen, aber bis jetzt gab es nur diesen einen der tausend Berge oder Korallenriffe, in die sich die Menschen nach Candys Vorstellung zurückziehen sollten, zur Rettung der Erde, und zu ihrer eigenen Rettung. Die Errichtung dieses einen war die größte Arbeitsleistung seit den Kathedralen, er war eine Kathedrale, war sein eigener Gott, obwohl Jesus mit jedem Jahr in ihm stärker wurde.

Alle Wunder dieser Erde ... Meric hatte die aufdringlich patronisierenden Naturfilme des vergangenen Jahrhunderts durchgesehen und aus ihnen Szenen unverfälschten Wunders zusammengetragen. Bree weinte jedesmal, wenn sie sah, wie aus dem Leib einer Antilope, die mit gespreizten

Beinen in Preßwehen stand, ein zerbrechlich dünnes, strampelndes Bein des Jungen erschien, dann sein kindlich-runder Kopf mit den riesigen Augen, und eine Stimme, die von einem stetigen Wind von Mitgefühl und Weisheit getragen schien, flüsterte nur: »Wie ein nacktes, neugeborenes Kind«, und Bree erneuerte ihren Schwur, so wie es alle anderen schweigend taten, niemals wissentlich ein lebendes Wesen, das die Natur geschaffen hatte, zu verletzen.

Als Bree im Lift nach oben glitt, fühlte sie, daß der Makel des Unreinen verschwunden war, weggewaschen von den Tränen, die sie vergossen hatte, wie es ihr schien. Sie spürte eine große, allumfassende Liebe zu den Menschen, die mit ihr in der großen Aufzugskabine waren; mit ihrer Geduld gegenüber dem phlegmatischen Lift, den kleinen Witzen, die sie darüber machten, der Nähe und Wärme ihrer Körper, dem Gefühl, von ihren Gedanken und ihrem Atem eingehüllt zu sein: all das gab ihr ein gutes Gefühl. Wie lautete das Wort, das die Bibel dafür benutzte? *Recht.* Das war das Gefühl, das in ihr war, als sie zur Höhe ihrer Ebene hinauffuhr: *Recht.*

Sie und Meric liebten einander später, auf die Art, wie sie es beide am meisten mochten, und die sich nach und nach zwischen ihnen entwickelt hatte. Sie lagen nebeneinander, fast ohne sich zu berühren, und brachten einander mit dem geringstmöglichen Kontakt zur Befriedigung. Jede Bewegung, jede Berührung, selbst die einer Fingerspitze, wurde zu einem lange zurückgehaltenen Begehren. Beide kannten sie den Körper des anderen jetzt so gut, daß sie fast vergessen konnten, was sie taten, in einer Art Trunkenheit oder Traumzustand reagierten; zu anderen Zeiten, so wie es dieses Mal Frieden war, versetzten sie sich zusammen in das Feuer einer kühlen Flamme, in der jeder den anderen fast vergaß, und nur die lange, hinauszögernde, immer wieder aufsteigende und wieder verzögerte und schließlich nicht mehr unterdrückbare Erfüllung, gegenseitig in einem Vakuum gegeben, wie durch einen Gott.

Der Schlaf war nichts anderes als eine Gabe desselben

Gottes, mit der linken Hand gegeben nach dieser fast bewegungslosen Anstrengung. Bree schlief, noch bevor sie ihre Hand von Merics Körper nahm. Doch Meric, so sehr er sich auch nach Schlaf sehnte, lag noch lange wach, verblüfft über ein Gefühl des Unbefriedigtseins. Lange lag er so neben Bree. Dann stand er auf. Sie bewegte sich im Schlaf, und er fürchtete, daß sie aufwachen könnte, aber sie rollte sich nur langsam, wie unter Wasser, auf die andere Seite, und diese Bewegung drückte eine solche Zufriedenheit aus, daß sie aus irgendeinem Grund in Meric eine winzige Flamme der Wut aufflackern ließ.

Was ist mit mir los?

Er trat auf die Terrasse hinaus, und sein Körper wurde in den Wind, in die Kälte und in die Gerüche des Graslands eingehüllt. Die Immensität der Nacht über und unter ihm, die Nähe der Mondsichel, und die riesigen Entfernungen der Erde riefen ein klaustrophobisches Gefühl in ihm wach, dessen Ursache er sich nicht erklären konnte.

In weiter Ferne, meilenweit entfernt vielleicht, sah er für einen Moment einen winzigen, orangefarbenen Funken aufleuchten. Ein Feuer auf der weiten Ebene. Wo niemals wieder ein Feuer entzündet werden sollte. Aus irgendeinem Grund setzte sein Herz bei diesem Gedanken für einen Schlag aus.

An jedem Morgen bewegte sich Meric in einem Meer von Menschen, die von der Nachtarbeit kamen oder zur Tagesarbeit strömten, von einer der tausend Tagungen oder Messen. Viele von ihnen trugen die Abzeichen ihrer Fraktionen oder Arbeitsgruppen oder führten die Werkzeuge ihres Berufs mit sich. Die meisten von ihnen trugen Blau. Einige wenige waren, wie er selbst, in unabhängigen Berufen: kein Meer von Menschen, sondern Menschen in einem Meer – ein Korallenriff, dicht mit den verschiedenartigsten Lebewesen besetzt, deren Wege sich kreuzten, nicht aber ihre Lebensformen. Meric fuhr fünfzig Ebenen hinab; es dauerte fast eine Stunde.

»Zwei oder drei Dinge wissen wir«, sagte Emma Roth, als

sie für sich und ihn auf einem kleinen Brenner Tee kochte. »Wir wissen, daß sie nicht Bürger irgendeines Landes sind, jedenfalls nicht legal. Also gilt das Reservatsabkommen, das wir mit anderen Regierungen abgeschlossen haben, vielleicht nicht für sie.«

»Nicht einmal das mit der Bundesregierung?«

»Alle *Menschen* sind gleich«, sagte Emma. »Außerdem, was kann die Bundesregierung tun? Soll sie ein paar Söldner herschicken und sie abknallen lassen? Das scheint dieser Tage das einzige zu sein, wozu sie in der Lage sind.«

»Was wissen wir sonst?«

»Wo sie sind – oder wo sie gestern waren.« Sie hatte wenig Ahnung von Geographie; die Karten, die sie an die Wand gepinnt hatte, waren veraltete Meßtischblätter mit Hunderten von Korrekturen. »Hier.« Sie zeichnete mit einem Bleistift einen kleinen Kreis. Aber nicht klein genug, dachte Meric. Selbst der kleinste Kreis würde ihrer Standortschätzung eine Ausdehnung von einer halben Quadratmeile geben.

»Wir wissen, daß sie alle zu einer Familie gehören.«

»Zu einer Horde«, korrigierte Meric.

Emma blickte ihn mit ihren grauen Augen prüfend an. »Sie sind keine Löwen, Meric. Vergiß das nicht.« Sie steckte sich eine Zigarette an, obwohl der qualmende Stummel ihrer letzten noch im Aschenbecher lag. Das Rauchen war Emmas einziges Laster, dem sie ständig und ununterbrochen frönte, wie um damit ihre Tugenden zu strafen. Von den anderen Menschen, die Meric kannte, rauchten nur wenige. Emma wurde deswegen immer wieder kritisiert, versteckt oder offen, und zumeist von Menschen, die sie nicht kannten. »Na, wenn schon«, erwiderte sie immer sehr ernsthaft auf diese Vorwürfe, »ich habe in der Hölle schon ein so großes Sündenkonto, daß es auf eine Sünde mehr auch nicht ankommt. Außerdem ...« – dies war einer der Glaubenssätze der fröhlichen Religion, die sie praktizierte – »was soll all diese Angst vor der Sünde? Wenn Gott die Hölle geschaffen hat, so muß sie ein verkleideter Himmel sein.«

Meric wandte sich dem Videorecorder zu, den er gerade reparieren wollte. Er war mindestens dreißig Jahre alt und fast eine Antiquität im Vergleich mit dem Rest seiner Ausrüstung, und die häufigen Pannen waren ein Symptom seniler Erschöpfung. Aber er brachte ihn immer wieder hin. »Weißt du, was sie da draußen machen? Ob sie – wie sagt man noch dazu? – wildern?«

»Weiß ich nicht.«

»Irgend jemand sollte das feststellen.« Mit einem raschen Seitenblick: »Ich habe gestern nacht ein Feuer gesehen.«

»Das haben auch andere. Ich habe seit heute morgen Pneumos darüber bekommen.« Wie auf ein Stichwort gab die Röhre neben ihrem Platz ein rülpsendes Geräusch von sich, und sie zog einen zerkratzten, gelben Plastikzylinder heraus. Sie entnahm ihm einen Zettel, las die Mitteilung und nickte.

»Von der Ranger-Station«, sagte sie seufzend. »Sie wildern tatsächlich.« Sie seufzte und wischte sich die Hände an ihrem blauen Arbeitsmantel ab, als ob die Mitteilung sie beschmutzt hätte. »Man hat einen toten Hirsch gefunden.«

Meric sah, daß sie ernstlich verstört war, und dachte: Wir sind fast hunderttausend Menschen in diesem Turm; die da draußen können nicht mehr als ein Dutzend sein. Das Reservat hatte einen Umfang von tausend Quadratmeilen. Und doch sah er in Emmas Gesicht dieselbe Angst, die er in Bree spürte, und auch in sich. Wer waren sie, daß sie in dem Berg ein solches Gefühl der Bedrohung hervorrufen konnten?

»Monster«, sagte Emma, wie in Beantwortung seiner Frage.

»Hör zu«, sagte er. »Wir müssen mehr über sie wissen. Und ich meine nicht nur du und ich. Alle. Wir sollten ... Ich werde dir sagen, was wir tun: Ich gehe hinaus, mit dem H5 und ein paar Videokassetten, und besorge mir Informationen. Etwas Handfestes, das wir ansehen können.«

»Wozu? Sie wildern. Was müssen wir sonst noch wissen?«

»Emma«, sagte er. »Was ist los mit dir? Wölfe sind keine

Wilderer. Habichte sind keine Wilderer. Du verlierst deine Perspektive.«

»Wölfe und Habichte«, sagte Emma, »benutzen keine Gewehre.« Sie nahm die Meldung wieder in die Hand. »Getötet mit einer altmodischen ballistischen Waffe. Leber und Herz herausgetrennt, und auch das meiste Muskelfleisch. Kadaver stark verwest.«

Eine Szene aus der Geburtstags-Show fiel Meric ein, Aufnahmen aus einem Amateurfilm, den ein längst verstorbener Mann vor vielen Jahren gemacht hatte: Jäger in der komischen Kleidung, die die Menschen damals für die Jagd anzogen, standen lachend und stolz um einen am Boden liegenden Hirsch, den sie anscheinend gerade geschossen hatten. Das Tier zuckte plötzlich, seine Augen rollten, und Blut quoll aus seinem Maul. Die Männer fuhren erschrocken zurück; dann zog einer von ihnen ein Messer mit einer langen Klinge aus dem Gürtel, und während sich die anderen um ihn drängten (wieder tapfer geworden, da das Tier offensichtlich fast tot war), durchschnitt er die Kehle des Hirsches, so wie man einen Gummischlauch durchtrennt. Blut spritzte heraus, unwahrscheinlich viel Blut. Und Emmas Stimme kommentierte diese Szene: »Was du diesen tust, den Geringsten meiner Brüder, das hast du mir getan.« Er hatte sich immer wieder gefragt (sooft er diese Szene in seiner Arbeitskopie auf dem Bildschirm des Schneidetisches sah), was diese Männer dabei empfunden haben mochten: irgendeine Art von Reue? Vielleicht sogar Ekel? Er hatte über das Vergnügen der Jagd gelesen, aber die Jagd war zu diesem Zeitpunkt ja bereits vorbei. Scham? Entsetzen? Das Blut ... die Augen ...

»Ich werde gehen«, sagte er. »In einer Woche bin ich wieder zurück.«

»Sei vorsichtig. Sie sind bewaffnet.« Sie sagte das Wort, als ob man Mut dazu brauchte, es auszusprechen, als ob es eine Obszönität wäre.

»*Feind* ist der Name für jemanden, den du nicht kennst.« Es war ein altes Sprichwort der Menschen von Candy's Mountain. »Ich werde mich vorsehen.«

Den Rest des Tages verbrachte er damit, seine Ausrüstung zusammenzustellen und zu überprüfen. Um sicher zu sein, daß alles funktionieren würde, stellte er eine Liste für die Ersatzteile zusammen, die er vielleicht brauchen würde. Am Abend suchte er ein paar Freunde auf und lieh sich von ihnen ein paar Sachen, die er selbst nicht besaß, darunter ein starkes Messer in einer Lederscheide.

In dieser Nacht konnte er nicht schlafen.

»Es macht mich nervös«, sagte Bree. »Wie lange wirst du wegbleiben?«

»Nicht lange. Eine Woche vielleicht.« Er griff nach ihrer Hand. »Hör zu: Wenn ich in einer Woche nicht zurück bin, schick ein Pneumo an Grady. Sag ihm, daß etwas faul ist, und daß er herkommen soll, wenn er es für notwendig hält.«

Grady war ein Ranger, mit dem Bree einmal eine kurze Affäre gehabt hatte. Er war genauso braungebrannt wie sie, aber völlig humorlos, hart und zuverlässig. Er gehörte zu dem kleinen, gründlich ausgebildeten Team, dessen Mitglieder Waffen tragen durften: Netzgewehre, Betäubungspistolen, die theoretisch nur für Wildtiere verwendet werden durften.

Wildtiere.

»Grady weiß dann, was zu tun ist«, sagte Bree und entzog Meric ihre Hand. Sie mochte nicht berührt werden, wenn sie schlief.

Er fragte sich oft, was Bree und Grady füreinander bedeutet haben mochten. Von anderen Liebhabern, die sie gehabt hatte, sprach sie offen und ehrlich. Wenn er sie nach Grady fragte, sagte sie jedoch nur: »Es war anders«, und wich seinem Blick aus. Er wollte sie weiter fragen, wußte jedoch, daß die Tür geschlossen war.

Er wollte *sehen*. Er wollte in die Dunkelheit treten, in irgendeine Dunkelheit, in jede Dunkelheit, und ihre Schatten wie mit den Augen einer Katze durchdringen: nichts zurückgehalten, nichts unerkannt. In dem Augenblick, als Bree ihm ihre Hand entzog, wußte er, daß dies ein Bedürfnis war, das seiner Natur entsprang. Es war ein sehr einfaches Bedürfnis, aber es war noch niemals befriedigt worden.

Bis jetzt noch nicht.

Das Genesis-Reservat lag im Nordwesten der Autonomie, etwa an der Stelle, an der in einem Körper das Herz sitzen würde. Die breiten Betonstraßen, die es in unregelmäßige Parzellen zerschnitten, wurden nur noch von den Krähen benutzt, die Schnecken auf ihre harte Oberfläche fallen ließen, um die Schalen zu zerbrechen. Vor zweihundert Jahren war die weite Ebene noch Ackerland gewesen, ein Zeugnis der Hartnäckigkeit von Yankees in einem schwierigen Grenzgebiet. Die Farmen hatten nie einen Gewinn abgeworfen, und die meisten von ihnen waren zu Beginn des zwanzigsten Jahrhunderts aufgegeben worden, nur die Häuser, von den Farmern aus Steinen erbaut, die sie von ihren Äckern und Weiden gesammelt hatten, waren zurückgeblieben, ohne Fenster, Türen und Dächer, Nistplätze für Eulen und Schwalben. Das Land hatte nie über einen großen Freizeitwert verfügt: keine Berge zum Skilaufen während der kalten Winter, und ein reizloses, verdörrtes Grasland im Sommer. Trotzdem beherbergten seine Sümpfe und Wälder, seine steinigen Felder und eintönigen Wiesen mehr Leben als vergleichbare Gebiete. Und es gehörte niemandem als den Tieren.

Meric war kein Freiluftmensch. Davon gab es nur verschwindend wenige im Berg, obwohl diese Lebensart von vielen als Ideal geschätzt wurde. Man glaubte, daß sie ein hohes Maß von Geschick und Erfahrung erfordere, wie die Chirurgie. Er hielt sich jedoch recht gut dort draußen. Das Leben im Berg war frugal, und so erschien es ihm nicht als besondere Härte, wenn er von knappen Rationen eintöniger Nahrung leben und kalte Nächte und lange Märsche ertragen mußte. Es war nicht viel anders als das alltägliche Leben im Berg. Und die Einsamkeit, das Gefühl des absoluten Alleinseins in einem Land, in dem er nichts zu suchen hatte, in dem er sogar störend und unerwünscht war, das keinerlei Notiz von ihm nehmen würde, wenn er, zum Beispiel, von einem Berghang abstürzen und sich ein Bein brechen sollte, die Feindseligkeit der Nacht und ihre ungewohnten Geräusche, die ihn nur unruhig schlafen ließen, all das schien ihm völlig normal und richtig. Er besaß keinerlei Rechte in diesem Reservat: seine Fürsten, die es geschaffen hatten und schützten, waren nichts, wenn sie es betraten.

Am zweiten Tag, gegen Abend, kam die Horde in Sicht.

Er hielt sich in vorsichtigem Abstand, hinter einer von Buschwerk überwachsenen Mauer verborgen, auf einem flachen Hügel, von dem aus er ihr Camp gut überblicken konnte. Er holte seine Kamera heraus und bestückte sie mit dem Teleobjektiv. Als er durch den Sucher blickte, fühlte er einen leichten Schauer auf dem Rücken, als ob die Illusion der Nähe, von der Linse hervorgerufen, auch ihn in ihr Gesichtsfeld rückte.

Sie hatten sich in einer der tür- und dachlosen Farmhausruinen eingerichtet. Die bröckeligen Mauern waren kaum mehr als ein Windschutz, in dessen Lee sie zwei oder drei Zelte errichtet und einen alten Wagen aufgestellt hatten, wie er ihn noch nie gesehen hatte: kastenförmig und mit einer Deichsel für das Muli, das in der Nähe angepflockt war und graste. Etwas weiter entfernt, etwa im Zentrum zwischen Zelten und Wagen, stand eine Konstruktion aus Holz und Seilen, eine Art Galgen, von dem, an den zierlichen Hinterläufen befestigt, ein Hirsch hing – eine Hirschkuh. Meric stellte das Teleobjektiv sorgfältig auf die richtige Entfernung ein, bis das Bild sauber und klar wurde und er sah, wie sich der Kadaver langsam im Wind drehte. Sonst war nirgends Bewegung. Meric fühlte die erwartungsvolle Spannung eines Voyeurs, der in ein leeres Zimmer späht und darauf wartet, daß etwas geschieht.

Was war es, das ihn plötzlich mit einem unterdrückten Schrei herumfahren ließ? Vielleicht hatten andere Sinne, während sich seine Augen auf das Lager konzentrierten, Daten seiner Umgebung aufgenommen, Daten, die sein Gehirn summierte, ohne daß er sich dessen bewußt wurde, bis sie einen Alarm auslösten.

Etwa fünfzig Fuß hinter ihm hockte ein junger, männlicher Leo im Gras, ein langläufiges Gewehr über den Knien, und blickte ihn ruhig an.

»Was wollen Sie?« fragte Emma Roth kühl, in einem Ton, der ihnen sagen sollte, daß sie keine Chance hatten, es zu bekommen.

Die drei Agenten der Regierung, die vor ihr standen, denen sie keinen Stuhl angeboten hatte, blickten einander an, wie um zu entscheiden, wer von ihnen reden sollte. Nur der lange, hagere Mann mit dem verschlossenen Gesicht und dem schwarzen Anzug, der nicht seinen Dienstausweis gezeigt hatte, sah Emma an.

»Ein Leo«, sagte einer von ihnen schließlich, zog ein Dossier oder Aktenstück heraus und hielt es Emma vor – nicht, als ob er es ihr übergeben wollte, damit sie es überprüfen konnte, sondern nur als eine Art rituellen Objekts, als ein Symbol seines offiziellen Status. »Wir haben Grund zu der Annahme, daß sich ein erwachsener, männlicher Leo im Reservat befindet. Er hat sich gelegentlich Painter genannt. Er ist ein Mörder und Kidnapper. Es steht alles da drin.« Er tippte mit den Fingerspitzen auf die Akte. »Er hat nördlich der Grenze eine leibeigene Frau entführt und ist mit ihr nach Süden geflohen. Dabei hat er – mit seinen bloßen Händen« – der Agent hob hier seine eigenen, fleischigen Pratzen – »einen Regierungsbeamten ermordet, der in einer anderen Sache unterwegs war.«

»Er hat ihn ermordet, als er in einer anderen Sache unterwegs war?« Mein Gott, wie sie ihre Ausdrucksweise haßte; es war, als ob nicht sie selbst sprächen, sondern das Sprachrohr irgendeiner bürokratischen Gottheit wären.

»Der Beamte war in einer anderen Sache unterwegs«, wiederholte der Agent.

»Oh.«

»Wir haben erfahren, daß gewisse Formalitäten erforderlich sind, um das Reservat betreten und dort eine Festnahme vornehmen zu können ...«

»Sie haben das anscheinend mißverstanden.« Emma steckte sich eine Zigarette an. »Es gibt keine Formalitäten.

Das Betreten des Reservats ist absolut verboten, aus welchem Grund auch immer. So ist es in einem Protokoll festgelegt, das zwischen der Bundesregierung und der Regierung der Autonomie abgeschlossen wurde. Die Procedere verläuft so: Sie stellen einen Antrag, das Reservat oder den Berg betreten zu dürfen – in offiziellem Auftrag, wie Sie es nennen –, und wir lehnen diesen Antrag ab. So funktioniert das.« Zwanzig Jahre der Korruption, der öffentlichen Pression und des passiven Widerstands lagen in diesen Protokollen und Vereinbarungen. Emma Roth wußte, wo sie stand.

»Entschuldigen Sie, Frau Direktor.« Der Mann in Schwarz lächelte sie an. Seine Stimme klang gepreßt, mit einem Unterton unterdrückter Wut, der alarmierend wirkte. »Wir wissen alles über die Erlaubnis. Wir möchten einen formellen Antrag einreichen. Wir erwarten, daß Sie sich unsere Begründungen anhören. Das ist es, was er sagen wollte.«

»Nennen Sie mich nicht Direktor«, sagte Emma.

»Ist das nicht Ihr Titel, Ihre Arbeitsstellung?«

»Ich heiße Roth. Und wie heißen Sie?«

»Mein Name ist Barron«, sagte er rasch, als ob er ihr in Gegenleistung für die Nennung ihres Namens etwas gleich Belangloses anbieten wollte, »von der Union for Social Engineering, Hybriden-Spezies-Projekt. Ich begleite diese beiden Beamten in einer Beraterfunktion.«

Sie hätte es sich denken können. Das kurz geschnittene Haar, der enggeschnittene, schlecht sitzende Anzug, die Arroganz über die Funktion als ein nützliches Teil einer Maschine, die noch gar nicht gebaut worden war. »Bitte.« Das Wort stand ein paar Sekunden lang allein im Raum, mit dem ganzen Gewicht, das ihre tiefe, etwas rauhe Stimme ihm geben konnte. »Und was sind Ihre Begründungen?«

»Wieviel wissen Sie«, fragte der Mann von der USE, »über die Paragesellschaft, welche die Leos geschaffen haben, seitdem sie in Freiheit leben?«

»Sehr wenig. Ich weiß nicht einmal genau, was Sie unter einer Paragesellschaft verstehen. Sie sind Nomaden ...«

Mit einer Geste, deren Ungeduld er nicht völlig kaschieren konnte, unterbrach Barron den Satz. Dann begann er zu sprechen, rasch und fast hektisch, mit übereinander stolpernden Worten und Argumenten, die mit Hinweisen auf Studien und Statistiken und Entscheidungen zusammengeleimt waren, von denen Emma noch nie gehört hatte. Aus seinem selbstsicheren Redefluß entnahm sie jedoch gewisse Fakten. Fakten, die sie beunruhigten.

Die einzige Loyalität der Leos bestand gegenüber der Horde. Es war unbekannt, ob sie diesen Charakterzug von ihren Löwen-Vorfahren geerbt oder ihn bewußt entwickelt hatten, weil sie keinerlei Loyalität gegenüber der wissenschaftlichen Gesellschaft empfanden, die ihre Spezies geboren und sie in Freiheit gesetzt hatte, um sie und ihre Verhaltensformen zu studieren, und aus diesem Grund keinem menschlichen Beobachter erlaubten, mit ihnen zu leben und bis dahin erarbeitete Hypothesen zu verifizieren. Die Leos waren durch keinerlei menschliche Gesetze eingeengt. Sie erkannten keine Grenzen an. Und wieder war es unmöglich, zu entscheiden, ob diese Haltung bewußt war oder das Resultat einer Intelligenz, die zu gering war, um menschliche Wertmaßstäbe erkennen zu können.

Sehr bequem, dachte Emma: ›eine Intelligenz, die zu gering war‹. Konnte es sich nicht auch um ein Gemüt handeln, das zu groß war?

Bei dem geringen Vorkommen der Leos, fuhr Barron fort, und durch ihre Neigung zu Polygamie und Großfamilien, haben junge männliche Leos häufig Schwierigkeiten, Partnerinnen zu finden. Wenn sie erwachsen werden, stößt ihre Horde sie aus. Man kann sich den daraus resultierenden Zustand von Frustration und psychischer Anspannung leicht vorstellen. Ihre Verbindung zur Horde, der ihre einzige Loyalität gehörte, war zerstört worden. Aggressiv, unglaublich kräftig, von minderer Intelligenz und entschlossen, sich ihren Platz im Leben zu erobern, sind die jungen Leos in diesem Zustand unkontrollierbar und extrem gewalttätig. Barron erklärte, daß er ihr Beispiele von Gewalttaten, die von jungen Leos verübt worden waren, geben könne – die Gewaltkriminalität der Leos sei erheblich größer als bei vergleichbaren menschlichen Gruppierungen, so zum Beispiel Widerstand bei Festnahmen ...

»Ist dieser Leo, hinter dem Sie her sind«, unterbrach Emma, »einer von diesen ausgestoßenen Jungen?«

»Das konnten wir noch nicht feststellen.«

»Er gehört zu einer Horde.« Es rutschte ihr so heraus, und sie bedauerte es sofort. Die drei Männer tauschten rasche Blicke, und Emma wußte, daß dieser Umstand ihnen bisher unbekannt gewesen war. Aber warum sollte sie daraus ein Geheimnis machen? Nur weil man im Berg aus Prinzip alles für sich behielt, weil einem Außenstehenden selbst die geringste Information vorenthalten wurde, weil man der Außenwelt, von der man nichts nahm, auch nichts geben wollte? Wie dem auch war, sie hatte es gesagt, und das war nicht mehr zu ändern. »Woher haben Sie eigentlich erfahren, daß er im Reservat ist?«

»Das dürfen wir Ihnen nicht sagen.« Der Mann von der USE wich ihrem Blick aus. »Aber die Information ist absolut zuverlässig.« Er beugte sich vor und verschränkte seine Hände. »Frau Direktor. Ich kann verstehen, daß Ihnen sehr an der Unverletzlichkeit des Reservats liegt. Das respektieren wir. Wir wollen Ihnen helfen, sie zu bewahren. Dieser Leo – oder Leos – stellen eine akute Bedrohung dieses Gebiets dar. Ich weiß, daß Sie alle den Frieden erhalten wollen« – mit einem komplizenhaften Lächeln –, »und darin stimmen unsere Interessen völlig überein; die USE ist, wie Sie sicher wissen, absolut pazifistisch. Aus diesem Grund sind wir der Überzeugung, daß diese Leos – die, wie wir bereits angedeutet haben, alle bewaffnet und gewalttätig sind – mit den Ihnen zur Verfügung stehenden Mitteln, die allein friedlichen Zwecken dienen und deshalb ungeeignet sind, nicht unter Kontrolle gebracht werden können. Die Bundesregierung bietet Ihnen also Hilfe an, um diese Bedrohung Ihres Lebensraums zu beseitigen.

Natürlich«, schloß er, »wollen Sie, daß diese Bedrohung beseitigt wird.«

Aus irgendeinem Grund sah Emma Roth vor ihrem geistigen Auge die schmalen, sensiblen Finger von Meric

Landseer, die mit geduldiger Behutsamkeit den Fehler in einem alten, geliebten, abgenutzten Gerät zu finden suchten.

»Ich sollte vielleicht noch darauf hinweisen«, sagte Barron, als sie ihm nicht antwortete, »daß einer der Paragraphen Ihres Abkommens mit der Bundesregierung verlangt, den Berg nicht zum Versteck oder Asyl für Kriminelle zu mißbrauchen.«

»Wir verstecken sie nicht«, sagte Emma. »Wir werden allein mit ihnen fertig.«

»Meinen Sie?«

Auf ihrem Schreibtisch lag noch immer die Meldung des Rangers: *... Muskelfleisch abgetrennt, der Kadaver stark verwest ...*

Sie steckte sich eine Zigarette an dem Stummel der alten an. »Ich habe keine Befugnis«, sagte sie, »Ihnen eigenmächtig einen Passierschein auszustellen. Sie müssen warten. Es kann ziemlich lange dauern.« Sie sah Barron an. »Wir sind nicht an schnelle Entschlüsse gewöhnt.« Sie fühlte eine seltsame Unruhe und versuchte, sie sich nicht anmerken zu lassen. »Sie werden sicher eine Weile hierbleiben können, bis unsere Ranger – und andere, die mit einer Untersuchung beauftragt wurden – zurückgekehrt sind und uns berichtet haben, was sie in Erfahrung bringen konnten. Wir haben hier eine Art Gästehaus.« Es war in Wirklichkeit die Quarantänesektion, so gemütlich wie ein Gefängnis, und das war Emma nur recht.

Widerstrebend willigten sie ein, zu warten. Emma begann – mit einer Langsamkeit, die sie offensichtlich irritierte – Papiere auszufüllen und Meldungen abzusenden. Sie dachte: Wenn ein Organismus von Bakterien angegriffen wird, wehrt er sich durch Antikörper dagegen, und wenn es nötig wird, hilft man ihm durch Antibiotika. Ein Gramm Vorbeugung ist besser als ein Kilo Heilung. Zur Vorbeugung, die sie widerwillig vornahm, gehörte die Ausstellung von stark limitierten Passierscheinen. Vielleicht – hoffentlich – überlegte sie dabei, erweist sich diese Vorbeugungsmaßnahme bald als überflüssig. *Vergib uns unsere Schuld,* dachte sie, *wie wir vergeben unseren Schuldigern, und führe uns nicht in Versuchung, sondern erlöse uns von dem Übel ...*

Der Leo, der Meric ansah, war jung. Er konnte nicht sagen, woran er das feststellte. Er saß so ruhig da, daß Meric sich versucht fühlte, aufzustehen und lächelnd auf ihn zuzugehen. Er hatte sich nicht vorstellen können, was er empfinden würde, wenn er in die unmittelbare Nähe eines Leo kommen sollte. Er hatte Leos auf Fotos gesehen, aber sie waren aus einiger Entfernung aufgenommen worden und hatten nur eine vage Neugier in ihm hervorgerufen. Er hatte nicht erwartet, daß seine erste Begegnung den Eindruck einer stillen, tief bewegenden Schönheit hervorrufen würde. Es war eine unirdische Schönheit, von einer erstickenden, erschreckenden Wirkung, aber doch Schönheit.

»Hallo«, sagte er lächelnd, und dabei hatte er das Gefühl, als ob das kleine Wort und sein unsicheres Lächeln den Leo nicht erreichten. Wie konnte er die Kluft überbrücken? »Ich will Ihnen nichts tun.« Er könnte es gar nicht, er wäre nicht einmal in der Lage, sich zu verteidigen. Er fragte sich, ob es ihm gelingen würde, sich mit ihnen zu verständigen. Und was war, wenn es ihm nicht gelang? Wieso hatte er angenommen, daß er für sie unsichtbar bleiben würde? Warum war er überhaupt hergekommen? Was hatte er in Erfahrung bringen wollen?

Der Leo stand auf und kam ohne jede Vorrede, ohne ein Wort oder eine Geste der Begrüßung, auf Meric zu, der neben der halb verfallenen Steinmauer hockte. Er kam mit den festen, unaufhaltsamen Schritten von bösen Kreaturen, wie sie in Alpträumen vorkommen, direkt auf Meric zu, sein Gesicht ausdruckslos und leer, und Meric, wie in einem Alptraum, war unfähig, sich zu rühren oder zu schreien, obwohl er eine unerklärliche Angst fühlte. Er wollte gerade die Arme schützend um seinen Kopf legen, als der Leo stehenblieb und mit einer unerwartet behutsamen Geste die Kamera mit dem Teleobjektiv aus Merics Händen nahm. Er betrachtete das Gerät neugierig und gründlich, verscheuchte eine Fliege von seinem Gesicht – und gab die Kamera zurück.

»Es ist nichts«, sagte Meric. »Nur eine Linse.« Der Leo war jetzt nahe genug, daß Meric das leise, pfeifende Geräusch hören konnte, mit dem er Luft durch seine schmalen Nüstern einatmete, nahe genug, um ihn zu riechen. Der Geruch, wie das Gesicht, waren fremdartig, aber seltsam real und alles andere als abstoßend, monströs, wie er es erwartet hatte.

»Was wollten Sie mit der Linse sehen?« fragte der Leo. Meric verstand seine Worte zuerst nicht als Sprache; einmal klang die Stimme des Leos geradezu lächerlich hoch und brüchig, wie die eines halberwachsenen Jungen im Stimmbruch, zum anderen, erkannte er, hatte er erwartet, daß der Leo ihn in einer fremden Sprache anreden würde, in einer Sprache, die so abnorm und seltsam war wie er selbst.

»Sie«, sagte Meric. »Sie alle.« Er begann hastig, die Situation zu erklären, das Reservat und den Berg zu beschreiben, aber als er kaum ein paar Sätze gesprochen hatte, wandte der Leo sich ab, ging zu einer Mauer und setzte sich außer Hörweite auf die Steine. Er hielt sein Gewehr über den Knien und blickte hinab ins Tal, in dem das Lager lag.

Dort unten, wo sich bis jetzt nichts gerührt hatte, sah Meric jetzt mehrere Leos. Einer von ihnen, in einem langen, weiten Mantel und einer Art Turban um den Kopf, hockte in der Türöffnung des dachlosen Farmhauses. Andere – kleiner und anscheinend jung – kamen und gingen an ihr vorbei. (Wie kam er darauf, daß der Leo mit dem Turban weiblich war?) Die Jungen liefen durcheinander, spielend, raufend, kamen aber immer wieder zurück und hockten sich in ihre Nähe. Sie verhielt sich passiv und schien überhaupt keine Notiz von ihnen zu nehmen. Meric hatte den Eindruck, als ob sie in die Ferne blickte. Einmal beschattete sie die Augen. Meric folgte ihrem Blick und sah andere Leos; zwei von ihnen trugen ebenfalls lange, weite Mäntel und geschulterte Gewehre, ein anderer, hinter ihnen, war normal gekleidet, wie der junge Leo, der hinter ihm gesessen hatte. Einer der Leos mit Turban trug ein Bündel erlegter Kaninchen in der linken Hand.

Der Leo auf der Mauer blickte aufmerksam zu ihnen herab. Seine Nüstern öffneten sich hin und wieder, und seine breiten Ohrmuscheln waren nach vorn gerichtet. Wenn er ein Posten sein sollte, sagte sich Meric, würde er nicht das Tal beobachten, sondern das Hinterland. Also kein Posten. Aber doch hielt er eine Art Wache. Alles, was dort unten geschah, fesselte ihn völlig. Er schien nicht die Absicht zu haben, zu den anderen hinunterzugehen. Merics Gegenwart schien er völlig vergessen zu haben.

Meric fragte sich, ob der Leo vielleicht Anstoß daran nehmen würde – hoffte, daß dem nicht so wäre, wußte nicht, wie er ihn danach fragen sollte –, und hob die Kamera mit dem Teleobjektiv ans Auge. Die Leo-Frau bei der Tür saß reglos, blickte den anderen, die das Lager betraten, jedoch aufmerksam entgegen. Als sie nahe herangekommen waren, um Grüße zu wechseln, wurden aber keine Grüße ausgetauscht. Einer der männlichen Leos – der in normaler Kleidung – setzte sich schweigend neben sie. Sie hob den Arm und legte ihn um seine Schultern. Es war eine selbstverständliche, vertraute Geste, und nach wenigen Sekunden wirkten die beiden, als ob sie schon immer so gesessen hätten.

Meric verschob sein Blickfeld ein wenig. In der Türöffnung erschien eine andere Gestalt, wurde nur eine Sekunde lang teilweise sichtbar, bevor sie wieder im Dunkel verschwand. Kurz darauf erschien sie wieder, trat heraus und lehnte sich an den Türpfosten.

Es war kein Leo, sondern ein Mensch. Eine Frau.

Verwundert starrte Meric zu ihr hinüber. Sie schien völlig ruhig und zugehörig. Die Leos schenkten ihr keinerlei Beachtung. Ihr dunkles Haar war kurzgeschnitten, und er sah, daß ihre Kleidung derb, aber abgetragen war. Sie lächelte die Leos an, die ins Lager kamen, aber auch jetzt wurde nicht ein Wort gesprochen. Der mit den Kaninchen ließ das Bündel zu Boden fallen, sie kniete nieder, zog ein abgewetztes Messer heraus und begann die Tiere abzuhäuten. Es war etwas, das Meric noch niemals gesehen hatte, und er sah ihr fasziniert dabei zu. Die irreale Vergrößerung des Objektivs gab ihm das Gefühl, als ob es irgendwo anders geschähe, auf einer anderen Ebene, sonst hätte er den Anblick vielleicht nicht ertragen, als die Frau mit geschickten, routinierten Bewegungen das Fell eines Kaninchens der Länge nach aufschlitzte und es abzog, als ob sie ein Baby entkleidete, das sich dann mager und rot aus der Umhüllung schälte. Ihre Finger waren bald blutverschmiert. Sie leckte das Blut ab.

Der Leo, der unweit von Meric auf der Mauer saß, stand auf, offensichtlich stark erregt. Er begann, mit festen, entschlossenen Schritten den Hang hinabzugehen – die Leos schienen alles entschlossen zu tun – und blieb plötzlich wieder stehen. Eine Weile stand er reglos, dann kam er zurück, setzte sich wieder auf die Mauer und beobachtete weiter.

Es wurde allmählich dunkel. Das dachlose Haus warf einen langen Schatten auf das Grasland; der hinter ihm liegende Wald wurde zu einer dunklen Masse. Hin und wieder flog ein Schwarm Sperlinge auf und setzte sich wieder. Ihr Tschilpen und das Raunen des Windes waren die einzigen Geräusche.

Mit einem plötzlichen Entschluß – das schwindende Licht schien seinen Mut gehoben zu haben – stand Meric auf. Jetzt war er für die Leos klar sichtbar. Einer von ihnen blickte zu ihm herauf, gab aber keinen Alarm. Da ihm jetzt keine andere Wahl mehr blieb – er war in ihr Bewußtsein getaucht wie ein Schwimmer in eisiges Wasser –, nahm er sein Gepäck auf und begann langsam, aber entschlossen – eine Imitation ihrer entschlossenen Handlungen, erkannte er – den Hang hinabzugehen. Auf halbem Weg zum Lager wandte er den Kopf und blickte zurück. Der Leo auf der Mauer blickte ihm nach, unternahm jedoch nichts, um ihm zu folgen oder ihn aufzuhalten.

Die Nacht in Candy's Mountain war genauso mit Geräuschen erfüllt wie der Tag. Die Maschinerie konnte niemals abgeschaltet werden, zuviel mußte ständig getan werden, um den Berg am Leben zu erhalten. Große Teile des Berges waren jetzt dunkel; Wege durch riesige Hallen wurden nur noch durch phosphoreszierende Streifen markiert, von Zeichen und Symbolen. Wo mehr Licht gebraucht wurde, war auch mehr Licht, aber es wurde sparsam und wirtschaftlich verwendet. Die Energie wurde im Berg genauso haushalterisch gebraucht und auf das Notwendige beschränkt wie die Nahrung.

Bree Landseer lag wach auf ihrer Bettmatte und starrte ins Dunkel. Sie brauchte kein Licht und gebrauchte deshalb keins. Sie lauschte auf die vielfältigen Geräusche des Multiplex; das Saugen der hydraulischen Lifts, das Zischen eines Schweißgeräts im Stockwerk über dem ihren, Stimmen, von denen hin und wieder deutlich verständliche Worte durch die Papierwände drangen, die ihr ›Haus‹ abgrenzten: ... vorsichtig ... Besen ... Mittwoch ... Tasse ... nie wieder ... noch etwas ... wenn ich könnte ... Wo fanden diese Gespräche statt?

Falls es jemals eine menschliche Lebensform gegeben haben sollte, wo sich das Dasein so abspielte wie in Candy's Mountain, so war es keine, die die Außenwelt kannte. Es war nicht wie das Leben in einem Gefängnis, oder in einer autarken Großfamilie, oder auf einer Kollektivfarm, oder in einer Kommune. Es ließ sich auch nicht mit dem Leben in einem Kloster vergleichen, obwohl Candy Benedikts harte und frugale Lebensregeln kannte und verehrte. Es gab jedoch eine Institution, mit der es vielleicht vergleichbar war: eine der alten, irischen Religionsgemeinschaften, die niemals von Benedikt gehört hatten, und nur selten von Rom, große und ständig wachsende Kommunen von Bischöfen, Heiligen, Mönchen, Nonnen, Einsiedlern, Irren und gewöhnlichen Menschen, die sich um irgendeinen heiligen Ort drängten und sich endlos Zellen, Kapellen, Schutzwälle, Kathedralen und Türme bauten. Ja, so etwa war es hier. Im Berg gab es niemanden, der sich zu seinem Seelenheil kasteite und geißelte, aber irgendwie hatten sich auch diese Menschen zum Wohl ihrer Seele von der Außenwelt abgeschlossen, ohne diese Welt jedoch abzulehnen; im Gegenteil, sie liebten und verehrten sie und alles, was in ihr kreuchte und fleuchte. Sie waren genauso verschieden, individualistisch und exzentrisch wie die alten Iren in ihren wabenartig aneinandergeklebten Zellen, und auf die gleiche Weise zusammengehörig; zusammengehörig in der Gewißheit, daß sie allzumal Sünder waren, denen nur ein bescheidener Lebensunterhalt zustand, nicht mehr. Und gewiß in ihrer Überzeugung, daß die Welt ihnen dafür dankbar war, daß sie ihr entsagten. Welcher Heilige war es, fragte sich Bree, der eines Morgens mit ausgestreckten Armen betete, und ein Vogel flog heran und nistete in seiner Hand; und weil er den Vogel nicht stören wollte, betete er ununterbrochen weiter, bis der Vogel die Eier ausgebrütet, die Jungen flügge geworden waren? Bree lachte leise, als sie daran dachte. So ein Wunder käme ihr jetzt gerade recht.

Es war in Nächten wie dieser, wenn Meric und sie, eingehüllt in die Nachtgeräusche des Berges, sich auf ihre stille Weise liebten. Sie öffnete ihre blaue Robe und fuhr mit den Fingerspitzen über ihre nackte Haut. Die sanfte Berührung löste wohlige Schauer aus. Meric ...

Meric. Wo war er? Irgendwo draußen, im endlosen Dunkel, bei diesen Geschöpfen, diesen merkwürdigen Kreaturen. Was würden sie tun? Sie erschienen ihr gefährlich, unberechenbar, feindselig. Sie wünschte – so sehr, daß es fast ein Gebet war –, daß Meric jetzt hier wäre, in der Sicherheit des Berges.

Sie gab der angstvollen Anspannung ihres Körpers nach, rollte sich auf die Seite und zog die Knie an die Brust. Ihre Augen waren weit geöffnet, und sie lauschte noch aufmerksamer auf die Geräusche, suchend, wartend ...

Und in Beantwortung ihrer Gebete – dessen war sie sicher – sortierte ihr Ohr aus der Vielfalt der Laute näher kommende Schritte heraus, die lauter wurden, und vertraut, Merics Schritte. Sie wandte sich um und sah ihn, als er um die Ecke bog. Im fast völligen Dunkel des Raums schien er bleich wie Wachs. Er ließ seine Bündel zu Boden fallen.

»Meric.«

»Hallo.«

Warum kam er nicht zu ihr? Sie erhob sich, zog ihre Robe fester um sich und ging auf Zehenspitzen auf ihn zu, um ihn in ihre Arme zu schließen, ihn in der Sicherheit des Berges willkommen zu heißen.

Als sie ihn in die Arme schloß, stieg ihr ein so durchdringender Geruch in die Nase, daß sie erschrocken zurückwich. »Jesus! Was ist ...«

Er schaltete das Licht ein. Sein Gesicht war schmal und ausdrucksvoll wie immer, aber die Falten schienen schärfer eingegraben, die Augen tiefer in den Höhlen zu liegen. Er setzte sich langsam und vorsichtig auf einen Stuhl und blickte umher, als ob er diese Wohnung noch nie zuvor gesehen hätte.

»Du bist wieder zurück«, sagte Bree unsicher.

»Ja.«

»Hast du Hunger? Du mußt hungrig sein. – Warte, warte.« Sie berührte ihn an der Schulter, damit er sitzen bliebe, und ging rasch zur Kochnische, schnitt Brot und kochte Tee. »Alles in Ordnung?«

»Ja. Alles in Ordnung.«

»Willst du dich waschen?« fragte sie, als sie ihm das Essen brachte.

Er hatte die Bündel geöffnet, nahm ein paar Kassetten heraus und las ihre Beschriftungen. Er kümmerte sich nicht um das Tablett, das sie vor ihm hinstellte, sondern ging zum Schneidetisch. Bree setzte sich vor das Tablett, verwirrt und irgendwie verängstigt. Was hatte er draußen erlebt, daß er mit einemmal so seltsam war? Was hatten sie mit ihm getan, was für Entsetzen hatten sie ihm gezeigt? Er wählte eine Kassette aus, schob sie in das Schneidegerät und schaltete es ein.

»Dreh das Licht herunter«, sagte er. »Ich möchte dir etwas zeigen.«

Sie tat es und wandte sich von der hell werdenden Mattscheibe ab, unsicher, ob sie sehen wollte, was er aufgezeichnet hatte.

Aus dem Lautsprecher klang eine Frauenstimme: »... wohin sie auch gehen, werde ich ihnen folgen. Alles andere interessiert mich nicht mehr. Ich bin glücklich ...«

Bree blickte auf den Bildschirm. Sie sah eine junge Frau mit kurz geschnittenem, dunklem Haar. Sie hockte mit angezogenen Knien auf dem Boden und zupfte zwischen ih-

ren Stiefeln Grashalme aus. Hin und wieder warf sie einen raschen Blick in die Linse der Kamera, mit einem Ausdruck scheuen Trotzes, der jedoch nicht lange vorhielt. Nach wenigen Sekunden sah sie wieder fort.

»Mein Gott«, sagte Bree leise. »Ist sie ein Mensch?«

»Nein«, sagte das Mädchen in Beantwortung einer Frage. »Menschen interessieren mich nicht mehr. Ich glaube, sie haben mich nie wirklich interessiert.« Sie senkte den Blick. »Die Leos sind besser als Menschen.«

»Wie kommt sie zu ihnen?« fragte Bree. »Haben sie sie gekidnappt?«

»Nein«, sagte Meric. »Warte.« Er legte einen Schalter um, und das Mädchen begann hektisch zu zappeln, wie eine Puppe, dann sprang sie auf und lief fort. Meric schaltete wieder auf normale Bandgeschwindigkeit zurück. Das nächste Bild zeigte ein Zelt, vor dem ein Leo stand. Instinktiv zog Bree ihre Robe fester um sich, als ob er sie wirklich ansähe. Sein Blick war ruhig und fest; sie konnte nicht sagen, was für eine Emotion seine Augen ausdrückten. Geduld? Angst? Wut? Gleichgültigkeit? So fremd, so undeutbar. Sie sah die kräftigen Muskeln seiner Beine, die in normalen Jeans steckten, und seine breiten Schultern. Im ersten Augenblick glaubte sie, daß er Handschuhe trug, aber nein, erkannte sie dann, es war die dichte Behaarung seiner kurzen, starken Hände. Sie hielten ein Gewehr, so selbstverständlich, als ob es irgendein Werkzeug wäre.

»Das ist er«, sagte Meric.

»Er?«

»Er heißt Painter. Oder jedenfalls nennt er sich so. Sie haben sonst keine Namen, glaube ich.«

»Hast du mit ihm gesprochen? Kann er reden?«

»Ja.«

»Was hat er gesagt?«

Der Leo trat vom Zelt fort und verschwand aus dem Bild. Meric ließ das Band zurücklaufen, bis der Leo wieder vor dem Zelt stand und sie aus der elektronischen Neutralität seines fiktiven Daseins heraus anstarrte.

Was hatte er gesagt?

Als Meric auf ihn zugetreten war, hatte der Leo gar nichts gesagt. Meric hatte sich bemüht, seiner Stimme einen friedfertigen, fast unterwürfigen Klang zu geben, als er dem Leo von Candy's Mountain und ihrem Leben darin berichtet und ihm schließlich erklärt hatte, daß dieses Land ihnen gehörte.

»Euch gehört es«, hatte der Leo gesagt. »In Ordnung.« Als ob er ihnen die Sünde des Besitzens vergäbe.

»Wir wollten sehen«, begann Meric und brach wieder ab. Er fühlte sich im Griff einer Intelligenz, die so mächtig und subtil war, daß sie ihm den Atem nahm. »Ich wollte fragen ... sehen ... warum Sie hergekommen sind. Deshalb bin ich hier. Allein. Unbewaffnet.«

Die Frau, die er gesehen hatte, und die weiblichen Leos hatten sich in das dachlose Farmhaus zurückgezogen, nicht, als ob sie Angst hätten, sondern als ob er ein Phänomen wäre, das sie nicht interessierte, mit dem sich ihr Mann befassen sollte. Im Haus blies jemand ein Feuer an. Dunkler Rauch, mit roten Funken durchsetzt, stieg hinter der dachlosen Wand empor. Die jungen Leos spielten noch immer ihre lautlosen Spiele, jetzt aber weiter entfernt. Hin und wieder blickten sie zu ihm herüber, hörten auf zu spielen, standen ein paar Sekunden lang reglos.

»Gut. Jetzt haben Sie gesehen«, sagte der Leo. »Sie können wieder gehen.«

Meric senkte den Blick, er wollte nicht arrogant erscheinen, konnte aber auch nicht länger in die ruhigen, ausdruckslosen Augen des Leos blicken. »Sie machen sich Gedanken über euch«, sagte er. »Im Berg. Sie kennen euch nicht, sie wissen nicht, was ihr seid, wie ihr lebt.«

»Wir sind Leos«, sagte der Leo, »und so leben wir auch, wie Leos.«

»Ich dachte«, fuhr Meric fort – es war kräftezehrend, ihm so gegenüberzustehen, an einer Grenze, ein Eindringling, und doch zu versuchen, vertraulich zu werden, mit vorsichtiger Freundlichkeit, tastend –, »ich dachte, ich könnte einfach ... mit Ihnen reden, ein paar Aufnahmen machen, Tonaufzeichnungen ... von Ihrem Leben ... ich könnte sie mitnehmen und den anderen vorführen. Damit sie ...« Er wollte sagen ›sich entscheiden können, was sie mit Ihnen tun wollen‹, aber das klang zu aggressiv, und in diesem Augenblick erkannte er, daß es auch unmöglich war: die Kreatur, die vor ihm stand, würde nicht zulassen, daß andere über sie entschieden. »Damit sie sich ein Bild von Ihnen machen können«, brachte er den Satz mit unsicherer Stimme zu Ende.

»Ein Bild von was?«

»Gestatten Sie, daß ich mich setze?« sagte Meric. Er trat zwei Schritte vorwärts, langsam und vorsichtig, und sein Herz schlug härter, weil er nicht wußte, wo er vielleicht eine unsichtbare Grenze überschritt und den Leo damit zum Angriff herausforderte, und setzte sich. So war es besser. Es gab dem Leo eine überlegene Position. Meric hatte sich ihm ausgeliefert, sich verwundbar gemacht, konnte auf dem Boden sitzend keine Bedrohung mehr darstellen; und war doch jetzt wirklich innerhalb ihres Bezirks. Er versuchte ein Lächeln. »Ihre Jagd war erfolgreich«, sagte er.

Es dauerte noch eine ganze Weile, bis Meric lernte, daß solche Konversationstechniken für Leos keinerlei Bedeutung besaßen. Unter Menschen waren sie dazu bestimmt, eine Unterhaltung einzuleiten, Spannungen abzubauen, eine Lücke zu überbrücken; sie waren wie eine scheue, tastende Berührung oder ein Lächeln. Der Leo antwortete nicht. Ihm war ja auch keine Frage gestellt worden. Der Mensch hatte lediglich eine Aussage gemacht. Der Leo hielt sie für richtig und wahr. Sie war fraglos richtig und wahr. Er fragte sich nicht nach dem Grund für diese Aussage. Er beschloß, den Menschen vorläufig zu vergessen, wandte sich um und ging in die Hausruine. Meric blieb auf dem Boden sitzen.

Es wurde dunkel. Er beschloß, so lange er konnte, sitzenzubleiben, in den Boden hineinzuwachsen, ignorierbar zu werden. Er nahm eine Yogaposition ein, die er, wie er aus Erfahrung wußte, stundenlang ohne Ermüdung beibehalten konnte. In dieser Stellung konnte er sogar schlafen. Wenn sie schliefen und ihn hier schlafen ließen, würde er morgen früh zu einem Bestandteil des Lagers geworden sein und konnte beginnen.

Beginnen womit?

Das Mädchen berührte ihn, und er fuhr hoch, sekundenlang verwirrt und ohne zu wissen, wo er sich befand. Die Luft roch nach Rauch.

»Wollen Sie essen?« Sie stellte einen Teller mit braunen Stücken vor ihn auf den Boden. Dann setzte sie sich auch, ein Stück von ihm entfernt, als ob sie nicht sicher wäre, wie er reagieren würde.

»Es ist Fleisch«, sagte er.

»Natürlich.« Sie nickte ihm aufmunternd zu. »Es ist okay.«

»Ich kann nicht.«

»Sind Sie krank?«

»Wir essen kein Fleisch.« Ein zerbrochener, bleicher Knochen ragte aus einem der braunen Stücke. Entsetzen würgte ihn.

»Dann essen Sie Gras«, sagte sie und erhob sich, um fortzugehen. Meric sah, daß er eine gutgemeinte Geste zurückgewiesen hatte, eine Geste menschlichen Entgegenkommens, und daß sie hier die einzige war, die ihm so etwas anbieten konnte – und ein Gespräch.

»Nein. Gehen Sie nicht fort. Bleiben Sie. Ich danke Ihnen.« Er nahm ein Stück Fleisch vom Teller und sah wieder, wie sie es blutend aus dem Fell geschlagen hatte. »Es ist nur ... ich habe es noch nie getan.«

Der Geruch des Fleischs – verbrannt, dunkel, unbekannt – war berauschend, berauschend wie die Sünde. Er biß hinein, erwartete, daß ihm übel werden würde. Sein Mund füllte sich plötzlich mit Speichel. Er aß Fleisch! Er fragte sich, wieviel man davon brauchte, um satt zu werden. Der Geschmack schien eine uralte Erinnerung in ihm wachzurufen; eine rassische Erinnerung, fragte er sich, oder nur eine Erinnerung aus seinen Kindertagen, vor dem Berg?

»Gut«, sagte er, während er gründlich kaute und einen schuldgeborenen Horror in sich aufsteigen fühlte. Er würde es nicht unten behalten, wußte er. Ihm würde übel werden.

Das sagte ihm sein Gefühl. Aber sein Magen war anderer Meinung.

»Glauben Sie«, sagte er und schob den Teller von sich, »daß sie mit mir reden werden?«

»Nein. Painter vielleicht. Aber nicht die anderen.«

»Painter?«

»Der, mit dem Sie gestern gesprochen haben.«

»Ist er – eine Art Führer?«

Sie lächelte, als ob sie über Kenntnisse verfügte, an denen gemessen Merics Bemerkung so unzureichend war, daß sie komisch wirkte.

»Wie kommt es, daß Sie hier sind?«

»Ich gehöre ihm.«

»Painter?«

»Ja.«

»Sie meinen, Sie sind bei ihm angestellt?«

Sie setzte sich wortlos wieder ihm gegenüber und zupfte Grashalme aus. Sie hatte es sich angewöhnt, Fragen zu beantworten, für ihr Tun Erklärungen zu geben. Und sie war dankbar dafür, weil diese Frage nicht zu beantworten war. Die Frage bedeutete ihr nichts mehr. Sie ignorierte sie, wie ein Leo. Sie stand wieder auf, um zu gehen.

»Warten Sie«, hielt er sie zurück. »Ob sie etwas dagegen haben, wenn ich bleibe?«

»Nein. Solange Sie nichts tun.«

»Sagen Sie mir: der junge Leo oben auf dem Hügel; was ist seine Aufgabe?«

»Seine was?«

»Ich meine: warum ist er dort oben und nicht hier? Ist er ein Posten?«

Sie trat einen Schritt auf ihn zu, plötzlich ernst. »Er ist Painters Sohn«, sagte sie. »Sein Ältester. Painter hat ihn ausgestoßen.«

»Ausgestoßen?«

»Er versteht es noch nicht. Er versucht immer wieder zurückzukommen.« Sie blickte ins Dunkel, wie in das Gesicht einer unauslotbaren Trauer. Meric sah, daß sie noch nicht einmal zwanzig Jahre alt sein konnte.

»Aber warum?« fragte er.

Sie trat einen Schritt von ihm zurück. »Bleiben Sie hier, wenn Sie wollen«, sagte sie. »Machen Sie keine hastigen Bewegungen, laufen Sie nicht zuviel umher. Helfen Sie ihnen, wenn Sie können. Das stört sie nicht. Aber versuchen Sie nicht, sie zu verstehen.«

Kurz vor Anbruch der Dämmerung wachten sie auf. Meric schreckte aus einem leichten, halluzinatorischen Schlaf, steif, aber hellwach, und sah sie im blauen Frühlicht aus der Hausruine kommen. Sie waren nackt. Schweigend versammelten sie sich im Hof, riesige, undeutliche Schatten, und starrten nach Osten.

Östlich des Lagers fiel der Boden ab zu einem rauschenden, sumpfigen Bachlauf.

Painter trat als letzter heraus. Als ob sein Erscheinen ein Signal wäre, begannen sie daraufhin alle, das Lager zu verlassen. Das Mädchen ebenfalls, nackt wie die anderen. Meric fühlte den harten Schlag seines Herzens. Seine Augen verschlangen, was sie sahen. Er fühlte sich wie ein Mann, der plötzlich aus einer dunklen, engen Zelle befreit wird und zum erstenmal die unendliche Weite der Welt sieht.

Östlich des Lagers fiel der Boden zu einem sumpfigen Bachlauf ab. Sie gingen zu ihm hinab, die Kinder eilten ihnen voraus. Meric erhob sich, die Muskeln steif und verkrampft, und fragte sich, ob er ihnen folgen könnte. Er tat es, in einem langsamen Schlendergang, um eine, wie er hoffte, respektvolle Distanz zu halten. Auf dem Weg zum Bachufer studierte er ihre fremdartigen Körper. Falls sie sich seiner Gegenwart bewußt waren, oder ihrer Nacktheit, so ließen sie es sich nicht anmerken; sie waren auch nicht so nackt, wie es unbekleidete Menschen waren – abgehäutet und roh und verwundbar, deren hüllenloses Fleisch beim Gehen zitterte –, sondern trugen ihre Haut wie einen Panzer. Eine leichte Behaarung, eine Art blonder Flaum, ließ ihre Körper nicht so sehr behaart als vielmehr geschützt erscheinen. Beim Gehen sah man das Spiel ihrer Muskeln unter der Wolke von Haaren, und ihre kräftigen Schenkel und breiten Rücken veränderten ständig ihre Form, als sie mit festen, entschlossenen Schritten zum Bachufer hinabgingen. Im Osten schoß ein Fächer weißer Strahlen hinter den blutroten Streifen der Zirruswolken empor. Die Leos hoben ihnen die Gesichter entgegen.

Meric wußte, daß sie die Sonne als einen Gott und ihren persönlichen Vater ansahen. Aber was er jetzt sah, besaß nicht die geringste Ähnlichkeit mit einem Ritual oder Gottesdienst. Sie wateten knietief ins Wasser und wuschen sich; keine rituelle Waschung, sondern eine sorgfältige, gründliche Reinigung. Die Frauen wuschen die Kinder und die Männer, und ältere Kinder wuschen jüngere, schrubbten, schöpften mit den Händen Wasser und ließen es über die Körper der anderen rinnen. Eine Frau schrubbte das Mädchen so gründlich, daß sie schmerzlich das Gesicht verzog und zurückwich. Ihr Körper war rot vor Kälte. Painter stand vornübergebeugt, die Hände auf die Knie gestützt, während eine Frau seinen Rücken wusch. Ein männliches Kind, das in seiner Nähe planschte, versuchte, ihn um den Hals zu fassen; Painter stieß es so hart von sich, daß das Kind unter Wasser tauchte. Painter packte es, tauchte es noch einmal unter und schrubbte sein Gesicht. Meric konnte nicht entscheiden, ob es Spiel war, oder ob der Junge Painter wütend gemacht hatte.

Sie schrien einander unverständliche Worte zu, vielleicht über die Kälte des Wassers, vielleicht nur aus Freude am Rufen; denn jetzt schob sich der obere Rand der Sonne über den Horizont, und dann stieg sie empor, und das Schreien wurde lauter.

Es war Lachen. Die Sonne lächelte auf sie herab und färbte das Wasser, das matt silbern von ihren goldschimmernden Körpern rann.

Meric, der allein am Ufer stand, fühlte sich schmutzig und überflüssig, und doch irgendwie privilegiert. Vorhin hatte er sich über das Mädchen Gedanken gemacht, hatte sich gefragt, warum sie sich entschlossen hatte, eine von ihnen zu werden; was sie nicht sein konnte; wieso sie so viel von ihrer eigenen Natur verleugnete, um so zu leben, wie sie lebten. Jetzt aber erkannte er, daß dem nicht so war. Sie hatte sich lediglich ihrer Lebensform angepaßt, ihr Leben ihren Gewohnheiten und Erfordernissen soweit wie möglich angeglichen, so wie ein Hund versucht, einem geliebten, unverständlichen, launischen, gottähnlichen Menschen zu gefallen, weil es nichts anderes gibt, das die gleiche Wertstellung in seinem Leben einnehmen könnte, auch wenn es ein Höchstmaß an Selbstverleugnung und Opfer erforderte. Opfer und Entfremdung ihrer eigenen Art waren nichts im Vergleich zu dem Privileg, das Lachen zu hören und zu teilen, das so elementar war wie der Gesang einer Amsel oder der Geschmack von Fleisch.

Als sie ins Lager zurückkamen, blieben sie noch eine Weile nackt und ließen sich von den warmen Strahlen der Sonne trocknen. Nur das Mädchen zog sich an und begann dann, Feuer zu machen. Gelegentlich blickte sie zu Meric herüber, schien ihn jedoch nicht wahrzunehmen; sie hatte die Indifferenz der Leos angenommen.

Wenn er sich bewegte, gab es jedoch keinen, der das nicht merkte. Als er zu seinen Bündeln ging, um sich Brot und getrocknete Früchte zu holen, folgten ihm ihre Blicke. Als er seinen Recorder bereitmachte, sahen ihm alle dabei zu. Er tat alles langsam und für alle erkennbar, ohne sie anzublikken, um sie fühlen zu lassen, daß dies nichts mit ihnen zu tun hatte.

Painter war in sein Zelt getreten, und als Meric sich davon überzeugt hatte, daß sein Recorder einsatzbereit war, erhob er sich langsam – er wußte, daß alle Augen jeder seiner Bewegungen folgten – und trat vor die Zeltöffnung. Er hockte sich dort auf den Boden und blickte durch die Öffnung in das Dunkel. Er konnte nichts erkennen. Er hoffte, daß der Leo seine Anwesenheit spüren und herauskommen würde, und sei es nur, um ihn zu verjagen. Er fühlte die Mißachtung des Leos, so stark, daß sie fast ein körperliches Unbehagen war. Er war nicht existent, nicht einmal für sich selbst; er war ein zudringliches Auge, eine zitternde, tanzende Nadel ohne eine Nordorientierung.

»Painter«, sagte er schließlich, »ich möchte mit Ihnen reden.« Er hatte sich höflichere Eröffnungsworte überlegt;

aber sie schienen ihm beleidigend, selbst unter der Voraussetzung, daß der Leo sie als Höflichkeitsformeln verstehen sollte. Er wartete. Er fühlte die Blicke der Horde auf sich gerichtet.

»Kommen Sie herein«, sagte Painters dünne Stimme.

Er umklammerte den Recorder fester mit seiner feuchten Hand und trat ins Zelt.

Bree blickte auf den Bildschirm. Sonnenlicht fiel durch die Zeltleinwand und tauchte alles in einen warmen, ockerfarbenen Schein; die Zeltwände waren hell, alle Objekte im Inneren des Zeltes dunkel, mit hellen Rändern, als ob man alles durch eine Glut betrachtete. Die Linse des Recorders war weit geöffnet, und alles wirkte verschwommen, überzeichnet; Staubkörnchen tanzten wie winzige, helle Insekten, die Augen des Leos waren wie geschmolzenes Gold, sanft, lebendig.

»Du hättest das Fleisch nicht essen dürfen, Meric«, sagte Bree. »Sie haben dich schließlich nicht dazu gezwungen. Du hättest erklären können ...«

»Sei still.« Das Gewicht ihrer Ignoranz, einer Ignoranz, die er nicht beseitigen konnte, preßte sein Herz zusammen.

»Was wollen Sie?« sagte der Leo. Meric antwortete nicht. Und der Leo schien auch keine Antwort zu erwarten. Schließlich sagte Merics Stimme – er selbst war im Off – leise: »Wir halten das Töten von Tieren für ungesetzlich.«

Der Gesichtsausdruck des Leos blieb unbewegt, er schien Merics Worte nicht als Herausforderung zu verstehen.

Meric sagte: »Wir dulden es nicht innerhalb des Reservats.«

Bree wartete darauf, daß der Leo ein Gegenargument fände, daß er sagte: ›Aber alle Lebewesen fressen andere Lebewesen‹, oder: ›Wir haben genau das gleiche Recht zum Jagen wie die Habichte und die Libellen‹, oder: ›Mit welchem Recht wollen Sie uns Vorschriften machen?‹ Sie hatte Antworten, Erklärungen für alle diese Argumente bereit. Und sie wußte, daß auch Meric welche hatte. Sie wollte hören, wie er sie dem Leo gab.

Der Leo sagte nur: »Warum sind Sie allein hergekommen?«

»Was?« Merics Stimme klang verwirrt.

»Ich sagte, warum sind Sie allein hergekommen?«

»Ich verstehe nicht.«

»Wenn Sie mir etwas verbieten wollen, etwas, das ich tue, brauchen Sie mehrere Leute, um mich dazu zu zwingen.«

Soweit man Stimmungen bei ihm überhaupt erkennen konnte, war der Leo nicht aggressiv. Er sagte es in einem Tonfall, als ob er Meric auf etwas hinweisen wollte, das der übersehen hatte. Meric murmelte etwas, das Bree nicht verstand.

Der Leo sagte: »Ich muß leben. Es hat nichts mit diesen ... seltsamen Vorstellungen zu tun. Ich nehme mir, was ich brauche. Ich nehme mir, was ich mir nehmen muß.«

»Das ist Ihr gutes Recht«, sagte Meric. »Soviel, wie Sie zum Leben brauchen, aber ...«

Der Leo schien beinahe zu lächeln. »Ja«, sagte er. »Mein gutes Recht auf das, was ich zum Leben brauche. Und was meine Frauen und Kinder brauchen.«

»Einverstanden«, sagte Meric.

»Und außerdem – Bezahlung für das, was ich durchgemacht habe, für das, was ich bin. Entschädigung, Wiedergutmachung oder so. Ich habe nicht darum gebeten, geschaffen zu werden.«

»Ich weiß nicht«, sagte Meric. »Zu diesem Teil haben Sie, glaube ich, kein Recht.«

»Diesen Teil«, sagte der Leo, »können Sie mir gerne wegnehmen. – Wenn Sie können.«

Wieder eine Weile Schweigen. Hatte Meric Angst? fragte sich Bree. Warum sagte er nichts? »Warum hast du es ihm nicht erklärt?« flüsterte sie. »Du hättest es ihm erklären sollen.«

Meric drückte einen Schalter auf dem Schneidetisch. Das Bild des Leos gefror, und auch die goldschimmernden Staubpartikel, die ihn wie eine Aureole umgaben. Während des ganzen, langen Weges zurück hatte er sich überlegt, wie er es erklären sollte: Bree, Emma, allen anderen. In seinem ganzen Leben war er immer ein Erklärer gewesen, ein Beschreiber, ein Transformer, ein Instrument, durch das die Ereignisse passierten und Bedeutung bekamen: Begründungen, Programme, Richtung erhielten. Aber er fand keine Möglichkeit, das zu beschreiben, was er im Lager der Leos erlebt hatte, weil diese Erlebnisse nicht durch ihn passierten, ihn niemals verlassen würden, weil er ihr Gefangener war.

»Ich hatte nichts zu sagen«, sagte er zu Bree.

»Nichts zu sagen?«

»Nichts zu sagen. Weil er recht hat.« Recht, recht, was hat das zu bedeuten? »Wenn wir ihn hindern wollen, zu jagen, müssen wir ihn dazu zwingen. Weil ...« Er fand keine Möglichkeit, es auszudrücken, in Worte zu fassen. Ein erstickendes Gefühl, als ob er in einem Vakuum gefangen wäre.

Als Bree nach ihrer Affäre mit Grady begonnen hatte, die Bibel zu lesen, an Jesus zu denken und über ihn zu sprechen, hatte sie versucht, Meric das Gefühl zu vermitteln, das sie empfand. »Es ist das Gutsein«, hatte sie gesagt. Meric hatte sich Mühe gegeben, gut zu sein, christushaft, liebevoll, selbstlos, er hatte es nie gefühlt, wie es Bree fühlte, als eine Gabe, eine Heimstatt, ein intensives Glücksgefühl. Er dachte daran, ihr zu sagen, daß er in Painters Zelt dasselbe empfunden hatte, wie sie zu der Zeit, als sie Jesus kennenlernte, als sie von innen heraus zu glühen schien und es nicht erklären konnte, als dies neue Gefühl sie zum Weinen brachte. Aber was konnte das für Bree bedeuten? Ihr freundlicher Jesus, ihr Liebhaber, der nichts von ihr forderte als bei ihr sein zu dürfen, was hatte der mit den grausamen, schweigenden Kreaturen zu tun, bei denen Meric gewesen war?

»Es ist wie mit Jesus«, sagte er beschämt, und die Worte waren wie Staub in seinem Mund. Er hörte, wie sie entsetzt den Atem anhielt. Aber es stimmte. Jesus besaß zwei Naturen: Gott und Mensch, und die Gottheit in ihm brannte durch sein Fleisch, und verbrannte das Fleisch seiner Gläubigen. Auch Painter hatte zwei Naturen: durch seine dünne, rauhe Stimme sprachen all die dunklen, undifferenzierten

Welten, all die stimmlosen Tiere; es war die Welt, aus der wir uns auf Candys Drängen hin zurückgezogen hatten, von der Jesus uns zu befreien versprochen hatte, diese alte Welt war zurückgekehrt, um uns gefangenzunehmen, mit einer Stimme zu uns zu sprechen, uns wieder in Besitz zu nehmen. Es war, als ob die gigantischen, nach Erde riechenden Titanen zurückgekehrt wären, um endlich die nebulösen, intriganten Götter zu vertreiben, als ob sich ein Kreis geschlossen hätte, der uns zunächst wie eine aufwärts führende Spirale erschienen war, als ob ein umgekehrter Messias erschienen sei, um alle sinnlosen Hoffnungen für immer zu zermalmen.

Als ob, als ob, als ob. Meric wandte den Blick von dem Bildschirm und atmete tief durch. Tränen brannten auf seinen schmutzbedeckten Wangen. Die Ketten fielen von ihm ab, wie in Painters Zelt. Nichts zu sagen, ja, endlich nichts zu sagen.

Unfähig, ihren Blick von dem Bildschirm zu nehmen, trotz eines Ekels, so übermächtig, daß es fast Angst war, fiel Bree unwillkürlich ein altes Kinderlied ein, das sie noch immer manchmal vor sich hinsummte, wenn sie nicht einschlafen konnte: *Alle Kleinen gehören ihm, sie sind schwach, doch er ist krank.* Sie erschauderte ob der Blasphemie, und erhob sich langsam, wie aus einem bösen Traum erwachend. »Es ist ja egal«, murmelte sie. »Bald werden sie wieder verschwinden.«

»Was soll das heißen?«

»Grady hat es mir gesagt. Es sind Regierungsbeamte hier. Einer von diesen – eins dieser Tiere hat ein Verbrechen begangen oder so was. Sie wollen hinausgehen und ihn festnehmen, und die anderen vertreiben – oder so was ...«

Er stand auf. Sie wich seinem Blick aus. »Grady geht mit ihnen hinaus. Sie haben nur gewartet, bis du zurück bist. – Was tust du?«

Er war zum Schrank getreten, hatte die Tür geöffnet und begann, Kleidung und andere Sachen herauszunehmen. »Ich bin nicht zurück«, sagte er.

»Was soll das heißen?«

Er verknotete die Schnürsenkel seiner schweren Stiefel, so daß er sie über die Schulter hängen konnte. »Haben sie Gewehre?« fragte er. »Wie viele sind es? Sag es mir.«

»Ich weiß nicht. Ja, Gewehre, glaube ich. Grady wird mit ihnen gehen. Es ist in Ordnung.« Er schien wütend. Sie wollte ihn berühren, ihn zurückhalten, aber sie hatte Angst. »Du bist zurück«, sagte sie.

Er zog eine Steppjacke an. »Nein«, sagte er. »Ich bin nur hier, um mir diese Sachen zu holen.« Er stopfte Videokassetten, Objektive und andere Sachen in einen Sack. »Ich wollte an sich einen oder zwei Tage bleiben. Sprich mit Emma.« Er richtete sich auf, sah sie aber nicht an. »Leb wohl.«

Eine plötzliche Angst nahm ihr den Atem. »Leb wohl?«

»Ich muß mich beeilen«, sagte er. »Ich muß vor Grady und den anderen bei ihnen sein.« Er sah sie noch immer nicht an. »Es tut mir leid«, sagte er rasch, abweisend.

»Was ist eigentlich los?« fragte sie.

»Ich gehe zu ihnen zurück. Ich muß ... alles registrieren, festhalten. Damit die Menschen es sehen können.« Er warf den Sack über die Schulter und steckte das Brot, das sie für ihn zurechtgemacht hatte, in die Tasche. »Und ich muß sie warnen.«

»Sie *warnen?* Sie sind Diebe! Mörder!« Sie schrie die Worte hinaus. »Sie gehören nicht hierher. Sie müssen verschwinden. Sie müssen mit dem Töten aufhören!« Er wollte gehen. Sie packte ihn am Arm. »Was haben sie mit dir gemacht?«

Er schüttelte ihre Hand wortlos ab. Sein Gesicht war verschlossen. Er verließ ihren abgegrenzten Wohnbezirk und trat in das Gewirr der breiten, niedrigen Korridore, die ihre Ebene durchzogen. Durch die langen, schmalen Fenster fiel Mondlicht herein. Sonst gab es keine Beleuchtung. Seine Schritte waren unnatürlich laut in der Stille, aber Brees nackte Füße machten kein Geräusch. »Meric ...« Ein drängendes Flüstern. »Wann kommst du zurück?«

»Ich weiß nicht.«

»Geh nicht fort!«

»Ich muß.«

»Überlaß es doch Grady.«

Er wandte den Kopf und blickte sie an. »Sag Grady, er soll sich nicht draußen blicken lassen«, sagte er. »Erzähle Emma, was los ist. Laßt diese Leute nicht ins Reservat. Sie gehören nicht dorthin. Sie haben kein Recht dazu.«

»Kein *Recht!*« Sie blieb stehen, einen Schritt von ihm entfernt, als ob es gefährlich wäre, sich ihm weiter zu nähern. Er blieb ebenfalls stehen. Er wußte, daß alles falsch war, was er ihr gesagt hatte, daß er ihr unrecht tat. Er schämte sich deswegen, aber es war nicht zu ändern. »Leb wohl«, sagte er noch einmal, wandte sich ab und ging den Korridor entlang zu den Nachtaufzügen. Sie folgte ihm nicht.

Er fuhr mit den Nachtaufzügen zur Basis des Berges hinab, folgte den Lichtzeichen, wechselte von einem Lift zum anderen – die Tagesaufzüge waren jetzt abgeschaltet, nur zwei Aufzugwege waren über Nacht in Betrieb, und er mußte auf jeder Endebene eines Lifts anhand der fluoreszierenden Hinweisschilder nach dem Anschlußlift suchen. Wie oft hatte er davon geträumt, so wie jetzt durch den dunklen Berg zu streifen, auf Ebenen, die er nie zuvor betreten hatte, Orte zu sehen, die ihm völlig neu waren, riesige und sinnlose Raumteiler, unpassierbare Hallen, gigantische, halb fertige Maschinen, Prozessionen von unbekannten Gesichtern, ständig vom richtigen Weg abweichend, der aber doch immer wieder, in einem ständig wechselnden Gesicht, vor ihm auftauchte – bis er völlig verwirrt erwachte.

Er erwachte. Es schien ihm, als ob der Berg, in dessen Tiefen er jetzt hinabfuhr, jede Gegenständlichkeit verloren hätte, als ob er nur eine Illusion sei, eine Vorstellung. Die kontinuierlichen, vernünftigen, sorgfältig erdachten Teilungen seines Raums, die simplen, ehrlichen Formen seiner Maschinen, seine riesigen, dunklen Solarbatterien, seine rohen, unverputzten Wände, die alle Zeichen der Arbeit und Mühe trugen, die bei ihrer Erschaffung nötig gewesen waren, besaßen die falsche Realität eines Traums. Sie konnte ihn nicht länger festhalten.

Er durchquerte das riesige Atrium auf der Basisebene des

Berges, vorbei an Stapeln von Vorräten und Material – die Halle war niemals leer, immer lagen und standen hier irgendwelche Dinge herum, die sich in irgendeinem Stadium der Verarbeitung befanden, die von Handwerkern von einer Form in die andere transformiert wurden: Holz zu Wänden, Metall zu Maschinen, Schmutz zu Reinheit, Nutzlosigkeit zu Nutzen, Brauchbares zu Abfall, Abfall zu neuen Rohmaterialien. Vor ihm erhob sich die transparente Wand, mehrere Stockwerke hoch, Stein, Stahl und grüne Rohglasscheiben, durch die, grünlich gefärbt, das Mondlicht hereinfiel. Er trat hinaus. Der Mond war weiß und rund. Das Gras, silbern schimmernd, neigte sich vor ihm, als der Nachtwind es in breiten Wellen zu Boden drückte. Der Berg hinter ihm lag still; nur ein Hindernis für den Wind; seine wenigen matten Lichter konkurrierten nicht mit dem Schein des Mondes.

Gewißheit. Das war es, was Painter ihm anbot. Das heißt, er bot sie ihm nicht an, er repräsentierte sie: Gewißheit nach umherschweifender Unsicherheit, nach beklemmendem Suchen, bohrenden Zweifeln, endlosen Fragen. Er hatte Meric gebeten – nein, nicht gebeten, er hatte kein Interesse, ihn zu bitten, aber ihn doch aufgefordert –, den alten König in sich zu stürzen, den alten Adam, dem Jehova befohlen hatte, über alle Kreaturen zu herrschen. Denn selbst im Berg war der alte König Adam nicht entthront worden, man hatte ihn nur ins Exil geschickt: immer noch stolz, erhaben, thronte er in einsamer Größe, weil es keinen neuen König gab, der seine abgelegte Krone aufsetzen konnte.

Der König war gekommen. Er wartete dort draußen im Dunkel, sein Königtum verhüllt wie eine Sonne, die sich hinter einer Wolkenwand verbirgt. Meric hatte es gesehen, war davor in die Knie gesunken, hatte die schweren Hände geküßt, beschämt, erleichtert und verwundert.

Werft alles von euch, was ihr besitzt, sagte der Leo zu den Menschen. Gebt alles fort und folgt mir.

Meric schritt rasch durch das wispernde Gras, ohne zurückzublicken, nach Norden.

Sie fingen Painter gegen Ende des Monats, an einem grauen, kalten Tag, an dem die ersten Schneeflocken wie Staubkörner im Wind tanzten. Barron hatte geplant, die ganze Horde zu umzingeln und zu Verhandlungen zu zwingen, den Leo, der sich Painter nannte, festzunehmen und die anderen aus dem Reservat abzuschieben, sie unter Bewachung nach Südosten zu bringen, auf die Hauptstadt zu, bei der die Internierungslager errichtet worden waren. Aber Meric Landseer hatte diesen Plan vereitelt. Er und der junge Leo, der plötzlich aus dem Nichts aufgetaucht war. Es hatte eine simple, klare Polizeiaktion werden sollen: Kontakt, Verhandlung, Abschub. Es wurde ein Krieg.

Anfangs schienen die Leos vor ihnen durch die Vorgebirge der Bergkette, welche die Nordgrenze des Reservats bildete, zu fliehen. Barron beschloß angesichts der Tatsache, daß die Berge sie an einer Flucht nach Norden hinderten, einen Teil seiner Männer auf die andere Seite zu schicken und die Leos in einer Zangenbewegung vor den Bergen, die ein Ausbrechen nach Norden verhinderten, festzunageln. Doch als sie dieses Manöver durchführten und die Leos in der Falle glaubten, bog die Karawane plötzlich nach Norden ab, auf die steilen, kieferbewachsenen Berghänge zu. Barron hatte erfahren, daß die Leos Berge haßten. Meric Landseer mußte sie dazu gebracht haben, ihre Abneigung zu überwinden.

Hinter einem Flußlauf erhob sich steil und dicht bewaldet die erste Bergkette. Sie ließen ihren Lastwagen am Flußufer zurück und wollten gerade hinüberwaten, als Barron und seine Männer auftauchten. Die Beamten blieben in Dekkung, mit schußbereiten Waffen. Barron rief die Leos durch einen tragbaren Lautsprecher an, nannte ihnen seine Bedingungen und forderte sie auch auf, ihre Waffen abzulegen.

Keine Reaktion.

Grady, der Ranger, nahm ihm den Lautsprecher aus der Hand. Er rief nach Meric und warnte ihn, sich nicht einzumischen, kein Narr zu sein, zu verschwinden.

Keine Antwort.

Die Leo-Frauen in ihren langen, dunklen Roben hoben sich kaum von dem braunen, staubigen Gras ab.

Barron, der ruhig, aber bestimmt durch den Lautsprecher redete, und Grady, der eine schwere, kurzläufige Waffe in der Armbeuge trug, begannen zum Flußufer zu gehen. Die Leos traten ins Wasser. Barron ging rascher. Er vermutete, daß der größte der Leos, der normale Kleidung trug, der war, den sie suchten. Er rief ihn beim Namen und forderte ihn auf, sich zu ergeben.

Aus dem Augenwinkel heraus bemerkte er eine rasche Bewegung links von sich am Waldrand. Jemand mit einem Gewehr. Ein Leo. Aber wer? Woher kam er? Grady ließ sich sofort zu Boden fallen und riß Barron mit sich. Ein Schuß dröhnte dumpf, und dann hörten sie das Stakkato von Gewehrfeuer aus der Richtung, wo sie die anderen Männer zurückgelassen hatten.

Der junge Leo sprintete von einem Baum zum anderen, lud im Laufen seine altertümliche Waffe und feuerte. Irgendwo hinter sich hörte Barron einen Aufschrei ... Einer der Männer war getroffen worden. Barron sah hin und wieder, wenn er es wagte, den Kopf zu heben, den von Baum zu Baum huschenden Leo. Der Lautsprecher war ihm aus der Hand gefallen. Er robbte ein Stück zurück und hob ihn auf. Er rief dem jungen Leo zu, er solle sein Gewehr fallen lassen, oder seine Männer würden gezielt schießen. Die Leos waren jetzt im Fluß, bis zur Brust in dem braunen, rasch dahinschießenden Wasser, die Kinder auf den Schultern der Erwachsenen. Als Painter das andere Ufer erreichte, blieb er stehen, bis die anderen bei ihm waren. Barron sah Meric, und das Mädchen, das sie schon früher während der Verfolgung bemerkt hatten, wahrscheinlich das Mädchen, das Painter gekidnappt hatte.

Der junge Leo mit dem Gewehr rannte plötzlich aus seiner Deckung und den Hang herab, zwischen die Verfolger und die fliehende Horde. Die Gewehre hinter Barron begannen zu feuern. Der Leo schoß im Laufen, blind, ohne zu zielen, und Barron und Grady duckten sich zu Boden. Er lief auf ein Gebüsch zu. Er schien zu stolpern, kurz bevor er es erreichte, dann kroch er hinein und feuerte weiter. Die Geschosse von Barrons Männern fetzten in das Gebüsch.

Dann war es plötzlich still.

Barron blickte auf. Der junge Leo lag neben dem Gebüsch, reglos, auf dem Rücken. Der Leo Painter verließ das Flußufer und kam auf Barron und Grady zu. Er hielt sein Gewehr locker in der Hand. Barron glaubte jemanden rufen zu hören; das Mädchen anscheinend, das ihn zurückhalten wollte. Barrons Hand zitterte, als er den Lautsprecher an den Mund hob: er forderte den Leo auf, die Waffe fortzuwerfen. Der Leo blickte nicht einmal zu dem Busch, bei dem der junge Leo lag. Mit festen, regelmäßigen Schritten kam er auf sie zu, das Gewehr in der Hand. Immer wieder forderte Barron ihn auf, es fallen zu lassen. Er wandte den Kopf und rief seinen Männern zu, nicht zu schießen.

Schließlich warf der Leo die Waffe fort, das heißt, er ließ sie einfach fallen, als ob sie ihm lästig geworden wäre. Am Flußufer hielt Meric das Mädchen umklammert, das sich heftig wehrte und nach dem Leo rief. Der Mann hielt sie fest und zerrte sie auf die Bergkette zu. Einige der Leos begannen bereits, auf Händen und Knien den steilen Hang hinaufzuklettern. Der Ranger Grady sprang plötzlich auf und riß seine kurze, klobige Waffe an die Schulter.

Er zielte über den Kopf des Leo hinweg. Der Abschußknall dröhnte dumpf, wie ein Paukenschlag, und im selben Moment erschien eine kleine, amorphe Wolke über dem Kopf des Leo. Vom Ufer gellte ein Schrei, der Schrei eines Mädchens. Die Wolke zerplatzte zu einem Netz aus starken dünnen Fäden, das mit einem ebenso dünnen Leitseil an dem Gewehr befestigt war. Langsam senkte es sich über den Leo, der es erst bemerkte, als die feinen Fäden ihn berührten. Er wollte zur Seite springen, aber es war schon zu spät. Die klebrigen Fäden hielten ihn fest. Er schrie auf und wollte das Netz von sich reißen, Grady packte den Leitfaden, zog es fester und rief dem Leo zu, stillzustehen. Der Leo stolperte, als sich seine Beine in den klebrigen elastischen Fäden verfingen. Er wollte nach seinem Messer greifen, aber auch seine Arme waren jetzt fest eingeschnürt. Er warf sich zu Boden. Das feine Netz schnitt ihm ins Gesicht. Grady lief zu ihm, rasch und zielstrebig, wie eine Spinne zu ihrem Opfer, und sicherte das Netz.

Barron blickte wieder zu den beiden Menschen hinüber. Der Wind wirbelte noch immer Schneeflocken über das dürre Gras. Was war mit ihnen los? Wohin wollten sie überhaupt?

Er trat auf den Leo zu, der es jetzt aufgegeben hatte, sich zu wehren. Grady stand über ihn gebeugt und sagte zugleich beruhigend und triumphierend: »Schon gut, schon gut.«

»Was haben Sie sich eigentlich dabei gedacht?« sagte Barron zu dem Leo. »Was, zum Teufel, haben Sie sich dabei gedacht? Einer meiner Männer ist tot.« Aus irgendeinem Grund, Schock vielleicht, war er plötzlich wütend. Wenn der Ranger nicht dabeigewesen wäre, hätte er den Leo mit den Füßen bearbeitet, bis zum Umfallen.

Fünf

Von der Meute

Oh, haltet euch dem Hund fern,
denn er ist der Freund des Menschen.
T. S. Eliot

Blondie war tot.

Sie begriffen das nicht sofort; sie standen Wache neben dem erstarrenden Körper, ängstlich und verwirrt. Sie war die erste gewesen, die das Fleisch gefressen hatte, obwohl Duke es gefunden hatte. Er hatte daran geschnuppert und einen oder zwei kleine Bissen davon genommen, bevor Blondie herangekommen war, herrisch, im Bewußtsein ihrer Rechte, und Duke sich zurückgezogen hatte. Eigentlich hätte Sweets, ihr Gefährte, als zweiter fressen dürfen, bevor sich die übrige Meute darauf stürzte, aber irgend etwas hatte ihn mißtrauisch gemacht, ein Geruch, der ein vages Erinnern wachrief. Er hatte warnende Laute ausgestoßen, um Blondie zu warnen, hatte sogar gewinselt, um ihre Aufmerksamkeit zu erregen, aber sie war zu alt, oder zu stolz, oder zu hungrig, um auf ihn zu hören. Duke war jung und kräftig; er bekam nur einen Magenkrampf und würgte das Fleisch wieder aus. Aber Blondie war tot.

Als es dunkel wurde, zerstreuten sie sich wieder, der sinnlosen Wache müde geworden und nicht mehr gebannt von dem rasch schwindenden Wesen Blondies, aber Sweets blieb. Er leckte über Blondies starres, von Erbrochenem verschmiertes Gesicht. Er lief den anderen ein Stück nach, kam aber bald wieder zurück. Lange lag er neben ihr, die Ohren lauschend aufgerichtet, einsam und verwirrt. Hin und wieder kam einer der anderen näher, schlich in weitem Bogen um die alte Königin herum, unsicher über ihren Status und den Sweets'. Sie zogen sofort ab, wenn Sweets ein warnendes Knurren ausstieß; er war bei ihr, sie war noch immer mächtig, und Sweets besaß noch immer Teilhabe an ihrer Macht. Aber sein Herz war kalt, und er hatte Angst. Nicht so sehr vor den wilden Artgenossen, die trotz ihrer Wildheit Angst vor den Menschen hatten und so unsicher waren, daß sie niemals Führer sein konnten. Nein, nicht vor den Wilden, vor Duke hatte Sweets Angst.

Sweets hatte Dukes Krankheit und Schwäche gerochen; Duke war jetzt nicht in der Stimmung für einen Kampf. Er hatte sich irgendwo verkrochen, um sich von den Nachwirkungen des Gifts zu erholen. Später würde es zum Kampf kommen. Beide wußten, daß jetzt, nach dem Tod der Königin, die den Frieden zwischen ihnen aufrechterhalten hatte, sich ihr Status verändert hatte und neu etabliert werden mußte.

Gegen Morgen war Sweets eingeschlafen, und Blondies Gesicht war von Rauhreif bedeckt und unkenntlich geworden. Sweets' Bewußtsein erwachte von dem Geruch von Dukes Urin und der Nähe des Dobermanns.

Der Kampf hatte begonnen. Aus allen Teilen des Parks strömten die Hunde der Meute herbei, mager und nervös durch den beginnenden Winter, und ihre Rufe klangen laut durch die klirrend kalte Luft. Sie waren von allen nur denkbaren Rassen, Größen und Farben, von einem schmutzigweißen Pudel, der noch nicht ganz ausgewachsen war und noch immer die schmierigen Reste eines vormals rosafarbenen Bändchens in seinem krausen Kopfhaar trug, bis zu einem alten Irischen Hirtenhund, riesig und strohdumm. Jeder von ihnen hatte seinen Platz in der Meute, einen Platz, der nur wenig mit Stärke oder Wildheit zu tun hatte, sondern allein mit dem Mut, den sie besaßen, oder nicht. Die Plätze in der Rangordnung der Meute waren natürlich ständig umstritten; nur der alte Jagdhund Blondie hatte keine Rivalen besessen. Für Duke und Sweets war die Position abgesteckt: es ging jetzt darum, wer von ihnen Blondies Stelle einnehmen und Führer der Meute werden würde. Aber für den Verlierer war damit der Kampf noch längst nicht zu Ende, er würde weitergehen, bis sich mindestens ein anderes Mitglied der Meute ihm unterworfen hatte und seine neue Position damit festgelegt worden war. Er konnte, wenn ihn sein Mut verließ, als letzter in der Rangordnung der Meute enden.

Wenn ihn sein Mut verließ: als Sweets Duke auf sich zukommen sah, plötzlich und entschlossen, spürte er einen überwältigenden Impuls zu winseln, sich auf den Bauch zu werfen, auf den Dobermann zuzukriechen, sich in einer Ekstase der Unterwerfung in seinem siegreichen Urin zu wälzen und an ihm zu schnuppern. Doch dann ergriff etwas anderes von ihm Besitz, etwas, das ihn in Rage versetzte und seinen Mut neu entfachte, wie eine lodernde Flamme, das ihn die Zähne fletschen und die Ohren zurücklegen ließ, das sein Fell sträubte, so daß er größer erschien, als er war, das seine Muskeln anspannte und ihn wie von einer Sehne geschnellt auf Duke zurasen ließ.

Sweets' erste Meute war eine chinesische Familie in der Tenth Street gewesen, die ihn, kaum entwöhnt und fett, seiner Mutter – der Schäferhündin des Hausmeisters – weggenommen und an ihrer Haustür ein Schild befestigt hatten: VORSICHT – BISSIGER HUND! Kurz darauf war der gesamte Häuserblock von der provisorischen Regierung geräumt worden, noch bevor Sweets seine Loyalität gegenüber dem scheuen, gelehrt wirkenden Jungen entwickeln konnte, der anscheinend der Führer dieser Meute war. Manchmal, wenn sie weit nach Süden vordrangen und im Abfall der Stadt herumwühlten, nahm er Gerüche wahr, die ihn an seine früheste Jugend erinnerten.

Die Hunde der Tenth Street, die den Hundefängern entkommen waren, wurden von paramilitärischen Streifen abgeschossen, aus Gründen der Hygiene, wurde behauptet, aber hauptsächlich, damit die Jungs mal wieder Dampf ablassen konnten. Sweets war von den Hundefängern erwischt worden, und sie hätten ihn getötet, wie die anderen knurrenden, winselnden, verängstigten, halb verhungerten Tiere in dem Käfig, wenn das Schicksal ihn nicht für ein Leben bestimmt hätte, das normalerweise schlimmer ist als der Tod: Sweets war einer der Hunde, die von einem städtischen Forschungsinstitut als Versuchstiere für eine Testreihe ausgesucht worden waren, bei der festgestellt werden sollte, was sie die Rasse lehren konnten, die von ihnen als ihre Führer angesehen wurden.

Das war das erste, woran Sweets sich erinnern konnte, nicht mit den Nerven und Zellen seiner Nase, sondern mit dem Teil, der hinter der Nase lag, und den er als Sitz seines neuen Bewußtseins identifizierte: das Laboratorium des Forschungsinstituts. Die sterile, blendende Helligkeit, die glänzenden Metallspangen, mit denen er gefesselt wurde. Das Jucken seines rasierten Schädels, in den Elektroden implantiert worden waren. Die kräftigen, desinfizierten, gleichgültigen Hände der Negerin, die ihn, eines Tages, bald nach dem Erwachen, befreiten und ihn steifbeinig und tolpatschig wie einen Welpen in die Arme seiner neuen Herrin entließen: »Sweets«, sagte sie. »Sweets, Sweets, Sweets, komm zu Mama ...«

Die Experimente, bei denen Sweets verwendet wurde, betrafen die Funktionsverstärkung der vorderen Gehirnlappen. Der Versuch wurde als fehlgeschlagen abgebrochen. Sweets' Elektroenzephalogramm war ungewöhnlich, aber niemand machte sich die Mühe, die Aberrationen deuten zu wollen; es gab kaum noch jemanden, der sich auf das EEG verließ, und Sweets hatte bei jedem Test, den man mit ihm durchführte, versagt. Offensichtlich war es bei ihm zu keiner Funktionsverstärkung gekommen, zu keiner Steigerung seiner eidetischen Intelligenz. Die ganze Versuchsreihe wurde als Fehlschlag betrachtet und abgebrochen. Und Sweets, der natürlich keine Ahnung hatte, worum es ging, und der sich nur in seinem Bewußtsein veränderte, nicht aber in seiner Seele, die er von seiner Mutter, der grauen Schäferhündin, geerbt hatte, und von seinem Vater, einer einäugigen Promenadenmischung, hätte niemals daran gedacht, ihnen zu sagen – selbst wenn er hätte reden können –, daß er wach geworden war. Er genoß die Liebe seiner neuen, schwarzhäutigen Herrin, einer technischen Assistentin des Instituts, die ihn von Anfang an gemocht und ihn für sich beansprucht hatte, als das Experiment abgebrochen worden war. Ihr gab er so viel von seiner Liebe, wie in seinem kurzen Leben unzerstört geblieben war.

Es hatte Jahrhunderte gedauert, um die Bindungen zwischen Menschen und Hunden herzustellen, um Hunden auch in Menschen ihre Meute sehen zu lassen. In der Stadt wurde diese Bindung innerhalb einer einzigen Dekade zerrissen.

Es war fair, daß die Spezies, die das Schicksal der Stadtmenschen teilten – Hunde, Katzen, Ratten, Schaben –, auch seine Tragödien teilten, und das haben sie auch immer getan; die Hunde freiwillig, die Katzen widerwillig, die anderen, weil ihnen keine andere Wahl blieb. Sie hatten mit den Menschen gehungert, waren mit ihnen zusammen in Feuer und Bombenhagel gestorben, waren von ihm in Hungersnöten geopfert worden – und den Zielen seiner Wissenschaften. Aber die Menschen hatten sich geändert, viel rascher, als es den Spezies möglich war, die in ihrer Gesellschaft lebten. Die Ratten, die sich den schmutzigen Gewohnheiten des Menschen so wunderbar angepaßt hatten und sich auf seine Faulheit verließen, wurden plötzlich von seiner geistigen Überlegenheit in Gefahr gebracht und wären beinahe ganz untergegangen; erst jetzt, da sich der Griff des Menschen um die Welt gelockert hatte, geschwächt von dem Ideenkampf, in den sich nur Menschen verstricken können, hatten sie sich wieder etwas erholen können. Sweets und seine Meute wußten das, weil sie die Ratten jagten. Die Katzen waren durch den Untergang der Ratten in zwei Klassen aufgeteilt worden: fette Eunuchen, die von dem Fleisch von Tieren lebten, die zwanzigmal so groß waren wie sie, die für sie gemästet und geschlachtet und in unappetitliche Häppchen zerteilt wurden; und die weitaus größere Gruppe ihrer freilebenden Vettern, die hungerten, froren und zu Tausenden vergiftet wurden.

Bis zu dem Tag, an dem Menschen die Stadt endgültig verlassen würden, ging es den Schaben natürlich gut. Aber plötzlich schien dieser Tag gar nicht mehr allzu weit entfernt zu sein.

An der Fifth Street in Harlem waren die Renaissancefassaden abgeblättert, die Fenster mit Blenden aus Stahl oder Sperrholz verdeckt. Der Park, den die Menschen so lange und so selbstverständlich als ihr Eigentum betrachtet hatten, war verkommen und verwildert; nur ein paar mit Elektroknüppeln bewaffnete Wärter gingen in ihm hin und her, und ihre Hauptaufgabe bestand darin, die zementierten Spielplätze zu bewachen, die während der Tagesstunden für die Kinder offengehalten wurden, die unter den wachsamen Blicken ihrer Kindermädchen gelangweilt auf den zerbrochenen Wippen und den nur noch an einer Kette hängenden Schaukeln spielten. Nur wenige Menschen wagten sich in den verwilderten Teil des Parks, nördlich von den Museen, wo wuchernder Efeu die alten Bäume zu strangulieren begonnen hatte. ›Wir haben sie im Park verloren‹, hieß es immer wieder in Polizeiberichten, nach Straßenkämpfen mit der einen oder anderen Gang; verloren in den Wäldern und felsigen Bergbuckeln, in denen sie sich versteckten, manchmal verwundet, sterbend manchmal. Die gelegentlichen Razzien der Polizei im Park brachten hin und wieder die Entdeckung eines Toten, und einer Meute von zottigen, wachsamen Hunden, die sich in vorsichtigem Abstand hielten und niemals in Schußweite kamen.

Dort, im Park, hatte Sweets Blondie zum erstenmal gesehen, jenseits des Museums, an der Südgrenze ihres Territoriums.

Die offenen Flächen um das Museum gehörten jetzt den Hunden, trotz der Verbotsschilder der Polizei, da es kaum Menschen gab, die sich noch ohne Hund in den Park trauten. Sweets lernte viele von ihnen kennen, und fürchtete einige von ihnen; schlanke, nervöse Windhunde, die vor Eichhörnchen scheuten, kräftige Dobermänner und aggressive Schäferhunde, die nur den Angriff kannten und keine anderen Spiele, riesige, tolpatschige Bernhardiner. Die Ebene der Hunde war ein verwirrender, erschöpfender Ort, ein Durcheinander von Revieren und Herrschaftsbereichen, die alle von anderen in Frage gestellt wurden. Sweets fand den Park beängstigend und aufregend. Er zerrte an seiner

Leine, bellte wie verrückt, wenn auch nur ein dummer Welpe in seine Nähe kam, als Lucille ihn zum erstenmal hierher brachte, und er stand stockstill, als sie ihn von der Leine löste, unfähig, von ihrer Seite zu weichen, überwältigt von einer Kakophonie verschiedener Gerüche. Jeder Sinn, jeder Zweck, den Sweets und die anderen dem Park abgewinnen mochten, wurde von den Menschen zerstört. Sweets hätte die Weimaraner-Hündin haben sollen; sie war in Hitze und hätte überhaupt nicht hierhergebracht werden dürfen, aber da sie nun einmal hier war, warum hatte man ihm seinen ersten Triumph, seinen ersten Sieg über andere, die weitaus größer und bissiger waren als er, genommen? Die Hündin hatte ihn erwählt. Er hatte noch nie ein Weibchen besessen, und die Gewaltigkeit dieses neuen Gefühls überwältigte ihn; er hätte für sie getötet, und sie wußte das. Doch dann war ein Mann mit schweren Schuhen herangetreten, hatte sie mit brutalen Fußtritten auseinandergejagt und Sweets' ersten Triumph vergällt.

Aufgeregt, zitternd mit der Kraft, die aus seinen Lenden zu strömen schien, war er davongerannt, hatte aus weiter Ferne Lucille nach ihm rufen hören. Und dann war alles hinter ihm zurückgeblieben, und nur noch sein eigener Geruch um ihn. Er lief mit der Nase dicht am Boden, aber es gab nichts zu riechen. Er gelangte auf den Grat eines Verwerfungshügels, und dort, in den Büschen, war Blondie, die sich erhob, um ihn zu begrüßen. Er hob den Kopf, bellte aber nicht; er fühlte sich unbesiegbar, potent, riesig, und sie, obwohl nicht in Hitze, akzeptierte es. Obwohl sie größer war als er, wußte sie, daß er in diesem Moment der Größere war. Ruhig, bewundernd, beschnupperte sie ihn. Und dann legte sie sich wieder unter das Gebüsch und setzte den Schlaf fort, aus dem er sie gerissen hatte, und ihre Rute trommelte leise auf den abfallübersäten Boden.

Und jetzt war Blondie tot; ermordet, wie nur er wußte, mit von Menschen ausgelegtem Fleisch; und auch Lucille war nicht mehr da, von Männern in angstriechenden Mänteln eines Nachts fortgebracht. Sweets, der im verschlossenen

Schlafzimmer zurückgeblieben war, hätte verhungern müssen, überlebte jedoch, obwohl Lucille im Auffangzentrum beim Gedanken daran weinte; er kannte inzwischen Türen und Schlösser, und obwohl seine Krallen und Zähne nicht dafür geschaffen waren, gelang es ihm, die Schlafzimmertür zu öffnen, und er kam durch das ausgeplünderte Wohnzimmer und die offenstehende Wohnungstür in die Dunkelheit und die Gerüche der Nacht.

Er lief in den Park, weil er nicht wußte, wohin er sonst laufen sollte. Wäre Blondie nicht gewesen, schon in diesem ersten Winter wäre er verhungert, weil er sich nicht mehr in die Nähe der Menschen traute, von ihnen nie wieder Nahrung oder Hilfe oder Gesellschaft annehmen würde. Was die wilden Hunde als ihr Geburtsrecht betrachteten, da sie ohne Menschen aufgewachsen waren, besaß er als ein Geschenk jener eidetischen Erinnerung, die ihm die Menschen, ohne es zu wollen, gegeben hatten: er wußte, daß die Menschen nicht mehr zur Meute gehörten. Wenn es in seiner Macht gestanden hätte, er hätte seine Meute, ohne Ausnahme, von den Orten der Menschen fortgeführt, irgendwo anders hin, obwohl er sich einen solchen menschenfreien Ort nur so vorstellen konnte, wie sich ein Heiliger den Himmel vorstellen kann. Er sah ihn als eine Art Park ohne Mauern, ohne Grenzen und, vor allem, ohne Menschen.

Wenn es in seiner Macht gestanden hätte …

Als er sich auf Duke stürzte, wich der Dobermann nicht zurück, griff aber seinerseits auch nicht an. Sein schmales schwarzes Gesicht war Sweets zugewandt, das Maul mit den langen Reißzähnen weit geöffnet. Duke hatte einmal einen Menschen getötet, oder zumindest dabei geholfen, als er Wachhund bei einem Juwelier gewesen war. Der Einbrecher hatte ihm eins der Ohren abgeschossen, die man ihm als Welpen so sorgfältig kupiert hatte. Er hatte vor nichts Angst als vor lauten Geräuschen und vor Blondie. Er drehte sich um die eigene Achse, um Sweets immer im Blickfeld zu behalten, starrte ihn mit aufgerissenem Maul an, ganz von seinem Wunsch besessen, ihn zu zerfleischen, aber unfähig, ihn anzugreifen. Dieses Recht stand Sweets zu.

Als sich der aufgestaute Mut in Sweets schließlich in Aggression verwandelte und er angriff, wurde er sofort von der unglaublichen Wildheit Dukes gepackt. Sie verbissen sich ineinander, und Sweets schmeckte augenblicklich Blut, obwohl er seine aufgebissenen Lippen und Wangen nicht spürte. Sie stürzten immer wieder zu Boden, wie Ringer, waren aber innerhalb weniger Sekunden wieder auf den Beinen: wenn Duke Sweets zu Boden warf, lag Sweets reglos, paralysiert, und bot Dukes scharfen Zähnen seinen Hals und die Jugularvene dar; diese Geste paralysierte Duke sekundenlang, und sie stürzten sich wieder aufeinander, beißend und knurrend, und dann war es Duke, der am Boden lag. Duke war der Stärkere, seine nervöse Stärke, verbessert noch durch sein Training, schien unerschöpflich, und Sweets begann sich mit dem Gedanken anzufreunden – weil auch er von Menschen manipuliert worden war –, daß er verlieren würde.

In diesem Augenblick sprengten vier Stangen Dynamit das provisorische Polizeihauptquartier in der Columbus Avenue in die Luft, und das Krachen traf sie wie ein harter Schlag.

Duke sprang zurück, riß in panischer Angst den Kopf hoch und suchte nach dem Krach, um ihn zu beißen. Sweets, erschrocken, aber nicht verängstigt, griff erneut an und zwang Duke, zurückzuweichen. Duke verlor die Nerven und wollte fliehen, wurde von Sweets eingeholt, wieder zum Zurückweichen gezwungen und lag schließlich reglos unter Sweets, eine Geste völliger Ergebung.

Sweets ließ ihn aufstehen. Er mußte ihn aufstehen lassen. Er spürte einen plötzlichen, unwiderstehlichen Drang, zu urinieren, und als er etwas zur Seite trat, um diesem Drang nachzugeben, floh Duke. Nicht weit; verdeckt hinter einer abblätternden, grün gestrichenen Parkbank am Wegrand verhielt er und bellte Sweets an, um ihn wissen zu lassen, daß er immer noch da war, immer noch bissig und aggressiv. Noch immer ein Mitglied der Meute. Nur nicht ihr Führer.

Mit klopfendem Herzen, ein Bein taub, mit beginnenden

Schmerzen in den zerbissenen Lippen und Wangen, sah Sweets sich in seinem Reich um. Die anderen hielten Abstand, sie waren nur vage, unscharfe Flecken in seiner farblosen Sicht. Er war allein.

Zu der Zeit waren vier Beamte und ein einziger Gefangener in dem provisorischen Polizeihauptquartier in der Columbus Avenue gewesen. Der Gefangene befand sich auf dem Transport vom Norden, wo man ihn festgenommen hatte, zu einem Bestimmungsort, den man den Männern nicht genannt hatte, da sie zur Stadtpolizei gehörten, nicht zur Polizei der Bundesregierung; sie wußten also nur, daß er festgehalten und weitertransportiert werden sollte. Und, natürlich, daß sie einen Bericht darüber abzufassen hatten. Es war dieser Bericht, mit sechs verschiedenfarbigen Durchschlägen, an dem der Sergeant gerade mit großer Sorgfalt und zwei Fingern herumtippte, als er von einer Schublade des Aktenschranks – es war die Schublade *K–L* – enthauptet wurde. Hinter ihr war die Ladung von vier Dynamitstangen versteckt gewesen, und sie wurde wie eine plumpe, breite Axt herausgeschleudert, als die Ladung explodierte.

›Größe: 6 Fuß, 2 Zoll‹, hatte der Sergeant getippt, ›Gewicht: 190 Pfund.‹ Er war schlank, aber kompakt und kräftig. ›Augen: gelb.‹ Er konnte den Blick dieser Augen fast fühlen, durch die Eisenstäbe der hinter ihm liegenden Zelle hindurch. ›Besondere Kennzeichen.‹ Der Sergeant war ein methodischer, dummer Mann. Er dachte lange über diese Frage nach. Sollte das heißen, Kennzeichen, die ihn von anderen seiner Art unterschieden, oder solche, die ihn anders als die Menschen machten? Er hatte schon früher solche Kreaturen gesehen, in Filmen und so weiter, und für ihn sahen sie alle ziemlich gleich aus. Diese Spezies gab es nun schon seit fast hundert Jahren, und trotzdem waren ihnen nur sehr wenige Menschen – vor allem in den Städten – so nahe gekommen, wie jetzt der Sergeant. Sie waren scheu, abweisend, distanziert. Und sie waren zum Aussterben verurteilt.

Das Formular wurde dem Gefangenen irgendwie nicht

gerecht. Der Sergeant wußte sehr wohl, was zu tun war, wenn zum Beispiel der Name eines Mannes länger war als der dafür vorgesehene Raum. Er konnte Größe und Gewicht eines Menschen ziemlich genau schätzen, die düsteren Einzelheiten einer Festnahme schildern – nötigenfalls verbrämt aus einer von Routine geborenen Phantasie.

Besondere Kennzeichen ... Er schrieb: ›Leo.‹

Das sollte reichen, um sein Aussehen zu beschreiben. Er verwandte das Wort noch zweimal: bei der Frage nach einem Alias und bei der Angabe der Rasse. Äußerst zufrieden mit sich und seiner Leistung, wollte er es auch noch in die Spalte für Nationalität/Autonomie einsetzen, als die Ladung hochging.

Außer ihm waren noch zwei weitere Polizisten in dem Raum, und einer schrie. Der andere hatte bei der Kaffeemaschine gestanden, in der Nähe der Zellentür. Er hatte einen Blick auf ihren seltsamen Gefangenen hinter den Gitterstäben werfen wollen. Jetzt war sein blutüberströmtes Gesicht zwischen zwei der Stahlstäbe gepreßt worden, und er starrte mit weit aufgerissenen Augen in das Innere der Zelle.

Der Leo brüllte vor Schmerz und Wut, aber er konnte seine eigene Stimme nicht hören.

Was war geschehen? In Winternächten wie dieser waren die Straßen nördlich der Kathedrale immer totenstill; die lautesten Geräusche waren das Umstürzen von Mülltonnen durch Hunde und Katzen, ihr Bellen und Fauchen aus Wut und Triumph; nur selten fuhr ein einzelner Wagen mit hell brennenden Scheinwerfern durch die Straßen, um die Einhaltung der Sperrstunde zu überwachen. Heute aber waren die Straßen belebt; Fenster wurden aufgestoßen und krachend wieder geschlossen, das Dröhnen von Lautsprechern zerriß die Stille der Nacht, Sirenen heulten, und flackernde Rotlichter punktierten das Dunkel. Irgendwo warfen Flammen aus einem brennenden Gebäude einen mattroten Widerschein an die Wolken. Schüsse krachten, einzeln und in knatternden Feuerstößen.

Da Blondie nicht mehr da war, hatte Sweets niemanden, der ihm für all diese verwirrenden Phänomene eine Erklärung geben konnte, niemanden, der ihm sagte: *Flieh!* oder: *Kümmere dich nicht darum. Das hat nichts zu bedeuten.* Er mußte jetzt alles selbst entscheiden. Die Meute war durch Zufall über zwei oder drei Häuserblocks verstreut, als Sweets plötzlich von Mißtrauen gepackt wurde. Er begann langsam die Straßen entlangzuschnüren, die Nüstern geweitet, auf der Suche nach den anderen. Überall roch er die Angst, alle dachten an Flucht, und alle begannen, sich in die tiefe Dunkelheit des Parks zurückzuziehen, der südlich von hier lag. Sweets aber schnürte weiter, ziellos, unsicher, ohne sich daran erinnern zu können, wen von den Mitgliedern seiner Meute er gesehen hatte und wen nicht. Duke, Randy, Spike, den Wolfshund, Heidi, die kleine Pudelhündin, die Wilden, Blondies Tochter und einen anderen ... Er hielt es nicht länger aus. Er warf sich herum und raste die Avenue entlang, auf ein Haus in der 110. Straße zu, als der Tank um die Ecke bog und direkt auf ihn zurollte.

Er hatte so etwas noch nie gesehen und stand wie paralysiert. Das schwere Geschütz schwenkte von einer Seite zur anderen, und die breiten Raupenketten gruben sich tief in den Straßenbelag. Es war, als ob die Erde selbst zu kriechen begonnen hätte. Der Tank verhielt einen Moment lang auf der Stelle, sein Scheinwerfer suchte das Dunkel ab, und sein Licht stach Sweets blendend in die Augen, dann rollte er weiter, auf ihn zu. Ein Monster aus Stahl, das fast die ganze Straßenbreite einnahm. Und kurz bevor der Tank über Sweets hinwegrollte, tauchte ein Mann in seinem Turmluk auf. Er schnellte hervor wie ein Spielzeug, und sein Anblick verwandelte sein Entsetzen in rasende Wut: Es war wieder nur ein Ding eines Menschen, das ihn bedrohte. Er sprang. Fast schnell genug. Ein Glied der Laufkette knallte ihm gegen das rechte Vorderbein. Er wurde zu Boden geworfen, sprang wieder auf und lief auf drei Beinen weiter, von grellroter Wut und nachtdunkler Angst gepeitscht. Blut tropfte auf die Straße, bis die Kälte die Wunde schloß. Er lief in die Stadt hinein, vom Park fort; er lief in die Dunkelheit, in ir-

gendeine Dunkelheit. Diese Dunkelheit: eine Türnische, eine nach unten führende Treppe, einen dunklen Keller. Und Stille. Schwärze. Das Aufhören jeder Bewegung. Nur das leise Keuchen des eigenen Atems, und das Rauschen der abebbenden Wut.

Sein Fell sträubte sich. Es war noch jemand im Keller.

Verwundete Tiere verkriechen sich. Nicht nur, weil er, ein Leo, sich niemals unauffällig auf der Straße bewegen konnte, auf jeden Fall nicht ohne Mantel, mit einem verschwollenen Arm – vielleicht gebrochen –, sondern auch, weil er die Stadt nicht kannte. Er war auf die Straße hinausgelaufen, noch immer betäubt von der Explosion; die Straße war von beißendem Rauch erfüllt. Sein Gehör kehrte allmählich zurück. Er hörte Menschen rufen, und das Rufen kam näher. Dann das Heulen von Sirenen. Und er wollte nur Ruhe, sehnte sich verzweifelt nach Stille, Dunkelheit, Sicherheit. Der Keller war das zunächstliegende Versteck. Er riß den Jackenärmel mit den Zähnen auf, damit der Stoff den anschwellenden Arm nicht einschnürte. Er versuchte, nicht zu stöhnen, als er damit irgendwo anstieß und ein brennender Schmerz ihn durchfuhr. Den ganzen Tag über saß er reglos, in eine Ecke gedrückt, den Blick zur Tür, während Schmerz und Schock allmählich abebbten, wie eine ablaufende Flut, aus der immer noch eine große Woge an das Gestade seines Bewußtseins anrollen und ihn aufschreien lassen konnte.

Erst als es Abend wurde und selbst das wenige Licht, das in den Keller herunterdrang, vergangen war, begann er wieder zu denken.

Er war frei. Oder zumindest nicht mehr eingesperrt. Er regte sich nicht darüber auf, genausowenig, wie er sich aufgeregt hatte, als er gefangengenommen worden war. Er wußte nicht, warum der Fuchs sie verraten hatte – aber er war sicher, daß er ihm seine Gefangennahme verdankte, weil niemand sonst wußte, daß er im Reservat war, weil niemand sonst wußte, was er im Norden getan hatte –, und er konnte sich zumindest ein Motiv Reynards vorstellen:

seine eigene Haut zu retten. Aber das war unwichtig, jetzt zumindest; doch wenn er Reynard wieder begegnete, war es eine andere Sache. Jetzt kam es einzig und allein darauf an, irgendwie aus dieser Stadt hinauszukommen.

Irgendwo westlich von hier war ein Fluß, wußte er, und der einzige Weg aus der Stadt führte über diesen Fluß. Er wußte nicht, in welcher Richtung der Fluß lag; in der freien Natur hätte ihm ein Instinkt gesagt, wo Westen war, aber der Transport in dem geschlossenen Wagen, mit dem sie ihn hergebracht hatten, die Explosion, und das Gewirr der Straßen hatten seinen Richtungssinn verwirrt. Und wenn er gewußt hätte, wo der Fluß lag, so wüßte er nicht, wie er ihn überqueren sollte, ob man ihn überhaupt überqueren konnte. Und außerdem fuhren draußen auf den Straßen noch immer die Streifenwagen und suchten ihn. Es gab für ihn keinen Weg aus dieser Stadt.

Als es völlig dunkel geworden war, hörte er die Geräusche der Vergeltungsmaßnahmen gegen die Urheber des Anschlags auf das Polizeihauptquartier: das Rasseln von Tanks, die lauten, befehlenden Stimmen aus Lautsprechern. Schüsse. Die Geräusche näherten sich, als ob sie ihn und sein Versteck zum Ziel hätten. Er zog die Pistole, die er einem der toten Polizisten abgenommen hatte, aus dem Gürtel. Er wartete. Er fühlte keine Angst, er konnte keine Angst fühlen, aber die immer mächtiger werdende Wut war ihre Entsprechung. Er sah keinen Grund, sich wieder einfangen zu lassen.

Als der Hund ihn anknurrte, fauchte er sofort zurück. Der Hund war still. Vielleicht gehörte er zu ihnen, war ausgesandt, ihn aufzuspüren. Aber der Hund roch nach Angst und Schmerzen, und außerdem wäre es Painter nie in den Sinn gekommen, einen Hund zu erschießen. Er steckte die Pistole zurück. Solange der Hund ruhig blieb – und wenn er verletzt war und sich nur versteckte, wie Painter, würde er ruhig bleiben –, würde Painter ihn ignorieren.

Sweets' erster Gedanke war: Ein Mensch mit einer Katze. Aber es war ein Geruch, nicht zwei; und nicht der Geruch eines Menschen, ihm nur ähnlich. Er war groß, er war verletzt, er war dort hinten in der Ecke, aber er gehörte nicht hierher, das heißt, dies war nicht sein Revier, nicht *sein* Keller. Sweets wußte das alles sofort, noch bevor sich seine Augen an das Dunkel gewöhnt hatten und er sehen konnte, in dem schwachen Licht einer Straßenlaterne, das durch ein hochgelegenes winziges Fenster in den Keller fiel. Der Mensch – seine Augen sagten ›Mensch‹, aber er glaubte ihnen nicht – hockte dort hinten in der Ecke. Sweets wich zurück, auf drei Beinen, mit gesträubtem Nackenhaar, und drückte sich in die gegenüberliegende Ecke. Er wollte sein verletztes Bein aufsetzen, aber als seine Pfote den Boden berührte, fühlte er einen brennenden Schmerz. Er versuchte, sich hinzulegen, aber der Schmerz ließ es nicht zu. Winselnd humpelte er im Kreis, versuchte, die Wunde zu lekken, den Schmerz zu beißen.

Greller Lichtschein fiel durch das Fenster, als das mahlende Geräusch näher kam. Sweets wich zurück, fletschte die Zähne und begann zu knurren, eine Antwort auf das Knurren der Maschinen.

Menschen, sagte er, *Menschen.*

Das Knurren verebbte in einem Winseln. Er mußte sich ausruhen. Das grelle Licht, das durch das Fenster in den Keller strömte, wanderte weiter, das Geräusch entfernte sich. Ausruhen ... Sweets' Ohren richteten sich auf, und seine Sinne gingen auf Alarmstellung: der andere ...

Der andere saß noch immer reglos in der Ecke. Seine Augen, wie die Augen eines Hundes, reflektierten das matte Licht, wenn er den Kopf bewegte.

Wer ist er?

Wer bist du? fragte Sweets.

Nur ein anderer deiner Herren, sagte der andere.

Sweets sagte: *Kein Mensch ist noch mein Herr.*

Lange bevor ihr den Menschen gefolgt seid, sagte der Leo, *folgtet ihr mir.*

(Aber er ›sagte‹ es nicht; nicht einmal Painter, der sprechen konnte, hatte sich eingestanden, daß es sich um ein Gespräch handelte. Er fühlte nur eine momentane Überraschung ob dieser Kommunikation, welche die wortlose und unmittelbare Klarheit eines Händedrucks oder eines wütenden Schlags besaß.)

Ich bin verletzt und allein, sagte Sweets.

Nicht allein. Jetzt bist du sicher. Ruh dich aus.

Sweets starrte ihn noch immer mit all seinen Sinnen an, sein verängstigtes, verzweifeltes Bewußtsein suchte in dem Durcheinander von Ängsten, Wut und Hoffnung, das ihn völlig beherrschte, nach einem Befehl, dem er gehorchen konnte. Der Geruch des Leos sagte: Halte Abstand und habe immer Furcht vor mir. Aber er hatte ihm gesagt, sich auszuruhen und sicher zu fühlen. Sein verletztes Bein sagte: Warte, sammle neue Kraft. Die Bäche der widerstreitenden Gefühle begannen dann zu einem Fluß zusammenzuströmen, und die Substanz dieses Flusses war ein Befehl: Ergeben.

Mit soviel Unterwerfungsgesten, wie es ihm auf drei Beinen möglich war, näherte er sich dem Leo bis auf wenige Zentimeter und gab dabei kleine Welpenlaute von sich. Der Leo reagierte nicht. Sweets empfand die Gleichgültigkeit wie eine Gnade; es würde keine Auseinandersetzungen zwischen ihnen geben, solange Sweets den Leo als seinen Herrn anerkannte. Vorsichtig, mit weit geöffneten Nüstern, jederzeit zur Flucht bereit, falls er zurückgewiesen werden sollte, leckte er die breite Hand des Leos, schmeckte ihn, erfuhr ein wenig mehr über seine Natur, ein Lernprozeß, der von jetzt an den Hauptteil seines Daseins bilden würde, obwohl er sich dessen noch nicht bewußt war. Als Painter ihn nicht zurückwies, kroch er vorsichtig, zentimeterweise, zwischen Painters Beine, und rollte sich dort zusammen, noch immer bereit, bei dem geringsten Zeichen von Ablehnung zurückzuweichen. Aber es gab kein solches Zeichen. Er fand einen Weg, sich so zu legen, daß er sein verletztes Bein nicht belastete. Er begann heftig zu zittern. Der Leo legte seine Hand auf ihn, und das Zittern hörte auf, nur seine Rute zuckte noch eine Weile, dann hielt er auch sie still. Eine Zeitlang waren seine Ohren noch wachsam aufgerichtet, seine Nüstern geöffnet. Dann legte er den Kopf auf Painters Oberschenkel, und seine Nase füllte sich mit dem starken Geruch des Leos. Sweets schlief.

Painter schlief.

Die Geräusche der Haus-zu-Haus-Durchsuchung kamen ihrem Versteck näher und weckten sie kurz vor Tagesanbruch.

Nirgends Sicherheit, sagte Painter.

Nur im Park, sagte Sweets. *Wir wollen in den Park gehen.*

(Diese Art Kommunikation zwischen ihnen kam nicht häufig vor, weil sie nicht gewollt, sondern eine Art überspringender Funke war, wenn der Gefühls- oder Gedankendruck stark genug geworden war. Sie reichte jedoch, um den Leo und den Hund zu verbinden, ihr Denken gemeinsam auszurichten. Eine Gabe unserer Veränderung in der Hand des Menschen, sagte sich Painter später, wenn er daran dachte; eine Gabe, von der der Mensch nichts gewußt hatte, und die er, wenn es ihm möglich gewesen wäre, zurückzunehmen versucht hätte.)

Sie traten in den dünnen Morgennebel hinaus. Sweets, verängstigt, noch immer humpelnd, blieb immer wieder stehen, sowie er aus dem Gesichtskreis des Leos trat, blickte nervös umher und ging erst weiter, wenn er sicher war, daß er ihm folgte. Einmal verlor er den Weg, fand jedoch kurz darauf Spuren der Meute, Gerüche, die ihm so viel sagten wie eine entfernte Konversation einem Menschen. Er folgte den Spuren, und sie wurden stärker, und dann hoben sich die Umrisse der Torpfeiler aus dem Nebel. Zwischen ihnen war ein dunkler Schatten, der aufgeregt hin und her tanzte und ihn anrief: Duke! Sweets winselte vor Freude und lief zu ihm; er spürte den Schmerz im Bein nicht mehr, schnappte nach Duke und zog gierig seinen Geruch in die Nüstern. Dann blieb er stehen und ließ Duke an sich schnuppern, vom Kopf bis zur Schwanzspitze, und berichtete ihm so von seinen Abenteuern. Duke hielt vorsichtigen Abstand von dem Leo. Er stand nervös tänzelnd auf der Kuppe des Hügels, während Sweets und Painter die mit feuchtem Laub bedeckte Böschung hinabrutschten, und durch die feuchte, moderig riechende Abflußröhre in Sicherheit gelangten, in die beste Sicherheit, die Sweets kannte, in ihre geheime Höhle, die kein Mensch jemals betreten hatte, wo Blondie seine Jungen geboren hatte und wohin sie sich sterbend verkriechen wollte.

Sie gehört jetzt dir, sagte er, und das große Tier, das er gefunden hatte, ließ sich dankbar auf den feuchten Boden der Höhle fallen, umklammerte seinen verletzten Arm und fühlte sich zum erstenmal wirklich sicher.

Der Winter hatte eingesetzt. Sweets wußte das, und Painter auch. Die anderen erlitten ihn nur.

Einer nach dem anderen hatten die Hunde Painter als Mitglied der Meute akzeptiert, weil Sweets ihn akzeptierte. In der Nacht lagen sie im Schutz der Höhle in seiner Nähe. Die Höhle war die Ruine eines rustikalen Hauses, in dem alte Männer sich getroffen hatten, um Karten zu spielen und sich darüber zu beklagen, wie schlecht die Welt geworden war. Es gab sogar ein Schild, irgendwo zwischen den wuchernden Ranken von Buschwerk und Efeu verborgen, das das Haus für die ausschließliche Benutzung durch Senioren bestimmte. Die Pfeiler, die es einst getragen hatten, waren eingeknickt wie die Beine eines alten Mannes, und sein Walmdach war heruntergestürzt und bildete eine flache Höhle. Die Mitglieder der Meute lagen eng zusammengedrängt, um einander zu wärmen. Painter, ein riesiger Körper zwischen den ihren, schlief, wenn sie schliefen, und stand auf, wenn sie aufstanden.

Er und Sweets sorgten für die Meute. Painter besaß die Kraft, die sie nicht hatten, und Sweets konnte jagen und töten wie alle anderen, war aber auch fähig, zu denken. Er und Painter wurden also die Anführer bei allen Unternehmungen. Die beiden führten auch den Raubzug in den Zoo durch, bei dem sie mehrere Kilo zähes Pferdefleisch erbeuteten, Nahrung für die wenigen alten Raubkatzen, die senil vor Langeweile noch immer in den Käfigen des Zoos verkümmerten. Painter und Sweets unternahmen die Expeditionen, die nach und nach immer größere Schlagzeilen in den Zeitungen der Stadt machten. Painter war der ›große, kräftige Mann‹, der zwei Rinderviertel aus einem Restaurant gestohlen hatte, während der Koch von einem wilden, bissigen Hund in Schach gehalten wurde, und der dann, mit den beiden Rindervierteln auf den Schultern – fast zweihundert Pfund Fleisch und Knochen – ins Schneetreiben hinausgelaufen war. Wenn der Koch es nicht mit eigenen Augen gesehen hätte, würde er es selbst nicht glauben.

Wenn Sweets oder Painter mehr von einer menschlichen Seele besessen hätten, würden sie die Partnerschaft, die sich zwischen ihnen entwickelt hatte, als erstaunlich empfunden haben, die Abenteuer, die sie bestanden, als aufregend und amüsant. Sie würden sich an das verblüffte Gesicht der hochgewachsenen, fülligen Frau erinnern, der Painter freundlich und behutsam ihren Kaninmantel auszog, den er von da an ständig trug. Sie hätten sich noch lange über Painters Abenteuer im Zoo amüsiert, als er plötzlich einem Löwen gegenüberstand und ihn anblickte, und der Löwe die Zähne fletschte, unsicher, warum der andere ihn anstarrte, jedoch den Geruch identifizierte und wußte, daß er reagieren sollte. Sie erinnerten sich an keins dieser Erlebnisse, und wenn sie es taten, dann auf eine Weise, die Menschen niemals nachvollziehen konnten. Als Meric Landseer viel später versuchte, Painters Geschichte zu erzählen, konnte er über diesen Abschnitt seines Lebens nur wenig berichten; Painter hatte die meisten Erinnerungen als unwichtig verdrängt. Er überlebte. Das allein zählte. Dafür setzte er seine ganze Kraft, all seine Fähigkeiten ein.

Sie gelangten jedoch zu einem ständig wachsenden Verständnis füreinander. Painter wußte, daß er einen Weg finden mußte, um sicher aus der Stadt zu kommen. Er wußte, daß er nicht lange in dem winterlichen Wald leben konnte, ohne entdeckt zu werden. Und gefangen. Er wußte nicht, daß eine gründliche Suche nach ihm nur deshalb noch nicht stattgefunden hatte, weil das durch die Explosion beschädigte Gebäude, in dem man ihn gefangengehalten hatte, eingestürzt war, und da niemand willens schien, den Befehl zum Aufräumen zu geben, nahm man an, daß er tot unter den Trümmern läge. Er wußte, daß Sweets, genau wie er, den Park verlassen wollte; Sweets war sich völlig darüber im klaren, daß die Meute ihr Überleben nur der Trägheit und

Unentschlossenheit der Menschen verdankte und sie früher oder später gejagt und entweder erschossen oder eingefangen und in geschlossenen Lastwagen abtransportiert werden würden, falls sie nicht vorher verhungerten. Die Meute gewöhnte sich daran, Painter zu folgen, wenn er die Höhle verließ, und Sweets überließ ihm dankbar die Bürde der Führung – und sein Herz. Er hatte keine Ahnung, wie die Freiheit aussehen würde, die Painter ihnen versprochen hatte, und er versuchte nicht einmal, sie sich vorzustellen. Mit dem Augenblick, in dem er den Leo als Herrn erkannt hatte, waren für Sweets alle Fragen für immer beantwortet.

Und das war alles, was er sich immer gewünscht hatte.

Der Tunnel lag nicht weit von der Konservenfabrik entfernt, in dem die Meute oft in den frühen Morgenstunden nach Fleischresten und Abfällen gesucht hatte, bis die Männer mit den Elektroknüppeln erschienen und sie verjagten. Seit dem Tag, an dem einer von der Meute von den Männern in eine Ecke getrieben und mit Schlägen und Elektroschocks grausam zu Tode gefoltert worden war, hatten sie das Gelände der Fabrik gemieden. Aber Sweets erinnerte sich an den Tunnel. Er war eine lange, dunkle Röhre, deren Enden mit Holzgittern versperrt waren. Darüber blinkten orangefarbene Lichter. Ablaufrinnen für Regenwasser führten von der Stadt zu diesem Tunnel. Sweets hatte sich niemals Gedanken darüber gemacht, wohin er führen mochte oder welchem Zweck er diente. Einmal hatte er einen Polizisten auf einem Motorrad in ihm verschwinden und nicht wieder herauskommen sehen.

Als der Winter seinen Höhepunkt erreicht hatte und die Stadt mit schmutzigem Matsch bedeckt war, hatte sich Painter für den Tunnel als Fluchtweg aus der Stadt entschieden. Von allen Möglichkeiten, die er und Sweets erwogen und untersucht hatten, schien er ihm der beste.

Sie standen auf dem Rand der gemauerten Ruine, die zum Tunneleingang führte, und ihr Atem kam in weißen Wolken aus ihren Nüstern. Painter blickte durch das Gitter in die Tunnelröhre. Eine Kette gelblicher Lampen hing an der Decke, aber sie beleuchteten nichts. Painter wußte genausowenig wie Sweets, was sich in dem Tunnel befand, aber er vermutete, daß er durch den Bergrücken zur Nördlichen Autonomie führte. Auf jeden Fall führte er nach Westen, ins wilde Land, und das war alles an Freiheit, das er im Augenblick zu wissen brauchte.

Warum wurde der Tunnel nicht bewacht? Warum standen hier keine Posten, wie auf den Brücken? Vielleicht waren welche am anderen Ende. Oder vielleicht hatte die Nachlässigkeit der Menschen auch diese Pflicht einschlafen lassen, vielleicht verließ man sich auf die Schilder mit ihren harten Drohungen: BETRETEN VERBOTEN! KEIN DURCHGANG! VERSTÖSSE WERDEN MIT FESTNAHME, GEFÄNGNIS UND DEPORTATION BESTRAFT. – PROVISORISCHE REGIONALREGIERUNG.

Es liegt nicht in der Natur eines Leos, sich Gedanken über Drohungen, Gefahren und Folgen eines Unternehmens zu machen. Painters Überlegungen reichten bis zu dem Zeitpunkt, an dem sie alle im Tunnel sein würden, nicht weiter. Er hatte versucht, weiter zu denken, aber ohne Ergebnis. Also wartete er jetzt, daß sich die Meute sammelte.

Während der Nacht waren sie durch die Stadt zum Tunnel gekommen, einzeln, aber niemals außerhalb der Duftzone der anderen. Sie waren stehengeblieben, um den Weg zu markieren, Gerüche zu prüfen, Gerüche von Freßbarem, von Ratten, von Menschen. In einer drei Häuserblocks weit auseinandergezogenen Quadrille waren sie durch die Innenstadt gezogen. Sweets hatte sich dicht an Painter gehalten, der die Vorhut übernommen hatte, nervös und ängstlich wegen des direkten, ungedeckten Vorgehens, aber nicht willens, von seiner Seite zu weichen. Jetzt, als es heller wurde, lief er unruhig hin und her, setzte immer wieder Duftmarken und hielt die Nase in die Luft, um Nachrichten von den anderen sofort aufzufangen. Einzeln, zu zweit, zu dritt erschienen die Mitglieder der Meute, alle nervös darüber, so weit von den vertrauten Gerüchen ihres Zuhauses entfernt zu sein. Besonders Duke war unruhig, und sein verbliebenes Ohr zuckte nervös von einer Richtung zur anderen.

Painter wartete, bis er spürte, daß Sweets bereit war, weiterzugehen (er wußte nicht, wie viele Tiere zur Meute gehörten und kannte nicht alle; nur Sweets wußte, ob alle da waren), dann stieg er die Böschung hinab und ging auf den Tunneleingang zu. Die Meute folgte ihm, jetzt eng zusammengedrängt, durch das gelbliche Dreckwasser der Rinne. Sie mochten den Tunnel nicht, zogen aber den Schutz seines Dunkels der Deckungslosigkeit der Zulaufrinne vor. Painter riß einen Teil der halbverfaulten Holzbarrikade heraus, um den Weg freizumachen; ein paar Mitglieder der Meute waren bereits unter ihr hindurchgekrochen. Sie waren jetzt in der Tunnelröhre und gingen rasch zwischen den hellgekachelten Wänden weiter. Das Klicken der Hundekrallen und das regelmäßige Geräusch von Painters Schritten waren die einzigen Laute.

Der Tunnel war länger, als Painter erwartet hatte. Er verlief in mehreren unerwarteten Kurven, als ob sie durch den Leib einer riesigen Schlange gehen würde; das gelbliche Licht wurde von den Kacheln reflektiert wie von den Innenseiten ihrer Schuppen. Als Painter glaubte, daß sie sich dem Tunnelende näherten, hatten sie gerade erst die Hälfte der Strecke hinter sich; er wußte nicht, daß die kaum erkennbare weiße Linie die Markierung der Tunnelmitte war, und daß ihre Passage von einem Sensor registriert wurde, der in einer Polizeibaracke am anderen Ende des Tunnels einen Alarm auslöste.

Sweets lief voraus, um als erster das Tageslicht zu sehen, das hinter einer der Biegungen in die Tunnelröhre fallen mußte, um Painter mitteilen zu können, daß sie es geschafft hätten, um ihn anzutreiben. Aber gleichzeitig hatte er den Wunsch, möglichst nahe bei ihm zu bleiben. Außerdem war auch noch die Meute da; unmöglich, zu verhindern, daß manche Tiere zurückblieben, daß sie Laut gaben, wenn sie durch eine dunkle Tunnelstrecke kamen, in der die Lampen ausgebrannt waren. Die beste Möglichkeit, sie anzutreiben, war, vorauszulaufen und sie zu zwingen, ihm zu folgen;

und es war in einem Moment, als er ziemlich weit vorausgelaufen war, als er das Knattern des Motorrades hörte, das sich ihnen näherte.

Er blieb stehen, reglos, mit gesträubtem Fell, die Ohren zurückgelegt. Als die anderen ihn erreicht hatten, war das Motorengeräusch zu einem lauten Dröhnen geworden. *Nicht stehenbleiben! Weiter! Weiter!* sagte Painter, als er mit seinen festen, entschlossenen Schritten voranging und damit Sweets zwang, ihm zu folgen, und die Meute folgte Sweets. Das Dröhnen füllte jetzt die ganze Tunnelröhre. Als Sweets Duke überholte, zitterte er am ganzen Körper, und sein Geruch war durchdringend und aggressiv. Das Dröhnen drang schmerzhaft in alle Ohren, als sie eine Biegung erreichten. Sweets hörte nicht mehr als dieses Geräusch, und Painters Befehl, weiterzugehen.

Als sie die Biegung hinter sich gelassen hatten, wurde das Dröhnen unerträglich, und sie sahen einen Polizisten auf einem Motorrad, der auf sie zukam. Er konnte natürlich nicht wissen, was den Sensorkontakt und den Alarm ausgelöst hatte, aber den Anblick, der sich ihm jetzt bot, hatte er nicht erwartet. Er trat überrascht und erschrocken auf die Bremse, der Motor stotterte, ein paar Fehlzündungen knallten wie Schüsse, und er rutschte durch die glitschige Schmiere des Tunnelbodens auf die Meute zu. Ein schwarzer Dobermann sprang ihn an.

Duke, außer sich vor Wut über den Krach, hatte angegriffen. Er hätte fliehen sollen, aber er wußte nicht, wohin. Sein Instinkt befahl ihm, das zu töten, was ihn angriff. Der Krach griff ihn an, und er sprang auf ihn zu, um ihn zu töten. Mit weitaufgerissenem Rachen stürzte er sich auf das Motorrad und seinen Fahrer, und das Motorrad wollte ihm ausweichen, wie ein Tier in panischer Angst. Duke, das Motorrad und der Mensch gingen zu Boden und wurden gegen die Tunnelwand geschleudert. Der Krach verstummte.

Weiter, sagte Painter und begann zu laufen. *Lauft! Lauft! Nicht stehenbleiben!* Sweets lief, wilde Wut in den Augen. Er wußte nicht, wie viele der anderen ihm folgten, und es war ihm egal. Er wußte nicht mehr, wohin er lief, oder warum.

Er wußte nur, daß, während er lief, ein Teil von ihm zurückblieb, gefangen, von ihm gerissen, gefesselt an die Trümmer des Motorrades und den zerfetzten Körper von Duke, dem mutigen, verrückten Duke.

Weit voraus tauchte ein heller Schein auf, ein Halbkreis von Licht.

Nacheinander liefen sie aus der Tunnelröhre, wie von wilder Panik vorangepeitscht: Heidi, die Pudelhündin, und Spike, der Wolfshund, und Randy, und die Wilden. Bis sie alle draußen waren und in die Weite der Wildnis stoben, alle außer Duke.

Zuletzt trat Painter heraus, seine Brust hob und senkte sich in schweren Atemzügen, und er hielt die Pistole in der Hand. Er wandte den Kopf von einer Seite zur anderen, suchte nach Bedrohungen. Es gab keine.

Sweets lief zu ihm, winselnd, verloren durch den plötzlichen Verlust, und kroch Painter zwischen die Beine, in dem Wunsch, von ihm absorbiert zu werden, seine Trauer und seine Wut auf ihn abladen zu können. *Alle außer Duke,* sagte er. *Alle außer Duke.* Aber Painter knurrte ungeduldig und trat ihn fort. Dann ging er weiter, eine überwachsene Straße entlang, die zwischen verfallenen Hausruinen hindurchführte. *Weiter,* sagte er drängend. *Wir müssen fort von hier. Folge mir!* Und Sweets wußte, daß ihm nichts anderes übrig blieb, als ihm zu folgen, daß dies die einzige Lösung all seiner Ängste war, die er jemals finden würde: *folgen.* Und das war genug. Sie waren schon eine Weile unterwegs, als Sweets erkannte, wohin Painter sie geführt hatte.

Vor vielen Jahren, während der Kriege, war dieser Teil der Stadt geräumt worden, als Pufferzone zwischen der abgefallenen Inselstadt und der Nördlichen Autonomie. Doch selbst damals hatten hier keine Menschen mehr gelebt, die evakuiert werden mußten; die Stadtplanung hatte sich als Fehler erwiesen. Jetzt war der Bezirk verfallen und überwuchert, als ob er unter dem Meer läge. Die Straßen verliefen noch in regelmäßigen Rechtecken um die verkommenen Ruinen herum, doch nirgends sah man das Gesicht eines Menschen, mit Ausnahme der Lächler auf den verrosteten oder verblichenen, in Fetzen hängenden Reklameplakaten, die für Produkte warben, die zumeist längst nicht mehr hergestellt wurden.

Sweets konnte die neuen Schilder, die verkündeten, daß die Nördliche Autonomie jetzt ein Protektorat des Bundes war, von seinen Truppen bewacht wurde, und daß alle ihre Bewohner verpflichtet waren, einen Ausweis der Bundesregierung zu besitzen, nicht lesen, und Painter sah sie nicht. Alles, was sie mit immer stärker werdender Gewißheit erkannten, war die Tatsache, daß sie der Stadt nicht entkommen waren. Sie schloß sie ein, während sie weitergingen, mit ihren Häuserblocks, die in ihrer Monotonie einander glichen wie ein Ei dem anderen. Der Himmel war weiter geworden, die Gebäude kleiner und niedriger, aber es war nach wie vor die Stadt, wenn auch eine tote Stadt. Als Painter durch die Stille über sich das Knattern hörte, das ihn seit Jahren zu verfolgen schien, war er überhaupt nicht überrascht. Er blickte nicht auf oder lief in Deckung, obwohl Sweets erregt die Ohren aufstellte und ihn fragend ansah, bereit, sofort loszuhetzen, sich zu verkriechen. Painter ging ruhig weiter. Der Helikopter schwebte mehrere Sekunden lang über ihnen, beobachtend, und schwenkte dann ab.

Der Pilot des Helikopters berichtete über Funk, was er gesehen hatte: einen großen, kräftigen Mann, der in nördlicher Richtung durch die Stadt ging. »Und es sind eine Menge Hunde da.«

»Hunde? Over.«

»Ja, Hunde. Eine ganze Meute. Over.«

Painter erreichte den Rand eines unpassierbaren Tals: den steilen Einschnitt einer tiefer liegenden Autobahn. Er wandte sich nach Nordwesten, dem Rand der steilen Böschung folgend. Weit voraus, aber klar erkennbar, lag ein Horizont, ein wirklicher Horizont: Erde, winterkahle Bäume, die sanften Konturen eines braunen Hügels, darüber eine fahle Sonne hinter einem dünnen Schleier von Winterwolken.

Dorf, sagte Painter. *Die Freiheit, die ich euch versprochen habe. Geht jetzt!*

Nicht ohne dich.

Doch. Ohne mich.

Motorengeräusch. Es näherte sich, kam durch das Gewirr der steinernen Ruinen auf sie zu. Auf Painter und Sweets. Alle anderen waren in dem Gewirr ineinanderlaufender Straßen untergetaucht. Über ihnen stand wieder der Helikopter, Augen beobachteten jede Bewegung, sahen die Hunde in alle Richtungen davonstieben, sahen den Großen im Pelzmantel und den Hund, der bei ihm geblieben war, weitergehen. Der Pilot konnte sehen, wo sie mit den Streifenwagen zusammenstoßen würden: bei der Zufahrt, steil wie eine Rutsche, die zum Einschnitt der Autobahn hinabführte. Er sah, wie sie sich einander näherten.

Die Streifenwagen bogen von der Autobahn auf die steile Zufahrt, fuhren sie hinauf, auf Painter und Sweets zu. Knapp zwanzig Schritte vor ihnen bremsten sie. Männer sprangen heraus, rufend, bewaffnet. Painter blieb stehen. *Geh jetzt!* sagte er. *Geh zu dem Ort, den ich dir genannt habe.*

Sweets, hin- und hergerissen zwischen seinem Wunsch, bei Painter zu bleiben, und dem Zwang, Painters Befehl zu gehorchen, stand reglos. Alle anderen Tiere der Meute waren geflohen. Seine Nerven, bis zum Zerreißen angespannt, bestanden darauf, daß er seinem Herrn folgte – aber er wußte, daß er fliehen mußte, daß er etwas tun mußte, was er nicht konnte. – *Mußte!*

Painter ging auf die Männer zu. Wie hatte er glauben können, daß es einen Weg gab, ihnen zu entkommen? Daß es irgendwo einen Fleck Erde gab, an dem sie nicht waren? Er warf die Pistole zu Boden. Er war ihnen niemals entkommen; hatte sich nur für eine Weile ihrer Aufmerksamkeit entziehen können.

Sweets starrte Painter nach, als der Leo langsam die Arme hob, während er auf die Männer zuschritt. Und dann, bevor er zusehen mußte, wie sie ihn packten, bevor sie ihn durch ihre Berührung erschlugen, warf er sich herum und rannte fort. Er lief nach Norden. *Verrat! Verrat! Verrat!* trommelten seine Füße auf den Boden, auf den harten, endlosen Belag der Straße.

Vox clamantis in deserto

An jedem Montag war Loren auf dem Flugplatz, um die Ankunft der Frachtmaschine zu erwarten, die einmal pro Woche Versorgungsgüter und Post in die kleine Ansiedlung brachte, die zehn Meilen von seiner Hütte entfernt lag. Um den Ort zu erreichen, mußte er mit dem Kanu von seiner Station auf einer mitten im Fluß gelegenen Insel, wo er den größten Teil der Woche verbrachte, zu seiner Hütte fahren. Von dort ritt er auf einem Esel in den Ort. Selten kam er vor Mitternacht zu seiner Hütte zurück; am nächsten Morgen brach er vor Sonnenaufgang auf und fuhr mit seinem Kanu den Fluß hinauf zu seiner Insel. Er brauchte den ganzen Tag, um die Spannung wieder abklingen zu lassen – wie ein Instrument, dessen Saiten auf einen falschen Ton gestimmt worden waren –, die der Aufenthalt unter Menschen in ihm ausgelöst hatte, und er sich wieder seinen Kanada-Gänsen widmen konnte, deren Verhalten er beobachten und registrieren sollte. Wenn er von einem dieser Ausflüge Whisky mitbrachte, kostete es jedesmal einen Kampf, ihn in der Hütte zurückzulassen; manchmal war die Versuchung, ihn mit auf die Insel zu nehmen, so stark, daß er den Inhalt der Flasche, oder was davon übrig war, ausgoß. Er zwang sich, niemals Whisky auf die Insel zu bringen; aber sein Kampf gegen die Versuchung machte ihm den ersten Tag immer sehr schwer.

Es gab nicht jede Woche einen Grund, in den Ort zu fahren, um sich mit Nahrung und anderen notwendigen Dingen zu versorgen. Und doch machte er sich jeden Montag auf den Weg. Er deckte sich bei jedem dieser Besuche reichlich ein, um sich jeden sachlichen Grund zu nehmen, am nächsten Montag wieder seine Insel zu verlassen; doch wenn er nicht alles bekam, was er benötigte, wenn an einem Montag etwas nicht zu haben war und ihm keine andere

Wahl blieb, als in der nächsten Woche wiederzukommen, fühlte er eine schuldbeladene Erleichterung. Und selbst wenn er all diese Tricks erschöpft und wirklich keinen Grund mehr hatte, wenn selbst die abwegigsten Ausflüchte versagten, fuhr er trotzdem. Immer. Weil es etwas gab, das er sich nicht auf Vorrat besorgen konnte: seine Post. Jede Woche traf Post ein, jede Woche stand er auf dem Flugplatz und hoffte auf einen Brief, wie die dummen Hühner, mit denen sie während des Studiums experimentiert hatten, und jedesmal, wenn er mit leeren Händen wieder zu seiner Insel zurückging, stieg seine Hoffnung, daß beim nächstenmal um so sicherer etwas für ihn dabei sein mußte.

Kein Brief hieß keine Nachricht von Sten. Sonst bekam er alles mögliche: Zeitungen, deren Inhalt er nach einer Weile nicht mehr begriff, weil ihm die Kenntnis von Zusammenhängen fehlte, Mitteilungen von anderen Wissenschaftlern, mit denen er in Korrespondenz stand, wegen seiner Gänse. Aber das war es nicht, was ihn Woche für Woche in den Ort trieb, und auch nicht der Whisky. Nicht wirklich. Der Whisky war mehr oder weniger ein Resultat der Post, oder vielmehr deren Ausbleiben; oder, anders ausgedrückt, was ihn in die Stadt trieb, trieb ihn später zum Whisky. Beides entstammte demselben Impuls. Ein Syndrom sollte man es nennen, wußte er; doch er empfand es eher als einen kleinen, abgelegenen Vorort der Hölle.

Selbst Loren Casaubon, der schon unzählige Tiere seziert hatte, vom nematorischen Wurm bis zu Makaken-Affen – der noch während der Autopsie auf eine unerträgliche Weise zu verwesen begann –, selbst er lokalisierte den Sitz seiner tiefsten und zwingendsten Emotionen in seinem Herzen. Er wußte es natürlich besser, aber dort fühlte er sie. Und es schien, als ob sein Herz unter dem mächtigen Gefühlsdruck, dem es nun schon seit Monaten ausgesetzt war, physisch litte: es fühlte sich vergrößert an, schwer, schmerzhaft.

An diesem Montag hatte das Flugzeug Verspätung. Loren ließ dem Muli ohne wirkliche Notwendigkeit die Eisen wechseln, sah dem Hufschmied bei seiner hastigen und schluderigen Arbeit zu und fragte sich, ob diese alten handwerklichen Fähigkeiten, die einst eine so große Bedeutung besessen hatten und jetzt erneut wichtig wurden, jemals wieder so gründlich und geschickt ausgeübt werden würden, wie es früher einmal der Fall gewesen war. Er kaufte eine Packung Rosinen und eine Schachtel Bleistifte. Er ging bis zum schlammigen Ende der Straße, zu dem rostigen Lagerschuppen am Rand des Flugfeldes, und wartete. Die Geduld war ihm angeboren, und im Lauf seines Studiums und seiner Arbeit mit den Tieren hatte er sie zu einer Kunst entwickelt. Er konnte sich daran erinnern, als Kind stundenlang geduldig darauf gewartet zu haben, bis eine Schnecke aufwachte und ihr Haus verließ, oder daß ein Fuchs, dessen Bau er reglos auf der windabgewandten Seite beobachtete, sich an seine Gegenwart gewöhnte und herauskam. Er benutzte diese Geduld jetzt, um ohne Nervosität auf das gutturale Dröhnen zu warten, das die Ankunft des plumpen Vogels ankündigte.

Die Maschine flog aus der falschen Richtung an, zog eine weite Kurve um den See. Ihre Stimme wurde lauter und lauter, und sie senkte sich unter dem an- und abschwellenden Knattern ihrer Motoren, mit mal schneller, mal langsamer laufenden Propellern – was ihn an die komplizierten Landemanöver seiner Gänse erinnerte – auf die graue Wasserfläche des Sees. Es mußte, sagte er sich, als ihre Schwimmer das Wasser schäumend zerteilten, inzwischen das älteste Flugzeug der Welt sein. Als die Maschine am Landesteg festgemacht worden war, stieg ein einziger Passagier heraus. Er brauchte sich kaum zu bücken, so klein war er. Auf einen knorrigen Stock gestützt, stieg er die Gangway herab auf den Steg. Das fahle Licht der Sonne wurde von den Gläsern seiner Brille reflektiert. Als er Loren erkannte, kam er mit seinen seltsamen, unsicher wirkenden Schritten auf ihn zu. Die Tätigkeit des Gehens schien für ihn eine Anstrengung zu sein.

»Mr. Casaubon.« Er nahm die Brille ab und steckte sie in die Brusttasche. »Wir sind uns schon einmal begegnet. Wenn auch nur flüchtig.«

Loren nickte zurückhaltend. Seine kleine, von den wöchentlichen Besuchen im Ort skandierte Welt wurde durch das Erscheinen dieser Kreatur ins Wanken gebracht. Die ausgetretenen, gewohnten Wege, die er seit Monaten gegangen war, würden jetzt verschüttet werden. Er fühlte eine grundlose Angst. »Was wollen Sie hier?« Seine Worte sollten nicht feindselig klingen, aber er konnte es nicht verhindern, Reynard schien das nicht zu berühren.

»Einmal, um Ihnen das hier zu übergeben.« Er zog einen zerknitterten Brief unter seinem Cape hervor und streckte ihn Loren entgegen. Loren erkannte sofort die eckige Schrift auf dem Umschlag; er hatte schließlich dazu beigetragen, sie zu formen. Seltsam, dachte er, wie stark der Effekt eines Fragments von ihm, eines Fragments, das außerhalb meines Bewußtseins existiert, ein wirklicher Teil von ihm, auf mich ist; wie anders, als ich es mir vorgestellt habe. Der Effekt war das ruhige, selbstobservierende Auge eines Zyklons der Gefühle. Er nahm den Brief aus den überlangen, rotbehaarten Fingern und steckte ihn ein.

»Außerdem«, sagte Reynard, »möchte ich mit Ihnen sprechen. Wissen Sie einen Ort, wo wir uns ungestört unterhalten können?«

»Sie haben Sten gesehen.« Der Name schien in seiner Kehle steckenzubleiben, und eine schreckliche Sekunde lang fürchtete er, daß er ihn nicht herausbringen könnte. Er hatte keine Ahnung, wieviel der Fuchs wußte. Er fühlte sich nackt, als ob er ihm selbst alles gesagt hätte, als ob jemand seinen rasenden Puls kontrollierte.

»Ja, ich habe Sten gesehen«, sagte Reynard. »Ich weiß nicht, was er Ihnen geschrieben hat, aber ich weiß, daß er sich mit Ihnen treffen möchte. Er hat mich gebeten, Sie zu ihm zu bringen.«

Loren war nicht aufgestanden, er war nicht sicher, ob seine Beine ihn tragen würden; und trotzdem beobachtete ihn noch immer das stille Auge, verwundert darüber, daß die Macht eines Briefes, der Klang eines Namens, dieses Namens aus dem Mund eines anderen, in ihm, in allen Nerven, Fasern und Muskeln, eine solche Verheerung anrichtete.

»Oben an der Straße ist eine Bar«, sagte er. »Die Yukon-Bar. Nicht die Neue Yukon-Bar. Sie hat ein Hinterzimmer. Gehen Sie schon voraus. Ich komme gleich nach.«

Er folgte Reynard mit den Blicken, als er, auf seinen Stock gestützt, mit kleinen, unsicheren Schritten die Straße entlangging. Dann wandte er sich um und blickte über das Wasser des Sees, als ob er noch immer auf etwas wartete.

Nach dem Mord an Gregorius zogen die drei – Sten, Mika und Loren – in das große Haus. Sie ließen sich Zeit dabei und nahmen das Haus nur nach und nach in Besitz, wie um Gregorius' Geist eine Frist zu gewähren, es zu verlassen; zuerst übernahmen sie die Küche, wo sie jetzt ihre Mahlzeiten einnahmen, wo der Koch Sten und Mika mit Leckerbissen vollstopfte, um sie über den Verlust ihres Vaters hinwegzutrösten (obwohl Mika seinen Tod nicht als Verlust empfand, sondern als die Entfernung eines Hindernisses, von etwas, das ihr ständig die Sicht versperrt und ihren Geist in Ketten gelegt hatte; sie hatte Gregorius kaum gekannt und noch weniger gemocht). Als nächstes zogen sie in die Wohnräume ein, fielen in sie ein wie die Mongolen aus ihren Steppen in fruchtbare Regionen. Dieses Eindringen wurde bemerkt und von den Mädchen und Hausdienern kritisiert, solange sie im Haus blieben; aber Nashe, die hinreichend mit ihrem eigenen Überleben und der Verhinderung von Anarchie zu tun hatte, kümmerte sich kaum um sie. Hin und wieder sahen sie Nashe wie ein aufgescheuchtes Huhn von einer Konferenz zur anderen flatternd, hager und blaß vor Überarbeitung, vorbeihuschen; nur selten blieb sie stehen, um ein paar Worte mit ihnen zu sprechen.

Schließlich wurde die Regierung vom Haus in die Hauptstadt zurückverlegt. Nashe besaß nicht die persönliche Anziehungskraft, um aus der Abgeschiedenheit regieren zu können, wie es Gregorius getan hatte; außerdem war ihr klar, daß sie sich innerlich von Gregorius trennen mußte; die Erinnerung an einen Märtyrer – obgleich die meisten Menschen nicht wußten, aus welchem Grund er zum Märtyrer geworden war. Es gab eine Menge Gründe, unter denen man sich den richtigen aussuchen konnte – würde für sie nur eine Belastung werden. Und Sten Gregorius durfte in ihrer Geschichte überhaupt keine Rolle spielen. Überhaupt keine. Ein paar Dutzend Männer in blauen Uniformen bewachten nach wie vor das ausgedehnte Grundstück; sie wirkten gelangweilt, übriggeblieben. Das Haus gehörte jetzt Loren und den beiden Kindern.

Loren erhielt nach wie vor sein Gehalt und setzte seinen Unterricht fort, obwohl er immer weniger Lehrer war; er wurde für Sten und Mika zum Vater oder Bruder – zu irgend etwas, das zu ihnen gehörte. Er hatte sich einmal kurz mit Nashe getroffen, um gemeinsam die Zukunft der Kinder zu besprechen, aber Nashe konnte sich nicht auf das Problem konzentrieren, und das Gespräch war ohne Ergebnis abgebrochen worden, worüber Loren unverständlicherweise eine große Erleichterung empfand. Es würde also alles so weitergehen wie bisher.

In einem Sinn zumindest war Sten weniger Erbe als Gefangener. Er wußte das, obwohl er niemandem sagte, daß er es wußte. Wenn dieses Wissen ihn nicht allzusehr bedrückte, war er jedoch glücklich: die beiden Menschen, die er am meisten liebte und die ihn rückhaltslos liebten, waren ständig bei ihm. Es gab keine Befehle oder Regeln, denen er folgen mußte, außer seinen eigenen – und Lorens, was dasselbe war. Sten wußte, daß nach dem Tod seines Vaters und der Abreise von Nashe Lorens Stellung und Machtposition einzig und allein von dem Einverständnis der Kinder abhing. Aber Loren benutzte seine Macht weise, seine Anordnungen, ausschließlich von Weisheit und Liebe diktiert, wurden wohl manchmal diskutiert, gelegentlich sogar mit Protesten quittiert, jedoch niemals zurückgewiesen. Er fragte sich manchmal, wenn er sich besonders stark und gleichzeitig unerträglich einsam fühlte, wann der Zeitpunkt kommen würde, an dem er Loren stürzte. *Niemals!* sagte sein Herz, so laut, wie es konnte.

Es gab nach wie vor Unterrichtsstunden, Ausritte; weniger Ausritte, je mehr es Winter wurde, je höher der Schnee die steinigen Felder deckte. Loren verwandte viel Zeit auf den Versuch, einen Motorschlitten zu reparieren, den die früheren Besitzer des Hauses in der Garage zurückgelassen hatten.

»Es hat keinen Sinn«, sah er schließlich ein. »Ich werde jemanden in der Hauptstadt anrufen. Sie können euch nicht zwei Motorschlitten abschlagen ...«

»Wozu?« fragte Sten. »Was brauchen wir Motorschlitten? Laß uns doch Skilaufen.«

»Sie sind es euch schuldig.«

»Nein. Es ist in Ordnung.«

Später in diesem Monat trafen vier neue Motorschlitten ein, als Geschenk des Herstellers; mit ihnen erschien auch ein Fotograf. Sten nahm die Schlitten ohne ein Wort des Danks, ohne ein Lächeln, in Empfang. Der Fotograf mußte unverrichteter Dinge wieder abziehen, ohne ein Bild von Sten. Die Schlitten wurden in die Garage eingeschlossen.

Die Abende verbrachten sie meistens im Dämmerlicht des Kommunikationsraums, wo bequeme Ledersessel vor großen Wandbildschirmen und kleineren Monitoren standen. Sie sahen alte Filme und Videobänder an, hörten politische Reden und Agitationen, schalteten hin und wieder die Sendekanäle der Regierung und der religiösen Gruppierungen ein. Es kam nicht darauf an, was sie sahen. Die zweidimensionalen Personen auf den Bildschirmen schienen so unendlich weit von ihnen entfernt, so unwirklich, daß sie das Bewußtsein ihrer gegenseitigen Nähe nur verstärkten. Sie konnten gemeinsam lachen über die Fetten und die Kinnlosen und die Komischen, die ihnen ernsthaft und selbstgefällig die Welt zu erklären versuchten – besonders Mika hatte keinen Sinn für Rhetorik, aber einen scharf geschliffenen Sinn für das Lächerliche –, und die Fetten und die Kinnlosen und die Komischen, von Kameralinse oder Bildschirm ins Gigantische vergrößert oder zwergenhaft verkleinert, hatten keine Ahnung, wie sehr sich die drei über sie amüsierten. Durch einen einzigen Knopfdruck konnten sie sie verstummen und verschwinden lassen. Die ganze Welt konnte durch einen Knopfdruck abgeschaltet werden. Sie war nur ein Schatten. Nur die drei Menschen in dem verlassenen Haus waren wirklich; besonders, wenn die Heizung versagte, weil der Brennstoff ausgegangen war und sie eng zusammengedrängt in einem einzigen, breiten Sessel hockten, mit einer Decke zugedeckt.

Nashe schlich häufig durch den Kommunikationsraum, ein eiliger, huschender Schatten.

»Da kommt die Bohnenstange wieder«, sagte Mika einmal. Irgendwie fanden sie Mikas Beschreibung zum Schreien komisch, obwohl niemand genau sagen konnte warum.

»Sie hat einen harten Job«, sagte Loren, »den härtesten Job.«

»Aber sieh dir doch nur diese *Nase* an!«

»Laßt uns eine Weile lauschen«, sagte Sten ernst. Sie wußten alle, daß ihr Schicksal, wenn auch nur sehr locker, an das dieser Frau geknüpft war. Sten fühlte es am deutlichsten. Deshalb war es gut, hin und wieder zu lauschen.

Sie stellten ihr eine Frage nach dem Genesis-Reservat. »Falls dort irgendwelche Verbrechen begangen worden sein sollten – ganz egal, was für Verbrechen –, so fallen sie nicht in die Zuständigkeit der Bundesregierung«, sagte sie mit ihrer trockenen, gepreßten Stimme. »Unser seit vielen Jahren bestehendes Abkommen mit Candy's Mountain gibt uns, auf Drängen von Candy's Mountain, das alleinige Recht, das Reservat zu betreten und die Verbrecher zur Strecke zu bringen ... Nein, es liegt uns derzeitig kein solcher Antrag vor ... Nein, es spielt keine Rolle, wenn es dabei um ein sogenanntes Verbrechen gegen ein Bundesgesetz geht, falls diese Phrase überhaupt noch eine Rechtsgültigkeit besitzt. Ich kann alle diese Vorgänge nur als einen Versuch der Bundesregierung und der USE interpretieren, sich einen quasi-legalen Brückenkopf in dieser Autonomie zu schaffen. Und das kann ich als Direktor der Autonomie nicht dulden.« Sie spürte anscheinend das Bedürfnis, ihren neuen Rang immer wieder zu erwähnen. »Ich denke, wir wissen zuviel über die USE, um auf solche Tricks hereinzufallen.« Zumindest, dachte Sten, wird sie die USE heraushalten. Sie muß sich ihnen stellen, sie bekämpfen, weil sie aus einer ihrer Handlungen – oder zumindest aus einer Handlung, die jeder der USE zuschreibt – Nutzen gezogen hat. Sie kann sie nicht in der Autonomie für illegal erklären; dazu ist die USE zu mächtig. Aber sie wird kämpfen.

»Was geschieht«, fragte Sten, »wenn Nashe die Autonomie nicht zusammenhalten kann?«

»Das weiß ich nicht. Wahlen vielleicht.«

Sten lachte trocken.

»Warten wir es ab«, sagte Loren. »Angenommen, die Bundesregierung bekommt einen Vorwand für ihr Eingreifen; durch einen Bürgerkrieg, vielleicht.« Sten lag auf seinem Knie, und es begann zu schmerzen, aber er bewegte sich nicht. Er wollte sich nie bewegen. Er hob behutsam seine Hand zwischen sein Bein und Stens Kopf, seine harte Schulter. Er wartete darauf, daß Sten seine Hand wegstoßen würde, wollte sogar, daß er sie wegstieß, aber es geschah nicht. Er fühlte, wie in seinem Inneren wieder eine selbstgeschaffene Palisade gestürmt wurde; er fühlte, wie er tiefer in ein Reich sank, in ein Dunkel, dessen Existenz er zum erstenmal wahrgenommen hatte, als er und die Kinder ihr Königreich geerbt hatten, als es schon zu spät war, von dem Abgrund zurückzutreten.

»Und was geschieht dann mit uns?« fragte Mika.

»Das ist mir egal«, sagte Sten mit einer wegwerfenden Handbewegung.

Doch später an diesem Abend ließ er wieder das Videoband ablaufen, das ihn als Kind zeigte, auf allen Bildschirmen. Und am nächsten Abend wieder. Sie betrachteten den Film schweigend; nicht einmal Mika machte sich über ihn lustig. Er schien wie eine Warnung oder ein Appell.

Neben dem Teil des Hauses, der früher Gregorius' private Suite gewesen war, befand sich eine Sauna. Auch hier, in der engen, holzduftenden, dämmerigen Abgeschiedenheit, konnten sie sich gemeinsam vor allem verstecken, was sie draußen zu belasten schien. Als sie im Sommer einmal in einem der vielen kleinen Seen des Besitzes schwammen, hatte Loren Rücksicht auf ihr jugendliches Schamgefühl genommen und eine Badehose angezogen, und sie waren ebenfalls immer in Schwimmkleidung, bis zu einem Abend, als sie sie nicht dabei hatten, und Mika ihm erklärte, daß sie auch so ins Wasser gehen könnten, sie hätten ihre Badesachen ohnehin nur mit Rücksicht auf ihn angezogen. Danach waren sie immer nackt geschwommen, und auch in der Sauna waren sie nackt. Sie freuten sich über die Freiheit, die die Nacktheit ihnen gab, und versicherten einander, daß dies der einzige vernünftige Zustand war; und die Nacktheit schuf ein weiteres Band zwischen ihnen.

»Man hat das Gefühl«, sagte Sten, »daß man keine Luft mehr bekommt, daß die Luft zu heiß ist.« Er atmete tief durch.

»Du hyperventilierst«, sagte Loren. »Dir wird schwindelig werden.«

Sten stand auf und fiel fast hin vor Lachen. »Mir *ist* schwindelig. Ein idiotisches Gefühl.«

Mika, die das Gefühl hatte, innerlich völlig zerschmolzen zu sein, und so heiß, wie sie es verdiente, lehnte ihren Kopf gegen die Holzwand. Schweißtropfen quollen überall aus ihrer Haut und rannen prickelnd über ihren Körper. Loren packte Sten in einem Ringergriff um die Hüften und drückte; sie wollten sehen, wie hyperventiliert sie werden konnten, wie schwindelig. Ihre nassen Füße klatschten auf den Boden. Ihre Haut glänzte in dem matten Licht. Sie rangen und lachten wie Teufel an ihrem Feiertag. Bis sie erschöpft zusammenbrachen und nach Luft rangen. »Ich kann nicht mehr, ich kann nicht mehr«, keuchte Loren.

Mika beobachtete sie aus halbgeschlossenen Augen. Ein Mann und ein Junge. Sie stellte Vergleiche an. Sie schien zu schlafen.

»Mein Vater hat mir erzählt«, sagte Sten mit belegter Stimme, »daß sein Vater nach der Sauna ins Freie lief und sich im Schnee wälzte. Nackt.«

»Verrückt«, sagte Mika.

»Nein«, sagte Loren, »das ist so üblich. Eine Art Tradition.«

»Holt man sich dabei nicht eine Erkältung?«

»Eine Erkältung bekommt man nicht durch Kälte«, sagte Loren. »Das weißt du doch.«

»Möchtest du es tun?«

»Klar«, sagte Loren so selbstverständlich, als ob er es immer täte.

»Ich nicht«, sagte Mika. »Mir ist endlich ein wenig warm.«

Sie brauchten diese Neckereien, um sich gegenseitig Mut zu machen, doch dann stürmten sie aus der Sauna, liefen schreiend durch die Suite und hinaus ins Freie, in den blendend weißen Schnee. Mika blieb zurück. Durch die Türen drang das Lachen und Schreien der beiden – Lorens Stimme tief und sonor, Stens hell und fröhlich. Langsam trocknete sie sich mit einem weichen Handtuch ab. Loren packte Sten und warf ihn in den Schnee; sie fragte sich, ob die beiden sie beeindrucken wollten. Loren war braun, muskulös und behaart. Sten war schlank, mit vom Frost geröteter Haut, und fast unbehaart. Mika trat vom Fenster fort und ging ins Schlafzimmer. Sie hatte die Heizdecke ihres Vaters schon vorher eingeschaltet. Nach der Sauna kroch sie immer unter die warme Decke und schlief. Sie blieb vor einem der hohen Spiegel stehen und musterte sich kritisch: schlank und braun und noch nicht ganz entwickelt. Sie wandte sich ab und kroch unter die warme Decke.

Sie träumte, daß sie verheiratet sei und mit ihrem Mann in diesem Bett läge, mit einem Mann, dessen Gesicht sie nicht klar erkennen konnte. Sie fühlte eine brennende Erregung in sich aufsteigen, als sie erkannte, daß die Spiegel in diesem Zimmer die Augen ihres Vaters waren, die er beim Sterben nur deshalb zurückgelassen hatte, um sie hier ständig beobachten zu können.

Der Winter war einer der härtesten dieses Jahrhunderts. Versorgungsschwierigkeiten machten ihn noch härter: Versorgungsschwierigkeiten bei Brennmaterial, bei Nahrungsmitteln, bei allem. Es war ohne Bedeutung, daß Nashe und die paar loyalen Minister, die bei ihr geblieben waren, die Bundesregierung und die USE beschuldigten, die Lieferungen systematisch zu blockieren, sie an den Grenzen aufzuhalten, ungültige Passierscheine auszustellen, oder ihre Auslieferung ganz zu verhindern: Nashe und das Direktorat wurden für die mangelhafte Versorgung verantwortlich gemacht. Es kam zu Massendemonstrationen, zu Aufständen. Auf dem schmutzigen Schnee der Straßen gefror Blut. Sprecher und Publikationen der USE versuchten jedes Versagen – unter Zuhilfenahme von Karten und graphischen Darstellungen – als ein Versagen menschlichen Wollens, menschlichen Mutes und menschlicher Vernunft zu erklären. Die Menschen hörten zu. Die Menschen demonstrierten für die Vernunft, revoltierten für die Vernunft. An den Grenzen der Autonomie standen Truppen – Banden bewaffneter Männer auf jeden Fall, Männer der Bundesregierung – Gewehr bei Fuß, abwartend, beobachtend, bereit zum Zuschlagen. Candy's Mountain, autark und deshalb in diesem Winter mit nicht größeren Versorgungsschwierigkeiten als in jedem anderen, fühlte aus weiter Ferne den Druck von Neid.

Auch in Gregorius' Haus war dieser Druck zu spüren. Die Menschen versuchten zwar, die kürzer werdenden Tage mit sinnvollem Tun zu füllen, mit langen Märschen, mit Lernen, mit dem Bau von Schneeburgen, aber dennoch spürten sie die immer wieder aufflammenden Feuer des Hasses und des Hungers.

An jedem Tag, an dem die Kälte nicht ganz so schneidend war, brachten sie den Falken hinaus, und er hockte mit aufgeplustertem Gefieder auf seiner Stange. Bei diesem Wetter gab es zwar für ihn nichts zu jagen, aber er mußte sich bewegen. Sten ließ ihn nach dem Köder jagen, den er an einer langen Leine um seinen Kopf schwang, fand die Prozedur jedoch sehr bald langweilig. Loren löste ihn ab. Er übernahm seine Aufgabe nicht, sondern ›half‹ ihm lediglich, um ihm Gesellschaft zu leisten.

»Siehst du«, sagte er nach einer Weile, »jetzt ist er hochgezuckt. Schon zum zweitenmal.«

»Ja.« Sten vergrub seine frierenden Hände in den Achselhöhlen. Der Tag war grau, der Himmel mit tiefhängenden, dunklen Wolken bedeckt; der Wind wurde schärfer. Vielleicht würde es bald wieder schneien. Der Falke sah sich aufmerksam in der verschneiten Welt um, plusterte sein Gefieder noch mehr auf, um sich vor der Kälte zu schützen, und riß den Schnabel auf. Er wirkte wie ein Mensch, der gähnt, um richtig wach zu werden.

»Dreimal.« Es war eine alte Falknerregel, daß ein Falke, der dreimal hochgezuckt war, bereit ist zu fliegen. Lorens Falknerei war eine pragmatische Verbindung von alten Regeln und neuen Techniken, von wissenschaftlichen Erkenntnissen, Beobachtungen und Geduld.

»Willst du ihn jetzt wieder übernehmen?« bot er Sten an.

»Nein.«

Das Können, das notwendig war, um einen Falken nach dem Köder fliegen zu lassen, war aus irgendeinem Grund schwerer zu erlernen, als die Fähigkeiten, die zum Jagen erforderlich waren. Den sandgefüllten Sack mit einem kleinen Fleischstück an einer langen Leine, mit aufgenähten Flügeln und Schwanz eines Vogels, den der Falke im vergangenen Sommer geschlagen hatte, mußte man vor dem Falken von einer Seite zur anderen schwenken und um ihn herum kreisen lassen, bis er sich endlich daraufstürzte, und dann, im letzten Moment, mußte es weggerissen werden, bevor er mit seinen Krallen zuschlagen konnte. Wenn er den Köder schlagen konnte, würde er ihn am Boden festhalten und das Fleisch fressen, und dann war das Spiel vorbei, der Falke hatte gewonnen. Wenn Loren den Köder zu schnell schwang, so daß der Falke keine Chance hatte, ihn zu erwischen, würde er sehr bald das Interesse daran verlieren. Wenn Loren so ungeschickt sein sollte, ihn mit dem schweren Köder zu treffen, würde es ihn verwirren und ihm jede Lust an dem Spiel nehmen – ihn eventuell sogar verletzen.

Loren schwang den Köder vor dem Falken, versuchte ihn zu reizen, bis der Falke, dessen Augen den Köder gebannt verfolgten, sich in die Luft schwang und darauf herabstieß, die Krallen offen und griffbereit vorgestreckt. Loren riß den Köder zurück und schwang ihn um seinen Kopf wie ein Hammerwerfer. Der Falke schoß in engen Kreisen um ihn herum, versuchte, den Köder zu packen. Loren ließ den Vogel nicht eine Sekunde lang aus den Augen, spielte mit ihm, hielt ihn in der Luft, begeistert über seine Fähigkeit, dieses wilde, eigenwillige Tier beherrschen zu können. Er schwang den Köder. Der Falke stieß zu. Der Köder kreiste um Lorens Kopf, und der Falke folgte ihm, nur wenige Zentimeter von ihm entfernt, nur wenige Fuß über dem Boden. Loren lachte und feuerte ihn an. Der Falke war todernst. Er war völlig auf den Köder konzentriert. Seine langen Schwingen trugen ihn in engen Kurven um Loren herum, und immer wieder streckte er seine Krallen vor, um die flüchtige Beute zu pakken.

Sten sah eine Weile zu, dann wandte er sich um und ging ins Haus zurück.

Als Loren atemlos und befriedigt etwas später in die Küche kam, um sich einen Kaffee zu holen, irgend etwas Warmes, irgendeine Anerkennung, fand er Sten am Küchentisch sitzend, vor einer Tasse kalten Kaffees, das Kinn in die Hände gestützt.

»Man muß nicht auf jedem Gebiet der Beste sein«, sagte Loren. »Das verlangt niemand von dir.« Doch sowie die Worte heraus waren, taten sie ihm leid. Es stimmte natürlich, aber Loren hatte es aus Stolz gesagt, aus Stolz auf seine Arbeit mit dem Falken. Und der Falke gehörte Sten. Er wollte auf den Jungen zugehen und den Arm um seine Schulter legen, ihm zeigen, daß er ihn verstand, daß in seinen Worten kein Triumph lag, sondern daß sie ein Rat waren. Aber das stimmte nicht, sie waren als Triumph gedacht. Und er wußte, daß Sten vor ihm zurückweichen würde, wenn er jetzt zu ihm ginge. Sein Gesicht, so offen und klar, konnte dunkel, verschlossen und haßerfüllt werden. Loren machte frischen Kaffee, und seine Freude zerrann.

An diesem Abend hatten sie keine Lust, die immer monotoner und verzweifelter werdenden Sendungen der Regierungssender über sich ergehen zu lassen, sondern wollten ›irgend etwas anderes‹ sehen.

Mika sagte: »Etwas, das nichts mit der Wirklichkeit zu tun hat.« Etwas, das im Bereich ihrer Träume lag. Aber auf allen Kanälen sahen sie nur die Gesichter von Politikern, die ernsthaft und geschwollen über die Lage referierten, oder der Bildschirm blieb aus unerklärlichen Gründen leer. Doch dann erschien, auf einem der letzten Kanäle, die sie ausprobierten, ein Bild, das sie sofort faszinierte.

Ein Leo, mit einem altertümlichen Gewehr in der Armbeuge, stand schweigend vor seinem Zelt. Sein breites Gesicht wirkte ruhig, gelassen, weder neugierig noch verlegen; falls es ihm überhaupt bewußt sein sollte, daß er vor der Linse eines Fernsehrecorders stand, so merkte man ihm das nicht an. Sein mächtiger, in derbe Kleidung gehüllter Körper strahlte Ruhe und Gelassenheit aus, seine Augen blickten direkt in das Objektiv. Wirkte er wie ein Heiliger? – Wie ein König? – Oder weder noch? Die tief eingegrabene Falte auf seiner Stirm verlieh seinen Augen dieselbe selbstverständliche Wildheit, wie sie die Stirnfalte des Falken hervorrief; erbarmungslos, ohne Grausamkeit oder Hinterhältigkeit. Er tat nichts; er stand nur da, ohne sich zu bewegen. Das Bild war ohne Ton, man hörte nur das charakteristische, elektronische Geräusch der Solitüde, der Einsamkeit, und das an- und abschwellende Rauschen des Windes an einem nicht abgedeckten Mikrophon.

»Na bitte«, sagte Mika, »der ist nicht wirklich.«

»Sei still«, sagte Sten.

Eine warme, jugendliche Stimme begann zu sprechen, ohne Pathos, ohne Eile.

»Er wurde gegen Ende des Sommers von Rangern des Berges und Agenten der Bundesregierung gefangen, und seitdem hat man nichts mehr von ihm gehört. Die Horde wartet auf Nachricht von ihm. Seine Hordengefährten spekulieren nicht darüber, ob man ihn heimlich ermordet hat, was durchaus vorstellbar ist, oder ob er irgendwo gefangengehalten wird, ob er jemals zu ihnen zurückkehren wird. Leos kennen keine Spekulation, keine Ungeduld, keine Sorgen; das ist ihrer Natur fremd. Sie warten nur.«

Andere Aufnahmen folgten der des verschollenen Königs: Leo-Frauen um kleine Feuer, die, in wallende Roben gekleidet, mit ihren großen, ausdrucksvollen Augen in die Kamera blickten.

»Mein Gott, sieh dir doch ihre Handgelenke an«, sagte Mika. »So dick wie meine Beine.«

Die Jungen spielten zusammen, junge, blondbehaarte Oger, unkindlich wirkend, aber mit der Energie von Kindern; ringend und schlagend und beißend, zielstrebig und ganz ihrem Spiel hingegeben, als ob sie für einen alles entscheidenden Guerillakampf trainierten. Die Frauen beobachteten sie, ohne sich etwas anmerken zu lassen. Wenn ein Kind zu einer der Frauen kam, ihr auf den Rücken sprang oder in ihren Schoß, ertrug sie es geduldig. Einmal sahen sie, wie eine der Frauen ihr Bein über ein Kind legte, das ihr auf den Schoß gesprungen war, und es festklemmte; das Kind strampelte fröhlich, als es sich zu befreien versuchte, während die Frau ungerührt weiter in dem verbeulten Topf rührte, der auf dem Feuer stand. Niemand sprach.

»Warum sagen sie nichts?« fragte Mika.

»Nur Menschen müssen dauernd reden«, sagte Loren. »Weil sie die Stille nicht ertragen. Vielleicht haben die Leos es nicht nötig. Vielleicht haben sie diese menschliche Eigenschaft nicht geerbt.«

»Sie sehen alt aus.«

»Du meinst kühl, ohne Emotion?«

»Nein, sie wirken kalt.«

Als ob der Schöpfer dieses Films gewußt hätte, daß seine Zuschauer gerade in diesem Augenblick diese Feststellung machen würden, sagte die milde Stimme: »Sie sind wie Zigeuner, wie Nomaden, und deshalb versuchen die Leos nicht, ihre Umwelt ihren Gewohnheiten anzupassen, sondern passen ihre Gewohnheiten ihrer Umwelt an. Im Winter ziehen sie in Gegenden, wo es warm ist. Weit unten, im Süden, haben jetzt andere Horden ihre Winterquartiere bezogen. Diese Horde aber kann in diesem Winter nicht in wärmere Gegenden ziehen. Die Grenzen der Autonomie sind ihnen verschlossen. Sie werden als Kriminelle betrachtet. Irgendwo in diesen Bergen suchen Agenten des Bundes nach ihnen; wenn sie sie finden, werden sie sie erschießen. Sie sind keine Menschen, also stehen sie nicht unter dem Schutz des Gesetzes. Wahrscheinlich wird man sie nicht finden; aber das spielt kaum eine Rolle. Wenn sie sich nicht aus diesen schneebedeckten Bergen herauswagen können, werden die meisten von ihnen verhungert sein, bevor es wieder genügend jagdbares Wild gibt. Das ist keine Ausnahme: in jedem Winter verhungern Millionen von nichtmenschlichen Geschöpfen in diesem Land.«

Im Halbdunkel drängten sich die Mitglieder der Horde um die Glut der Feuer und das geisterhaft-orangefarbene Licht einer Zellenheizung. Einige von ihnen aßen kleine Bissen von einer dunklen, zähen Substanz: Trockenfleisch. In ihren wallenden Roben wirkte es unwahrscheinlich, daß sie ausgehungert waren. Aber dort: im Arm einer riesigen Leo-Frau lehnte ein blasses, abgemagertes Kind – nein, kein Kind; es wirkte nur kindhaft im Arm des Leos, aber es war ein Mensch, eine menschliche Frau, ruhig, dunkelhaarig, ohne ein Zeichen von Angst, aber immens verwundbar zwischen den riesigen Wesen.

Ein neues Bild: Ein blonder, bartloser Mann blickte sie an, seine aufgeschundenen Hände ineinander verschränkt. »Wir werden mit ihnen hungern«, sagte er, und selbst bei dieser Feststellung blieb seine Stimme ruhig, ohne jedes Pathos. »Sie sind eine zähe Rasse, sie können viel ertragen, bevor sie sterben. Sie besitzen enorme Kräfte und können vielleicht überleben. Wir aber sind Menschen und halten nicht soviel aus. Und wir können nichts für sie tun. Sehr bald werden wir für sie nur noch eine Belastung sein. Ich glaube nicht, daß sie uns töten werden, obwohl sie das Recht dazu haben. Aber wenn wir tot sind, werden sie uns zweifellos essen.«

Wieder sahen sie das kindlich wirkende Mädchen in den schützenden Armen der riesigen Leo-Frau.

»Wir haben die Leos geschaffen«, sagte die Stimme. »Sie sind ein Produkt unserer schrankenlosen Genialität, unserer Hybris. Nur einem genetischen Zufall ist es zuzuschreiben, daß diese Geschöpfe besser sind als wir: stärker, einfacher, weiser. Vielleicht war das auch bei dem Blauwal der Fall, den wir ausgerottet haben, und beim Gorilla. Aber das spielt keine Rolle mehr. Wenn auch diese Geschöpfe von der Erde verschwunden sein werden, wie der Wal und der Gorilla, können sie uns unsere Kurzsichtigkeit und Gemeinheit nicht mehr vorwerfen.«

Wieder erschien der verschollene König, wieder mit dem alten Gewehr, wieder in der gleichen Stellung, ruhig, unbeweglich, ehrfurchtgebietend.

»Löscht dieses Band«, sagte die ruhige, sanfte Stimme. »Vernichtet es. Zerstört alle Beweise, rate ich euch.«

Das Bild des Königs blieb.

Als das Band zu Ende war, blieb der Bildschirm leer. Die drei Menschen saßen zusammengedrängt in dem breiten Ledersessel, starrten auf das flimmernde Weiß und schwiegen.

(Weit von ihnen entfernt, in den Büros der Genesis-Sektion, saß Bree Landseer, auch sie schweigend, geschockt, reglos, vor einem Bildschirm; Emma Roths kräftiger Arm lag um ihre Schultern, doch auch Emma fehlten die Worte, überwältigt von der tiefsten Beschämung, dem tiefsten Entsetzen, das sie jemals empfunden hatte. Sie, sie allein war schuld daran; sie hatte diesen Jägern, diesen Killern, die Tür geöffnet – nicht den Leos, sondern den Männern in den schwarzen Anzügen, den Beutesuchern, den Teufeln. Sie hätte weinen mögen. Sie hatte Meric und diese Geschöpfe dem Teufel ausgeliefert. Sie hätte weinen mögen; aber sie hielt nur Bree im Arm, unfähig, ihr Trost zu spenden, niedergedrückt von dem Wissen, daß sie dieser Sünde wegen niemals das Angesicht Gottes sehen würde.)

»Es ist nicht gerecht«, sagte Sten. »Es ist nicht fair.«

»Wir können das nicht beurteilen«, sagte Loren. »Wir kennen die Zusammenhänge nicht. Wir haben nicht das ganze Band gesehen.«

Sten ging im Kommunikationsraum auf und ab. Aus dem Lautsprecher des Fernsehgeräts kam jetzt ein leises, elektronisches Summen, und auf dem Bildschirm erschien eine Schrift: ENDE DER SENDUNG.

»Wir könnten helfen«, sagte Sten.

»Wie?«

»Wir könnten Nashe davon berichten, ihr sagen ...«

»Was? Es sind Agenten der Bundesregierung. Hast du nicht zugehört?«

»Wir könnten ihr wenigstens sagen, daß wir dagegen protestieren. Wir sollten es allen sagen. Der Bundesregierung ...« Er sprang auf und wollte zum Telefon. »Ich rufe gleich an ...«

»Nein.«

Sten blieb stehen und wandte sich um, erstaunt und verärgert. »Was ist denn mit dir los? Hast du sie nicht gesehen? Sie verhungern. Sie werden sterben.«

»Vor allem«, sagte Loren und versuchte, seiner Stimme einen nüchternen, logischen Klang zu geben, erreichte jedoch nur, daß sie kühl und distanziert wirkte, »haben wir keine Ahnung, wie die Situation wirklich ist. Ich habe diesen Mann schon früher gesehen. Du nicht? Er hat öfter im Fernsehen kommentiert. Er ist von Candy's Mountain. Er verbreitet Propaganda, das weiß ich aus eigener Anschauung, fordert alle Menschen auf, die Erde zu lieben und alle Tiere als heilig zu betrachten. Vielleicht ist auch dies nur Propaganda, Teil einer Kampagne. Frage dich doch einmal, wie sie das Videoband herausbekommen haben, wenn sie sich wirklich in einer so ausweglosen Situation in der Wildnis befanden. Hast du schon einmal daran gedacht?« Auch Loren war es gerade eben eingefallen. »Wenn es ihnen gelungen ist, das Band hinauszubringen, warum können sie dann nicht auch Nahrung heranschaffen oder selbst fliehen?«

Sten schwieg. Er blickte Loren nicht an, als er langsam zum Sessel zurückkam und sich wieder auf seinen Platz setzte. Mika hatte sich in Fötalhaltung zusammengerollt, die Decke bis zur Nase heraufgezogen. Sten fühlte, daß sie sich innerlich von ihm zurückzog.

»Außerdem können wir nichts unternehmen«, fuhr Loren fort. »Wenn Agenten des Bundes im Reservat sind, haben die Leute von Candy's Mountain sie hineingelassen. Das ist ihre Angelegenheit. Außerdem wissen wir nicht, was die Bundesagenten mit den Leos tun wollen. Was weißt du denn von Leos, außer dem, was dieser Knabe da eben ge-

sagt hat? Vielleicht irrt er sich. Vielleicht haben die Leute vom Bund recht.«

Sten schnaubte verächtlich. Loren wußte, daß die Bundesregierung sicherlich nicht neutral und ohne eigene Interessen handelte; und er wußte auch, daß Sten Macht besaß – vielleicht nicht über Nashe, aber eine vage Macht, einen Platz in den Herzen der Menschen: die vielleicht ihre Stärke gerade dem Umstand verdankte, daß sie vage war. »Und drittens ...« Drittens fühlte Loren eine Angst, die er nicht analysieren konnte, oder nicht analysieren wollte, bei dem Gedanken, daß Sten sich bei der Bundesregierung in Erinnerung bringen würde, oder auch bei anderen. Loren kam es vor, als ob Sten sich damit sehr verwundbar machen würde. Für wen? Loren schob die Frage beiseite. Die beiden Kinder und er mußten sich vor der Welt verstecken, durften nicht die Aufmerksamkeit anderer erregen. Nur so waren sie sicher. Aber das konnte er ihnen nicht sagen. »Und drittens verbiete ich es. Ihr müßt mir glauben, daß es das beste ist. Es würde uns nur in Schwierigkeiten bringen, wenn wir uns einmischten.«

Mika schälte sich aus der Decke und stand auf, die Arme um die Brust geschlungen. Sie konnte sich niemals an Kälte gewöhnen; für sie blieb Frieren immer eine persönliche Beleidigung, ein schweres Unrecht. Beim Anblick der Leos um ihre kleinen Feuer hatte sie selbst die Kälte gespürt, die sie erlitten. »Es ist schrecklich.«

»Und auch seine Behauptung ist falsch, daß sie besser sind als wir.« Die Kinder sagten nichts, und Loren sprach weiter, als ob er gegen ihr Schweigen argumentierte. »Er ist wie einer von diesen Hundenarren, die behaupten, daß Hunde besser sind als Menschen, weil sie eine größere Loyalität besitzen oder weil sie nicht lügen können. Sie tun nur, was sie tun müssen. Genau wie die Menschen.«

Sten stand auf, trat zur Bedienungseinheit der Fernsehempfänger und drückte gelangweilt die Schaltknöpfe der einzelnen Kanäle. Aber auf jedem Kanal empfing er nur helle Statik oder den Pfeifton, der das Ende der Sendung markierte.

»Ich will damit nicht sagen, daß ich es für richtig halte, wenn sie ausgehungert und gejagt werden«, sagte Loren einlenkend. Er fühlte, daß eine Verbindung zwischen ihnen zu reißen drohte. Die Kinder mußten über das, was sie eben gesehen hatten, eine tiefe Empörung fühlen, und er mußte ihnen helfen, die richtige Perspektive zu finden. Es gab eine richtige Perspektive. »Sie haben ein Recht, zu leben, genau wie alle anderen Kreaturen. Sie sind nicht schlecht. Nicht prinzipiell. Aber es ist auch verständlich, daß die Menschen die Leos fürchten und hassen, von ihrer Existenz irritiert werden, und – ich wollte sagen – es ist eben alles ein wenig schwierig.« Er schwieg. Seine Worte kamen bei ihnen nicht an, und er hatte den Wunsch, sie zurückzunehmen, fast bevor er sie ausgesprochen hatte; sie klangen falsch und verlogen, nachdem sie in die Augen dieser Geschöpfe geblickt hatten, und in die Augen dieser verrückten Märtyrer. Selbstgerechte, desorientierte Märtyrer, genauso im Unrecht wie diese selbstgerechten, dünkelhaften Männer, die die Leos jagten, oder die Verbrecher von der USE, die seine Falken sich selbst überlassen hatten. Es war schon ein Verbrechen, einen festen Standpunkt für oder wider eine Partei einzunehmen; und Schuld und Selbstaufgabe, das Übernehmen irgendeiner verrückten ›Verantwortung‹ war nur das Gegenteil von bedenkenloser Verschwendung und menschorientierter Gier.

»Was ist los?« fragte Sten. Auf keinem der Kanäle wurde gesendet. Er hörte auf, nervös von einem Kanal zum anderen zu schalten. Ohne Loren anzublicken verließ er den Raum.

Mika stand noch immer reglos, die Arme um ihren Körper geschlungen. »Ich dachte, sie seien Monster«, sagte sie. »Wie der Fuchsmensch.«

»Das sind sie auch«, sagte Loren. »Genau dasselbe.«

Sie wandte sich ihm zu, mit glühenden Augen, die Lippen fest zusammengepreßt. Er wußte, daß er Worte der Versöhnung finden sollte, seine harte Aussage erklären; aber plötzlich war auch er starrköpfig und selbstgerecht: er hatte ihr die Tatsachen gegeben, die nackten, harten Tatsachen über Menschen und Tiere und Monster, über Leben und Tod; sie mußte damit fertig werden.

Mika wandte ihm mit einer brüsken Bewegung den Rükken zu und verließ den Raum.

Also blieb Loren allein zurück; verletzt und doch irgendwie beschämt starrte er auf die leeren, flimmernden Bildschirme, und plötzlich tauchte das Gesicht Nashes auf ihnen auf. Die Einstellung wechselte zur Halbtotalen, und er sah sie umringt von Männern, einige von ihnen in Uniform, und alle zeigten den abstoßend selbstzufriedenen Gesichtsausdruck siegreicher Bürokraten. Ihre Stimme war ein erschöpftes Flüstern. Ihre Hände zitterten, als sie die Manuskriptseiten umblätterte, von denen sie ablas, und sie stolperte über jeden Satz der Erklärung, die ein anderer für sie verfaßt hatte. Sie verkündete der Autonomie, daß die Regierung hiermit aufgelöst worden sei, daß sich die Bundesregierung aufgrund ernster und sich rasch ausbreitender Unruhe, Anarchie und Gewalt gezwungen sähe, Truppen in das Gebiet der Autonomie zu entsenden, um Ruhe und Ordnung wiederherzustellen und den Frieden zu bewahren. Die Autonomie sei von nun an ein Protektorat des Bundes. Mit gesenktem Blick setzte sie hinzu, daß sie aller ihrer Ämter und Pflichten enthoben worden sei, und beschwor die Bevölkerung, der vom Bund eingesetzten Übergangsregierung zu gehorchen. Dann faltete sie ihre Papiere zusammen und dankte ihnen. Wofür? fragte sich Loren.

Als sie zu Ende gesprochen hatte, wurde sie von zwei Männern vom Podium und aus dem Bild geführt, beinahe wie ein ertappter Dieb, der festgenommen wird. Ein Mann mit einem breiten, fleischigen Gesicht, den Loren in letzter Zeit häufig auf dem Bildschirm gesehen hatte – einer von den Fetten, Pathetischen, Komischen, über die sie sich amüsiert hatten –, trat dann vor das Mikrophon und gab den Zuschauern einen Bericht über den coup d'etat, der eben stattgefunden hatte: eine neue Ordnung von Frieden und Sicherheit sei etabliert worden, die öffentliche Ordnung endlich wiederhergestellt, die Menschen sollten in ihren Häusern bleiben, jeder Verstoß gegen die von Sonnenuntergang bis Sonnenaufgang festgesetzte Sperrstunde würde mit sofortiger Verhaftung bestraft, Plünderer standrechtlich erschossen, und so weiter.

Dann spielten sie die alte Nationalhymne, eine verkratzte, verstaubte Aufnahme, die direkt aus einer dunklen Vergangenheit herausgekramt zu sein schien, und die Mitglieder der neuen Regierung standen steif aufgerichtet und lauschten den Klängen wie Sünder einer Predigt. Dann zeigte der Bildschirm eine alte Aufnahme der Bundesflagge, die in einem längst verwehten Wind flatterte. Und sie flatterte weiter, als letzte Botschaft der neuen Herren, als ob sie den Menschen sagen wollten: Dies ist euer Wahrzeichen; mehr brauchen wir nicht zu sagen; dieses Land gehört uns; wir haben euch gewarnt; widersetzt euch, wenn ihr es wagt.

Die Wellen, die das Flugzeug beim Wassern verursacht hatte, breiteten sich noch immer über den See aus und schlugen mit sanftem Plätschern gegen die Pfeiler der Pier.

Loren sah, daß der Brief mit seinem Namen begann, doch dann überflog er den engbeschriebenen Bogen so hastig und angstvoll, daß er kaum ein Wort aufnahm und sich zwingen mußte, von vorn zu beginnen, in Ruhe und unter Zuhilfenahme seiner Stimme. ›Ich hoffe, daß es Dir gut geht, dort, wo Du jetzt bist. Ich habe lange nichts von Dir gehört und mich gefragt, was passiert sein könnte.‹ Du hast dich gefragt? Wie oft? Mit welchen Gefühlen? ›Ich habe irgendwie erfahren, was Du jetzt tust, und es klingt interessant. Ich wünschte, wir könnten uns darüber unterhalten. Es ist etwas schwierig, darüber zu schreiben.‹ Wie einen Stich fühlte Loren die Pause, die Sten gemacht haben mußte, bevor er diesen Satz schrieb; und aus diesem Stich quoll eine Flut von Liebe und Mitleid, so daß sekundenlang die Zeilen, auf die er blickte, vor seinen Augen verschwammen. ›Aus verschiedenen Gründen kann ich Dir unseren jetzigen Aufenthaltsort nicht mitteilen, aber ich möchte Dir sagen, daß es mir gutgeht, und Mika auch. Ich weiß, es ist nicht viel, was ich Dir nach so langer Zeit sage, aber wenn man ein Verbrecher und Mörder ist (und so nennt man mich jetzt), kann es gefährlich sein, zuviel zu schreiben.

Ich denke oft an die Vergangenheit zurück, an den Spaß, den wir zusammen hatten, als wir zu dritt in dem Haus lebten, wie glücklich wir damals waren. Ich wünschte, diese Zeit wäre niemals vorbeigegangen. Aber ich habe getan, was ich für meine Pflicht hielt, was ich tun zu müssen glaubte, und was auch Du, glaube ich, für richtig hieltest. Es ist seltsam, aber obwohl ich es war, der fortgegangen ist, kommt es mir immer so vor, als ob Du mich verlassen hättest! Aber wie dem auch sei, ich hoffe, daß wir wieder Freunde sein können. Du wirst Dir sicher vorstellen können, daß ich gerade jetzt Freunde brauche. Und Deine Hilfe. Du hast mir immer geholfen, und alles, was ich heute bin, alles Gute, das in mir ist, verdanke ich Dir. Ich habe mich sehr verändert.‹ Die Unterschrift lautete: ›Dein treuer Freund Sten.‹

Unter der Unterschrift stand ein Postskriptum, weniger eine späte Einsicht, als vielmehr ein Eingeständnis, von dem er seit langem wußte, daß er es irgendwann machen mußte, das er sich aber erst im allerletzten Moment abringen konnte: ›Es tut mir leid wegen des Falken.‹

Nach Nashes Sturz warteten die drei eine Woche lang gespannt und bedrückt darauf, daß die neue Regierung von ihnen Notiz nähme. Es war der Bundesregierung zuzutrauen, in ihrer gedankenlosen Gründlichkeit etwas gegen den Erben von Gregorius zu unternehmen. Aber nichts geschah. Sie blieben frei und unbehelligt wie bisher. Manchmal kamen Menschen ins Haus, nicht Abgesandte der Regierung, sondern Menschen, die ein Zentrum brauchten, in dem sie sich versammeln konnten. Sie kampierten außerhalb der Mauern oder schlenderten in kleinen Gruppen vor den verriegelten Toren auf und ab und starrten in den Park. Sie gingen wieder fort, und andere kamen. Und noch immer wurde ihr Status nicht offiziell geändert.

Aber Sten fühlte eine Veränderung. Wenn er sich vorher isoliert, versteckt, aber sicher gefühlt hatte, geschützt vor

den Konsequenzen seiner Mitschuld an der Ermordung seines Vaters, begann er sich jetzt wie ein Gefangener zu fühlen. An dem Abend, an dem sie die Sendung über die Leos gesehen, isoliert in ihrer von Bergen umgebenen Festung, und der Stimme des blassen, ohnmächtigen Mannes zugehört hatten, der der Welt verkündete, daß er und das Mädchen mit den Leos sterben würden, gerieten seine Gefühle in einen seltsamen Widerstreit zwischen Verachtung und Sehnen: er wollte ihnen irgendwie helfen; er wußte, daß er sich niemals, niemals so in sein Schicksal ergeben und seine Ohnmächtigkeit eingestehen würde wie dieser Mann; und gleichzeitig erkannte er, daß er genauso gefesselt, genauso ohnmächtig war wie dieser Mann und die Leos.

Jetzt, wo Nashe gestürzt worden war, wurde er von der gleichen Bundesregierung, welche die Leos jagte, eingekreist, stranguliert, ausgehungert. Er fühlte einen beklemmenden Zwang, sich zu wehren, bevor es zu spät war, und dieses Gefühl wurde immer stärker, immer drängender; je fester ihn die unsichtbaren Ketten banden, desto verzweifelter versuchte er, sie zu sprengen.

Selbst Loren schien jetzt alles zu tun, um ihn noch mehr einzuengen. Wo sie vorher eine Art Gleichgewicht bewahrt hatten, jeder eine Hand Mikas haltend, um ihren festen Halt nicht zu verlieren, begannen sie jetzt beide gefährlich zu schwanken. Loren gab Befehle, Sten befolgte sie nicht. Loren belehrte, Sten nahm nichts auf. Sten erkannte mit Entsetzen, daß Loren Angst hatte; und ohne es zu wollen, begann er Lorens Angst herauszufordern, wie um festzustellen, ob sie wirklich vorhanden war.

»Sind sie noch immer da?« fragte Mika.

»Kümmere dich nicht um sie«, sagte Loren. »Ermutige sie nicht.«

Sten stand vor dem kugelsicheren Fenster im Büro seines Vaters und blickte durch ein Fernglas zu den zwei oder drei Menschen hinüber, die schweigend, in dicke Mäntel gehüllt, vor dem geschlossenen Torgitter standen. »Warum«, sagte er, wandte sich um und blickte Loren kühl an, »stehst du mir eigentlich ständig auf den Füßen?«

Loren, der ihm nicht sagen konnte: Weil ich dich liebe, antwortete: »Weil ich verhindern will, daß du etwas Dummes tust. Das ist alles.« Er wandte sich um und ging aus dem Zimmer.

Als er fort war, nahm Sten wieder den Brief in die Hand. Er war von dem Mann abgeliefert worden, der ihnen die Nahrungsmittel brachte; er hatte Sten den Brief wortlos übergeben, bevor er die Küche wieder verließ. Der Brief enthielt weder Adresse noch Anrede. Nur zwei unsauber und nachlässig getippte Zeilen:

Wenn ich nach Menschenart bei Ephesus mit den Tieren gerungen habe, was hätte ich davon, wenn sich die Toten nicht erhöben?

Unter diesem Satz, den Sten für ein Bibelzitat hielt, standen ein paar Ziffern und Buchstaben. Nach einigem Überlegen stellte Sten fest, daß es sich dabei um geographische Koordinaten handelte, Längen, Breiten, Richtungen, Gradangaben der Kompaßrose. Vielleicht würde er sich nicht so gründlich damit befaßt haben, wenn nicht am unteren Rand des Bogens als Signatur ein von einer kindlich wirkenden Hand gemaltes *R* gestanden hätte.

»Wir sollten Loren fragen«, sagte Mika.

Sten schüttelte den Kopf. Warum sollte Reynard ihm verraten, wo sich die Leos versteckten? Denn daß es sich bei den Koordinaten und anderen Angaben um ihren Aufenthaltsort handelte, stand für ihn fest. Ein Vergleich mit den Karten, die er im Büro seines Vaters fand, zeigte ihm den Ort, auf den ihn Reynards Mitteilung hinweisen wollte: eine unzugängliche Stelle in den Bergen, die die Nordgrenze der Autonomie bildeten und schon Teil des Genesis-Reservats waren.

»Soll es eine Aufforderung sein, ihnen zu helfen?« fragte Mika. »Will er, daß wir zu ihnen gehen und irgendwie versuchen sollen, ihnen zu helfen?«

Als Reynard ihm damals, in dem alten Farmgebäude, dieses Haus und diese Sicherheit angeboten hatte, vielleicht sogar sein Leben, als Gegenleistung für sein Schweigen, hatte er ihm geraten: Sei weder Jäger noch Wild. Wenn dem so war, befand er sich jetzt in einer sehr schwierigen Lage, die zunehmend kritischer wurde, weil er sich auf der Flucht befand, wie ein Wild sich versteckte: vor der Regierung, vor den Menschen dort draußen – und vor Loren. Wenn Reynard ihn jetzt aufforderte, sich zu erheben, wie von den Toten, sollte er es für die Leos tun? Würde er überhaupt den Mut dazu finden? Mehr als je zuvor brauchte er jetzt Lorens Rat und Hilfe. Aber Loren hatte ihm seinen Standpunkt gegenüber den Leos sehr klargemacht.

»Hättest du den Mut dazu?« fragte er Mika. »Würdest du es wagen, in die Berge zu gehen und ihnen zu essen zu bringen?«

Sie blickte ihn fast entsetzt an. »Was sollen wir Loren sagen?«

»Nichts«, antwortete Sten, von einer plötzlichen, nie gekannten Entschlußkraft übermannt. Dies würde die Erlösung sein, das Zerbrechen seiner Fesseln, auf das er so lange gewartet hatte: man hatte an ihn appelliert, und er hatte sich entschlossen, diesem Appell zu folgen. Mit Mika, wenn sie den Mut dazu fand; allein, wenn es sein mußte.

Mika blickte ihn aufmerksam an, als er den Brief zusammenfaltete, einmal, dann noch einmal und noch einmal, als ob er einen geheimen Entschluß in dem Papier verstecken wollte. Ohne Mika anzublicken, berichtete er ihr, wie ihr Vater getötet worden war, und was er getan hatte, und aus welchem Grund sie im Haus sicher gewesen waren.

»Du kannst hierbleiben«, sagte er. »Du bist hier sicher, bei Loren.«

Sie blickte ihn eine Weile schweigend an. Es hatte wieder zu schneien begonnen, ein feuchter, matschiger Schnee. Sie dachte daran, wie sie vor einigen Tagen lachend, nackt durch den Schnee gelaufen waren.

»Wir könnten die Schlitten nehmen«, sagte sie schließlich.

In dieser Woche wurde die Telefonverbindung zum Haus unterbrochen – vielleicht durch den Schnee, vielleicht absichtlich, sie erhielten keine Erklärung dafür –, und Loren fuhr jetzt einmal pro Woche in die nächste Stadt, die fast fünf Meilen entfernt war, vor allem, um festzustellen, ob es irgendwelche Anzeichen für eine Änderung ihres Status gab, irgendeinen Hinweis darauf, was mit ihnen werden sollte. Er kannte keinen Menschen, dem er vertraute, den er danach fragen konnte, weder ein ehemaliges Regierungsmitglied noch einen persönlichen Freund. Er wußte, daß es Wahnsinn war, sich einfach zu verkriechen; es konnte nicht ewig so weitergehen. Aber wenn er daran dachte, Sten ins Licht des amtlichen Interesses zu rücken, um eine Entscheidung herbeizuführen, scheute er vor jedem Entschluß zurück. Was immer dabei herauskommen mochte, sicher war, daß sie Sten und ihn trennen würden. Eine andere Lösung konnte er sich nicht vorstellen.

Als er von der Stadt zurückkehrte, drängte er sich durch die kleine Menschenmenge, die sich vor dem Tor versammelt hatte, und schloß es auf. Alle Fragen, die an ihn gestellt wurden, beantwortete er lediglich mit Lächeln und Achselzucken, als ob er ein Idiot sei, und konzentrierte sich darauf, rasch durch das nur um einen Spaltbreit geöffnete Tor zu schlüpfen und es hinter sich rasch wieder abzuschließen, um die anderen daran zu hindern, sich ebenfalls hindurchzudrängen. Dann ging er mit schnellen Schritten den schneebedeckten Zufahrtsweg hinauf.

Beim Farmhaus blieb er einen Moment lang überlegend stehen, trat dann hinein. Ein kleiner Zellenheizer, den er vom Haus geholt hatte, und der Tag und Nacht brannte, brachte die Temperatur zwar nur um wenige Grade über den Gefrierpunkt, aber das war alles, was der Falke brauchte.

Der Vogel befand sich gerade auf dem Höhepunkt der Mauser, er sah zerzaust und unglücklich aus. Zwei Schwungfedern waren ausgefallen, seit Loren ihn zuletzt gesehen hatte – sie fielen immer paarweise aus, eine von jeder Schwinge, damit der Flug des Falken nicht unausgeglichen wurde –, und Loren hob sie auf und legte sie zu den anderen. Man konnte sie zu Reparaturen verwenden, falls der Falke sich einmal eine Feder brechen sollte; aber eigentlich wurden sie nur als Souvenirs gesammelt, so wie manche Menschen Kinderschuhe aufheben.

Der Tag war windstill und klar, die Sonne fast heiß. Er würde den Falken für eine Weile hinausnehmen.

Während er mit leiser, sanfter Stimme zu ihm sprach, stülpte er ihm geschickt die Haube über und zog sie fest. Sie war zu steif und sollte wieder eingefettet werden; die Arbeit eines Falkners riß niemals ab. Dann zog er den schweren Lederhandschuh an. Er hielt die behandschuhte Hand an die Sitzstange und drückte sie leicht gegen die Klauen des Vogels. Der Falke fühlte den höheren Sitz hinter sich und trat instinktiv einen Schritt zurück, auf den Handschuh. Er krächzte leise, als Loren nach der Leine griff, aber erst als der Vogel ganz fest auf seinem Handschuh hockte, löste er die Leine, mit der er an seiner Sitzstange festgebunden war. Es gab eine Art Diebesehre zwischen Falken und Falkner, und Tricks waren nur erlaubt, wenn Loren einen Fehler beging.

Loren ging mit dem Falken vor das Haus, schritt eine Weile auf und ab und streichelte mit dem Zeigefinger die Kehle des Vogels. Dann trat er an die Sitzstange, die vor dem Haus stand, und ließ den Falken auf sie überwechseln. Von irgendwo glaubte er das pfeifende Startgeräusch eines der neuen Motorschlitten zu hören. Er verknotete die Leine des Vogels fest um die Sitzstange, auf der er jetzt hockte, und nahm ihm dann die Lederkappe ab. Der Falke hob den Kopf und riß den Schnabel auf. Die Nickhäute schoben sich über seine geblendeten Augen. Sein Blick war auf die Hausecke gerichtet, wo gerade drei Motorschlitten hinter einer winterkahlen Hecke verschwanden.

»Was ist los?« schrie Loren, riß den Lederhandschuh herunter und lief auf die Schlitten zu. Auf dem ersten saß Mika, auf dem zweiten Sten, und an Stens Motorschlitten war der dritte befestigt, der mit einem riesigen Haufen von irgendwelchem Zeug beladen war, das von einer Plastikplane zusammengehalten wurde. Loren spürte eine plötzliche, würgende Angst. »Wartet!« Verdammt, warum hörten sie ihn nicht? Er brach durch die kahle Hecke und sah die drei Schlitten auf den Weg einbiegen, der vom Haus zu dem freien Feld führte. Er kämpfte sich durch den hohen Schnee und konnte Sten im letzten Augenblick packen, bevor er den zweiten, hochbeladenen Schlitten in die richtige Position gebracht hatte und voll aufdrehen konnte.

»Was habt ihr vor?«

»Laß mich in Ruhe! Wir hauen ab.«

Mika hatte ihren Schlitten gestoppt und blickte zurück, reserviert, stolz.

»Ich habe dich gefragt, was ihr vorhabt. Und was ist all dieses Zeug?« Er deutete auf den zweiten Schlitten.

»Nahrungsmittel.«

»Wir haben genug Vorräte für Wochen im Haus. Was, zum Teufel ...«

»Sie sind nicht für uns.«

»Für wen dann?«

»Für die Leos.« Sten wich Lorens Blick aus. Er trug eine Schneebrille, die nur einen schmalen Sehspalt besaß; sie gab ihm ein fremdes, grausames Aussehen. »Wir bringen sie zu den Leos. Wir haben dir nichts davon gesagt, weil du nur versucht hättest, es uns auszureden.«

»Allerdings! Seid ihr verrückt geworden? Ihr wißt doch nicht einmal, wo sie sind.«

»Ich weiß es.«

»Woher?«

»Das kann ich dir nicht sagen.«

»Und wann kommt ihr zurück?«

»Wir kommen nicht zurück.«

»Steig vom Schlitten, Sten!« Sie wollten sich unbemerkt davonmachen, ohne mit ihm zu sprechen, ohne ihn um Hilfe zu bitten. »Steig vom Schlitten, habe ich dir gesagt!«

Sten griff nach dem Starktknopf, um den Motor des Schlittens wieder anzuwerfen. Loren, außer sich vor Wut über seinen Verrat, packte ihn, riß ihn vom Schlitten und stieß ihn so heftig von sich, daß der Junge stolperte und in den Schnee fiel. »Hör mir jetzt zu! Du wirst nirgendwohin gehen. Bring dieses Zeug jetzt dahin zurück, wo du es her hast!« Er war hinter Sten getreten und gab ihm wieder einen Stoß. »Und schafft diese Schlitten weg, bevor ich ... bevor ...«

Mika war von ihrem Schlitten gestiegen und trat auf sie zu. Sie blickte Loren an, und dann Sten. Dann trat sie neben ihren Bruder und nahm seinen Arm.

»Hört zu«, sagte Loren. »Hört mir zu! Selbst wenn ihr wißt, wohin ihr wollt, ist es Wahnsinn. Es ist gegen das Gesetz.« Sie sagten nichts. »Sie sind gejagte Verbrecher. Und das werdet auch ihr sein.«

»Das bin ich bereits«, sagte Sten.

»Was soll das heißen?«

»Du hättest uns nicht geholfen, nicht wahr?« sagte Mika. »Selbst, wenn wir es dir vorher gesagt hätten.«

»Ich hätte euch gesagt, was ich davon halte.«

»Du hättest uns nicht geholfen«, sagte sie mit ruhiger, bitterer Verachtung.

»Nein.« Schon bevor er es sagte, war ihm bewußt, daß er sich jetzt endgültig gegen sie stellte. »Man wirft nicht einfach alles fort. Was soll aus euren Pferden werden? Mit dem Falken?« Er deutete auf den Vogel, der ruhig auf seiner Stange saß, zu ihnen herüberblickte, wenn sie sich bewegten, und dann den Kopf wieder abwandte.

»Du wirst dich um ihn kümmern«, sagte Sten.

»Er ist nicht mein Falke. Man überläßt einen Falken nicht einem anderen. Das habe ich dir von Anfang an klargemacht.«

»Okay.« Sten wandte sich um und ging durch den tiefen Schnee zu dem Falken. Bevor Loren begriff, was er vorhatte, zog er sein Taschenmesser heraus und klappte es auf. Die Klinge blitzte im Sonnenlicht.

»Nein!«

Sten zerschnitt die Schlinge, mit der die Leine am Fuß des Falken befestigt war. Loren lief auf ihn zu, stolperte im tiefen Schnee.

»Du Scheißkerl!«

Der Falke hatte noch nicht gemerkt, daß sich etwas verändert hatte. Ihn störte nur die plötzliche Unruhe, die hastigen Bewegungen, das laute Rufen. Er wäre am liebsten losgeflogen, doch er hatte durch hundertfache Erfahrung gelernt, daß er abstürzen würde und dann hilflos an der kurzen Leine hing. Sten hatte seine Jacke heruntergerissen und schlug sie dem Falken plötzlich ins Gesicht. Mit einem wütenden Schrei schnellte der Vogel sich in die Luft, verhielt eine Sekunde lang und stellte fest, daß er frei war; er spürte trotzdem den Drang, auf seine Stange zurückzukehren, aber Sten schrie und wedelte mit seiner Jacke, und der Falke stieg wütend und angewidert höher. Es war ein seltsames, ungewohntes Gefühl, frei zu sein, aber es war ein schöner Tag zum Fliegen. Er flog.

»Jetzt«, sagte Sten, als Loren ihn erreichte, »gehört er niemand.«

Es kostete Loren eine fast übermenschliche Anstrengung, um sich nicht von der tiefen Verzweiflung unterkriegen zu lassen, die ihn jetzt packte wie eine Woge. »Geh jetzt zum Haus«, sagte er ruhig, obwohl seine Stimme zitterte, »und hol die lange Stange und das Netz. Mit den Schlitten können wir es vielleicht schaffen, ihn bei Dunkelwerden wieder einzufangen. Er ist zu den Bäumen im Osten geflogen, Sten.«

Sten warf seine Jacke über und ging an Loren vorbei zu den Schlitten.

»Mika!« rief Loren.

Sie stand einen Moment reglos, unschlüssig, ihre Arme um den Leib geschlungen. Dann wandte sie sich um, ohne Loren anzusehen, und ging ebenfalls zu ihrem Schlitten.

Loren wußte, daß er sie zurückhalten sollte. Alles mögliche konnte ihnen passieren. Aber er blieb stehen und sah ihnen zu, wie sie auf ihre Schlitten stiegen und die Motoren starteten. Sten rief Mika etwas zu und schob seine Schneebrille wieder vor die Augen. Er blickte zu Loren, die Hände am Lenker seines Schlittens. Dann fuhren die Schlitten an, dunkle Schatten gegen den weißen Schnee, und glitten mit zunehmendem Tempo über das weite, flache Land.

»Ja«, sagte Reynard. »Ich war es, der Sten gesagt hat, wo die Leos sich versteckten. Eine kryptische Mitteilung. Es war eine beachtliche Intelligenzleistung von ihm, sie zu entschlüsseln.«

»Und Sie waren es auch, der den Film, den wir damals sahen, herausgebracht hat?«

»Ja.«

»Wie ist es Ihnen gelungen, sie aufzusuchen, sie zu finden, ohne aufgehalten zu werden? Und wieder zurückzukommen?«

Reynard schwieg. Er saß ihm gegenüber an dem schäbigen Tisch der kleinen Bar und blickte ihn nur an.

»Sie haben Sten zum Verbrecher gemacht. Warum?«

»Ich konnte nicht zulassen, daß die Leos sterben«, sagte Reynard. »Das müssen Sie doch verstehen.«

Es war nicht zu verstehen. Seine dünne, ausdruckslose Stimme konnte das meinen, was sie sagte, oder das Gegenteil, oder gar nichts. Seine Gefühle waren unverkennbar, nicht festzulegen. Loren blickte ihn an, als er mit seinen langen, dunklen Fingern die dichtbehaarte Wange kratzte. Es klang wie das Rascheln von trockenem Gras. Reynard zog eine schwarze Zigarette aus einem Etui und zündete sie an. Loren sah ihm dabei zu und versuchte an dieser besonders menschlichen Geste – dem Anzünden einer Zigarette, dem Einatmen des Rauchs – zu erkennen, was an Reynard menschlich war und was nicht. Es war unmöglich. Nichts an der Art, wie Reynard die Zigarette benutzte, war menschlich, doch war es genauso routiniert, natürlich – und passend – wie bei einem Menschen.

»Er hat sie gerettet«, sagte Reynard, »er hat sie vor dem Tod gerettet. Nicht nur die Leos, sondern auch die zwei Menschen. Bewundern Sie nicht seinen Mut? Alle anderen Menschen tun das.«

Aus den Zeitungen, die er sich jede Woche aus dem Ort holte, hatte Loren erfahren, daß Sten zu einer Berühmtheit geworden war; selbst hier, weit von der Nordgrenze der Autonomie entfernt, sprach man von ihm. »Es war kopflos, unüberlegt, kindisch«, war alles, was er sagte.

»Er hat viel riskiert. Mehr als er mußte, vielleicht. Wenn Sie dagewesen wären, um ihm zu helfen ... Jedenfalls hat er es geschafft.«

Loren nahm einen Schluck von seinem Whisky. Der Alkohol brannte in seinem Körper, als ob er von seinen Gefühlen rohgeschabt worden wäre. Er konnte dem Fuchs nicht sagen, daß er ihn haßte, weil er ihm Sten weggenommen hatte. Das konnte er nicht zugeben. Es entsprach nicht einmal der Wahrheit. Sten war aus eigenem Entschluß fortgegangen, um eine schwierige Aufgabe zu erfüllen, die er sich selbst gestellt hatte, und er hatte es geschafft. Mika war mit ihm gegangen, weil sie ihn liebte. Loren hatte Angst gehabt, und deshalb hatte er Sten verloren. War es so? War das die Wahrheit, mit der er sich abzufinden hatte?

»Er hatte doch Sie«, sagte Loren.

»Schon. Aber ich bin keine große Hilfe. Ich war nie – wirklich kräftig, und wie Sie selbst sehen, bin ich jetzt lahm.«

»Sie kommen aber anscheinend ganz gut zurecht.«

»Außerdem«, sagte Reynard, als ob er den Einwand nicht gehört hätte, »werde ich langsam alt. Ich bin jetzt fast dreißig. Mit einer so langen Lebensspanne hatte ich nicht gerechnet. Ich fühle mich manchmal uralt.« Rauch kräuselte aus seinen Nüstern. »Ich werde gejagt, Mr. Casaubon. Schon seit geraumer Zeit. Mehr als einmal ist es mir gelungen, sie von meiner Spur abzubringen, aber ich weiß nicht, wie lange ich noch die Kraft dazu haben werde. Ich werde jetzt in den Bau zurückkriechen.« Er lächelte – vielleicht war es ein Lächeln – über diese Formulierung. Asche von seiner Zigarette fiel auf die Tischplatte. »Sten braucht Sie jetzt.«

»Was wollten Sie eigentlich von ihm?« fragte Loren kühl. Er versuchte, Reynards Blick festzuhalten, aber wie einem Tier war es ihm unmöglich, einen direkten Blick zu ertragen. »Warum haben Sie gerade ihn gewählt? Aus welchem Grund?«

Reynard drückte die Zigarette sehr sorgfältig aus und schien die Herausforderung, die in Lorens Worten lag, nicht zu spüren. »Wußten Sie«, sagte er, »wieviel Sten den Menschen in der Nördlichen Autonomie bedeutet? Und auch außerhalb?« Er setzte sich anders, schien Schmerzen zu haben. »Es gibt da eine Bewegung – eine von der Art, zu denen die Menschen zu neigen scheinen –, die Sten zum König machen will.«

»Zum König?«

»Er würde sich sehr gut dafür eignen, finden Sie nicht auch?« Wieder verzog sich sein langes Gesicht zu einer Art Lächeln. »Wenn er jetzt als Verbrecher gilt und von den Truppen der Bundesregierung gejagt wird, so ist das nur rollengercht für einen jungen Prinzen, für einen Thronanwärter. Die Bundesregierung hat ihre Chance in der Autonomie vertan, zwangsläufig. Sten erscheint den Menschen als – eine Alternative. Irgendwie. Mit allen königlichen Attributen: er ist stark, jung und tapfer – gut. Wenn es Könige gibt – Menschen, die zum König geboren sind –, so ist er einer davon. Sind Sie nicht auch der Ansicht?«

Von dem Zeitpunkt an, in dem Loren im Schrotturm das zurückgelassene *North-Star*-Magazin aufgeschlagen hatte, war er ein Untertan Stens gewesen; das wußte er. Und es war ihm auch immer klargewesen, daß Sten eines Tages das Erbe antreten mußte, das zu seinen Füßen lag; obwohl er versucht hatte, dieses Wissen zu verdrängen. Jetzt erkannte er, daß er – wie Merlin, der den Knaben Arthur aufgezogen und heimlich für seine Aufgabe vorbereitet hatte – bei seiner Erziehung Stens eigentlich nur ein Ziel gehabt hatte: ihn zum König zu machen. Es gab keine andere Aufgabe, für die er sich eignete.

»Es ist eine erwiesene Tatsache«, sagte Reynard, »daß Könige von Menschen einer bestimmten Art umgeben sein müssen. Von Menschen, die den König in dem König lieben, die aber auch den Menschen im König kennen. Menschen, für die der König immer König bleibt. Immer. Ganz egal, was geschehen mag. Ich meine damit keine Höflinge, Hofschranzen, Speichellecker. Ich meine – Untertanen. Wirkliche *Untertanen*. Ohne sie gibt es keine Könige. Kann es keine Könige geben.«

»Und Sie? Sind Sie der Mann eines Königs?«

»Ich bin kein Mann – kein Mensch.«

Es dunkelte bereits. In diesen nördlichen Breiten wurde es jetzt früh Abend. Loren versuchte, die widerstreitenden

Gefühle, die ihn zu beherrschen suchten, zu ordnen, gab es jedoch bald auf. »Wo ist er jetzt?«

»Unterwegs. Zwischen zwei Orten. Er hält sich nirgends lange auf.« Er beugte sich vor. Seine Stimme klang angestrengt, erschöpft. »Das ist die größte Schwierigkeit. Er braucht einen Ort, an dem er absolut sicher ist, einen geheimen Ort, der ihm als Basis dient, an dem sich seine Anhänger versammeln können. Einen Ort, an dem er sich verstecken kann – aber kein Rattenloch zum Verkriechen.« Wieder das lange, gelbzahnige Lächeln. »Dieser Ort wird eines Tages Teil seiner Legende werden.«

Loren fühlte sich wie am Rand eines steilen Abgrunds und wußte, daß die Gefühle, die sich jetzt in ihm empordrängten, ihn irgendwann über den Rand stoßen würden. Er kippte den Rest seines Drinks hinunter und schob das leere Glas von sich. »Ich kenne so einen Ort«, sagte er. »Ich glaube, ich kenne so einen Ort.«

Reynard blickte ihn an, ruhig, scheinbar ohne Interesse, während Loren den alten Schrotturm beschrieb, seine Lage, wie man ihn erreichen konnte. Er nahm an, daß seine zurückgelassenen Lebensmittel sich noch dort befinden würden, zumindest jedoch die Zellenheizung.

»Wann können Sie dort sein?« fragte Reynard, als er schwieg.

»Ich?«

Reynard blickte ihn schweigend an.

»Hören Sie. Ich werde Sten helfen, weil er Sten ist, weil ... weil ich es ihm schulde. Ich werde ihn verstecken, wenn ich kann, ihn beschützen. Aber alles andere ...« Er wich Reynards Blick aus. »Ich bin Wissenschaftler. Ich habe hier ein Projekt durchzuführen.« Er fuhr mit dem Finger durch eine Whiskypfütze auf dem Tisch. »Ich will nichts mit Politik zu tun haben. Ich bin kein politischer Mensch.«

»Stimmt.« Reynard gähnte. Es war eine rasche, unerwartete Geste, wie ein lautloses Bellen; ein Speichelfaden tropfte von seinem Gaumen auf die lange, tief gerillte Zunge. »Das ist niemand, nicht wirklich.« Er stand auf und lehnte sich auf seinen Stock. Dann begann er, mit kleinen, schwerfälligen Schritten in dem kleinen, nach verschüttetem Bier riechenden Raum – der um diese Stunde menschenleer war – auf und ab zu gehen, wie um sein lahmes Bein zu bewegen. »Gänse, nicht wahr? Ihr Projekt.« Er blieb stehen, stützte sich schwer auf seinen Stock, hob den verletzten Fuß an und bewegte ihn vorsichtig. »Gibt es da nicht so ein Spiel: Fuchs und Gänse?«

»Ja. Fuchs, du hast die Gans gestohlen.«

»Mit vorgezeichneten Karos oder Pfaden ...«

»Die Gänse müssen versuchen, an dem Fuchs vorbeizukommen. Er fängt sie an der Stelle, wo die Pfade sich kreuzen. Und die Gänse, die er gefangen hat, müssen ihm helfen, die anderen zu fangen.«

»Ich interessiere mich für solche ... Bräuche. Das ist doch verständlich.«

»Meine Gänse«, sagte Loren, »sind für Füchse nichts als Wild.«

»So?«

»Und sie wissen das. Sie geben dieses Wissen weiter – die Alten an die Jungen. Anscheinend sind sie nicht darauf geprägt. Gänseküken, denen die Furcht vor dem Fuchs nicht anerzogen worden ist, laufen nicht instinktiv vor ihm davon. Die alten Gänse lehren die Jungen, daß der Fuchs ihr Feind ist, indem sie ihn angreifen, gemeinsam, und ihn vertreiben. Nach einer Weile beteiligen sich die Jungen daran. Ich habe selbst gesehen, wie meine Gänse einen Fuchs über eine Meile weit gejagt haben. Der Fuchs wirkte recht unbehaglich.«

»Ich werde Sie jetzt wieder verlassen«, sagte Reynard. »Die Maschine startet bald, und es gibt noch einige Dinge, die ich erledigen muß.« Er ging zur Tür.

»Der Böse findet niemals Ruhe«, sagte Loren.

Reynard wollte die Bar ohne Gruß verlassen. An der Tür blieb er noch einmal stehen. »Lehren Sie Ihre jungen Gänse«, sagte er. »Aber versichern Sie sich vorher, wer der Fuchs ist.«

Als er gegangen war – winzig, alt, unmöglich –, weckte Loren den Barkeeper und ließ sich sein Glas nachfüllen. Der

Brief, der in seiner Brusttasche steckte, schien schmerzhaft gegen sein Herz zu drücken.

Nichts befriedigt einen Wissenschaftler mehr als die Duplikation von Ergebnissen, die ein anderer Wissenschaftler erreicht hat. Als Loren das nun leere, braune Landhaus verlassen hatte, wollte er nur einen Ort finden, an dem er sich verkriechen konnte, einen weit entfernten, menschenleeren Ort, wo ihn niemand störte, niemand bedrängte; aber er kannte sich gut genug, um zu wissen, daß er auch eine Beschäftigung brauchte, eine Möglichkeit, wenn er – selbst vorübergehend – dem ständigen Druck entkommen wollte, den er beim Denken an Sten und Mika empfand.

Sie hatten es ernst gemeint: sie kamen nicht zurück. Und er wußte, daß sie nicht zurückkommen würden. Als zehn Tage vergangen waren und ein neues Schneetreiben ihre Spuren ausgelöscht hatte, rief er die Polizei der Autonomie an und meldete ihr Verschwinden. Die Polizei befand sich damals gerade im Prozeß der Reorganisation, und nach ein paar zeitraubenden Verhören, bei denen er so wenig Konkretes berichtete, wie er es wagte, ohne Mißtrauen zu wekken, schien die Angelegenheit erledigt zu sein, oder irgendwo abgelegt, oder im Durcheinander des bürokratischen Apparates verloren. Einmal fürchtete er während eines Verhörs bei der Polizei (Bundespolizei in diesem Fall), daß man ein Geständnis aus ihm herausprügeln würde, irgendein Geständnis; und er hoffte sogar, daß sie es tun würden: es gab sonst niemanden, der ihn für das bestrafen konnte, was er getan hatte.

Was er getan hatte? Was hatte er getan?

Er hob sein Geld vom Konto ab – von seinem Gehalt hatte er kaum etwas gebraucht –, erbettelte sich von Dr. Small einen neuen Job – der ihm nur sehr widerwillig gegeben wurde – und zog nach Norden, jenseits der Grenzen der Autonomie, zu den Nistgründen der Kanada-Gänse. Einer der größten Ethnologen des vergangenen Jahrhunderts hatte umfassende Studien mit europäischen Graugänsen durchgeführt; die Arbeit hatte Berühmtheit erlangt, genau wie ihre Resultate, und die daraus gezogenen Schlüsse über das Verhalten von Tieren und Menschen, Instinkt, Aggression, Bindungen. Er hatte seine Schlüsse auf alle Spezies des Genus *Anser* bezogen, der echten Gans. Doch die Kanada-Gans ist keine *Anser,* sondern eine *Branta.* Es würde Monate dauern – heilende, schützende Monate allein –, um die über ein Jahrhundert alten Beobachtungen der *Anser* mit denen der *Branta* zu vergleichen. Die Arbeit würde ein kleines Monument werden, eine Art Ausflug aus der eigenen Misere, wie die Perle in einer Auster.

Als Loren wieder die Texte des alten Mannes las – denn als das erschienen sie ihm, trotz ihrer wissenschaftlichen Formulierung, Geschichten von Liebe und Tod, Schmerz und Freude –, hatte er nicht das schockierende Gefühl, das ein erstes Lesen in manchen von dessen Zeitgenossen hervorgerufen hatte, daß Menschen nicht mehr als Tiere seien, ihre Freiheiten und Ideale nichts als Selbstbetrug und Illusionen – die alte Reaktion von Menschen, die zum erstenmal mit den Thesen Darwins in Berührung kamen –, sondern eine entgegengesetzte Empfindung. Was die Texte mitzuteilen schienen, war die Lehre, daß Tiere nicht geringer sind als Menschen: weniger geschickt und vielfältig in ihren Ausdrucksmöglichkeiten, weniger komplex in ihren Fähigkeiten, aber genauso vollkommen; genauso gefühlsbetont, genau wie sie in der Lage, den Schmerz zu besiegen und Trauer, Wut und Liebe zu empfinden.

Der Höhepunkt im Leben einer Graugans ist die Triumphzeremonie, eine atemberaubend schöne Kombination von ritualisierten Kämpfen, unadressierter Aggression, tausend sich überlagernder Rufe und Antworten. Die Gänse vollziehen diese Zeremonie paarweise, werden für das ganze Leben zusammengeschweißt durch diesen Tanz. Der alte Mann hatte gesagt: Der Tanz drückt nicht Liebe aus, der Tanz *ist* ihre Liebe. Wenn ein Partner eines Paares stirbt – durch die Berührung mit Drähten einer Hochspannungsleitung etwa, oder in einer Falle –, sucht der andere jahrelang nach ihm, ruft ihn mit den Lauten, mit denen ein Gänseküken nach seiner Mutter ruft. Manchmal, nach einer langen

Zeit, finden sie einen neuen Partner, einen neuen Anfang, meistens aber nicht.

Die meisten Paare sind männlich/weiblich, häufig aber auch männlich/männlich; in diesen Fällen gibt es manchmal ein Satelliten-Weibchen, die Geliebte eines der beiden Männchen, die sich damit zufrieden gibt, ihre Liebe zu teilen, und die sich in ihre Triumphzeremonien integrieren kann, um begattet und befruchtet zu werden. Und dies ist nicht das einzige Seltsame dieser Verbindungen: es gibt ganze Romane von verschmähter Liebe, fehlschlagenden Affären, Verlust, Trauer, Kummer und gebrochenen Herzen.

Loren hatte viele solcher Affären bei seinen Gänsen beobachten können, obwohl das gesellschaftliche Leben dieser Art auf einer früheren, weniger komplexen Stufe stehengeblieben zu sein schien. Ihre Zeremonien waren weniger ausdrucksvoll, ihre Emotionen deshalb – vom Standpunkt eines Betrachters aus gesehen – weniger beeindruckend. Er hatte ihr rituelles Verhalten genau beobachtet und analysiert, hatte ihnen bei der Werbung, bei der Aufzucht ihrer Jungen, bei ihren Reaktionen gegenüber Gefahren zugesehen, ihr ruhiges, ziemlich ereignisloses, an eine kleine Dorfgemeinschaft gemahnendes Leben verfolgt. Ob unter den kleinen Streitigkeiten und Befriedigungen ihres täglichen Lebens eine stärkere Strömung verlief – so wie es in jeder Dorfgemeinschaft der Fall ist –, war vom wissenschaftlichen Standpunkt aus unerheblich. Unausgedrückte Wünsche und Gefühle waren entweder nicht bewußt oder ungeformt, also konnten sie nicht analysiert werden.

Trotzdem wollte er, daß sie ihm mehr sagten. War die *Anser* menschenähnlicher als die *Branta,* oder waren die Berichte des alten Mannes lediglich Parabeln, wie die Fabeln Aesops?

Der alte Mann hatte von zwei Männchen berichtet, beide an der Spitze der Schwarmhierarchie, die ein Paar bildeten, nur füreinander tanzten. Dank ihrer Position und ihrer Stärke hatten sie keine Rivalen, gab es keinen Außenseiter, vor dem sie den anderen schützen mußten. Ihre Zeremonie gewann immer mehr Intensität; sie tanzten oft stundenlang miteinander, füreinander. Bis schließlich der Emotionsdruck, den diese Zeremonie hervorrief, zu stark wurde; die Aggression, die durch sie geformt und ritualisiert werden sollte, wurde durch das Fehlen anderer Ventile so übermächtig, daß sie zur Realität durchbrach: in einer Orgie wirklicher, ungezähmter Aggression bearbeiteten sich die beiden Vögel mit ihren kräftigen Schwingen und brachten einander schwere Verletzungen bei. Die Verbindung zerbrach daran. Unmittelbar nach diesem Zwischenfall trennten sich die beiden Vögel, zogen sich an gegenüberliegende Ufer des Teichs zurück, gingen einander aus dem Wege. Einmal, als sie einander versehentlich in der Mitte des Teichs begegneten, wandten sie sich hastig voneinander ab, begannen sich nervös zu putzen und die Schnäbel zu schütteln, befanden sich in einem Zustand, wie der alte Mann ausdrückte, hochgradiger Verlegenheit.

»In einem Zustand hochgradiger Verlegenheit«, sagte Loren laut in die frostige Nacht. Er schwankte betrunken auf dem Rücken des Esels. *»Hochgradiger Verlegenheit.«*

Wie konnte er Sten wiedersehen? Würde zwischen ihnen auch so ein Zustand von Verlegenheit herrschen, der jede Kommunikation unmöglich machte, wenn sie einander gegenüberstanden? Sten wiederzusehen, ihn wieder vor Augen zu haben, war seit Monaten sein größter Wunsch gewesen, fast eine Besessenheit; aber jetzt, wo dieses Wiedersehen möglich war, wo man ihn fast dazu gedrängt hatte, beherrschte ihn nur die Angst vor einem Gefühl von Scham, Verwundetsein und Verlegenheit. Es schien ihm besser, die riesige Maschinerie seiner Liebe losgelöst von ihrem Objekt sinnlos weiterlaufen zu lassen, bis sie eines Tages aus Treibstoffmangel stehenbleiben oder in Stücke fallen würde. Bis sie endlich verstummte.

Aber Sten hatte nach ihm gerufen. Er stöhnte laut. Tief in seinem Inneren glaubte er zu erkennen – das kam vom Whisky, nur vom Whisky, redete er sich ein –, daß es eine Möglichkeit gab, die er seit langem abgeschrieben hatte, eine Möglichkeit, nach langem Schmerz wieder glücklich sein zu können.

Am nächsten Morgen sprang er, um sich von der Scham, von der Hoffnung und von dem schalen Glück des Whiskys zu befreien, nackt in den eisig kalten Fluß; er schrie auf, als das eisige Wasser seinen Körper umschloß, versuchte, alles Unreine aus sich hinauszuschreien. Er spritzte sich Wasser ins Gesicht, auf den Nacken, watete ans Ufer und stand zitternd im kalten Wind. Es gab keine Schwäche, keine Ungeduld, keine Schlechtigkeit, die er nicht, durch einen ähnlichen Willensakt, besiegen konnte.

Ruhig geworden, zog er sich an, schob das Kanu ins Wasser und begann flußaufwärts zu paddeln. Der Fluß war breit, seine Strömung träge. Welke Blätter trieben auf dem Wasser, verstopften die kleinen Buchten und Zuflüsse. Dichte Wolken hingen am Horizont, wurden von einem scharfen Wind nach Westen getrieben, von einem Höhenwind, der dort oben Sturmstärke haben mußte, den man jedoch am Boden kaum spürte. Es war Oktober, und während der vergangenen Nacht hatte es gefroren.

Seit einer Woche waren seine Gänse unruhig, immer wieder hob sich der ganze Schwarm in die Luft, kreiste eine Weile und fiel dann wieder auf den Teich ein, erregt und nervös. Es war, als ob sein friedliches Dorf von einem bizarren religiösen Wahn befallen worden sei. Alte Streits waren vergessen. Nester wurden unbewacht gelassen. Sie begannen sich zu formieren, wie ein Geschwader vor dem Start. Es wurde Zeit für den Zug nach dem Süden. Am Montag – dem Tag, an dem er normalerweise in den Ort fuhr – erwachte er vor Tagesanbruch und hatte kaum Zeit, sich anzuziehen, bevor er erkannte, daß sie an diesem Tag aufbrechen würden.

Loren hatte den Kommodore und seine Vertreter identifizieren können und ihre Strategiekonferenzen und Routenbesprechungen beobachtet. Jetzt, als er in den frühen Morgenstunden aus dem Haus trat, fühlte er, wie sein Nackenhaar sich sträubte. War er im Laufe der Monate so sehr mit ihnen verwachsen, daß er fast einer der Ihren geworden war, wenn er es jetzt als Gewißheit empfand, daß dies der Tag war? Hatte er auf eine geheimnisvolle Weise die Nachricht erhalten, genau wie jedes der Tiere? Verstärkte sein Wissen das ihre und gab es ihnen den Anstoß zum Aufbruch?

Den ganzen Vormittag über machte er Notizen und Aufnahmen, fast krank vor Aufregung, während sie ihre Impulse zu einem Entschluß verknoteten. Immer wieder stiegen kleine Gruppen in die Luft, kreisten, wasserten und stiegen erneut auf. Gegen Mittag erhoben sich der Kommodore und seine Unterführer laut schreiend in die Luft, gingen wie von einem Entschluß getrieben auf Höhe und formierten sich zu einer losen, unklaren V-Formation: Manöver. Sie kamen nicht zurück. Loren hockte in der Astgabel eines hohen Baums und blickte durch sein Fernglas. Er entdeckte die Gänse auf einer sumpfigen Uferweise nordwestlich der Insel, wo sie auf die anderen warteten. Die Zurückgebliebenen argumentierten laut schnatternd und versuchten, sich gegenseitig Mut zu machen. Dann kamen der Kommodore und sein Stab zurück. Sie schwebten niedrig, auffordernd über der Insel, und nahmen dann, höher steigend, Kurs nach Süden; und wie auf einen unhörbaren Befehl hin stiegen die anderen Gänse auf, wurden von ihnen nachgezogen, erhoben sich in einem Gewirr schlagender Schwingen, einem Fächer aus Schwarz und Braun.

Loren folgte ihnen mit seinen Blicken, bis sie aus seinem Gesichtsfeld verschwanden, sah, wie sie sich vor den windzerfledderten Wolken zu einer exakten, sauberen V-Formation zusammenschlossen. Dann waren sie verschwunden.

Loren blieb noch eine Weile in der Astgabel hocken. Er fühlte sich verlassen. Das Rauschen ihrer Schwingen und ihre schrillen Rufe waren verklungen, und er empfand die Stille wie eine Leere. Der Winter schien plötzlich gegenständlich, greifbar, als ob er in körperlicher Personifizierung über das Land schritte und es mit seinem eisigen Atem anhauchte. Loren erinnerte sich an den Winter.

Nachdem die Schlitten mit Sten und Mika außer Sicht waren, hatte er den Rest des Tages damit verbracht, den Falken zu suchen, auf Schneeschuhen, Köder, Stange und Netz in den Händen. Bis zur Erschöpfung war er durch den Wald gestreift, vergeblich, sinnlos; er hatte keine Ahnung, wohin der Falke geflogen sein mochte, und fand nicht eine Spur von ihm. Wenn er einen toten Vogel entdeckt hätte oder auch nur Blutspuren im Schnee, hätte er weitergesucht, ohne Pause, ohne zu essen oder zu schlafen, aber er sah nichts. Es war bereits völlig dunkel geworden, als er zum Haus zurückkam, so erschöpft, daß er sich kaum auf den Beinen halten konnte; aber der Schmerz hatte sich inzwischen völlig in seinen Beinen und Füßen konzentriert, wo er ihn ertragen konnte.

Sowie er jedoch wieder im Haus war, in der warmen, sanft erhellten Leere, packte der Schmerz ihn wieder am ganzen Körper. Er ließ die Geräte, die er zum Einfangen des Falken mitgenommen hatte, zu Boden fallen. Er wußte, daß er nichts fangen würde, niemanden. Er stieg die Treppe hinauf, jeder Schritt eine Anstrengung, und trat in Stens Zimmer. Er schaltete das Licht nicht ein. Er zog den Geruch des Raums in die Nase, den Geruch von Stens Kleidung, geöltem Lederzeug, von Büchern – von Sten. Er tastete sich zu dem schmalen Bett und ließ sich darauffallen, preßte sein Gesicht ins Kissen und weinte. Alle wilden Tiere sind jetzt fortgeflogen, dachte er, in der Astgabel des Baums sitzend, und starrte auf das leere Wasser des Flusses. All die wilden Kreaturen, die ich liebe. Wenn sie nicht fliegen können, lehre ich es sie.

Er wischte die kalten Tränen aus dem Bart, kletterte vom Baum und stand unschlüssig in seinem plötzlich sinnlos gewordenen Camp: Ofen, Zelt, Vorräte, Kanu; ein Hemd, das an einem Ast trocknete; Kamera, Recorder, Notizbücher. Er hatte versucht, sich im Herzen der Wildnis eine Heimat zu schaffen, eine Stätte der Ruhe, wo er ihre Stimme hören konnte. Aber es gab für ihn keine Heimat mehr. Er war allein.

Methodisch, ohne Eile und Ungeduld, begann er, das Camp abzubrechen. Wie seine Gänse, aber viel langsamer, würde er nach Süden ziehen. Im Gegensatz zu ihnen besaß er die Freiheit der Entscheidung. Er *mußte* nicht nach dem Süden reisen; aber er wußte, daß es für ihn gar keine andere Möglichkeit gab.

Sieben

Ende der Jagd

Caddie verließ den letzten Lastwagen bei einer Kreuzung, mehr als eine Meile vom Stadtzentrum entfernt. Der Fahrer deutete auf die schlanke, weiße Nadel, die auf der anderen Seite des Flusses gerade noch erkennbar war, und sagte ihr, daß er nicht näher heranfahren würde. Also stieg sie aus und ging zu Fuß weiter.

Anfangs war es ein beängstigendes Gefühl gewesen, neben der langen, nackten Piste der Autobahn zu stehen und auf Lastwagen zu warten. Ein Jahr lang hatte sie die Horde der Leos nur selten verlassen, hatte vergessen – falls sie es überhaupt jemals gewußt haben sollte –, wie sie dem Terror dieser unmenschlichen Landschaft begegnen sollte, dieser Landschaft von Stein und Lärm, von riesigen Reklametafeln und Geschwindigkeit. Sie wollte vor ihr fliehen, aber sie hatte eine Aufgabe zu erfüllen, die niemand außer ihr übernehmen konnte. Auf keinen Fall die Leos, und auch nicht Meric, dessen Gesicht durch das Videoband bekannt geworden war. Sie selbst war nur kurz in der Sendung aufgetaucht, und es war ziemlich sicher, daß sich niemand an sie erinnerte. Also hatte sie in dem dünnen Nieselregen gestanden, auf die Lastwagen gewartet – anderen Verkehr gab es kaum – und in einer antiken, traditionsreichen Geste den Daumen gehoben.

Sie war ängstlich zurückgewichen, wenn die riesigen Laster auf sie zugerollt und vorbeigedonnert waren, wenn ihre Räder die schmutzige Nässe von der Fahrbahn aufwirbelten und sie damit besprühten; aber sie hatte ausgeharrt.

Als endlich einer von ihnen etwa fünfzig Meter von ihr entfernt mit knirschenden Bremsen stoppte, klopfte ihr das Herz bis zum Halse, während sie auf ihn zulief. Ihre Finger tasteten nach der Pistole, die in ihrem Gürtel steckte, unter der zugeknöpften Jacke verborgen, und fühlte ihre Brüste hüpfen, während sie rannte.

Die Männer waren nur Lastwagenfahrer, stellte sie sehr erleichtert fest, Männer derselben Art, die sie Tag für Tag in Hutts Bar bedient hatte. Sie sprachen ziemlich viel, ließen sie jedoch in Frieden. Nur ein einziges Mal entwickelte sich eine Situation, in der sie – wie nebenbei – erwähnte, daß sie bewaffnet war. Ein Mensch muß sich schließlich schützen.

In gewisser Weise war es gerade die unverbindliche Unterhaltung, die gefährlich werden konnte. Woher kommen Sie? Warum wollen Sie nach Washington? Wer sind Sie?

Eine Verwandte besuchen. Man hat mir einen Job versprochen. Komme – irgendwo aus dem Norden. Sie konnte ihnen schließlich nicht sagen, daß sie auf Anweisung des Fuchses Hunderte von Meilen weit reiste, um einen Leo zu befreien.

Der Lastwagen war verschwunden. Sie schlug den Jakkenkragen hoch – hier war es noch immer naßkalter Herbst, nicht Winter, wie oben im Norden – und ging die leicht abfallende Straße hinab auf das Gewirr von Betonbauten zu, die weiße Nadel immer im Auge behaltend.

Sie näherte sich dem Ende des längsten Jahres in ihrem Leben. Es war gestreckt worden von Verlust, durch Leiden – durch Tod, denn ihr kam es so vor, als ob sie seit den Tagen in den Bergen, in denen sie den Tod vor Augen gehabt und sich mit ihm abgefunden hatte, tatsächlich gestorben wäre; und als die geisterhaften Silhouetten der Schlitten am Horizont erschienen waren, als sie sich unaufhaltsam, wie von einem eisernen Willen beseelt, durch den Schneesturm näherten, hatte sie eine ganze Weile gebraucht, um zu erkennen, daß sie ihr nicht den Tod brachten, den sie erwartete, sondern um sie ins Leben zurückzustoßen.

Und dann hatte sie einen Menschen getötet – eine Ewigkeit später, als sie endlich die Berge verlassen hatte. Es war ein Mann des Bundes gewesen, einer von denen in Schwarz, und er tauchte noch immer ständig in ihren Träumen auf. Das war ein langer Moment gewesen, ein Jahr für sich; trotzdem hatte sie weniger Zeit dazu gebraucht, als Painter benötigt hatte, um den Mann zu töten, der sie, zu Beginn ihres Lebens, in der Hütte überrascht hatte.

Während sie mit der führerlosen Horde weiterzog, nach Nordwesten, immer tiefer in die Wildnis und Einsamkeit hinein, immer wartend, auf irgend etwas, eine Nachricht von Painter, ein Wort von dem Fuchs, fühlte sie, wie sich die Zeit bis ins Unerträgliche dehnte. Trauer, Warten, Einsamkeit: mehr braucht man nicht, wenn man ewig leben will, sagte sie sich. Auf irgendeine Weise, die sie weder fassen noch ausdrücken konnte, schien die Horde ewig zu leben, die Frauen und die Kinder; sie lebten in jedem Augenblick eine Ewigkeit, für immer, bis zum nächsten Augenblick. Sie hatten dieselbe Freude an jedem Sonnenaufgang, jagten und spielten genauso hingegeben und fröhlich wie vorher, als Painter bei ihnen gewesen war; und ihre Trauer war, wenn sie sie empfanden, grenzenlos, ohne jede Milderung durch Hoffnung oder Erwartung. Sie hatte versucht, es Meric zu erklären: die Leos waren nicht wie Painter, jedenfalls die meisten von ihnen nicht. Painter war durch tiefgreifende Erlebnisse ins Bewußtsein geschockt worden, sein Leben lag – zum Teil wenigstens – für uns offen, enthüllte einige Facetten, die auch bei uns freigelegt sind, aber die Frauen und Kinder sind dunkel. Man kann ihre Geschichte niemals kennenlernen, weil sie keine Geschichte haben. Wenn man unter ihnen leben will, muß man auch die eigene Geschichte aufgeben: genauso dunkel werden wie sie.

Caddie hatte inzwischen gelernt, diesen Zustand zu erreichen, zu einem gewissen Grad jedenfalls, aber Meric würde es niemals lernen, und sie konnten es sich beide zu diesem Zeitpunkt auch nicht leisten, weil sie während Painters Abwesenheit als Brücke funktionieren mußten, als Verbindungsglied zwischen der Horde und der menschlichen Umwelt, in der sie sich bewegten. Sie mußten das Geld, das Reynard ihnen gegeben hatte, in Städten und kleineren Orten ausgeben, sie mußten lernen, an welchen Stellen sie sicher über die Grenzen gelangen konnten, sie waren gezwungen, ständig zu *denken*. Caddie zwang sich zu einem permanenten Widerstand gegen die Weisheit der Leo-Frauen, bekämpfte sie mit menschlicher List, menschlicher Rankünе, um ihretwillen, zwang sich zu der Überzeugung, daß sie sie nur retten konnte, wenn sie ihren Kopf über dem dunklen Wasser behielt, und dabei hatte sie nur den einen Wunsch: die Last der Täuschung von sich zu werfen und sich für immer in die dunkle Tiefe ihres Nichtwissens versinken zu lassen. Aber das war nicht möglich. Nur Painter konnte ihr diese Bürde abnehmen.

Endlich, bei einer der verabredeten Stellen, hatten sie die Nachricht des Fuchses erhalten. Mißtrauisch, ungläubig, im Zweifel daran, daß Reynard wirklich all das wissen konnte, was er zu wissen vorgab, hatte sie trotzdem Meric die Führung der Horde überlassen und war den Anweisungen gefolgt. Das war alles, was sie tun konnte.

Nach einiger Zeit verlor sie den nadelspitzen Turm aus den Augen. Die verkommenen, mit Unrat übersäten Straßen trieben sie an, rascher auszuschreiten, aber hinter jeder Kreuzung lag nur eine genauso triste, verkommene Straße. Alarmiert von den säuerlichen Gerüchen, die sie als Gefahren zu identifizieren gelernt hatte, begriff sie jetzt, warum Painter in den Städten immer geraucht hatte. Ziellos und nervös drängte sie sich durch Massen von Menschen, von denen jeder sehr dringenden Geschäften nachzugehen schien; eilige Menschen mit stumpfen, abwesenden Blicken, schwere Taschen in den Händen, die sie irgendwohin trugen oder aber vielleicht irgendwo gestohlen hatten und nun möglichst rasch fortbringen wollten. Caddie steckte die Hände in ihre Jackentaschen und ging weiter, da es ihr nicht gelang, die Aufmerksamkeit eines der Passanten zu erlangen, um ihn nach dem Weg zu fragen.

An einer Straßenkreuzung sah Caddie lange Menschenschlangen vor den Läden stehen. Um was zu kaufen? fragte sie sich. In einem der kahlen Schaufenster sah sie Fernsehgeräte, ganze Reihen von Fernsehern, die alle, zum Teil verzerrt, dasselbe Bild zeigten: Kopf und Schulterpartie eines Mannes, dessen Mund sich lautlos bewegte. Und dann wechselte das Bild, auf allen Bildschirmen, und zeigte eine

Straße wie diese. Ein schwarzer, dreiräderiger Wagen. Zwei Männer in schwarzen Mänteln stiegen aus. Sie wirkten wachsam und müde. Zwischen ihnen war eine kleine, leicht hinkende Kreatur, mit einem breitkrempigen Hut, der ihr Gesicht vor der Kamera verdeckte. Aber Caddie erkannte den Fuchs trotzdem, so deutlich, daß sie ihn fast riechen konnte.

Sie ging zur Ladentür. Ein kräftiger Mann in schwarzer Uniform, eine Waffe im Gürtel, sah sie gelangweilt an. Caddie war überzeugt, daß er sie aufhalten würde, aber der Posten ließ sie ungehindert vorbei.

»... hat die Identität seines Zeugen nicht enthüllt, obwohl allgemein angenommen wird, daß es sich um ein führendes Mitglied der Gregorius-Regierung handelt. Die USE teilte mit, daß einige Tatsachen, die bei seiner Vernehmung zutage getreten sind, ein neues Licht auf die Ermordung Gregorius' werfen könnten ...« Er sprach so geschwollen, mit einer so falschen Betonung, daß sie ihn kaum verstand.

Irgend jemand drängte sich vor sie, und dann noch jemand. »Dies ist kein Kino«, sagte er.

»Was?«

Der Mann hatte sich schon wieder abgewandt. Auf den Bildschirmen war jetzt ein Bild, das ihr Herz stocken ließ: Painter stand vor seinem Zelt, seine alte Flinte in der Armbeuge. Er sah sie an – das heißt, eigentlich sah er Meric an –, ruhig, ernst, ein wenig amüsiert.

Ein Angestellter des Ladens trat auf sie zu und legte ihr die Hand auf die Schulter. »Wenn Sie nichts kaufen wollen, verschwinden Sie hier«, sagte er. »Sehen Sie zu Hause in die Röhre.«

Sie wich einen Schritt zurück, ohne den Blick vom Bildschirm zu nehmen. Der Posten bei der Tür trat mit schweren Schritten auf sie zu.

Die pathetische Stimme sagte: »Die Fernsehsender der Regierung sind tot.« Und auf dem Bildschirm wurde das Bild Painters von dem Gesicht einer Frau abgelöst.

Das hohe, nadelförmige Denkmal, stellte sie schließlich fest, stand am Rand eines riesigen Swimming-pools. Er war jetzt leer und wurde von den Leuten, die auf dem braunen Gras kampierten, als Müllkippe mißbraucht. Bis zur Reichhöhe eines Menschen war das Denkmal mit Sprüchen und Parolen beschmiert, zumeist übereinander, so daß fast alle unleserlich waren. Darüber jedoch erhob die das nadelspitze Monument in makelloser, strahlender Helligkeit. Als Caddie an ihm emporblickte, hatte sie das Gefühl, daß es auf sie herabzustürzen drohte.

Vorsichtig schritt sie immer wieder um den kleinen Park herum, langsam, ohne Hoffnung. Reynard war zwischen den beiden Männern in Schwarz gewesen, offensichtlich hatten sie ihn abgeführt, er war gefangen. Wie konnte er sie hier treffen, wenn er nicht frei war? Sie blickte in die Gesichter der Menschen, die sich in kleinen Gruppen um die Feuer drängten, die in verrosteten Stahlfässern brannten, suchte nach seinem schmalen, behaarten Gesicht, und war sicher, es nicht zu finden.

In der Nacht wurde es zur Gewißheit. Sie versuchte, sich zu entscheiden, an welchem der Feuer sie sich aufwärmen sollte, wo sie etwas zu essen kaufen konnte, als ein bärtiger Mann auf sie zutrat und ihr lächelnd ein Stück Papier in die Hand drückte.

WO IST ER JETZT? schrie eine Zeile von Druckbuchstaben auf dem Papier, und darunter befand sich die groteske Abbildung eines Wesens, das wohl ein Leo sein sollte. Überrascht blickte sie auf. Der Mann erinnerte sie an Meric, trotz seines Bartes, trotz der eingesunkenen Brust und seines langen Halses; seine Augen und seine Haltung hatten etwas Bescheidenes, Selbstloses. Sie versuchte die Zeilen unter der gesperrt gedruckten Schlagzeile zu lesen, konnte aber im schwindenden Tageslicht nur ein paar Worte entziffern: Bürgerrecht ... Natur ... Leo ... Verbrechen ... USE ... Freiheit ... Sten Gregorius.

Er mußte ihren erstaunten Gesichtsausdruck bemerkt haben, weil er sich wieder ihr zuwandte, nachdem er einigen anderen Menschen ein Exemplar von dem kleinen Packen gegeben hatte, den er in der linken Hand hielt. »Hier«, sagte er und griff in die Jackentasche, »hier ist ein Knopf zum Anstecken.« Er trug bereits so einen Knopf am Jackenaufschlag: die Karikatur eines Leo, und darunter die Worte: FREI GEBOREN.

Caddie wußte nicht, wie sie das alles einordnen sollte, aber dieser Mann mußte ein Freund sein. Sie wünschte sich verzweifelt, mit ihm sprechen zu können, ihm alles zu berichten, ihn um Hilfe zu bitten; aber sie wagte es nicht. Sie sah ihn nur an, und als er sich von ihr abwandte, fragte sie: »Werden Sie morgen wieder hier sein?«

»Entweder hier oder da drüben«, sagte er und deutete auf einen säulenverzierten Schrein, der im grellen Licht von Scheinwerfern wie ein gebleichtes Skelett wirkte. »Jeden Tag. Falls ich nicht im Kittchen sein sollte.« Er hob in einer plötzlichen, aggressiven Geste die geballte Faust, aber sein Gesicht lächelte noch immer. Caddie trat zu einer schweigenden Gruppe von Menschen, die sich vor dem Monument um ein Feuer drängten, den seltsamen Knopf in der Hand, wie einen Talisman, und lehnte sich gegen die weiße Steinwand. Sie hatte seit vielen Stunden nichts gegessen, aber sie merkte kaum, daß sie hungrig war; sie hatte während der vergangenen Monate sooft gehungert, daß ihr dieser Zustand fast natürlich vorkam.

»Sie bringen ihn gleich heraus«, sagte Barron. »Ja. Da ist er.«

Das Zimmer, in dem sie sich befanden, war früher der Untersuchungsraum eines staatlichen Heims für Geisteskranke gewesen, einer Spezialanstalt für die Isolierung gemeingefährlicher Irrer. Jetzt befand sich nur ein einziger Patient oder Gefangener hier, und auch der nur, weil niemand wußte, wo man ihn sonst unterbringen sollte.

Das Fenster des Untersuchungszimmers führte auf den von hohen Mauern umgebenen Spazierhof. Die einzige Stahltür, die in den Hof führte, öffnete sich. Zunächst war nichts zu sehen, nur Schwärze. Dann trat der Leo heraus.

Selbst aus dieser Entfernung, und obwohl er einen alten

EUCH!
Jauul
wird
KOUNT VOR
KAH AN DIE MAC
Hahaha!
ORTED
VIEDER
MIT ~~AKGEDTT~~ Belekah

Militärmantel trug, erkannte Reynard, daß er abgemagert und seelisch gebrochen war. Er ging mit unsicheren, kleinen Schritten. Reynard bemerkte, daß er mit Handschellen gefesselt war, und er fragte sich, ob man sie speziell für ihn angefertigt hatte. Painter schlurfte in eine Ecke des trostlosen Hofs, die von schräg einfallenden Sonnenstrahlen erhellt wurde, und setzte sich, vorsichtig und behutsam, wie ein Greis. Er lehnte den Rücken gegen das kahle Mauerwerk und starrte dumpf vor sich hin, ohne sich zu bewegen. Nur hin und wieder hob er seine gefesselten Hände ein wenig, vielleicht, weil die Handschellen ihm die Haut aufrieben, vielleicht, weil er immer wieder vergaß, daß er sie trug.

»Was haben Sie mit ihm gemacht?« fragte Reynard.

»An seinem Zustand ist er allein schuld«, sagte Barron rasch. »Er weigert sich zu essen, er spricht nicht auf die Therapie an.« Barron wandte sich vom Fenster ab. »Soweit wir es feststellen können, ist er physisch in Ordnung. Nur sehr geschwächt. Natürlich macht er Schwierigkeiten, wenn wir ihn untersuchen wollen.«

»Ich glaube«, sagte Reynard, »daß er stirbt.«

»Irrtum. Er bekommt täglich seine Injektionen. – Fast täglich.« Als ob er auch Reynard dazu bringen wollte, sich vom Fenster abzuwenden, ging er zum anderen Ende des Zimmers und setzte sich auf einen angerosteten Metallschreibtisch. »Er ist kein Gefangener. Er ist ein Objekt der Forschungsabteilung des Hybrid-Spezies-Projekts, einer Sektion von der USE. Mit anderen Worten: er ist ein Versuchsobjekt.«

»Verstehe.«

»Okay, Sie haben ihn gesehen. Können wir jetzt beginnen? Sie müssen verstehen«, setzte er rasch hinzu, »daß ich keinerlei Regierungsvollmacht besitze. Ich kann keine verbindlichen Abmachungen treffen.«

»Natürlich nicht.«

»Ich bin lediglich eine Art Vermittler.«

»Das sollte reichen.«

»Dies hat eigentlich nichts mit unserer Sache zu tun«,

sagte er und betrachtete seine Handknöchel, »aber Sie haben der Regierung enorme Schwierigkeiten gemacht. Enorme Schwierigkeiten. Sie hätten das gute Recht, Sie auf der Stelle zu verhaften, abzuurteilen und ...«

»Oder mich einfach hier verschwinden zu lassen, das ist mir klar. Aber ich glaube, daß Ihnen mein Angebot wichtiger sein sollte als irgendwelche Rachegelüste.«

»Sten Gregorius.«

»Ja. Sein Aufenthaltsort, sein Umgang, vollständige Beweise gegen die Leute, die jetzt bei ihm sind – alles.«

»Wir sind nicht sicher, ob Sie tatsächlich über all diese Kenntnisse verfügen.«

»Meine Information über ihn« – er deutete durch das Fenster in den Hof – »war schließlich umfassend genug.«

»Sie hat uns eine Menge Arbeit und Schwierigkeiten gebracht – unnötigerweise, möchte ich betonen.«

»Und?«

»Vielleicht wollen Sie uns nur auf eine falsche Spur lokken, uns durch Lügen ...«

»Diesmal habe ich mich freiwillig in Ihre Hand begeben«, sagte Reynard. »Ich bin hilflos. Mir ist völlig klar, daß ich die vollen Konsequenzen zu tragen habe, sollte ich versuchen, Sie hinters Licht zu führen. Außerdem bin ich sicher, daß Sie ... über gewisse Methoden verfügen, um die Wahrheit feststellen zu können. Ihre Forschungsabteilung.«

»Das ist eine freche Verleumdung!«

»So?«

»Wir lassen uns nicht mit Lügen abspeisen, das ist alles.«

»Das war es, was ich damit sagen wollte.«

»Und die Gegenleistung, die Sie erwarten? Sie kommt mir zu bescheiden vor. Jedenfalls für einen solchen Verrat.«

Reynard wandte sich wieder zum Fenster und blickte hinaus. »Vielleicht hat der Verrat für Sie einen höheren Stellenwert als für mich.« Barron mußte sich vorbeugen, um das heisere Flüstern verstehen zu können. »Die Erklärung ist, daß ich am Ende meiner Kraft bin. Ich konnte den Nachstellungen durch Ihre Regierung nur entgehen, weil ich über ein erhebliches Vermögen verfügte, das ich durch meinen

Dienst bei Gregorius erwerben konnte. Aber das ist jetzt erschöpft. Ich bin alt und krank. Ich habe mich mein ganzes Leben lang überfordert, jetzt bin ich am Ende; ich kann nicht mehr laufen. Irgendwann würde man mich stellen, ergreifen ...« Er machte eine Pause und starrte in den Hof. »Um das zu vermeiden, habe ich mich entschlossen, das letzte, was ich besitze, gegen den Frieden einzutauschen. Für die Zeit, die ich brauche, um in Frieden sterben zu können.« Er wandte sich Barron zu. »Ich bin kein Mensch«, erinnerte er ihn. »Ich bin der einzige, der erste und der letzte meiner Art. Sie wissen, daß ich steril bin. Ich kenne keine Loyalität. Nur Vorteile.«

Barron antwortete nicht sofort. Die unbewegte Stimme schien ihn paralysiert zu haben. Dann räusperte er sich, öffnete seine Aktentasche, blickte hinein und schloß sie wieder. Diese Geste schien ihn wieder zu sich selbst zu bringen. »Also«, sagte er forsch, »fassen wir zusammen: Im Austausch für eine Immunitätsgarantie und eine Pension oder etwas Ähnliches – über die Einzelheiten können wir uns später unterhalten – sind Sie bereit, uns die Beweise dafür zu liefern, daß Sie und Sten Gregorius die Ermordung von Direktor Gregorius geplant haben; daß die USE nichts damit zu tun hatte; daß die Mörder nicht Agenten der USE waren; daß Sten Gregorius nach wie vor in der Nördlichen Autonomie gegen die provisorische Bundesregierung konspiriert. – Und Nashe?«

»Nashe ist tot, wie ich erfahren habe.«

»Dann können Sie ihr also mit einer Aussage nicht schaden.«

»Da ist noch etwas, was ich haben möchte.«

»Bitte.«

»Den Leo.«

Barron richtete sich auf. »Eine seltsame Forderung.«

»Wirklich?«

»Und eine unmögliche. Er hat mehrere Verbrechen verübt. Er ist gefährlich.«

Aus Reynards Kehle drang ein Geräusch, das möglicherweise ein Lachen darstellte. »Sehen Sie ihn doch an«, sagte er. »Ich glaube, daß Sie ihm das Rückgrat gebrochen haben. Zumindest.«

»Aber die Verbrechen ...«

»Kommen Sie«, sagte Reynard beinahe scharf. »Sie haben selbst gesagt, daß er kein Gefangener ist. Nur ein Versuchsobjekt. Nun gut. Beenden Sie die Versuche.«

»Er ist nach wie vor gefährlich. Es wäre, als ob man ... als ob man ...« Er schien an unbegangenen Orten nach einem vergessenen Bild zu suchen. »Als ob man Barabbas auf die Bevölkerung losließe.«

Reynard sagte nichts, und Barron hatte das Gefühl, ins Leere gesprochen zu haben. »Auf jeden Fall war er ein Mitglied der konspirativen Gruppe.«

»Ein sehr unbedeutendes Mitglied«, sagte Reynard. »Er hat niemals wirklich begriffen, worum es ging. Er wurde benutzt, zuerst, um mir zu helfen, später, um Sie abzulenken. Und das hat er auch geschafft.«

»Er und seine Art werden von der öffentlichen Meinung mit Sten Gregorius identifiziert. Vielleicht ist das ein Zufall ...«

»Nein, kein Zufall. Es ist Ihre Schuld, hervorgerufen durch Ihre ... dilettantische Verfolgung der Leos. Sten hat ihre Sache zu seiner eigenen gemacht. Sie ist ihm sozusagen zugefallen. Durch Sie.« Er humpelte zum Schreibtisch, auf dem Barron noch immer saß, und Barron wich zurück, als ob er etwas Widerwärtiges auf sich zukommen sähe. »Vielleicht kann ich es so formulieren, daß Sie den Vorteil erkennen, der sich Ihnen daraus ergibt. Wie ich hörte, planen Sie ein Reservat für die Leos, eine Art Ghetto.«

»In der Südlichen Autonomie.«

»Gut. Sobald sich Sten in Ihren Händen befindet und der Leo freiwillig in das Reservat gegangen ist, wird sich die Union zwischen ihnen von selbst auflösen.«

»Er wird niemals freiwillig gehen«, sagte Barron. »Diese Tiere machen nichts freiwillig – außer Schwierigkeiten.«

»Lassen Sie mich mit ihm reden. Ich denke, daß ich ihn überreden kann. Ich war sein Berater, sein Freund.« Ohne jede Ironie. Nur als Argument. Barron mußte ihn bewundern: diese Kreatur machte sich nicht einmal die Mühe, ihre amoralische Haltung unter einem noch so fadenscheinigen Vorwand zu verbergen. Das sollte die Zusammenarbeit mit ihm sehr erleichtern. Nur ... »Warum bestehen Sie darauf?« fragte er. »Doch nicht nur, um uns einen Gefallen zu tun.«

Reynard setzte sich vorsichtig auf die Kante eines Metallstuhls. Barron fragte sich, ob die Frage ihn in die Enge getrieben hatte. Unwahrscheinlich. Reynard verschränkte die Hände auf seiner Stockkrücke. Seine langen Füße berührten fast den Boden. »Waren Sie schon einmal in einem Zoo?« fragte er schließlich.

»Natürlich. Als Kind. Meiner Meinung nach sind Zoos ...«

»Vielleicht haben Sie dann bemerkt«, fuhr Reynard fort, »daß gemäß der seltsamen Logik der Menschen die Käfige proportional zur Größe der Tiere sind, die in ihnen untergebracht werden. Kleine Käfige für kleine Tiere – Wiesel, Füchse –, große Käfige für große Tiere. – In den älteren Zoos jedenfalls.«

»Und?«

»Die Menschen besuchen die Zoos. Sie haben Mitleid mit den Löwen, edlen Tieren, in Käfige gesperrt, in denen sie kaum Bewegungsfreiheit haben. Tatsächlich aber fühlt sich der Löwe relativ wohl. Er ist ein faules Tier und bewegt sich nur, wenn es notwendig ist. Wenn keine Notwendigkeit dazu besteht, ruht er sich aus. Andere Tiere – vor allem die Füchse – haben einen natürlichen Bewegungsdrang. In Freiheit laufen sie manchmal viele Meilen in einer Nacht. Sie laufen im Käfig ständig auf und ab. Vor allem während der Nacht, wenn der Zoo geschlossen ist. Zwei Körperlängen in dieser Richtung, zwei Körperlängen in der anderen. Stundenlang. Wahrscheinlich werden sie sehr bald verrückt. Ohne daß es jemand bemerkt.

Um es klar auszudrücken: Ich würde alles tun, um nicht in einen Käfig gesperrt zu werden. Ich hoffe, Sie können das verstehen. Dem dort ...« – mit einer Kopfbewegung zum Hof – »macht es wahrscheinlich nichts aus. Solange er einen Käfig hat, der seiner Würde entspricht.«

»Das Reservat ...«

»Es ist das mindeste, was ich für ihn tun muß«, sagte Reynard, wieder ohne jede Ironie. »Das mindeste.«

Barron stand auf und trat zum Fenster. Der Leo hockte noch immer in der Ecke des Hofs. Seine Augen schienen geschlossen. Schlief er? Vielleicht hatte der Fuchs recht. Barron hatte – ohne es sich einzugestehen – ein gewisses Mitleid mit den Leos empfunden, die ins Reservat abgeschoben werden sollten. Ein Überhang des Schuldgefühls wegen der Indianerreservate vielleicht. Aber die Indianer waren schließlich Menschen. Wahrscheinlich war der Plan der USE nicht nur der einzig praktikable, sondern auch der humanste.

»Okay«, sagte er. »Wann wollen Sie mit ihm reden? Ich kann Ihnen keinerlei Versprechungen machen, aber im Prinzip bin ich einverstanden.«

»Jetzt gleich«, sagte Reynard.

Das Gesicht der fahlen Sonne zugewandt, sah Painter farbige Kreise, die sich ausdehnten, ineinanderflossen, zerliefen. Von Hunger geschwächt hatte er sich in ein Konglomerat von Schlaf, Erinnerung, Wachen und sporadischem Träumen zurückgezogen.

Verschmelzen mit dem Sonnenlicht, fett, stark; Blutgeschmack von aufgebissenen Lippen, ein Nebel der Wut, dann irgendein Sieg – uralte Kindheit. Sonne und Dunkelheit, die Wärme von Licht und dann die Wärme von Fleisch, zwischen anderen Körpern. Schlaf. Bewußtsein, sich stufenweise steigernd wie fleischliche Wut über das rauhe Erwachen, nichts, was Vater Sonne gegen den Vater vor ihm tun konnte – allein sein Kampf, nur wahrgenommen in riesigen Gefühlsaufwallungen, die Möglichkeit eines Sieges, der Kampf verlängert, er selbst gefesselt und ... *Gefesselt.* Er hob die Arme und öffnete die Augen. Vision von Nichts. Immer noch gefesselt. Über den Hof rann Wasser eines vergangenen Regens, vereinigte sich bei dem Abfluß in der Hofmitte. Strahlen von einer winzigen, dunklen Sonne, Tränen aus einem toten Auge.

Wandern. Nichts zu tun, nichts, was er nicht tun konnte, das eigene Blut verfluchend, dessen Strömen er in seinen Adern fühlte. Gefesselt: Menschenreihen, die ihn einengten. Er drängte gegen ihre vereinten Gesichter, zwischen ihnen hindurch, und sie flossen wieder ineinander, vor ihm und hinter ihn, zwängten ihn wieder ein. Städte und Straßen. Kraft zu verkaufen: kalte Stahlmünzen und Banknoten, so fein wie eine abgestoßene Schlangenhaut. Gerüche brannten ihn; tabakverbrannte Gerüche, Sprache formte sich zwischen seinen Augen und quoll ihm aus dem Mund, mit einem Geschmack von Tabak. Wut stand abrufbereit, konnte jederzeit angefacht werden. Sie standen so eng beisammen – wie konnten sie diese Nähe ertragen? Lernen, die Kraft zu fesseln, zusammenzuschnüren, wie ein Bündel Zweige, das zu eng zusammengepreßt wird, um zu brennen. Bis er randvoll gefüllt und schwanger damit war, wie ein zusammengeschnürtes Bündel Dynamitstangen, gesichtslos, wie die Wände eines Steinbruchs: facettierte Steinwände, unnachgiebig, durch nichts zu verändern – außer durch Dynamit.

Die Wände um ihn rußgeschwärzt; die anderen waren hell gewesen. Würde er hier sterben? Die Sonne hatte sich von ihm zurückgezogen. Er würde hier sterben, wenn sich die Sonne ganz zurückzog; von Tag zu Tag war sie kleiner geworden, kam für immer kürzere Perioden heraus; jetzt nur noch ein paar Minuten, von einem Ziegelstein zum anderen tastend, während sie von ihm zurückwich. Winter – und er würde im Gefängnis sterben.

Im Gefängnis. Hier hatte man ihn zerstört, in zwei Teile zerschnitten, ins Dunkel gestoßen. Im Dunkel fühlte er, wie sich die Menschenhaut von seinem Körper löste, wie ein zweites, selbständiges Selbst, das er abstieß. Einsamkeit. Stahltüren, die sich schreiend schlossen. Wut im Dunkel. Zu dumm, um es besser zu wissen, die Sinnlosigkeit zu erkennen. Ein halber Mensch, sagten sie. Wie der blonde Junge, der ihm deshalb die Hände geküßt hatte, seinetwegen weinte: kein Mensch. Sie wußten nicht, daß er einen Menschen verdeckt in sich trug. Führen einer verdeckten Waffe,

Widerstand gegen die Staatsgewalt: Einzelhaft; und in der Dunkelheit fühlte er, wie sich der Mensch von seinem Körper pellte, wie eine zu eng gewordene Haut, und die Menschenhaut im Dunkel ein Eigenleben zu führen begann.

Wie lange? Einen dunklen Tag nach dem anderen stieg er Stufen hinab, und noch einmal endlose Stufen, in eine völlige Dunkelheit, nur von einem unbeugsamen Willen erleuchtet, der Menschenhaut folgend, die ihm den Weg zeigte. Einsamkeit. Aber nicht allein. Weil die Menschenhaut ihn führte. Hinab bis zum Grund des Dunkels, und ihr Selbst leuchtete ihm wie eine Fackel, die Menschenhaut immer dicht vor ihm, und ihr Haar strömte von ihrem Kopf wie Sprache aus ihrem Mund; stufenloses Dunkel, in die sie im Licht der Gloriole ihrer strahlenden Lebendigkeit hinabstiegen. Schließlich, am Boden, befahl er der Menschenhaut, sich umzudrehen. Kein Ausweichen. Du bist ich. In dem schrecklichen, trockenen Licht des Verstehens blickte er seiner Menschenhaut ins Gesicht, griff nach ihr, vereinigte sich mit ihr, ein Tier mit zwei Rücken, aber danach mit nur noch einem Gesicht.

Er starb nicht im Gefängnis.

Der Fuchs suchte ihn im Gefängnis auf. Zuerst glaubte er, daß auch dies eine Gestalt seiner Phantasie sei, daß er ihn nur erfunden habe. Kein Gefängnis wie dieses: weiß, nackt, ohne Oberflächen, nur das qualvolle Aufschreien von Stahltüren, wenn sie geschlossen wurden. Verschwinde! Was wollte er von ihm? Nichts. Nur hinaus: aus dem Dunkel, durch die schreienden Türen, zurück vor das Angesicht der Sonne.

Warum?

Akzeptiere es als die Begleichung einer Schuld, hatte der Fuchs gesagt. Aber akzeptiere es. Ich bin dir diesen Dienst schuldig. Akzeptiere ihn nur.

»Painter«, sagte der Fuchs.

Nimm mich als deinen Diener, hatte er gesagt. Folge meiner Führung, nur für eine Weile. Für eine lange Weile vielleicht. Nimm, was dir zusteht, was du verdient hast. Ich werde dir sagen, was es ist.

»Painter«, sagte der Fuchs.

Wenn dies wirklich der Fuchs war, der hier im dunklen Gefängnis vor ihm stand, würde er ihn töten. Der Fuchs hatte ihn verraten, ihn aus dem hellen Gefängnis befreit, damit er im dunklen Gefängnis sterben konnte; hatte ihn den Menschen ausgeliefert. Hatte seinen Sohn getötet. Würde auch ihn töten. Die Sonne allein mochte wissen, warum er diese Tode wollte. Und ob dies wirklich der Fuchs war.

»Painter.«

Der jetzt vor ihm stand.

»Ich bin Ihr Diener«, sagte der Fuchs.

»Sie.«

»Ich bin gekommen, um Sie zu befreien. Wieder.«

»Sie haben mich hierhergebracht.« Seine Stimme klang schwer und belegt nach so langer Pause.

»Ein Irrtum. Ein Planungsfehler. Entschuldigen Sie. Es hat sich aber schließlich alles zum Besten entwickelt.«

»Mein Sohn ist tot.«

»Das tut mir leid.«

Painter bewegte die Arme. Die Handfessel klirrte. Reynard, der ihn kaum überragte, obwohl er stand, beugte sich über ihn, auf seinen Stock gestützt. »Wie krank sind Sie?«

»Ich könnte Sie noch immer töten.«

»Hören Sie mich an. Sie müssen mich anhören. Es gibt einen Weg aus diesem Dilemma.«

»Warum? Warum sollte ich Sie anhören?«

»Weil Sie sonst niemanden haben«, sagte Reynard.

Durch das Fenster des Behandlungsraums blickte Barron zu den beiden hinaus. Wie eine Szene aus einem alten Trickfilm oder aus einem Märchen, wenn man sie so nebeneinander sah. Unheimlich irgendwie. Fehlgeleitete Genialität. Frankenstein. Der Fuchs gab ihm jedoch nach wie vor Rätsel auf. Hatte er ihn richtig eingeschätzt? Es mußte interessant sein, die Grenzen seiner Intelligenz zu erkennen. Auf jeden

Fall war er intrigant, eiskalt, auf eine Weise, die ein Mensch nicht nachvollziehen konnte; und doch hatte er anscheinend nicht erkennen können, daß der Preis, den er für seinen Verrat forderte, zu hoch war, daß es die Regierung sich einfach nicht leisten konnte, ihn unbehelligt zu lassen. Wenn Reynard für sie nicht mehr nützlich war, konnte man ihn auf keinen Fall freilassen, damit er neues Unheil anrichtete.

Versuche, vielleicht. Das konnte interessant werden. Ein fehlgeleitetes Experiment, vielleicht, und doch konnte man eventuell etwas daraus lernen.

Was hatten die beiden soviel zu reden? Er war wütend auf seinen Mangel an Voraussicht, auf seine Unterlassung, im Hof versteckte Mikrophone installieren zu lassen.

Gegen Morgen fand Caddie einen Imbißstand und aß etwas, von anderen Menschen bedrängt. Sie sah, wie die Fenster sich beschlugen, wie der Dampf zu Tränen kondensierte, die an den Scheiben herabliefen. Zwei Männer bekamen Streit, und aus der verbalen Auseinandersetzung drohte eine tätliche zu werden. Alle Menschen schienen frustriert zu sein, empfindlich, wie brisanter Sprengstoff, der jederzeit explodieren konnte. Was war es, das sie so gierig verlangten und nicht bekamen? Was war es, das sie so anlockte wie ein Köder?

Sie nahm ihren Spaziergang im Park wieder auf, blickte aufmerksam in die Gesichter der Menschen, und fragte sich, was sie allein erreichen könnte, falls es ihr nicht gelingen sollte, Reynard zu finden. Nichts. Sie wußte nicht, wo Painter sich befand. *Die Sender der Regierung sind tot.* Aber sie durfte nicht aufgeben, nicht, nachdem sie soviel auf sich genommen, bis hierher gelangt war, so große Hoffnungen in diesen Plan gesetzt und sich so sorgfältig auf jedes nötige Opfer vorbereitet hatte ... Sie stellte fest, daß sie mit weiten, hastigen Schritten ging, daß sie eilte, nicht suchte, von Angst vorwärtsgepeitscht. Sie blieb stehen, schloß die Augen. Keine Hoffnung. Sie durfte keine Hoffnung haben. Als ihr Herzschlag sich wieder beruhigt hatte, öffnete sie die

Augen. An der nächsten Straßenkreuzung stand ein schmaler, schwarzer, dreiräderiger Wagen, geschlossen und unauffällig.

Langsam schritt sie darauf zu, immer wieder zögernd, ständig in Furcht, erkannt zu werden, sich bemerkbar zu machen. Als sie den Wagen erreichte, ging sie an ihm vorbei, ohne auch nur einen Blick auf ihn zu werfen, wie ein Spaziergänger, der nur zufällig hier war.

Die Wagentür wurde aufgestoßen, und Reynard flüsterte: »Steigen Sie ein.«

Sein Reisebau roch stark nach ihm, er selbst jedoch war im Halbdunkel kaum zu sehen. Der Mann auf dem Fahrersitz trug eine Uniform. Caddie blickte von ihm zu Reynard, zögernd, unsicher.

»Mein Wärter«, sagte Reynard. Seine kratzende Sandpapierstimme war noch leiser als sonst. »Steht aber auf unserer Seite. Mehr oder weniger.«

Caddie, die noch immer nicht wußte, wie offen sie mit ihm reden konnte, überreichte ihm schweigend das Papier, das der bärtige Mann ihr in die Hand gedrückt hatte. Sie sah Reynards Brillengläser aufblitzen, als er sich darüber beugte, die Nase fast auf dem Papier. Dann faltete er es nachdenklich zusammen.

»Das ist Meric Landseers Werk«, sagte er schließlich. »Ja. Sein Videoband. Bereitet den Weg des Herrn. Gut. Das sollte reichen. Ja.« Er gab ihr das Papier zurück, beugte sich zu ihr und umklammerte ihr Handgelenk mit dem harten, kindhaften Griff, den sie zum erstenmal im Wald kennengelernt hatte, in dem hohlen Baum. »Hören Sie mir jetzt gut zu, und merken Sie sich jedes Wort. Ich werde Ihnen sagen, wo Painter ist. Ich werde Ihnen sagen, was er tun muß, um sich zu befreien, und was der Preis dafür ist, und was Sie tun müssen. Merken Sie sich alles, jedes Wort.«

Als er es ihr gesagt hatte, weigerte sie sich jedoch, seine Anweisungen zu befolgen. Er sagte nichts, er wartete nur. »Ich kann es nicht tun«, sagte sie und hatte das Gefühl, gleich in Tränen ausbrechen zu müssen.

»Sie müssen.« Er bewegte sich, ungeduldig oder weil er

unbequem saß. »Wir haben jetzt keine Zeit, um darüber zu diskutieren. Wenn ich zu lange fort bin, werden sie mißtrauisch. Und dann könnten sie unseren Plan verhindern. Nur dies will ich Ihnen sagen: Ich war es, der die Bundesagenten ins Reservat geschickt hat, um Painter festzunehmen. Verstehen Sie? Durch mich ist er jetzt im Gefängnis. Er hätte getötet werden können. Oder sterben. Vielleicht stirbt er jetzt, wenn er nicht befreit wird. Verstehen Sie das? Es ist meine Schuld. Alles. Sie und die anderen hätten verhungern können. Seine Frauen und Kinder. Alles durch meine Schuld? Verstehen Sie?«

Er hielt ihr Handgelenk umklammert und drückte es drängend. Sie blickte die dunkle Gestalt im Halbdunkel des Wagens an und fühlte eine quälende Übelkeit in sich aufsteigen, die ihr den Speichel auf der Zunge zusammenfließen ließ, als ob sie ihn anspucken wollte. Unheimlich, ekelhaft, gefühllos wie eine Spinne. Sie hatte nur einen Wunsch: wegzulaufen, alles ohne ihn zu tun, aber sie wußte, daß sie es nicht konnte. »Okay«, sagte sie mit belegter Stimme.

»Sie werden es tun?«

»Ja.«

»Genauso, wie ich es Ihnen gesagt habe?«

»Ja.«

»Und Sie haben sich alles gemerkt?«

»Ja.« Sie befreite ihr Handgelenk aus seinem Griff.

»Dann gehen Sie«, sagte er.

Sie ging über die Straße zum Park, den Jackenkragen hochgeschlagen, um sich vor dem eisigen Wind zu schützen, der Papierfetzen und Schmutz gegen ihre Waden blies. Sie würde nicht weinen. Sie würde nur an Painter und an Painters Sohn denken. Als ob sie die Mündung einer Pistole wäre, und nicht nur ihr Griff, würde sie das tun, was sie tun mußte. Sie würde denken.

Der säulenverzierte Schrein enthielt lediglich eine riesige, sitzende Männerfigur, von der Caddie annahm, daß sie sie kennen müßte, konnte sich aber nicht erinnern, wen sie darstellte. Die Namensplatte, das linke Bein und ein paar Finger der rechten Hand waren von einer Explosion weggesprengt worden. An dem weißen Stein von Wänden und Pfeilern waren noch die flammenförmigen Spuren der Explosion zu erkennen, als ob sie im Augenblick der Sprengung gefroren seien. Auch hier waren die Wände mit Aussprüchen und Parolen beschmiert, übereinander, unleserlich, teilweise über die in den Stein gemeißelte Inschrift des Schreins hinweg.

Der bärtige Mann saß auf den Stufen, die zu einer Seitentür des Schreins führten, aß ein hartgekochtes Ei und sprach angeregt zu einer kleinen Gruppe von Männern und Frauen, die sich um ihn versammelt hatte. Die Stufen waren mit Eierschalen bestreut, und in seinem Bart klebte Eidotter.

»Brutalität«, sagte er. »Was bedeutet das? Es kommt nicht darauf an, was sie tun. Ihre Moral ist nicht die unsere, kann es niemals sein. Es genügt, wenn *wir* die Gerechtigkeit erkennen, unsere Art von Gerechtigkeit, und wenn wir sie erkannt haben, müssen wir etwas tun, müssen wir handeln. Die Grundlage jeder politischen Aktion ...«

Er wandte den Kopf und sah sie an, als sie auf ihn zutrat. Sie gab ihm das Papier zurück, das er ihr tags zuvor gegeben hatte, das Papier mit der Karikatur eines Leo.

»Ich weiß, wo er ist«, sagte sie.

»Ohne die Fesseln«, sagte Reynard.

»Unmöglich«, sagte Barron. »Wir wissen nicht, was er tun wird.«

»Draußen steht eine Menschenmenge«, sagte Reynard. »Die Leute haben die ganze Nacht gewartet. Wollen Sie, daß sie ihn in Fesseln sehen?«

»Warum haben Sie uns die ganze Nacht hingehalten?« Barrons Stimme klang wie unterdrücktes Schreien. Es war eisig kalt in den Gängen des früheren Irrenhauses; er fühlte, wie ihm eine unerklärliche Angst und Kälte und Mangel an Schlaf die Brust zusammenschnürten. Die Korridore waren fast dunkel. Nur jede dritte oder vierte Lampe brannte, und ihr Licht malte helle Kreise an die grüngestrichenen Wände, als ob die Gänge von heruntergebrannten Fackeln beleuchtet würden. »Wir werden ihn zu einem der Nebenausgänge hinausbringen.«

»Ich fürchte, sie haben alle Ausgänge entdeckt.«

Die Wachen, in ihren dicken Wintermänteln, die Barron mitgebracht hatte, standen in schweigender, dümmlich effektiver Erwartung von Befehlen, die sie ausführen sollten. »Wir werden den Wagen nach hinten bringen.«

»Das wäre für sie ein sicherer Hinweis, wo sie warten müssen. Lassen Sie den Wagen, wo er ist. Schicken Sie ein paar Ihrer Leute zum Haupttor, damit es so aussieht, als ob man ihn dort hinausbringen würde. Dann verlassen wir den Komplex durch einen der hinteren Ausgänge. Mein Wagen ist dort geparkt, auf der gegenüberliegenden Straßenseite; und einer Ihrer Leute fährt ihn. Benutzen Sie meinen Wagen, um ihn fortzubringen.«

»Das ist doch Wahnsinn.« Barron befand sich in der Agonie der Entschlußlosigkeit. »Woher wissen die Leute eigentlich, daß er freigelassen werden soll? Was wollen sie?«

»Woher sie es erfahren haben, weiß ich nicht«, sagte Reynard ungeduldig. »Aber sie werden bestimmt nicht wieder verschwinden, bevor der Leo von hier fortgebracht worden ist. Und es kommen immer mehr.« Er blickte die Wachen an, die bestätigend nickten. »Wenn Sie sich nicht beeilen, haben Sie hier eine Massendemonstration.«

Barron blickte von den Wachen zu der Tür, durch die der Leo herausgebracht werden sollte. Er hatte es sich alles so einfach vorgestellt. Der Leo sollte das Gebäude verlassen und in einen wartenden, geschlossenen Wagen steigen. Nur eine Kamera sollte Zeuge des Vorgangs sein. Morgen, bei seiner Ankunft in der Kaserne in Georgia, sollte ein Fernsehteam ihn filmen, mit einem Kommentar, der die Vorgänge herunterspielte. Später, wenn ein vollständiges Programm ausgearbeitet worden war, würde der Film für andere Leos ein starker Ansporn sein.

Aber jetzt war das alles verdorben. Der Leo weigerte sich, das Gefängnis zu verlassen, wenn Reynard ihn nicht begleitete. Reynard zögerte und konnte sich nicht entschließen. Inzwischen strömten immer mehr Menschen aus der Stadt und sammelten sich hier wie ein ständig dichter werdender Nebel. Barron hatte Angst. »Okay«, sagte er. »Okay. Wir werden es so machen. Wir bringen ihn zu Ihrem Wagen. Aber Sie bleiben hier.« Er richtete sich auf. »Ich werde ihn begleiten.«

Reynard antwortete nicht sofort. Dann fuhr er mit seiner rosa Zunge über die dunklen Lippen. »Gut«, sagte er schließlich. »Das ist sehr mutig von Ihnen.«

»Bringen wir es endlich hinter uns.« Barron winkte den Wachen. Vom Wagen aus würde er über Funk ein Treffen mit Polizeikräften arrangieren, denen er den Leo übergeben konnte. Er brauchte nicht länger als zehn Minuten mit ihm allein zu sein. Und der Fahrer würde dabei sein. Bewaffnet.

Sie öffneten die schweren Türen, während sie weitergingen, und Befehle wurden weitergegeben. Am Ende des Korridors erschien eine dunkle Gestalt und kam auf sie zu. Sie wurde von zwei Wachen flankiert, zwei weitere Männer standen an den Abzweigungen des Korridors. Der Gefangene trat aus dem Dunkel. Die beiden Wachen, die ihn nicht an den Armen hielten, wie es Wachen sonst tun, wirkten eher wie eine Eskorte. Der Leo, in seinen dicken Militärmantel gehüllt, schien ein barbarisches, königliches Ritual zu vollziehen, als er von Licht zu Schatten wechselnd auf sie zukam.

Er blieb vor Reynard stehen.

»Nehmen Sie ihm die Fesseln ab«, flüsterte Reynard.

Die Wachen blickten unschlüssig von dem Fuchs zu Barron. Barron nickte. Er mußte die Situation unter Kontrolle behalten; er konnte sich keinen Fehler leisten. Er vermied es, den Leo anzusehen. Ein flüchtiger, verstohlener Blick hatte ihm gezeigt, daß sein Gesicht passiv, ausdruckslos war, wie immer.

Die Handschellen fielen klirrend zu Boden.

»Hier entlang«, sagte Barron, und die Prozession setzte sich in Bewegung – Wachen, Barron, Reynard, der Leo, Wachen –, ein eiliger, hastiger Triumphmarsch; nur der Leo ging mit ruhigen, gemessenen Schritten.

Durch die verschmierten Scheiben der Hintertür sahen sie

die menschenleere Straße, die durch das fahle Licht einer einzigen Lampe und den grauen Schimmer des Tagesanbruchs erhellt wurde. Auf der gegenüberliegenden Straßenseite, an der Einmündung einer anderen Straße, war der schwarze, dreiräderige Wagen gerade noch zu erkennen.

»Können wir ihn nicht näher heranfahren?« fragte Barron nervös. »Sie. Laufen Sie hinüber und sagen Sie dem Fahrer...« Eine Gruppe von Menschen tauchte aus dem Halbdunkel auf. Jemand deutete auf die Tür, hinter der sie standen; dann liefen sie fort, anscheinend, um Verstärkung zu holen.

»Beeilen Sie sich«, sagte Reynard. »Worauf warten Sie noch?«

Barron blickte zu dem riesigen, ausdruckslosen Gesicht des Leos hinauf und versuchte, etwas darin zu lesen. »Ja«, sagte er; und dann, so laut, wie manche Menschen zu jemandem, bei dem sie nicht sicher sind, ob er sie versteht: »Sind Sie bereit?«

Der Leo nickte fast unmerklich. Reynard, der neben ihm stand und ihm knapp bis zum Ellenbogen reichte, sagte: »Sie wissen, was Sie zu tun haben.« Der Leo nickte, mit ausdruckslosem Gesicht, ohne jemanden anzusehen.

Barron schloß die Tür auf. »Sie«, sagte er zu einer der Wachen, »bleiben hier, bis wir losgefahren sind. Die anderen bringen ihn ...« – er deutete auf Reynard – »zum Haupttor, zum Transportwagen. Wenn die Leute etwas sehen wollen, können sie ihn ansehen. Macht schnell!«

Mit plötzlicher Entschlossenheit stieß er die Tür auf und hielt sie fest, während der Leo hinaustrat und die Stufen hinabschritt, ohne auf eine Aufforderung zu warten. Von beiden Enden der Straße stürmten plötzlich Menschen heran, Massen von Menschen, als ob sich Schleusen geöffnet hätten.

Barron starrte sie an; wandte den Kopf von einer Seite zur anderen. Er sprang die Stufen hinab, um den Leo einzuholen. Er streckte die Hand aus, wie um ihn beim Ellenbogen zu packen, überlegte es sich dann jedoch anders. Der Wagen war nur wenige Schritte entfernt. Die Menge schien sie noch nicht entdeckt zu haben.

Leb wohl, Barron, dachte Reynard. Er fühlte plötzlich eine tiefe Erschöpfung, fast eine Ohnmacht. Die Wachen drängten sich um ihn, und er hob die Hand, um sie noch ein paar Sekunden lang zurückzuhalten. Er stützte sich schwer auf seinen Stock. Nur noch eines zu tun. Er sammelte alle Kraft, die ihm noch verblieben war, richtete sich auf und wandte sich den Wachen zu. »Okay«, sagte er. »Okay.« Dann hob er den Stock und deutete mit ihm auf einen der Männer.

Das schwere Geschoß, das aus dem Stock abgefeuert wurde, fuhr dem Mann in die Brust, tötete ihn auf der Stelle und schleuderte ihn gegen zwei andere, die ebenfalls zu Boden gingen. Reynard wurde von dem Rückstoß mit gebrochenem Handgelenk durch die offene Tür auf die Straße geschleudert. Er humpelte mit raschen, unsicheren Schritten über das Pflaster, beide Arme vorgestreckt, wie um einen unvermeidlichen Fall abzufangen. Die Menge war zu einem Meer von Menschen angeschwollen. Als sie den Schuß hörten und Reynard heraustaumeln sahen, umringten sie ihn, schlossen ihn mit ihren Leibern ein. Mehrere Wachen stürzten aus der Tür, mit gezogenen Pistolen. Die Menschen schrien auf, als Schüsse krachten, Blut auf die Steine rann. Sie versuchten wegzulaufen, wurden aber von der nachdrängenden Masse daran gehindert.

Der Kameramann schaltete seine Scheinwerfer ein.

Ein Mensch drängte sich auf den Fuchs zu, der sich langsam, seitwärts wie eine Krabbe, durch die Menge zum Wagen schob, während gleichzeitig die Wachen versuchten, ihm den Weg abzuschneiden, ihn zu packen, bevor er den Wagen erreichte.

Caddie war zuerst bei ihm. Die Menge drängte sie eng an die verletzte, spinnenartige Kreatur. Reynard packte Caddies Arm.

»Jetzt«, flüsterte er. »Schnell.«

Rasch, verstohlen wie ein Händedruck, von niemandem klar erkennbar – später würde die Polizei den Film sorgfältig studieren und zu erklären versuchen, welches der undeutlichen, nur vage erkennbaren Gesichter das ihre war, in wessen Hand man für den Bruchteil einer Sekunde das Aufblitzen einer Pistole sah –, feuerte sie einmal, zweimal und noch ein paarmal in den Körper des Fuchses, der sie zu umarmen schien. Die Schüsse krachten plötzlich, unerwartet, und ein Stöhnen lief durch die Menge, als ob sie selbst von ihnen getroffen worden wäre. Die Menschen schrien, drängten zurück, trampelten über andere hinweg, die sie zu Boden gestoßen hatten. Caddie wurde von ihnen fortgerissen.

Sie bildeten einen weiten Kreis um den Fuchs. Sein Blut rann auf das Pflaster, sammelte sich in einer rasch größer werdenden Lache. Es war schwarz.

Er versuchte, sich zu erheben. Die Wachen, schreiend, mit ihren Waffen fuchtelnd, drängten sich um ihn wie kläffende Hunde. Seine Brille lag auf dem Boden. Er tastete blind nach ihr und schwankte. Sein Mund war weit geöffnet, wie in einem stummen Schrei. Dann fiel er zur Seite.

Irgendwo heulte eine Sirene.

Hieraconpolis: sechs Ansichten aus der Höhe

Er würde bald nach Süden aufbrechen. Seine Kinder waren bereits fort, und seine Frau hatte er immer seltener gesehen, je weiter sie bei ihren Erkundungen nach Süden vorstieß. An diesem Abend würde sie nicht zurückkehren, und bald würde die Winterkälte ihn so frieren lassen, daß auch er endlich aufbrach, zur Reise in den Süden. Er war zurückgeblieben, noch unentschlossen, weil er noch unerfahren war und nicht fühlte, daß es ein Urtrieb war, der ihn zum Aufbruch drängte. Seinen ersten Winter hatte er in der Wärme eines alten Farmhauses verbracht; im zweiten war er ausgesetzt worden, und es war ihm gerade noch gelungen – geschwächt von Kälte und Mauser und fast verhungert –, bis hierher zu kommen, wo ihn der Frühling vor dem Tod rettete.

Als er am Abend zu dem leeren Turm zurückkehrte, der die braunen und plötzlich von allem Leben leergefegten Marschen überragte, sah er den großen Blonden zu Fuß herankommen, beobachtete ihn, als er vorsichtig und wachsam die Umgebung und den Turm erkundete. Dann hockte er sich in seinen Horst und schlief. Menschen hatten nur ein geringes Interesse für den Falken; er hatte aber auch keine Angst vor ihnen, dazu hatte er zu lange in ihrer Gesellschaft gelebt. Am folgenden Morgen tauchte ein zweiter auf, dunkelhaarig und viel kleiner als der andere. Der erste Besucher zeigte dem später gekommenen den Falken, als der seinen Horst verließ, um zu jagen. Der Falke war an diesem Tag von einer tiefen Unruhe erfüllt und fing bis zum Abend nichts. Schlaflos stand er bis tief in die Nacht auf dem eingestürzten Mauerrand der Turmkrone und fühlte den Druck der über den Himmel wandernden Sterne auf seiner Unruhe.

Unter ihm, in der Hütte, lag Caddie dicht an Painter ge-

preßt. Sie drängte sich gegen ihn, als ob sie ihren Körper in sein Fleisch drücken wollte; Tränen der Erleichterung und Erlösung brannten in ihren Augen und ließen sie immer wieder zusammenschauern. Sie horchte auf die tiefen, schnurrenden Atemzüge des Leos und preßte ihr feuchtes Gesicht gegen seine breite Brust. Sie wollte ihn hören, riechen, fühlen – nichts anderes als ihn, bis in alle Ewigkeit.

Am nächsten Morgen wurde sie von dem ständig lauter werdenden Dröhnen eines Motors aus dem Schlaf gerissen. Painter war bereits wach und saß aufrecht neben ihr. Im ersten Augenblick glaubte sie, wieder in Reynards Hütte im Wald zu sein, wie eben in ihrem Traum. Das Motorengeräusch näherte sich rasch. Ein kleines Motorrad, nein, zwei Motorräder. Painter erhob sich mit geschmeidiger Grazie, trat an das mit Brettern vernagelte Fenster und blickte durch einen Spalt hinaus.

»Zwei«, sagte er. »Ein blonder Junge. Ein dunkelhaariges Mädchen.«

»Sten«, sagte Caddie. »Sten und Mika.«

Sie sprang auf, lachend und erleichtert. Painter blickte unsicher von ihr zur Tür, als sie aufgestoßen wurde. Helles Morgenlicht fiel in das Gesicht eines bärtigen Jungen.

»Sten«, sagte Caddie. »Komm herein.«

Vorsichtig trat er in die Hütte, den Blick auf Painter gerichtet, der ihn mißtrauisch musterte. »Wo ist Reynard?« fragte er.

Painter sagte: »Schließen Sie die Tür.«

Mika trat hinter Sten herein, und Sten drückte die Tür zu. Der Leo setzte sich, langsam, ohne jedes Zuviel von Bewegung. Der Raum lag im Halbdunkel. Blasses Wintersonnenlicht, das durch Spalten zwischen den Brettern der vernagelten Fenster und durch Ritzen in den alten, morschen Wänden hereinfiel, malte Tigermuster auf den Boden.

»Sie sind Painter«, sagte Sten.

Die Augen des Leos schienen alles Licht einzufangen, das in den Raum fiel, und wie Juwelen zu glühen. »Ich bin Painter«, sagte er ruhig.

»Wir dachten, Sie seien tot«, sagte Mika.

»Ich war tot.«

»Warum sind Sie hierhergekommen?« fragte Sten. »Hat Reynard ... Wie konnten Sie ihnen entfliehen?« Er blickte von Painter zu Caddie, die den Kopf senkte. »Wo ist Reynard? Warum seid ihr hier und er nicht?«

»Reynard ist tot«, flüsterte Caddie, ohne den Kopf zu heben.

»Tot? Woher weißt du das?«

»Sie weiß es«, sagte Painter, »weil sie ihn getötet hat.«

Caddie preßte ihr Gesicht in die Hände. Sten sagte nichts. Ihm fielen keine Worte ein, keine Frage, deren Beantwortung dieser Fragestellung einen Sinn geben konnte.

Das Gesicht noch immer in die Hände gepreßt, um niemanden ansehen zu müssen, berichtete Caddie, was in der Hauptstadt geschehen war, über das Irrenhaus, über den bärtigen Mann, tonlos, unbeteiligt, als ob ein anderer es erlebt hätte. »Er hat mich dazu gezwungen«, schloß sie ihren Bericht. »Er hat mich gezwungen, ihn zu erschießen. Er sagte, sonst gäbe es keine andere Möglichkeit, Painter zu befreien. Er mußte ihnen versprechen, dich auszuliefern, Sten, ihn gegen dich einzutauschen. Und es gab für ihn keinen anderen Weg, um zu verhindern, daß sie irgendwie sein Wissen über dich aus ihm herauspreßten. Nur wenn er tot war, warst du sicher, Sten. Also haben wir es so geplant. Als Painter aus dem Irrenhaus herausgebracht wurde, sorgten wir für ein Ablenkungsmanöver – die Menschenmenge –, damit Painter fliehen konnte. Reynard hat mich gezwungen, ihn zu töten. Er sagte, es sei der einzige Weg.« Sie sah die anderen noch immer nicht an. »Er sagte, er sehne sich nach dem Tod. Er sagte: Mach es richtig. Mach es gut. – Oh, Jesus ...«

Mika kam zu ihr, setzte sich neben sie und legte den Arm um ihre Schultern, von Mitgefühl überwältigt. Entsetzlich. Sie glaubte, daß Caddie weinen würde; aber sie weinte nicht. Ihre Augen waren groß und feucht wie die eines Tieres, aber sie weinte nicht. Sie griff nach Mikas Hand, suchte bei ihr Trost, fand aber keinen.

Niemand sprach. Ihr Bruder setzte sich wachsam Painter

gegenüber. Mika hatte das Gefühl, daß der Leo, der Sten mit ruhigem, stetem Blick ansah, in Wirklichkeit gar nichts wahrnahm, sondern irgend etwas sah, was den anderen unsichtbar blieb, was nicht wirklich da war, als ob er ein riesiger, stummer Geist wäre. Was, um alles in der Welt, war aus ihnen geworden? Sie lebten nach Anweisung von Tieren. Reynard hatte Caddie gebraucht, wie eine Pistole, die er sich selbst an die Schläfe drückte. In den Bergen, bei den Leos, hatte sie Unerklärliches erlebt. Jetzt, in der halbdunklen Abgeschlossenheit der Hütte, fühlte sie mit einer plötzlichen Intensität wieder den Horror, den Reynard in ihr hervorgerufen hatte, als sie ihm zum erstenmal gegenüberstand; es war derselbe Horror, den sie fühlte, wenn sie an bestimmte Sexualakte dachte, an unmenschliche Grausamkeit oder an den Tod.

»Er hat uns beide hergeschickt«, sagte Sten leise zu dem Leo. »Er wollte anscheinend, daß wir uns kennenlernen.« Er hob den Kopf und schob das Kinn energisch vor, eine Geste, die Mika sagte, daß er sich unsicher fühlte und es sich nicht anmerken lassen wollte. »Es ist mein Plan, Sie zu beschützen, wenn ... gewisse Entwicklungen eingetreten sind. Sie alle. Ich biete Ihnen meinen Schutz an.«

Mika biß sich auf die Lippen. Er hätte das nicht sagen sollen. Der Leo rührte sich nicht, aber die Spannung zwischen ihm und ihrem Bruder nahm spürbar zu.

»Schützen Sie sich selbst«, sagte Painter. Nur das.

Mika spürte, daß sie sich im Kriegszustand befanden, aber ob sie dabei gegen den Leo standen oder auf seiner Seite, und für welches Ziel sie eigentlich kämpften, war ihr nicht bewußt. Und der einzige, der ihnen darauf eine Antwort hätte geben können, war tot.

Es gibt helle Sinne und dunkle Sinne. Die hellen Sinne, Sehen und Hören, machen die Welt klar und geordnet, schaffen eine Welt der Vernunft, zerbrechlich, doch durchsichtig. Die dunklen Sinne, Geruch, Geschmack und Tastsinn, schaffen eine Welt der erfühlten Weisheit, eine Welt ohne Plan, unartikuliert, doch gewiß.

In dem Falken waren die hellen Sinne vorherrschend. Sein menschenscharfes Sehvermögen, weiträumig und mit klaren, deutlichen Farben gezeichnet, zeigte ihm die Welt als einen Plan, als Geographie, sofort und in Gänze, ohne Geheimnisse, eine Welt, die von der Nacht (oder – in seiner Jugend – von der Kappe) völlig ausgelöscht und an jedem Tag in ihrer Gänze neu geschaffen wurde.

Für den Hund bestehen kaum Unterschiede zwischen Tag und Nacht. Sein Sehvermögen, myonisch und farbenblind, schuf für ihn weniger ein Weltbild als ein Durcheinander, das er ignorieren mußte; es machte ihn lediglich auf Dinge aufmerksam, über deren Wahrheit ihm seine Nase Auskunft zu geben hatte.

Der Falke, der wie schwerelos in der Luft schwebte – die geringste Veränderung der Flügelstellung hielt ihn in jeder gewünschten Lage über dem weiten, sich ständig ändernden Bild der Erde –, nahm den Hund wahr, wurde aber von ihm nicht bemerkt. Der Hund war für ihn uninteressant, er nahm ihn nur wahr, so wie er alles wahrnahm, was sich bewegte. Er ordnete den Hund in das Bild ein, das er unter sich sah, mehr nicht. Er wußte, was er suchte: eine Krähe im Ried. Er ging in eine weite Kurve, als er eine entdeckte, kam damit hinter den Halbkreis ihres Gesichtsfeldes, und überlegte, wie er am besten auf sie herunterstoßen konnte.

Durch ein Universum von Gerüchen, miteinander vermischt und doch präzise, von bestimmter Größe und Form, doch nicht bestimmbar, nicht stabil, in ständigem Wechsel, in Prozessen der Entwicklung, des Alterns, des Sterbens, des Wiedererstarkens, suchte der Hund Sweets wie immer nach einem einzigen, bestimmten Geruch. Er brauchte nur noch einen millionsten Teil unter anderen Gerüchen, um ihn genau identifizieren zu können; ein einziges Molekül in einer Galaxis von anderen reichte aus, um seine Nase zu alarmieren. Molekül auf Molekül hatte er zu einem Faden gesponnen, mit unerschöpflicher Geduld und höchster Konzentration.

Der Faden war immer stärker geworden, aber es hatte Zeiten gegeben, in denen er so dünn gewesen war, daß er ihn kaum noch wahrnehmen konnte; ein paarmal hatte er geglaubt, ihn ganz verloren zu haben. Wenn das geschah, zog er weiter oder lief zurück, ruhelos und rastlos, bis er ihn wiedergefunden hatte. Seine Meute, die nicht wußte, was er suchte, oder warum er es suchte, ordnete sich ihm unter wie immer – zumeist ohne Widerspruch – und folgte ihm, wenn er dem Faden dieses Geruchs folgte. Manchmal blieb sie hinter ihm zurück – oft mehrere Meilen –, aber sie folgte; er ließ immer eine deutliche Spur zurück, wenn er vorauslief, besessen von seiner Suche, weil jetzt endlich, nach einem Jahr, der Faden stärker wurde, zu einem Seil, und schließlich zu einem Tau, das ihn in die richtige Richtung zog.

Ein paar Tage später. Auf dem Rückflug vom Ufer der grauen See, mit leeren Fängen. Aus großer Höhe entdeckte er einen Menschen, der schwerfällig über den marschigen Grund ging, und folgte seinem Eindringen in sein Reich mißgelaunt und verärgert. Menschen waren Störfaktoren in der Welt, ließen sie tot werden, in Deckung gehen, reglos und unjagbar im Mimikri ihrer Tarnfarben auf dem Boden liegen. In einem weiten Umkreis um sich herum besaß der Mensch eine gewisse Macht. Der Mensch blieb stehen, legte die Hand über die Augen und blickte zu ihm herauf.

Loren sah, wie der Falke in einer Diagonale durch die Luft schoß, so rasch und zielsicher wie ein geworfenes Messer. Als er ihn nicht mehr sehen konnte, ging er weiter, und seine Stiefel machten ein saugendes Geräusch in dem morastigen Boden. Er fühlte sich erfrischt, fast ekstatisch. Das war ein Wanderfalke. Es mußte einer von denen sein, die er hier aufgezogen hatte und zurücklassen mußte. Wenigstens einer der Vögel hatte also überlebt. Es kam ihm wie ein gutes Omen vor. Er zweifelte, ob er es jemals entziffern könnte, aber es war ein Omen.

Der Turm schien verlassen. Er sah kein Zeichen von Leben, nichts wies darauf hin, daß er bewohnt war. Er schien irgendwie schwanger, wartend, beobachtend; aber das war immer so gewesen, das war der normale Ausdruck des Turms. Doch dann fühlte er einen plötzlichen Stich in seinem Herzen: ein hochgewachsener, bärtiger junger Mann trat aus der Tür des Turms – und sah ihn. Er blieb stehen, blickte ihn aufmerksam an, rührte sich aber nicht von der Stelle. Loren ging rascher.

Als er sich Sten näherte, geschah etwas Merkwürdiges. Der Junge, den er so lange in sich getragen hatte, der Sten, der seine Einsamkeit mit ihm geteilt hatte, das blonde Kind, in dessen Augen manchmal Versprechen stand, manchmal Vertrauen, meistens jedoch Verachtung und bitterer Vorwurf, entschwand aus seiner Seele. Die scheuen Augen, die seinen Blick erwiderten, als er in den Turmhof trat, reflektierten nicht den Sten, den Loren kannte, sie reflektierten Stens wirkliches, anderes Selbst, sein wahres Anderssein, und löschten im gleichen Augenblick einen Sten, den Loren erfunden hatte, aus. Erleichtert erkannte er, daß der Junge, der vor ihm stand, ein Fremder war. Loren umarmte ihn nicht, vergab ihm nicht, und bat ihn nicht um Vergebung. Es war alles nur ein Traum gewesen, ein Spiel von Phantomen. Er würde ihm einfach die Hand geben, das mußte er tun; er mußte lächeln; er würde damit beginnen, daß er ›Hallo‹ sagte.

»Hallo«, sagte er. »Hallo, Sten.«

»Hallo, Loren. Ich habe gehofft, daß du kommst.«

Sie sprachen eine Weile im Turmhof. Jemand, der sie dort stehen sah, der sie aus der Höhe beobachtete, hätte nicht hören können, was sie sagten, hätte nicht wissen können, ob es wichtig war; er hätte nur erkannt, daß sie miteinander sprachen, das menschliche Ruf-und-Antwort-Spiel miteinander spielten, das gewöhnliche Ritual absolvierten, das zwischen Fremden, die einander begegneten, üblich war. In Wirklichkeit aber sprachen sie über den Falken, der hoch über ihnen in der Luft stand, ein schwarzer Punkt vor den Wolken.

»Vielleicht einer von denen, die du hergebracht hast, Loren?«

»Muß wohl so sein.«

»Wir können ihn ja beobachten und das feststellen.«

»Wie denn? Ich habe sie nicht beringt.«

»Ob es mein Falke ist?«

»Deiner? Nein, das ist unwahrscheinlich. Das wäre ... Nein, das ist kaum denkbar.«

Sie schwiegen. Es kam immer wieder zu solchen Pausen. Loren blickte von dem blonden Jungen fort, dessen neues Gesicht schon sehr bekannt und vertraut zu werden begann, entsetzlich vertraut und wirklich. Er fuhr mit den Fingern durch sein dunkles Haar, räusperte sich, lächelte; er scharrte mit dem Fuß in dem toten Gras. Sein Herz, das so lange und so schmerzhaft zusammengeschnürt gewesen war, weitete sich wieder – mit ein paar Narben, aber sonst heil geblieben.

Painter lag ausgestreckt auf seinem Strohsack, am dunkleren Ende des Steinbaus, in dem Loren einmal gewohnt hatte. Das tiefrote Licht der Zentralheizung neben ihm ließ seine mächtige, seltsame Gestalt in vagen Umrissen erkennen. Er hob seinen schweren Kopf, als sie hereintraten. Wenn er sie im Turmhof beobachtet haben sollte, so ließ er es sich nicht anmerken.

»Ein Freund«, sagte Sten. »Er heißt Loren Casaubon. Mein bester Freund. Er ist gekommen, um uns zu helfen.«

Der Leo sah ihn eine ganze Weile an, ohne ein Wort zu sagen, und Loren ließ die Musterung genauso schweigend über sich ergehen. Er war daran gewöhnt. Er hatte oft so gestanden, während irgendeine Kreatur ihn eingehend musterte, versuchte, ihn einzuordnen; es war für ihn weder störend noch provozierend. Er starrte zurück, begann, den Leo zu erlernen, fasziniert von dem sichtbaren Teil seiner Anatomie, und sog den Geruch des Leos ein, so wie dieser den seinen einsog. Halbmensch, Halblöwe hatten ihn die Zeitschriften und das Fernsehen immer beschrieben. Aber Loren wußte es besser, er wußte, daß es so etwas wie Halbtiere nicht gab: Painter war nicht die Hälfte von etwas, sondern zur Gänze ein Leo, so vollständig wie eine Rose oder ein Hirsch. Ein erstaunliches Wesen: mit Hilfe der unstillbaren Neugier des Menschen hatte das Leben seine Evolution zum Abschluß geführt. Er mußte ein Lachen unterdrücken.

Aber ein Lächeln konnte er nicht verhindern: ein Lächeln der Bewunderung und des reinen Vergnügens. Der Leo war – ohne Rücksicht auf seine Entstehung – ein wunderschönes Geschöpf.

Painter stand auf. Seine Gefängnisschwäche war noch nicht völlig überwunden; als er sich erhob, bildete sich zwischen ihm und dem Menschen, der vor ihm stand, ein schwarzer Fleck. Für einen Augenblick setzte sein Bewußtsein aus, und als er seine Umgebung wieder wahrnahm, wurde er von Sten und Loren gestützt.

»Warum sind Sie hier?« fragte er.

»Reynard hat mich darum gebeten. Um Sten zu helfen.«

Der Leo löste sich von ihnen. »Können Sie jagen?«

»Ja.«

»Können Sie damit etwas anfangen?« Er deutete auf Lorens alte Kaninchenschlingen, die in einer Ecke an der Wand hingen.

»Ich habe sie gemacht«, sagte Loren.

»Dann können wir leben«, sagte Painter. Er trat in die Ecke und nahm mit seinen breiten, kurzen Fingern die Schlingen von den Haken. Fallen. Die Menschen konnten gut mit Fallen umgehen. »Können Sie es mir beibringen?«

»Ihnen beibringen, Fallen zu stellen?« sagte Loren. »Ich denke schon.«

»Gut.« Er blickte die beiden Menschen an, die ihm plötzlich weit entfernt schienen, als ob er aus großer Höhe auf sie herabblickte.

Seit dem Augenblick in der toten Stadt, als er erkannt hatte, daß es keine Rettung vor den Menschen gab, keinen Ort, der ihren Hirnen, ihren Plänen und ihren Fingern unzugänglich war, schien eine Flamme in ihm aufgelodert zu sein, eine Flamme, die wie ein Sinn zu sein schien, wie ein Ziel, die jedoch in ihm ein eigenes Leben besaß, losgelöst von seinem Selbst. Sie war in ihm, doch nicht Teil von ihm. In der Dunkelheit des Gefängnisses war sie fast erstickt worden, war jedoch wieder aufgeflammt, als er den Menschen Barron gepackt hatte. Während der Tage, an denen er mit Caddie hier auf dem Strohsack gelegen hatte, konnte er ihre Gestalt erkennen. Sie war größer als er; er war lediglich ihr Portal. Wenn er jetzt die beiden Menschen anblickte und sie kleiner und entfernter werden sah, loderte sie heiß auf, so heiß, daß sie seinen Mund aufpreßte und er ihnen sagte, ohne zu wissen, warum oder was er damit meinte: »Machen Sie einen Fallensteller aus mir. Ich werde Sie zum Menschenjäger machen.«

Wütend brach der Falke seinen Sturzflug ab und baumte auf den Ästen eines wintertoten Baums auf. Das Kaninchen, das dort am Boden zappelte, verletzt und hilflos, war das erste Eßbare, das er an diesem Tag entdecken konnte. Und gerade, als er darauf zuschoß, die Klauen vorgestreckt, es bereits schmecken konnte, brach der große Blonde aus dem Gebüsch und jagte ihn schreiend fort.

Der Falke sah, wie der Eindringling sich über das Kaninchen hockte. Er plusterte das Gefieder auf und stieß einen frustrierten Schrei aus. Sie wollten ihn vertreiben, von seinem Revier, von seinen Nahrungsquellen. Und auch der kalte Wind drängte ihn, von hier fortzuziehen, er spürte die Kälte durch das Gefieder hindurch, und sie ließ den alten Baum knarren und stöhnen. Unbemerkt von ihm lag in einer Höhlung des Baums eine Eichhörnchenfamilie, nicht weit unterhalb von der Stelle, an der er saß; die Tiere lagen völlig still, rochen ihn, duckten sich angstvoll noch mehr zusammen. Der Falke sah die Eichhörnchen nicht; also waren keine Eichhörnchen da.

Painter schnitt dem zappelnden Kaninchen die Kehle durch und versuchte dann, es aus der Schlinge zu lösen. Er wußte, daß er denken mußte, nicht nur einfach reißen. Es gab eine Methode dafür. Seine ungeschickten Finger tasteten mit langsamer Geduld an dem Draht entlang. Er konnte es lernen. Er verlangte von dem Menschen in sich, daß er diese Aufgabe übernahm, ihm bei ihrer Lösung half.

Er nahm das Kaninchen aus und schlitzte einen Unterlauf entlang der Sehne auf. Dann schob er den anderen Fuß in den Schlitz, so daß er das Kaninchen tragen konnte. Diese

Methode war sauber, geschickt, clever. Ihm wäre sie nicht eingefallen. Der Junge Sten hatte sie ihm gezeigt.

Die Gefängnisschwäche wich langsam von ihm, und während seine alten Kräfte zurückkehrten, fühlte er, daß sein Selbst ebenfalls wieder ganz wurde, sich zu einer neuen Gestalt formte. Das Kaninchen an der Hand, glücklich über den kleinen Erfolg mit der Schlinge, stieg er einen flachen Hügel hinauf, der ihm einen weiten Ausblick auf das Marschland gewähren würde. Das schwache Sonnenlicht wärmte ihn. Er dachte an seine Frauen, die irgendwo weit entfernt waren, an seinen toten Sohn. Er hatte keine wirklichen Gedanken über sie, er kam zu keinerlei Schlüssen. Er dachte nur an sie. Er war ausgeleert. Wind wehte durch ihn hindurch, ein heller Wind. Etwas Helles, Kaltes, absolut Neues füllte die Leere, wie klares Wasser. Er wußte, mit einer Gewißheit und Plötzlichkeit, die über ihn hereinbrach wie eine Welle, daß er hier im Mittelpunkt des Universums stand. Aus irgendeinem Grund – durch einen Zufall vielleicht, wahrscheinlich sogar, es kam nicht darauf an – stand er hier, war er hier, bildete selbst den Mittelpunkt. Er blickte weit über die winterkahle Welt hinaus, aber trotz aller Weitsichtigkeit konnte er nicht erkennen, was an ihren Grenzen lag, und er versuchte es auch nicht. Aus allen Richtungen würde es zu ihm kommen. Er dachte: Wenn ich sehr hoch oben stehen würde, könnte ich alle Menschen zu mir heranziehen.

Sein Blick schweifte über das Panorama, das sich ihm darbot. Weit entfernt sah er den Hund, der durch Ried und Schlamm auf ihn zulief. Und jetzt begann er zu bellen, ihn zu rufen.

Sweets brauchte nicht noch einmal zu rufen, er lebte schon in Painter, die dunkle Gestalt auf dem noch weit entfernten Hügel war lediglich das reiche, respektheischende Zentrum seines Selbst, von dem es sich bis in die Unendlichkeit erstreckte. Sweets war von den winzigsten, esoterischsten Atomen seines Selbst angezogen und zu ihm geführt worden. Sie hatten ihm gereicht. Jetzt mußte er nur noch auf dieses Zentrum zulaufen, es mit seiner Zunge schmecken, und vergessen, daß irgend etwas anderes existierte.

Painter wartete auf dem Hügel und blickte dem Hund entgegen, der springend und hechelnd auf ihn zugelaufen kam.

Der Winter kam dem Tod der Sonne immer näher, es war der kürzeste Tag des Jahres, und bald konnte der Falke sich seinem drängenden Ruf nicht länger widersetzen. Er war zu seinem Nachtplatz zurückgekehrt, aber als er sich dem Turm näherte, bemerkte er, daß schon andere dort waren. Er kreiste eine Weile um den Turm herum. Es zog ihn nicht zu seinem Platz, es drängte ihn nichts zum Ausruhen; er wollte fliegen, in die Höhe steigen, und die Nacht mit mächtigen Flügelschlägen zerteilen. Diese Welt war alt geworden. Er flog nach Osten, auf der Suche nach einem Aufwind, der ihn auf Höhe tragen konnte.

Als er abflog, blickten Loren und Sten ihm nach und reichten Lorens Fernglas zwischen sich hin und her.

»Das Schimmern«, sagte Sten. »Wenn das Licht richtig fällt. Siehst du?«

»Ja.«

»Seine Fußfesseln. Die Nieten in dem Lederband.«

»Ja, das muß es sein.«

»Es *war* also mein Falke.«

»Wahrscheinlich.«

»Meinst du, daß er im nächsten Jahr zurückkommen wird?«

»Vielleicht.«

»Wir könnten ihn wieder einfangen.«

»Nein. Nicht, nachdem er frei gewesen ist. Jetzt kann man ihn nicht wieder in die Gefangenschaft zurückbringen. Er gehört niemandem mehr, Sten.« Und du auch nicht, setzte er hinzu, ohne es laut zu sagen.

Er veränderte die Blickrichtung seines Fernglases. Weit entfernt war ein dunkler Punkt in der Luft; kein Vogel. Er schien zu schwirren, hin und her zu stoßen wie eine Libelle. Dann kam er direkt auf sie zu, und sie konnten ihn hören.

»Er kommt hierher«, sagte Mika. »Er ist schwarz.«

Wie ein Falke schwebte er eine Weile über ihnen, nachdenklich, beobachtend, wie es ihnen vorkam, nach Beute spähend, die sich dort unten irgendwo verbarg, von der er jedoch wußte, daß sie dort war. Dann kam er tiefer; das Geräusch wurde lauter, und der Wind der Rotoren wirbelte totes Laub und Sand auf. Dann wurde der Motor langsamer, lief aber verhalten weiter. Das Glas der Kanzel war dunkel getönt, sie konnten nicht erkennen, was sich in ihr befand. Dann wurde die Kabine geöffnet.

Der Pilot sprang heraus. Ohne sich umzusehen, begann er Kisten, Kartons und Säcke auszuladen. Das heißt, er warf sie einfach hinaus. Eine Kiste brach auf und verstreute ihren Inhalt aus glänzenden Aluminiumbehältern auf den Boden, wie einen Schatz. Der Pilot nahm drei langläufige Gewehre aus der Kanzel und stellte sie zu dem Haufen. Dann verschwand er wieder in der Kabine. Er half seinem Passagier, der beim Aussteigen Schwierigkeiten zu haben schien. Dann verschwand er wieder und schloß die Kabine. Der Motor heulte auf, die Rotorblätter zerschnitten pfeifend die Luft. Der Besucher beugte sich vor und schloß die Lider, um seine Augen vor dem aufwirbelnden Staub zu schützen. Sein schwarzes Cape flatterte wie eine Fahne um seinen hageren Leib. Dann richtete er sich wieder auf und zog das Cape zurecht.

Reynard stand in der Mitte des Turmhofs, auf seinen Stock gestützt, wartend.

Langsam kamen sie aus ihren Verstecken. Reynard nickte jedem von ihnen zu, deutete mit seinem Stock auf ihn, wenn er hervortrat. »Mika«, sagte er. »Und Caddie, Sten und Loren. Wo ist der Leo, Painter?«

»Sie sind tot«, sagte Caddie und hielt vorsichtigen Abstand von ihm. »Ich habe Sie getötet.«

»Nein«, sagte er. »Nicht tot.« Er trat auf sie zu, mit raschen, festen Schritten, ohne zu humpeln. Er wirkte gesund und jung, fast fröhlich.

Caddie wich vor ihm zurück. »Ich habe Sie erschossen«, sagte sie mit einem nervösen, irren, erstickten Lachen.

»Der, den Sie erschossen haben, war mein Vater. Ich bin sein – Sohn. Auf gewisse Weise. Auf eine andere bin ich fast soviel wie er, wie er es war.« Er blickte von einem zum anderen. »Es wäre wohl für alle am einfachsten, wenn Sie mich als ihn ansehen würden.« Er grinste und zeigte die Spitzen seiner gelblichen Zähne. »Wie könnte Reynard, der Fuchs, auch sterben?«

Painter trat heraus, und Sweets, der bei dem Geruch des Fuchses die Zähne fletschte, Painter trat auf die kleine Gestalt zu.

»Guten Abend, Berater«, sagte er.

»Hallo, Painter.«

»Ich dachte, Sie seien gestorben.«

»Bin ich auch. Ich weiß, es ist nicht richtig, daß ausgerechnet Judas, der Verräter, aus dem Grab steigt; aber es ist nun einmal so.« Er blickte zu dem massigen Kopf des Leos empor, den er so oft auf Videobändern gesehen hatte, den er jedoch jetzt zum erstenmal in Wirklichkeit sah. Und selbst in diesen ersten Momenten des Zusammentreffens erkannte er den Fehler seines Vaters und fragte sich, warum er ihn begangen hatte. »Sie sollten sich nicht betroffen fühlen«, sagte er. »Derjenige, der Sie betrogen hat, ist dafür gestorben. Aber er wollte noch immer in Ihrem Dienst bleiben, er wollte, daß ich in Ihrem Dienst bleibe. Für immer.

Sie müssen verstehen«, fuhr er fort – er sah dabei von einem zum anderen, aber sein Blick galt nur Painter und Sten –, »daß ich steril bin. Geschlechtslos, genauer gesagt. Deshalb muß ich, um weiterexistieren zu können, neu geschaffen werden, als Klon, aus einer Zelle meines eigenen Körpers. Mein Vater – nennen wir ihn einmal so – begriff, daß sein Leben ihn in eine Sackgasse geführt hatte, und sah den Tod als den einzigen Ausweg. Ich war ausersehen und darauf vorbereitet worden, seine Nachfolge anzutreten. Meine Ausbildung hätte noch etwas länger dauern sollen, aber ich wurde entlassen, als er starb.« Er blickte zur Weite des Himmels hinauf. »Es war ein langes Warten.«

»Das hat er selbst getan?« fragte Loren. »Er hat einen Klon

geschaffen und heimlich großgezogen? Ohne daß jemand etwas davon gemerkt hat?«

»Er war – ich bin – vermögend genug, um das durchführen zu können. Es gibt Menschen, die so etwas können, Experten, und ich bezahle sie gut. Ich bin unsterblich – wenn ich mich vorsehe.« Er lächelte wieder. »Es ist keine so begeisternde Aussicht, wie Sie vielleicht glauben.«

Sten sagte: »Sie wissen alles, was er wußte.«

»Ich bin er.«

»Dann kennen Sie also auch seine Pläne. Warum sind wir hier?«

»Er hatte keinen Plan.« Reynrads Stimme war plötzlich dünn, fast unverständlich. Kleine Dampfwolken traten aus seinen Nüstern. Die Nacht – die längste des Jahres – hüllte sie ein.

»Kein Plan?«

»Nein.« Langsam, als ob er zusammenfiele, setzte er sich auf den Boden. »Menschen planen«, sagte er. »Ich bin kein Mensch. Meine äußere Erscheinung täuscht. Alles Lügen. Gerede.« Das Wort klang wie ein leises Bellen. »Gerede.«

Mika überlief ein heftiges Frösteln. Wenn er sprach, hatte sie das Gefühl, als ob ihre Kehle zugeschnürt würde. »Sie haben gesagt, daß Sten König werden würde.«

»So? Dann wird er auch König, denke ich.«

Sten sagte: »Was muß ich tun?«

»Das müssen Sie selbst entscheiden, nicht wahr? – Wenn Sie der König sind.«

Caddie sagte: »Sie haben gesagt, daß Painter der König der Tiere sein würde.«

»Das ist richtig. Aber woher soll ich wissen, ob es wahr ist? Mein Vater starb, während er versuchte, das festzustellen.«

Sie waren näher herangetreten, um seine dünne, raschelnde, erschöpfte Stimme hören zu können. »Ich habe keine Pläne gemacht«, sagte er. »Ich erkenne nur, was ist, und verhalte mich entsprechend. Sie dürfen mir niemals trauen. Ich muß handeln; das ist nun mal meine Natur. Ich kann nie aufhören. Sie, Sie formen die Zukunft. Das wissen

Sie selbst. Ich werde leben und handeln in der Welt, die Sie schaffen. Es liegt alles bei Ihnen.«

Einer nach dem anderen setzten oder hockten sie sich um ihn herum nieder, alle außer Painter, der stehen blieb, reglos, unbewegt, wie ein Idol mit Augen aus Juwelen. Es war noch immer nicht ganz dunkel geworden, obwohl den ganzen Tag über eine fahle Dämmerung geherrscht hatte. Sie konnten noch immer die Gesichter der anderen sehen, fremd, matt, wie die Gesichter von Schlafenden. Morgen schon würde der Tag wieder ein paar Minuten länger dauern.

»Was immer wir tun müssen«, sagte Reynard, »zumindest sind wir alle hier. Alle, von denen ich gehört habe. Alle außer Meric. Gut. Er bereitet den Weg. Irgendeinen Weg.« Er deutete mit seiner kleinen, langfingerigen Hand auf einen freien Platz im Kreis, um Painter aufzufordern, sich zu setzen. Er wartete, während der Leo sich niederließ. Der Hund kroch neben ihn.

»Sollen wir jetzt anfangen?« fragte Reynard.

Der dritte Roman

MASCHINEN-
SOMMER

Für Lance Bird, der ebenfalls der Meinung ist, daß die Schlangenhände das Beste in einer Geschichte sein können.

Mit Ausnahme wirklicher, historischer Personen sind alle Gestalten in diesem Buch frei erfunden, und jede Ähnlichkeit mit wirklichen Personen, lebend oder tot, wäre rein zufällig.

... einst sagte ein Mann: Warum so zögernd? Wenn du nur den Parabeln folgen würdest, würdest du selbst zu einer Parabel werden und dich damit von allen deinen Alltagssorgen befreien.
Ein anderer sagte: Ich wette, daß auch das eine Parabel ist.
Der erste sagte darauf: Du hast gewonnen.
Darauf der zweite: Aber leider nur in der Parabel.
Darauf wieder der erste: Nein, in der Realität; in der Parabel hast du verloren.

Franz Kafka

Viele Leben

Erste Facette

›Schläfst du?‹

Nein, ich bin wach. Ich sollte meine Augen schließen. Und warte, sagte er, bis man dich auffordert, sie zu öffnen.

›Oh. Du kannst sie jetzt aufmachen. Was siehst du?‹

Dich.

›Bin ich ...‹

Du bist ... wie ein Mädchen, das ich kenne. Größer. Sind die Engel alle groß?

›Was siehst du noch?‹

Das Gras, auf dem wir sitzen. Ist es Gras?

›Wie Gras.‹

Ich sehe den Himmel. Durch euer Glasdach. Oh, Engel, ist es möglich?

›Ja.‹

Dann bin ich also hier. Hier. Er hatte recht damit, daß ich hierherkommen kann ... Engel! Ich sehe die Wolken unter uns!

›Ja.‹

Ich habe euch also gefunden. Ich habe das Größte gefunden, was verloren war.

›Ja. Wir waren verloren, und du hast uns gefunden. Wir waren blind, und du hast uns sehend gemacht. Nun. Du kannst nur kurze Zeit – hierbleiben – also...‹

Was wollt ihr von mir?

›Deine Geschichte.‹

Das ist jetzt alles, was ich noch bin, nicht wahr: meine Geschichte? Nun, ich werde sie erzählen. Aber sie ist lang. Wie kann ich sie ganz erzählen?

›Fang von vorne an; erzähle so lange weiter, bis du das Ende erreichst. Dann hör auf.‹

Der Anfang ... Wenn ich jetzt nur eine Geschichte bin, muß ich einen Anfang haben. Soll ich mit meiner Geburt anfangen? Ist das ein Anfang? Ich könnte mit dem silbernen Handschuh anfangen, den du trägst; mit dem silbernen Handschuh und mit dem Ball ... Ja, ich werde bei Klein Belaire anfangen, und wie ich zum erstenmal von dem Handschuh und dem Ball hörte; auf diese Weise wird der Anfang auch zugleich das Ende sein. Ich hätte sowieso bei Klein Belaire anfangen müssen, weil ich selbst mit Klein Belaire begonnen habe und hoffe, dort zu enden. Irgendwie bin ich immer in Klein Belaire. Dort wurde ich geschaffen, sein Zentrum ist mein Zentrum; wenn ich sage ›ich‹, meine ich vor allem Klein Belaire. Ich kann es dir nicht beschreiben, weil es sich verändert hat, wie auch ich mich verändert habe; es hat sich mit mir verändert, als ich mich veränderte. Aber du wirst Klein Belaire sehen, wenn ich dir von mir erzähle – oder mindestens wirst du es so sehen, wie es manchmal sein kann.

Ich wurde im Zimmer meiner Mbaba geboren. Meine Mbaba ist die Mutter meiner Mutter, und solange ich ein Baby war, war ich vor allem bei ihr, wie es der Brauch ist. An das Zimmer von Mbaba kann ich mich besser erinnern als an irgendeinen der tausend anderen Orte von Klein Belaire; es war ein Zimmer, das sich nie veränderte, dessen Grenzen die gleichen blieben, obwohl es sich, während ich heranwuchs, von einem Ort zum anderen zu bewegen schien, denn die Wände und Räume ringsherum wurden ständig verändert. Es war keines der ältesten Zimmer, nicht das alte Labyrinth, das von St. Andy gebaut wurde und das Zentrum von Klein Belaire ist (winzige Räume aus porös wirkenden, rechteckigen, grauen Engelssteinen, die alten Räume, in denen alle Geheimnisse aufbewahrt werden); aber es war auch keiner der luftigen, nicht existierenden Räume an der Außenseite mit hellen, lichtdurchlässigen Wänden, die sich jeden Tag verändern und mit dem Wald verschmelzen, bis Klein Belaire unmerklich aufhört, und die Welt anfängt. Mbabas Zimmer befand sich auf der Morgenseite, nicht weit von PFAD, es hatte Holzwände und einen Fußboden aus

Erde, der mit Teppichen bedeckt war, viele Käfer gab es dort und einmal eine schwarze Schlange, die neun Tage lang dablieben. Und das Zimmer hatte Dachfenster, die es morgens erglänzen ließen, als sei es feucht, und es am Abend, ehe die Lampen angezündet wurden, langsam verschwimmen ließen. Man kann Mbabas Zimmer von außen sehen, weil es eine kleine Kuppel hat und an den Seiten rotbemalte Lüftungsklappen, die im Winde flattern.

Es war an einem Nachmittag Ende November, als ich geboren wurde. Schon waren fast alle wieder in das enge, warme Innere von Klein Belaire zurückgekehrt und gingen nur noch selten hinaus; Rauchzeug und Nahrungsmittel für die Winterszeit waren eingelagert worden. Im Zimmer meiner Mbaba saß meine Mutter mit meiner Mbaba und Lach Laut, einer Klatschbase, die auch eine berühmte Ärztin war. Sie aßen Walnüsse und tranken rote Himbeerlimonade, als meine Geburt anfing. So hat man mir die Geschichte erzählt.

Die Klatschbase gab mir den Namen Sprechendes Schilfrohr. Ich wurde nach dem Schilf genannt, das im Wasser wächst und an solchen Wintertagen wie dem, an dem ich geboren wurde, zu sprechen scheint, wenn der Wind durch die toten, hohlen Stengel streicht.

Ich gehöre zur Handtellerschnur, der Schnur von St. Roy und St. Dean. Viele, die zur Handtellerschnur gehören, haben Namen, die von Worten und Sprechen handeln. Der Name meiner Mutter war Sprich-ein-Wort; meine Mbaba hieß So-Gesprochen. Es gibt auch Handnamen – schließlich ist es ja die Handtellerschnur – wie Sieben Hände und Daumen. Da ich immer zum Handteller gehört habe, kann ich dir nur von dem Klein Belaire erzählen, das zum Handteller gehört und wie meine Schnur ist. Wenn du aber jemand von der Blattschnur oder von der Knochenschnur fragst, wird er dir von einem ganz anderen Ort erzählen.

Der Silberball und der Handschuh. Ich war sieben, und es war ein Tag im November. Das weiß ich noch, weil ich an diesem Tag auch zum erstenmal zu einer Klatschbase gebracht wurde, wie es in der Jahreszeit, in der man geboren wurde, üblich ist, wenn man sieben wird.

Die Lüftungsklappen in der kleinen Kuppel machten über meinem Kopf leise klacklacklack in Mbabas Zimmer. Ich sah Mbaba zu, wie sie die Strickleiter herunterkletterte, die von einer in die Kuppel eingelassenen Tür hinabging; sie kam vom Vogelfüttern zurück. Mit ihr flog ein Spatz herein, er flatterte geräuschvoll gegen die Dachfenster und ließ weiße Klümpchen auf den Teppich darunter fallen. Es war kalt an dem Tag, von dem ich dir jetzt erzähle, und Mbaba guckte aus einem dicken, zottigen Umschlagtuch heraus, das klappernde Quasten hatte, aber an den Füßen trug sie nur Ringe.

Meine Mutter hatte mir gesagt, daß Mbaba so langsam zur Einsiedlerin würde, wie es bei alten Leuten so ist; und es stimmte, als ich größer wurde, verbrachte Mbaba allmählich den größten Teil ihrer Zeit in diesem Zimmer. Aber sie war nie wirklich allein. Denn überall an den Wänden standen die geschnitzten Truhen der Handtellerschnur, deren Hüterin Mbaba war. Die geschnitzten Truhen sind wie – wie Honigwaben. Am ehesten sind sie mit Klein Belaire selbst zu vergleichen: untereinander verbunden, voll von Geheimnissen, voll von Geschichten. Jede der hundert Schubladen ist mit Zeichen versehen und in einer anderen Form geschnitzt, je nachdem, was darin ist: jede Schublade in der Truhe wurde genau für das bestimmt, was sie enthält, und dafür, etwas darüber zu erzählen: wie es hierherkam, was es gemacht hat und welche Geschichten es zu erzählen hat. Wegen all der Erinnerungsstücke in den Schubladen der geschnitzten Truhen der Handtellerschnur war Mbaba nie allein.

Ich lag nackt unter den dicken Matten auf Mbabas Bett und schaute und hörte zu. Mbaba redete mit sich selbst, während sie im Zimmer umherging; sie drückte einen ihrer langen Finger auf ihren eingesunkenen, zahnlosen Mund, als versuche sie, sich an etwas zu erinnern. Dann gab sie es auf und machte sich an der Pfeife zu schaffen. Die Pfeife in Mbabas Zimmer ist alt und sehr schön, aus grünem Glas, von der Form einer Zwiebel hängt sie an Ketten von der Kuppel herunter. Um sie herum hängen in Schlingen vier Schläuche, in leuchtenden Farben gewebt, wie Schlangen; und oben ist eine Metallscheibe in Form eines St.-Bea-Kopfes, der Mund ist weit geöffnet, um die Scheibchen von St.-Bea-Brot aufnehmen zu können.

Mbaba riß ein Streichholz an und hielt es angezündet in einer Hand, während sie mit der anderen den Mund St. Beas mit blaugrünen Brotscheibchen aus ihrer Tonne füllte. Sie hielt das Streichholz an das Brot, nahm einen ihrer langen Schläuche herunter und atmete den Rauch tief ein; eine dunkle Blase entstand unten in der Pfeife und stieg nach oben über den Flüssigkeitsspiegel, wo sie zerplatzte und den Rauch herausließ. Über dem metallenen Mund stiegen dicke, rosafarbene Rauchfäden auf und wanden sich um die Kette bis zur Kuppel hinauf; Mbaba war völlig von rosigem Dunst eingehüllt. Der Rauch drang ihr aus Mund und Nasenlöchern. St.-Bea-Brot duftete gut, trocken und würzig, wie geröstet, warm, es ist ein sehr gehaltvoller Geruch. Aber es schmeckt nicht so, wie es riecht; es schmeckt ... wie alles. Wie alles. Gleichzeitig. Es schmeckt wie andere Sachen, die man essen kann: manchmal wie getrocknete Früchte oder wie saures Gras, oder Haselnüsse. Und auch wie verkohltes Holz und wie Löwenzahn; wie Grashüpferbeine; wie Erde, Herbstmorgen oder Schnee. Und als ich in diesem Augenblick daran dachte und den Geruch spürte, mußte ich mitsamt der Decke aus dem Bett springen und über den nackten Fußboden zu Mbaba laufen, die mich lächelnd heranwinkte. Ich kuschelte mich ganz nahe an sie; sie grunzte, als sie einen Pfeifenschlauch für mich herunterholte. Und so saßen wir beide, ich und die Mutter meiner Mutter, da, rauchten und redeten miteinander.

»Als wir wanderten«, sagte Mbaba, und in mir stieg ein Lachen auf, weil sie davon erzählen wollte, ›als wir wanderten‹. An diesem Morgen hätte es jede Geschichte sein können, denn Mbaba kannte so viele Geschichten, wie es in den geschnitzten Truhen Dinge gab, aber die folgende erzählte sie dann wirklich:

»Als wir wanderten, und das war vor sehr, sehr langer Zeit, noch ehe man an irgendeinen von denen, die jetzt leben, auch nur dachte, oder an ihre Schnüre, oder ehe auch nur an Klein Belaire selbst gedacht wurde, da verirrte sich St. Andy. St. Andy verirrte sich siebenmal, als wir wanderten, und dies war einmal davon. Er verirrte sich, weil er St. Roys Wagen ziehen mußte und die Schätze von Groß Belaire, die darin lagerten, und unsere ganze Geschichte. Bei der Gelegenheit, von der ich jetzt spreche, wanderte St. Andy alleine weiter und zog den Wagen, bis er zu einem Lager kam. Dort brannten Feuer, und Menschen wärmten sich daran. Der Wagen von St. Andy war eine Quelle großen Erstaunens für sie, obwohl sie nicht daraufkamen, wie man viele der Schubladen öffnen konnte. St. Andy hätte sich gerne hingesetzt, um sich auch zu wärmen und vielleicht einen Bissen zu essen, aber die Leute dort ließen ihm keine Ruhe, und er mußte den kunstvollen Wagen herzeigen. Schließlich sagte er: ›Wenn ihr mich hinsetzen und ein wenig auftauen laßt, kann ich ein oder zwei Wunder wirken, um euch zu unterhalten.‹ Nun, sie ließen St. Andy hinsetzen, boten ihm aber nichts zu essen oder zu trinken an. St. Andy wurde es schließlich leid, darauf zu warten, daß sie ihm etwas anboten, und er beschloß, mit einem Wunder alle in gute Laune zu versetzen.

Dies war das erste Wunder, das er wirkte: Aus einer Schublade des Wagens nahm er einen silbernen Handschuh, der pfiff, wenn man ihn anzog, und einen Ball, der dieselbe Note pfiff. St. Andy zeigte beides her, und die Leute interessierten sich dafür, kann ich mir vorstellen. Aber dann warf St. Andy den pfeifenden Silberball mit aller Kraft in die Dunkelheit hinein. Sie konnten hören, wie er zwischen den Bäumen aufprallte. St. Andy stand auf und streckte die Hand mit dem Handschuh aus. Und schon bald kommt der Ball wieder zurück und landet in St. Andys Hand, so sanft wie ein Vogel. Alle staunten. St. Andy warf den Ball wieder und immer wieder, und die Leute pfiffen und klatschten. Aber der Ball brauchte jedesmal lange, bis er wieder zurückkam, und bald hörte das Pfeifen und das Klat-

schen auf, und schließlich sagten die Leute: ›Dieses Wunder wird langweilig, zeig uns ein anderes!‹ St. Andy glaubte, daß man mit dem Silberball und dem Handschuh eine Menge Tricks machen könnte, aber er beherrschte keine davon; die Männer stießen ihn mit Stöcken an und machten Bemerkungen, daher legte St. Andy den Ball und den Handschuh beiseite und sagte: ›Ich werde euch ein anderes Wunder zeigen. Ich werde euch zeigen, wie ein Mann, der keine Zähne hat, rohes Fleisch ißt.‹ Und er öffnete seinen Mund und zeigte ihnen, daß er so zahnlos war wie eine Melone, genau wie ich.

Sie fanden auch, daß das interessant sein könnte, sagten aber, sie hätten kein rohes Fleisch, nur gebratenes. St. Andy hatte großen Hunger und sagte, das sei auch recht. Sie brachten das Fleisch und legten es ihm vor – und er riß plötzlich den Mund auf und zeigte ihnen ein Gebiß aus makellosen, leuchtendweißen Zähnen. Er kaute und riß mit offenem Mund an dem Fleisch herum und knirschte mit seinen erstaunlichen Zähnen, so daß alle es sehen und hören konnten.

Nachdem er sich sattgegessen hatte, stand er auf und ging fort, solange noch alle beeindruckt waren. Sie waren aber nicht so überwältigt, daß sie den Silberhandschuh und den Ball nicht an sich genommen hätten, daher kann ich dir nicht beweisen, daß dieser Teil der Geschichte wahr ist. Aber was das andere angeht, schau her!«

Und wie so oft am Ende einer Geschichte, stand Mbaba auf und ging zu den geschnitzten Truhen, ihre Augen flitzten über die Schubladen, sie berührte die Zeichen mit ihren Fingern, bis sie das richtige fand. Dort zog sie ein Holzkästchen heraus, das in Form eines Mundes geschnitzt war; und aus dem Mundkästchen zog Mbaba mit funkelnden Augen die makellosen, leuchtendweißen Zähne von St. Andy hervor.

»Falsche Zähne«, sagte sie. »Passen jedem!« Und sie steckte sie sich in den Mund, drückte sie mit der Zunge fest und machte weit auf, damit ich auch gut sehen konnte. Ich schrie vor Lachen. Sie sah aus, als hätte sie den Mund randvoll mit irgend etwas, und wenn sie ihn aufmachte, waren es – Zähne! »So hat er es gemacht, genauso«, sagte sie. »Genau mit diesen Zähnen, die uralt sind und trotzdem so gut wie neu.«

Das war zur Zeit meiner Geburt in meinem siebenten Jahr; vor jetzt beinahe zehn Jahren.

Was ist los?

›Nichts. Sprich weiter!‹

Was habe ich gesagt, daß du erschrocken bist?

›Sprich weiter.‹

Nun ... zum siebenten Jahr. In jedem siebenten Jahr besucht man eine Klatschbase, die die Schnur gut kennt, zu der man gehört, um sich ins System schauen zu lassen und zu erfahren, in welchem Zustand man ist. Ich weiß nicht, warum das alle sieben Jahre geschieht, vielleicht, weil wir viele Dinge in Siebenergruppen einteilen. Und es hat den Anschein – jedenfalls nach den beiden Siebenergruppen, die ich erlebt habe –, daß jeweils das siebente Jahr dasjenige ist, in dem man am meisten man selbst ist. Man könnte auch zu anderen Zeiten eine Klatschbase um Rat fragen, um einen Knoten zu lösen oder wenn man sich irgendwann einmal selbst nicht versteht. Aber im ersten und in jedem darauffolgenden siebenten Jahr – mit vierzehn, einundzwanzig, achtundzwanzig – geht jeder hin, und das erste siebente Jahr ist auch noch ein Rosenjahr.

Aber um das mit dem Rosenjahr zu erklären, muß ich dir von den Vier Töpfen erzählen und von der Liste von Dr. Boots, wo sie hergestellt werden, und vorher noch von der Liga und vom Sturm, durch den die Welt der Engel zu Ende ging ... Vielleicht hat meine Geschichte eigentlich doch keinen Anfang.

Die Klatschbase, zu der Mbaba mich brachte, war eine alte Frau mit Namen Rotbemalt, eine Jugendfreundin Mbabas. Rotbemalt gehörte, wie sich Mbaba erinnerte, zur Wasserschnur, als sie noch jung war, und ihr Name war ›Wind‹ gewesen, ehe sie lernte, das System zu lesen, und eine Klatschbase wurde.

»Sie hat unsere Schnur nicht immer gekannt«, sagte Mbaba, als sie mich fertig machte. In der Kälte war ihr Atem schwach sichtbar. »Erst in den letzten paar Jahren hat sie studiert.«

»Erst seit ich geboren wurde?«

»Na ja, schon vorher«, sagte Mbaba. Aber so viele Jahre ist das noch gar nicht her, weißt du.« Wir waren fertig. »Aber alle sagen, daß sie sehr klug ist und Handteller mit all seinen Eigenarten gut kennt.«

»Was sind das für Eigenarten?«

»Du!« sagte sie und zog mich an den Ohren. »Du solltest das eigentlich am besten wissen.«

»Sie lebt in der Nähe von PFAD«, sagte Mbaba, während wir gingen, »weil sie gerne die Füße derer spürt, die vorbeigehen.«

St. Roy – ich meine natürlich den Kleinen St. Roy, nicht den Großen St. Roy – hat gesagt, daß PFAD jedem auf die Füße gezeichnet ist. Klein Belaire wurde von einem Zentrum im alten Labyrinth, wo es angefangen hat, nach draußen weitergebaut, in ineinandergeschachtelten großen und kleinen Zimmern, wie eine Honigwabe, aber nicht so regelmäßig. Es erstreckt sich über Hügel und einen Bach, und es gibt Treppen und Engstellen, jeder Raum hat eine andere Größe und Gestalt und einen anderen Ein- oder Ausgang, man kommt aus großen Räumen mit Pfeilern aus Balken in winzige Zimmer, in denen lauter Spiegel glitzern, und es gibt noch tausend andere Arten, alt und unveränderlich im Zentrum, neu und sich ständig verändernd, wenn man weiter nach draußen kommt. PFAD beginnt im Zentrum und verläuft in einer langgezogenen Spirale durch das Labyrinth und die großen Räume in der Mitte und weiter nach draußen, hinaus in den Espenhain nahe der Tür der Schnallenschnur auf der Nachmittagsseite. Außer PFAD gibt es keinen anderen Weg, der durch Klein Belaire nach draußen führt, und wahrscheinlich könnte niemand, der nicht in Klein Belaire geboren ist, je den Weg ins Zentrum finden. PFAD sieht nicht anders aus als das, das nicht PFAD ist; er ist einem auf die Füße gezeichnet. PFAD ist nur ein Name für den einzigen Weg, der durch alle Räume führt, die überall ineinander übergehen, und durch die man ewig laufen könnte, wenn man nicht wüßte, wo PFAD verläuft.

Das Zimmer von Rotbemalt war tief im Innern, zur Mitte hin gelegen. Dort, in den uralten, kleinen Steinzimmern, die im Sommer kühl und im Winter behaglich warm sind, sitzen die Klatschbasen und spüren, wie die Schnüre von ihnen ausgehen, sich wie ein Gespinst miteinander verbinden und durch ganz Klein Belaire ziehen. Es war düster; es gab kein Dachfenster wie bei Mbaba, sondern eine blaßgrüne Linse voll von Blasen, die ins Dach eingelassen war. Mbaba rief von draußen, die Hand auf meine Schulter gelegt. »Rotbemalt«, sagte sie. Drinnen lachte jemand oder hustete, Mbaba zog mich hinein.

Es war der älteste Raum, in dem ich je gewesen war. Die Wände bestanden aus den grauen Blöcken, die wir Engelsgestein nennen. Da und dort stand ein Stein auf der Kante, und die ovalen Durchbrüche, die (angeblich) durch das Innere jedes solchen Blocks gehen, bildeten vier kleine Fenster in der Wand. Durch sie konnte ich flüchtig die kleinen Fälle des Bachs erkennen, erhellt durch die Glasplatten, die in das Dach darüber eingelassen sind.

Mbaba drückte mich auf einen Sitz, und ich versuchte, gespannt und voller Erwartung, wie ich war, nicht zu zappeln. Als Rotbemalt aus einem Raum weiter hinten kam, sah sie zuerst Mbaba an und lachte leise, machte Begrüßungsbewegungen mit den Händen, die ihre Armbänder zum Klirren brachten. Sie war älter als Mbaba und trug eine riesige Brille, die aufblitzte, als sie auf Mbabas Gruß nickte. Sie setzte sich mir gegenüber, zog ihre nackten Füße hoch und legte die Arme auf die Knie. Sie sprach mich nicht an, aber ihre Augen hinter den blitzenden Gläsern musterten mich, während sie Mbaba zuhörte. Als sie dann selbst sprach, war ihre Stimme voll und träge wie fließendes Öl, mit einer dichten Sprachmelodie, die ich nur zum Teil verstand.

Während sie miteinander sprachen, zog Rotbemalt aus einem kleinen Beutel ein paar Flocken St.-Bea-Brot, rollte sie in ein Stück blaues Papier ein und fertigte eine dicke Zigarre daraus. Aus ihrer Tasche nahm sie ein langes Streichholz und winkte mir, ich solle mich zu ihr setzen. Ich ging langsam auf sie zu, Mbabas Hand schob ermutigend nach. Rotbemalt gab mir das Streichholz und beobachtete, wie ich es an der rauhen Wand anriß und mit beiden Händen festhielt, um ihr die Zigarre anzuzünden. Ihre Wangen wurden hohl, und eine rosa Wolke stieg auf, als sie geräuschvoll einatmete. Die offene, freundliche Neugier in ihrem Blick brachte mich zum Lächeln und ließ mich gleichzeitig erröten. Als sie geraucht hatte, sagte sie: »Hallo, du bist ein reizender Kerl, ich bin gerade in Stimmung, mich mit dir zu unterhalten. Erwarte nicht, daß ich zuviel von mir selbst preisgebe, obwohl ich sehr verständnisvoll bin und hilfsbereit sein kann. Sei ganz ungezwungen; ich weiß, daß es hier seltsam für dich ist, aber wir werden bald ganz zwanglos miteinander umgehen und dann Freunde werden ...«

Nein, natürlich sagte sie nichts dergleichen, aber das steckte alles in dem, was sie zur Begrüßung sagte, denn sie sprach aufrichtig und konnte das sehr, sehr gut; so gut, daß sie beim Sprechen nicht vor mir verbergen konnte, was sie meinte. Natürlich war mein Wissen damals sehr gering; wenn sie mit Mbaba sprach, sagten sie beide Dinge, die ich nicht hören konnte.

»Du bist«, sagte Rotbemalt, »kein aufrichtig Sprechender.«

»Nein«, antwortete ich.

»Nun, du wirst es bald sein.« Sie legte mir die Hand auf die Schulter und sah mich an, die gekräuselten Augenbrauen hochgezogen. »Ich werde dich Schilf nennen, wenn ich darf, wie deine Mbaba es tut; dein Name ›Sprechendes

Schilfrohr‹ ist mir ein zu dicker Brocken.« Darüber mußte ich lachen: ein zu dicker Brocken! Sie sagte etwas zu Mbaba, das bedeutete, daß sie mit mir allein sein müsse, und als Mbaba gegangen war, drückte sie das flache Ende ihrer knisternden Zigarre aus und winkte mir, ich solle ihr in das kleine, hintere Zimmer folgen.

Dort nahm sie aus einer Truhe eine kleine, schmale Schachtel, die gerade in ihre gefurchte Handfläche paßte. »Deine Mbaba hat mir Gutes von dir erzählt, Schilf«, sagte sie. Sie öffnete die Schachtel. Darin waren vier kleine, runde Töpfe mit dicht schließenden Deckeln, jeder hatte eine andere Farbe: einer war schwarz, einer silbern, einer knochenweiß und einer war von so einem Blau wie ein Winterhimmel bei Sonnenuntergang. »Sie sagt, du hörst gerne Geschichten.«

»Ja.«

»Ich kenne eine Unmenge davon.« Ihr Gesicht drückte sanften Ernst aus, aber ihre Augen hinter den blitzenden Brillengläsern blickten verschmitzt. »Alle wahr.«

Darüber lachten wir beide; und ihr Lachen war so gewichtig und voll, daß ich fröstelte, obwohl es hell und leise war. Da begriff ich, daß Rotbemalt sehr heilig war; vielleicht war sie sogar eine Heilige.

›Warum sagst du heilig?‹

Heilig. Blink hat mir einmal erzählt, daß man in den alten Zeiten sagte, etwas sei heilig, wenn es einen veranlaßte, den Mund zu halten. Wir sagten, etwas sei heilig, wenn es uns zum Lachen brachte. Das ist alles.

Rotbemalt wählte jetzt den kleinen, schwarzen Topf, öffnete ihn und rieb ihren Daumen über das rosafarbene Zeug, das darin enthalten war, dann strich sie mit dem Daumen über meine Lippen. Ich leckte sie ab. Das Zeug schmeckte nach gar nichts. Aus einer anderen Stelle in ihren Truhen nahm sie einen Satz ineinandergesteckter, schwarzer Schachteln und Röhren mit winzigen Linsen, diese montierte sie in ihrem größeren Zimmer unter der großen Linse zusammen, die Röhren stellte sie so ein, daß sie auf eine weiße Stelle an der Wand zeigten. Dann zog sie an einer

Schnur, die Pupille der grünen Linse in der Decke wurde immer kleiner, bis das Licht als winziger, heller Fleck auf einen Spiegel fiel, den sie an die Rückseite der Schachtel stellte. Das Licht aus der Linse wurde durch die Röhre reflektiert; an der Wand erschien ein blaßgrüner Kreis.

Vorsichtig öffnete sie eine lange Schachtel und zog nach einigem Überlegen eines der vielen, dünnen, gläsernen Vierecke heraus, die in der Schachtel waren. Als sie es gegen das Licht hielt, konnte ich sehen, daß ein Muster darauf gezeichnet war, und als sie es an die richtige Stelle schob, wurde dieses Muster plötzlich an die Wand projiziert, stark vergrößert und so deutlich, als sei es dorthin gezeichnet.

»Ist das das ›Karteisystem‹?« fragte ich flüsternd.

»Jawohl.«

Jahre später sagte mir Blink den vollen Namen des Karteisystems, und ich ließ ihn mir immer wieder vorsprechen, bis ich ihn auch sagen konnte, und dann sagte ich ihn mir selbst immer wieder vor wie einen sinnlosen Vers. Manchmal sage ich ihn mir nachts immer wieder vor, bis ich einschlafe: ›Zusammengefaßtes Karteisystem für Multiparametrische Parasocietale Personalbestände nach Wasser-Dozier, neunte Ausgabe.‹ Blink hat versucht, mir zu erklären, was das alles bedeutet, aber ich weiß jetzt nicht mehr, was er gesagt hat; und sogar die Klatschbasen, die den ganzen Tag dasitzen und es sich ansehen, nennen es nur ›das Karteisystem‹. Vom Karteisystem werden die Schnüre abgeleitet, obwohl die Engel, die es geschaffen haben, nichts von Schnüren wußten und das System Hunderte von Jahren älter ist als die Schnüre, die die Klatschbasen darin entdeckt haben. »In alten Zeiten«, sagte mir Blink, »war es nicht dazu bestimmt, Wissen zu vermitteln, es sollte nur die Fakten in Ordnung halten; aber die Engel, die es sich ausgedacht hatten, hatten noch mehr geschaffen, und obwohl jegliche Fakten, die das System hätte in Ordnung halten sollen, jetzt verloren sind, wurde dieses neue Wissen um die Bänder darin gefunden, das seine Schöpfer nicht sehen konnten. So geht es oft.«

Ich schaute zur Wand, wo die Zeichen glühten, die meine

Schnur bedeuteten, und es ist eine große Schnur mit zwei Heiligen. »Meine Schnur hat zwei Heilige«, sagte ich.

»Du bist sehr klug«, sagte Rotbemalt. »Vielleicht kannst du mir noch mehr sagen.« Sie sagte es freundlich, aber ich schämte mich jetzt, weil ich vor dieser Sache, von der ich so wenig wußte, überhaupt den Mund aufgemacht hatte. Sie wartete höflich einen Augenblick lang darauf, daß ich wieder zu sprechen anfing, dann lachte sie sanft über mein Schweigen; schließlich wandte sie sich dem System zu und begann nach einer langen Pause zu sprechen, teils zu mir, teils zu sich selbst. Sie sprach von unserer Schnur und ihren Gewohnheiten und davon, wie die Handtellerschnur an das Leben herangeht; ich saß neben ihr auf dem Sofa, und während sie sprach, legte sie ihre Hand über die meine. Im Zimmer war nichts zu sehen außer dem hellen Muster an der Wand, nichts zu hören außer der weichen Stimme von Rotbemalt. Als meine Lippen allmählich seltsam taub und kraftlos wurden, bemerkte ich es kaum. Was ich jedoch bemerkte, war, daß die Fragen von Rotbemalt und dann auch meine Antworten langsam irgendwie Gestalt annahmen. Wenn sie über etwas sprach, so redete sie nicht nur darüber, sondern erweckte es zum Leben. Als sie mich nach meiner Mutter fragte, war meine Mutter da, oder ich war bei ihr, oben auf den Dächern, wo die Bienenstöcke sind, und sie forderte mich auf, das Ohr gegen den Stock zu legen und auf das stetige, leise Murmeln der im Winterschlaf befindlichen Bienen darin zu hören. Als Rotbemalt mich nach meinen Träumen fragte, war mir, als träumte ich sie von Anfang bis Ende noch einmal, ich flog wieder und schrie vor Schrecken und Schwindelgefühl, als ich stürzte. Ich war mir jeden Augenblick bewußt, daß Rotbemalt neben mir saß und redete, oder daß ich ihr antwortete; aber – es war natürlich das rosafarbene Zeug, aber nicht einmal dessen war ich mir bewußt – obwohl ich wußte, daß ich immer noch an ihrer Seite saß, daß ihre Hand noch auf meiner lag, reiste ich doch immer weiter in meinem eigenen Leben hin und her.

Es schien auch genauso lange zu dauern wie mein Leben bisher; aber allmählich wurden die scheinbar greifbaren Ereignisse meines Lebens dünner und durchsichtiger, weniger wirklich als das Gesicht von Rotbemalt neben mir; und ich kehrte zurück in den kleinen Raum, wo das Muster immer noch an der Wand brannte; ich war ein wenig überrascht, mit einem gewaltigen Gähnen und dem Gefühl, als hätte ich den erfrischenden Schlaf einer ganzen Nacht hinter mir.

»Sprechendes Schilfrohr«, sagte Rotbemalt sanft zu mir. »Du gehörst sicher zum Handteller, und zwar doppelt.«

Ich sagte nichts dazu, denn während ich heranwuchs, hatte ich begreifen gelernt, daß es als Geheimnis angesehen wurde, von dem man nicht sprach, daß es möglicherweise sogar eine Schande war, daß mein Vater Sieben Hände ebenso zur Handtellerschnur gehörte wie meine Mutter. Es geschieht nicht oft, daß beide Eltern zum selben Band gehören; es ist beinahe so selten, als wenn sie Bruder und Schwester sind. Die Klatschbasen warnen davor; es führt, sagen sie, zu Knoten.

»Wann wird Sieben Hände aufbrechen?« fragte sie.

»Ich weiß es nicht«, antwortete ich. Ich war nicht überrascht, daß sie das Geheimnis von Sieben Hände kannte; sie schien alles zu wissen. Ich war auch nicht überrascht, weshalb sie wußte, daß dies mein größter Kummer war. »›Bald‹, sagte er, mehr nicht.«

»Und du willst nicht, daß er fortgeht.«

Wieder antwortete ich nicht, weil ich mich vor dem fürchtete, was meine Worte verraten würden. Sieben Hände war mein bester Freund, obwohl ich ihn nur recht wenig zu Gesicht bekam. Und wenn er mitten in einem Spiel oder einer Geschichte plötzlich verstummte, seufzte und davon anfing, wie groß die Welt doch sei, dann ergriff mich immer die Angst, weil die Welt – außerhalb von Klein Belaire – wirklich groß war; sie war gewaltig und unbekannt; und ich wollte Sieben Hände nicht verlieren.

»Warum will er gehen?« fragte ich.

»Vielleicht, um einen Knoten zu lösen.« Sie erhob sich mit knackenden Gelenken und nahm ein weiteres, gläsernes, dünnes Rechteck aus der langen Schachtel. Das stellte sie zusammen mit dem ersten vor den Spiegel in der Schachtel und zog die Röhre ein wenig weiter heraus, damit das Bild scharf wurde. Plötzlich war es völlig verändert. Das feingezeichnete Muster war anders geworden, farbig, dunkler, rätselhafter.

Sie sah es in ihrer träumerischen, aufmerksamen Art an. »Schilf«, sagte sie, »das Leben kommt in vielen Gestalten, hast du das gewußt? Es gibt Leben, die sind wie Treppen, und Leben, die sind wie Kreise. Es gibt Leute, die beginnen HIER und enden DORT, und andere, die beginnen HIER und enden da auch wieder. Es gibt Leben voll von Inhalt und andere, die nichts enthalten.«

»Welche Gestalt hat das meine?«

»Weiß nicht«, sagte sie einfach. »Aber nicht dieselbe wie das des Mannes Sieben Hände. Das ist sicher. Sag mir: Wenn du erwachsen und ein aufrichtig Sprechender geworden bist, was wirst du dann tun?«

Ich senkte den Kopf, weil es mir vermessen vorkam; das wäre nicht so gewesen, wenn ich hätte sagen sollen, ich wolle Glas machen oder Bienen züchten oder sogar Klatschbase werden. »Ich möchte gerne Dinge finden«, sagte ich. »Ich möchte gerne alle Dinge finden, die uns verlorengegangen sind, und sie zurückbringen.«

»Nun«, sagte sie. »Gut. Es gibt ein paar verlorene Dinge, weißt du, bei denen ist es besser, wenn sie nicht gefunden werden.« Aber ich hörte auch, wie sie sagte: Verliere deinen Gedanken nicht, Schilf, er ist gut. »Hast du Sieben Hände davon erzählt?«

»Ja.«

»Was hat er gesagt?«

»Er hat gesagt, die Dinge, die verlorengehen – endgültig verlorengehen –, kommen am Ende alle in die Stadt am Himmel.«

Darüber lachte sie; oder vielleicht nicht darüber, sondern über etwas, was sie in den verschlungenen Zeichen an der Wand sah. »Handtellerschnur«, sagte sie und vertiefte sich lange Zeit darin. »Tu folgendes, Sprechendes Schilfrohr«, sagte sie dann. »Frag Sieben Hände, ob er dich mitnehmen wird, wenn er geht.«

Mein Herz machte einen Satz. »Wird er es tun?«

»Nein«, sagte sie. »Ich glaube nicht. Aber wir werden sehen, was geschieht. Ja. Das ist das beste.« Und sie zeigte auf die Figur auf dem Brett. »Es gibt einen Pfad, der hier hinausführt. Er heißt Kleiner Knoten, und der Pfad ist nicht so lang ...«

Sie hatte genug gesehen; nun schien sie wie aus einem Schlaf zu erwachen. Sie erhob sich, nahm die beiden gläsernen Rechtecke heraus und wischte sie ab; dann holte sie den kleinen Spiegel heraus, wischte ihn ebenfalls ab und räumte alles weg. Während sie das tat, sah ich, daß sich am Ende der langen Schachtel das Handtellerzeichen befand, das für meine Schnur steht. Die ganze Schachtel war also meine Schnur. Ich hatte meine Schnur überhaupt noch nicht gesehen, nur einen Bruchteil davon, wie sie sein kann. »Wie«, sagte ich und deutete auf die Schachtel, »wie ...«

»Du würdest brauchen, bist du so alt bist wie ich«, sagte sie, »um zu erfahren, wie das vor sich geht, wenn es das ist, was du wissen willst.« Sie verstaute alles ohne Eile und wandte sich wieder mir zu. »Aber denk dir«, sagte sie, »sie sind alle aus Glas, wie die beiden, die du gesehen hast, dünn und durchsichtig.«

»Du könntest also auch drei auf einmal in die Röhre tun«, sagte ich, »das Licht würde durch alle drei hindurchscheinen, und du könntest sehen, wie es sich verändert, wie es ...«

Rotbemalt klatschte in die Hände und lächelte mich an. »Oder sieben oder zehn, je nachdem, wie viele du auf einmal zu lesen vermagst.« Sie kniete neben mir nieder und sah mich eindringlich an. »Sie haben alle Namen, Schilf, und jedes kann Wissen über dich als Handteller hinzufügen. Jedes verändert, wenn es den anderen hinzugefügt wird, das Ganze und macht einen Unterschied. Das Karteisystem ist sehr klug, Schilf, viel klüger als ich.«

»Was sind das für Namen?« fragte ich, obwohl ich schon wußte, daß sie es mir nicht sagen würde.

»Nun«, sagte sie, »du hast genug Zeit, das zu lernen, wenn du es lernen willst. Paß auf, Schilf! Wie wäre es, wenn du mich oft besuchen würdest? Es gibt noch ein paar Kinder, die oft kommen. Ich erzähle Geschichten, wir reden miteinander, und ich zeige ihnen so manche Dinge. Meinst du, das könnte dir Spaß machen?«

Spaß! Sie hatte gerade gesehen, daß ich zur Handtellerschnur gehörte und daß ich in diesem Raum einem Wissen gegenüberstand, das weit über mich und meine Fähigkeiten hinausging. »Ja«, brachte ich heraus und hoffte, das bißchen aufrichtig Sprechen, über das ich verfügte, würde ihr mitteilen, was ich empfand.

Ihr bebrilltes Gesicht zeigte tausend Lachfältchen. »Gut«, sagte sie. »Wenn du mit Sieben Hände gesprochen hast, und – jetzt hör mir gut zu! – wenn du genau getan hast, worum er dich bittet oder was er dir sagt, und wenn du damit fertig bist, dann komm und besuch mich! Ich glaube nicht, daß es lange dauern wird.« Sie fuhr mit der Hand durch mein Haar. »Geh jetzt, Sprechendes Schilfrohr! Fasse dich! Und dann komm wieder!« Sie konnte sehen, wie erstaunt, verwirrt und aufgeregt ich war, und ihr Lachen rollte ins Zimmer hinein, es verriet tausend Dinge, und tausend Jahre Heiligkeit schlugen sich darin nieder.

Als ich hinauskam, war Mbaba fort. Das war nicht schlimm; die Zimmer von Rotbemalt waren ja in der Nähe von PFAD, und obwohl es in Klein Belaire Orte gab, wo ich nie gewesen bin, gab es keinen, an dem ich mich verirren konnte, denn PFAD war auf meine Füße gezeichnet.

Dritte Facette

Es gibt Stellen in Klein Belaire, wo man ziemlich sicher Leute von einer bestimmten Schnur findet. Am Bach und draußen bei den Weiden auf der Morgenseite findet man die Wasserschnur, das ist einfach; aber die Wasserschnur ist auch eine einfache Schnur, ihre Angehörigen tun immer das, was man von ihnen erwartet. Die Handtellerschnur ist nicht so leicht zu durchschauen, aber ich wußte natürlich, wo ich suchen mußte, und fand Sieben Hände mit Freunden in einem der alten, gewölbten Zimmer mit Erdfußboden, die vor Hunderten von Jahren, als wir noch Versammlungen abhielten, als Versammlungsräume an der Nachmittagsseite gebaut worden waren. Durch große Glasscheiben, auf die die Nachmittagssonne schien, fiel Licht herein, und in das Sonnenlicht stieg der Rauch wie Sturmwolken von der lärmenden kleinen Gruppe auf, die da im Warmen saß und sich unterhielt.

Sie gehörten alle zum Handteller. Nicht etwa, daß Leute von anderen Schnüren nicht zugelassen wären, aber andere Schnüre werden der endlosen Gespräche der Handtellerleute bald müde, denn diese Gespräche sind voll von näheren Erklärungen, Schlangenhänden und komplizierten Witzen, die andere Leute gar nicht so lustig finden. Sie gehen weiter; wie ich weitergehe.

Ich war zu schüchtern, um mein Anliegen vor allen vorzubringen, daher fragte ich Sieben Hände, ob ich ihn allein sprechen könne. Er sah mich an und grinste, aber ich sagte es vermutlich so ernst, daß er mit einem Grunzen aufstand und mit mir um einen der großen Pfeiler herumging, die das Glasdach stützten. Er grinste immer noch; nichts bringt einen Angehörigen der Handtellerschnur mehr in Verlegenheit als Intrigen und Geheimnisse und Fragen über ihn persönlich, anstatt über die Welt im allgemeinen. Daher fragte ich ihn geradeheraus:

»Wenn du Belaire verläßt«, sagte ich mit einem Klumpen im Hals und dem ganzen bißchen aufrichtigen Sprechen, über das ich verfügen konnte in meinen Worten, »wirst du mich dann mitnehmen?«

»Nun, mein Großer«, sagte er. Er nannte mich Großer, und ich wußte zwar, daß das ein Scherz war, aber es gefiel mir trotzdem. Er zog seine Röcke um sich und setzte sich mit dem Rücken gegen einen Pfeiler. Er hatte so eine Art, seine langen Arme über die Knie zu hängen, wenn er saß, und den Daumen der einen Hand in der anderen Hand zu halten; und ich tat das auch, ich machte es ihm nach.

Er sah mich an, nickte nachdenklich und wartete, glaube ich, darauf, daß ich noch einmal fragte, damit er sich noch klarer darüber werden konnte, warum ich ihn danach fragte; aber ich sagte nichts mehr. Rotbemalt war es anscheinend wichtig erschienen, daß ich fragte, obwohl sie nicht glaubte, daß er mich mitnehmen würde; daher wartete ich nur.

»Ich werde es dir sagen«, meinte er schließlich. »Es wird wahrscheinlich noch sehr lange dauern, bis ich gehe. Wirklich gehe. Da sind – nun ja, eine Menge Vorbereitungen zu treffen. Also. Vielleicht bist auch du so weit, wenn ich bereit bin zu gehen.«

In dem, was er sagte, steckte noch etwas, was über seine Worte hinausging. Ich war schon so weit ein aufrichtig Sprechender, daß ich es hörte, aber nicht genug, um zu verstehen, was es war. Er streckte die Hand herüber und gab mir einen leichten Klaps auf den Oberschenkel. »Aber ich sage dir etwas«, meinte er. »Wenn du jemals gehen willst, mußt du ebenfalls Vorbereitungen treffen. Hör zu: Wir fangen damit an, daß wir zusammen einen kleinen Ausflug machen.«

»Einen Ausflug?«

»Ja, eine kleine Wanderung. Als eine Art Vorbereitung. Hast du je STRASSE gesehen?«

»Nein.«

»Möchtest du sie sehen?«

Ich sagte nichts, zuckte aber ein paarmal die Achseln, das konnte bedeuten, daß ich schon wollte, wenn man das von mir verlangte.

»Frag Mbaba«, sagte Sieben Hände, »und wenn sie sagt, sie hat nichts dagegen, und das wird sie sagen, dann gehen wir morgen, falls es nicht regnet oder so etwas. Ich hole dich in der Frühe ab.«

Rotbemalt hatte gesagt, ich müsse genau tun, was Sieben Hände von mir verlangte; sie hatte gesagt, sie glaube nicht, daß er mich mitnehmen würde, aber er hatte nicht abgelehnt. Darüber hätte ich mich freuen sollen, und auch darüber, daß er mich aufgefordert hatte, mit ihm zusammen Vorbereitungen zu treffen; aber ich war immer noch unruhig und besorgt. So ist es, wenn man mit jemandem einen

Knoten hat. Nichts, nicht einmal das einfachste Gefühl, scheint zwischen den Beteiligten hin- und hergehen zu können, ohne irgendwie hängenzubleiben.

So kam es jedenfalls dazu, daß ich am nächsten Tag mitten auf einer Brücke stand, die über den Fluß führt, der Jener Fluß heißt, die Brücke bestand nur aus roten, rostigen Eisenstangen, es gibt sonst keine Brücke dort, seitdem die mit der Straße, auf der man gehen konnte, zusammenstürzte, noch ehe ich geboren wurde. In der Nacht zuvor war Frost gewesen, und der Wind über jenem Fluß war beißend kalt.

Wir gingen vorsichtig von einer Stange zur anderen über die Brücke, blickten hinunter – oder versuchten, nicht hinunterzuschauen – durch die Lücken zwischen den Stangen auf das schwarze, zornige Wasser. Das alte Metall knirschte und wimmerte im Wind, der immer stärker wurde. Ich ging hinter Sieben Hände her, meine Hände griffen an die gleichen Stellen wie die seinen: unsere Hände und Kleider waren schmutzig, dick mit rotem Rost bedeckt, und meine Hände waren eiskalt vom Eisen.

Dann kam eine Unterbrechung. Sieben Hände blieb vor mir stehen und schaute. Die Brücke würde bald nicht mehr zu gebrauchen sein: hier war endlich ein Pfeiler herausgefallen, und bald mußte ihm die ganze Brücke folgen. Der Wind peitschte Sieben Hände das lange Haar ins Gesicht und ließ seine langen, geknoteten Ärmel flattern, während er hinauf- und hinunterschaute und nachdachte, die ganze Zeit schwankte und knarrte die Brücke, und das schwarze Wasser raste unter uns vorbei. Sieben Hände sah mich grinsend an, rieb sich die Hände, blies darauf, balancierte einmal und sprang.

Ich glaube, ich schrie auf. Aber Sieben Hände hatte seine Arme um die Stütze geworfen und hing daran; er tastete mit der Hand nach einer besseren Stelle auf dem kalten Metall – ›schlapp‹ machte es – und zog sich herum, bis er mich sehen konnte. Seine Brust hob sich keuchend, und sein Gesicht war mit Rost verschmiert.

»Los, Schilf, komm!« sagte er zwischen einzelnen Atemstößen, aber ich stand nur da und sah ihn an. Da setzte er sich rittlings auf den Tragbalken und verschränkte die Beine darunter. »Setz dich!« sagte er, und das tat ich. Ich war kleiner, daher brachte ich die Füße nicht zusammen. Sieben Hände streckte mir seine langen Arme entgegen, mit seinen großen Händen winkte er mir, ich solle mich zu ihm hinbeugen. Ich packte seine Handgelenke, die hart waren vor Knochen und Sehnen, und als er mir das Zeichen gab, stieß ich mich ab. Ich hielt die Augen auf den Balken gerichtet, nicht auf das Wasser, und schwang mich in die Luft hinaus; ich spürte einen Ruck in meinen Schultern, dann ging es nach oben; mit einem Bein griff ich aus und rutschte vom Balken ab, dann kämpfte ich mich vorwärts und spürte, wie ich das Gleichgewicht wiederfand, ich hielt mich fest, das Gesicht gegen die Brust von Sieben Hände gepreßt, bis ich sicher wußte, daß ich drüben war, und auch dann ließ ich seine Handgelenke noch nicht los. Ich hörte, wie er lachte. Sein großes Gesicht war dicht an meinem, voll Triumph, und da lachte auch ich zwischen keuchenden Atemzügen, und schließlich ließ ich langsam seine Handgelenke los und saß frei da.

»Vorbereitungen«, sagte er. »Verstehst du? Wenn du irgendwo hingehen willst, mußt du daran glauben, daß du hinkommen kannst. Irgendwie, auf irgendeine Weise.«

Wir kamen ans Ende der Brücke und ließen uns an ihren Streben hinunter, eine Zeitlang saßen wir da, ohne zu reden, wir blickten nur hinter uns die Brücke hinauf, die wir besiegt hatten; und plötzlich wollte ich mehr als alles andere mit ihm gehen, wenn er wirklich fortging, und alle seine Abenteuer mit ihm teilen.

»Du wirst mich doch mitnehmen«, fragte ich, »wenn ich erwachsen genug bin, oder? Wann wird das sein?«

»Nun, mein Großer.« Wieder hörte ich den Schatten hinter seinen Worten, beinahe wie Bedauern; aber ich wußte jetzt, daß es nichts mit mir zu tun hatte. Er stand auf. »Wir müssen STRASSE erreichen, solange es noch hell ist, wenn wir sie sehen wollen«, sagte er.

Wir kletterten eine Zeitlang nach oben durch Wälder voll

von abgefallenen Blättern, die reifbedeckt waren und alt wirkten, bis der Wald lichter wurde und wir über mit grauen Flechten bewachsene Felswände auf eine steinige Hochebene hinaufkletterten. Der Himmel hing tief, schwer und grau herunter; als wir nach oben kletterten, schienen wir ihm näherzukommen. Als wir den Kamm des Hügels erreichten, konnten wir sehen, daß über den grauen, gezackten, fernen Bergen ein dünner Spalt blauen Himmels den Saum der Wolken silbern erhellte. Sieben Hände deutete auf eine Linie aus Immergrün vor uns. »Dahinter«, sagte er, »werden wir STRASSE sehen.«

Der Wind bohrte allmählich einen Eisfleck in meine ihm zugewandte Backe und begann, das feste Gewebe über uns zu zerreißen, als wir durch die Linie von Immergrün drangen und auf einem felsigen Höhenzug herauskamen, von dem aus man über ein Tal sehen konnte. Über den Hügel jenseits des Tals war der Himmel ganz rosa und blau, die Wolken zogen schnell dahin; sie rasten über unsere Köpfe hinweg und ließen einen hohen, unendlich hohen und tiefblauen Himmel zurück – was für Winde mußte es dort geben! Bald erreichte die Spätnachmittagssonne unseren Standort und beleuchtete das Tal vor uns; und sie beleuchtete auch STRASSE.

Denn da war STRASSE. Sie folgte dem Tal, aber nur kurz; mit einem herrischen, unwahrscheinlich geraden Schwung grub sie sich durch die sanften Windungen des Tales, so etwas Gewaltiges hatte ich noch nie gesehen. Es war so viel Wunderbares an ihr, wie könnte ich behaupten, ich hätte alles auf einmal gesehen?

Zuerst einmal gab es nicht eine Straße, sondern zwei. Zwei Straßen, jede so breit, daß zwanzig Männer mit Leichtigkeit nebeneinander hätten auf ihr stehen können. Und sie rasten genau aufeinander abgestimmt davon wie zwei rennende, graue Eichhörnchen, und sie waren auch so grau. Sie rannten nebeneinanderher, so weit man sehen konnte, ohne daß sich ihre Breite oder der Abstand zwischen ihnen geändert hätte, in völliger Übereinstimmung – wohin? Einige Meilen weiter im Tal machte sie einen Salto, rollte sich ein und wieder aus, lief Brücken und Rampen hinauf und hinunter und verwandelte sich in etwas, das von unserem Standort aus wie ein gewaltiges Kleeblatt aussah, nur zum Spaß, wie es schien, wie ein Riesenkind, das donnernd ein Rad schlägt und dabei die Erde erzittern läßt.

So weit ich sehen konnte, führte STRASSE schnurgerade in einen hohen Berg hinein, wo sie eigentlich aufhören mußte; und das war das letzte Wunder – sie hörte nicht auf. Jeder ihrer beiden Teile fand eine vollkommene, hochgewölbte Höhle oder einen Spalt, wo er eindringen konnte. Auf der anderen Seite kamen die beiden ohne Zweifel heraus, liefen weiter und weiter, hüpften und wanden sich zu Schleifen, ebneten die klumpige, holprige Erde mit ihren von Engelshand gemachten, geraden Linien ein.

»Wohin führt sie?« fragte ich.

»Überallhin«, sagte Sieben Hände einfach und ließ sich in die Hocke nieder. »Von Dieser Küste zur Anderen Küste, und wenn sie die Andere Küste erreicht, wendet sie und kommt auf einem anderen Weg zu Dieser Küste zurück, und umgekehrt. Sie geht tausendmal hin und wieder zurück, wendet wieder und breitet sich strahlenförmig wie ein Spinnennetz in tausend Richtungen aus.«

»Ist sie überall so?«

»So oder noch größer.«

»Mehr als zwei?«

»Nein. Immer zwei. Eine, um in diese Richtung zu gehen, die andere für die andere Richtung. Sie kann breiter sein und sich herumwinden, wie du es dort siehst, aber in riesigen Blumen. Und in den Städten verwirrt sie sich, trägt Brücken auf dem Rücken und hat Tunnel unter dem Bauch. So habe ich es gehört. Eines Tages werde ich es sehen.«

»Wozu – war sie da?«

»Um die Menschen damit zu töten«, sagte Sieben Hände ebenso einfach wie vorher. »Das haben die Heiligen gesagt. Früher sind die Autos darauf gefahren, weißt du. In der Nacht hättest du sie von hier aus alle sehen können, alle beleuchtet; ich weiß, daß sie alle Lichter hatten, weiße Lichter vorne und rote hinten, so daß die Straße, die in diese Richtung führt, weiß war, und die Straße in die andere Richtung ganz rot.«

»Und wie hat STRASSE die Menschen getötet?«

»Oh, nicht STRASSE hat sie getötet. Die Autos haben sie getötet. Die Menschen waren in ihnen und hatten nur soviel Platz, um so mit Armen und Beinen darinzusitzen, daß sie sich leicht brechen konnten; das ganze Ding konnte irgendwie zusammenklappen und einen zerbrechen wie ein Nußknacker.

Die Menschen sind schnell gefahren, weißt du, schneller als Fledermäuse, aber nicht vorsichtig, und so sind sie dauernd zusammengestoßen. St. Clay sagte, er habe vom Großen St. Roy gehört – und St. Roy hatte STRASSE noch in den letzten Tagen gesehen, als es Millionen von diesen Autos gab, wie Ameisen auf einem Pfad oder wie Elritzenschwärme –, St. Roy sagte, daß STRASSE in einem Jahr ebenso viele Menschen getötet hat, wie es in Klein Belaire gibt, und das zweimal.«

Ich ging auf dieses stolze, taubengraue Ding zu. Aus der Nähe konnte man sehen, daß der Stein von Unkraut gesprengt worden war, und daß der Graben, der die beiden Teile trennte, voll war mit hoch aufwachsenden Schößlingen. Man konnte sich in die Mitte der einen Hälfte stellen und genau auf die Andere Küste losmarschieren, die Engel allein wußten, wie weit sie entfernt war; man kam an Dingen vorbei, die die aufrichtig Sprechenden seit Hunderten von Jahren vergessen hatten, und erreichte schließlich die Andere Küste; dann konnte man auf die Gegenseite wechseln und auf zu Hause zugehen, und das alles, ohne STRASSE auch nur einmal zu verlassen. Und doch tötete sie Menschen.

Jetzt war der ganze Himmel klar, und der Wind, der die Luft bis in die blauen Höhen erfüllte, legte sich allmählich. Sieben Hände stand auf und ging den steilen Abhang hinunter auf STRASSE zu, und ich folgte ihm. »Warum haben sie dann nicht einfach aufgehört«, fragte ich, »und sind nur zu Fuß darauf gegangen? Oder – oder haben sie einfach nur angeschaut?«

»Das haben sie im Laufe der Zeit getan, als alles zu Ende ging«, sagte Sieben Hände, während er Tritt suchte. »Aber in den alten Zeiten hat es ihnen nicht viel ausgemacht; sie hatten keine Angst; sie waren ja Engel. Und außerdem gab es Millionen von ihnen; es machte ihnen nichts aus, wenn ein paar tausend davon getötet wurden.«

Wir erreichten den Straßenrand und gingen bis in die Mitte des Teils auf unserer Seite, wandten uns dem riesigen Knoten in einigen Meilen Entfernung zu und der Anderen Küste, die noch viel weiter entfernt war. »Wir sind auf STRASSE gekommen«, sagte Sieben Hände und stampfte leicht auf die glatte Oberfläche. »St. Bea und St. Andy sind in den Tagen der Heiligen auf ihr gekommen und haben STRASSE genau hier verlassen. Und sie haben angefangen, Groß Belaire wieder aufzubauen. Aber das weißt du ja alles.«

Ich wußte einiges davon. Ich hatte nicht gewußt, daß dies die Stelle war oder dies genau die STRASSE, die wir verlassen hatten. »Erzähle es mir«, sagte ich.

»Gut«, sagte er, »hilf mir, Feuer zu machen!« Wir sammelten Stöcke und Späne und machten mitten auf STRASSE eine Feuerstelle, und Sieben Hände nahm Streichhölzer aus seinem Ärmel und zündete das Feuer an. Als es ein kleiner, heller Fleck war, setzten wir uns daneben, steckten die Hände in die Ärmel, zogen unsere Kapuzen über den Kopf, und Sieben Hände fing an zu sprechen.

»Wir waren fast tausend Menschen. Wir waren gewandert, oh, ich weiß nicht, hundert Jahre oder hundertfünfzig, und wir hatten in all jenen Jahren die Genossenschaft Groß Belaire nicht vergessen, und auch das aufrichtige Sprechen nicht: wir waren zusammengeblieben; andere hatten sich uns angeschlossen. Und jetzt waren wir hier angelangt. Damals war es Frühling; wir wollten hier übernachten, setzten uns auf STRASSE, bauten am Rand Zelte auf und luden Dinge ab, St. Bea und St. Andy öffneten den alten Wagen, Feuer wurden angezündet; na, stell dir das mal vor, tausend Menschen und ihre Feuer.

St. Bea sprach in jener Nacht noch lange mit St. Andy. Sie sprachen über die Kinder und die alten Menschen; sie sprachen immer wieder über das, was sie von Groß Belaire und von den alten Zeiten wußten, und daß es möglich sei, daß die Wagen verlorengingen und mit ihnen viele Erinnerungen an jene Zeit. Schon war vieles vergessen worden. Und ich stelle mir vor, sie schauten auf STRASSE hinaus, über die sie, wie wir jetzt wissen, gekommen waren. Und, so sagte St. Andy, da hatte St. Bea die Idee. Du weißt, welche Idee das war.«

»Klein Belaire.«

»Sie sagte: ›Jetzt ist Frühling. Und dieses Gebiet hier ist sehr schön und fruchtbar und auch sehr malerisch.‹ Und sie überlegte, ob sie nicht vielleicht weit genug gewandert seien, weit genug weg vom Tod und Untergang der Engel, die diesem Land hier nie sehr viel geschadet hatten; und ob es nicht vielleicht an der Zeit wäre, haltzumachen? Es würde nicht mehr die Gefahr bestehen, daß sich St. Andy mit dem kostbaren Wagen endgültig verirrte. Es war lange her, seitdem der Sturm vorüber war, der Untergang der Welt, die die Engel gemacht hatten; vielleicht waren jene Sünden inzwischen alle vergeben, vielleicht schon lange.

Sie hatten viel gelernt, dachte St. Bea, vielleicht war es jetzt an der Zeit, mit dem Lernen aufzuhören und anzufangen, ein wenig zu leben.

Aber St. Andy war nicht sicher. Er meinte, sie sollten weiterwandern. Er sagte: ›Wir fliehen vor den Engeln. Die Liga ist nicht unser Freund. Es gibt viele Menschen, die uns überhaupt nicht lieben.‹ Und St. Bea sagte: ›Die Engel sind endgültig tot. Was die anderen angeht‹, sagte sie, ›dagegen können wir Pläne machen.‹

Und sie zeichnete in die Asche am Feuer den Kreis, der heute Klein Belaire ist, mit seiner Geheimtür und mit PFAD, den keiner kennt außer den Sprechenden, und sie sagte: ›Wir werden es ganz aus Engelsgestein bauen, und es wird keine Fenster haben; alles wird miteinander verbunden sein, genau wie es in Groß Belaire war.‹

Nun, sie hat St. Andy überzeugt. ›Sie ist eine Frau, der

man schwer widerstehen kann‹, sagte er immer. Und so riefen sie die Klatschbasen an ihrem Feuer zusammen, und gegen Morgen waren sie übereingekommen, die Genossenschaft hier wieder aufzubauen, so gut sie konnten, hier, in diesem Land, das die Engel abgesehen von STRASSE, die praktisch ohne Unterbrechung durchlief, in Ruhe gelassen hatten.

Und so verließen die aufrichtig Sprechenden STRASSE an diesem Tag und betraten sie nie wieder.«

Die Sonne stand jetzt tief, und der Wind war beinahe so plötzlich verstummt, wie er aufgekommen war. Es war kälter als vorher. Ich zog meinen Kapuzenumhang dichter um mich. »Aber du wirst sie wieder betreten«, sagte ich. »Eines Tages.«

»Ja, Großer«, sagte er leise. »Eines Tages.«

Und als er das sagte, ich weiß nicht, wieso, ob es deshalb war, weil wir dieses Abenteuer miteinander geteilt hatten oder wegen der Geschichte, die er erzählt hatte, oder weil er jetzt zum erstenmal selbst erkannte, daß es so war – da begriff ich, daß Sieben Hände Klein Belaire nicht verlassen würde, um STRASSE dahin zu folgen, wohin sie führte. Das war der Knoten zwischen uns gewesen, daß ich ihm geglaubt hatte, als er das sagte, und daß ich ihm wegen dieses Entschlusses gram gewesen war und ihn bewundert hatte; und er, der in seinem innersten Herzen wußte, daß er es nie tun würde, hatte es mir verübelt, daß ich ihn dessen für fähig hielt, obwohl er es nicht war. Er hatte über all das aufrichtig mit mir gesprochen, sogar dann, als er mir von seinen Reiseplänen erzählte und von den Dingen, die zu sehen er sich erträumte; aber ich war bis jetzt nicht fähig gewesen, es zu hören. Fast wie mit einem unhörbaren Flüstern löste sich der Knoten in mir und ließ eine Traurigkeit zurück. »Eines Tages«, sagte ich. Sein Gesicht unter der Kapuze war ebenfalls ernst und traurig; denn mit diesen beiden Worten hatte ich ihm gerade mitgeteilt, was ich erkannt hatte.

Rings um uns, weit nach vorne und hinten, schien STRASSE in dem schnell schwächer werdenden Licht ein wenig zu leuchten, als würde sie einen alten Glanz aus sich selbst heraus abgeben. Der Himmel über dem Tal war riesig. Da fragte ich mich, ob es wirklich Städte im Himmel gab; und wenn es sie gab, ob man uns von dort aus sehen konnte – zwei kleine Menschen und ihr Feuer, dessen Rauchfaden gerade über dem Ort aufstieg, an dem St. Bea angehalten hatte, weißer Rauch, der sich jetzt mit dem rosafarbenen Rauch ihres Brotes mischte, das wir anzündeten und weiterreichten; zwei Menschen mitten auf der gewaltigen Straße, auf der Millionen dahingerast waren. Es war Abend, es war November. Wir waren zu zweit, Millionen waren es gewesen. Ob die Engel in ihrer Stadt im Himmel wohl weinten, wenn sie daran dachten?

›Nein.‹

Nein. Die Engel weinen nicht.

›Engel weinen schon, aber um ihrer selbst willen. Und wir haben euch dort nie gesehen.‹

Vierte Facette

Es dauerte noch einen weiteren Tag, ehe ich allein auf PFAD zum Zimmer von Rotbemalt ging. Mbaba schlief noch, als ich ging, und ich aß einen Apfel, während ich auf dem noch dämmrigen Weg dahineilte. Wenn du wie ein Engel über mir in der Luft hättest hängen und hereinschauen können, hättest du mich in Klein Belaire in einer langen, sanften Spirale herumlaufen sehen, bis auf eine Abkürzung, wo ich über die Körper von Schlafenden steigen mußte.

Als ich bis auf Hörweite an den Bach herankam, waren die Menschen schon wach und zogen sich an; ich kam an einem Zimmer vorbei, in dem sechs saßen, rauchten, lachten und sich unterhielten. Klein Belaire erwachte. Männer auf Leitern öffneten Dachfenster, schnupperten die scharfe Morgenluft und kletterten wieder herunter. Ich begegnete vielen, die nach draußen gingen. Es war wärmer als an dem Tag, als Sieben Hände und ich zu STRASSE gegangen waren, und nun würden sich die Leute in den sonnigen, äußeren Räumen aufhalten und abends Dinge mit hereinbringen, die sie für den Winter brauchten, zum Beispiel einen Satz Ringe, Werkzeug oder eine große Pfeife, die während des Sommers in den äußeren Räumen gehangen hatte. Einige würden Ausflüge unternehmen, um in den Wäldern die letzten Nüsse zu sammeln; oder sie würden sich in den Zimmern an der Außenseite treffen, um zu weben und sich zu unterhalten, wenn sie zur Blätterschnur gehörten. Wenn sie zur Schnallenschnur gehörten, würden sie auf das Dach von Belaire klettern und es für den Winter abdichten. Oder sie würden die Angelegenheiten ihrer Schnur besprechen, wenn sie Flüsterleute waren, die Angelegenheiten anderer Schnüre, wenn sie Wasser-, oder die Angelegenheiten der Welt im allgemeinen, wenn sie Handtellerleute waren; und sie würden über alle Dinge klatschen, an die sie sich erinnerten, von denen sie wußten und die sie von den Heiligen gehört hatten, aus der Zeit, als wir wanderten, und noch früher, bis zurück zu Groß Belaire und noch früher, bis zu den uralten Zeiten, damit nichts von alledem vergessen würde.

Neben PFAD gibt es immer tausend Dinge, bei denen man stehenbleiben kann, um sie zu betrachten, Schlangenhände, die man erforschen, und Leute, denen man zuhören kann. In einer Schlangenhand in der Nähe des Zimmers von Rotbemalt fand ich ein paar Freunde, die ›Welches Knie?‹ spielten, und ich wartete, bis ich einsteigen konnte …

›Einen Augenblick. Du hast vorhin gesagt, eine Schlangenhand hätte etwas mit Sprechen zu tun. Jetzt ist es auf einmal ein Ort. Und nachdem du schon unterbrochen hast, erzähle mir auch, was ‚Welches Knie?' ist!‹

Gut. Ich habe dir von PFAD erzählt: PFAD ist wie eine Schlange, er windet sich um ganz Klein Belaire herum, der Kopf ist in der Mitte, und die Schwanzspitze bei der Tür der Schnallenschnur, aber nur jemand, der Klein Belaire kennt, sieht, wo er verläuft. Für jemand anderen würde es so aussehen, als liefe er in alle Richtungen. Wenn du also auf PFAD gehst, und da ist etwas, das zwar so aussieht, als sei es PFAD, du findest aber heraus, daß es nur Zimmer sind, die ineinander übergehen wie ein kleines Labyrinth, das aber nur einen Ausgang zurück auf PFAD hat – das ist dann die Schlangenhand. Sie führt von der Schlange PFAD weg wie eine Gruppe kleiner Finger. Schlangenhand heißt sie auch deshalb, weil eine Schlange ja keine Hände hat, und genauso gibt es nur einen PFAD. Aber eine Schlangenhand ist noch mehr: auch meine Geschichte ist ein Pfad, wie ich hoffe; und daher muß auch sie ihre Schlangenhände haben. Manchmal sind Schlangenhände das Beste an einer Geschichte, wenn sie lang ist.

Welches Knie. Ich war nie sehr gut bei Welches Knie, aber wie jedes Kind in Belaire hatte ich meinen Ball und meine Zange immer bei mir: das gehört zur Grundausstattung jedes Kindes. Mein Ball war ein Kirschkern, der fest mit Schnur umwickelt war; die Zange ist ein Schilfrohr, das so lang ist wie der Unterarm, und beinahe ganz gespalten, sie hat genau an der richtigen Stelle einen Pflock, so daß man damit einen Ball aufheben kann. Man kann das Spiel auf viele verschiedene Arten spielen, mit einem Ball oder mit mehreren, mit zwei Spielern oder mit so vielen in einem Kreis, wie man mit seiner Zange erreichen kann. Wie man es auch spielt, der Ball wird auf dem Knie balanciert – man zieht dabei das Knie so hoch –, und ein anderer Spieler nimmt mit seiner Zange den Ball vom Knie und legt ihn auf das Knie des anderen. Bei den verschiedenen Spielarten geht es um verschiedene Möglichkeiten des Aufrufens, wessen Knie gespielt wird und wer den Ball bewegt.

Man muß es sehr schnell spielen – das ist der Spaß dabei –, und wenn man einen Ball fallen läßt oder ihn dreimal bewegt, ohne an der Reihe zu sein, muß man fragen, ob man weiter mitspielen darf, und die anderen können ja oder nein sagen ...

›Wie kann man gewinnen?‹

Gewinnen?

›Wie kann man die anderen besiegen?‹

Besiegen? Das ist doch kein Kampf, es ist ein Spiel. Man versucht einfach, den Ball in Bewegung zu halten und den anderen nicht in die Quere zu kommen; und auch, den Ball auf dem Knie zu halten. Man braucht dazu viel Konzentration, und man darf nicht zu viel lachen, obwohl es sehr lustig werden kann. Die Schnallenschnur ist bei diesem Spiel sehr gut; sie machen alle ein sehr gespanntes, ernstes Gesicht, die Zangen fliegen nur so herum, schnickschnickschnick. Außerdem haben die Leute von der Schnallenschnur anscheinend alle flache, breite Knie.

Jedenfalls wurde in diesem Kreis ein Platz frei, und ich setzte mich. Das Mädchen gegenüber von mir, dessen Knie ich spielen sollte, blickte einmal mit überraschend blauen Augen zu mir auf; überraschend, weil ihr Haar tief schwarz und dicht war, und ihre Augenbrauen auch; sie waren abwärts geschwungen und stießen über ihrer Nase beinahe zusammen. Sie warf mir nur einen Blick zu, um sich zu versichern, daß ich es war, dessen Knie sie gerade spielte, dann plazierte sie ihren Ball.

»Welches Knie?« sagten die anderen, und es ging los. Kleine Schreie vor Eifer oder Triumph. »Fehler! Er hat zwei.« Das Mädchen gegenüber von mir spielte mit solch konzentrierter Versunkenheit, als sei sie sich zwar eines Spieles voll bewußt, aber eines Spieles, das sie in einem Traum machte. Ihr nach unten gezogener, voller Mund war leicht geöffnet; ihre winzigen Zähne blitzten weiß.

»Welches Knie?« sagten wir. »Große Biene bewegt Flüsterschnur«, sagte der Führer, und ein schlaksiger, lachender Junge von der Blätterschnur bewegte, nachdem er nur einen blitzschnellen Blick im Kreis herum geworfen hatte, den Ball des Mädchens gegenüber von mir. Flüsterschnur: ja, sie hätte ich mir auch ausgesucht. Nicht nur, weil sie so vertieft war, daß man den Eindruck hatte, als sei sie nicht ganz anwesend; nicht nur, weil sie anscheinend – für mich jedenfalls – der Mittelpunkt dieses Kreises war, ohne Anspruch darauf erheben zu müssen. Da war noch etwas – ein Flüstern. Als ich an die Reihe kam, den Ball zu bewegen, hob sie plötzlich ihre unwahrscheinlich blauen Augen zu mir. Der Ball fiel.

»Fehler!«

Sie hob den Ball wieder auf, ohne mich noch einmal anzusehen. Ich versuchte jetzt, gut zu spielen, aber ich verhedderte mich, überhörte, als meine Schnur aufgerufen wurde, und bald war ich draußen.

Und das alles, was ich über das Spiel erzählt habe, war eine Schlangenhand in meiner Geschichte; aber wie es Schlangenhände gibt, die aussehen, als gehörten sie zu PFAD, so gibt es auch Teile von PFAD, die aussehen wie Schlangenhände. Als ich aufstand, stand auch sie auf; hinter uns riefen andere die Worte, mit denen sie Ansprüche auf unsere Plätze anmeldeten. Als ich wieder auf PFAD kam, war sie vor mir und ging auf das Zimmer von Rotbemalt zu; ich folgte ihr in einigem Abstand. An einer Biegung blieb sie stehen und wartete auf mich.

»Warum folgst du mir?« fragte sie. Ihre nach unten geschwungenen Augenbrauen verliehen ihr einen ständig schlechtgelaunten Gesichtsausdruck, der nur gelegentlich ihre wirkliche Stimmung ausdrückte, aber das wußte ich damals noch nicht.

»Ich bin dir gar nicht gefolgt! Ich wollte zu einer Klatschbase namens Rotbemalt ...«

»Ich auch.« Sie sah mich ohne allzu großes Interesse an. »Bist du dafür nicht ein wenig zu klein?«

Das ärgerte mich. Sie war auch nicht älter als ich. »Rotbemalt findet das nicht.«

Sie verschränkte ihre blassen, dünnen und mit einem Haarflaum dunkel bewachsenen Arme. »Also dann komm!« sagte sie, als brauche ich ihren Schutz, und sie müsse ihn mir widerwillig gewähren. Ihr Name, sagte sie, als ich sie danach fragte, sei Einmal-am-Tag; sie ließ sich nicht dazu herab, nach dem meinen zu fragen.

Rotbemalt schlief noch, als wir in das größere ihrer beiden Zimmer kamen; wir setzten uns zu den anderen, die dort versammelt waren, mich ansahen und nach meinem Namen fragten. Wir warteten und versuchten, leise zu sein, aber das fiel uns schwer, und bald hörten wir, wie sie sich im anderen Zimmer bewegte. Sie schaute schläfrig heraus, blinzelnd, weil sie ihre Brille nicht trug, und verschwand wieder. Als sie schließlich herauskam, hatten wir jeden Versuch, leise zu sein, aufgegeben, und sie setzte sich mitten in dem Durcheinander nieder und rollte sich gelassen eine blaue Zigarre. Jemand zündete sie ihr an, sie sog den Rauch tief ein, blickte sich um und fühlte sich wohler. Sie lächelte uns zu und tätschelte dem Mädchen, das ihr Feuer gegeben hatte, die Wange. Und dann begann mein erster Morgen bei Rotbemalt.

»Als wir wanderten«, sagte sie und begann mit der Geschichte von St. Gary und der Fliege, die ich schon von Mbaba gehört hatte. Sie brachte uns einen Korb Äpfel, und wir aßen sie, während sie die Geschichte in der Art der Wasserschnur erzählte, mit vielen falschen Ansätzen und kleinen, ironischen Bemerkungen, die einen den Faden verlieren ließen, wenn man anfing, darüber nachzudenken; die Geschichte war auch nicht ganz die gleiche, die ich kannte. Als St. Gary am Ende der Geschichte die Fliegen freiließ, lachte niemand. Bei Rotbemalts Erzählung schien daraus so etwas wie ein Rätsel geworden zu sein, das gelöst werden sollte; und trotzdem hatte man gleichzeitig das Gefühl, daß die Antwort in der Geschichte lag – daß sie nicht ein Rätsel war, sondern eine Antwort, eine Antwort auf eine Frage, von der man gar nicht wußte, daß man sie gestellt hatte.

Große Biene, der Junge aus der Blätterschnur, fragte Rotbemalt, den Mund voll Apfel, warum sie uns diese Geschichte erzählt hätte. Die von der Blätterschnur haben es nicht sehr mit Geheimnissen.

»Weil ein Heiliger sie erzählt hat«, antwortete Rotbemalt. »Und warum sind die Heiligen Heilige?« Sie schaute uns der Reihe nach an und wartete lächelnd auf eine Antwort.

»Weil«, sagte jemand, »wir uns an die Geschichte ihres Lebens erinnern.«

»Wie erinnern wir uns an die Geschichte ihres Lebens?«

»Weil – weil sie sie so erzählt haben, daß man sie nicht vergessen konnte.«

»In welcher Weise?«

»Sie haben aufrichtig gesprochen«, sagte ein Mädchen von der Wasserschnur namens Regentag.

»Und was heißt das, aufrichtig sprechen?« fragte Rotbemalt sie.

Sie begann ihre Antwort, wie es für die Wasserschnur typisch war, indem sie sagte: »Es war einmal die Genossenschaft Groß Belaire« und »aber es gab einen Anfang, der beinahe noch früher war«, und wie in alten Zeiten die meisten Leute kein Heim hatten, in dem sie wohnen konnten, außer den Menschen in der Genossenschaft Groß Belaire. In den tausend Räumen dieser Genossenschaft lebten die Leute ein wenig so wie jetzt in Klein Belaire. »Aber sie waren auch Engel«, sagte das Mädchen, »ihr Genossenschaftsgebäude war hoch, sie fuhren in Aufzügen, sprachen über Telefone ...«

»Ja«, sagte Rotbemalt. »Telefone. In jenen Tagen entfernten sich die Engel anscheinend immer weiter voneinander, je mehr Möglichkeiten sie hatten, zu fahren, über weite Entfernungen hin miteinander zu sprechen und zusammenzukommen. Je kleiner sie die Welt machten, desto größer wurde der Abstand zwischen ihnen. Ich weiß nicht, wie die Menschen in der Genossenschaft Groß Belaire diesem Schicksal entgingen, aber die Kinder, die dort aufwuchsen, fanden, wenn sie fortgingen, keinen Ort, wo sie so glücklich wurden, wie sie dort gewesen waren, und sie brachten ihre eigenen Kinder mit zurück und wollten wieder dort wohnen. Und so ging es viele Generationen lang weiter.

Nun«, sagte sie und hob einen Finger, wie es Klatschbasen zu tun pflegen, »nun, in jenen Tagen redete jeder mit jedem über Telefon, jede Person hatte ein eigenes, auf dem sie anrufen oder sich anrufen lassen konnte. Ein Telefon ist nichts anderes als deine Stimme, die durch Schnüre über eine Entfernung getragen wird, genauso wie ein Zittern über die ganze Länge einer gespannten Saite übertragen wird, wenn man an einem Ende zupft. Die Menschen in der Genossenschaft begannen, als sie einander näherkamen, diese Maschine zu durchschauen: daß es nämlich anders ist, wenn man mit jemandem am Telefon spricht, als wenn man ihm von Angesicht zu Angesicht gegenübersteht. Man kann zu einem Telefon Dinge sagen, die man zu einer Person nicht sagen würde, Dinge, die man gar nicht meint: man kann lügen, man kann übertreiben, man kann mißverstanden werden, weil man zu einer Maschine spricht und nicht zu einem Menschen. Die Menschen sahen, daß die Genossenschaft nicht weiterbestehen konnte, wenn sie nicht lernten, das Telefon richtig zu benützen, es würde ihnen ergehen wie einer Million anderer Einrichtungen, die nur Orte waren, in die man Leute steckte. Also lernten sie es.«

Wir waren nicht etwa still, während Rotbemalt uns das erzählte; jeder von uns kannte ein Stück dieser Geschichte und wollte es einbringen, und einige widersprachen dem, was andere sagten. Nur Einmal-am-Tag sagte nichts; aber das erwartete auch niemand. Regentag erzählte, daß es auch damals Klatschbasen gegeben habe, alte Frauen, die alles und jeden kannten und in allen Fragen Rat wußten; aber man hörte ihnen nicht so aufmerksam zu wie heute. Jemand anders sagte, daß zuerst an jeder Tür ein Schloß gewesen sei, und daß eine Zimmergruppe in Form und Größe wie die andere gewesen sei, aber als St. Roy sie alle fortführte, gab es keine verschlossenen Türen mehr, und das Innere des Genossenschaftsgebäudes war in lauter große und kleine Zimmer umgebaut worden, wie es heute in Belaire ist. Rotbemalt hörte jedem von uns zu, nickte und flocht in das, was wir sagten, mit kleinen Kopf- und Handbewegungen manche Erklärungen ein, anscheinend ohne sich darum zu kümmern, wie lange es dauerte.

»Was sie lernten«, fuhr sie fort, »war, am Telefon so zu sprechen, daß der Hörer gar nicht anders konnte als zu verstehen, was man meinte, und außerdem auf eine Weise, daß man als Sprechender gar keine Wahl hatte als das auszudrücken, was man meinte. Sie lernten, die Sprache – transparent zu machen, wie Glas, so daß das Gesicht unverfälscht durch die Worte hindurch zu sehen ist.

Sie sagten von sich selbst, daß sie ›aufrichtig Sprechende‹ seien. In jenen Tagen bildeten Menschen, die gleich dachten, eine Kirche. Und so wurden sie zur Kirche der aufrichtig Sprechenden.

Die aufrichtig Sprechenden sagten: ›Wir meinen wirklich, was wir sagen, und wir sagen, was wir wirklich meinen. Das war ihr Motto. Sie waren auch gegen viele Dinge eingestellt, wie alle Kirchen; aber niemand weiß heute mehr, was für Dinge das waren.

Die Genossenschaft Groß Belaire konnte sich lange halten, sie zog ihre Kinder groß und lehrte sie sprechen. Aber natürlich kam der Tag, als zuerst das Licht und schließlich und endlich auch die Telefone nicht mehr funktionierten. Und da führte der Große St. Roy sie hinaus auf STRASSE. Und wir wanderten. Damals gab es die Heiligen, die die Sprache, die in der Genossenschaft begonnen worden war, aufnahmen, und als wir wanderten und während das Labyrinth gebaut wurde, vollendeten sie sie in den Geschichten ihres Lebens, an die wir uns erinnern und die wir erzählen.

Und jetzt muß ich euch noch etwas sagen: Ehe es das aufrichtige Sprechen gab, sagten die Klatschbasen, wenn Leute am Telefon miteinander sprachen und es eine Verwirrung gab, wobei jemand gekränkt oder zwei Menschen gegeneinander aufgebracht wurden: ›Da muß ein Knoten in der Schnur gewesen sein.‹ Ein Knoten in der Schnur! Da muß ich lachen.« Und sie lachte auch, ihr lautes, flüssiges Lachen, und wir lachten mit ihr.

Einmal-am-Tag lachte nicht. Sie sah mich an, unverwandt, ohne Neugier; sie sah mich nur an.

Fünfte Facette

Es gab Zeiten in jenen Wintern, als ich bei Rotbemalt saß, da dachte ich, das Leben einer Klatschbase müsse das wunderbarste und seltsamste sein, was es gab. In jenen uralten Räumen nahe dem Zentrum von Belaire nimmt unsere ganze Weisheit ihren Anfang, sie entsteht im Geist der Klatschbase, während sie dasitzt und das Karteisystem betrachtet oder über die Heiligen nachdenkt. Die Dinge fügen sich zusammen, und der Heilige oder das System enthüllen etwas Neues, von dem man vorher nicht dachte, daß es da sei, das aber, wenn es einmal entstanden ist, sich wie PFAD spiralförmig durch die Schnüre ausbreitet und unterwegs von ihnen verändert wird. Als ich älter wurde, nahmen mich die Geschichten von den Heiligen, die Rotbemalt erzählte, mehr und mehr gefangen; als ich eines Tages noch blieb, nachdem alle anderen gegangen waren, weil ich hoffte, noch mehr zu hören, sagte Rotbemalt zu mir: »Vergiß nicht, Schilf, es gibt niemanden, der nicht lieber glücklich wäre als heilig.« Ich nickte, aber ich wußte nicht, was sie meinte. Für mich hatte es den Anschein, daß jeder, der ein Heiliger war, auch glücklich sein müsse. Ich wollte ein Heiliger werden, auch wenn ich es niemandem sagte, und der Gedanke erfüllte mich mit reiner Freude.

Aber für andere wirkte ich vielleicht nicht so glücklich, ich war ein schüchternes, schmächtiges Kind, ein Handtellerschnurkind, das zu sehr in das Wissen verliebt war, ein Kind mit einer geheimen Sehnsucht, die mir eine anscheinend ungeordnete Fülle von Erinnerungen an jene Jahre hinterlassen hat. Die von der Blätterschnur erinnern sich an Expeditionen, an Leistungen, an Sommer, in denen sie nackt herumliefen, und an Winter, in denen sie Schneelabyrinthe bauten. Die Schnallenschnur erinnert sich an Fertigkeiten, die Fadenschnur an Rätsel, die Wasserschnur an Menschen: jeder erinnert sich anscheinend an irgendwelche Dinge, aber meine Erinnerungen sind eigentlich nicht von dieser Art; es sind Erinnerungen an Unaussprechliches, ich erinnere mich nur deshalb daran, weil es keine Worte gibt, in die ich es fassen und die ich vergesen könnte. Und wenn ich mich an Rotbemalt erinnere, weiß ich jetzt, daß ich kein Heiliger werden will – ich möchte lieber glücklich sein. Verstehst du überhaupt, was ich meine?

›Ein wenig, glaube ich. Und ich kenne jemanden, der gut verstehen würde, was du meinst.‹

Er gehört wahrscheinlich zur Handtellerschnur. Nur daß es hier keine Schnüre gibt ...

›Ja. In gewissem Sinne. Ich glaube, er würde zur Handtellerschnur gehören.‹

Weinst du? Warum?

›Nein. Sprich weiter! War das deine ganze Ausbildung, die Geschichten über die Heiligen?‹

O nein. Es gab noch andere Dinge. Rotbemalt erzählte uns Geschichten von alten Zeiten, lange, unglaubliche Geschichten, die man sich unmöglich ganz merken kann, es sei denn, man hat ein Gedächtnis wie eine Klatschbase. Die längste, an die ich mich erinnere, hieß GELD, und sie dauerte tagelang, handelte von großen Zeitabschnitten und war voll von verschiedenen Standpunkten. Es war schwer zu glauben, daß das alles stimmen sollte, aber die Geschichte wurde von einer aufrichtig Sprechenden erzählt, und es gab einen Beweis, wenn auch keinen sehr eindrucksvollen, für das phantastische Kommen und Gehen und die große Macht, die dieses Zeug hatte. Es war nur ein ovales Stück Papier, abgegriffen und schlaff wie Haut, ganz voll mit winzigen Zeichen und Blättern, glaube ich, und in den Blättern war ein Gesicht. Es sah ganz bestimmt magisch aus, aber nicht wie etwas, für das man sterben wollte, wie es nach Rotbemalts eindringlicher Behauptung so viele getan hatten.

Aber meistens war das, was Rotbemalt sagte, nicht so wichtig wie das Sprechen an sich. Oft sprach sie eigentlich über gar nichts, und allmählich und mit einer Geschicklichkeit, die ich erst im Rückblick erkenne und dir nie erklären könnte, machte sie aufrichtig Sprechende aus uns. Wir waren aufrichtig, als wir jung waren und sie besuchten, Kinder können gar nicht anders sein, selbst wenn sie nicht die Wahrheit sagen; aber als wir am Ende von ein, zwei oder fünf Jahren aus Rotbemalts Zimmer gingen, je nachdem, wie lange wir nach Rotbemalts Meinung eben brauchten, waren wir aufrichtig Sprechende; im alten Sinne, den wir nicht hätten erklären können, nach dem wir aber danach immer vorgingen, MEINTEN WIR WIRKLICH WAS WIR SAGTEN UND WIR SAGTEN WAS WIR WIRKLICH MEINTEN.

Selbst Einmal-am-Tag, das dunkle Kind von St. Olive, Geheimnisträgerin der Flüsterschnur – selbst sie lernte, fast gegen ihren Willen, aufrichtig zu sprechen. Damals konnte sie mich nicht anlügen, nicht wirklich. Wenn sie das gekonnt hätte – wenn sie keine aufrichtig Sprechende gewesen wäre –, dann wäre mein Leben vielleicht jetzt nicht so völlig mit dem ihren verknüpft, und ihre Geschichte wäre nicht meine Geschichte.

An dem Tag, als die Geldgeschichte zu Ende ging, kam Einmal-am-Tag an meine Seite, als ich über PFAD ging, und steckte ihren Arm unter den meinen. Ich war zu erstaunt, um etwas zu sagen; sie hatte so getan, als sei das ganz selbstverständlich, obwohl sie in Wirklichkeit seit jenem ersten Tag kaum ein Wort mit mir gesprochen hatte.

»Glaubst du, daß Rotbemalt weise ist?« fragte sie mich.

Ich sagte, natürlich, ich hielte sie für sehr weise; sie sei vielleicht die klügste Person auf der Welt.

»Sie weiß eine ganze Menge«, sagte Einmal-am-Tag. »Aber alles weiß sie nicht.«

»Was weiß sie denn nicht?«

»Es gibt Geheimnisse.«

»Sag sie mir!«

Sie warf mir einen Blick von der Seite zu und lächelte ein wenig, sagte aber nichts mehr. Dann, an einer Biegung von PFAD, zog sie mich in einen mit Vorhängen verkleideten Raum. Dort war es dunkel, und alles war vollgestellt mit Dingen, die ich nicht erkennen konnte; ein Schlafender schnarchte leise. »Glaubst du, daß sie alles über GELD weiß?«

Ich gab keine Antwort. Aus irgendeinem Grund hatte mein Herz angefangen, ganz schnell zu schlagen. Einmal-am-Tag beobachtete mein Gesicht, während sie aus einer Tasche einen Gegenstand holte, der im Dunkeln zu leuchten schien. Sie hielt ihn mir vor die Augen.

»Das ist auch GELD«, sagte sie. »Von diesem GELD hat Rotbemalt kein Wort gesagt.«

Es war eine kleine Silberscheibe. Auf der Oberfläche war ein Kopf, nicht gezeichnet, sondern eingeschnitten, so daß er aus der glitzernden Oberfläche herauszutreten schien; seine Augen fingen das bißchen Licht im Zimmer ein und schienen mich zu mustern. Sie drehte die Scheibe in der

Hand und zeigte mir die andere Seite: einen Falken mit ausgebreiteten Flügeln. Sie nahm meine Hand und legte die Scheibe hinein. Sie war warm von ihrem Fleisch. »Wenn ich dir GELD gebe«, sagte sie, »mußt du tun, was ich sage.« Sie schloß meine Finger darum. »Jetzt hast du es genommen«, sagte sie. Rotbemalt hatte gesagt, früher hätten die Menschen anderen GELD gegeben, damit diese taten, was sie wollten. Ich hatte das Gefühl, als hätte ich teil an einer Sünde, die so alt war wie die Erde. Aber ich wollte das GELD in meiner Hand nicht ablehnen. »Was ...«, fragte ich, und meine Kehle war beinahe zu trocken zum Sprechen. »Was soll ich tun?«

Sie lachte, als sei ein Witz erzählt oder jemandem ein Streich gespielt worden. Ohne zu antworten, rannte sie hinaus. Unter meinem Daumen konnte ich das Gesicht auf dem GELD spüren, das sie mir gegeben hatte, seine Züge und die nach oben gekämmte Haartolle.

In den nächsten Tagen kam sie nicht zu Rotbemalt; ich sah sie kurz bei Erwachsenen ihrer Schnur, die in eigenen Angelegenheiten beschäftigt waren, und wenn sie mich auch sah, ließ sie es sich nicht anmerken; und als sie eines Tages ziemlich spät zu uns in Rotbemalts Zimmer schlüpfte, sagte sie nichts zu mir. Es war, als sei überhaupt nichts zwischen uns vorgefallen; vielleicht war es aus ihrer Sicht auch wirklich so. Ich rieb das GELD in meiner Tasche und dachte nur noch an sie. Wie war das Wort, das Rotbemalt gebraucht hatte? Ein altes Wort – ich war ›gekauft‹.

So wie die Leute im Winter der Reihe nach in das überfüllte, warme Innere des Labyrinths zurückkehren, so kommen sie auch wieder heraus, wenn es draußen wieder warm wird, nur die Alten bleiben noch lange warm eingepackt im Inneren, bis spät in den Frühling hinein, aber die Kinder laufen hinaus, ehe der Schnee schmilzt, und holen sich Krokusse und Erkältungen. Ich brachte ganze Tage in den Wäldern zu, erforschte mit Sieben Hände alles, sammelte mit Sprich-ein-Wort, meiner Mutter, alle möglichen Dinge, aber oft war ich auch alleine; und an einem kalten Abend sah ich, sorgfältig abgeschirmt durch eine Winterschlagfalle, etwas, das mir vielleicht einen Schlüssel zu Einmal-am-Tag geben konnte.

Ich fand sie, rot gekleidet, wie sie mit einem anderen Mädchen ihrer Schnur Ringe spielte. Ich konnte ihr nicht sagen, was ich sagen wollte, solange noch jemand dabei war, daher setzte ich mich, sah zu und wartete. Ein Ringespiel kann Tage dauern, je nachdem, von welcher Schnur es gespielt wird: die Flüsterschnur sagt damit auf eine Weise die Zukunft voraus, die ich nie verstanden habe, und Einmal-am-Tag hatte sogar noch weitere Regeln eingeführt, über die sich das zweite Mädchen aufregte, und schließlich ging es. Ich war allein mit Einmal-am-Tag.

Sie warf die miteinander verbundenen Ringe über das mit Zeichen versehene Brett, zog eine Schnute und sammelte die Ringe wieder auf. »Es ist heiß hier drinnen.«

»Draußen ist es schön«, sagte ich.

»Wirklich?« fragte sie und beobachtete dabei mit halbem Auge ihren ungezielten Wurf.

»Ich könnte dir etwas zeigen, was dir gefallen wird. Draußen im Wald.«

»Was?«

»Es ist ein Geheimnis. Wenn ich dich mitnehme, darfst du es niemandem erzählen.«

Nun, sie lieben und sammeln Geheimnisse, und sie fragte weiter, aber ich wollte nichts sagen, und schließlich stand sie auf und verlangte, ich solle sie hinbringen.

Der Wald hatte erste blaßgrüne Knospen, die Bäche waren von der Frühjahrsflut angeschwollen, der Boden war weich und strotzte vor Wachstum. Dünne Wolken rasten über den kalten Himmel, aber im Laufe des Nachmittags wurde die Sonne warm, und wir nahmen unsere Zottelpelze über die Schultern und stolperten durch altes, verrottetes Laub und nasse Wurzeln tief in den Wald hinein. Auf nassen schwarzen Zweigen glänzten frische Blätter wie Glas und schüttelten das Wasser des morgendlichen Regens ab, als wir uns hindurchzwängten. »Hier«, flüsterte ich, als wir die Stelle erreicht hatten.

»Was?«

»Klettere hinauf! Ich helfe dir.«

Sie kletterte mit ungeschickter Anmut auf die großen, umgestürzten Stämme, aus denen der Frühling neue Schößlinge hervorgetrieben hatte. Ihre Schenkel spannten sich vor Anstrengung, und in ihren Flanken bildeten sich Gruben; ihre glatten, blassen Beine waren mit Rindenstaub verschmiert, und ein kleiner, rubinroter Kratzer war zu sehen. Oben drängten wir uns in einer Astgabel zusammen, aus der wir unten, geschützt von den verfilzten Wurzeln, in einer Höhle eine Fuchsfamilie sehen konnten. Die Mutter und ihre Jungen waren gerade zu erkennen und zweifellos von keiner anderen Stelle aus zu sehen, außer einzig von der, an der wir standen. Und während wir sie beobachteten, kam gerade das Männchen mit dem hellen Schwanz zurück, ein totes Tier im Maul.

Wir beobachteten schweigend die zappelnden Jungen am Bauch ihrer Mutter, wie sie ein paar blinde, zögernde Schritte machten und sich dann wieder zurückwandten, um zu saugen. Ich wurde dicht an Einmal-am-Tag gedrückt, die, um besser sehen zu können, einen Arm um meinen Hals gelegt hatte und sich gegen meinen Rücken stützte, die Wange an meine gepreßt. An ihrem verzückten Schweigen konnte ich erkennen, daß mein Geheimnis Eindruck auf sie machte. Mir schlief ein Bein ein, aber ich wünschte, sie möge sich nie mehr bewegen.

»Wie viele sind es?« flüsterte sie.

»Drei.«

»Und sie kriegt sie alle auf einmal?«

»Wie Zwillinge.«

»Zwillinge?«

»Wenn eine Frau zwei Babys zur gleichen Zeit bekommt.«

»So etwas habe ich noch nie gehört.«

»Mbaba sagt, das gibt es. Aber nur manchmal.«

Schließlich drückte sie mich zur Seite und kletterte hinunter. Von unten sah sie mir beim Abstieg zu; sie schüttelte sich das Haar aus dem Gesicht, als ich vom letzten, großen Stamm heruntersprang, ging auf mich zu, wobei sie mir mit den Augen befahl, es ihr gleichzutun; wir trafen zusammen, sie nahm lächelnd mein Gesicht in ihre Hände und küßte mich. Ich glaube, es überraschte sie, wie heftig ich reagierte, und schließlich schob sie mich weg, hielt mich auf Armeslänge von sich und wischte sich, immer noch lächelnd, mit dem Handrücken über den Mund. »Jetzt werde ich dir ein Geheimnis zeigen«, sagte sie.

»Was?«

»Komm mit!« Sie nahm mich bei der Hand und führte mich durch den frischen Wald dorthin zurück, wo die dreiundzwanzig Türme von Klein Belaire zwischen den Bäumen aufragten.

In aller Eile führte sie mich auf PFAD bis dorthin, wo er in das innerste Zentrum des Labyrinths eindrang. »Wohin?« fragte ich im Laufen. Sie machte eine Handbewegung, sagte aber nichts, sondern warf nur mit einem blitzenden Lächeln den Kopf zurück. Bald waren alle Mauern rings um uns aus Engelsgestein, und die Lichter wurden spärlich, die Türen schmal. Hier war es auch warm; wir befanden uns jetzt über den Tanks und den Steinen, die Klein Belaire erwärmen. Dann kam eine Biegung, an der sie unsicher stehenblieb; schließlich ging sie durch einen uralten Vorhang, und wir standen in einem winzigen, kahlen Zimmer, mit Steinwänden, düster und warm, mit einem einzigen, kleinen Dachfenster in einer Ecke. Die Nachmittagssonne, die hier eindrang, bildete eine Diamantform auf der rauhen Wand.

Ich riß die Augen auf. Auf einer Truhe nahe einer Wand stand ein Bein. Einmal-am-Tag wandte sich mir zu und lachte ganz leise. Es war, wie ich einen Augenblick später erkannte, kein echtes Bein, sondern ein künstliches, gelb und wächsern wie totes Fleisch, mit verrosteten Metallteilen und alten Riemen. Ich starrte es an.

»Was ist das?« flüsterte ich.

»Es ist ein Bein«, sagte sie, nahm meine Hand und drückte sie. Ich wollte fragen, wem es gehörte, aber ich stand nur da, und meine Hand in der ihren wurde feucht.

»Komm her!« sagte sie und zog mich auf die andere Seite des Zimmers, wo über uns etwas an der Wand hing. Sie zeigte darauf. »Du darfst nie, niemals jemandem erzählen, daß du hier warst und das gesehen hast«, sagte sie in einem drängenden, befehlenden Flüsterton zu mir. »Das ist ein sehr großes Geheimnis in meiner Schnur. Ich werde es dir verraten, auch wenn ich das eigentlich nicht tun sollte.« Ihre blauen Augen blickten sehr ernst, und auch ich nickte sehr ernst.

Das Ding an der Wand war aus Plastik. Es war wie ein winziges Haus mit einem spitzen Dach; aber es war flach, nur an der Vorderseite ragte ein kleines Sims heraus. Es hatte zwei Türen, auf jeder Seite eine. Drei Menschen wohnten in dem Haus, von denen sich einer – während ich zusah, sträubten sich mir die Haare im Nacken – in diesem Augenblick mit winzigen, ruckartigen Bewegungen in die rechte Tür zurückzog, während die beiden anderen aus der linken Tür herausrückten. Die Gestalt, die im Inneren verschwand, war eine alte Frau, gebeugt und knorrig, mit einer Kapuze, sie stützte sich auf einen Stock; die beiden, die jetzt gerade erschienen, waren Kinder, sie hielten sich umschlungen.

»Wie können sie sich bewegen?« fragte ich.

»Das ist ja das Geheimnis«, antwortete Einmal-am-Tag.

In die Lücke zwischen den zwei kleinen Türen war ein seltsames, rosablaues Bild geklebt, es zeigte einen großen Berg (man konnte sehen, wie groß er war, weil winzige Leute abgebildet waren, die unten standen und zu dem Berg hinaufschauten), der aus vier Köpfen bestand, aus vier Menschenköpfen; vier Köpfen, die so groß waren wie Berge – vier Köpfe, die ein Berg waren – mit großen, ernsten Gesichtern, und ein Kopf trug, wie es schien, eine Brille.

»Diese hier«, sagte Einmal-am-Tag und deutete auf die alte Frau, deren Hakennase man innerhalb der Tür gerade noch sehen konnte, »versteckt sich, wenn die Sonne scheint. Und diese beiden« – sie deutete auf die Kinder – »kommen dann heraus.« Sie schaute zu dem hellen Dachfenster hinauf. »Siehst du? Und wenn sich das Wetter ändert, bewegen sie sich. Das ist ganz uralt. Es gibt viele Geheimnisse.«

»Diese vier«, fragte ich. »Wer sind sie?«

»Das sind die vier toten Männer. Und sie sind verrückt.«

Wir starrten die vier steinernen Gesichter mit dem unecht wirkenden, rosablauen Himmel dahinter an. »Sie sind selbst schuld«, sagte Einmal-am-Tag.

Es war warm im Zimmer, und ich hatte am ganzen Körper Hitzeflecken, aber trotzdem fröstelte ich. Das falsche Bein. Das Ding an der Wand, das sich bewegte, wenn es hell und dunkel wurde, und dessen Geheimnis nur die Flüsterschnur kannte. Und ihre kleine, heiße Hand in der meinen.

Gerade in diesem Moment zog eine Wolke über die Sonne, und der Sonnenlichtdiamant verschwand von der Wand. Ich beobachtete die winzigen Kinder und die alte Frau, aber sie bewegten sich nicht.

Sechste Facette

Wie soll ich dir das alles erzählen? Wie? Wenn ich dir irgend etwas davon erzählen will, muß ich dir zuvor alles andere erzählen; jede Geschichte hängt davon ab, daß die anderen Geschichten vorher bekannt sind.

›Du kannst es erzählen; es kann erzählt werden. Das bedeutet es doch, ein Heiliger zu sein? Alle Geschichten in der einzigen Geschichte deines eigenen Lebens zu erzählen.‹

Ich bin kein Heiliger.

›Du bist der einzige Heilige. Sprich weiter! Ich werde dir helfen, wenn ich kann. Ehe es Nacht wird, bist du fertig; zumindest, ehe der Mond aufgeht.‹

Ich wollte sagen: Die Flüsterschnur lag innerhalb der Schnüre von Belaire aufgerollt wie ein altes Versprechen, das nie ganz gebrochen wurde, oder ein Stück Traum, das den ganzen Tag in deinem Geist verbleibt, bis die Nacht kommt und du wieder träumst. Aber um das zu sagen, muß ich dir von den Schnüren erzählen. Von der langen Liga der Frauen, wie sie entstanden und wie es zu ihrer Auflösung kam, von St. Olive und wie sie nach Belaire kam und die Flüsterschnur gründete. Über die Liste von Dr. Boots und die toten Männer; und wie es kommt, daß ich jetzt hier bin und das alles erzähle.

Schnüre: Die Schnur eines Menschen ist mehr er selbst als sein Name oder das Gesicht, das ihn aus einem Spiegel heraus ansieht, obwohl beide, Gesicht und Name, zu der Schnur gehören, zu der man selbst gehört. In Klein Belaire gibt es viele Schnüre. Niemand weiß genau, wie viele es sind, weil unter den Klatschbasen über manche davon Uneinigkeit herrscht, einige behaupten, es seien gar keine Schnüre, sondern nur Teile von anderen Schnüren. In seiner Schnur wächst man zu einem eigenen Leben heran, je mehr man man selbst wird, desto mehr wird man auch zu der Schnur, zu der man gehört. Bis – wenn man außergewöhnlich ist – man an einen Punkt kommt, an dem sich die eigene Schnur erweitert und anfängt, andere zu schlucken, dann wächst man aus einer einzigen Schnur überhaupt heraus. Ich sagte, Rotbemalt habe einmal zur Wasserschnur gehört, und ihr Name war ›Wind‹; jetzt war sie größer und hatte keine Schnur mehr, die man benennen konnte, obwohl sie in ihrer Art zu sprechen, in den Bewegungen ihrer Hände, in der Art, wie sie ihr Leben führte, in kleinen Dingen also, immer noch Wasser war.

Wasser, Schnalle und Blatt; Handteller, Knochen und Eis; die winzige Fadenschnur von St. Gene, und Brinks Schnur, wenn es die überhaupt gibt. Und die anderen. Und die Flüsterschnur. Liebte ich Einmal-am-Tag wegen ihrer Geheimnisse, oder lernte ich wegen Einmal-am-Tag die Geheimnisse lieben?

Sie mochte die Nacht lieber als den Tag, die Erde lieber als den Himmel – bei mir war es umgekehrt. Sie war lieber drinnen als draußen, zog den Spiegel dem Fenster vor, trug lieber Kleider als nackt zu sein. Manchmal hatte ich das Gefühl, als schliefe sie lieber, als daß sie wach war.

In jenem Sommer und in dem Winter, der darauf folgte, und im nächsten Sommer nahmen wir Klein Belaire langsam in Besitz. So drückt man es aus. Wenn man ein Baby ist, lebt man bei seiner Mutter und geht mit ihr, wohin sie geht. Sehr bald kommt man dann zu seiner Mbaba, besonders, wenn die eigene Mutter eine Beschäftigung hat, wie die meine mit ihren Bienen; Mbabas haben mehr Zeit für die Kinder und vielleicht mehr Geduld, und besonders mehr Geschichten. Vom Zimmer der Mbaba aus macht man Ausflüge, ich zum Beispiel kletterte auf das Dach hinauf, wo die Bienenstöcke sind, oder die Schlange PFAD entlang, die man lernen muß – aber man kehrt immer dorthin zurück, wo man sich am sichersten fühlt. Doch gehört einem alles, weißt du – von innen bis nach außen –, und während man heranwächst, lernt man, es zu besitzen. Man schläft dort, wo man müde wird, man ißt und raucht dort, wo man Hunger bekommt. Jeder Raum gehört einem, sobald man sich in ihm befindet. Als ich später zur Liste von Dr. Boots kam, sah ich, daß dort die Katzen so leben, wie wir als Kinder lebten: wo man ist, ist man zu Hause, und wenn es dort weich ist, bleibt man, schläft vielleicht und sieht den Leuten zu.

Wir hatten unsere Lieblingsplätze – ineinander verschachtelte Zimmer, in denen ein ständiges Kommen und Gehen herrschte, wo Leute waren, die Neuigkeiten hatten, ruhige Schlangenhände im warmen, alten Labyrinth, wo es Truhen gab, die anscheinend niemandem gehörten, voll von alten Kleiderfetzen und anderem Krimskrams. Einmal-am-Tag verkleidete sich gerne und spielte verschiedene Rollen, Heilige und Engel, Helden der Langen Liga, Gestalten aus Geschichten, dic ich nicht kannte.

»Ich muß St. Olive sein«, sagte sie und hielt ein Armband aus blauen Steinen, das sie in einer Truhe gefunden hatte, ins Licht eines Dachfensters, »und du bist der Kleine St. Roy und wartest darauf, daß ich komme.«

»Wie warte ich?«

»Du wartest einfach. Jahr um Jahr.« Sie hüllte sich in einen langen, tristen Umhang und ging mit feierlichen Schritten auf und ab. »Weit in der Ferne versammelt sich die Liga. Sie ist nicht mehr zusammengekommen, seit vor langer, langer Zeit der Sturm vorbeigegangen ist. Jetzt versammelt sie sich wieder. Hier versammeln wir uns.« Sie setzte sich langsam und legte die Hand an die Stirn; dann blickte sie zu mir auf und sprach in weniger gekünsteltem Tonfall: »Während wir unsere Versammlung abhalten, hörst du davon«, sagte sie.

»Mach weiter!«

»Wie?«

»Besucher. Sie kommen und erzählen dir davon.«

»Was für Besucher?«

»Das war vor Hunderten von Jahren. Damals gab es noch Besucher.«

»Gut.« Ich nahm eine Haltung des Zuhörens ein. Ein Phantasiebesucher erzählte mir, daß sich die Frauen der Langen Liga wieder versammelten. »Was beschließen sie?« fragte ich ihn.

»Er weiß es nicht«, sagte Einmal-am-Tag, »weil er ein Mann ist. Aber seine Frauen sind zu der Versammlung gegangen, sie haben ihre Babys mitgenommen und helfen den Alten, alle Frauen.«

»Nicht die Frauen von Belaire.«

»Nein. Nein.« Sie hob eine Hand. »Sie warten nur. Ihr wartet alle, um zu hören, was die Liga beschlossen hat.«

Ich wartete weiter, während die Liga ihre Versammlung abhielt. »Irgendwie weißt du«, sagte Einmal-am-Tag, »daß jemand kommen soll, daß jemand von dieser Versammlung nach Klein Belaire kommen soll, obwohl es Jahre dauern kann, und daß er Nachrichten bringen wird …«

»Wieso weiß ich das?«

»Weil du der Kleine St. Roy bist«, sagte sie und verlor langsam die Geduld mit mir. »Und er hat es gewußt.«

Sie erhob sich und kam, um die Reise zu verlängern, mit winzigen, langsamen Schritten auf mich zu. »Ich bin Olive und komme von der Versammlung.« Sie kam langsam heran, ihre Augen hielten die meinen fest, und ich wartete im Labyrinth, jahrelang, weil ich wußte, daß sie kommen würde.

»Jetzt ist es Nacht«, sagte sie, und ihre Schritte waren so langsam und klein, daß sie stolperte. »Wenn du es am wenigsten erwartest, da auf einmal … ist Olive da.« Sie richtete sich auf und blickte sich um, überrascht, sich hier zu finden.

»Oh«, sagte sie. »Klein Belaire.«
»Ja«, sagte ich. »Bist du Olive?«
»Ich bin die, auf die du gewartet hast.«
»Aha«, antwortete ich. »Na gut.« Sie sah mich erwartungsvoll an, und ich überlegte, was der Kleine St. Roy jetzt wohl sagen könnte. »Was gibt es Neues? Bei der Liga?«
»Die Liga«, sagte Olive feierlich, »ist tot. Ich bin gekommen, um dir das mitzuteilen. Und ich habe viele Geheimnisse, die nur du erfahren darfst, weil du gewartet hast und treu geblieben bist. Geheimnisse, die die Liga vor den Sprechenden verborgen gehalten hat, weil wir Feinde waren.« Sie kniete sich neben mich und legte ihren Mund an mein Ohr. »Jetzt sage ich sie dir.« Aber sie machte nur ein summendes Geräusch ohne Worte an meinem Ohr.
»Jetzt«, sagte sie und stand auf.
»Warte. Verrate mir die Geheimnisse!«
»Das habe ich doch getan.«
»Richtig.«
Sie schüttelte langsam den Kopf. »Jetzt«, sagte sie im Befehlston, »müssen wir in deinem kleinen Zimmer für immer zusammen leben.« Sie nahm den Umhang von ihren eckigen Schultern und ließ ihn fallen; dann kniete sie neben mir nieder, lächelte und schob mich zurück, bis ich mich hinlegte. Sie legte sich neben mich, ihre flaumweiche Wange direkt an meiner, ihr Bein über das meine gelegt. »Für immer«, sagte sie.

»Warum waren die Lange Liga und die Sprechenden Feinde?« fragte ich Sieben Hände. »Welche Geheimnisse haben sie vor uns verborgen?«
Er war dabei, Glas zu machen – das Glas von Klein Belaire ist berühmt, immer noch kommen Händler und wollen es kaufen –, und er hatte den ganzen Vormittag lang Buchenasche mit feinem Sand und kleinen Stückchen Engelsglas von überallher vermischt; jetzt warf er eine zerbrochene Flasche hinein, die so grün war wie der Sommer, und sagte: »Ich weiß nichts von Geheimnissen. Und die Sprechenden waren nie die Feinde der Liga, obwohl die Liga das glaubte.

Das geht zurück auf die letzten Tage der Engel, als der Sturm kam. Dieser Sturm war wie jeder andere Sturm an einem Tag, wenn die Luft ruhig und heiß und gelblich ist und dicke Wolken sich weit im Westen hoch auftürmen; wenn der Sturm näher kommt, wird er schneller, jedenfalls scheint es so, und plötzlich regnet es in den Bergen, ein kalter Wind weht, und schon ist der Sturm über dir. Der Sturm, der die Engel auslöschte, war so: Gerade als sie am stärksten waren, kam der Sturm daher, vielleicht war er schon immer gekommen, schon von Anfang an. Aber scheinbar sahen ihn nur wenige außer der Liga der Frauen, die sich darauf vorbereiteten.

Und als schließlich der Sturm auf tausend Wegen, immer stärker werdend, daherbrauste, schien er sehr plötzlich zu kommen. Aber die Liga war nicht überrascht.«

Sieben Hände trat auf den Blasebalg, der sein Feuer zum Aufbrüllen brachte. »Es dauerte Jahre, bis der Sturm vorbeiging; und als alles zugrunde ging und Millionen hilflos und allein zurückblieben, als Tod und ungeheures Leid immer stärker, je stärker der Sturm wurde, jeden Teil des Landes heimsuchten, fiel der Langen Liga die Aufgabe zu, zu helfen, die Menschen und Dinge zu retten, die noch zu retten waren, und das übrige abzutrennen; die zusammengebrochene Welt der Engel wieder aufzubauen, wo das möglich war, und sie für immer zu begraben, wo es nicht möglich war. Und um dieser riesigen Aufgabe willen brach die Liga ihr uraltes Schweigen, alle Frauen bekannten sich zueinander, denn weißt du, vorher war die Liga geheim gewesen. Und jahrelang rettete und begrub die Lange Liga der Frauen, bis die Welt anders geworden war. Bis sie so geworden war, wie sie heute ist.«

Sein Glas war fertig geschmolzen, er nahm ein langes Rohr, befestigte einen Glasball daran und drehte ihn mit großer Vorsicht immer und immer wieder.

»Haben alle getan, was die Liga verlangte? Warum?«

»Ich weiß es nicht. Weil die Frauen der Liga die einzigen waren, die sich vorbereitet hatten. Weil sie eine neue Art zu leben hatten, die die Art der Engel ersetzte. Weil die Menschen auf irgend jemanden hören mußten.« Er begann zu blasen, mit rotem Gesicht und unwahrscheinlich runden Backen. Der grüne Ball wurde zu einem Ballon. Als er die richtige Größe hatte, kappte Sieben Hände mit einer schnellen Bewegung das Ende und begann das Rohr in seinen Händen zu drehen. Was vorher ein Ballon gewesen war, verbreiterte sich, wurde zu einer flachen Schale, die scheinbar jeden Augenblick vom Rohr fallen wollte.

»Aber die Sprechenden haben nicht auf sie gehört.«

»Nein. Während jener Jahre waren wir auf der Wanderschaft und bauten Belaire. Die Frauen von Belaire hatten nie zur Liga gehört, hatten sich nie dazu bekannt, daß die Liga sie mit einschloß, obwohl es hieß, die Liga sei eine Liga aller Frauen überall. Aber unsere Frauen standen bis auf das Sprechen, ihre Geschichten und ihre Heiligen fast allem gleichgültig gegenüber. Das erzürnte und frustrierte die Frauen der Liga, nehme ich an, es erzürnte sie, weil sie alle Unterstützung brauchten, die sie bekommen konnten, und es frustrierte sie, weil sie sicher waren, daß die Liga wußte, was für die Welt am besten war.«

»Wirklich?« Die Schale von Sieben Hände war zu einem Teller geworden, schwachgrün und durch das Auskühlen von Streifen durchzogen.

»Vielleicht. Ich nehme an, unsere Frauen dachten einfach, das sei nicht unsere Sache.

Seltsam ist aber«, sagte er, während er den Glasteller vom Rohr nahm, »daß die Liga dadurch, daß sie das schreckliche Wissen der Engel vor allen anderen verbarg, damit die Welt anders werden mußte, dieses Wissen selbst alleine behielt. Die Frauen der Liga, die die Engel am meisten haßten, waren am Ende die einzigen, die wußten, was die Engel gewußt hatten.«

»Zum Beispiel?«

Er hielt seinen Glaskreis, mit Blasen und grünen Flecken gesprenkelt wie die aufgewühlte Oberfläche eines winzigen Teichs, vor sein Gesicht. »Frag nicht mich«, sagte er. »Frag die Frauen!«

Mbaba fragte mich: »Bringt dich dein Flüsterschnurmädchen auf die Idee, all diese Fragen zu stellen?« Ich gab keine Antwort. Von allen Schnüren sind die Flüsterer diejenigen, die am meisten für sich bleiben. Die Knoten passieren mit anderen. »Nun«, sagte Mbaba, »ich kenne keine Geheimnisse, die der Kleine St. Roy kannte. Ich glaube, daß er alle verraten hat, die er kannte. Der Kleine St. Roy wollte eine Klatschbase werden, weißt du, aber schließlich sagte er, dafür sei er nicht klug genug. Er verbrachte jedoch sein ganzes Leben bei den Klatschbasen, bediente sie, trug ihnen die Sachen und rannte mit ihren Botschaften auf PFAD hin und her. Und er hörte zu, wenn sie redeten. Der Kleine St. Roy sagte, er sei wie eine Idee im Geist der Klatschbasen, und er rannte mit Eimern voll Wasser und einem Kopf voller Ideen durch Belaire.

Später, als er mit Olive zusammen lebte, erzählte er schwierige Geschichten. Aber das hatte er immer getan, obwohl er es vielleicht nicht so empfand, das weiß niemand.

In jenen Tagen begann man gerade, das Karteisystem zu erlernen, und Olive lernte es mit der Zeit so gut wie alle anderen; der Kleine St. Roy sagte: ›Vergiß nicht, Olive, man sollte aufhören, wenn die Jagd nach der eigenen Identität dazu führt, daß man sie zur Strecke bringt.‹

Von Olive sagte er, daß sie, wenn sie dunkel sei, sehr, sehr dunkel sei, und wenn sie leicht sei, sei sie leichter als Luft. Ich weiß nicht, was das bedeutete. Vielleicht weiß es die Flüsterschnur.«

Als ich Rotbemalt danach fragte, sagte sie: »Ich weiß nicht, welche Engelsgeheimnisse Olive vielleicht mitgebracht hat. Sie kommen in der Geschichte, die ich kenne, nicht vor. Dort kommt nur eine Katze vor und ein Licht. Sonst nichts.

Es war eine Nacht Mitte Oktober«, fuhr sie fort, »als der Kleine St. Roy nahe der Außenseite saß, um den Vollmond zu betrachten. Das große Dachfenster mit den vielen Scheiben, das heute tief im Inneren ist, befand sich damals näher an der Außenseite, und es war der beste Platz, um dazusitzen und den Mond zu beobachten. Roy war damit beschäftigt, nach dem Vollmond Ausschau zu halten, als ihn, gerade als der Kleine Mond heraufkam, winzig und weiß, der Vorbote des Großen Mondes, ein Geräusch aufschreckte, er blickte auf und sah vor sich eine riesige gelbe Katze. Der Kleine St. Roy sagte, er hätte gespürt, wie sich ihm die Haare im Nacken sträubten, als er sah, wie die Katze ihn ganz offen betrachtete, und während die Katze ihn betrachtete, kam von draußen ein Ball aus Licht durch die Tür geschwebt.

Ein runder Ball aus weißem Licht, so groß wie ein Kopf, er schwebte etwa in Mannshöhe heran, so sanft wie Wolfsmilchsamen. Er schwebte über den Kopf der Katze, wo er stehenblieb, und dann kam ein Windstoß, und das Licht trieb weiter, bis es über dem Kopf des Kleinen St. Roy hing. Nun konnte der Kleine St. Roy, wie seine ganze Schnur, Dinge sehen, die sonst niemand sah, und er betrachtete dieses Zeichen und wartete ab, was sich ereignen würde, er konnte es erraten; und während er reglos dasaß, folgte eine Person der Lichtkugel: eine große, hagere Frau mit einer gebogenen Nase und mit grauem, kurzgeschnittenem Haar.

›Oh‹, sagte sie, als sie den Kleinen St. Roy sah. ›Hier bin ich.‹

›Ja‹, sagte Roy, denn er wußte jetzt, wer sie war: daß sie es war, auf die er gewartet hatte. ›Endlich.‹

Die riesige Katze war langsam auf den Boden gesunken und legte den Kopf auf die Pfoten, und die Frau kam heran und setzte sich neben Roy, wobei sie ihren Umhang um sich zog. ›Nun‹, sagte sie, ›jetzt mußt du mich mit hineinnehmen und alle zusammenrufen, die hören sollen, was ich zu sagen habe.‹

›Bitte‹, sagte Roy. ›Ich könnte dich in einer Minute tief ins Innere führen, und ich kenne alle, die deine Botschaft hören sollten, wer zuerst und wer zuletzt, aber ...‹ Nun, die Frau wartete. Der Große Mond erhellte nun den Raum und stellte ihr Licht in den Schatten. Endlich sagte Roy: ›Es ist lange her, seitdem sich die Liga versammelt hat und seitdem wir erfahren haben, daß ein Mensch oder eine Nachricht zu uns kommen würde. Ich war es, der das erfahren und in Klein Belaire davon berichtet hat, und ich habe auf diesen

Tag gewartet. Und aus diesem Grund habe ich jetzt eine Bitte an dich. Ich möchte als erster wissen, wie die Nachricht lautet. Jetzt, vor allen anderen.‹

Die Frau sah ihn lange an, dann lachte sie leise. ›Es wurde immer erzählt‹, sagte sie, ›daß die Lange Liga hier sehr gefürchtet und ihre Botschaften nicht beachtet würden. Hat sich das geändert?‹

Auch St. Roy lächelte. ›Es gibt alte Dinge‹, sagte er, ›und es gibt neue Dinge. Ich glaube, auch die Lange Liga hat sich jetzt wohl verändert.‹

›Nein‹, sagte sie. ›Nein. Bei der Liga gibt es nichts Neues mehr. Das wollte ich dir sagen, dazu bin ich hergekommen, wie es andere all den alten Feinden der Liga mitteilen wollten – in den alten, alten Zeiten haben wir uns überall Feinde gemacht –, zu ihnen allen sind Frauen gegangen, um es ihnen zu sagen: mit der Liga ist es aus. Alles ist jetzt aus. Unsere Kraft ist seit langem geschwunden, wie es jede große Kraft muß und sollte; und nichts hat sich ereignet, was diese Kraft herausgefordert und wieder zum Erstarken gebracht hätte. Die Welt ist jetzt anders. Ob es wichtig ist, daß wir alle zusammengekommen sind, um das festzustellen, weiß ich nicht; aber vielleicht ist dieses letzte Bekenntnis der größte Erfolg. Gleichgültig. Deshalb bin ich gekommen. Nur, um dir das zu sagen. Die Lange Liga mit ihrer großen Tradition ist tot. Ich heiße Olive und ich bin mit dieser Nachricht gekommen, und wenn du mich haben willst, werde ich hierbleiben und mithelfen.‹

Dann war im Raum nur noch das Geräusch der Katze und das des Mondes zu hören.«

Rotbemalt nahm die Bügel ihrer Brille von den Ohren und polierte die Gläser sorgfältig. »Welche Geheimnisse sie Roy gebracht hat, die die Flüsterschnur geerbt haben könnte, vermag ich nicht zu sagen«, meinte sie. »Aber ich weiß eines von der Flüsterschnur: für sie ist ein Geheimnis nicht etwas, was man nicht verraten will. Für sie ist ein Geheimnis etwas, was man gar nicht verraten kann.«

Siebte Facette

In manchen Jahren gibt es eine Zeit nach den ersten Frösten, da wird die Sonne wieder heiß, und der Sommer kehrt für eine Weile zurück. Der Winter ist im Anzug: das erkennt man daran, wie der Morgen riecht, wie die Blätter, die sich halb verfärbt haben, trocken und zum Abfallen bereit sind. Aber der Sommer geht weiter, ein kleiner, unechter Sommer, um so wertvoller, weil er so kurz und unecht ist.

In Klein Belaire nannten wir diese Zeit – aus einem Grund, den jetzt keiner mehr kennt – Maschinensommer.

Vielleicht, weil der Sommer unendlich schien; in jener Jahreszeit in jenem Jahr schien es, als könnten sich auch Einmal-am-Tag und ich niemals voneinander trennen, genausowenig, wie die Schnallenschnur die Sonne von einem Kristall trennen könnte; es war gleichgültig, wie unglücklich wir einander machten, gleichgültig sogar, ob wir getrennt werden wollten. Wenn wir nicht beieinander waren, waren wir auf der Suche nacheinander. Es ist nicht seltsam, daß man glaubt, die Liebe, die so sehr einer Jahreszeit gleicht, werde niemals enden; denn manchmal glaubt man ja auch, daß eine Jahreszeit nie zu Ende geht – auch wenn man sich selbst sagt, daß man es doch weiß.

Im Maschinensommer gingen wir mit einem alten Brotmann von der Knochenschnur, der In-einer-Ecke hieß, zum Sammeln von St.-Bea-Brot. Daß er uns erlaubte mitzukommen, war eine Gefälligkeit für die Mbaba von Einmal-am-Tag, die er schon lange kannte; eine Gefälligkeit deshalb, weil wir noch zu klein waren, um wirklich eine Hilfe zu sein. Wir schliefen bei ihm in seinem Zimmer nahe an der Außenseite, erwachten, als das Dämmerlicht durch die durchscheinenden, gelben Wände drang. Ein dunstiger Maschinensommermorgen, der trocken, warm und schön werden würde. Einmal-am-Tag fröstelte und gähnte gleichzeitig und drückte sich an mich, um sich zu wärmen, während wir in der weißen Dämmerung darauf warteten, daß sich alle versammelten, viele trugen lange Stangen mit großen Haken an der Spitze. Nachdem ein paarmal durchgezählt und beratschlagt worden war, zogen wir hinaus, den Bach entlang, hinauf in den dunstigen, sonnendurchfluteten Wald.

Die Stelle mit den Brotbäumen würden wir bei Sonnenuntergang erreichen, schätzte In-einer-Ecke, zu der Zeit, wenn sie am größten waren. »Nachts, wenn es kühl ist, werden sie kleiner«, sagte er. »Wie Winden, nur schließen sie sich nicht, sie schrumpfen bloß. Das ist nur eine von den komischen Eigenschaften, die sie haben.«

»Was für komische Eigenschaften haben sie denn sonst noch?« fragte Einmal-am-Tag.

»Das werdet ihr schon sehen«, antwortete In-einer-Ecke. »Heute nachmittag oder heute abend. Morgen. Ihr werdet alle komischen Dinge sehen.«

Es gab keinen Pfad zu der Stelle, dem wir hätten folgen können. Die anderen Brotleute hatten sich verteilt, so daß wir nur gelegentlich einen oder zwei neben uns durch den Wald gehen sahen. Außer den Sprechenden rauchen noch viele andere St.-Bea-Brot, aber es bleibt unser Geheimnis, wo es wächst, und wir achteten sorgfältig darauf, zu dieser Stelle keinen Pfad zu trampeln. Wenn wir das Brot geerntet und zubereitet hatten, kamen andere nach Belaire und wollten damit Handel treiben; das machte Spaß und gereichte, glaube ich, allen zum Vorteil.

Wir kamen spät am Nachmittag aus dem Wald, traten zwischen großen, seufzenden Kiefern heraus auf eine weite Fläche silbern schimmernden Grases, das vom Wind bewegt wurde. Die anderen Brotleute zogen sich in einer langen Reihe rechts und links von uns dahin, manchmal bis zu den Schultern verborgen, und machten dunkle Furchen im Gras. Im Boden war eine hohe Welle, und auf ihr standen schon einige von den Brotleuten, winkten und riefen uns zu. »Von dort oben könnt ihr sie sehen«, sagte In-einer-Ecke; »lauft nur weiter!« Und das taten wir, wir rasten den Hügel hinauf, wo in Abständen, wie Wächter, hohe Betonpfosten standen.

»Schau«, sagte Einmal-am-Tag, die neben einem Betonpfosten stand, »oh, schau doch!«

Unten in einem kleinen Flußtal fiel die Sonne auf das Wasser, und es glitzerte wie Silber. Und sie fiel auch auf den Bestand von St.-Bea-Brot, der hier wuchs und (wie ich glaube) nirgends sonst auf dieser Welt.

Hast du jemals Seifenblasen gemacht? Wenn du leicht bläst und die Seife klebrig ist, kannst du aus dem Pfeifenkopf einen großen Haufen Blasen hervorwachsen lassen, große und kleine. Nun stell dir einen Haufen Blasen vor, der so groß ist wie du, die kleinen ganz oben sind kleiner als dein Kopf, kleiner als deine Hand, sie laufen in einer wogenden Spitze aus; ein großer, unregelmäßiger Haufen von Kugeln, die anscheinend so wenig substantiell sind wie Blasen, aber schwer genug, um die unteren Blasen zu elliptischen Säcken zusammenzudrücken. Und stell dir weiter vor, daß sie nicht klar und glasig sind wie Seifenblasen, sondern durchscheinend, die obere, der Sonne zugewandte Seite hat eine blaßrosa Farbe, die Unterseiten verdunkeln sich ganz am Boden zu einem bläulichen Grün. Und dann stell dir so viele von diesen Blasenhaufen vor, wie es in einem Hain Tannen gibt, alle neigen sich sanft, bauschen sich und hüpfen wie in einem feierlichen Tanz, der Boden ringsum ist voll farbiger Flecken von der Nachmittagssonne, die durch die durchscheinenden Blasen fällt. Davon lebt Klein Belaire.

Wir rannten hinunter zu den Bäumen, über große, gesprungene Betonflächen, vorbei an verfallenen Gebäuden ohne Dächer, die rechtwinklig in ordentlichen Quadraten angelegt waren, mit geradlinigen, vom Unkraut aufgerissenen Straßen dazwischen, und in den eigentlichen Bestand hinein. »Es sind wirklich Blasen«, sagte Einmal-am-Tag lachend und erstaunt. »Nichts. Überhaupt nichts.« Es waren Membranen, trocken und mit eingekerbten Zellen wie eine Schlangenhaut, und im Innern war nichts als Luft. Der Duft, den wir spürten, als wir dazwischen standen, war würzig, staubig und süß.

Die Brotleute sammelten sich alle im rosigen Licht, das die Blasenbäume warfen. Sie lächelten einander zu, schlugen sich gegenseitig auf den Rücken, zogen und kniffen in die

grobe, dicke Haut der unteren Blasen und hielten sich die Hand vor die Augen, wenn sie zu den feinen Spitzen hinaufsahen. Es war ein guter Sommer gewesen, feucht und heiß, man würde im nächsten Winter nicht knausern müssen. Die Hakenstöcke, die sie trugen, wurden für den nächsten Tag auf einen Haufen zusammengelegt, und aus einem großen Sack wurden Rollen mit dünnem Seil verteilt. Dann zerstreuten wir uns – Einmal-am-Tag und ich folgten In-einer-Ecke –, umkreisten den ganzen Bestand und arbeiteten uns langsam ins Innere vor, bis wir uns in der Mitte trafen.

In-einer-Ecke nahm ein kurzes Stück Seil und band es sehr fest um ein fedriges Stammstück unterhalb der untersten Blasen. Die Stämme reichten Einmal-am-Tag und mir bis an die Brust, und jeder Baum hatte viele davon als Stützen.

»Nur stützen sie sie nicht wirklich«, sagte In-einer-Ecke. »Das ist auch so eine komische Sache. Die Stämme sind weniger Stützen für die Bäume, sie hindern sie eher daran, davonzufliegen. Weißt du, wenn die Sonne die Luft im Innern der Blasen erwärmt, wird der ganze Baum riesig, so wie jetzt; und wird leichter. Warme Luft ist leichter als kalte Luft. Und wenn sie nicht durch die Stämme festgehalten würden ...«

»Würden sie wegschweben«, sagte Einmal-am-Tag.

»Einfach wegschweben«, sagte In-einer-Ecke. Seine zähen, alten Hände zogen das Seil fest, mit dem er den Stamm abband. Wir waren jetzt tief im Inneren, bewegten uns langsam auf den Mittelpunkt zu; rings um uns bauschten sich die blaugrünen Unterseiten und schwankten im leichtesten Windhauch. Es war zum Lachen; man wäre am liebsten herumgesprungen und hätte geschrien.

»Leichter als Luft«, sagte Einmal-am-Tag lachend. »Leichter als Luft!«

In der Mitte des Bestandes war eine Lichtung, und in der Mitte dieser Lichtung standen die Trümmer niedriger Gebäude und hohe Metalltürme, verbogen und verrostet, einige waren zusammengebrochen; alle umgaben sie eine große Grube in ihrer Mitte, und in dieser Grube, wie dafür gemacht, steckte eine flache, komplexe Masse aus schwarzem Metall, hoch und mit Nieten besetzt, aus der Streben herausragten, die den breiten Betonrand der Grube umfaßten – eine große Spinne, die aus einem Loch herausklettert. Überall aus dem Spinnenleib ragten unverständliche Maschinen heraus. Die Gebäude und die Türme schienen eingeschlafen zu sein, während sie das Ding bewachten. »Ist das der Pflanzer?« fragte ich.

»Ja«, sagte In-einer-Ecke. Er schlang sich das letzte Stück Seil über die Schulter und winkte uns, wir sollten ihm folgen; Einmal-am-Tag zögerte, bis ich sie bei der Hand nahm, und dann hielt sie sich ganz dicht hinter mir, als wir darauf zugingen.

»Es war bei den Sternen«, sagte ich.

»Ja, und ist wieder zurückgekommen.« Er und hundert andere wie er, die bei den Sternen waren; und als sie zurückkamen, nach wer weiß wie vielen Jahrhunderten, voll von höchst fremdartigem Wissen – da gab es niemanden mehr, der sie in Empfang genommen hätte. Von allem, was auf der Erde noch übrig war, waren sie das einzige, was seine Aufgabe noch kannte; und ohne Menschen, die sie in Empfang nehmen konnten, blieb das Wissen in ihnen verschlossen. Und so blieben sie mit unendlicher Geduld sitzen, aber niemand kam, denn alle waren auf der Straße oder tot oder verschwunden. Und schließlich starben die Pflanzer an der Stelle, an der sie saßen, sie rosteten, zerfielen; ihr Gedächtnis löste sich auf, ihr von den Engeln gemachtes Gehirn wurde zu Staub.

»Und wie seltsam, wenn man bedenkt«, sagte In-einer-Ecke, »daß man sie Pflanzer nannte, weil sie die ersten von einem System von Apparaten sein sollten, die Menschen auf andere Sterne verpflanzten. Statt dessen sitzt der Apparat jetzt hier und ist in Wahrheit ein Pflanzer geworden: er hat den kleinen Ballonbaum von anderswo hierher auf die Erde verpflanzt und ist also sein Pflanzer, wie ein alter, schwarzer Topf, in den eine Mbaba Ringelblumen pflanzt.«

Aus der Nähe war der Pflanzer ein riesiges Ding; er ragte flach und schwarz auf und blickte finster auf uns nieder. Die Kupplungen und Aufhängungen, die ihn an seinem Platz hielten, waren so stark, daß man es kaum für möglich hielt; so dickes Metall, so frei von Rost, eine so makellos geschmiedete Halterung, so dauerhaft. In der Mitte war etwas aufgebrochen, was vielleicht einmal eine Tür gewesen war: und aus dieser Tür schäumten wie ein Mund voll großer Trauben die mißgebildeten Blasen des ersten Baumes heraus, der Mutter aller anderen. Diese Mutterpflanze hatte blaugrüne Schößlinge ausgetrieben, die hatten über die Streben und Flächen des Pflanzers einen Weg nach unten gefunden und waren dann in die Erde eingedrungen wie Wurzeln; später waren sie wieder ans Licht gekommen, sagte In-einer-Ecke, als Stämme des Bestandes. »Das Ganze ist eine einzige Pflanze«, sagte er, »wenn es überhaupt eine Pflanze ist.«

Für diesen Tag war unsere Arbeit beendet, und während die Sonne unterging, sammelten wir Holz und errichteten Feuerstellen auf den Betonflächen unterhalb des Brotes.

»Ich weiß nicht, woher es kommt«, sagte In-einer-Ecke, während er die Holzstücke, die Einmal-am-Tag und ich gebracht hatten, im Kreis herum legte, damit sie uns die ganze Nacht wärmen würden. »Ich mache mir aber so meine Gedanken – über den Ort. Es ist kalt dort, denke ich mir, und die Stelle ist viel größer als diese hier; die Bäume werden dort niemals so groß, und die Lebewesen bewegen sich nur langsam oder überhaupt nicht.«

Wir schauten zu dem Brot hinüber, das mit dem Aufkommen der Abendkühle schon kleiner geworden war. »Warum glaubst du das?« fragte ich.

»Weil ich es rauche, seitdem ich ein Junge war. Weil ich mit ihm großgeworden bin, und meine Augen, mein Blut und mein Gehirn jetzt zum Teil aus demselben Stoff bestehen. Und ich glaube, ich weiß es: ich glaube, das Brot hat es mir gesagt.«

Es heißt, daß die Pflanzer viel weiser waren als jeder Mensch. Ich frage mich: Als dieser Pflanzer von wer weiß wo zurückkehrte und entdeckte, daß niemals jemand erfahren würde, was er wußte, hat er dann seine Ladung vielleicht absichtlich freigegeben in der Hoffnung (war er überhaupt zur Hoffnung fähig?), daß die Menschen eines Tages ein wenig darüber erfahren würden, wie es bei In-einer-Ecke gewesen war? Vermutlich nicht ... In-einer-Ecke zog mit knotigen Fingern eine Handvoll Brot vom letzten Jahr aus seinem Beutel.

Es war ganz graugrün, hatte nicht die rosa Tönung der Kugeln; es schimmerte seltsam von innen heraus, als er es in den Kopf der großen Kürbispfeife rieseln ließ, die er um den Hals hängen hatte. »Wißt ihr, früher dachte man, es sei nicht gut, es die ganze Zeit zu rauchen. Und später hieß es, man müsse es durch Wasser leiten, wenn man es dauernd rauchte, wie in den großen Pfeifen. Aber ihr jungen Leute achtet da nicht darauf. Und ich glaube, ihr habt recht. Es wird euch nicht schaden; es hat noch niemandem geschadet. Aber es verändert euch. Wenn ihr euer Leben als Menschen verbringt und nicht nur Menschennahrung eßt, sondern dies.«

Der Grund, warum man es in den alten Zeiten für schädlich hielt, war natürlich St. Bea. Nach dem ersten harten Winter in Klein Belaire fand sie die Blasen, die so gut rochen, wenn die Sonne sie erwärmte; und St. Bea hatte Hunger. Das Brot, das sie aß, tötete sie nicht einmal oder machte sie auch nur krank; aber als St. Andy sie Wochen später immer noch unter den Bäumen fand, waren ihre Kleider zu Fetzen zerrissen, sie aß von dem Brot, wenn sie Hunger hatte, und hatte ihn, die Sprechenden und die neue Genossenschaft vergessen, die doch ihre eigene Idee war. Und obwohl sie danach noch einige Zeit lebte, sagte sie nie mehr drei Worte hintereinander, die für St. Andy einen Sinn ergaben.

›Diese Pfeife, aus der du im Zimmer deiner Mbaba geraucht hast ...‹

Ja. Noch lange Zeit, nachdem man gelernt hatte, das Brot zu rauchen, vor Hunderten von Jahren, wurden die Pfeifenköpfe in Form von St. Beas Kopf gemacht, mit geöffnetem Mund, der das Brot aufnahm.

Das Brot zischte und brodelte, als In-einer-Ecke es ansteckte und mit hohlen Backen an dem alten, zerkauten Stiel sog. Die erste, rosige Wolke wogte auf. Er reichte Einmal-am-Tag die Pfeife, sie sog den Rauch ein, und aus ihren Lungen, durch Nase und Mund kam ein dünner, rosa Nebel; ich schauderte in plötzlichem Staunen angesichts dieses seltsamen Verfahrens – es kam mir seltsam vor, obwohl ich es doch mein ganzes Leben lang gesehen und selbst angewendet hatte.

Die ersten Sterne gingen blinzelnd am nahen, blauen Himmel auf. Ein Windstoß ließ den Pfeifenkopf aufglühen und riß den Rauch weg. Ein Stern, vielleicht einer, den wir von hier aus sehen konnten, war die Heimat des Brotes. Aber gleichgültig, wie hoch der Wind den Rauch trug, dorthin würde er nie mehr zurückkehren.

Am nächsten Morgen hingen schwere Wolken am Himmel, und die Flöße kamen von Süden den Fluß herauf. Den ganzen Tag arbeiteten die Brotleute, sie zogen die riesigen Trauben mit ihren Hakenstöcken von den abgebundenen Stämmen, hoben sie ab (an diesem bewölkten Tag waren sie nicht leichter als Luft, aber fast so leicht) und steuerten sie mit Schreien und Richtungsangaben auf die Flöße, dort banden sie sie mit Haken und Seilen, die sie durch die Häute zogen, fest. Einmal-am-Tag und ich konnten nicht viel helfen, aber wir liefen herum, schoben und zogen mit allen anderen, so gut wir konnten, denn an diesem Tag mußten alle Trauben abgenommen werden, sonst würden sie wie Zelte zusammenfallen und konnten nicht mehr bewegt werden.

Als die letzten mit den Flößen dorthin gebracht worden waren, wo Leute von der Schnallenschnur Ahornholz zu Holzkohle verbrannten, um das Brot zu trocknen, und wo man es dann zerkleinern, sieben und verpacken würde, um es wegzuschleppen, als die ganze Lichtung nackt dastand, nur die blaugrünen Stämme waren noch übrig, und als die Männer von den Flößen noch hierblieben, um diese Stämme über den Winter mit Säcken zu bedecken und Plastikfetzen und Tücher um den Pflanzer wickelten, um den Mutterbaum vor dem Schnee zu schützen, nun, da war die Ernte vorüber; und Einmal-am-Tag und ich hatten mitgeholfen; und wir fuhren mit dem vorletzten Floß zurück.

Erschöpft legte sie den Kopf in meinen Schoß, und wir wickelten uns in einen Zottelumhang, den uns jemand gab, denn der Wind war kalt; abgefallene Blätter schwammen auf der grauen Oberfläche des Flusses.

»Der Winter kommt«, sagte ich.

»Nein«, widersprach sie schläfrig. »Nein, das stimmt nicht.«

»Einmal muß er aber kommen.«

»Nein.«

»Nun, wenn der Winter ...«

»Still«, sagte sie.

Achte Facette

Lange danach, in einem Regenwinter, nach meinem Jahr bei einem Heiligen, nach meinem Brief von Dr. Boots, in einem Winter, den ich allein und oft schlafend verbrachte, lernte ich einen Trick mit meinem Bewußtsein: manchmal, auf halbem Weg zwischen Wachen und Schlafen, wurde es wieder jung. Wie soll ich es erklären? Als ob ich, für einen Augenblick, zu meinem jüngeren Ich würde; oder als ob mir ein ganzer Augenblick meiner Vergangenheit zurückgegeben würde, vollständig, ohne daß irgend etwas fehlte, und das so plötzlich, daß ich oft nicht wußte, um welchen Augenblick es sich handelte; noch ehe ich es in Erfahrung bringen konnte, schlief ich dann ein, oder die Anstrengung, mich zu konzentrieren, machte mich wach, und der Augenblick war verloren.

Nun, es war interessant, und ich hatte Zeit, es zu üben – ich hatte sonst eigentlich überhaupt nichts zu tun –, und es gab Zeiten, da schaffte ich es eine ganze Weile lang, mein ganzes Sein durchlebte eine vergangene Zeit noch einmal, bis auf ein kleines, beobachtendes Auge, das staunend zusah. Ich glaubte, ich sei in jenem endlosen Winter am Ende meines Lebens angelangt, und es schien mir richtig, daß ich es überprüfen durfte, in einzelnen Stücken und Blicken, mein kurzes Leben, das mir doch so lang erschien: wie

Mbaba den Inhalt ihrer geschnitzten Truhen durchsieht. Ich konnte mir nicht aussuchen, in welchem Augenblick ich mich wiederfinden wollte; ich konnte zwei Jahre alt sein oder zehn. Manchmal war ich im Sommer auf den Dächern, der Kopf dröhnte mir vor Hitze unter einem Hut und einem Schleier, als ich mit meiner Mutter die Bienen versorgte. Dann wieder war ich tief im Inneren, im Winter, in der stikkigen Wärme, und lernte mit Einmal-am-Tag das Ringespiel, den Kopf voll mit den Gedanken jenes Winters, mit dem Aroma jenes Winters; denn jede Jahreszeit in jedem Jahr – vielleicht sogar jeder Tag, jeder Morgen, jeder Abend? – hat einen eigenen Geschmack, ausgeprägt und völlig vergessen, bis man ihn von neuem auf der Zunge spürt.

Manchmal hörte ich auch zu, wie Rotbemalt mit ihrer vollen, weittragenden Stimme die Geschichten von den Heiligen wob, und sah allmählich, wie all diese Geschichten in gewisser Beziehung eine einzige waren: eine einfache Geschichte über das Leben und das Menschsein; eine Geschichte, die, so einfach sie war, nicht selbst erzählt werden konnte.

Und einmal schloß ich die Augen und wartete, ohne mich zu bewegen, und da fand ich mich in meinem zehnten Frühling wieder, ich saß mit den anderen vor der Tür der Schnallenschnur und blickte hinaus auf die blühenden Bäume, die ihre Blütenblätter auf den Weg streuten, der nach Süden führte, und ich sah, wie eine Gruppe von Reisenden in trister, schwarzer Kleidung vor dem rosa-weißen Frühling diesen Weg heraufkam, sie waren gekommen, um Brot einzutauschen. Um mich leuchteten die durchscheinenden Wände der Schnallenschnur blaßgelb in der Sonne; unter mir war die Erde des Fußbodens mit bunten Teppichen belegt; neben mir standen in ihren gemusterten Umhängen die Händler der Wasserschnur und die hellen Brotsäcke. Und direkt an meiner Seite zog Einmal-am-Tag gerade ihre Hand aus der meinen. Ich wachte wieder auf, und es war Winter, meine Augen waren weit offen, ich fror, mein Herz klopfte; und ich lauschte, wie der kalte Regen fiel.

Seit vielen Wochen hatte Einmal-am-Tag in diesem Frühjahr von nichts anderem gesprochen als von den Händlern der Liste von Dr. Boots, die erwartet wurden; wenn sie nicht von ihnen sprach, schwieg sie. Die Händler der Liste kamen jedes Jahr im Frühling, sie waren beinahe unsere einzigen Besucher, und ihre Ankunft war ein großes Ereignis, aber für die Flüsterschnur waren sie mehr als nur Besucher. »Sie sind meine Vettern«, sagte Einmal-am-Tag, ein Wort, das ich nicht verstand; als ich sie fragte, was sie damit meine, konnte sie es mir nicht erklären, nur, daß sie dadurch sehr eng mit ihnen verbunden war.

»Wie kann das möglich sein?« fragte ich. »Es sind keine aufrichtig Sprechenden. Sie gehören nicht zu deiner Schnur, du kennst nicht einmal ihre Namen. Keinen einzigen Namen.«

»Meine Schnur ist die von Olive«, sagte sie, »und Olive gehört zur Liga. Und die Liste von Dr. Boots auch. Das ist mit ›Vettern‹ gemeint.«

»Die Liga ist tot und begraben«, sagte ich. »Das hat Olive gesagt.«

»Rede nicht von Dingen«, sagte sie, »über die du nichts weißt!«

Jetzt kamen ein Dutzend Gestalten oder mehr den Weg herauf, meistens Männer in breiten, flachen, schwarzen Hüten, die rundherum mit Blumen bekränzt waren. Als sie näher kamen, konnten wir ihren Gesang hören: oder vielleicht war es gar kein Gesang, denn es gab keine Worte und auch keine Melodie, nur ein leises Summen in verschiedenen Tönen und Lautstärken, ein Schnarren hier, ein Brummen dort, es veränderte sich, wenn einer aufhörte oder ein anderer einsetzte, jeder mit seinen eigenen Lauten. Die alten Männer und Frauen von der Wasserschnur gingen den Hügel hinunter ihnen entgegen, und die jüngeren folgten, um ihnen ihre Lasten abzunehmen, kunstvoll verschnürte Ballen, Kisten und Bündel. Allenthalben ertönten Grüße, ruhig und förmlich, und die Männer mit den schwarzen Hüten und die großen Frauen traten durch die Tür der Schnallenschnur in die hübschen Räume, die sich dort, nahe der Außenseite befinden, wo ich mit Einmal-am-Tag und den anderen wartete, die zur Begrüßung herausgekommen waren. Die Glocken, die die Besucher trugen, klingelten, die Leute redeten in seltsam schnarrenden Tönen und in einer alten, verschliffenen Sprache, die Bündel wurden beiseite gelegt, bis Limonade und Winternüsse gebracht wurden. Einmal-am-Tag wandte den Blick nicht von den Besuchern, aber wenn einer die Sitzenden musterte und sie dabei zufällig anblickte, schaute sie weg; das Lächeln, das sie ihnen schenkte, hatte ich noch nie zuvor an ihr gesehen.

Aus der Ferne hatten sie streng gewirkt, so schwarz und bärtig, wie sie waren, aber aus der Nähe war es anders; ihre langen, glatten Gewänder waren mit winzigen Ornamenten in Gold und verschiedenen Farben verziert und kompliziert gefältelt; ihre Glöckchen waren an überraschenden Stellen angebracht, so daß man lachen mußte, wenn sie klingelten. Mitten in diesem klingelnden, träge lächelnden Kreis hatte man das Gefühl, als seien sie Menschen von ungeheurer Ruhe und Gelassenheit, die genügend Anmut und Energie hatten, um für immer hier zu sitzen. Sie erinnerten mich an das, was Rotbemalt von St. Olives Katze erzählt hatte.

Brot aus der Herbsternte wurde von den Wasserschnurhändlern unter den Besuchern herumgereicht, deren Glöckchen und Armbänder klirrten, wenn sie die glitzernden Flocken weiterreichten, um sie zu betasten, zu beriechen und zu betrachten. Der alte In-einer-Ecke warf ein paar Hände voll in den großen – beinahe lebensgroßen – Messingmund von St. Bea, der die Spitze einer riesigen, bernsteinfarbenen Glaspfeife bildete, welche man tags zuvor in Erwartung der Gäste hierher an die Außenseite gebracht hatte. Die Pfeife war Hunderte von Jahren alt und einer der kostbarsten Schätze der Schnallenschnur, obwohl es keine Geschichte dazu gab, man wußte nur, wie alt sie war, deshalb hätte die Handtellerschnur sie gar nicht so großartig gefunden.

Einer der Händler kam näher und ließ sich graziös neben Einmal-am-Tag nieder. Er war braun und runzlig wie eine Nuß, mit knorrigen, wurzelartigen Handgelenken und Händen, aber sein Lächeln war breit, und auch seine Augen blickten wach und freundlich zu Einmal-am-Tag hinunter, die verlegen von ihm wegsah. Wenn er den Blick von ihr wandte, schaute sie zu ihm hinauf; wenn er auf sie hinuntersah, schaute sie weg. Dann löste sie von ihrem Handgelenk das Armband aus blauen Steinen, das sie in einer alten Truhe gefunden und zu ihrem Eigentum erklärt hatte.

Sie hielt es ihm hin, und er nahm es leicht in seine Finger mit den gelben Nägeln. »Das ist hübsch«, sagte er. Er drehte es und hielt es ans Licht; dann lächelte er. »Was möchtest du dafür eintauschen? Was willst du haben?«

»Nichts«, sagte sie.

Er sah sie mit hochgezogenen Augenbrauen an, nahm das Armband von einer Hand in die andere; dann lächelte er und legte es sich um sein eigenes Handgelenk, schüttelte es kurz, ohne ein weiteres Wort, um es zwischen die anderen einzupassen, die er trug, und wandte sich wieder dem Handeln zu. Mit einem rätselhaften Lächeln nahm Einmal-am-Tag einen Zipfel seines schwarzen Gewandes, der neben ihr lag, in die Hand und hielt ihn fest.

Im Laufe des Nachmittags öffneten die Frauen und Männer der Liste ihre Kisten, legten ihre Waren aus, und das Brot wurde abgemessen. Sie hatten Vier Töpfe mitgebracht, jeden Vierersatz in einem eigenen Behälter; der schwarze dieser Töpfe, der einen rosafarbenen Stoff enthielt, war derjenige, der mich bei Rotbemalt in Träume versetzt hatte, die anderen Töpfe dienen zu anderen Zwecken; die Leute von der Liste nennen sie ›Töchter der Medizin‹, und nur sie allein kennen das Geheimnis. Sie hatten auch Geräte und einige Stücke Engelssilber dabei, das sie ›rostfreien Stahl‹ nannten. Sie hatten Schachteln und Krüge mit süßen Kräutern und getrockneten Gewürzen, Zucker aus Rüben und Flohpulver für Katzen; für die Schnallenschnur hatten sie alte Dinge, die noch zu reparieren waren, scharfe Werkzeuge, von den Engeln gemachte Schrauben mit dazugehörigen Muttern; für die Handtellerschnur gab es alte Fundstücke, Schlüssel, Pfeifen und eine Glaskugel, in der es auf ein winziges Haus schneite.

Dafür tauschten wir Glasschüsseln und anderes Glas, in

Plastik gerahmte Brillen, Papier zum Rauchen, rosa, gelbes und blaues, Honigwaben, Schildpatt, das so poliert war, daß es wie Plastik aussah, und meterweise durchscheinendes Plastikband mit Hunderten von kleinen Bildern darauf, das sich für Gürtel eignete. Und natürlich Brot in Säcken, das für sie so wertvoll war wie für uns die Medizinen, die sie mitbrachten. In zwei oder drei Zimmern wurde der Handel abgewickelt, dort war alles voll süßem Rauch und Gesprächsgemurmel, die Farbe der gelben Wände wurde immer intensiver; so viele wollten etwas tauschen oder auch nur die Besucher sehen und sie hören, daß ich meinen Platz aufgeben mußte, aber Einmal-am-Tag verließ ihren Platz neben dem braunen Mann, der ihr Armband trug, nicht.

Die Besucher schliefen in dieser Nacht bei der Flüsterschnur, zu zweit oder zu dritt in Räumen, die weitab von PFAD lagen und nahe an der Außenseite – das waren uralte Vorsichtsmaßnahmen, jetzt nur noch Formalitäten, aber man beachtete sie noch immer –, und wenn man spätnachts an den Zimmern vorbeikam, in denen sie waren, konnte man sie in Gespräche vertieft oder miteinander lachen sehen. Ich ging vorbei, wagte aber nicht, in ihren Kreis zu treten, obwohl niemand gesagt hatte, das sei verboten. Ich trieb mich draußen herum, versuchte aufzuschnappen, was zwischen ihnen gesprochen wurde.

Im ersten Dämmerschein wachte ich auf, alleine, und schrie, weil ich plötzlich ein Gesicht sah, das auf mich herunterschaute, aber es war niemand da. Als ob man mich gerufen hätte und als ob ich noch zu tief im Schlaf steckte, um den Ruf zu ignorieren, folgte ich PFAD schnell zur Tür der Schnallenschnur, rannte von einem schwachen Fleck blauen Lichts aus den Dachfenstern zum nächsten; niemand war wach. Aber als ich mich der Tür der Schnallenschnur näherte, traten weitere Gestalten auf PFAD heraus, und ich versteckte mich und beobachtete sie.

Die Liste von Dr. Boots brach auf, die Leute wurden von einer Frau der Flüsterschnur hinausgeführt, die großen Ballen auf ihren Schultern veränderten die Gestalten im Dämmerlicht. Die Frau zeigte ihnen die Tür – ein heller werdendes Rechteck aus blauer Dämmerung – und zog sich dann ohne Abschied zurück. Sie warteten einen Augenblick, bis sich alle versammelt hatten, dann gingen sie auf die Tür zu; und von PFAD schoß eine kleine Gestalt heraus und überholte sie.

Ich trat aus meinem Versteck und packte Einmal-am-Tag am Arm, irgendwie war ich gar nicht überrascht, obwohl ich damit keinen Augenblick lang gerechnet hätte.

»Warte«, sagte ich.

»Laß mich gehen!« gab sie zurück.

»Sag mir, warum!«

»Nein.«

»Wirst du zurückkommen?«

»Frag mich nicht!«

»Sag, daß du zurückkommen wirst! Versprich es! Sonst werde ich dir folgen. Ich werde es Sieben Hände sagen und In-einer-Ecke und deiner Mbaba, und wir werden dir folgen und dich zurückholen.« Ich sprach in einem verzweifelten, rasend schnellen Flüsterton, ich wußte nur zum Teil, was ich sagte. Ich hatte sie nicht losgelassen, jetzt ergriff sie den Arm, mit dem ich sie festhielt, und so standen wir da, miteinander verbunden, und starrten einander in die schwach erkennbaren Gesichter.

»Ich habe dir GELD gegeben«, sagte sie da, ruhig, aber eindringlich. Das GELD war in meinem Ärmel; ich trug es immer bei mir. »Ich habe dir GELD gegeben, und du mußt tun, was ich sage.« Sie nahm meine Hand von ihrem Arm. »Folge mir nicht! Sag niemandem, wohin ich gegangen bin, nicht heute und auch morgen nicht, so lange nicht, bis ich weit weg bin. Denk nicht mehr an mich. Bei dem GELD, das ich dir gab.«

Sie hatte mich zum Schweigen gebracht, ich hatte keine Hoffnung mehr und fürchtete mich; und sie wandte sich ab. Der letzte der Liste von Dr. Boots, der braune, wurzelartige Mann, blickte sich nach ihr um, als sie hinter ihm hereilte, um ihn einzuholen.

»Im Frühling«, sagte ich. »Da wirst du zurückkommen.«

»Jetzt ist Frühling«, sagte sie, ohne sich umzudrehen; und

dann war sie fort. Ich ging zur Tür und sah zu, wie sie einer hinter dem anderen, mit Umhang und Hut, in der dunstigen Dämmerung nach Süden zogen; und Einmal-am-Tag in einem blauen Kleid, mit fliegendem, schwarzem Haar, lief hinterher, um sie einzuholen; ich glaubte, ehe der Dunst oder meine Tränen sie alle unsichtbar machten, zu sehen, wie einer ihre Hand nahm.

An diesem Tag versteckte ich mich, denn es gab niemanden, zu dem ich hätte gehen können, ohne ausgefragt zu werden; ich konnte mit niemandem sprechen, ohne mich dabei durch mein Sprechen zu verraten. Beinahe, beinahe wäre ich in einem schmerzlichen Anfall von Zweifeln zu Sieben Hände gegangen, aber ich tat es nicht. Man würde sie nicht vermissen, wenn ich nicht Alarm schlug, denn sie konnte überall im Gewirr von Belaire sein, und das ohne Gefahr; aber ich wußte nicht, ob es so am besten war. Ich wußte gar nichts, und so überließ ich ihr die Entscheidung. Ich dachte mir: Es ist so arrangiert worden; die Flüsterschnur hat es arrangiert; die Erwachsenen haben darüber entschieden. Ich wußte nicht, ob das stimmte, aber ich versuchte es zu glauben. Und ich versteckte mich.

Auf der Suche nach Orten, an denen ich allein sein konnte, drang ich tiefer ins alte Labyrinth ein und kam ziemlich spät zu dem Zimmer, an dessen Wänden aus Engelsgestein das kleine Haus hing, in dem die beiden Kinder und die alte Frau je nach Wetter durch ihre kleinen Türen ein- und ausgingen, und wo das falsche Bein in einer Ecke stand.

Wie war es möglich, daß ich es nicht gewußt hatte? Wir waren wie zwei Finger an einer Hand gewesen; wir waren aufrichtig Sprechende, und doch hatte ich es nicht gewußt; und ich verstand es auch jetzt nicht. Vielleicht, dachte ich, hatte sie sich erst in genau diesem Augenblick in der Dämmerung dazu entschlossen; aber das konnte ich nicht glauben. Sie hatte es gewußt und geplant und darüber nachgedacht, hatte – so mußte es wohl sein – seit Tagen an nichts anderes mehr gedacht; und trotzdem hatte ich es nicht gewußt.

Ich dachte darüber nach, was sie gesagt hatte: Vettern; und wie sie, die von der Flüsterschnur war, auch zur Liga gehörte, genau wie die Liste von Dr. Boots, wenn auch nur entfernt. Ich dachte, daß Olive wohl irgendwelche Geheimnisse von der Liga mitgebracht haben mochte, die die Flüsterschnur kannte, daß aber die Liste von Dr. Boots noch mehr kennen mußte, so wie ihre Leute auch Medizinen kannten und umherzogen, wie es früher die Liga getan hatte; ich dachte über all das nach, was Rotbemalt gesagt hatte, daß für die Flüsterschnur ein Geheimnis nicht etwas sei, was man nicht verraten wolle, sondern etwas, was man gar nicht verraten könne.

Über all das dachte ich nach, aber nichts davon fügte sich zu einem Sinn zusammen, den ich verstanden hätte. Ich studierte das kleine Plastikhaus an der Wand. Auf seinem Sims stand die alte Frau jetzt allein; die beiden Kinder versteckten sich.

Die alte Frau kommt heraus, wenn es dunkel ist, sagte sie, und die beiden Kinder, wenn die Sonne scheint. Und wenn das Wetter sich ändert, tauschen sie die Plätze. Und vier tote Männer. Sie sind verrückt, sagte sie.

Aber über mir schien die Sonne, der Frühling war auf seinem Höhepunkt.

Ich verstand überhaupt nichts und weinte lange in meinem Versteck in dem düsteren, kleinen Raum, allein mit dem Haus und dem Bein und jedem nicht verratenen Geheimnis.

›Es war ein Barometer.‹

Was?

›Ein Barometer. Das kleine Haus an der Wand; es war ein Barometer. Ein Gerät, das das Wetter anzeigt. Eine Maschine, sonst nichts.‹

Ja, das Wetter. Aber verstehst du nicht ...

›Warte. Dieser Kristall ist zu Ende.‹

Das Gelächter des Mannes ohne Bein

Erste Facette

Was ist das?

›Ein Kristall. Ein Kristall mit acht Seiten: siehst du? Ich habe ihn durch einen neuen ersetzt. Wir können jetzt weitermachen.‹

Ich verstehe nicht ganz. Warum haben wir denn aufgehört?

›Die Kristalle zeichnen auf, was du sagst. Alles, was du gesagt hast, wurde – wurde eingeschnitten oder eingedrückt auf den Facetten dieses Kristalls; ich kann dir nicht erklären, wie das vor sich geht. Man kann es dann mit einer anderen Maschine wieder einfangen, und wir können noch einmal genau hören, was du gesagt hast; die genauen Worte, wie du sie gesprochen hast.‹

Wie die Bücher, die Blink hatte.

›Ja, ungefähr ...‹

Aber warum brauchst du so etwas? Ich bin doch selbst jetzt auch nichts anderes als das; ich weiß das, obwohl ich mich fühle, als wäre ich wirklich hier. Ich bin nur eine Art Kristall, oder – oder eine Fliege, die in einem Plastikblock gefangen ist ...

›Was?‹

Eine Fliege. In einem Plastikblock. Blink hatte so etwas ... Sag es mir! Wer ist der, der ich bin?

›Sprechendes Schilfrohr.‹

Das ist keine Antwort.

›Es ist die einzige, die jetzt wahr ist.‹

Das ist sehr verwirrend. Ich spüre, daß ich ich bin und nur ich; aber das kann nicht sein.

›Erzähle deine Geschichte weiter; sie ist weniger verwirrend. Es ist am besten, wenn du einfach die Geschichte erzählst, von Anfang bis Ende – das ist etwas, was wir über dich wissen. Willst du von Blink erzählen?‹

Blink.

Wenn Blink ein Heiliger war, dann bin ich keiner; wenn Blink kein Heiliger war, dann stimmt es vielleicht, daß ich einer sein könnte. ›Transparent‹ – so seien die Heiligen, sagte Rotbemalt, oder versuchten, so zu sein; und so bin ich jetzt, nicht wahr?

Sie sagte: »Die Heiligen haben entdeckt, daß aufrichtig sprechen mehr bedeutete als nur verstanden zu werden; die Hauptsache war, daß sich um so mehr Leute in einem sahen wie in einem Spiegel, je besser man sprach. Oder genauer: um so mehr Menschen sahen sich durch einen, als sei man transparent geworden.«

Es war am Ende meines zweiten siebenten Jahres, und ich hatte sie aufgesucht, um mir wieder das System lesen zu lassen; ehe sie mit ihren Linsen und gläsernen Rechtecken an die Arbeit ging, setzten wir uns, unterhielten uns und aßen Äpfel, was mich an den ersten Tag erinnerte, an dem ich gekommen war, um bei ihr zu lernen.

»Warum gibt es jetzt keine Heiligen mehr?« fragte ich.

»Nun«, meinte sie, »vielleicht gibt es noch welche. Heilige werden nicht als Heilige erkannt, weißt du, erst lange, nachdem sie tot sind, wenn die Menschen sehen, daß ihre Geschichte sie überlebt hat. Wenn es also jetzt Heilige gibt, wissen wir es nicht.«

»Aber es gibt schon lange keine Heiligen mehr. Seit vielen Lebensspannen nicht mehr.«

»Das ist richtig«, gab sie zu. »Der Kleine St. Roy und St. Olive waren die letzten, und St. Gene, wenn er wirklich ein Heiliger ist, wie es die Fadenschnur glaubt. Aber weißt du, es gibt auch ruhige Zeiten, sie können Jahrhunderte dauern, in denen man nur die Aufgabe hat, zu lernen, was die geschäftigen Zeiten entdeckt haben; und dann kommt eine Zeit für neue Entdeckungen. Die Menschen geraten in Bewegung.«

»Sieben Hände glaubt, daß jetzt so eine Zeit beginnt.«

»Wirklich?«

»Er spricht davon, Belaire zu verlassen, ›ihr entgegenzugehen und nicht zu warten, bis sie kommt‹, sagt er.«

»Ja?«

So, wie sie das sagt, wußte ich, daß sie bezweifelte, ob Sieben Hände wirklich von etwas Neuem wußte, oder ob er vorhatte, hinauszuziehen und es zu entdecken. »Und Einmal-am-Tag ist fortgegangen«, sagte ich.

»Wer ist das?« wollte Rotbemalt wissen. »Ach ja, das Mädchen von der Flüsterschnur ...« Sie sah mich scharf an. »Glaubst du, sie ist fortgegangen, weil sie lernen wollte, eine Heilige zu werden?«

»Ich weiß es nicht.«

»Wirst du ihr folgen, wohin sie gegangen ist?«

»Ich weiß es nicht«, sagte ich. »Nein.«

Als Einmal-am-Tag endlich vermißt worden war, hatte man mich ausgefragt. Ich sagte, ich wisse, daß sie mit der Liste gegangen sei, und zwar freiwillig, aber ich wisse nicht, warum, oder ob sie zurückkehren werde; und sie sahen, daß ich die Wahrheit sprach. Die Nachricht verbreitete sich schnell durch ganz Belaire, und es gab Vorwürfe, beinahe hätte man eine Versammlung abgehalten; Botschaften flogen über PFAD, und die Klatschbasen trafen sich, aber niemand konnte mit Sicherheit sagen, ob die Erwachsenen der Flüsterschnur im vorhinein gewußt hatten, was Einmal-am-Tag tun wollte, oder nicht, oder ob die Liste sie zum Mitkommen aufgefordert hatte, oder wie es sonst zugegangen war. Eigentlich sollte es solche Geheimnisse unter aufrichtig Sprechenden nicht geben, aber es kann vorkommen. Der Kleine St. Roy sagte einmal: »Aufrichtig Sprechen wäre nichts anderes, als einfach die Wahrheit zu sagen, wenn die ganze Wahrheit einfach wäre und gesagt werden könnte.«

Als im nächsten Frühling die Händler der Liste kamen, war Einmal-am-Tag nicht dabei. Während ich darauf wartete, daß sie kamen, hatte ich mir vieles ausgemalt: daß sie zurückkommen würde, aber so verändert, daß man sie nicht mehr erkannte, unfähig, aufrichtig zu sprechen; daß sie sich überhaupt nicht verändert hatte, mich begrüßen würde wie immer, und alle Wunder mit mir teilen würde, die sie selbst erlebt hatte; daß es ihr leid tun würde, daß sie weggelaufen war, und daß sie uns demütig bitten würde, sie wieder aufzunehmen; daß sie in der fremden Umgebung der Liste krank geworden und gestorben sei, und daß man sie als weißen, traurigen Leichnam zurückbringen würde. Aber sie kam überhaupt nicht zurück; und die Leute von der Liste sagten nur, es ginge ihr gut und sie sei recht glücklich, sonst wüßten sie nichts Wichtiges, könnte man jetzt mit dem Handeln beginnen?

In diesem Frühjahr zählten wir unsere Kinder, als die Händler fort waren.

Jedes Frühjahr wartete ich auf sie, aber sie kehrte nicht zurück. Jedes Jahr war das Warten auf die Liste, auf sie, ein Teil des Wartens auf den Frühling. Es machte die Sehnsucht nach dem Frühling dringender, die Langeweile des Winterendes aufreizender; es bewirkte, daß mich die Zeichen – Schmelzbäche, zurückkehrende Vögel – noch schlimmer anspornten. Sie, die so herbstlich, so für das Leben im Haus geschaffen war, bedeutete allmählich den Frühling für mich.

»Du willst ihr nicht folgen«, sagte Rotbemalt. »Wohin willst du dann gehen?«

»Nun, ich weiß es nicht«, antwortete ich. »Nicht genau.«

»Für jemanden, der ein Heiliger werden soll«, sagte sie, »weißt du eine ganze Menge nicht.« Sie lächelte. »Das ist ein gutes Zeichen.«

Daß Rotbemalt, obwohl ich es weder ihr noch sonst jemandem erzählt hatte, wußte, daß ich vorhatte, Klein Belaire zu verlassen und ein Leben zu führen, das man in Geschichten erzählen konnte – daß ich also vorhatte, ein Heiliger zu werden –, überraschte mich nicht. Ich hatte es ihr ja doch gesagt. Es gab nichts mehr, was ich wußte, wollte oder dachte, das ich vor ihr verbergen konnte; denn ich sprach aufrichtig, und das hatte sie mich gelehrt.

»Ein Leben«, sagte sie, faltete die Hände und betrachtete die erste Scheibe des Systems, die auf ihrer Wand leuchtete, »besteht aus Umständen. Umstände sind Umschlingungen, sie sind Kreise. Der Kreis des Lebens eines Heiligen, all seine Umstände, ist in der Geschichte seines Lebens enthalten, wenn er sie erzählt; und die Geschichte seines Lebens ist in unserer Erinnerung daran enthalten. Die Geschichte seines Lebens ist ein Umstand in unserem Leben. So ist der Kreis seines Lebens im Kreis unseres Lebens enthalten, wie die Ringe von Kräuselwellen, die im Wasser entstehen.«

Sie erhob sich, ihre Röcke raschelten auf dem harten Erdboden.

Aus der langen Schachtel, die die Handtellerschnur war, zog sie ein zweites Glasviereck heraus und schob es mit dem anderen an seinen Platz. Das Brett veränderte sich; Farben mischten sich und wurden zu anderen Farben; Massen veränderten ihre Gestalt, wurden in neue Beziehung zu anderen Massen gesetzt.

»Siehst du?« fragte sie. »Die Heiligen sind wie die Scheibchen des Systems. Ihre gegenseitige Durchdringung enthüllt alles, nicht die Scheibchen selbst.«

»Es ist wie bei den Heiligen«, sagte ich, »weil sie ihr Leben transparent machten wie die Scheibchen; und wir können ihr Leben vor unser eigenes setzen, wenn wir uns an ihre Geschichte erinnern, und wir können dabei etwas über uns selbst enthüllen. Nicht die Geschichte oder das Leben selbst, sondern ihre ...«

»Gegenseitige Durchdringung«, sagte Rotbemalt. »Sie sind nicht hauptsächlich wegen ihrer Taten Heilige, sondern weil in der Erzählung das, was sie taten, transparent wurde und man dahinter sein eigenes Leben hell erleuchtet sehen konnte.

Ohne die Genossenschaft Groß Belaire konnte es kein aufrichtiges Sprechen geben. Ohne aufrichtiges Sprechen gäbe es kein transparentes Leben. Und die Heiligen hofften, daß wir durch ein transparentes Leben eines Tages vom Tode befreit werden könnten: nicht unsterblich werden, wie es die Engel wollten, sondern frei vom Tod, unser Leben sollte, noch während wir es leben, transparent werden: nicht durch ein Hilfsmittel, verstehst du, wie das Karteisystem oder auch nur das aufrichtige Sprechen, sondern transparent in seinen Umständen: so daß wir, anstatt eine

Geschichte zu erzählen, die ein Leben transparent macht, selbst transparent sind, daß wir nicht vom Leben eines Heiligen hören oder uns daran erinnern, sondern es leben: daß wir in dem Augenblick zwischen Geburt und Sterben viele Leben führen.«

»Wie könnte das geschehen?« fragte ich, unfähig, den Gedanken zu erfassen oder ihn auch nur vorzustellen.

»Nun«, sagte sie, »wenn ich das wüßte, wäre ich vielleicht eine große Heilige. Vielleicht, wenn du es entdeckst ... Aber sag mir eines, Sprechendes Schilfrohr: Wie macht man es überhaupt, aufrichtig zu sprechen?«

Das mußte ich wissen; ich war ja ein aufrichtig Sprechender, diese Fähigkeit konnte mir nie genommen werden; und doch ... wie? Die Frage von Rotbemalt hallte in mir nach, wie sich ein Gegenstand, der zwischen zwei Spiegel gehalten wird, unendlich vervielfältigt; als würde sich mein Geist überkreuzen, so wie meine Augen sich beim Schielen kreuzen können. Ich lachte hilflos. »Ich weiß es nicht«, sagte ich. »Ich weiß nicht, wie man es macht.«

Sie lachte mit mir. Sie beugte sich vor, als wolle sie mir ein Geheimnis mitteilen, und sagte beinahe im Flüsterton: »Nun, siehst du, Schilf, ich weiß es auch nicht.«

Immer noch glucksend nahm sie die lange Schachtel, die die Scheibchen der Handtellerschnur enthielt, um mit ihren Vorbereitungen fortzufahren. Während ihre Finger sich über die Schildchen bewegten, kam ihr ein Gedanke. »Du hast mich einmal gefragt, Schilf«, sagte sie, »welche Namen die Scheibchen haben und wie sie zusammengehören.«

»Ja.«

»Willst du das immer noch wissen?«

»Ja.«

»Heute ist der richtige Tag«, sagte sie und betrachtete mich lange Zeit mit einer Zärtlichkeit, die wie ein Abschied war. »Das Scheibchen, das du hier siehst«, sagte sie, »das erste, ist der Vierte Finder, das Scheibchen der Handtellerschnur: erkennst du in der Mitte, wo sich die Linien treffen, die Figur, die wie die Fläche einer Hand aussieht? Und das andere Scheibchen, das darübergelegt wird, heißt Erster

Kleiner Schlitz. Zusammen ergeben sie den Kleinen Knoten.« Sie nahm ein drittes Scheibchen aus der Schachtel und steckte es hinter die anderen. »Kleiner Knoten und Hände ergeben den Kleinen Gelösten Knoten.« Sie legte noch zwei Scheibchen ein. »Der Kleine Gelöste Knoten und die beiden Treppenscheibchen ergeben den Großen Knoten.« Vorsichtig zog sie die hauchdünnen Glasplättchen heraus und führte sie ein. »Der Große Knoten und die Erste Falle ergeben die Kleine Falle. Die Kleine Falle und die Expedition ergeben das Zweite Kleine Tor oder bei der Blätterschnur die Große Geöffnete Falle. Das Zweite Kleine Tor und das Ballfeld ergeben das Tor.«

Die Zeichen an der Wand waren wirr und dunkel geworden, unendlich ineinander verschlungen. Wenn ein Scheibchen aus den Vorhergehenden ein Muster zu machen schien, verzerrte das nächste dieses Muster wieder. Und jetzt konnte ich gar nichts mehr darin erkennen. Die Hand von Rotbemalt lag zögernd auf den übrigen Scheibchen in ihrer Schachtel. »Man glaubt«, sagte sie, »daß das Tor und die Scheibchen für den Zweiten und den Großen Schlitz zusammen mit dem Gebrochenen Herzen und den Geschüttelten Fragmenten alle miteinander den Großen Gelösten Knoten ergeben. Aber so viel kann niemand entziffern; niemand, der das Tor im Ansatz versteht, kann auch nur daran denken, so viel zu entziffern.« Sie berührte das Rohr mit der Linse, um die Zeichen schärfer einzustellen; die einander überlagerten Zeichen wurden abwechselnd scharf und unscharf, während sich der Rohr bewegte. Sie kam wieder zu mir und setzte sich neben mich. »Die Klatschbasen wissen jetzt, nachdem sie viele Jahre lang gesucht haben, daß man das System nicht weiter als bis zum Tor entziffern kann, nicht, wenn alle Scheibchen zusammengepackt sind; und wenn der Große Gelöste Knoten der ganze Satz ist, kann der Große Gelöste Knoten niemals entziffert werden.«

»Bedeutet das«, fragte ich, »daß das System keinen Wert mehr hat? Nachdem ihr das wißt? So ist es doch, oder nicht?«

»O nein«, sagte sie. »Nein, nein. Es wird noch lange dauern, ehe wir auch nur vom Kleinen Knoten alles erfahren haben, was es zu erfahren gibt. Aber ... nun ja. Es schien, als das System zum erstenmal richtig erforscht wurde, zur Zeit von St. Olive, damals schien es ... es schien ein Versprechen zu geben, daß man es eines Tages im Ganzen sehen und damit alle Fragen beantworten könnte. Wir wissen jetzt, daß das nicht der Fall sein wird, niemals. Als man das zum erstenmal begriff, gab es Klatschbasen, die ihre Systeme zerbrachen, und einige, die Belaire verließen; das war eine schlimme Zeit.«

Sie schob sich die Brille auf der Nase nach oben. »Was mich angeht: nun, ich weiß, daß es genügend Nebenwege, Schlangenhände und andere Dinge gibt, die man aus dem System erfahren kann, um sich viele Generationen lang damit zu beschäftigen. Und genügend Arbeit, die man mit seiner Weisheit unter den Schnüren mit ihren Knoten und Schwierigkeiten verrichten kann.« Sie sah sich das Tor an, und seine Lichter spiegelten sich in ihren Brillengläsern. »Und die ganze Antwort ist da, weißt du, Schilf, obwohl ich sie nicht erkennen kann; das System weiß alles über die Menschen, auch wenn ich es nicht erfahren werde. Für mich ist das genug, um dabei auszuhalten.«

Sie schwieg lange Zeit und schien dabei älter zu werden. Dann fragte sie mich: »Wann wirst du gehen?«

»Im Frühling«, antwortete ich. »Ich glaube, dann bin ich bereit.«

»Ein Heiliger«, sagte sie. »Weißt du noch, Schilf, als du vor sieben Jahren zum erstenmal zu mir gekommen bist, hattest du einen anderen Plan. Du wolltest ausziehen, alle Dinge finden, die uns verlorengegangen waren, und sie uns zurückbringen.«

»Ja.«

»Ist dein Mädchen von der Flüsterschnur eines jener Dinge, die verloren sind?«

Ich sagte nichts. Rotbemalt hatte nicht mich angesehen, nur das Tor. »Nun, vielleicht ist es doch kein anderer Plan, nicht eigentlich ...« Sie schlug sich mit den Händen auf die

Knie. »Nein«, sagte sie. »Nein, ich werde dieses Jahr das System nicht für dich lesen. Ich glaube, wenn du das vorhast, würde es ebensoviel Schaden wie Nutzen bringen. Hast du etwas dagegen?«

»Wenn du glaubst, daß es richtig ist?«

»Das glaube ich«, sagte sie. Sie ließ sich von mir beim Aufstehen helfen. »Wirklich.« War es möglich, daß ich – fast in einem einzigen Augenblick – größer geworden war als sie, oder war sie irgendwie genauso schnell zusammengeschrumpft?

Sie packte mich mit ihren starken Händen bei den Schultern. »Wenn du gehst«, sagte sie, »vergiß uns und unsere Bedürfnisse nie. Was immer du findest, bewahre es auf, wenn es für uns nützlich ist; mach aus dem Wissen, das du hier erworben hast, eine Schachtel, mit der du deinen Fund tragen kannst, dazu kannst du es verwenden. Und wie weit du auch immer gehst, komm mit dem, was du findest, zu uns zurück!«

Und damit umarmte sie mich, ich verließ sie und rannte über das Rätsel PFAD, das ich auswendig kannte, durch Zimmer und Gänge, die plötzlich ebenfalls kleiner geworden schienen. Ich grübelte über das System und seine Entzifferung nach und darüber, was es über mich und mein Streben vielleicht hätte aufzeigen können, welche Möglichkeiten, welche Fehlschläge; und ich spürte, wie ein Band zerschnitten wurde, das meine Kindheit mit Klein Belaire verbunden hatte, ich fühlte mich ein bißchen verloren und ein bißchen frei. Aber sie hatte es sicher am besten gewußt: wenn sie auch sonst nichts gewußt hätte (und sie wußte eine ganze Menge), so wußte sie doch wenigstens, wann sie sagen sollte, was das System enthüllte, und wann nicht.

Aber Klein Belaire vergessen! Sie konnte doch nicht geglaubt haben, daß ich es vergessen könnte. Je länger ich fort bin, desto mehr wächst es in meinem Geist, der Bach, der es plaudernd durchfließt, seine Insekten, die Vögel und Beerenbüsche, das Geheimnis in seinem Innersten, das vielleicht im Karteisystem verborgen ist, die geretteten Dinge in den geschnitzten Truhen; und jetzt, jetzt, nachdem ich in einem Baum gelebt und einen Brief von Dr. Boots bekommen habe, nachdem ich dunkel und leicht war und als Fledderer gelebt habe, nachdem ich auseinandergenommen und auf alle möglichen Arten wieder zusammengesetzt worden bin, obwohl ich jetzt manchmal glaube, daß diese Stelle im Wald nur eine Einbildung ist und ich überhaupt kein aufrichtig Sprechender bin, ja daß ich gar nicht wirklich meine, was ich sage, oder sage, was ich wirklich meine, und alles erfunden habe: trotzdem, selbst wenn es ein Traum ist, so wird er von einer Stimme diktiert, die aufrichtig spricht, von einer Stimme, die nicht lügen kann.

Zweite Facette

›Aber du hast dich doch auf den Weg gemacht, um Einmal-am-Tag wiederzufinden. Oder nicht?‹

Ich weiß es nicht. Vielleicht. Damals wußte ich es nicht.

Als ich ein Kind war, wollte ich die Dinge finden, die uns verlorengegangen waren; als ich heranwuchs und die Geschichten von den Heiligen hörte und Sieben Hände zuhörte, da hatte ich ein anderes Ziel: ich wollte ein Heiliger werden. Ich wollte seltsame Abenteuer erleben, von denen ich erzählen konnte; ich wollte vergessene Geheimnisse erfahren, Geheimnisse, die stärker waren als die, die mir Einmal-am-Tag vorenthielt; und ich wollte der Welt in den Geschichten, die ich erzählte, einen Sinn geben.

Rotbemalt vermutete, daß ich in Wirklichkeit nur eines wollte, nämlich Einmal-am-Tag folgen; daß vielleicht sie die verlorene Sache war, die ich am meisten zu finden wünschte.

Und sie sagte mir, daß die Heiligen nur eines anstreben, nämlich transparent zu werden.

Wie konnte ich in diesem Frühling wissen, was ich am meisten wollte, oder was aus mir werden würde? Und wie sollte ich wissen, daß alle Dinge wahr waren, daß sie mir alle passieren würden, jedes einzelne davon?

Nun, ich wußte es nicht. Ich dachte mir folgendes: Trotz

allem, was Rotbemalt über die Heiligen in der heutigen Zeit gesagt hatte, mußte es irgendwo auf der Welt einen Heiligen geben, einen Heiligen, der so war, wie ich werden wollte; und was ich als erstes zu tun hatte, war, einen solchen Heiligen zu finden, mich vor ihn hinzusetzen, ihn zu studieren und von ihm zu erfahren, wie man es anstellte zu werden, was ich mir nicht vorstellen konnte: transparent.

Sieben Hände und ich hatten viele Ausflüge miteinander unternommen, manchmal hatten wir eine ganze Woche außerhalb von Belaire verbracht, nur um zu sehen, was zu sehen war. Ich hatte gelernt, auf Felsen zu klettern, mit nassem Holz Feuer zu machen, die Richtung zu bestimmen und einen ganzen Tag zu gehen, ohne mir Gedanken darüber zu machen, daß ich gar nicht wußte, wohin ich eigentlich ging. Vorbereitungen nannte Sieben Hände all das; und als mein Entschluß, Klein Belaire zu verlassen, sich festigte, betrieb ich diese Vorbereitungen mit größerem Eifer, mit größerer Aufmerksamkeit. Und Sieben Hände erkannte allmählich – obwohl wir nie darüber sprachen –, daß die Vorbereitungen, die wir trafen, am Ende für mich waren, nicht für ihn.

Ich hatte ein blaues Zottelhemd, Brot, eine Pfeife und einen Vorrat an getrockneten Früchten und Nüssen; ich hatte eine Netzhängematte, leicht und stark, die Sieben Hände für mich gemacht hatte, und eine Plastikplane, die ich darüberhängen konnte, um ein Zelt zu machen. Ich hatte Vier Töpfe und einige andere Arzneien; ich hatte meine neue Brille, die Meine Augen für mich gemacht hatte. Sie war gelb und verwandelte den weißen Maimorgen in den tiefsten Sommer; ich nahm sie zum Spaß immer wieder ab und setzte sie auf; ab und zu blickte ich in die Bäume hinauf nach einem Heiligen.

›In den Bäumen?‹

Weil die Heiligen immer abgesondert von uns lebten und oft in Häusern, die in Bäume hineingebaut waren. Ich weiß nicht, warum. Ich glaubte, daß ich eines Tages auch in einem Baum leben würde wie diese alten Heiligen; ich würde mir einen großen Baum aussuchen, eine Eiche oder einen Ahorn, mit weit herunterreichenden Ästen wie manche, an denen ich vorbeikam. Schon liebte ich den Heiligen, der ich sicher einmal werden würde, ich sah jenen alten Mann seltsam deutlich vor mir, konnte beinahe, aber nicht ganz, die faszinierenden Geschichten hören, die er erzählen würde ... Als die Sonne hoch am Himmel stand, kroch ich in einen kleinen Wald, der an einen sumpfigen Bach grenzte, an dem ich manchmal wilde Kühe trinken sah, und rauchte. Danach blieb mir nichts anderes übrig als weiterzugehen. Da bisher erst ein Morgen meines Abenteuers vergangen war, begann es mir unerträglich lang vorzukommen; und so beschloß ich, mir diese Bürde zu erleichtern.

Der silberne von den Vier Töpfen ist es, mit dem man sich eine Bürde erleichtert. Er enthält viele kleine schwarze Körnchen von verschiedener Größe, die aussehen wie Asche; ich kannte ihn, weil ich schon gesehen hatte, wie Mbaba einen solchen Topf öffnete und ein Körnchen schluckte. Ich wußte auch, daß man, wenn man sich die Bürde einer Reise erleichtern will, vorher genau wissen muß, wohin man gehen will, wie man dorthin gelangt und wann man ankommen will. Ich kannte den Weg zu Jenem Fluß und wußte, daß ich beinahe bis Sonnenuntergang brauchen würde, um ihn und die Eisenbrücke zu finden, die Sieben Hände und ich überquert hatten; also brach ich den Topf auf – ein wenig unsicher und ein wenig ängstlich, was da wohl mit mir geschehen würde (ich hatte es noch nie zuvor gemacht) – und wählte ein kleines der schwarzen Körnchen und schluckte es.

Ganz kurze Zeit später wurden meine Schritte langsamer, als ich mich einem gewaltigen Ahorn näherte, der den Weg überschattete. Auch das Geräusch des Windes in seinen Zweigen wurde langsam und leise wie ein Stöhnen, und dann noch langsamer, bis es so leise war, daß man es nicht mehr hören konnte. Das Zwitschern der Vögel wurde langsamer und die Bewegungen der Blätter; das Sonnenlicht schwächte sich zu einer blauen Dämmerung ab, die aber noch Tageslicht war, wie die Beleuchtung bei einer Sonnenfinsternis; ein Zweig mit Blättern nahm meine Aufmerksamkeit in Anspruch, dann ein einziges Blatt; ich hatte

Muße, es zwischen zwei Schritten ganz eingehend zu betrachten, während das Sonnenlicht darauf sich nicht veränderte und der leise Ruf eines Vogels sich Note für Note ins Unendliche dehnte. Ich wartete mit ungeheurer Geduld, bis mein erhobener rechter Fuß sich senkte, was er anscheinend niemals tun wollte, als das Blatt, der Vogelruf und das lautlose Stöhnen des Windes verschwanden, der Fuß den Boden berührte und ich mich vor Jenem Fluß stehen fand, unterhalb der Eisenbrücke, wo ich den Sonnenuntergang betrachtete. Ich lachte überrascht auf. Meine Bürde erleichtern! Ich war einen ganzen Nachmittag unterwegs gewesen, hatte viele Meilen zurückgelegt und nichts davon bemerkt. Plötzlich verstand ich das Glucksen der alten Männer, wenn sie, ein wenig überrascht, die Arbeit eines Tages ansehen, die sie vollendet haben, nachdem sie eines dieser schwarzen Aschepartikel geschluckt haben, um sich die Bürde zu erleichtern.

Ich blickte den Weg zurück, auf dem ich gekommen war, die Bäume bewegten ihre Blätter im Abendwind, und es tat mir leid, daß ich die Reise versäumt hatte. Man erleichtert sich eine Bürde, das sah ich damals ein, die man schon hundertmal getragen hat; oder eine Reise, die man machen muß, obwohl man es lieber nicht täte. Aber das war nichts für neue Reisen oder neue Heilige. Hier hast du deine Lektion, dachte ich und schleuderte den kleinen Topf so, daß er über den braunen, angeschwollenen Fluß hüpfte und versank.

Auf der anderen Seite Jenes Flusses erleuchtete die Sonne noch die Gipfel der Berge, aber unten, zwischen den Pflanzen und Wurzeln am Rand des Wassers, wurde es langsam dunkel und ein wenig kalt. Ein Frosch platschte ins Wasser. Ich legte meine Hände in die Achselhöhlen und sah der vorbeiziehenden Strömung zu; ich war müde – ich hatte wirklich einen weiten Weg zurückgelegt – und fragte mich, ob ich mir mehr zugemutet hatte, als ich schaffen konnte. Da gurgelte und spritzte es im Wasser, und draußen auf dem Fluß schritt ein Mann vorbei. Er schritt: das Wasser reichte ihm bis an die Brust, und mit den Schultern machte er die kräftigen Bewegungen eines schreitenden Mannes; hinter ihm bildete sich ein Kielwasser. Er schoß an mir vorbei, ohne mich im Schatten zu sehen; er kam mit der Strömung schnell voran.

Erstaunlich! Ohne genau zu wissen, warum, rannte ich am Ufer hinter ihm her, stolperte über Wurzeln und patschte mit den Füßen in den Schlamm. Ich verlor ihn aus den Augen, dann erblickte ich ihn flüchtig durch die Bäume, wie er gelassen davonschwebte, mit blondem Pferdeschwanz und flatterndem, nassem, weißem Hemd. Es dauerte einige Zeit, bis ich durch die Weiden und Weinranken am Flußrand gebrochen war, der Schlamm zog an meinen Stiefeln, dann sah ich den Mann wieder, er stand ganz normal da, wie jeder andere Mann, auf einem hölzernen Kai, der über das Wasser gebaut war, er lachte mit einer Frau, die ihn kräftig abfrottierte, während er sich das Wasser aus seinem Pferdeschwanz drückte. Gerade als sie sich umwandten, um zu sehen, was da durch die Büsche krabbelte, verlor ich den Halt und schlitterte wie ein Otter in den schlammigen Fluß.

Sie halfen mir heraus, lachend und voll Neugier, wie ich hierherkam, und es dauerte einen Augenblick – einen Augenblick, in dem ich prustend Wasser verspritzte –, bis ich erkannte, daß sie aufrichtig Sprechende waren. Sie nahmen mich mit auf ihren Kai hinauf, der über eine Treppe mit einem ins Flußufer hineingebauten Haus verbunden war. An dem Kai war etwas festgebunden, das jetzt, ohne das Gewicht des Mannes, hoch aus dem Wasser herausragte und es ihm ermöglicht hatte, im Fluß zu gehen: zwei große Zylinder aus Leichtmetall mit einem Sitz dazwischen, und mit Handgriffen und breiten Fußpedalen, mit denen man das Ganze antrieb. Da wußte ich, daß er zur Schnallenschnur gehörte. Ich wollte ihm sagen, wie überrascht ich gewesen sei, als ich ihn auf dem Fluß erblickte, aber gerade in diesem Augenblick stürmte ein Junge durch die Tür, die aus dem Haus führte, und blieb stehen, als er mich sah. Er war ein paar Jahre jünger als ich, schön gebräunt, und sein Haar hatte helle Streifen von der Sonne. Er trug einen Stock und war nackt bis auf ein blaues Band, das er um den Hals trug. Ich überlegte gerade, wie ich ihm erklären sollte, wer ich war, als in diesem Augenblick hinter ihm ein zweiter Junge durch die Tür kam und bei meinem Anblick stehenblieb. Er war ebenfalls gebräunt, und sein Haar hatte helle Streifen von der Sonne. Er trug einen Stock und war nackt bis auf ein rotes Band, das er um den Hals trug.

Es waren die einzigen Zwillinge, die ich je gesehen habe. Es fiel mir schwer, sie nicht anzustarren, während ich meine Kleider auswrang. Sie starrten mich schon an, nicht, daß an mir etwas Besonderes zu sehen gewesen wäre; sie starrten mich mit einem Ausdruck an, den ich damals nicht verstand, heute weiß ich, daß es der Ausdruck von Menschen ist, die nicht oft Fremde zu Gesicht bekommen.

»Das ist der Knospende«, sagte der Mann, »und das ist der Blühende.« Ich mußte lachen, und er lachte auch. »Ich heiße Zugenäht, und das hier ist Kein Mond. Komm herein und werde erst einmal trocken!« Schnallenschnur, wie ich vermutet hatte; und die Frau mußte zu den Blättern gehören; die beiden Jungen waren schwerer einzuordnen, vielleicht weil es zwei waren.

Im Haus blinkten und glitzerten die Reflexe der untergehenden Sonne auf dem Wasser über die Decke und über die dunklen, mit Matten behängten Wände, so daß man das Gefühl hatte, als sei man selbst unter Wasser. Das Gluckern des Flusses hatte eine einschläfernde Wirkung, und als ich mit dem Wasserläufer und seiner Familie so dasaß, kam ich mir vor wie ein Fisch, der seine Fischfreunde besucht. Zugenäht redete, während er eine Glaspfeife herunterholte und füllte; er hatte eine angenehme Stimme mit seltsamen Untertönen, die mich zum Lachen brachten, und Kein Mond noch mehr. Ich fragte ihn, warum er nicht in Klein Belaire lebe.

»Nun«, sagte er und deutete mit einem Löffel voll Brot auf die beiden Jungen, »sie liebten Wasser, der Bach, der durch Klein Belaire fließt, war ihnen zuwenig. Ihre Mbaba sagte, sie seien oft niedergeschlagen, also meinte ich, wenn sie das Wasser liebten, sollten sie zurückkommen und hier wohnen; und wenn sie Menschen um sich haben wollten – andere Menschen außer uns jedenfalls –, sollten sie in Klein Belaire bleiben. Nun, sie kommen miteinander am besten aus, also wohnen sie hier.«

»Wir wurden hier geboren«, sagte der Blühende, und der Knospende meinte: »Hier gehören wir hin.«

»Weißt du, ich habe sie für einige Zeit mit zurückgenommen«, sagte Kein Mond; »dort sind sie in gewissem Sinne zu Hause, wie ich es auch war und immer noch bin. Aber hier gefällt es ihnen.«

»Sollen sie keine aufrichtig Sprechenden werden?«

»Nun, wenn wir aufrichtig Sprechende sind, werden sie es auch werden, oder nicht? Es gibt im Haus am Fluß zwei aufrichtig Sprechende, und in Klein Belaire gibt es keinen Fluß, also paßt alles ganz gut.«

Und es sei auch besser für sie, meinte Zugenäht; die Leute machten immer viel Getue um sie, und es kamen manchmal Menschen von weit her, um sie zu sehen, er wolle nicht, daß ihnen das zu Kopf stiege; er hätte ihnen erklärt, daß sie eigentlich gar nichts so Besonderes seien. Sie sagten nichts dazu, lächelten nur wieder das gleiche Lächeln; sie wußten, daß sie etwas ganz Besonderes waren, und wir wußten es auch.

In dem kühlen Raum hing ein dichter, trockener Geruch nach Rauch, der beinahe leichter zu atmen war als Luft. Wenn Zugenäht sprach, ahmten Rauchwolken aus Nase und Mund seine Worte nach. »Komisch, daß du es seltsam findest, Klein Belaire zu verlassen«, meinte er und streute neues Brot auf die blaue Asche. »Mir scheint, daß du doch die gleiche Wahl getroffen hast, und du bist ein ganzes Stück jünger, als wir es damals waren.«

»O nein«, wollte ich sagen, dachte aber, ja, er hatte recht, und ich hatte nicht die Absicht, zurückzukehren, noch viele Jahre nicht; und doch hatte ich Mitleid mit dem Knospenden und dem Blühenden empfunden, die nicht die ganze Zeit dort, am besten Platz der Welt, sein konnten. »Ich bin nur, na ja, auf der Wanderschaft; ich werde zurückkehren, eines Tages. Es wäre schrecklich, wenn ich nie mehr zurück könnte.« Und da erschien es mir zum erstenmal wirklich schrecklich.

»Nun«, sagte Kein Mond und stand auf, »du kannst jedenfalls so lange hierbleiben, wie du magst. Wir haben genügend Platz.«

Als mir schließlich keine weiteren Neuigkeiten aus dem Labyrinth mehr einfielen, die ich ihnen erzählen konnte, und als die Lichter, die Kein Mond anzündete, niederbrannten, folgte ich den beiden Jungen eine gewundene Treppe hinauf in ein Zimmer mit Glasfenstern ringsherum, durch die ich den klaren Nachthimmel sehen konnte und den kleinen Mond, der darüber hinwegeilte. Aber obwohl ich so müde war, dauerte es lange, bis wir unter unseren Zotteldecken zur Ruhe kamen. Ich lag staunend da und hörte zu, wie der Knospende die Worte des Blühenden beendete, und dann der Blühende die des Knospenden, als wären sie eine Person. Kichernd und lachend über Dinge, die ich nicht verstand, kullerten sie aufeinander herum wie Ottern; in der Sonne hatten sie braun gewirkt, aber in der bleichen Nacht hoben sie sich weiß gegen die dunklen Decken ab.

Sie hatten Schätze, die sie mir zeigen wollten, am Fußende des Bettes und in Schachteln verstaut, einen leeren Schildkrötenpanzer, eine Maus mit zuckender Nase in einem Grasnest. Und dann holten sie vorsichtig ihren größten Schatz aus seinem Versteck in der Wand. Es war ein kleiner Würfel aus durchsichtigem Plastik: in dem Plastik, in Flugstellung, eine Fliege. Eine richtige Fliege. Ein Plastikwürfel mit – wer konnte sagen wie – einer Fliege direkt in der Mitte! Wir drehten den Würfel im Mondschein hin und her, die Köpfe dicht zusammengesteckt. »Wo habt ihr das her?« fragte ich. »Gibt es eine Geschichte dazu? Von wem habt ihr es bekommen?«

»Der Heilige hat es uns geschenkt«, sagte der eine, und der andere zog etwas Neues heraus, um es mir zu zeigen, aber als ich das hörte, hielt ich ihn zurück.

»Ein Heiliger hat euch das geschenkt? Was für ein Heiliger denn?«

»Der, den wir kennen«, sagte der Knospende.

»Ihr kennt einen Heiligen?«

»Den, der uns das geschenkt hat«, sagte der Blühende.

»Warum hat er es euch geschenkt? Was ist es?«

»Ich weiß es nicht«, sagte der eine. »Es ist eine Lektion, hat er gesagt. Die Fliege glaubt, sie sei in der Luft, weil sie in jede Richtung schauen kann und nichts sieht, was sie aufhält. Aber sie kann sich trotzdem nicht bewegen. Und das soll euch eine Lehre sein, hat er gesagt.«

»Es war nur ein Geschenk«, sagte der andere.

»Kann ich ihn sehen?« fragte ich, und sie müssen überrascht gewesen sein über die Dringlichkeit in meiner Stimme. »Ist er weit weg?«

»Ja«, sagte der eine.

»Nein«, sagte der andere. »Es ist nicht allzuweit. Einen ganzen Vormittag zu gehen. Wir können dich hinbringen. Aber vielleicht mag er dich nicht.«

»Euch mag er.«

Die beiden sahen sich an und lachten. »Vielleicht deshalb«, sagte der Knospende, und »weil wir zwei sind«, ergänzte der Blühende, und sie standen da, die Arme umeinander gelegt, und grinsten mich an.

Mit echter Blätterschnurhöflichkeit ließen sie mir die Wahl, wo ich schlafen wollte, aber ich lag noch lange wach und lauschte auf das Gluckern des braunen Flusses. Morgen würde ich einen Heiligen sehen, so bald schon!

Dritte Facette

Am Morgen setzte uns Zugenäht mit seinem Apparat über jenen Fluß, lachend und mit Witzen: ich habe noch nie jemand gesehen, der morgens gleich nach dem Aufstehen so fröhlich war wie er, abgesehen vielleicht von mir selbst an jenem Morgen, denn ich war unterwegs zu einem richtigen Heiligen. Der Knospende und der Blühende trugen dicke Hemden gegen die Morgenkühle und den Dunst, der dicht über dem Fluß und seinem duftenden Seitenarm lag, und ich fröstelte. Kein Mond hatte mir noch mehr Brot und eine hübsche Plastikflasche voll Traubenlimonade mitgegeben, die sie im Winter angesetzt hatte, und einen Kuß. »Im Herbst gehe ich wieder ins Labyrinth«, sagte sie. »Dann sage ich ihnen, daß ich dich gesehen habe und daß es dir gutging.«

Mir fielen tausend Botschaften ein, die sie für mich überbringen könnte – und ich war doch erst einen Tag fort! –, aber ich hielt den Mund, nickte nur – das gleichgültige Nikken des Abenteurers – und kletterte hinter Zugenäht auf das Gerät.

Die Zwillinge und ich folgten eine Zeitlang einem reißenden Nebenarm des Flusses, bis er ruhig zwischen den bewaldeten Ufern dahinfloß; als die Sonne hoch am Himmel stand und heiß herunterbrannte, und als der Dunst verschwunden war, kamen wir zu einer schmalen Bucht, wo nahe am Ufer ein kleines, schalenförmiges Boot zwischen den Schößlingen angebunden war. Es war aus der Hand der Engel, aus weißem Plastik, und wurde (wie so vieles in der Welt) zu einem Zweck verwendet, den die Engel sicher nie beabsichtigt hatten; mit seinen seltsamen Wulsten und Vorsprüngen und der fremdartigen Form war es sicher nicht als Boot gedacht.

Es war so heiß und windstill geworden, daß der Knospende und der Blühende ihre warmen Hemden auf den Boden der Schale warfen, ich setzte mich darauf und sah den Zwillingen beim Rudern zu. Mit dem Boot lösten sich einige weiße Wasserblumen aus der kleinen Bucht, und die Zwillinge holten sie heraus und benützten sie als Hüte; nackt, mit Blumen im Haar, stakten sie stromaufwärts, die Schatten der Blätter flossen über sie hin.

Als der Bach seicht wurde und sich schnell über dunkle Steine ergoß, banden wir das Boot fest und folgten dem schmaler werdenden, steinigen Bachbett aufwärts. Der Hauch des Wassers war kalt in den sich erwärmenden Wäldern, der Bach wurde immer noch vom schmelzenden Schnee in den weit entfernten Bergen gespeist. Nachdem wir lange durch die frischen Farne am Ufer gestapft waren, bedeuteten mir der Knospende und der Blühende, ich solle mich still verhalten, und wir kletterten die Böschung hinauf. Hinter den Bäumen, die den Bach säumten, war eine kleine, sonnige Wiese voll kleiner weißer Blumen; und mitten in der Wiese auf einem Abhang lag der Heilige.

Er schlief fest. Die Hände hielt er über der Brust gekreuzt, und er schnarchte; die Füße in den großen Stiefeln ragten in die Höhe. Sein weißes Haar lag rings um ihn auf der Erde ausgebreitet, und sein Bart umgab sein kleines, braunes Gesicht, so daß er aussah wie eine Pusteblume. Wir schlichen näher heran, und der Knospende flüsterte dem Blühenden etwas ins Ohr, was den zum Lachen brachte. Davon erwachte der Heilige, setzte sich plötzlich auf und blickte verwirrt um sich. Als er uns sah, nieste er laut, stand brummend auf und stolperte über die Wiese davon, auf den Wald zu. Der Knospende schrie ihm nach und wollte hinter ihm herjagen, als sei er ein Vogel, den wir aufgescheucht hatten. Der Blühende folgte ihm, ich blieb zurück, beschämt über die Art, wie sie mit ihm umgingen.

Als sie eine Zeitlang in den Wäldern herumgestürmt waren, wo der Heilige verschwunden war, kamen sie keuchend zu mir zurück.

»Er ist auf einem Baum«, sagte der Blühende.

»Jetzt finden wir ihn nie mehr«, sagte der Knospende, leckte sich den Finger und rieb sich einen langen Kratzer am Oberschenkel.

»Warum habt ihr ihn nicht einfach in Ruhe gelassen?« fragte ich. »Er wäre schon aufgewacht, wir hätten ja warten können.«

»Der Blühende hat gelacht«, sagte der Knospende, »und da ist er aufgewacht ...«

»Der Knospende hat mich zum Lachen gebracht«, sagte der Blühende, »und da ist er davongelaufen.«

»Er hat dich gesehen, das war's«, sagte der Knospende.

»Vor uns hat er keine Angst.«

Ich wünschte, ich hätte mich dem Heiligen alleine nähern können; jetzt würde ich seine Gunst nie wieder erlangen. Die Zwillinge machten sich eigentlich nichts aus Heiligen;

sie jagten jetzt einen Grashüpfer mit der gleichen Begeisterung, mit der sie vorher den kleinen, alten Mann gejagt hatten. Dann saßen sie eine Weile da, stupsten sich gegenseitig und flüsterten miteinander, schließlich kamen sie zu dem Stamm, auf dem ich saß.

»Es tut uns leid, daß der Heilige davongelaufen ist«, sagte der Blühende. »Aber du hast ihn jedenfalls gesehen und weißt jetzt, wie einer aussieht. Gehen wir nach Hause.«

Er sprach in freundlichem Ton mit mir, weil er sah, wie enttäuscht ich war; aber er sagte auch, daß es sehr spät werden würde, bis wir nach Hause kämen, selbst wenn wir jetzt gleich aufbrachen, der Tag neige sich schon.

»Ich werde hierbleiben«, sagte ich.

Sie schauten mich verständnislos an.

»Vielleicht kommt er morgen früh von seinem Baum herunter«, sagte ich, »und ich kann mit ihm sprechen und mich dafür entschuldigen, daß wir ihn aufgeweckt haben und so. Das werde ich tun.«

»Nun gut«, sagte der eine. »Wenn du willst, warum nicht? Aber wir haben dich hierhergebracht. Weißt du, wie du wieder zurückkommst?«

Mit einem plötzlichen Entschluß, der mich ebensosehr überraschte, wie er hoffentlich sie überraschen würde, sagte ich. »Ich komme nicht zurück.« Ich komme nicht mit zurück, ihr Zwillinge, also jagt ruhig weiter eure Grashüpfer. »Ich glaube, ich bleibe einfach hier und warte auf ihn, ich will für immer bei ihm bleiben, und ich glaube, ich werde auch ein Heiliger.«

Die Zwillinge dachten über meine Worte eine Zeitlang nach, setzten sich wieder, schauten von mir weg in den Wald, und einer blickte den anderen an. Dann kam der Knospende und küßte mich ganz ernst auf die Wange; der Blühende nahm das Beispiel auf und küßte mich auf die andere. Sie brachten mir mein Bündel vom Rand der Wiese, wo ich es hingelegt hatte, und stellten es neben mich. Und ohne ein weiteres Wort wandten sie sich wieder dem Bach zu und verschwanden in den Espen am Ufer.

Eines muß man der Blätterschnur lassen, es sind sehr

nüchterne Menschen, aber wenn eine Gelegenheit kommt, zeigen sie sich ihr gewachsen.

Es wurde Abend, während ich so dasaß, und ein Schwarm junger Mücken tanzte in der stillen Luft über der kleinen Wiese. Je mehr ich über meinen Entschluß nachdachte, desto vernünftiger kam er mir vor; aber je mehr ich daran dachte, wie vernünftig er war, desto weniger Lust verspürte ich, aufzustehen und in den Wald zu gehen, der hinter der Wiese anfing, um nach dem Heiligen zu suchen.

Ich übte, was ich als Entschuldigung zu ihm sagen wollte – nicht mehr als ›hallo da oben‹ oder so etwas, aber ich übte so lange, bis ich das Gefühl hatte, die Worte hätten genügend Gewicht, um überzeugend zu sein. (Man übt einfach dadurch, daß man es ernster meint.) Aber schließlich trieben mich die Küsse der Zwillinge, die auf meinen Backen brannten, in den Wald hinein, und der Gedanke daran, wie ich mir vorkäme, wenn ich zurückkehrte – das heißt, falls ich überhaupt den Rückweg fand. Natürlich sind sie von der Blätterschnur, es wäre nicht wichtig für sie, sie würden sich einfach freuen, mich wiederzusehen – und das machte es irgendwie noch schlimmer.

Also stand ich in der immer dichter werdenden Dämmerung auf und ging in den Wald hinein, leise, um den Heiligen nicht aufzuschrecken, falls er in der Nähe sein sollte. Im Wald war es schon fast dunkel, und als ich tiefer eindrang, wurde es noch dunkler, ein Windhauch flüsterte und knarrte warnend in den Bäumen, und bald war es unmöglich, einen Schritt zu machen, ohne zu stolpern. Ich war auf eine gewaltige alte Eiche gestoßen, die so breit war wie eine Wand und aussah, als habe der Wald mit ihr begonnen. Unter ihren schützenden Wurzeln ließ ich mich nieder.

Es war jetzt zu dunkel, um meine Hängematte aufzuspannen, aber in dem Blättergespinst hatte sich ein Stern verfangen, kein Lüftchen regte sich; ich konnte die Nacht hier verbringen. Es hatte keinen Sinn, wenn ich an das Haus am Wasser dachte, oder an Belaire, falls ich mir wirklich so sehr wünschte, ein Heiliger zu werden, wie ich gesagt hatte, aber es war schwer, nicht daran zu denken, wie ich so mit angezogenen Knien dasaß. Ich rollte mir etwas zum Rauchen und hob die Krumen, die mir hinunterfielen, sorgfältig auf. Ich hatte genügend Brot für mehrere Tage, es gab immer Wurzeln und Beeren, die Sieben Hände mir gezeigt hatte, aber die Beeren würden noch nicht reif sein; aber wenn ich wirklich Hunger bekam, konnte ich ein kleines Tier töten, es über einem Feuer braten und das Fleisch essen, wie man es in alten Zeiten getan hatte. Und, dachte ich, wenn er wirklich ein Heiliger ist, wird er mich nicht direkt in seinem eigenen Wald verhungern lassen.

Und wenn ich verhungerte, vielleicht war genau das mein Schicksal. Es wäre traurig, aber vielleicht würden die Menschen in künftigen Zeiten daraus lernen; vielleicht würde ich in die Geschichte dieses Heiligen eingehen und auf diese Weise niemals sterben – war es das, was Rotbemalt gemeint hatte? Ich dachte an Einmal-am-Tag und wie sie vielleicht einmal kommen würde, um die Geschichte zu hören; dann würde sie es wissen – irgend etwas würde sie wissen. Ich saß da, sah auf die blauen Himmelsflecken, die sich zwischen den sich bewegenden Blättern zeigten, und dachte über den Tod nach.

»Wenn du schon die ganze Nacht hier sitzen willst«, sagte eine dünne Stimme über meinem Kopf, »dann kannst du mir auch Wasser holen.« Ich kam mit einem Satz von den Toten zurück und blickte in die Dunkelheit hinauf. Ich konnte seinen weißen Bart in den dunklen Blättern der Eiche, an die ich mich gelehnt hatte, gerade erkennen. Ich wußte nicht mehr, was ich hatte sagen wollen. Der Bart verschwand, und ein dunkler Gegenstand wurde zu mir heruntergeworfen, ich wich aus, als er neben mir klappernd auf dem Boden auftraf. Es war ein Plastikeimer. Ich hielt ihn in der Hand und starrte zum Baum hinauf.

»Nun, was ist?« fragte die dünne Stimme.

Ich tastete mich aus dem Wald hinaus und den Hang hinunter und füllte den Eimer mit dem schwarzen Wasser des Baches, dann ging ich stolpernd durch den Wald damit zurück. Als ich wieder am Fuß der Eiche stand, fiel aus ihren Zweigen ein Seil mit einem Haken am Ende herab. Ich hängte den Eimer hinein und sah zu, wie er in die Dunkelheit hinaufgezogen wurde.

»Du hast beim Gehen das meiste davon verschüttet.«

»Es ist dunkel.«

»Nun, du wirst noch einmal gehen müssen.«

Wieder kam der Eimer herunter, und ich ging zum Bach und füllte ihn noch einmal, wobei ich mir Mühe gab, vorsichtig zu sein. Das Gesicht zeigte sich nicht wieder. Ich stand da und schaute in die Eiche hinauf, bis mir der Nakken weh tat; ich hörte ein Spritzen und Klopfen, aber der Heilige sagte nichts mehr.

Im ersten Morgenlicht, als ich steif und durchfroren erwachte und hinaufsah, war mir alles klar: was wie eine dunkle Masse im Baum ausgesehen hatte, war ein kleines Haus, das mit großer Sorgfalt in die breiten Arme der Eiche hineingebaut worden war, aus verflochtenen Zweigen und verschiedenen von Engelshand gemachten Dingen, mit kleinen Fenstern und einem Schornstein, der sich aus den Zweigen herausneigte. Aus einem Fenster führte ein Seil zu einem passenden Ast, und daran hingen zwei lange Hemden.

Weißt du, mir war nicht ein einzigesmal der Gedanke gekommen, daß sich die Zwillinge vielleicht verirrt haben könnten und ihr kleiner alter Mann überhaupt kein Heiliger war; ich hatte einfach angenommen, daß sie das irgendwie wüßten. Und als ich jetzt in das Baumhaus hinaufsah, hatte ich keinen Grund zu zweifeln. Genau solche Häuser waren es, in denen die Heiligen vor so vielen Lebensspannen gewohnt hatten, als wir wanderten; St. Garys große Buche, und die Eiche von St. Maureen, und der Baum, dessen Stumpf in den Wäldern von Klein Belaire immer noch gekennzeichnet ist und in dem St. Andy lebte, nachdem St. Bea gestorben war. »Heilige in den Bäumen!« sagte ich laut, wie es alte Leute tun, wenn etwas sie in Staunen versetzt.

Sollte ich ihn rufen? Ich kannte seinen Namen nicht; und jetzt, bei Tage, war es mir, obwohl ich ihm einen Dienst erwiesen hatte, klar, daß er nicht wollte, wenn ich hier am Fuß seines Baumes hockte. Zweifellos saß er in seinem kleinen Haus und wartete darauf, daß ich wegging. In meiner Aufregung darüber, daß ich schon bald auf meiner Reise einen richtigen Heiligen getroffen hatte, von dem ich lernen konnte, hatte ich seine Meinung zu dieser Sache überhaupt nicht in Betracht gezogen – und ich war auch noch von der Handtellerschnur! Eine heiße Schamröte stieg mir ins Gesicht, und ich entfernte mich ganz leise von seiner Eiche, aber nicht so weit, daß ich ihn nicht mehr beobachten konnte. Ich setzte mich auf ein Moospolster, rauchte ein wenig und wartete.

Nach nicht allzulanger Zeit sah ich, wie sich seine Tür öffnete, eine kunstvoll gemachte Strickleiter fiel herunter, und langsam, aber nicht unsicher kletterte der Heilige herab. Er schien mit jemandem zu sprechen, der nicht anwesend war, er stimmte ihm mit Gesten zu und widersprach ihm; in der Hand trug er eine Bürste und ein zerfetztes Handtuch.

Er wollte ein Bad nehmen. Und hier war die Strickleiter zu seinem Haus, sie schwang noch von seinem letzten Schritt hin und her.

Sollte ich es wagen? Ich würde nur einen kurzen Blick hineinwerfen, solange er fort war; ich würde nur bis ans obere Ende der Leiter klettern und in das Haus hineinschauen. Aber als ich dann die Tür erreichte und hineinsah, vergaß ich alle Vorsätze und kletterte ins Innere.

Und wo soll ich anfangen zu beschreiben, was ich sah, als ich einmal im Haus war? Die Wände aus Flechtwerk waren mit Schlamm und Moos abgedichtet, ein großer Ast der Eiche, der schräg durch das Haus lief, bildete einen niedrigen Bogen, der das Haus in zwei Räume trennte; der Fußboden war uneben und führte auf und ab, den Ästen folgend, in die er hineingebaut war. Die niedrige Decke war seltsam geneigt, und überall, an der Decke aufgehängt, auf Regalen, die in die Wand eingebaut waren, in kleinen Nischen in den Ecken, auf Tischen und Truhen sah ich Dinge, von denen ich nur wußte, daß es Schätze waren: Dinge aus Engelshand, verfertigt mit Kenntnissen, die schon lange von der Welt verschwunden waren, ihr Nutzen war immer noch le-

bendig in ihnen, wenn man nur genügend wußte, um ihn zu entdecken. In diesem kleinen Haus steckten mehr alte Geheimnisse umd mehr Engelszeug, so schien es, als in ganz Belaire.

So vertieft war ich in alles, was ich sah, daß ich überhörte, wie der Heilige zurückkam, ich merkte es erst, als das Haus knarrte und schwankte, während er die Leiter heraufstieg. Verstecken konnte ich mich nirgends: ich nahm schnell mein Bündel und schlang es mir über die Schulter, als wolle ich gerade gehen, dann blieb ich ängstlich und verlegen stehen, als sein Gesicht – zuerst erstaunt, dann ungehalten – in der Tür erschien.

Er konzentrierte sich darauf, durch die Tür zu kommen, und erst als er im Raum stand – kleiner als ich –, betrachtete er mich. Ich war zu verlegen, um zu sprechen. Da fing er einen Gedanken auf, kam lächelnd auf mich zu und streckte mir die Hand hin.

»Auf Wiedersehen«, sagte er höflich, und ich schüttelte ihm die braune Hand. Dann wandte er sich ab und stellte sich unter den niedrigen Bogen, der von dem Ast gebildet wurde, drehte mir den Rücken zu und wartete darauf, daß ich ging. Aber ich konnte mich nicht überwinden zu gehen. Seine Hände hinter seinem Rücken öffneten und schlossen sich ungeduldig. Einer plötzlichen Eingebung folgend griff ich in mein Bündel und zog die Flasche mit der Traubenlimonade heraus, die Kein Mond mir gegeben hatte; als er hinter sich lugte, um zu sehen, ob ich fort war, hielt ich sie ihm lächelnd entgegen, zu sprechen wagte ich noch immer nicht. Sein Blick blieb einen Augenblick an der Flasche hängen, dann schaute er weg und fing an, auf seinen großen Stiefeln nach vorwärts und rückwärts zu wippen. Ich wartete. Schließlich schob er sich langsam von dem Bogen weg, bückte sich unter einen unordentlichen Tisch und zog ein altes Glas heraus, klobig und voll Blasen. Ohne mich anzusehen, stellte er das Glas auf den Tisch, und ich brachte ihm die Flasche. Da blickte er plötzlich auf und lächelte so breit, wie er es mit seinem kleinen Gesicht nur konnte. »Ich heiße Blink«, sagte er. »Und wie heißt du?«

»Ich heiße Sprechendes Schilfrohr.« Ich stellte die Flasche auf den Tisch, und wir beobachteten beide, wie ein Sonnenstrahl vom Fenster durch das purpurrote Innere stach. St. Blink öffnete den Verschluß, und die Bläschen drängten nach oben. Er goß ein schäumendes, zischendes Glas voll heraus und verschloß die Flasche schnell wieder fest, damit die Blasen drinblieben. Er nahm das Glas und trank zwei lange, geräuschvolle Schlucke. Einen Augenblick später entfuhr ihm ein kleiner, melodischer Rülpser, und er lächelte mich liebevoll an. »Hast du gewußt«, fragte er, setzte sich in einen knarrenden Stuhl aus Bugholz und Binsen und drehte das Glas in der Sonne, »daß man in ganz alten Zeiten die Sommerfrüchte, um sie aufzubewahren, zu einer dicken Paste verkochte, wie Honig, sehr süß, und sie so aß?«

Es gab noch einen zweiten Stuhl, den gleichen wie der, in dem er saß, und da ließ ich mich vorsichtig hineinsinken.

»Nein«, sagte ich und spürte einen seltsamen Klumpen in meiner Kehle. »Nein, das habe ich nicht gewußt, aber jetzt weiß ich es.«

»Ja«, sagte er. Er sah mich neugierig an, nickte mit dem Kopf und nippte an seiner Limonade. Ich ließ meine Arme auf den Lehnen des Stuhls ruhen. Ich wußte, obwohl ich noch nicht wagte, es mir ganz einzugestehen – daß ich an einen Ort gekommen war, nach dem ich lange gesucht hatte, und daß ich hierbleiben konnte.

Vierte Facette

Und als dieser Sommer verging, ohne daß ich fortgeschickt wurde, dachte ich, wenn ich mit Wasser durch den Wald kam und das Baumhaus unter seinen sprechenden Blättern sah, daß Blink mich vielleicht genauso gefunden hatte wie ich ihn: daß ich ein Mensch war, auf den er lange gewartet hatte. Dann lächelte ich über unser Schicksal, noch während ich mich der schwierigen Aufgabe widmete, selbst nach oben zu kommen, dann das Wasser nach oben und schließlich ins Haus und in KRUG zu bringen.

KRUG auf seinem Tisch reichte mir bis ans Kinn; er war aus Plastik, leuchtend gelb, glatt und ohne Rand. Er hatte einen dicht schließenden Deckel, der einst durchsichtig gewesen war, sich aber jetzt getrübt hatte. Das Wasser aus seinem kleinen Hahn schmeckte, auch wenn es den ganzen Tag gestanden war, so frisch und kühl, als tränke man es aus dem Bach. Auf der Vorderseite war das Bild eines Mannes oder eines menschenähnlichen Geschöpfes aufgemalt oder aufgeklebt, mit dicken, eckigen Läuferbeinen und weit ausgebreiteten Armen. Seine dicke Hand hielt ein Glas, aus dem eine orangefarbene Flüssigkeit spritzte; die andere Hand streckte einen keulenähnlichen Finger in die Höhe. Der Kopf, orangefarben wie die Flüssigkeit im Glas, war gewaltig im Vergleich zum Körper, eine riesige Kugel, und auf dem Gesicht war ein Ausdruck wilden Entzückens, unvorstellbarer, kreischender Freude. Das war KRUG.

Ich fragte Blink, ob KRUG eines seiner Souvenirs aus der Stadt sei. Er hatte einen Ausflug in die Stadt unternommen, als er noch jung war, und erzählte abends immer Geschichten davon. »Ich habe ihn mitgenommen, um damit die übrigen Dinge zu tragen, die ich gefunden hatte«, sagte er, »weil er leicht und groß war. Ich habe ihn mir auf den Rücken geschnallt.« Und dann erzählte er von der schweigenden Stadt, schweigsamer als jeder andere Ort, weil so gut wie gar nichts darin lebte, das Lärm machen konnte. In alten Zeiten hatte es nicht nur die Menschen gegeben, sondern auch die Lebewesen, die von den Menschen lebten, Vögel, Ratten und Insekten; sie alle verschwanden, als die Menschen nicht mehr da waren. Blink war durch die Stille gegangen, er war in Gebäude geklettert und hatte KRUG dazu hergenomnmen, die Dinge zu tragen, die er fand.

Wenn Blink Geschichten von der Stadt erzählte und von den Dingen, die er dort gefunden hatte, dachte ich immer, er könnte zur Knochenschnur gehören, oder sogar zu den Schnallen, obwohl die Schnallenschnur überhaupt keine Heiligen hat. Aber das befriedigte mich nicht. Wenn ich ihn mit seiner Brille am Tisch sitzen und an seinen Kreuzgitterwörtern arbeiten sah, versunken in ihr Geheimnis und schön in seiner Versunkenheit, wenn er eine Fliege verscheuchte und seine großen Füße verwirrt übereinanderschlug und wieder löste, war ich sicher, daß er zur winzigen Fadenschnur von St. Gene gehörte. Aber das paßte immer noch nicht.

›Warum hast du ihn nicht gefragt?‹

Wonach gefragt?

›Zu welcher Schnur er gehörte.‹

Nun, wenn ich es nicht wußte, wie sollte er es dann wissen?

›Aber du wußtest doch auch, zu welcher Schnur du gehörst?‹

Ja, und wenn ich St. Blink im Labyrinth kennengelernt hätte, zusammen mit seinen Freunden, seinen Beschäftigungen und den Orten, an denen er leben wollte, hätte ich auch gewußt, von welcher Schnur er war. Weißt du, die Schnur, zu der man gehört, findet man nicht einfach heraus, indem man sich selbst prüft, so wie man in einen Spiegel schaut und entdeckt, daß man rotes Haar hat. In Klein Belaire ist man in einer Schnur, und eine Schnur ist – nun, eben eine Schnur, ein Stück Band, nicht so etwas wie ein Name, den man trägt. So wird es etwas klarer, oder?

›Nun ja. Sprich einfach weiter. Was war das, was er mit solcher Versunkenheit tat, daß du glaubtest, er sei von der Fadenschnur?‹

Er beschäftigte sich mit seinen Kreuzgitterwörtern. Als St. Ervin zu St. Maureen im Eichenbaum kam, um von ihr zu lernen, wie man ein Heiliger wird, durfte er nicht ein einzigesmal in ihr Haus hinauf, das sie sich dort gebaut hatte, nicht ein einzigesmal, obwohl er jahrelang dort blieb. Sie stritt manchmal mit ihm und sagte, er solle fortgehen und sie in Ruhe lassen; aber er ging nicht, er bestand darauf zu bleiben, er brachte ihr Geschenke, und sie warf sie weg, er versteckte sich, und sie entdeckte ihn und jagte ihn mit einem Stock fort, nun, die Geschichte ist sehr lang, aber am Ende, als St. Maureen starb und St. Ervin zu ihr kam, als sie dalag und zu schwach war, um ihn zu vertreiben, und als er weinte, weil er nun nie ein Heiliger werden konnte, da sagte sie zu ihm: »Nun, Ervin, das ist doch eine Geschichte: geh hin und erzähle sie.« Und dann starb sie.

Als ich ein paar Tage im Baumhaus zugebracht hatte, erzählte ich Blink ein wenig verlegen, warum ich gekommen war, und er sagte nur wie St. Maureen: »Du willst ein Heiliger werden? Ein Heiliger? Wieso bist du dann hier? Warum bemühst du dich nicht darum?«

»Ich dachte«, sagte ich und senkte den Kopf, »ich könnte vielleicht hier bei dir bleiben und dir zuhören und zusehen und dabei herausbekommen, wie du ein Heiliger geworden bist, und vielleicht lernen, es genauso zu machen.«

»Ich?« quiekte er bestürzt.»Ich und ein Heiliger? Ich bin doch kein Heiliger! Wie kommst du nur auf diese Idee? Ich! Junge, hat man dir im Labyrinth nicht beigebracht, aufrichtig zu sprechen? Und hättest du es nicht in allem hören können, was ich gesagt habe? Höre ich mich etwa an wie St. Roy?«

»Ja«, sagte ich aufrichtig.

Verlegen wandte er sich wieder seinen Kreuzgitterwörtern zu. »Nein, nein«, sagte er nach kurzem Überlegen. »Ich will dir etwas sagen. Ein Heiliger erzählt dir Geschichten aus seinem Leben, und ...«

»Und du tust das auch, du erzählst davon, wie du in die Stadt gegangen bist, und von all den Dingen, die du dort gefunden hast.«

»Das ist etwas anderes. Die Geschichten, die ich erzähle, handeln nicht von meinem Leben, sondern von unserem Leben, von unserem Leben als Menschen. Das ist der Unterschied zwischen Weisheit und Wissen. Ich gebe zu, daß ich Wissen besitze, eine ganze Menge sogar, wenn es dich glücklich macht, daß du mich gefunden hast, aber es ist nutzloses Wissen. Weisheit dagegen – ich bin kein Engel, aber soviel weiß ich, daß Weisheit nicht von Wissen kommen muß und es manchmal überhaupt nicht kann. Wenn du nach Wissen strebst, nun, ich habe seit Jahren niemanden mehr getroffen, dem ich davon hätte erzählen können, deshalb bin ich froh, daß du gekommen bist; wenn du nach Weisheit strebst, dann suchst du sie besser überall, wo du sie finden kannst. Ich kann dir dabei nicht helfen.«

»Wäre es möglich, Wissen zu besitzen und trotzdem ein Heiliger zu sein?«

Darauf machte er ein paarmal *hm, hm, hm.* »Vermutlich schon«, sagte er dann; »aber die Tatsache, daß du ein Heiliger bist, hätte nichts damit zu tun, wieviel Wissen du besitzt. Du kannst genausogut groß oder dick sein oder blaue Augen haben und trotzdem ein Heiliger sein – verstehst du?«

»Nun«, sagte ich erleichtert, »dann könnte ich vielleicht damit anfangen, Wissen zu erwerben, und die Weisheit dann dem Lauf der Zeit und dem Zufall überlassen.«

»Ich habe nichts dagegen«, sagte mein Heiliger. »Was möchtest du denn gerne wissen?«

»Zuallererst«, sagte ich, »was tust du eigentlich?«

»Das? Das sind meine Kreuzgitterwörter. Schau!«

Auf dem Tisch, wo die Morgensonne darauf scheinen konnte, lag eine dünne Glasplatte. Darunter war ein Stück Papier, voll von kleinen Zeichen, die, wie ich wußte, gedruckt waren. Diese Zeichen bedeckten das Papier zum größten Teil, bis auf einen Block, einen Kasten, der in kleinere Kästchen unterteilt war, einige schwarz, die anderen weiß. Auf dem Glas über dem Papier hatte Blink in die weißen Kästchen winzige, schwarze Zeichen gemacht – Buchstaben nannte er sie. Das Papier war zerknittert und gelb, und über einen Teil davon breitete sich ein brauner Fleck aus.

»Als ich als Junge in Klein Belaire lebte«, sagte Blink, beugte sich über den Tisch und wischte eine Spinne weg, die wie ein Buchstabe über einem weißen Kästchen saß, »da fand ich dieses Papier in einer Truhe der Knochenschnur. Aber niemand konnte mir sagen, was es war, welche Geschichte es hatte. Eine Klatschbase meinte, es müsse ein Rätsel sein, du weißt schon, wie die Rätsel von St. Gene, aber anders. Eine andere sagte, es sei ein Spiel, wie Ringe, aber anders. Nun, ich würde nicht sagen, daß ich nur aus diesem Grund Belaire verließ und auf Wanderschaft ging, aber ich dachte mir, ich würde herausfinden, ob es ein Rätsel sei oder ein Spiel, und wie man es löste oder spielte. Und das tat ich auch, zum größten Teil, obwohl es jetzt sechzig Jahre her ist, und fertig ist es immer noch nicht.«

Er steckte den Kopf unter den Tisch und wühlte in den Dingen herum, die er dort aufbewahrte. »Ich habe mit vielen Leuten gesprochen, bin weit herumgekommen. Das erste, was ich herausfand, war, daß ich, um mein Papier zu enträtseln, lernen mußte, Geschriebenes zu lesen. Das war ein guter Rat, aber ich begegnete lange Zeit niemandem, der sich darauf verstand.« Er zog einen Holzkasten heraus und öffnete ihn. Drinnen waren dunkle, dicke Blöcke, wie ich sie schon früher gesehen hatte.

»Das ist BUCH«, sagte ich.

»Das sind Bücher«, sagte St. Blink.

»Es sind viele«, sagte ich.

»Ich bin an Orten gewesen«, entgegnete er und hob das oberste Buch auf, »die beinahe genauso groß waren wie Klein Belaire, und die vom Boden bis zur Decke voll von Büchern waren.« Er hob den Deckel auf und zeigte mir das Papier, das hineingenäht war und den typischen Büchergeruch ausströmte, muffig, papieren, unverkennbar. »Das Buch«, sagte er langsam, als spräche er im Schlaf, und fuhr dabei mit dem Finger unter der größten Schrift entlang, »von tausend Dingen.« Seine Finger wanderten über den Rest der Seite, während er flüsterend, »etwas, etwas, etwas«, sagte, dann kamen sie ganz unten, auf einer Zeile in roter Schrift zum Stillstand. »Zeit, Leben, Bücher«, sagte er nachdenklich und senkte den Deckel wieder darüber.

»Es gibt Menschen«, sagte er und klopfte auf den grauen Block, »und ich habe im Lauf der Zeit ein paar davon kennengelernt, die ihr ganzes Leben mit Büchern zubringen und in die Geheimnisse der Engel hineinspähen. Sie sind umgedreht, verstehst du, sie schauen stets nach rückwärts; und obwohl ich selbst nichts anderes wollte, als mein Rätsel zu lösen, wurde ich selbst immer mehr umgedreht, je besser ich lernte, Geschriebenes zu lesen. Sie sind ohne Ende, die Schriften der Engel, sie haben alles aufgeschrieben, bis zur kleinsten Einzelheit, wenn sie etwas machten. Und in Büchern kann man alles finden.«

»Du meinst, wenn wir Geschriebenes lesen könnten, wären wir fähig, alle die Dinge, die sie gemacht haben, wieder zu machen? Fliegen zum Beispiel?«

»Nun. Sie hatten eine Redensart, die lautete: Not macht erfinderisch; und ich kann mir vorstellen, daß wieder eine Zeit kommen könnte, in der uns eine innere Not zwingt, all das wieder neu anzufangen. Aber ich kann mir eher vorstellen, daß all das vorbei ist, abgelegt in diesen Büchern, wie Spielzeug, das dir keinen Spaß mehr macht, das aber zu sehr ein Teil deiner Kindheit ist, um es wegzuwerfen. Weißt du, diese alten Menschen«, sagte er dann, räumte alle Bücher weg und ließ sie wieder unter den Tisch gleiten, »sie dachten nicht im Traum daran, den Anweisungen in einem der Millionen von Handbüchern wirklich zu folgen. Ihnen genügte es zu wissen, daß es einmal so war. Daß es je wieder so sein könnte – nun, damit ist es, wie wenn man über die Leiden seiner Jugend lächelt und froh ist, daß sie alle endgültig vorüber sind.«

Er beugte sich wieder über sein altes Rätsel. Er seufzte. Er machte seinen Finger naß und wischte über einen Fleck auf dem Glas. »Man muß Buchstaben in die Kästchen setzen«, sagte er, »nach den Anweisungen, die hier stehen. Aber die Anweisungen sind das Rätsel; sie sind nur Anhaltspunkte zu Worten, die die leeren Kästchen füllen, wenn man sie in Buchstaben aufteilt. Wenn jeder Anhaltspunkt entschlüsselt ist und man das Wort erraten hat, das er andeutet, und wenn alle Buchstaben in der richtigen Reihenfolge in die zugehörigen Kästchen geschrieben sind, ergeben die Buchstaben in den Kästchen eine Botschaft. Sie ergeben einen Sinn, wenn man sie hintereinander liest.«

Vielleicht sagte er es nicht genauso, denn ich habe nie richtig verstanden, wie es funktionierte. Aber ich verstand, warum er sich so viele Jahre damit beschäftigt hatte: wenn das, was schließlich in den Kästchen erschien, so gut verborgen war, mußte es von gewaltiger Bedeutung sein. Ich blickte auf die zusammengesetzte Botschaft hinunter, die voll Lücken war wie der Mund eines alten Mannes. »Was heißt das?«

ES GIBT KO KEN IN SAN DI O Z REN DER STR SSEN S EBEN SICH HÜ SCHE NAMEN WIE DA B RGERKOM EE ABER SIE SIND DIE FREISCHÄRLER EU PAS UND REISS N DEN FRUCH BAREN BODEN DIESES FREIEN LANDES AUF

›Er hatte recht damit, daß es ein Rätsel oder ein Spiel war; du hattest unrecht, wenn du dachtest, daß es etwas Wichtiges sein müßte, weil man es so gut versteckt hatte. Es war eines von Tausenden; die Engel lösten oder spielten sie innerhalb von ein paar Minuten oder einer Stunde und warfen sie dann weg.‹

Die Engel ... Wenn ich nur einen Teil von dem glauben könnte, was St. Blink mir erzählt hat, so müssen die hundert Jahre vor dem STURM die aufregendste Zeit gewesen sein, in der man leben konnte, seitdem es Menschen gibt. Ich habe viel Zeit mit Tagträumen über diese Zeiten zugebracht und darüber nachgedacht, wie es damals wohl wirklich gewesen ist. Die Geschichten zur Ausstattung meiner Tagträume strömten wie Wasser aus Blink heraus; ich glaube, er war wie ich, als er jung war, und in gewissem Sinne war er immer noch so, auch wenn er verächtlich schnaubte, wenn ich davon sprach, wie wunderbar es gewesen sein mußte. »Wunderbar«, sagte er. »Weißt du, daß eine der häufigsten Todesursachen in jenen Tagen war, daß die Leute sich selbst töteten?«

»Was heißt das, sich selbst töteten?«

»Mit Waffen wie denen, von denen ich dir erzählt habe; mit Giften oder Drogen, indem sie sich von hohen Gebäuden stürzten; indem sie, oh, jede Menge von Maschinen verwendeten, die die Engel aus anderen Gründen herstellten.«

»Und das haben sie absichtlich gemacht?«

»Absichtlich.«

»Warum?«

»Aus ebenso vielen Gründen, wie du behaupten kannst, daß die Zeit, in der sie lebten, wundervoll war.«

Nun, ich war natürlich nicht zu überzeugen; ich saß in den heißen, schläfrigen Nachmittagen immer noch da und träumte, dachte an die Engel in ihrem letzten Todeskampf, an ihren unglaublichen, träumerischen, ruhelosen Stolz, aus dem heraus sie die Welt mit STRASSE bedeckten und den Kleinen Mond an den Nachthimmel hinausschleuderten, und der sie schließlich dazu zwang, immer noch unbefriedigt von hohen Gebäuden in den Tod zu springen (obwohl ich dachte, daß Blink vielleicht unrecht hatte und sie nur geglaubt hatten, sie könnten fliegen).

Oh, die Welt war voll in jenen Tagen; sie schien so viel lebendiger als unsere ruhige Zeit, in der etwas Neues manchmal viele Generationen brauchte, um seine langen Geburtswehen hinter sich zu bringen, und in der die Welt generationenlang gleich blieb. In jenen Tagen begannen und endeten tausend Dinge innerhalb einer einzigen Lebensspanne, große Kräfte prallten aufeinander und wurden von anderen Kräften verschluckt, die sie übertrumpften. Es war wie ein monströses Rennen zwischen Zerstörung und Vollkommenheit; sobald ein Stück der Welt durch eine gewaltige Anstrengung von Millionen besiegt war, wie zum Beispiel beim Bau von STRASSE, wandte sich der Sieg gegen die Sieger, so tötete zum Beispiel STRASSE Tausende in ihren Autos, und genauso ging es mit den mechanischen Träumen, die die Engel mit großer Mühe und unvorstellbarem Erfindungsreichtum verwirklichten, Träume, die den ganzen Tag wie Pusteblumen durch die Luft geschickt wurden, die unsichtbar dahinschwebten, Wände durchdrangen, Steinmauern, ja sogar die Körper der Engel selbst, die dasaßen und auf die Träume warteten, die dann vor jedem Engel gleichzeitig erschienen, um ihn zu warnen oder zu belehren; alle träumten einen einzigen Traum, so daß sie alle gemeinsam handeln konnten, aber schließlich entdeckten sie, daß diese Träume, die ihre Körper durchdrangen, irgendwie schädlich für sie waren, frag mich nicht, wieso, Millionen von ihnen wurden krank, starben jung und konnten keine

Kinder mehr bekommen, aber die Engel konnten nicht aufhören mit dem Träumen, auch dann nicht, als die Träume selbst sie warnten, daß sie von ihnen vergiftet würden; sie waren unfähig oder fürchteten sich davor, aufzuwachen und zu entdecken, daß sie alleine waren, bis schließlich die Lange Liga die Frauen aufweckte und die Frauen mit dem Träumen aufhörten: und all das trug sich in der Spanne eines einzigen Menschenlebens zu.

Und alles ging noch schneller, als der STURM herankam, das heißt, als der STURM herankam, ging das Rennen seinem Ende zu, die Lösungen wurden immer seltsamer und verzweifelter und die Katastrophen größer, in ihren Klauen träumten die Engel ihre wildesten Träume, zum Beispiel, daß wir ewig leben würden oder wenigstens beinahe ewig, daß wir die Erde endgültig verlassen würden, diese verdorbene Erde, um in Städten zu schweben, die auf immer zwischen Erde und Mond hängen sollten, ein Traum, den sie nicht verwirklichen konnten, weil die KRIEGE begannen und Millionen von Engeln sich auf eine Million verschiedene Arten entzweiten und einander an die Kehle gingen. Und die Lange Liga wuchs insgeheim überall, während die verzweifelten Lösungen zusammenstürzten oder ihren Schöpfern ins Gesicht hinein explodierten, die Lange Liga im geheimen Kampf mit den Engeln, die kaum wußten, daß sie mitten unter ihnen existierte, bis nur noch die Liga als einzige Macht übrig war, als GESETZ und GIERUNG sich in den Kriegen und in dem Bemühen erschöpft hatten, die Welt den Menschen zu erhalten; und aus diesem Grund begannen die aufrichtig Sprechenden mit dem Sprechen über die tausend Telefone der Genossenschaft Groß Belaire; und während die Millionen Lichter ausgingen, während die mechanischen Träume verblaßten und die Engel in der schrecklichen Dunkelheit alleine zurückließen, suchten auf Geheiß der Engel die Pflanzer mit ihren tausend Armen und tausend Augen, klüger als jedes menschliche Wesen, andere Himmel und Sonnen ab und brachten die Brotbäume mit und wer weiß was noch alles, das jetzt verloren ist; und niemand war in der Lage, alles zu begreifen, was sich da auf einmal ereignete; und das war auch kein Wunder; und dann kam der STURM, wie Sieben Hände sagte, den jeder hätte sehen können, und alles geriet ins Stocken und der Stillstand dauerte immer weiter an, bis alle jene Millionen in den alten Waldgebieten standen, in denen sie nie zuvor gewesen waren, und voll Staunen auf die alte Welt blickten, als sei sie ihnen so fremd, wie ihre Träume es in Wirklichkeit gewesen waren.

Blink sagte: »Es war, als hätten die Engel in einer unvorstellbaren Anstrengung ihrer Kraft eine Kugel aus vielfarbigem Glas über der Welt schweben lassen, die so schön und seltsam war und so viel Wartung erforderte, um weiterzuschweben, daß es für sie nichts anderes mehr gab, daß sie die Welt vergaßen, wenn sie zusahen, wie die Kugel schwebte. Jetzt ist die Kugel verschwunden, zerschmettert vom STURM, und uns bleibt nur die alte Welt, wie sie immer war, bis auf ein paar Wunden, die nie mehr heilen können. Aber überall auf dieser alten, gewöhnlichen Welt, über die Jahre verstreut durch diesen Bruch, an den seltsamsten Orten verirrt und zu den seltsamsten Zwecken verwendet, gibt es immer noch Teile dieser großen Kugel; Teile, die man gegen die Sonne halten und durch die man hindurchsehen und staunen – die man aber niemals wieder zusammensetzen kann.«

Wir lagen im Spätsommer in der gelben Wiese ausgestreckt und sahen zu, wie die feierlichen Wolken vorbeizogen. Es hatte einen Frosteinbruch gegeben, der die Wälder austrocknete und sie staubig und duftend zurückließ, raschelnd und braungefärbt, aber der Sommer ging noch weiter: Maschinensommer.

»Blink«, sagte ich, »gibt es am Himmel Städte?«

Er kratzte sich hinterm Ohr, legte sich zurück, die Hände hinter dem Kopf verschränkt. »Die Städte der Engel am Himmel. So hat der Kleine St. Roy Wolken wie die da oben genannt. Aber es gibt eine Geschichte. Es heißt, die Engel hätten zur Zeit des STURMS Städte mit Glaskuppeln gebaut, die auf irgendeine Weise wie Wolken schweben konnten. Ich weiß es nicht. Ich bezweifle nicht, daß sie das konnten. Und es hieß immer, daß die Engel eines Tages, nach Tausenden von Jahren vielleicht, herauskommen und sich alles ansehen würden, was sich ereignet hatte, während sie dort oben schwebten. Nun ja. Hmmm ... Niemand, kein Engel ist zurückgekehrt ... Ich weiß nicht ... Vielleicht hat man es mit dem Kleinen Mond verwechselt, der wirklich eine Stadt am Himmel war, wo Engel lebten, aber jetzt sind dort oben alle tot, sie waren im STURM gefangen und hatten keine Möglichkeit, nach Hause zu kommen – sie sind immer noch dort, nehme ich an. Wer weiß? Die Pusteblumen lösen sich, siehst du dort?«

Der braune Samen, der ihm so ähnlich war, schwebte nahe an ihm vorbei. Ich dachte, wenn ich nur dicht genug herankommen könnte, würde ich eine lange Nase sehen und kleine Gesichtszüge wie die von Blink. Der Samen rollte über sein zerknittertes weißes Hemd, hob wieder ab, flog irgendwohin. Wohin, das würde die Luft bestimmen.

»Teile davon«, sagte Blink schläfrig. »Teile.«

Er schlief ein. Ich beobachtete die Wolken und bevölkerte ihre Täler und Schluchten mit Engeln.

Fünfte Facette

Teile davon: ein Silberball und ein Handschuh. Ein Engelsbild von St. Garys Onkel Plunkett. Ein Haus, in dem zwei Kinder und eine alte Frau Auskunft über das Wetter gaben, und die vier toten Steinmänner dazwischen. Ein falsches Bein; eine durchsichtige Kugel mit überhaupt nichts im Inneren, außer der Gesamtheit von Dr. Boots; eine in Plastik gefangene Fliege; eine Stadt am Himmel. Nein, die Kugel kann nicht mehr zusammengesetzt werden, da hatte er recht, und ich wollte sie auch nie zusammensetzen; aber es hatte den Anschein, als wolle mir jedes dieser Dinge auf seine Weise etwas mitteilen, ein Zeichen geben, als zeige es mit dem Finger auf das nächste, und als würde ich am Ende dieser Reihe irgend etwas Kostbares finden, das verloren war – vielleicht nur Wissen, vielleicht aber auch etwas, was ich vor allem anderen zu finden begehrte.

›Du hast es gefunden.‹

Wirklich? Wer ist dieses Ich? Hat mir Mongolfier nicht gesagt, daß es überhaupt nicht mein Ich sei, das hierherkommen würde, daß das, was hierherkommen würde, nicht mehr sei als ein Spiegelbild, ein nicht entschwundener Traum, ebensowenig ich wie das Engelsbild von Onkel Plunkett, das von keiner menschlichen Hand gemacht war, Plunkett selbst war? Warum sagst du also, ich hätte überhaupt etwas gefunden?

›Weil niemand sonst den Silberball und den Handschuh gefunden hat – diesen Silberball und diesen Handschuh. Niemand sonst hat danach gesucht. Niemand sonst ist der Reihe von Anfang bis zum Ende gefolgt – und hat dann den letzten Schritt getan. Vielleicht hätte es auch jeder andere tun können – aber keiner hat es getan. So hast du uns also gefunden. Du, mit dem ich jetzt spreche: der allein mit mir spricht. Nun: wolltest du jetzt von Plunkett erzählen?‹

Ich ... ja. Ja: ich wollte erzählen, wie ich das Bild sah. Und was Blink sagte ... Kennst du diese Geschichte etwa besser als ich?

›Sprich weiter! Du erzählst sie nicht um meinetwillen.‹

Ich hatte Blink nach dem kleinen Haus gefragt, das Einmal-am-Tag mir gezeigt hatte, und nach den vier toten Steinmännern. »Ich weiß von vier Steinköpfen«, sagte er, »von vier Köpfen, die ein Berg sind; aber das sind nicht die vier toten Männer in der Geschichte, die ich kenne. Vielleicht sind die vier Steinköpfe ein Bild der vier toten Männer; oder vielleicht ist es nur ein Witz der Flüsterschnur. Was hat sie von ihnen gesagt? ›Sie sind verrückt.‹ Nun, wer kann schon der Flüsterschnur folgen? Aber es gibt eine Geschichte: Zur Zeit des STURMS, als schließlich die Lichter und Telefone der Genossenschaft endgültig nicht mehr funktionierten und uns der Große St. Roy hinausführte auf die Wanderschaft, da war bei uns auch ein Junge, Gary, der später St. Gary werden sollte. St. Gary war bei seiner Tante aufgewachsen, die eine Sprechende war, und bei seinem

Onkel, der Plunkett hieß. Plunketts Arbeit war geheim und einer jener letzten Pläne der Engel, die der STURM zunichte machte; ein Plan zur Unsterblichkeit. Das Geheimnis wurde auch Plunketts Frau verraten, die Gary sagte, daß sein Onkel, obwohl er tot und begraben war, was sie gar nicht abstritt, an einem unterirdischen Ort in der Nähe von Clevelen, weit im Westen, nahe der Stelle, wo früher die Genossenschaft gewesen war, noch am Leben sei.

Und so kehrte St. Gary um, verließ den Flüchtlingstreck der Sprechenden und kehrte nach Clevelen zurück, um zu sehen, ob er seinen Onkel immer noch lebend antreffen könnte, obwohl er doch auf dem Weg nach Westen an dem Grab vorbeikam, in das man den Onkel vor seinen Augen gelegt hatte. Nach langem Suchen fand Gary den Ort, von dem ihm Plunketts Frau erzählt hatte; und inzwischen hatten auch andere ihn gefunden, manche, weil sie verzweifelt danach strebten zu erfahren, was die Engel von der Unsterblichkeit gewußt hatten, andere, weil sie dieses Werk zerstören wollten, wie sie alles zu zerstören trachteten, was die Engel gemacht hatten.

Was sie gefunden hatten und jetzt unter ständiger Bewachung hielten, und worüber sie die heftigsten Streitigkeiten ausfochten, waren fünf durchsichtige Kugeln, ohne jegliche Öffnungen und, wie es schien, ohne jeglichen Inhalt. An jeder dieser fünf Kugeln hingen Engelsbilder, grau und glänzend, von vier Gesichtern. Eines davon war das Gesicht von St. Garys Onkel Plunkett.

Die anderen, die dort waren, setzten St. Garys Vorhaben, seinen Onkel mitzunehmen, eine Menge Widerstand entgegen. Eine Zeitlang diskutierte er mit ihnen, verteidigte Plunkett gegen die, die die Kugeln zerschmettern wollten, falls sie zerbrechlich waren, und gegen die, die sie öffnen oder in Betrieb setzen wollten, falls das möglich war. Dann mischte sich die Lange Liga ein. Frauen der Liga kamen und sagten, sie würden in dieser Sache entscheiden – sie entschieden gerade damals ja so vieles –, und niemand außer der Liga sollte die Kugeln berühren oder weiter untersuchen. Damit wollte sich St. Gary nicht einverstanden erklären: und so machte er sich eines Nachts heimlich mit der Kugel davon, die in gewissem Sinne Plunkett war.

Viele Jahre lang und durch viele Fährnisse hindurch behielt Gary Onkel Plunkett bei sich, obwohl die Sprechenden über ihn und seine Kugel lachten, die so offensichtlich leer war. Im Alter wurde er ein großer Heiliger und lebte in einer Buche nahe dem Lager, das die Sprechenden in den Tagen, als die Lange Liga noch mächtig war, in der Nähe von New Neyork aufgeschlagen hatten; und er lebte die ganze Zeit mit Plunkett. Und wenn Plunkett jemals ein Wort sagte, gehört hat es niemand.

Nach Garys Tod wanderte Onkel Plunkett mit anderen kostbaren und nutzlosen Dingen in St. Andys Wagen; und wie so viele andere Dinge, wie der Silberball mit dem Handschuh, von dem man sich erzählt, wie die Brille, mit der man in der Nacht sehen konnte, wie die Traummaschine, ging er mit der Zeit verloren oder wurde vielleicht verkauft, niemand weiß es mehr, denn damals kümmerte sich auch niemand groß darum. Die Lange Liga interessierte sich zwar schon dafür: es gab Gerüchte, daß ihre Angehörigen nach dem letzten der vier toten Männer suchten, manche sagten, um ihn zu vernichten, wie sie es mit den anderen gemacht hatten, oder um ihn nicht den Feinden zu überlassen, wie andere glaubten, aber die Sprechenden hatten mit diesen Streitigkeiten wenig zu tun. Und dann hörte man nichts mehr davon.«

Ich hatte Fragen, aber Blink zuckte immer nur die Achseln und schüttelte den Kopf: warum es fünf Kugeln gab und nur vier Bilder? Ob die fünf Kugeln alle gleich waren; warum es hieß, daß es nur vier tote Männer gab? Wie konnten sie lebendig sein, wie es behauptet wurde? »Frag die Engel, frag die Lange Liga!« sagte er. »Sie alleine wissen es. Ich kenne nur Garys Geschichte; wenn die von der Flüsterschnur mehr wissen, so ist das deren Geheimnis, aber ich glaube irgendwie, sie wissen auch nicht mehr, und ihre vier toten Männer sind nur ein Spiel, wie die drei Träume von Olive und die sieben wandernden Sterne oder die neun letzten Worte des Kleinen St. Roy. Aber etwas gibt es, etwas

Greifbares, und ich bin auf einem Weg, den ich dir nicht beschreiben werde, in seinen Besitz gekommen. Schau ...!«

Und wie Mbaba, wenn sie an ihre Truhen ging, um eine Geschichte aus der Zeit ›als wir wanderten‹ zu beweisen, stand Blink auf, kramte in seinen Sachen und nahm aus einem Spalt in der Wand das rissige Engelsbild von Onkel Plunkett, das Gary bei der durchsichtigen Kugel gefunden und mitgenommen hatte, als er sich mit Plunkett davonmachte. Auf dem Bild trug Plunkett ein Hemd mit Knöpfen und hatte fast keine Haare, nur überall auf dem Kopf einen grauen Flaum. Unter seinem glattrasierten Kinn hielt er eine Karte mit etwas Geschriebenem darauf. Er blickte nicht geradeaus, sondern ein wenig zur Seite, als habe er gehört, wie jemand nach ihm rief. Die Risse in dem Bild zogen weiße Nähte über sein Gesicht, wie Narben von schrecklichen Wunden; er lächelte breit, und seine Zähne glänzten wie die Zähne, ›die jedem paßten‹. Aus irgendeinem Grund ließ mich das Bild heftig erschauern.

»Vielleicht«, sagte ich schließlich, »hat man es ganz falsch verstanden. Vielleicht waren die Kugeln etwas völlig anderes, und die vier toten Männer gab es in Wirklichkeit gar nicht; man hat es mit einer anderen Geschichte durcheinandergebracht oder irgendwie falsch verstanden. Wahrscheinlich.«

Blink lächelte mir zu und tätschelte mir die Wange. »Wahrscheinlich«, sagte er. »Komm, gehen wir Pilze suchen!«

Ich hätte nicht gedacht, daß ein so alter Mann wie Blink den Winter an einem so wenig geschützten Ort wie seinem Haus in der Eiche verbringen würde, aber obwohl der Herbst jetzt immer näher rückte, machte er keinerlei Anstalten umzuziehen. Er hantierte herum, arbeitete mit dem Buch oder starrte trübsinnig auf das Glas, das seine Kreuzgitterworte bedeckte, während die Nächte kälter wurden und am Morgen kalter Nebel das Haus erfüllte, so daß wir lange bis an die Ohren in die ›Drei Bären‹ gewickelt sitzenblieben, wie Blink die zusammengenähten Zottelfelle und Häute nannte, in denen wir uns warmhielten. Wir wickelten uns an den langen Abenden auch schon früh ein, rauchten und unterhielten uns, während wir zusahen, wie sein kleines Holzkohlenfeuer niederbrannte. »Dieses Feuer«, sagte ich, »wird bald nicht mehr viel nützen.«

»Nein«, sagte er. »Gut, daß wir es nicht brauchen.«

Die Wälder wurden durchsichtig. Jetzt konnte man aus den Fenstern des Hauses bis auf die Wiese und beinahe bis zum Bach sehen, der eiskalt zwischen den bereiften Steinen dahinströmte. Blink und ich machten das Haus winterfest: wir dichteten Ritzen mit Lehm und Moos ab und hängten dicke Matten, die er den Sommer über zusammengerollt aufbewahrt hatte, an die Wände. Das Feuerloch wurde verschlossen und der Kamin zugestopft. Wir machten eine neue Eingangstür, die vor die alte paßte, und zankten uns darüber, wie die beiden am besten zusammengehalten werden sollten, um vor Kälte zu schützen. Eines Tages, als die Stille und die dichte Dunkelheit der Wolken schweren Frost ankündigten, zog Blink mehrere dicke Plastikbahnen aus ihrem Versteck, sie waren nicht trüb und sehr wertvoll: mit einer solchen Bahn wurde die Außenseite jedes kleinen Fensters bedeckt und mit einer zweiten die Innenseite. Als dies erledigt war, rückte Blink die beiden Bettstühle so, daß sie zu den Fenstern schauten. »Ist KRUG bis ganz oben hin gefüllt?« fragte er.

»Ja.«

»Dann sind wir, glaube ich, fertig.«

In einem kleinen Kohlebecken entzündete er Zweige und setzte kleine Holzkohlebrocken in Brand; während sie Feuer fingen, holte er ein kleines, dicht verschlossenes Gefäß aus Engelssilber hervor und öffnete es. Daraus nahm er eine große Prise eines schwarzen Pulvers, betrachtete es stirnrunzelnd und schüttelte einen Teil davon wieder zurück. Das übrige streute er über die glühende Holzkohle. Es rauchte nicht, aber der Geruch war sehr ausgeprägt, ein dichter, durchdringender Duft, der an nichts erinnerte, was ich jemals gerochen habe. Wir trafen die letzten Vorbereitungen: Blink verschloß sorgfältig das Gefäß und stellte es neben sich; er sah sich um, den Finger an die Lippen gelegt, überzeugt, daß alles bereit war. Mir wurde langsam köstlich warm und schläfrig, aber ich fühlte mich auch munter, so als könnte ich gleichzeitig einschlafen und wach bleiben. Das schien auch Blinks Absicht zu sein, und so krochen wir in die Drei Bären, die jetzt durch Silbertücher, die Blink rings um sie befestigt hatte, noch wärmer waren, machten es uns bequem und blieben drei Monate lang so sitzen.

Am Abend jenes ersten Tages sprachen wir ein wenig miteinander; dann verfielen wir in Schweigen, und es wurde so still, als schliefen wir, aber wir sahen zu, wie die Sonne klar und kalt hinter dem Flaum schwarzer Bäume auf den Bergen hinter der Wiese verschwand. Später erhellte der Vollmond dieses Monats die kahle, stille Erde, und wir hörten zu, wie sie unter Knacken und Schnappen gefror. Wolken sammelten sich, zogen eilig über das weiße Gesicht des Mondes. Gegen Morgen fiel der erste Schnee in diesem Jahr, er stäubte den Boden mit einem feinen, kalten Pulver ein, das der bittere Wind wie Staub herumwirbelte.

KRUG hielt Wasser im Winter ebenso warm, wie er es im Sommer kühl gehalten hatte. Vielleicht einmal am Tag füllte ich eine Pfeife mit St.-Bea-Brot, das durch die Kälte ganz blättrig geworden war. Zur Zeit des Vollmonds kletterte St. Blink immer jammernd aus seinen Bären und zündete Holzkohle an, um etwas von dem schwarzen Pulver zu verbrennen. Wenn ein Wärmeeinbruch kam, krochen wir manchmal heraus, öffneten die beiden Eingangstüren und stiegen die Leiter hinunter, wobei wir uns vorsichtig und gemessen bewegten, wie zwei alte Invaliden; dann, nach kurzer Zeit, stiegen wir völlig erschöpft wieder hinauf, aber wir hatten viel gesehen.

Wir hielten einen seltsamen, totalen Schlaf, aus dem wir, als der Winter wirklich Einzug hielt, nur kurz nach Mittag erwachten, und in den wir wieder versanken, wenn der Abend kam; viele Tage vergingen ohne eine Bemerkung, nur flüchtig wahrgenommen zwischen einem Nickerchen und dem nächsten. Der Schnee bedeckte dicht den Wald; einmal saßen wir den ganzen Tag da und sahen völlig vertieft zu, wie ein Fuchs über die weglose Wiese ging. Wir beobachteten Eichelhäher und Spatzen und schliefen ein, wenn sie es taten. Zwei Eichhörnchen, die in der Eiche wohnten, fanden schließlich einen Weg in das Baumhaus, sie liefen fröhlich über uns weg und atmeten unseren erwärmten Atem ein; sie schliefen drei Tage lang in Blinks Schoß, während blindwütige Stürme den Wald mit Eis überzogen, das am darauffolgenden, blauen Morgen Musik zu machen schien, Musik, so gleißend hell, daß man sie nicht ansehen konnte. Wir schliefen, die Zugluft wirbelte Staub, lose Moosstückchen und Blattgerippe um unsere Füße. Wir waren ein Teil von Blinks geliebter Schlafeiche geworden, hörten ihre Äste knarren und im Winde knakken, trauerten, wenn eine große Eislast einen dünnen Ast abbrach. Schnee fiel aus den Zweigen und knallte dumpf auf unser Dach, dann glitt er auf die Erde hinunter. Ich blinzelte weniger oft, wie ich allmählich bemerkte, und wenn ich blinzelte, schlief ich oft ein. Meine linke Hand lag einen halben Monat lang auf meiner rechten. An einem weißen Nachmittag irgendwann in dieser endlosen Jahreszeit, einem warmen Tag, als Blink sich mühsam hochgerappelt hatte, um Pulver aus dem Gefäß zu nehmen und uns mit seinem Dampf wieder in tiefen Winterschlaf zu versetzen, fragte ich: »Wo kommt es her?«

»Wo kommt was her?« fragte er und sah sich um, ob ich irgendein Tier meinte.

»Das Pulver«, sagte ich. »Und wie wirkt es?« Es hatte schon angefangen zu wirken; der durchdringende Geruch hing in der Luft, scharf und metallisch wie der warme Hauch aus einem Messingschlund, und ich spürte, wie sich meine Lenden bequemer in den Sitz kuschelten, in dem ich nun schon so lange saß.

»Frag die Engel, auf welche Weise es so wirkt«, sagte er. »Sie würden es dir sagen, aber du würdest es nicht verstehen. Spürst du nicht, wie es wirkt? Hör zu, wie es wirkt; du hast genügend Zeit.« Sehr sorgfältig schleppte er sich wieder in seinen Stuhl zurück, während ich versuchte zu lauschen, wie das Pulver wirkte. Ich begann schon zu spüren, was er meinte; und ich wußte, daß ich bis zum Ende dieses

Winters wissen würde, wie es seine Wirkung erzielte, obwohl ich es niemandem würde erklären können, der nicht einen Winter damit überstanden hatte.

»Und wo es herkommt«, sagte Blink gerade, während er versuchte, eine Position zu finden, in der er sich wohl genug fühlte, um sie beizubehalten, »nun ... das ist eine Geschichte ...«

Ich sagte schon, daß wir viel schliefen; aber wenn ich wach war, fühlte ich mich seltsam klar und klug, als würde sich mir alles allmählich mit langsamer Genauigkeit enthüllen, um mich damit zu überraschen, daß es mehr enthielt, als ich gedacht hatte: nicht nur jede einzelne Bewegung des jagenden Fuchses, sondern auch die langen, verschlungenen Geschichten des heiligen Blink, die sich in der Zwischenzeit vor mir ausbreiteten, verdreht, aber offen daliegend, wie der pfirsichfarbene Bach bei Sonnenuntergang offen dalag, wenn er durch die schwarzweiße Wiese floß.

Blink sprach weiter über das Pulver und über andere Pulver und Arzneien, die die Engel gemacht hatten; darüber, wie die Engel, nicht zufrieden damit, die Welt nach ihren Vorstellungen zu verändern, auch die Menschen verändert hatten, um sie der veränderten Welt anzupassen, wie sie ihr tiefstes Inneres ebenso gepflastert und erneuert hatten wie die Oberfläche der Erde. Über die Töchter der Medizin sagte er: »Die Medizin verhält sich zu den Töchtern der Medizin wie ein trockener Ast zu einem Baum. Die Medizin ist wie Farbe; die Töchter der Medizin sind wie die Farbveränderung in einem Kristall. Die Medizin verändert sich, sie bekämpft deine Krankheiten, unterdrückt deine Sorgen; die Töchter der Medizin schlagen dir vor, dich selbst zu verändern – ein Vorschlag, den du nicht ablehnen kannst. Eine Medizin hält so lange vor wie eine Mahlzeit; die Töchter der Medizin verändern dich noch lange nachdem sie aus deinem Körper längst verschwunden sind.«

Vier Töchter der Medizin sind in den Vier Töpfen enthalten. Der erste bringt dich dazu, beinahe jede Krankheit abzuschütteln, und der letzte, der knochenweiße Topf mit seinem weißen Inhalt, wurde hergestellt, um ein seltsames

Problem zu lösen, das der erste verursacht hat. »Die Engel hatten gelernt, die Krankheiten zu heilen, die die Menschen in jungen Jahren töteten«, sagte Blink, »und deshalb hofften sie, sie könnten ewig leben. Das war ein Irrtum, aber sie hatten so viel Erfolg damit, die Menschen am Leben zu erhalten, daß es in der Welt in kurzer Zeit viel zu viele gesunde Leute gegeben hätte, die so gut wie unsterblich waren, durch nichts zu töten als durch ihre eigene Dummheit, sie strömten aus den Leibern der Frauen wie Ameisen aus einem Ameisenhaufen, und es gab weder genügend zu essen, noch genügend Platz für sie alle. Stell dir nur die Angst und den Ekel vor, den du empfindest, wenn du in einen Ameisenhaufen trittst und sie herumwimmeln siehst: so empfanden auch die Menschen für ihre Gattung, und am meisten das Gesetz und die Gierung, die die Last hauptsächlich zu tragen hatten, die Welt dem Menschen zu erhalten.

Und so machten sie sich durch ein Mittel, das wir vergessen haben, ein Mittel wie die Töchter der Medizin, aber noch wesentlich subtiler, kinderlos. Es dauerte einige Generationen, aber schließlich wurde diese Kinderlosigkeit ein Dauerzustand; sie wurde weitergegeben von der Mutter an das Kind. Und dann stellten die Engel die Tochter der Medizin her, die im vierten der Vier Töpfe ist und dazu dient, die inneren Vorgänge wieder in Gang zu bringen, die durch das andere Mittel zum Stillstand gebracht wurden. Wenn eine Frau diese Arznei nimmt, ist sie eine Zeitlang empfängnisfähig, aber ihr Kind ist kinderlos, bis es sich ebenfals entscheidet, die Tochter der Medizin einzunehmen. Es ist, als wären wir ohne Augen geboren, als steckten unsere Augen nicht in unserem Kopf, sondern würden von Mutter zu Kind weitergegeben wie ein Schatz, und jedes Kind hätte die Wahl, sie sich einzusetzen oder nicht.

Und vielleicht hätte es auch funktioniert, wenn nicht der STURM gekommen wäre; die Menschen hätten selbst über ihre Zahl entschieden, so wie sie sich entschieden, STRASSE zu bauen und einen falschen Mond neben den richtigen zu setzen. Aber der STURM kam; und wer kann sagen, ob er nicht durch diese schreckliche Entscheidung der Menschen beschleunigt wurde? In den Wintern, die danach folgten, in den Kriegen und Katastrophen, starben Millionen durch all die alten Krankheiten, von denen die Engel geglaubt hatten, sie wären für immer von der Erde vertilgt, und aufgrund dieses neuen Mittels wurden nur wenige geboren.

So sind wir jetzt übriggeblieben, wir wenigen Menschen, und wir können nicht mehr rückgängig machen, was sie getan haben; wir tragen einen Teil von uns außerhalb von uns in dem weißen Topf; die Entscheidung der Engel ist uns geblieben.«

Eines Winters, ich war fünf oder sechs, da hatte ich mich auf die Suche nach Sprich-ein-Wort, meiner Mutter, begeben und sie in einem vorhangverhängten Raum entdeckt; ich war ganz leise herangetreten, und sie hatte mich nicht gesehen, denn sie hörte gespannt zu, was die alte Klatschbase Lach-Laut zu ihr sagte, und was ich nicht hören konnte. Ich sah jetzt, daß auch Sieben Hände dabei war, und daher kam ich nicht näher – damals war mein Knoten mit ihm am verschlungensten. Ich kniete mich hin und beobachtete sie im Winterlicht. Lach-Laut hatte die Schachtel mit den Töpfen offen vor sich stehen und schob mit einem Finger den weißen über den Tisch zu meiner Mutter hin. Die Nase meiner Mutter glänzte vor Schweiß, und auf ihrem Gesicht lag ein seltsam starres Lächeln. Sie nahm den vierten Topf und stellte ihn wieder zurück.

»Nein«, sagte sie. »Dieses Jahr nicht.«

Sieben Hände schwieg dazu. Wünschte er es? War es von Bedeutung? Er sagte nichts, denn die Entscheidung der Engel konnte nur Sprich-ein-Wort treffen. »Dieses Jahr nicht«, sagte sie und sah nur Lach-Laut an, die die Lippen schürzte und nickte. Sie stellte den Topf an seinen vierten Platz im Halter und verwahrte den Halter in der Schachtel. Der Deckel schloß sich mit einem kleinen schnappenden Geräusch.

Als ich von diesem Geräusch träumte, erwachte ich.

»Die Engel«, sagte Blink gerade, »mit ihren Telefonen und ihren Autos und ihrer STRASSE sagten immer: ›Die Welt ist klein. Sie wird jeden Tag kleiner.‹« Er schüttelte den Kopf. »Eine kleine Welt!«

Er fuhr fort, nachdem wir geraucht hatten, und sprach vom Winter. Von den Wintern während der Kriege, und wie dieses schwarze Pulver die Kämpfer gegen die Engel am Leben erhalten hatte, und wie es zugegangen war, daß er es jetzt hatte; er sprach von dem Winter, in dem die Lange Liga an die Öffentlichkeit getreten war, und von dem Winter, als der Große St. Roy die Tür der Genossenschaft Groß Belaire versperrte, und in dem die Sprechenden ihre lange, gehetzte Wanderung begannen, und von seinem verlorenen Bein: er sprach von der übrigen Welt jenseits der Ozeane, von der jetzt kein Lebenszeichen mehr kam ...

»Sein verlorenes Bein?« fragte ich.

»Durch die Kälte«, sagte St. Blink. »Erfroren war es, und dann verfaulte es und mußte abgeschnitten werden. In den Jahren zuvor hätte es die Wissenschaft der Engel ersetzen können, sie hätten ihm ein ganzes, neues, ein richtiges Bein gemacht; aber jetzt mußte er sich mit einem falschen zufriedengeben.«

So offen wie Wasser bei Sonnenuntergang ... »Und das steht jetzt im Labyrinth«, sagte ich.

»Richtig.« Der Schnee fiel unaufhörlich weiter, schweigend, blind. »Man weint, sagte Roy gleich danach, man brütet und glaubt, man könnte genausogut tot sein. Aber dann bekommt man ein künstliches, selbst wenn es nicht so ist, wie es die Engel hätten machen können, es ist nur aus Holz, aber es tut seinen Dienst; und man zwingt sich aufzustehen und zu gehen, kommt sich komisch vor, und es schmerzt auch. Aber man gibt nicht auf, und eines Tages kann man sich auf den Beinen halten. Man kann vielleicht nicht tanzen, und es dauert lange, bis man wieder eine Frau lieben kann, aber es geht. Man lernt damit zu leben. Man lacht sogar: Roy hat ganz bestimmt gelacht. Aber trotzdem hatte er immer ein Bein weniger. Gleichgültig, wie gut es wurde.

Und Roy, der noch den STURM erlebte, dachte, daß wir alle von da an sein würden, was er war – Menschen ohne Bein. Ob es die Entscheidung zur Kinderlosigkeit war oder weiter zurückreichte, bis auf den Entschluß der Engel, die Welt in eine Form zu hämmern, die dem Menschen zusagte, gleichgültig, um welchen Preis – was immer es war, wir verloren dieses schreckliche Rennen.

Und wir blieben als Menschen ohne Bein zurück.« Heute würde die Dämmerung ewig dauern, sie begann fast sofort, als der Morgen endete, und glitt unmerklich in eine mondlose Nacht hinüber. »Und wir können lachen. Wir haben unsere Systeme und unsere Weisheit. Aber immer noch nur ein Bein. Ein verlorenes Bein bessert sich nicht, wie etwa eine Erklärung. Wir lernen, damit zu leben. Wir versuchen es.«

Er bewegte sich ein ganz klein wenig. »Nun, das sind Wintergeschichten ... Sieh nur, wie grau das Licht heute ist, die Welt ist genauso schläfrig wie ich. Klein Belaire ist jetzt verschlossen, alle drängen sich im Inneren dicht zusammen, man erzählt die alten Geschichten ... und der Frühling kommt, wenn er kommt.«

Und wir schliefen wieder ein, ohne uns bewegt zu haben. Die Tage vergingen, voll von verwehtem Schnee, die Bahn der Sonne war kurz, kalt und verschleiert. Tagelang keine Sterne, kein Mond: der Fuchs: die Vögel.

Sechste Facette

Als grauer Regen die letzten Hügelchen schwarzgesprenkelten Schnees geschmolzen hatte und viele Vögel heimgekommen waren, als die Wälder mit neuen Gerüchen erfüllt waren wie mit Strecken und Gähnen, da kam ein Tag, an dem Blink und ich die Leiter hinunterstiegen und in der neuen, von Düften geschwängerten Luft standen. Wir blickten uns blinzelnd um und versuchten, aufrecht zu stehen.

Beim letzten Vollmond hatte Blink, nachdem er das Wetter geprüft und zweimal etwas an seinen Fingern abgezählt hatte, das Gefäß mit dem schwarzen Pulver weggeräumt; aber als die ersten warmen Tage kamen, hatten wir unseren langen Schlaf immer noch nicht ganz beendet, wir blieben im Bett, wie man es an einem schönen Morgen tut, wenn man weiß, daß man aufstehen sollte, sich aber in den zerwühlten Decken verstockt herumrollt und -wirft, bis die

Sonne hoch am Himmel steht. Jetzt streiften wir langsam durch den Wald, begrüßten die anderen, die aus dem Winterschlaf erwacht waren, eine Schnecke und eine Schildkröte, die sich sonnte, ein Murmeltier, das so mager war, als trüge es die ausgebeulten Kleider von jemand anderem, und wir begrüßten auch die Bäume; und als Blink und ich stehenblieben und zusahen, wie das Murmeltier schnüffelnd die Luft prüfte, erfüllte mich Dankbarkeit, weil ich es geschafft hatte, weil ich es wieder einen Winter hindurch geschafft hatte, was vielen nicht gelungen war, einen Winter hindurch, der jetzt vorüber war, einen Winter, der die Hälfte des Lebens ist. Das Leben besteht aus Winter und Sommer, ein Tag ist halb Schlafen und halb Wachen; meine Gattung ist der Mensch, und die Menschen leben und sterben; und ich bin wieder durch einen Winter gekommen und stehe jetzt hier auf der aufgewühlten Erde und rieche den feuchten Wald. Ich dachte an Einmal-am-Tag, ich sah sie lebhaft vor mir, auf Reisen in fernen Gegenden. St. Roy hatte ein Bein an den Winter verloren, aber den Frühling hatte er erlebt. Ich setzte mich unter der Last all dieser Gedanken nieder und sah zu Blink auf, alt war er und voller Falten, der Winter hatte ihm zugesetzt, trotz seines Pulvers, er hatte ihn älter gemacht, und ich wußte, daß es in Belaire Menschen gab, die nicht überlebt hatten. Ich wußte, das Pulver, das Blink verbrannt hatte, hatte etwas angehalten: es hatte all das angehalten, was ich jetzt unerträglich auf mich einstürmen fühlte. Es hatte wieder begonnen, als das Pulver seine Wirkung verlor, und es war gewaltig. Ich seufzte, um es auszuatmen, aber ich konnte es nicht; und plötzlich weinte ich, heftige, keuchende Schluchzer, dort auf der aufbrechenden Erde.

In Klein Belaire würden sie jetzt aus alten Räumen neue machen, zu Ehren des Frühlings. Die Schnallenschnur würde Wände versetzen und überall an PFAD entlang Türen öffnen, man würde neue Erde auf die harten Böden streuen und festtreten und das Sonnenlicht hereinlassen. Belaire öffnet sich in der Wärme wie ein junges Insekt, und die Blätterschnur schmückt und verziert alles und lädt Gäste ein, damit sie sehen, wie Belaire sich entfaltet. Isolierungen werden abgenommen, Blätter und Winter werden aus den Räumen gefegt, man zieht die Lieblingsstühle über PFAD an die liebsten Sonnenplätze, und ein neues Wort bringt alle Schnüre vor Lachen und Nachdenken zum Summen.

»Und du möchtest nach Hause«, sagte St. Blink.

»Was? Nach Hause? Warum sagst du das?«

»Du gibst keine Antwort, wenn ich mit dir spreche, du hörst nicht, was ich sage. Du starrst schon den ganzen Morgen aus dem Fenster, obwohl es einen Weg aus dem Haus gibt und genügend zu tun ist, ich meine nicht nur, Sachen heraufziehen und reparieren, es gibt jetzt auch draußen Dinge zu sehen und blühende Blumen. Und statt dessen sitzt du im Zimmer.«

»Hier ist man nicht wirklich im Zimmer.«

»Du weißt, was ich meine. Dich juckt es überall, aber du kannst dich nirgends kratzen.«

»Nun, zurück kann ich nicht«, sagte ich. »Natürlich nicht.«

»Natürlich.«

Dort würden die Bienen schwärmen, und man würde Expeditionen über den kleinen Berg hinaus machen, um nach dem neuen Brot zu sehen, die Vögel von Mbaba würden zurückkommen, und bald würden die Reisenden der Liste eintreffen, vielleicht war sie diesmal dabei, ich hatte ihr so viel zu erzählen.

»Ich nehme an«, sagte ich, »daß es auch noch andere Ort auf der Welt gibt.«

»Ja«, sagte Blink, »das wohl schon: andere Orte, und sie sind genauso schön.«

Ich stand von meinem Fensterplatz auf und kletterte hastig die Leiter hinunter, ich war fast wütend auf ihn. Denn er hatte recht: ich ging hinaus und setzte mich auf die blühende Wiese und gestattete mir zu denken: Ja, ich will nach Hause, jetzt im Frühling, jetzt will ich nach Hause. Meine Kehle zog sich schmerzhaft zusammen. Ich wollte schon so lange so dringend nach Hause an diesem Tag, daß ich gar nicht allzu überrascht war, als mein Wunsch aus den belaubten Bäumen am Bach zwei blasse Jungen herbeirief, schlaksiger als damals, einer hatte ein rotes Band um den Hals, der andere ein blaues. Neben anderen, wichtigeren Dingen hatte ich über den Winter auch vergessen, welcher welcher war.

Sie kletterten bummelnd wie immer die Böschung herauf, blieben stehen, um in den Büschen nach Tieren zu stochern; als der eine mich sah, winkte er, und ich winkte zurück. Es war, als hätten sie den ganzen Winter nur jenseits der Biegung des Baches auf den ersten warmen Frühlingstag gewartet.

»Hallo«, sagte, glaube ich, der Knospende. »Bist du schon ein Heiliger?«

»Nein«, sagte ich. »Noch nicht.«

»Nun«, sagte der andere, der hinter ihm herkam, »in Klein Belaire würden sie sich freuen, wenn du zurückkämst.«

»Kein Mond war im Herbst dort«, fuhr der erste fort, »und im Frühling wieder; deine Mutter vermißt dich.«

Sein Bruder hockte sich auf die Wiese, fuhr sich mit den Händen durch das glatte blonde Haar und fand ein Blatt darin. »Wenn du«, meinte er, »ein ganzes Jahr Zeit hattest und immer noch kein Heiliger bist, solltest du vielleicht nach Hause gehen und es später noch einmal versuchen.«

»Vielleicht«, stimmte der andere zu.

»Vielleicht«, sagte auch ich und dachte an meine Mutter und daran, wie wenig Kein Mond ihr erzählen konnte, wie leicht ich fortgegangen war, und wie wenig ich auf ihre Gefühle oder auf die von jemand anderem Rücksicht genommen hatte. Eine heiße Welle von Scham und Ungeduld überlief mich, und ich sprang mit geballten Fäusten auf.

»Ja. Ja, das sollte ich tun«, sagte ich. »Vielleicht sollte ich ...«

»Wo ist der Heilige?« fragten die Zwillinge beinahe einstimmig.

Der Heilige. Ich wandte mich von den beiden ab und blickte zurück in den Wald, wo aus der Deckung des Weißdorns ein braunes Gesicht umringt von weißem Haar zu uns herausspähte wie ein scheues, wildes Wesen; als es merkte, daß ich es gesehen hatte, verschwand es sofort in den Schatten. Ich stand auf halbem Wege zwischen dem Wald und einem umgestürzten Baum, auf dem die Zwillinge saßen und ganz vertieft etwas betrachteten, was sie gefunden hatten. »Wartet!« schrie ich ihnen zu; und sie schauten überrascht auf. Sie hatten es nicht eilig.

Ich erinnerte mich an den Frühling davor, als ich auf der Suche nach ihm durch diese Bäume gestürmt war; damals war es einfach irgendein Wald gewesen, wie jeder andere auch. Jetzt war er mir, wie ein Gesicht, das man liebengelernt hat, so vertraut geworden, daß jener erste Wald für immer verschwunden war und ich nur noch diesen kannte, durch den ein Weg führte, so geheim wie PFAD, vorbei an den gespaltenen Birken, um das dichte Immergrün herum und das Ufer hinab an die mit Moos bewachsenen Stellen und die schwarzen, umgestürzten Bäume, wo Pilze wuchsen, die Schieferplatten hinauf, die jetzt mit grünen Kletterpflanzen gesprenkelt waren, über das abschüssige, mit Brombeeren bewachsene Gelände nach oben, wo die alten Eichen wuchsen, und weiter zur ältesten Eiche. Zu Blink, der an ihrem Fuß saß und scheinbar kummervoll zu Boden blickte.

Ich schlich mich langsam an ihn heran und setzte mich wortlos neben ihn. Er sah nicht zu mir auf, aber ich bemerkte jetzt, daß es nicht Kummer war, der ihn nach unten blicken ließ, sondern daß er zu seinen Füßen im Gras etwas gespannt beobachtete: eine schwarze Ameise von der größten Art. Sie kämpfte sich durch die sich neigenden Gräser, ihre Fühler bewegten sich unaufhörlich.

»Hat sich verirrt«, sagte Blink. »Kann ihr Nest nicht finden, hat den Weg verloren. Etwas Schlimmeres kann einer Ameise gar nicht passieren. Für eine Ameise ist es eine Tragödie, wenn sie sich verirrt.«

»Was ist das, Tragödie?«

»Tragödie, das ist ein altes Wort; es bedeutet die Beschreibung von etwas Schrecklichem, das jemandem zugestoßen

ist; etwas, das unter gewissen Umständen, und wenn man einen bestimmten Makel in sich hatte, einem selbst oder jedem anderen ebenfalls zustoßen konnte. Es war wie aufrichtig Sprechen, denn es zeigte, daß wir von Natur aus alle gleich sind, daß wir unser Wesen nicht ändern können, um so nicht mehr leiden zu müssen. Wenn diese Ameise ihr Nest je wiederfindet und über ihre Erlebnisse und das Leid berichten könnte, das sie empfunden hat, hätten die Ameisen eine Tragödie. Aber dazu ist sie nicht fähig, selbst wenn sie zurückkehrt. In gewissem Sinne hat keine Ameise je zuvor die Tragödie, sich zu verirren, erlebt; diese hier ist die erste, weil Ameisen keine Möglichkeit haben, von solchen Dingen zu erzählen und auf diese Weise vorgewarnt zu sein. Verstehst du?«

»Ich glaube schon.«

Er hob die Augen vom Boden und betrachtete mich ruhig. »Nun, ich glaube, ich habe meine Geschichten alle erzählt, Schilf, die wichtigsten jedenfalls; und nachdem die beiden Ähnlichen jetzt zurückgekommen sind, wirst du wohl nach Hause gehen wollen.«

Der alte Blink! Ich hatte in diesem Winter bei ihm aufrichtig zu sprechen gelernt, und das Gewicht und die Zärtlichkeit in seinen Worten machten eine Antwort unmöglich. Ich kniete mich also nur neben ihn und wartete. Aber er sagte nichts mehr; er sah nur der Ameise zu, die sich durch das Gras tastete wie ein Mensch im Dunkeln.

»Sag mir, was ich tun soll«, verlangte ich schließlich.

»Nein, nein«, sagte er wie zu sich selbst. »Nein ... ich glaube, weißt du, dein närrisches Gerede, daß ich ein Heiliger sein soll, hat mich doch ein wenig beeinflußt. Jedenfalls so weit, daß ich dir eine Geschichte erzählen wollte, an die du dich erinnern würdest und die du weitererzählen könntest. Aber es ist keine Geschichte, es ist nur ein ›und dann, und dann, und dann‹ ohne Ende ... Ein Heiliger, nein. Wenn ich ein Heiliger wäre, würde ich dir jetzt nicht sagen, was du tun sollst, und weil ich kein Heiliger bin, kann ich es dir nicht sagen.«

Ich dachte an Sieben Hände und an den Tag, als wir zu

STRASSE gegangen waren. Damals hatte er gesagt: »Wenn du irgendwohin gehen willst, mußt du daran glauben, daß du hinkommen kannst. Irgendwie, auf irgendeine Weise.« Ich dachte an Zugenäht und Kein Mond, die in ihrem Haus am Fluß lebten, aber mit starken Banden an das Labyrinth gebunden waren. Ich dachte an Einmal-am-Tag. Nein: obwohl Belaire an mir zerrte, konnte ich nicht wieder nach Hause gehen. Noch nicht.

»Blink«, sagte ich. »Als ich dich nach den vier toten Männern fragte, hast du gesagt, wenn ich mehr wissen will, soll ich die Lange Liga fragen oder die Engel.«

»Beide gibt es nicht mehr.«

»Die Liste von Dr. Boots ist ein Kind der Liga. Und ihre Angehörigen wissen Dinge, die auch die Liga wußte.«

»Das behaupten sie selbst.«

»Nun«, sagte ich und atmete tief ein. »Dann werde ich sie eben fragen.«

Er saß schweigend da und blinzelte mich an, als hätte er eben erst bemerkt, daß ich neben ihm kniete, und frage sich, wie ich wohl hierhergekommen sei.

»Vielleicht«, sagte ich, »soll ich gar kein Heiliger werden. Vielleicht nicht. Aber es gibt noch Geschichten, die ich erfahren und erzählen muß.« Ich fuhr mit meinem Finger durch das Gras und bahnte einen Pfad für die Ameise, die ihre Bemühungen verwirrt aufgegeben hatte. Ich wußte nicht, ob ich weinen würde. Ich hatte ein Heiliger werden wollen.

»Ich weiß den Weg dorthin«, sagte Blink. »Jedenfalls wußte ich ihn einmal.«

Ich blickte auf. Sein braunes Gesicht zeigte die erste Andeutung von Lachfältchen. Er hatte mir nicht sagen wollen, was ich tun sollte; aber ich hatte mich so entschieden, wie auch er für mich entschieden hätte. »Aber ich weiß nicht, ob sie dir sagen werden, was du wissen willst.«

»Es gab einmal ein Mädchen«, sagte ich, »ein Mädchen von der Flüsterschnur, das Belaire vor Jahren verlassen und sich der Liste angeschlossen hat. Wenn ich sie finden könnte, sie würde es mir sagen.«

»Wirklich?«

Ich gab keine Antwort. Ich wußte es nicht.

»Nun«, sagte Blink, »wenn du jetzt zuhörst, werde ich dir sagen, wie du dorthin kommst. Das ist das erste.«

Ich konnte nicht gleichzeitig an Klein Belaire, an Einmal-am-Tag und an den Weg denken, den Blink mir beschreiben wollte, daher hielt ich einen Moment die Hand hoch, den Handteller Blink zugekehrt, wie es die Klatschbasen tun, ehe sie sich eine Geschichte anhören, und machte mich, so gut ich konnte, zu einem leeren Gefäß; und Blink erzählte mir, wie ich von hier aus gehen mußte, um dorthin zu kommen, wo die Liste wohnte; und er sagte es mir so, daß ich es nicht vergessen konnte; denn in gewissem Sinne war er ein Heiliger, wirklich: mein Heiliger.

Wir standen auf, hakten uns unter und gingen hinaus auf die blendend helle Wiese, die mit frischen Blumen übersät war. Die Zwillinge kamen zu ihrem Heiligen gelaufen, der sie kichernd tätschelte, er war wieder der kleine, alte Mann geworden, als den sie ihn kannten. Wir setzten uns und redeten miteinander, seine Augenbrauen tanzten auf und ab, und er klatschte sich mit seinen winzigen Händen auf seine Knie. Die Zwillinge berichteten Neuigkeiten aus dem Labyrinth, das wenige, was sie wußten. Er hörte zu und gähnte in der Hitze; endlich legte er sich, die Füße nach oben, auf dem Abhang nieder. »Ja, dort geht es zu wie immer ... Nichts Neues, und wenn, würdet ihr es nicht wissen ... nun ja. Und dann, und dann, und dann. Wieder ein Frühling, und heiß wird es auch ... Schnell genug kommt und geht er ...« Er war eingeschlafen, die Hände hinter dem Kopf, atmete er leise im wärmenden Südwind.

Wir gingen leise weg. Ich packte mein Bündel zusammen, ließ Blink aber die feine Netzhängematte zurück: ein recht kleines Geschenk.

»Heute abend werden wir im Haus am Fluß sein«, sagte der Knospende; und der Blühende fügte hinzu: »Dann bist du morgen zu Hause.«

»Nein«, sagte ich. »Ich gehe nicht nach Hause. Aber ich komme mit euch bis zum Fluß. Dort finde ich STRASSE.«

»Ich dachte, du wolltest ein Heiliger werden«, sagte der Knospende.

»Ich weiß nicht, wie es mit Heiligen ist.« Wir hatten den Rand des kleinen Baches erreicht. »Aber ich habe mich entschlossen, von zu Hause fortzugehen, und ich glaube, ich sollte auch fortbleiben.« Als wir in den Wald hineingingen, blickte ich zurück und erhaschte einen flüchtigen Eindruck von Blink, der schlafend in der Wiese lag. Ich fragte mich, ob ich ihn jemals wiedersehen würde.

Ich frage mich, ob ich ihn jemals wiedersah.

Siebte Facette

In der nächsten Morgendämmerung stand ich an einer großen Kreuzung von STRASSE und trat die rosafarbene Asche des Feuers dieser Nacht auseinander. Nach Süden zu führte STRASSE in Waldgebiete hinab, die im klaren Morgenlicht schimmerten, im Westen kam sie in ein Gelände, in dem es noch Nacht war. Über meinem Kopf, STRASSE ganz überspannend, erhob sich eine große, grüne Tafel auf nichtrostenden Stützen, die im aufkommenden Wind knarrte und schwankte. Auf der Tafel waren für mich bedeutungslose Buchstaben, abgesehen von zwei Pfeilen in fleckigem Weiß: der eine zeigte nach Süden, der andere nach Westen. Ich brach mein kleines Lager ab und wandte mich nach Süden.

Am Nachmittag kam ich in das Waldgebiet, das ich gesehen hatte. STRASSE führte zwischen die Bäume hinein, die Bäume eroberten ihrerseits STRASSE. Große Bäume bevölkerten die steilen Abhänge, von da an griff der Wald auf STRASSE über, mit anmutigen Schößlingen und schmächtigen Bäumen, die die graue Oberfläche aufrissen, wie der Frühling das Eis auf einem Fluß aufreißt. Darüber lagen die Schatten der großen Bäume wie eine flüssige Scheibe, und als ich einen Bach durchwatete, der eine tiefe Wunde quer durch STRASSE geschnitten hatte, sah ich, daß zwischen den Steinen in dem Bach auch Stücke von ihr waren. Wird sie eines Tages ganz weggespült werden? Ich dachte an

Blink und daran, was er über die Stücke der großen Engelskugel gesagt hatte.

Ich wanderte sieben Tage lang durch den Wald, ohne daß er lichter wurde oder aufhörte, er wurde nur immer tiefer und älter (wenn auch nicht so alt wie STRASSE). Es war ein uraltes Land, und es war schön hier – jedenfalls schön, auf STRASSE hindurchzuwandern. Bei Nacht wurde es anders; man mußte daran denken, daß es vor tausend Jahren hier noch keinen Wald gegeben hatte; vielleicht waren hier Häuser gestanden oder Städte, und jetzt gab es nur noch Bäume, riesig und gleichgültig, mit dichtem und – außer für Tiere – undurchdringlichem Unterholz. Für Menschen gab es hier nur noch STRASSE; und STRASSE würde am Ende unterliegen. Das Feuer, das ich anzündete, riß ein umbestimmtes Loch in die Finsternis und hielt die Tiere fern, obwohl ich sie hörte; und die Insektenvölker sangen die ganze Nacht ihre Lieder. Ich schlief leicht in diesen Nächten, wachte ständig auf und döste wieder ein, wenn ich träumte, war es, als sei ich wach, und wenn ich wach war, war es wie ein Traum. Alles war erfüllt von jenem unaufhörlichen Motorengebrumm.

Es war, als sei ich von dem Wald in Bann geschlagen worden und hätte vergessen, daß ich jemals anderswo gewesen war. Ich hatte weiterhin Angst in der Nacht, aber das schien ganz richtig so. Untertags wanderte ich, drehte den Kopf von einer Seite auf die andere und sah nichts als Bäume. Ich hörte sogar auf, mit mir selbst zu sprechen (was aufrichtig Sprechende ständig tun, wenn sie allein sind), und beobachtete nur den Wald, wie auch er mich beobachtete. Ich war ein Teil von ihm geworden. So sehr, daß ich, als ich zwischen Wachen und Schlafen in einer mondlosen Nacht zwei große Tiere nahe an mir vorbeistreichen und eines auf leisen Sohlen ganz nahe herankommen hörte, nur wartete, völlig reglos, wie irgendein kleines Beutetier, gewarnt, aber unfähig, ganz aufzuwachen, und zu schreien oder davonzulaufen. Und die Schritte gingen vorbei. Am nächsten Morgen war ich kaum noch sicher, daß sie wirklich dagewesen waren. Ich saß am Morgen da und rauchte und fragte mich, ob ich dankbar sein sollte, daß ich entronnen war; so sehr hatte der Wald mich überzeugt, der einzige Mensch auf der Welt zu sein, daß ich erst, als ich menschliche Stimmen singen hörte, begriff, daß da in der Nacht ein Mensch an mir vorbeigegangen war.

Die Vögel sprachen miteinander, und sogar das Sonnenlicht schien ein Geräusch zu verursachen, wenn es unaufhörlich herabfiel, aber die menschlichen Stimmen waren eine andere Art von Laut, der sich sofort von den Lauten des Waldes abhob, als ich ihn hörte. Aus einem Grund, an den ich mich zwar erinnere, den ich aber nicht ausdrücken kann, versteckte ich mich, als ich diesen Laut aus der Richtung näher herankommen hörte, aus der ich selbst kam. Aus den großen Farnbüschen neben STRASSE heraus beobachtete ich alles; und über das breite, graue Band von STRASSE kamen nicht Menschen, sondern eine, dann zwei, dann drei gewaltige Katzen. Katzen hatte ich schon früher gesehen, scheue, wilde Gesichter im Wald, und eine oder zwei, die in Belaire lebten und Mäuse und Maulwürfe fingen. Diese Katzen waren von anderer Art; nicht nur, daß sie riesig waren – wenn sie wie Menschen auf ihren Hinterbeinen gestanden hätten, wären sie beinahe so groß gewesen wie ich –, ihre weichen, tappenden Bewegungen waren auch zielbewußt, und ihre lampenähnlichen Augen blickten so wachsam, so ruhig und klug. Von einer solchen Katze hatte ich gehört: es war die Katze, die mit Olive nach Belaire kam.

Die Katzen witterten mich, und ohne den Rhythmus ihres stetigen Tappens zu ändern, kamen sie auf die Stelle zu, wo ich mich versteckte; einen Augenblick lang hatte ich Angst, aber sie wirkten nicht bedrohlich, nur interessiert. Und jetzt kamen weiter unten an der Straße die in Sicht, von denen der Gesang ausging, ungefähr zehn schwarzgekleidete Menschen mit breiten, schwarzen Hüten, die ihre Gesichter überschatteten. Als sie sahen, daß die Katzen im Farn etwas entdeckt hatten, was sie interessierte, erstarb das Singen, und sie kamen auf mich zu, ebenso interessiert wie die Katzen. Ich stand auf und trat auf STRASSE hinaus. Sie waren überraschter als ich, denn ich hatte ja nach ihnen gesucht, obwohl ich nicht erwartet hatte, sie so bald zu finden.

Als sie mich umringten, begrüßte ich sie und lächelte. Einer sagte: »Das ist ein Junge aus dem Labyrinth.«

»Wie hast du unser Lager gefunden?« wollte ein anderer wissen.

»Ich wußte gar nichts davon.«

»Was willst du bei uns? Warum bist du hierhergekommen?«

Das Drängen und die Feindseligkeit in ihren Stimmen machten es mir schwer, ihnen zu antworten, schwer, überhaupt etwas zu sagen; ich stammelte. Der erste, der gesprochen hatte, ein großer, langgliedriger Mann, schritt zu mir herüber, packte mich am Arm, hielt mich fest und blickte mir scharf ins Gesicht. »Was bist du?« fragte er leise und hartnäckig. »Spion? Händler? Wir wollen nichts mehr von euch. Bist du uns hierher gefolgt? Sind in den Wäldern noch mehr verborgen?«

Sie standen alle dicht um mich herum, die Gesichter verschlossen und ausdruckslos. »Ich bin gekommen«, sagte ich, »um ... um euch zu besuchen. In Klein Belaire behandelt man Besucher anders. Ich bin euch nicht gefolgt, ich war vor euch. Ich habe nichts Böses im Sinn, und ich bin allein. Sehr allein.« Ich war erstaunt, als sie bei diesen Worten innehielten, nachdachten und mich finster anschauten; denn ich hatte natürlich aufrichtig gesprochen. Und mit einem gewaltigen Schlag kam mir die Erkenntnis, daß keiner von denen, die hier vor mir standen, das tat. Vielleicht tat es auch Einmal-am-Tag nicht mehr, angenommen, ich fand sie; niemand, der mir in Hunderten von Meilen im Umkreis begegnen konnte, sprach aufrichtig. Mir schnürte es die Kehle zusammen, und ich begann in der Morgenkühle zu schwitzen.

Ein anderer Mann, der einen graugesprenkelten Bart hatte und dessen Bewegungen ebenso geschmeidig waren wie die der Katze neben ihm, trat zu mir. »Ihr habt dort eure Geheimnisse«, sagte er. »Ihr sichert euch auch ab. Wir haben ebenfalls unsere Geheimnisse. Dieses Lager ist eines davon. Wir sind vor allem überrascht.«

»Nun«, sagte ich, »ich weiß nicht, wo dieses Lager ist, von dem ihr redet, und wenn ich jetzt weiterginge, könnte ich es niemals wiederfinden. Wenn ihr wollt, gehe ich weiter.«

Danach hatten wir uns nichts mehr zu sagen. Sie wollten in dieses Lager, und ich wollte sie nicht verlieren; sie wollten mich nicht dorthin mitnehmen, wußten aber auch nicht, wie sie sich von mir verabschieden sollten. Ich war ein richtiges Wunder.

Die Katzen hatten angefangen weiterzugehen, ich langweilte sie, und einige Menschen folgten ihnen, als seien sie gerufen worden. Die Frage, was mit mir geschehen sollte, war nicht gelöst worden, aber die Katzen schienen bei allen eine Entscheidung auszulösen. Der große Mann nahm wieder meinen Arm, diesmal sanfter, und wir gingen STRASSE entlang hinter den Katzen her. (Auf diese Weise wurden bei der Liste viele Streitigkeiten und Bedenken aus der Welt geschafft, wie ich noch herausfinden sollte. Die Entscheidung wurde von den Katzen getroffen.)

Bald trennte sich ein Ausläufer von STRASSE und führte in einer scharfen Kurve abwärts, seine Oberfläche war stellenweise geborsten und schien sich im Wald zu verlieren; und erst, als der Seitenarm sich unten geraderichtete und sich wieder mit STRASSE vereinigte, die aber in einer anderen Richtung weiterführte, unter einer Brücke hindurch, von der der Efeu herabhing wie ein langes Gewand, erkannte ich, daß wir einem der großen Saltos von STRASSE gefolgt waren, die ich vor so vielen Jahren gesehen hatte. Durch die Bäume konnte ich die Buckel auf ihrem breiten Rücken sehen, wo sie ihre großen Kreise machte; zweifellos war der ganze Wald von STRASSE eingesäumt, wenn man wußte, wo sie verlief. Wohin führt sie? hatte ich Sieben Hände gefragt. Überallhin, hatte er gesagt.

Danach verließen wir STRASSE und gingen durch einen scheinbar undurchdringlichen Wald, in dem es aber versteckte Pfade gab, wir erreichten eine kleine Lichtung, und dort, am Rand der Lichtung in den Wald geschmiegt, befand sich das Lager: ein niedriges Gebäude mit flachem Dach, von den Engeln errichtet, mit großen Fenstern, die jetzt mit Brettern verschlagen waren. Davor standen zwei Reihen verfallener Metallhaufen, beinahe mannshoch, die einst irgendwelche Maschinen gewesen waren, und mit denen ich nichts anfangen konnte.

Vor der Tür saß ein knochiger, alter Mann mit schwarzem Hut, der uns langsam mit einem Stock zu sich heranwinkte. Die Katzen hatten ihn schon gefunden, sie saßen neben ihm in der Sonne, rollten den Schwanz ein und putzten sich. Der große Mann, der mich festhielt, zeigte mich dem alten. »Er bleibt draußen«, sagte er und sah mich an; ich zuckte die Achseln und nickte, als hätte ich nichts dagegen, und sie gingen durch die Tür.

Ich lächelte dem alten Mann von meinem Platz auf der Lichtung aus zu, und er lächelte zurück, anscheinend nicht im mindesten überrascht oder ängstlich, obwohl er eindeutig der Wächter oder Türhüter war. Ich bemerkte, daß an der Seite des Gebäudes eine riesige, rechteckige Plastiktafel lehnte, so glatt wie Blinks Krug, sie war schmutzig und hatte Sprünge, aber die rotgelbe Farbe leuchtete noch immer; auf der Tafel war das Bild einer Muschel zu sehen. Die Sonne wurde allmählich heiß; ich wagte mich schließlich hinüber zu dem alten Mann und setzte mich neben ihn in den Schatten des Gebäudes.

Wir lächelten uns weiter an. Er war genausowenig Türhüter wie die verrostenden Reihen von Engelsmaschinen vor uns. Ich setzte an: »Vor Jahren ...«

»Ja, ja«, sagte er mit einem nachdenklichen Nicken und blickte nach oben.

»Vor Jahren ist einmal ein Mädchen von Klein Belaire zu euch gekommen. Ein junges Mädchen namens Einmal-am-Tag.«

»Schwimmen«, sagte er.

Ich wußte nicht, was ich darauf erwidern sollte. Vielleicht war er senil. Ich blieb eine Zeitlang schweigend sitzen, dann fing ich wieder an. »Dieses Mädchen«, sagte ich, »ist hierhergekommen, ich meine, nicht genau hierher vielleicht, aber sie ist zu euch gekommen, um bei euch zu leben … Schon gut. Ich werde die anderen fragen.«

»Noch nicht zurück«, sagte der alte Mann. »Ist sie schon zurück?«

»Schon zurück …«

»Sie ist vor einer Weile in den Wald zum Teich gegangen. Ist das die, die du meinst?«

»Ich weiß es nicht, ich …«

Er sah mich an, als fände er mein Verhalten seltsam. »Sie ist euch gestern nacht entgegengegangen«, sagte er, »als Brom wußte, daß ihr in der Nähe wart. Ist es nicht so? Und sie ist früh zurückgekommen, ganz früh heute morgen, nachdem sie euch begrüßt hatte. Dann hat sie geschlafen. Jetzt ist sie am Teich. Glaube ich.«

Er dachte, ich sei mit den anderen gekommen, von weit her. Und daß ich sie hätte sehen müssen … Und ich hatte sie ja gesehen: zwischen Wachen und Schlafen waren zwei an mir vorübergegangen. Ein Mensch und ein anderes Wesen, das mußte eine Katze gewesen sein. Ich sprang auf und erschreckte den alten Mann. »Wo ist dieser Teich?« fragte ich laut. Er zeigte mit seinem Stock auf eine Öffnung im Wald, wo ein Pfad zu erkennen war. Ich rannte davon.

Wie riesig ist doch die Welt, und wie wenig Menschen leben darin, und da ging sie im dunklen Wald an mir vorbei, und ich hatte es nicht gewußt. Ich eilte durch den Wald, als sei ich auf dem Weg zu einem lange vermißten Freund, aber plötzlich fiel mir ein, ich sollte mich vielleicht nicht gleich auf sie stürzen: vielleicht war sie gar nicht das Mädchen, das ich kannte, vielleicht kannte sie mich überhaupt nicht, warum bin ich überhaupt hier, und doch rannte ich weiter, so schnell ich konnte. Der Pfad führte geradewegs einen bemoosten Felsgrat hinauf, auf der anderen Seite konnte ich Wasser rauschen hören. Ich kletterte hinauf, rutschte auf dem Moos aus und kämpfte mich bis nach oben, dann blickte ich hinunter.

Ein tiefer, gekräuselter Teich, auf dem Blätter trieben. Ein kleiner Wasserfall, der sich klingend und spritzend hinein ergoß: ringsum waren die Felsen feucht und glänzten schwarz, grün und bronzefarben. Und am Rand des Wassers kniete ein Mädchen und wollte trinken, ihre Hände hatte sie ins klare Wasser getaucht, und ihre Brüste berührten die Oberfläche. Neben ihr stand eine große, weiße Katze mit unregelmäßiger, schwarzer Zeichnung, die ebenfalls trank. Die Katze hatte mich gehört; sie hob den riesigen Kopf, das Wasser lief ihr über das weiße Kinn hinunter. Das Mädchen sah, wie die Katze aufblickte, erhob sich ebenfalls und trocknete sich dabei den Mund und die Brüste ab. Auf ihrem Gesicht erschien so etwas wie ein Lächeln, schnell, mit offenem Mund, und dann wurde es ruhig, wachsam wie das Gesicht der Katze, sie sah mir zu, wie ich vorsichtig die Felsen zum Teichrand gegenüber von ihr hinunterkletterte.

Aber das ist nicht sie, dachte ich; das Mädchen, das ich gekannt hatte, hatte keine Brüste gehabt, ihre dunklen Warzenhöfe waren wie kleine, geschlossene Münder, wie ungeöffnete Knospen. Das Mädchen hier hatte dichtes, schwarzes Haar und überraschend blaue Augen, ihre nach unten gezogenen Augenbrauen verliehen ihr einen zornigen, schmollenden Ausdruck; aber sie war es nicht. Sechsmal war der Frühling vorbeigegangen; auf meinem Gesicht sproßte ein leichter Bart. Ich war nicht ich.

»Einmal-am-Tag«, sagte ich vom Rand des Teiches her, meine Hände lagen auf den nassen Felsen, genau wie die ihren. Ihre Augen ließen die meinen keinen Augenblick los, sie zeigte wieder das Lächeln, das ich von oben gesehen hatte, aber jetzt, so nahe, konnte ich ihr schnelles Atmen hören; und dann, als die Katze neben ihr genauso lächelte, sah ich, daß es ein Katzenlächeln war, ein Lächeln, bei dem man zischend die Zähne entblößte.

Mir fiel nichts ein, was ich hätte sagen können und was sie gerne gehört hätte. Die Katze hatte ihren Standpunkt klargemacht, und sie hatte sich der Katze angepaßt. Ich riß mir die Hose und das Hemd vom Leib und trat in das eisige Wasser. Sie beobachtete mich, ohne sich zu bewegen; mit zwei langen Stößen erreichte und berührte ich die Felsen, auf denen sie saß. Als ich nach den Steinen in der Nähe ihrer Füße griff und ein Wort über das kalte Wasser sagen wollte, stand sie auf und trat zurück, als fürchte sie, ich wolle sie berühren. Die Katze wandte sich ab, als ich meinen kalten, starren Körper heraushievte und das Wasser an mir herunterlief, und trottete schweigend davon. Und dann drehte sie, die Verlassene und Verfolgte, sich ohne ein Wort auf dem Absatz um und rannte vor mir davon.

Ich rief ihr nach und wäre ihr beinahe gefolgt, spürte aber plötzlich, daß das das Schlimmste wäre, was ich hätte tun können. Ich setzte mich an die Stelle, wo sie gesessen hatte, und beobachtete, wie ihre nassen Fußspuren auf dem Stein trockneten und verschwanden. Ich lauschte: aber nichts knackte mehr wie vorher, als sie durch den Wald gegangen war, sie war nicht weit gelaufen. Mir blieb nichts anderes übrig, als zu sprechen.

Ich weiß jetzt nicht mehr, was ich sagte, aber ich nannte meinen Namen und wiederholte ihn; ich sagte ihr, von wie weit her ich gekommen war, und wie erstaunt ich gewesen sei, daß sie in der Nacht an mir vorbeiging. »Ich habe mehr Meilen zurückgelegt, als ich mir zugetraut hätte«, sagte ich, »und das ist das einzige Geschenk, das ich für dich habe, aber so viele, wie du noch willst ...« Ich sagte, daß ich oft an sie gedacht hätte, nachdem ich den Winter in einem Baum zugebracht hatte, und daß der Gedanke an sie mich zum Weinen gebracht hätte; aber, aber, sagte ich, ich habe dich nicht gejagt, bin dir nicht gefolgt, nein, bei dem GELD, das du mir gegeben hast, ich habe versprochen, es nicht zu tun, und ich habe es auch nicht getan, aber es gab Geschichten, die ich hören wollte, Geheimnisse, die ich von einem Heiligen erfuhr, Einmal-am-Tag, von einem Heiligen, bei dem ich gelebt habe, und über die ich mehr wissen wollte; es ist deine Schuld, sagte ich, weil du mich auf den Weg gebracht hast, auf dem ich seither immer gegangen bin, und du könntest wenigstens meinen Namen zu mir sagen, damit ich weiß, ob du das Mädchen bist, an das ich mich erinnere, weil ...

Sie stand vor mir. Sie hatte einen ganz weichen, schwarzen Umhang angezogen, mit Sternen bedeckt, so schwarz wie ihr Haar. »Sprechendes Schilfrohr«, sagte sie und sah tief in mich hinein, aber wie eine Schlafwandlerin, die etwas ganz anderes sieht. »Wie konntest du an mich denken, wenn ich nicht da war?«

Sie sprach aufrichtig, dachte ich, hoffte ich, aber ihre Worte trugen eine Maske, eine Maske so ausdruckslos wie das Gesicht einer Katze oder wie die ausdruckslosen, verschlossenen Gesichter der Männer, die mich im Wald gefunden hatten. »Du hast nie an mich gedacht?«

Die Katze kam aus dem Wald, ganz vorsichtig, und ging an uns vorbei. »Brom«, sagte Einmal-am-Tag, nicht so, als wolle sie das Tier rufen, nur, um seinen Namen zu sagen. Die Katze warf uns im Vorübergehen einen Blick zu, dann nahm sie den Weg, der zum Lager führte. Einmal-am-Tag sah dem Tier einen Augenblick lang zu, dann folgte sie ihm. Zu mir blickte sie zurück, die Arme verschränkt, und sagte: »Also dann komm!« und all die Jahre zwischen jetzt und dem ersten Tag, an dem ich sie gesehen hatte, klappten für einen Augenblick zusammen und verschwanden, denn genau auf diese Weise hatte sie diese Worte zu mir gesagt, als ich ihr, als wir sieben Jahre alt waren, zum Zimmer von Rotbemalt gefolgt war, so, als brauche ich ihren Schutz und sie müsse ihn mir widerwillig gewähren.

Sie fragte nicht, wie ich hierherkam, also erzählte ich es ihr.

»Bist du ein Gefangener?« wollte sie wissen.

»Ich glaube schon«, antwortete ich.

»Gut«, sagte sie.

Mit Einmal-am-Tag war mehr passiert, als es die Jahre bewirken konnten, über ihre Sprache war mehr als eine Maske gezogen worden. Das Mädchen, das mich dafür geküßt hatte, daß ich ihr eine Fuchsfamilie zeigte, und das sich neben mich gelegt hatte wie Olive neben den Kleinen St. Roy, war verschwunden, völlig verschwunden. Und mir machte das überhaupt nichts aus, nicht das geringste, solange ich diesem Mädchen für immer folgen konnte, diesem Mädchen im schwarzen Sternengewand, das ich gefunden hatte.

Am Abend saß ich hellwach mitten unter ihnen, obwohl sie ganz gelöst waren und den Rücken in der tiefer werdenden Dämmerung gegen die Wände des Lagers gelehnt hatten. Für das, worüber sie sprachen, schienen sie zu wenig heftig zu sein.

»Wir könnten ihn an einen Baum binden«, sagte einer und machte mit den Händen einen Kreis, als wolle er mich fesseln, »und ihn dann mit Stöcken schlagen, bis er tot ist.«

»Ja?« sagte der ältere, der mit dem graugesprenkelten Bart. »Und was ist, wenn er nicht stillhält während all des Festbindens und Schlagens?«

»Das würde ich auch nicht«, sagte ich.

»Wir würden ihn schon festhalten«, sagte der erste. »Denk doch mal nach!«

Einmal-am-Tag saß abseits von mir neben Brom und blickte von einem Gesicht zum anderen, während die anderen redeten, anscheinend an der ganzen Sache überhaupt nicht beteiligt. Ich würde in ihrem eigenen Wald niemals vor ihnen fliehen können.

»Wenn wir ein Messer hätten«, sagte ein anderer gähnend, »könnten wir ihm die Zunge herausschneiden. Dann könnte er nicht mehr reden.«

»Willst du derjenige sein, der sie ihm herausschneidet?« fragte Einmal-am-Tag, und als er nicht antwortete, schüttelte sie ein wenig verächtlich den Kopf.

»Wir haben sowieso kein Messer«, sagte er, nicht allzu niedergeschlagen.

Weißt du, sie fürchteten, daß ich zurückkehren und allen erzählen würde, wo sie ihr Lager hatten, und daß man sie überfallen oder bestehlen würde; denn Diebe gab es immer noch; sie hatten keinen Grund, mir zu vertrauen, sie wußten einfach nicht, was sie tun sollten.

»Wenn wir nett zu ihm wären«, sagte Einmal-am-Tag, »und ihm etwas schenkten?«

»Ja, ja«, sagte die Stimme von einem, der jetzt in der Dunkelheit verschwunden war, »und eines Tages ist er dunkel, und was bedeutet dann Freundlichkeit?«

»So ist er nicht«, sagte sie kleinlaut. Und lange Zeit wurde nichts mehr gesprochen. Ich fuhr zusammen, als jemand in der Nähe der Tür plötzlich aufstand; es war der alte Türhüter, der ins Haus ging, einen Augenblick später wieder herauskam und eine weiße Lichtkugel vor sich herschob, kalt und hell, als er sie losließ, schwebte sie wie eine Pusteblume und übergoß die Männer und Frauen, die hier beisammensaßen, mit einem weichen Licht. Meine Gedanken waren auf mein Schicksal gerichtet, aber als er das Licht losließ und es schwebte, mußte ich an Olive denken und an den Vollmond; ich schaute Brom und die anderen Katzen an, die mich mit der gleichen, freimütigen Offenheit betrachteten, die denen im Gesicht geschrieben stand, die sich darüber unterhielten, wie sie mich zu Tode prügeln wollten. Und Olive flüsterte dem Kleinen St. Roy ihre schrecklichen Geheimnisse ins Ohr.

»Ich habe eine Idee«, sagte ich und versuchte, das Zittern aus meiner Stimme zu verbannen. »Nehmen wir einmal an, ich ginge nicht wieder fort.« Sie sahen mich alle mit der gleichen, anmutigen Nachsicht an, die sie einander zugestanden hatten. »Angenommen, ich bleibe einfach bei euch und ginge nie mehr zurück. Ich könnte mich nützlich machen; ich könnte Sachen tragen. Dann würde ich alt werden und eines natürlichen Todes sterben, und euer Geheimnis bliebe gewahrt.« Sie schwiegen, aber nicht besonders nachdenklich; es war eher, als hätten sie nicht gehört, was ich sagte. »Ich bin stark, und ich weiß viel. Ich kenne Geschichten. Ich will nicht fortgehen.«

Sie sahen erst mich an, dann das Licht, das sich leicht bewegte, wenn ein Wind es schob. Schließlich beugte sich ein junger Mann vor. »Ich kenne auch eine Geschichte«, sagte er. Und er erzählte sie.

So verbrachte ich jenen Abend zwischen Brom und Einmal-am-Tag, ohne zu schlafen, obwohl die beiden einen Augenblick später eingeschlafen waren. Es war kein Wort mehr davon gesprochen worden, mich zu schlagen oder zu schneiden; es war überhaupt nichts weiter gesagt worden, außer der Geschichte, über die ich mit den anderen lächelte, obwohl ich kein einziges Wort davon verstanden hatte.

Und nicht lange nachdem ich endlich eingeschlafen war, noch vor Anbruch der Dämmerung, weckte sie mich. »Die Katzen brechen auf«, sagte sie, ihr Gesicht war düster und fremd; einen Augenblick lang wußte ich nicht, wer sie war. Ich taumelte in die Höhe, fröstelnd, rauchte ein wenig mit ihr und trank etwas Warmes aus einer Tasse, die sie mir reichte: es schmeckte nach getrockneten Blumen. Was es auch war, das Frösteln hörte davon auf, auch dank eines langen, schwarzen Capes, das sie mir gab; als ich es angezogen hatte, kicherte sie bei meinem Anblick. Die anderen lachten auch, als sie mich in dieser Vermummung sahen. In dieser langen Nacht, während meine Angst verging, lernte ich etwas: daß nämlich die aufrichtig Sprechenden es kaum nötig haben, tapfer zu sein, weil sie immer wissen, wo der andere steht. Nur die Tatsache, daß diese Menschen nicht so sprechen konnten wie ich, hatte mir Angst vor ihnen eingejagt, obwohl sie mir in Wirklichkeit nichts Böses antun wollten. Ich hatte zum erstenmal in meinem Leben vor Menschen Angst gehabt, und ich begriff, daß es von jetzt an oft so sein würde – Angst, Verwirrung, Unsicherheit –, ich würde einfach tapfer sein müssen. Seltsam, daß ich das jetzt zum erstenmal herausfand, in meinem Alter. Und wenn ich an das Labyrinth dachte, wo die alten Leute friedlich starben, ohne es jemals erlebt zu haben.

Die Katzen gingen; es war Zeit zum Aufbruch. Einige Diskussionen wurden geführt, wer was von den Sachen tragen sollte, die tags zuvor eingepackt worden waren, ich nahm ein großes, glänzendes, schwarzes Bündel auf die Schultern, dessen Rascheln mir verriet, daß es voll von getrocknetem Brot war, von dieser Menge konnten viele ein ganzes Jahr lang zehren.

Es schien mir richtig, daß ich es tragen sollte. Und wir wanderten auf STRASSE, die noch dunkel war, in einer langen Reihe dahin, die Katzen waren weit vorne undeutlich zu sehen, und links von uns begann der Himmel durch den Wald zu leuchten.

Als die Sonne hoch am Himmel stand und die Katzen genug gelaufen waren, suchten wir uns einen Platz, wo wir für den Rest des Tages Rast machten, wir schliefen und vertrödelten den Nachmittag mit den Tieren, bis sie gegen Abend unruhig wurden und weiter wollten. Auf einer Bergwiese, wo zwischen dunklen Kiefern und Birken hohe Federgräser wuchsen, lagen Einmal-am-Tag und ich auf dem Bauch, die Köpfe zusammengesteckt, zogen Seggen aus ihren Hülsen und kauten die süßen Enden.

»Als ich ein kleiner Junge war«, sagte ich, »stellte ich mir vor, ich würde Belaire einmal verlassen, um all die Dinge wiederzufinden, die uns verlorengegangen waren, und um sie zurückzubringen, damit man sie in den geschnitzten Truhen an ihren Platz legen könnte …«

»Was hast du gefunden?«

»Nichts.«

»Oh.«

»Aber ich habe einen Heiligen gefunden; einen Heiligen in einem Baum. Und ich dachte, ich würde bei ihm bleiben, bei ihm leben und lernen, ebenfalls ein Heiliger zu werden. Und das habe ich auch getan.«

»Bist du ein Heiliger?«

»Nein.«

»Nun«, sagte sie lächelnd, den Grashalm zwischen den Zähnen, »das ist eine Geschichte.«

Ich lachte; zum erstenmal, seitdem ich sie wiedergefunden hatte, war Einmal-am-Tag das Mädchen gewesen, das ich im Labyrinth gekannt hatte.

»Und er hat gesagt, du sollst hierherkommen, um uns zu suchen«, sagte sie.

»Nein. Es gab eine Geschichte, eine Geschichte, die du begonnen hast, von vier toten Männern …« Ein Schatten fiel über ihr Gesicht, und sie blickte weg. »Und mein Heiliger sagte, die Liga kannte diese Geschichte. Aber das ist nicht der Grund, warum ich gekommen bin.«

»Warum denn?«

»Ich wollte dich finden.« Ich hatte das nicht gewußt, nicht wirklich, erst als ich sie am Teich gesehen hatte; aber danach waren alle anderen Gründe überhaupt nicht mehr von Bedeutung. Ich zog quietschend eine weitere Segge aus ihrer faserigen Hülle. Warum sind sie so, dachte ich, so in Abschnitte unterteilt, die zusammenpassen? Ich biß auf den süßen Stengel. »In Belaire dachte ich immer, daß du vielleicht zur Liste gegangen bist, um dort zu leben, und es hätte dir nicht gefallen, man würde dich eines Frühlings tot nach Hause bringen. Aus Heimweh gestorben. Ich sah vor mir, wie du aussehen würdest, bleich und traurig.«

»Ich bin gestorben«, sagte sie. »Es war ganz leicht.«

Der verständnislose Ausdruck in meinem Gesicht muß sehr komisch ausgesehen haben, denn sie ließ ihr leises, zufriedenes Lachen hören; sie schob sich auf den Ellenbogen vorwärts, brachte ihr Gesicht dicht an das meine und zupfte den Grashalm zwischen meinen Zähnen heraus, dann küßte sie mich mit offenem Mund und offenen Augen. »Es ist nett, daß du an mich gedacht hast«, sagte sie. »Es tut mir leid, daß du dunkel warst.«

Ich wußte nicht, was das bedeutete. »Du hast auch an mich gedacht«, sagte ich. »Du mußt an mich gedacht haben.«

»Vielleicht«, gestand sie zu. »Aber dann habe ich es vergessen.«

Die Katze Brom neben ihr bleckte die scharfen Zähne in einem gewaltigen Gähnen. Die rauhe Zunge wölbte sich in ihrem Maul, und die Augen schielten. Einmal-am-Tag bettete den Kopf auf die Hände, wie die Katze es tat. »Nett«, sagte sie; und dann schlief sie ein.

Die Reise dauerte viele Tage, morgens und abends wurde lange gewandert, in der heißen, leeren Tagesmitte schliefen wir. Beim Gehen sangen die Leute von der Liste ihren endlosen Gesang ohne Melodie, in dem ich zuerst keinen Sinn hören konnte, der mir später sehr interessant erschien; ich hörte allmählich heraus, wer gut sang, und wartete auf den Einsatz dieser Stimmen. Der Gesang war ein Mittel, um eine

Bürde zu erleichtern, das erkannte ich jetzt; wie der zweite der Vier Töpfe, den ich benützt hatte: er streckte die Zeit so unendlich, daß sie verschwand, und die Meilen fielen hinter uns zurück, ohne daß wir sie bemerkten. Erst als wir einmal in der Morgendämmerung an ein großes Spinnengewebe von STRASSE kamen, wo riesige Hälse und Schultern aus Beton die leeren Schädel hoher, verfallener Gebäude stützten, aus denen Glas und Plastik schon Jahrhunderte zuvor entfernt worden waren, hörten sie auf zu singen; sie näherten sich ihrem Zuhause und erwachten aus dem Traum ihrer Bewegung.

Sie blieben nicht stehen, als die Sonne höherstieg, sondern eilten weiter, machten einander auf die bekannten Punkte aufmerksam, die sie sahen, große und kleine Ruinen im Wald, und dann, als STRASSE eine weite, geschwungene Kurve machte, erblickten sie jubelnd ihre Heimat. Einmal-am-Tag zeigte sie mir. In der Ferne konnte ich ein schwarzes Viereck erkennen; ein Quadrat von so dunklem Schwarz, daß es ein glattes Loch in die Mittagshelligkeit schnitt.

»Was ist das?« fragte ich.

»Der Mauerweg«, sagte sie. »Komm nur weiter!«

Wir verließen STRASSE auf einem Betonausläufer und standen plötzlich auf einem jener weiten, kahlen Plätze, riesig und voll Risse, zugig und nutzlos, als hätten die Engel zeigen wollen, wieviel Welt sie auf einmal mit Stein bedekken konnten. Rings um die steinerne Fläche standen Gebäude, einige verfallen, andere unversehrt; eines war so seltsam blau und orange wie der erste der Vier Töpfe und hatte einen kleinen Turm. Das größte Bauwerk im Zentrum bestand aus riesigen, gewölbten Rippen, die bis in große Höhen vom Boden aufragten. Den größten Teil der flachen Vorderfront nahm das absolut schwarze Quadrat ein. Der Efeu, der das Gebäude wie ein wirrer Bart bedeckte, wuchs auf dieser schwarzen Fläche nicht, und kein Tageslicht schien darauf; es war offenbar eine Stelle, die nicht vorhanden war; meine Augen wollten abweichen, wenn ich hinsah.

Aus dem Gebäude kamen Gestalten heraus, Menschen und Katzen, sie gingen grüßend und rufend auf uns zu; eine alte Frau war unter ihnen, einen Kopf größer als ich, sie schritt vor den anderen einher, eine riesige Tigerkatze rieb sich an ihren Röcken. Ihre langen Arme hielten einen Stab, aber sie ging, als brauche sie ihn nicht; sie winkte Einmal-am-Tag zu sich und umschlang sie lachend mit ihren langen Armen. Einmal-am-Tag umarmte sie und sagte einen Namen, der wie ein Seufzer klang: »Zhinsinura.« Die Augen der Alten fielen auf mich, sie hob ihren Stab und deutete zu mir her. »Und wo hast du ihn gefunden?« fragte sie Einmal-am-Tag, die in ihrem Arm hing. »Oder hat Olive Grauhaar ihn zu uns geschickt, damit er uns sagen kann, daß wir alle tot sind?« Einmal-am-Tag schmiegte sich lachend in ihre Arme und sagte nichts.

»Ich will hierbleiben«, sagte ich.

»Was? Was?«

»Ich will hierbleiben«, wiederholte ich laut. »Und Olive ist seit vielen Lebensspannen selbst tot.«

Darüber lachte sie. »Du trägst da etwas«, sagte sie. »Brot, nicht wahr? Komm, setz es ab; wir werden es versuchen. Wenn ich jetzt dunkel wäre, würde ich dich ausfragen. Hierbleiben ist eine Sache, aber ... nun, jedenfalls willkommen in Service City.« Sie hob ihren Stab und fuhr damit durch die Luft, um auf die Gebäude zu zeigen, die um den steinernen Platz standen. »Nun, dann komm mit, Junge aus dem Labyrinth; wir werden ein Weilchen nachdenken und dann weitersehen.«

Sie legte den Arm um mich, der so kräftig war wie der des bärtigen Mannes, der mich im Wald gepackt hatte, und wir gingen miteinander auf das schwarze Loch in der Wand zu, das Einmal-am-Tag ›Mauerweg‹ genannt hatte. Zhinsinura führte uns mit ihren langen Schritten direkt darauf zu, und obwohl ich versuchte, davor abzubiegen, ergriff sie mich, und wir gingen weiter, bis die Mauer direkt vor uns aufragte und mir vor diesem unsichtbaren Nirgendwo ganz schwindlig wurde. Einen Augenblick lang packte mich eine grenzenlose Angst davor, mich in diesem Dunkel blind zu

verirren, wenn wir da hineingingen, aber da stießen wir dagegen. Das heißt, eigentlich stießen wir nicht dagegen: es gab einen Augenblick, der mir wie ein gebrochener Knöchel durch und durch ging – dann waren wir drinnen, nicht im Dunkel, sondern im größten Innenraum, den ich je gesehen hatte, ungeheuer groß war er, und überall glitzerten Lichter; als wäre auf meiner Brille ein Regentropfen zerplatzt, so war überall und nirgends ein seltsamer Schimmer, und mir kam es vor, als werde alles Licht gebrochen. Ich blickte zurück zu der schwarzen Mauer, durch die ich gegangen war, und konnte nach draußen sehen! Das Licht, das diesen Raum erleuchtete, fiel durch diese Mauer. Mauerweg!

Und der Raum, den diese schwarze Mauer erhellte, das Haus, das die Liste von Dr. Boots beherbergte: ich stand vor Staunen ganz still, Zhinsinura ging mit Einmal-am-Tag über die schwarzweißen Fliesen, die den riesigen Fußboden bildeten, ihre Absätze klapperten, und ihre Stimmen hallten, denn der Raum reichte hoch hinauf, immer höher, bis zu den Metallrippen, die die Dachwölbung bildeten. In diesem riesigen, hallenden Raum, der so anders war als das bienenstockähnliche Innere des Labyrinths, waren genügend Leute, um eine ganze Stadt zu füllen. Aus der Rückwand des Raumes ragte eine riesige Platte heraus und bildete eine zweite Etage, die man über eine breite, an einem Drahtseil von der Decke schwingende Freitreppe erreichen konnte; auf dem Rand der Platte saßen Menschen, ließen die Beine herunterhängen und riefen zu denen hinunter, die sich unten aufhielten; die Reisenden stapelten ihre Waren auf, setzten sich darauf und unterhielten sich mit Freunden, die sie umarmten, Kinder rannten mit Getränken für sie über die Fliesen. Wolken von Brotrauch stiegen von Besuchergruppen auf, und die großen Katzen schnupperten und miauten. Der ganze Raum summte und brummte im Geraune der uralten Sprache der Liste (obwohl einige verstummten, wenn sie sich umwandten und mich erblickten), und niemand schien auch nur im mindesten überrascht, daß er durch Nacht getreten und in ein Schatzhaus der Engel gestürzt war.

Denn das war es. Einmal-am-Tag kam über den Fußboden auf mich zugelaufen, hüpfte weg von Freunden, die die Hände nach ihr ausstreckten, und nahm mich mit in den ganzen Trubel hinein.

Überall an den langen Seiten des Raumes standen Kästen und Truhen und Kisten, von den Engeln verfertigt; manche reichten mir bis an die Taille und bestanden aus glänzendem, weißem Plastik, andere waren groß, hatten Türen aus Glas und bestanden ganz und gar aus Engelssilber – so viele gab es hier, daß ihr matter Schein die Wärme des Raumes zu dämpfen und ihn zu kühlen schien. Über einigen der offenen, niedrigen Kästen hingen Spiegel, die so geneigt waren, daß das, was in den Kisten war, als doppelt so viel erschien, wie es wirklich war – so etwas konnte auch nur den Engeln eingefallen sein.

Einmal-am-Tag rannte von einer dieser Kisten zur nächsten, zeigte mir Dinge, die darin aufbewahrt wurden und von denen sie mir erzählt hatte, während wir unterwegs gewesen waren – »und hier ist dies, von dem ich dir erzählt habe, und hier ist jenes, von dem ich dir erzählt habe«, ihre Augen waren groß und strahlten, und sie war leicht, ich liebte sie ganz innig. Sie nahm mich bei der Hand und zeigte mir die riesigen Bilder, die überall an den Wänden über den Kästen aufgehängt waren; trotz ihrer unübersehbaren Größe meinte sie, sie mir zeigen zu müssen, stellte sich hin und erklärte sie mir. Die Farben schienen ebenso zu leuchten wie an dem Tag, als die Engel sie gemalt hatten: auf einem Bild waren Karotten, Rüben und Bohnen dargestellt; ein anderes zeigte Eier und weiße Flaschen; auf einem dritten war eine Kuh zu sehen, die lächelte wie ein Mensch, und das sah schrecklich albern aus. Während sie so feierlich dastand und auf die Kuh zeigte, sah sie jemanden und sagte leise: »Zher.«

Es war ein Name. Ein Junge, hellblond, mit einem rosigen Hauch von Sonnenbrand auf Schultern und Nase, saß in einem Kreis von meist älteren Leuten, die anscheinend Abstand von ihm hielten, obwohl sie ihm zulächelten, und gelegentlich streckte jemand die Hand aus, um seinen Arm zu streicheln oder ihn zu berühren.

Einmal-am-Tag ging zu ihnen hinüber. Der Junge Zher blickte zu ihr auf, die er kannte, und zu mir, der ich ein Fremder war, und sein Ausdruck veränderte sich nicht. Einmal-am-Tag ging durch den Kreis und kniete vor dem Jungen nieder; er sah sie an, seine Augen forschten, schienen aber nichts Bestimmtes zu suchen. Sie berührte sein Gesicht und seine Hände und küßte ihn auf die Wange, dann kam sie zurück, ohne ein Wort zu sagen, und setzte sich zu mir.

»Was ist los?« fragte ich.

»Zher«, sagte sie. »Er ist in diesem Jahr gerade volljährig geworden und hat heute seinen ersten Brief von Dr. Boots bekommen.«

»Was ist das?«

»Es ist ein Brief. Und er kommt von Dr. Boots.«

»Wieso ist er nackt?«

»Weil er es sein will.«

Zher lächelte zuerst ein wenig, dann stärker; in ihm schien ein Lachen zu sein, die Umsitzenden lächelten auch, sahen sich und dann ihn an, und dann lachte er tatsächlich, und sie lachten mit ihm. Irgendwo ließ jemand klirrend etwas fallen, alle Katzen stellten die Ohren auf, und Zher riß mit aufgerissenen Augen den Kopf herum.

»Hast du diesen Brief von Dr. Boots auch bekommen?« wollte ich wissen.

»Ja. Jeden Maimonat, seit ich in seinem Alter war; den ersten im Sommer, nachdem ich hierherkam; und heuer kam er, kurz bevor ich zum Lager ging und dich traf.«

»War es für dich auch so, als du deinen Brief bekommen hast?«

»Ja. Genauso. Ich habe genauso empfunden.«

»Warst du still? Muß man still sein?«

»Man muß nicht still sein. Man ist es nur, besonders nach dem ersten Brief. Man hat nichts zu sagen. Alles ist geschehen. Alles ist so, wie es ist. Wenn man danach spricht, dann nur – nur zum Spaß. Nur, um etwas zu tun.«

»Wenn du mit mir sprichst – ist es dann auch so?«

Sie strich sich ihr schwarzes Haar mit der Hand zurück

und sagte nichts; und ich wagte nicht, weiter davon zu sprechen. Der Abend senkte sich auf den Raum; der blaue Tageslichtschimmer bekam einen staubigen Goldton.

»Sieht er nicht schön aus?« fragte sie.

»Ja.«

»Schön.«

»Ja.«

Als die Sonne unterging, setzte das Singen ein, leise und ruhig, unterbrochen vom Schnurren einer Katze, Brom oder Zhinsinuras Tiger, und wieder aufgenommen von einer Gruppe, dann von einer anderen, ein leises, süßes Glucksen, Summen und Brummen, jede Stimme fand in dem Potpourri Platz zum Schnurren; und als es Nacht wurde, verstummte eine Stimme nach der anderen, die hohen, traurigen Töne von Einmal-am-Tag verklangen beinahe als letzte, dann schwiegen endlich alle. Und jetzt wurden die Lichter herausgelassen.

Vielleicht kannten die Engel ein Verfahren, um die kühlen Kugeln untertags dunkel zu machen; bei der Liste bewahrt man sie nur in schwarzen Beuteln auf und läßt sie bei Nacht heraus. Viele Lichter gab es hier, aber trotzdem blieben in dem großen Raum einige finstere Taschen und unscharfe, dunkle Flecken. Niemand rings um Zher machte Anstalten, ein Licht in seine Nähe zu bringen, und im Dämmerlicht konnte ich sehen, wie sein heller Körper leuchtete, als sei in seinem Inneren eine Lampe angezündet worden.

Ein Brief von Dr. Boots

Erste Facette

... ›und warte, bis ich ihn eingelegt habe.‹

Was? Soll ich noch einmal anfangen?

›Nein. Es ist schon in Ordnung. Hier ist der zweite Kristall: sieh nur, wie winzig: trotzdem ist alles darauf. Blink, der Knospende und der Blühende, dieser ganze Teil.‹

Wie viele noch? Die Sonne geht unter. Schau: die Wolken unter uns sind ganz rosa und gelb.

›Der dritte ist gewöhnlich der letzte.‹

Engel ... sag mir nur eines ...

›Nein, noch nicht. Sag du mir: Was ist am nächsten Tag in Service City geschehen?‹

Nun, in dieser Nacht schliefen wir; sie führte mich über die breite Freitreppe zu der großen Plattform hinauf, die den rückwärtigen Teil des Raumes überdachte – das Entresol wurde das genannt (die Liste kannte solche Worte, Worte, die wie alte Münzen klangen, wenn man sie über Engelsgestein schleudert – Entresol). Dort waren mit Vorhängen und niedrigen Wänden Zimmer abgeteilt worden, und das erinnerte mich ein wenig an zu Hause. Einmal-am-Tag fand eine leere Nische für uns, in der ein Haufen Kissen lag, und dort legten wir uns miteinander hin, sie redete die ganze Zeit, als wolle sie mich durch die Kraft von Geschichten in die Arme ihrer Liste ziehen, bis sie schließlich zu viel gähnen mußte, um noch sprechen zu können. Sie war so glücklich, dort zu sein, und so froh, daß ich bei ihr war und alles sehen konnte, daß ich einen namenlosen Schmerz verspürte – oh, Dr. Boots, du machst sie so selten so glücklich – nein, du läßt so selten zu, daß sie sich selbst so glücklich machen!

Die Angehörigen der Liste von Dr. Boots können etwas, was ich nie fertiggebracht habe, was aber Einmal-am-Tag in den Jahren, in denen sie dort lebte, gelernt hatte: sie schliefen wie die Katzen. Sie halten Katzennickerchen. Einmal-am-Tag schlief eine Zeitlang, war dann genausolange wach, schlief noch ein wenig und war dann wieder wach. Während der ganzen Nacht spürte ich, wie sie aufstand, fortging und wieder zurückkam, um mich zu beobachten und ungeduldig darauf zu warten, daß mein langer Schlaf ein Ende fand; aber ich war mitten in schweren Träumen, in Träumen, wie man sie hat, wenn man in einem fremden Haus schläft, und konnte nicht aufwachen. Als ich schließlich zu mir kam, geschah es mit einem Schrei, der mich aus irgendeinem Abenteuer riß; ich lag da, starrte vor mich hin und versuchte mich zu erinnern, wo ich war. Ich taumelte durch die Vorhänge hinaus und merkte, daß ich direkt am Rand des Entresols stand und über die gewaltige Halle hinausschaute, sie lag im Licht eines klaren Morgens, das durch den Mauerweg schwach blau getönt wurde. Einmal-am-Tag stand dort vornübergebeugt, die Hand auf den Knien, neben einem kleinen, braunen, muskulösen Mann, der dasaß, eine Kugel aus klarem blauem Glas hielt und sie so drehte, daß das Licht hindurchschoß; er hatte eine winzige Holzpfeife zwischen den Zähnen, von der feiner, weißer Rauch aufstieg.

Ich stolperte an den Gruppen vorbei, die verstummten, sobald ich sie anlächelte, bis ich die beiden erreichte, und da sah ich, daß der braune Mann an seinem Handgelenk das Armband aus blauen Steinen trug, das Einmal-am-Tag ihm an dem Handelstag in Klein Belaire gegeben hatte. Er hieß Houd, aber wenn er seinen Namen aussprach, klang er so weich, lang und unaussprechlich wie ein Katzenseufzer. Andere sammelten sich um uns und machten viel Wesens um mich; sie starrten so unverhohlen wie Katzen auf meinen Pferdeschwanz und meine Brille und staunten über meine Unwissenheit in bezug auf Dr. Boots und die Liste; ich verstand nicht viel von dem, was sie sagten, obwohl ich die Worte kannte. Draußen im Morgenlicht spazierte Brom, die schwarzweiße Katze, über die breite Steinfläche, und Einmal-am-Tag und die anderen drehten sich um und sahen mir zu, als ich tat, was ich tun mußte, weil der Mauerweg für mich etwas Neues war: ich versuchte, durch ihn hinauszugehen. In dieser Richtung geht es nicht; ich kam nahe heran (vom Mauerweg ging immer ein heißer Hauch aus, der irgendwie nach Metall roch) aber – in dieser Richtung geht es nicht. Ich blickte mich nach den anderen um, sie trugen alle das gleiche Lächeln auf dem Gesicht.

»In dieser Richtung geht es nicht«, sagte Houd an seiner Pfeife vorbei, und Einmal-am-Tag kam her und zog mich fort. »Es geht nur in einer Richtung«, sagte sie lachend. »Verstehst du nicht? Nur in einer Richtung.«

Sie nahm mich bei der Hand, und wir gingen über die schwarzweißen Fußbodenquadrate hinaus und durch die schweren Glastüren, die über die ganze Rückenwand des Raumes verteilt waren, dann gingen wir außenherum, durch das wirkliche Morgenlicht zur Vorderseite, dort rannten wir miteinander ungestüm über den Steinboden, Brom neben uns, jetzt mußten wir in der grenzenlosen Schwärze ertrinken, was aber natürlich nicht geschah, und schon waren wir wieder im Inneren, keuchten und umarmten uns. »Eine Richtung«, sagte sie, »nur eine Richtung! Ich habe es gelernt, ich habe es gelernt; alles geht nur in eine Richtung, verstehst du das nicht?« Und der braune Houd schien mich zu beobachten, um zu sehen, ob ich aus ihren Worten alles herausgehört hatte, was sie sagte; und ich wußte, daß ich nicht alles gehört hatte.

Es gab noch etwas, was man tun mußte, wenn einem der Mauerweg neu war: ich versuchte, meinen Arm durchzustecken und ihn dann rückwärts wieder herauszuziehen. Das versuchte ich nie wieder.

In Klein Belaire sprachen wir von einem Monat genauso wie von einer Minute oder einer Meile; für die Engel bedeuteten diese Begriffe genaue Maße, so daß also alle Monate, alle Minuten und alle Meilen gleich lang waren. Für uns bedeuten sie nur ›viel‹ oder ›wenig‹, je nachdem. Bei den Angehörigen der Liste ist es mit den Minuten und Meilen genauso wie bei uns, aber wie lang ein Monat ist, das wissen sie. Sie zählen ihn mit einer Anzahl von Tagen ab, dreißig oder so pro Monat, zwölf Monate pro Jahr, und dann ist man wieder am Anfang; aus einem Grund, den sie mir erklärten, an den ich mich aber nicht mehr erinnern kann, fügen sie jedem vierten Jahr einen Wintertag hinzu, der nicht mitgerechnet wird.

Für mich ist der Name eines Monats der Name einer Jahreszeit. Ich habe Jahre mit zwei Märzen und keinem April erlebt, oder Jahre, in denen der Oktober mitten im September kam; aber ich liebte den Kalender der Liste, weil er nicht nur die Tage zählte, die man aus irgendeinem Grund gezählt haben wollte, sondern weil er auch etwas über die zwölf Zeiten des Jahres aussagte.

Das Gebäude in Service City mit dem orangefarbenen Dach und dem kleinen, weißen Turm wurde Achtundzwanzig Essenzen genannt, dort stellten die von der Liste die meisten Medizinen und Arzneien her, für die sie berühmt waren. Einmal-am-Tag brachte mich dorthin, und wir saßen auf zwei Plätzen, die um einen kleinen Tisch herum angeordnet waren, ganz für uns im Dämmerlicht. (Achtundzwanzig Essenzen hatte einst große Glasfenster gehabt, aber die meisten waren zerbrochen und mit Brettern und Plastik verschlossen worden.) Es gab dort viele Tische wie den, an dem wir saßen, sie waren von den Engeln gemacht, hatten eine künstliche Holzmaserung und waren nach wer weiß wie vielen Jahrhunderten nicht einmal verkratzt. Auf dem Tisch stand eine schöne Schachtel, wie die Liste sie für kostbare Dinge macht, und Einmal-am-Tag nahm mit ehrfürchtiger Vorsicht den Deckel ab.

»Der Kalender«, sagte sie.

In der Schachtel befanden sich glänzende, quadratische Kacheln, ein Stapel mit der Vorderseite nach oben, der andere mit der Vorderseite nach unten, sie waren etwa so groß, daß man die Bildseite mit zwei Händen gerade hätte zudecken können. Auf der einen Kachel, der obersten auf dem Stapel mit der sichtbaren Vorderseite, war ein Bild, und darunter befanden sich Reihen von Quadraten, ein wenig wie Blinks Kreuzgitterwörter. Das Bild zeigte zwei Kinder, jünger als Einmal-am-Tag und ich in unserem ersten, gemeinsamen Juni gewesen waren, auf einer Wiese, die unwahrscheinlich dicht mit blaßblauen Blumen übersät war, diese Blumen pflückten die Kinder mit stillen, vertieften Gesichtern. Der Junge trug kurze Hosen, das Mädchen ein winziges Kleid vom gleichen Blau wie die Blumen, die sie pflückten.

Einmal-am-Tag berührte ein schwarzes Wort unter dem Bild. »Juni«, sagte sie. In einem der Quadrate unter dem Bild lag ein kleiner Stein, der mit Kiefernharz klebrig gemacht worden war; sie zog ihn ab und setzte ihn auf das nächste Quadrat. Zehn Tage im Juni. Die Glocke vor dem Haus mit dem Mauerweg schlug viermal an, im Dämmerlicht war es deutlich zu hören, und wir gingen in den großen Raum, um den Abend dort zu verbringen.

Als zwanzig Tage vergangen waren und der Stein durch alle Felder gewandert war, saßen wir wieder in Achtundzwanzig Essenzen. An diesem Tag waren noch andere da und wollten zusehen, sie standen in der Hitze, als Zhinsinura mit ihren großen Händen die Junikachel auf den umgedrehten Stapel legte und die nächste Kachel aufdeckte. Als sie zu sehen war, ließen alle einen zufriedenen Laut hören, der wie *aaah* klang.

Das Bild zeigte mir, und ich mußte lachen, daß die Engel, so alt und seltsam sie auch sein mochten, doch Menschen waren und wußten, was Menschen wissen, wenn sie so etwas machen konnten. Die gleichen zwei Kinder, das Mädchen immer noch in ihrem blauen Kleid, lagen auf grünem Gras, das dunkler war als im Juni, älter durch die langen, heißen Tage, und schauten in einen Himmel, in dem meine großen, veränderlichen Wolken aufgetürmt waren, Städte am Himmel. Was mich aber zum Lachen brachte: das Gras und die Kinder waren oben auf dem Bild und schauten in die Wolken hinunter, die unten schwebten; und genauso ist es, wenn man im Sommer Wolken beobachtet.

»Juli«, sagte Einmal-am-Tag. Die Abendglocke erklang.

Im Juli machte ich mit ihr Streifzüge, und wir sammelten verschiedene Dinge, Pflanzen, Steine, Erden und Pilze, die

die Liste für ihre Medizinen verwendet; und wenn wir des Suchens müde waren, legten wir uns hin und beobachteten die Wolken.

»Was ist dunkel und leicht?« fragte ich. »Warum sagt ihr, jemand ist dunkel, und ein anderesmal, er ist leicht?«

Sie antwortete nicht, bettete nur ihren Kopf auf ihre Hände und schloß die Augen.

»Ist es ein Spiel?« fragte ich. »Ich erinnere mich, daß der Kleine St. Roy von Olive sagte, wenn sie dunkel war, war sie sehr, sehr dunkel, und wenn sie leicht war, war sie leichter als Luft.«

Darüber mußte sie so lachen, daß ihr flacher Bauch zitterte. »Davon habe ich gehört«, sagte sie.

»Was hat er damit gemeint?«

Sie lag eine Zeitlang still da, dann stützte sie sich auf einen Ellbogen und sah mich an. »Wann wirst du nach Klein Belaire zurückkehren?« fragte sie.

Der Name hörte sich seltsam an, wenn sie ihn aussprach; es war das erstemal, daß ich ihn hier von ihr gehört hatte, und es klang wie ein ferner Ort. »Ich werde nicht zurückkehren«, sagte ich. »Ich habe es versprochen.«

»Oh, das haben sie vergessen. Wenn du fortgingst, hätte niemand etwas dagegen; niemand würde dich fragen, wo du hingehst.«

»Würde es dir etwas ausmachen?« fragte ich, denn ich hatte ihren Worten nicht entnehmen können, ob ja oder nein; ich hatte scheinbar nur gehört, daß sie in dieser Angelegenheit gar keine Meinung hatte, und das war nicht möglich. Einen Augenblick lang war mein Herz ganz kalt, oder heiß, und ich sagte schnell: »Jedenfalls möchte ich nicht, daß man mir die Zunge herausschneidet.«

»Zunge?« fragte sie und lachte dann. »Oh, da waren sie dunkel ... Jetzt ...« Und sie schaute weg und machte den Mund zu, als habe sie ein Rätsel falsch erzählt und die Lösung verraten. Aber ich hatte nichts erraten.

»Das war ein Witz von Roy«, sagte Einmal-am-Tag. »Nichts als ein Witz, ein alter Witz. Schau nur, schau, wir stürzen ab!«

Unter uns – ja, *unter* uns – war der Himmel voll durcheinandergeworfener Wolken. Wir hafteten durch irgendeinen Zauber im Gras, wir saßen sogar mit untergeschlagenen Beinen ganz ruhig da, aber wir stürzten unendlich tief, in Städte, in Gesichter, in monströse, weiße Tiere hinein, und hielten uns an den Händen, um uns auf dem Dach der Welt festzuklammern: seltsam, wenn die Wolken dicht unter einem dahinrollen und der Himmel aus Gras ist.

Und als auf dem Zeittisch die Julikachel umgedreht wurde, lagen auf dem einen Stapel sieben, auf dem anderen fünf.

Die beiden Kalenderkinder lagen im tiefen Schatten; der Junge schlief, einen Strohhut über dem Gesicht und einen langen, gelben Strohhalm im Mund, seine kleinen, nackten Füße hatte er weit gespreizt. Das Mädchen in ihrem blauen Kleid saß neben ihm und schaute über ein Feld mit demselben gelben Stroh zu einem roten Engelsturm mit kegelförmiger Spitze hinüber; weit in der Ferne türmten sich die grauen Wolken eines Sommergewitters auf. August.

Wir hatten ein Schattenhaus für den Sommer, das wir uns teilten, unter zwei Ahornbäumen, die nebeneinander auf einem Hügel wuchsen, und auch wir konnten weit in die Ferne sehen, wenn auch die Werke der Engel verschwunden waren und Einmal-am-Tag kein blaues Kleid trug; sie trug überhaupt kein Kleid. Die Ränder unseres Hauses veränderten sich im Laufe des Tages, und die braunen Körper unserer Gäste bewegten sich mit dem Schatten mit.

»Vier Türen am Rückgrat entlang«, sagte Houd. Eines seiner mageren Beine ließ er über sein Knie hängen, sein Gesicht beschattete ein breiter Hut, unter dem seine Holzpfeife hervorragte. »Und auch wenn du mit aller Kraft dagegendrückst, kannst du sie nicht öffnen. Das ist meine Meinung.«

»Weil sie schon offen sind«, sagte Einmal-am-Tag gähnend. »Die Hitze macht mich schläfrig.«

»Genauso schwer ist es, sie zu schließen«, sagte Houd.

»Nein«, entgegnete sie; »sie fliegen auf, wie in einem Korridor eine Tür nach der anderen vom Wind aufgestoßen wird; und das ist das Ende vom Lied; sie sind offen.«

»Wenn du so denkst, bist du leicht«, sagte Houd, und Einmal-am-Tag gähnte wieder und streckte ihren kleinen, gelbbraunen Körper auf dem verfilzten Gras aus, so daß ihre Brüste beinahe flach waren; sie schenkte mir ein schläfriges Lächeln.

»Die Sonne ist herumgekommen«, sagte sie. »Alle ein Stück weiterrücken.«

Schatten.

Am Abend ließ einer ein Licht heraus, das er mitgebracht hatte, aber der Wind trieb es fort auf Service City zu, und einer nach dem anderen folgte ihm dorthin. Wir lagen beieinander, als der Mond aufging und unser Schattenhaus ganz anders wieder erstehen ließ.

»Glaubst du«, sagte sie da und rückte mit einer Reihe langsamer Haltungsänderungen von mir ab, »daß es an deinem Rückgrat vier Türen gibt? Und wie, glaubst du, kann man sie öffnen?«

»Ich weiß es nicht«, sagte ich und folgte ihr.

»Ich auch nicht.«

Ein schwaches Donnergrollen war zu hören, als ob jenseits des Horizonts ein Riesenwesen im Schlaf brummte; und während wir so nebeneinanderlagen, bewegte sich auch unser Mondhaus allmählich unter uns weiter und ließ uns von stillem, kaltem Licht übergossen liegen. Die Septemberkachel wurde auf dem Zeittisch aufgedeckt, und nun lagen auf einem Stapel acht, auf dem anderen vier.

»Ich kenne sie«, sagte ich, als ich das Bild sah, »und diese beiden kenne ich jetzt auch.«

»Woher solltest du sie kennen?«

»Weil du sie mir gezeigt hast. Schau: hier ist die Alte, die herauskommt, wenn es dunkel ist; siehst du, sie wartet jetzt, in diesem Monat, drinnen, und die beiden Kinder sind draußen …«

»Nein, das stimmt nicht.«

»Und in den nächsten Monaten wird sie herauskommen, und die beiden Kinder werden sich verbergen.«

»Nein«, sagte sie. »Das sind einfach zwei Kinder, irgendwelche …«

»Dunkel und leicht«, sagte ich, »genau wie du gesagt hast, weißt du nicht mehr ...«

»Nein!« schrie sie, um mich zum Schweigen zu bringen.

Die Kachel, die wir anschauten, zeigte einen goldenen Tag im Maschinensommer. Die beiden Kinder gingen mit leuchtenden Gesichtern nebeneinander her; der Junge hatte ein Buch mit einem Riemen über seine Schulter geschlungen, das Mädchen trug stolz einen bunten Septemberapfel. All das war wie auf jeder anderen Kachel, Junge und Mädchen, sie in ihrem blauen Kleid, an einem Tag, der genau die Farbe des dargestellten Monats hatte, als habe man ihn wie aus einer Frucht aus dem Monat herausgepreßt. Aber nur in diesem Monat war noch jemand da: die Kinder gingen lächelnd auf ein winziges, rotes Haus mit einem spitzen Dach zu, in dessen Tür man gerade noch eine kleine, alte Frau sehen konnte.

Ja, es würde dunkel werden, obwohl es jetzt schön war; die alte Frau würde herauskommen, und die beiden Kinder mußten sich an irgendeinen Zufluchtsort zurückziehen, um die dunklen Monate abzuwarten, ist es nicht so? Selbst in ihren überdachten Städten ohne Wetter hätten die Engel dies nicht vergessen, daß im warmen, makellosen Maschinensommer die alte Frau wartete ...

»Nein!« sagte sie und rannte davon.

»Ich möchte verstehen«, sagte ich, als ich sie inmitten ihrer Kissen auf dem Entresol fand. »Du mußt aufrichtig mit mir sprechen. Du hast mir das Haus an der Wand gezeigt, dort, wo das Bein von St. Roy aufbewahrt wurde. Die Kinder kamen heraus, wenn es hell war, und die alte Frau, wenn es dunkel war. Dazwischen waren die vier toten Männer, die sich nie veränderten. Das hatte mit dem Wetter zu tun. Die Kacheln auch.«

»Ja. Mit dem Wetter.«

»Ja, aber als wir es gesehen haben, ist eine Wolke vorbeigezogen, und die alte Frau ist nicht herausgekommen; und als ich es das letztemal sah, an dem Tag, als du fortgegangen bist, da war es Frühling, und doch ist die alte Frau dagestanden ...«

Sie lag da, von mir abgewandt, mit dem Gesicht nach unten, den Kopf auf die Arme gelegt wie eine Katze; jetzt wandte sie mir das Gesicht zu und sah mich an. »Ging es dann«, fragte sie, »vielleicht gar nicht um das Wetter?«

»Ich weiß es nicht. Worum ging es sonst? Warum kann ich es nicht in dem hören, was du sagst?«

Sie wandte ihr Gesicht wieder ab. »Die Kacheln handeln vom Wetter. Die Engel haben sie gemacht, damit sie die Monate anzeigen, und sie stimmen sehr genau. Das ist alles.«

»Warum bist du dann vor mir davongelaufen?«

Sie sagte nichts, und obwohl sie still dalag, spürte ich, wie sie noch weiter vor mir davonlief. Ich wollte sie verfolgen, packte sie an beiden Schultern, als wolle ich sie aufhalten, zurückhalten; aber sie war geflohen.

Es gibt bestimmte Träume, Träume, in denen man sich aufmacht, um eine dringende Besorgung zu erledigen oder vielleicht eine Aufgabe, und jemand beschreibt einem den Weg, wenn man aber an den Ort kommt, an den man geschickt wurde, ist das nicht der Ort, an den man eigentlich gehen wollte, und die Aufgabe ändert sich auch; die Person, die man aufsuchen wollte, wird zu der Person, die einen fortgeschickt hat; das, was man tun sollte, verwandelt sich in einen Ort und der Ort in eine Schatzkiste oder in ein abscheuliches Gerücht; und man kann sein Ziel nie erreichen, weil es niemals dasselbe Ziel ist; und doch sucht man weiter, niemals überrascht von diesen Veränderungen, man versucht nur hartnäckig, immer wieder, die sich verändernde Aufgabe zu erledigen, die einem vorgegeben ist. Bis man aufwacht und es schließlich doch keine Suche gibt.

»Einmal-am-Tag«, sagte ich und legte meine Wange gegen ihr Haar, das ihr Gesicht verbarg. »Einmal-am-Tag, sag mir, daß es keinen Winter gibt; sag mir, daß der Winter niemals kommt, und ich werde dir glauben.«

Zweite Facette

An einem windigen, regennassen Tag, von dem ich gesagt hätte, es sei der erste November, den der Kalender jedoch als zwanzigsten September anzeigte, ging ich auf Aufforderung von Zhinsinura zu den Achtundzwanzig Essenzen. Sie saß am Zeittisch und hatte die Septemberkachel vor sich liegen.

»Du hast dich gefragt, wer sie sind?« wollte sie wissen.

»Ja«, antwortete ich.

»Einfach zwei Kinder«, sagte sie. »Wie alle anderen in diesem Monat. Das andere ist eine alte Frau, zu der sie in diesem Monat gehen, um sie um Rat zu fragen.« Sie lächelte mich an. Ihr großer, ernster Kopf wurde durch ihr breites, graues Haar noch vergrößert, ihre Augen hatten dicke Tränensäcke und blickten immer traurig, aber ihr Lächeln war lebhaft und echt. »Und wie kommst du so zurecht, Junge aus dem Labyrinth?«

»Gut«, sagte ich, und ich hätte es dabei belassen, aber Zhinsinura konnte in meinen Worten nicht genau hören, was ich meinte, was gut war und was nicht. »Aber kannst du mir sagen, was ein Brief von Dr. Boots ist?«

Es waren noch andere da, sie arbeiteten oder saßen herum, einige davon kannte ich. Ich hatte mich daran gewöhnt, daß ich in Service City angestarrt wurde; jetzt wäre ich zwar lieber mit Zhinsinura allein gewesen, aber das ist bei der Liste nicht üblich. Die anderen sahen mich mit großem Interesse an.

»Nun, es ist ein Brief«, sagte sie. »Und er kommt von Dr. Boots.«

Ich spürte die Augen aller auf mir. Ich blickte auf Zhinsinuras lange Hände nieder, die die glatten Ränder der Kachel betasteten. »Da gibt es etwas«, sagte ich vorsichtig. »Etwas, das ich nicht weiß.«

»Immer, hoffe ich.«

»Das will sie anscheinend sagen. Euer dunkel und leicht, weißt du, das ist schwer zu verstehen. Ich glaubte, ich hätte einen Weg gesehen, daß es damit zu tun hätte, daß der

Winter kommt; aber das war wieder nur ein Rätsel; und sie will anscheinend sagen, daß die Rätsel Lösungen sind.«

»Jedes Rätsel ist seine eigene Lösung«, sagte Zhinsinura. »Das ist einfach. Aber wie könnte ein Rätsel seine eigene Lösung kennen? Glaube nicht, daß ich mich über dich lustig mache. Das will ich nicht, überhaupt nicht. Es ist eine wirklich geheime Sache. Nur haben die aufrichtig Sprechenden nie viel von solchen Geheimnissen gehalten, das ist alles. Du willst ihr Geheimnis erfahren, obwohl du vielleicht gar nicht weißt, was du da verlangst, und sie kann es dir nicht sagen, ohne es selbst zu erfahren. Und sie will dieses Geheimnis nicht erfahren.«

»Wie kann man ein Geheimnis haben, ohne es zu kennen?«

Jetzt blickten die anderen weg. Diese Unterhaltung gefiel ihnen nicht, jedenfalls den Jüngeren nicht; die Älteren hörten nicht mehr zu, aber Zhinsinura verschränkte nur ihre Finger und beugte sich lächelnd zu mir. »Nun, wie spricht man aufrichtig?« fragte sie mich. »Tauschen wir doch unsere Geheimnisse aus.«

»Das ist kein Geheimnis«, sagte ich. »Man lernt es so gut, bis man vergißt, daß man es kann.«

»Nun denn«, meinte sie und öffnete ihre Hände: »Da hast du es.«

Rotbemalt hatte gesagt: Für die Flüsterschnur ist ein Geheimnis nicht etwas, was man nicht verraten will, sondern etwas, was man gar nicht verraten kann. »Da ist etwas«, sagte ich langsam wie ein Einfältiger, »das ich nicht weiß. Ich will es wissen. Es muß eine Möglichkeit geben, es zu erfahren, weil ihr alle es wißt. Wenn man es mir nicht sagen kann, will ich es auf jede andere Weise erfahren, die möglich ist.«

Zhinsinuras fester Blick schien von so viel Sehen verschleiert und verdeckt. »Weißt du, was du verlangst?« fragte sie sanft. »Du weißt, eine Eigenschaft von Geheimnissen ist, daß du sie, sobald du sie einmal erfahren hast, für immer kennst. Es ist dein Geheimnis. Du kannst nicht wieder nach draußen zurückkehren und es nicht wissen. Es gibt keinen Weg zurück.«

»Wie beim Mauerweg«, sagte ich.

»Mauerweg?« fragte sie lächelnd. »So etwas gibt es nicht.«

Alle lachten leise, als sei genau im richtigen Augenblick ein alter Witz erzählt worden. Das Gelächter weckte die Tigerkatze kamens Fa'afa, die immer in Zhinsinuras Nähe war. Sie berührte den Kopf der Katze, und die beruhigte sich wieder.

»Du weißt«, sagte sie, »daß die Liga nicht viel für die aufrichtig Sprechenden übrig hatte. Vielleicht deshalb, weil in den ganz alten Zeiten deren Frauen nicht der Liga beitraten, und dann, nach dem Sturm, keine Hilfe leisteten, als sie es hätten tun können, sondern nur für sich blieben. Danach war die Liga vielleicht stolz darauf, daß ihr alle ohne ihre Hilfe überlebt hattet. Erst lange nachdem Frauen zu anderen gegangen waren, um ihnen mitzuteilen, daß die Liga aufgelöst war, ging Olive zum Labyrinth. Die Liga hatte nie die Absicht, mit euch Frieden zu schließen; und es gab zur Schande der Liga einige, die versuchten, Olive zurückzuhalten. Nun, das ist alles lange her.

Aber wir sind nicht auf die gleiche Weise alt geworden in all den Lebensspannen seit damals. Ich weiß, wie verschieden es vor sich ging: ich habe euer Labyrinth oft besucht, oh, es ist so lange her, daß es jetzt weder leicht noch dunkel ist. Damals gab es dort einen Jungen – nun ja, Junge, er ist jetzt ein ganz, ganz alter Mann, wenn er noch lebt –, der mich bat, dortzubleiben, bei ihm, bei euch allen. Ich wollte, aber ich hatte Angst; schließlich war er der Vernünftigere; aber ich glaube, wir wußten beide, daß wir in einer Ecke enden würden. Und trotzdem glaube ich, daß es schwieriger ist, von dort nach hier zu kommen. Dein Mädchen konnte diesen Weg gehen, weil sie zu den Vettern gehört; du ... nun ja. Ich sage das nicht, weil ich dir Angst machen will.«

Sie schaute weg von mir, hob ihren langen, knochigen Arm und schüttelte ihre Armbänder herunter. Die Abendglocke läutete. Zhinsinura überlegte; dann sagte sie: »Ja, es gibt etwas, was du nicht weißt. Und es gibt eine Möglichkeit, es zu erfahren, wenn auch nicht in dieser Jahreszeit; es ist ohnehin zu früh für dich. Bleib hier, höre zu und lerne; und verlange nicht, was dir nicht freiwillig gegeben wird.« Sie versetzte den klebrigen Stein vom zwanzigsten auf den einundzwanzigsten Tag. »Du sagst, sie gibt dir Rätsel auf? Nun, ich werde dir noch eines aufgeben. Ich habe keine Angst, es dir zu erzählen, denn Aah, obwohl es überhaupt kein Rätsel ist, wirst du glauben, daß es eines ist, Bee, wenn du hierbleiben willst, wirst du, glaube ich, auf deine Weise leben müssen und nicht auf unsere Weise, und Tsee, ist heute sowieso der richtige Tag und die richtige Zeit dafür.

Das Rätsel geht so: Du kannst dir eine Schnur um den Finger binden, um dich an etwas zu erinnern, bis du vergißt, daß um einen Finger eine Schnur gebunden ist. Dann hast du doppelt vergessen und für immer. Dieser Kalender ist die Schnur, die wir uns um den Finger gebunden haben – und der Brief von Dr. Boots ist der Weg, wie wir es vergessen, doppelt und für immer.

Du kannst versuchen, einen Weg zu finden, der hier hindurchführt. Ich kenne euren berühmten PFAD. Wenn du ihn hier finden willst, bedenke folgendes: PFAD ist nur ein Name für einen Ort, an dem du dich selbst findest. Wo du ihn betrittst, ist nur eine Geschichte. Wo du darauf gegangen bist, ist nur eine weitere. Manche der Geschichten sind schön; andere nicht. Das ist dunkel und leicht.«

Ich saß mit gesenktem Kopf vor ihr, die Septemberkachel lag zwischen uns, und ich hörte zu. Und vielleicht hätte ich sie auch verstanden, wenn man mir in meiner Kindheit je eine Geschichte erzählt hätte, die nicht wahr gewesen ist.

»Hat sie dich weggeschickt?« fragte Einmal-am-Tag. Sie saß inmitten von Körben mit Äpfeln, die durch den Mauerweg hereingebracht wurden, und half den Kindern, die schlechten, die die anderen verderben würden, auszusortieren.

»Nein«, sagte ich. »Ich glaube nicht.«

Sie polierte an ihrem Sternengewand einen orangefarbenen Apfel, der wie eine Wange errötete, und hielt ihn mir hin. »Das freut mich«, sagte sie.

Ich hatte mich in ihrer Redeweise getäuscht. Nicht eine Maske lag darüber, die etwas vor mir verbergen sollte; nur eine Trübung erfüllte sie von innen heraus, füllte ihre Transparenz aus, wie Nebel einen transparenten Herbstmorgen ausfüllt. Aber der Himmel darüber ist blau. Zhinsinura hatte mir jede Möglichkeit geboten, nicht in ihre Geheimnisse einzudringen; aber sie wußte nicht, daß ich schon eingedrungen war, damals am Teich im Wald, nein, schon lange vorher, als wir in Klein Belaire Welches Knie spielten, das schien jetzt so lange her wie die Zeit, in der die Engel flogen; und ich hatte immer gewußt, daß da kein Weg mehr hinausführte. Ich hatte niemals wirklich hinter mich geschaut.

›Weißt du, ich glaube, sie hatte recht mit dem Mauerweg: daß es so etwas nicht gibt.‹

Ja?

›Ich meine, es war kein Gegenstand, wie eine Tür; nur ein Zustand. Ein Zustand der Luft in der Türöffnung, veränderte Luft, so wie Eis nur verändertes Wasser ist.‹

Wirklich?

›Ich glaube, man hatte das vor langer Zeit so gemacht, um den Raum zu heizen. Du hast gesagt, daß ein heißer Hauch davon ausging. Es war, glaube ich, nur eine Maschine, um Wärme zu erzeugen ...‹

Vielleicht. Und das kleine Haus an der Wand im Labyrinth war nur ein Bombom ... ein Barom ..., naja, eben etwas, um das Wetter vorauszusagen. Ist alles ›nur‹, und ›bloß‹ und ›einfach‹? Wieso weißt du so viel und verstehst überhaupt nichts?

›Es tut mir leid.‹

Nein; nein. Nur ist das der schwierigste Teil der Geschichte, der Teil, der am schwersten durchzustehen war, der Teil, bei dem es mir am schwersten fällt, ihn richtig zu erzählen, und wenn du ihn nicht verstehst, ergibt die ganze Geschichte keinen Sinn. Du mußt versuchen, dir vorzustellen, wie ich dort war, Engel; du mußt dir mich vorstellen, denn wenn du dir mich nicht vorstellst, existiere ich nicht. Nichts von alledem existiert.

›Ja. Sprich weiter!‹

Im Oktober herrschte in Achtundzwanzig Essenzen ein Kampf der Gerüche. Es gab dort eine lange Theke mit Holzmaserung wie die Tische, dahinter erhob sich ein großer Spiegel, matt mit schwarzen Flecken; und darauf waren zwei weiße Menschen gezeichnet, ein Mann mit einer Schürze und einem hohen Hut, und ein Junge, dem er etwas reichte, was wie eine Riesenausgabe der Vier Töpfe aussah. In Achtundzwanzig Essenzen bewahrten die Angehörigen der Liste ihre Medizinen auf und stellten sie her. Von der Decke hingen Blätter und zerdrückte Knospen von Blumen; in den großen Öfen und Becken aus rostfreiem Stahl hinter dem Spiegel wurde zerstampft und gebacken, gewaschen und vermischt: die Küche nannten sie das. Der braune Houd, der viel von solchen Dingen verstand, ging mit einem Zusammenguß in seinem Becher zwischen den Leuten umher, schaute und grinste.

›Ein Zusammenguß?‹

Sie machten Zusammengüsse aus Blättern und so, indem sie sie in Wasser kochten. Es gab Zusammengüsse, die einen aufweckten, und andere, die einen in Schlaf versetzten. Es gab Zusammengüsse, die einen stark oder schwach machten, dumm oder gescheit, warm oder kühl. »Es gießt dunkel und leicht zusammen«, sagte Houd, »und verschafft einem eine Pause: man denkt eine Zeitlang nur über den Zusammenguß nach und nicht über alles.«

»Alles?«

»Das ist Relativität«, sagte er.

In diesem überfüllten Haus wurden auch die langen, goldenen Blätter zum Trocknen aufgehängt, die Houd und die anderen in kleinen Pfeifen rauchten, Rahmen um Rahmen gab es davon, sie rochen so, wie sie aussahen, trocken und golden. Sie hingen in der Nähe des Kalenders, dessen Oktoberkachel, auf der die beiden Kinder orangefarbene Blätter zum Verbrennen zusammenrechten, von Houd gegen die Novemberkachel ausgewechselt wurde; da gingen die beiden Arm in Arm, vielleicht verängstigt, an entlaubten Bäumen vorbei, in denen schwarze Krähen krächzten. Ein welliges, braunes Blatt wurde über einer geschwungenen, schwarzen Linie, die den Wind bedeutete, an ihnen vorbeigeschleudert.

Ich glaube, Houd war ein Novemberkind wie ich. Oft saß er einen großen Teil des Tages warm eingepackt auf einem riesigen Stumpf am Rand des Steinplatzes, auf dem Service City stand, und dort konnte man ihn besuchen. Der weiße Rauch aus seiner Pfeife war wie der Rauch aus den orangefarbenen Blättern, die die Kalenderkinder verbrannten, aber die Blätter, die sich um seinen Stumpf aufhäuften, waren grau, und er selbst hatte die gleiche Farbe wie der November: nußbraun und knorrig wie Holz.

»Es ist nicht wie euer Brot«, sagte er zu mir; »es tut einem nicht gut, wenn man es einatmet; wenn man genug davon einatmet, tötet es einen, sagten die Engel, die es ballenweise rauchten ... Ich sage dir das nur, weil es gut schmeckt, wenn man sich einmal daran gewöhnt hat.« Er reichte die Pfeife erst Einmal-am-Tag, die sie mit einer Grimasse ablehnte, und dann mir. Es schmeckte scharf und beißend, der Geschmack paßte zu dem Tag, herbstlich, verbrannt und braun.

Houd schnüffelte und steckte die Pfeife wieder zwischen die Zähne, die sie mochten. »Jetzt weiß man Dinge, die man das ganze Jahr über nicht mehr wissen wird. In diesem Monat, so heißt es, kann man die STADT sehen.«

»Die STADT«, sagte jemand in einem leisen Ton entzückten Abscheus, und die Kinder verlangten: »Erzähle, erzähle von der STADT!«

»Sagen wir, an einem Tag wie diesem«, sagte Houd und hob uns seine gelbe Handfläche entgegen, »an einem großen Himmel wie diesem, mit dicken Wolken, die sich im Wind dahinwälzen, in einem Wind, den man beinahe sehen kann, von dem man weiß, daß er bald wieder kalten Regen bringen wird. Seht ihr dort? Wo dieser graue Wolkenknoten ist, der wie ein Katzengesicht aussieht? Es könnte gähnen – jetzt gleich könnte es gähnen, und herauskommen würde, von einer Farbe wie grauer Stein und gefrorene Erde – die STADT. Die STADT, die die Engel wie eine Wurzel aus der Erde gerissen haben. Sie wäre weit weg und hoch oben, sie würde schweben, aber trotzdem könnte man die hohen, ekkigen Türme darauf sehen, wie Kristalle auf einem Stein. Darunter klebt der ganze Erdpfropfen, der sich mit der Stadt gelöst hat, und Baumwurzeln stehen wie Federn oben heraus, abgerissene Brücken hängen weg, und Tunnel, von denen aus Straßen ins Nichts führen. Und die Wolken würden sich um die STADT herumwinden und sie umfluten, sie könnten ihr eigener, uralter Rauch sein und sie halb verhüllen; bis sie dann näher herankäme (wenn sie nicht so schnell wieder verschluckt würde, daß ihr staunend zurückbleibt), so nahe, daß ihr das Glitzern ihrer unzähligen Glasflächen sehen könntet, und die Fels- und Erdstückchen, die unaufhörlich von ihrer Grundplatte herunterfallen; und ihr könntet sehen, daß der gewaltige Wind sie dreht, sie ständig am Himmel rotieren läßt wie ein großes Rad.

Und auf ihren rechtwinkligen Straßen, wo kein Leben ist, gehen die Toten spazieren, sie bestehen aus Stein oder Schlimmerem; und sie stecken im Leben fest wie der Tod und träumen auch, ohne dabei eine Bewegung zu machen. Da würdet ihr schaudern.«

»Nur bei der Geschichte«, sagte Einmal-am-Tag und preßte die Arme an den Körper.

»Das ist wie in diesem Monat«, sagte Houd. »Die Welt schaudert, weil der Winter kommt.«

Nur bei der Geschichte ... Der Kleine St. Roy hatte die Wolken Städte am Himmel genannt; und Houd nannte die STADT eine Wolke und setzte die vier toten Männer hinein, um die Kinder schaudern zu machen, ein Novemberschauder. Und vor langer Zeit hatte Sieben Hände gesagt, alle verlorenen Dinge landeten schließlich oben in der Stadt am Himmel, damit wollte er Mbaba zum Lachen bringen, als sie ihre Brille verloren hatte. Irgendwo schickte sich eine verbrannte Sonne zum Untergehen an; der Himmel und der Nachmittag wurden dunstig davon.

»Der Winter kommt also wirklich«, sagte ich.

»Oh, ja, der Winter kommt«, bestätigte Houd. »Aber nur, wenn er kommt.« Er stieß eine Rauchwolke aus seiner Pfeife und grinste. »Das ist Relativität«, sagte er; und natürlich lachten alle außer mir.

Der große Wald, der den Steinplatz umgab, auf dem Service City stand, zwei Finger einer Riesenhand, die im Begriff waren, Service City wie ein Insekt zu zerquetschen, schien im Winter nicht, wie der Wald von Belaire, dünn und licht bis zur Körperlosigkeit zu werden. Dieser hier war viel größer als jener und schien, anders als der Wald von Belaire, mit großer Geschwindigkeit zu wachsen; die efeuüberwucherten Gebäude schienen jetzt sogar noch mehr im Wald zu Hause als im Frühling bei meiner Ankunft. Man konnte STRASSE durch die schwarzen Bäume immer noch sehen, aber das würde nicht so bleiben.

Der Wald war stark; die Welt war träge, aber stark. Wie Service City an den Wald zurückfiel, so wurde STRASSE in Bächen ertränkt und vom Winterwetter aufgerissen. Und so, dachte ich, wurde auch Belaire eingegrenzt; die Brücken rundherum stürzten ein, die Pfade in die große Welt hinaus wurden versperrt, zwar langsam, aber unaufhaltsam. All unsere menschlichen Wohnstätten wurden von der Welt und vom Winter befleckt und verschlungen; hinter Service City türmten sich die Blätter zu großen Haufen und lagen verstreut auf seinem Steinplatz herum, sie fanden den Weg auch in Blinks Baumhaus; und sie blieben auf den Dächern von Klein Belaire kleben, durch den Rauhreif, durch Vogeldreck und durch die Nester vom letzten Jahr.

Und doch wurde in Belaire der uralte Krieg des Menschen mit der Welt wenn nicht mehr geführt, so doch noch im Gedächtnis bewahrt. Vielleicht, weil die Liste von Dr. Boots nicht in einem milden Flußtal lebte, sondern in einem großen, ungestümen Wald, jedenfalls hatten ihre Angehörigen solche Dinge vergessen; sie kämpften nicht mehr, um die Welt zurückzuhalten, erinnerten sich auch nicht mehr sehr genau daran, wie die Engel gegen die Welt gekämpft, gewonnen und schließlich verloren hatten. Aber das war es:

der ganze Wirrwarr ihres Lebens gründete auf etwas, was sie zu vergessen suchten.

Denn Dr. Boots war da, war während des Winters im Haus, an diesen Wänden, sie konnte die Treppen zum Entresol hinaufsteigen, der Mauerweg ließ sie ein, und sie blickte aus allen Augen, in die ich schaute, obwohl ich sie nie sah.

Sie hätten wie Kinder wirken müssen, die Angehörigen der Liste, mit ihrem ständigen Wechsel zwischen Traurigkeit und Begeisterung, ihrem dunkel und leicht, ihren endlosen, sinnlosen, kleinen Streitereien. Aber sie waren nicht kindlich; sie wirkten alt – nicht hochbetagt, sondern wie Erwachsene mit Geschichte, mit altem Wissen, alten Manieren, einem vorsichtigen, umsichtigen Verhalten –, und wie war es möglich, so fragte ich mich, daß sie sich wie Kinder verändern und wie Kätzchen spielen konnten, daß Gestern und Morgen für sie nur in der Weise wirklich sein konnten, wie ein Traum wirklich ist, und daß sie trotzdem umsichtig wirkten?

Wie ein Traum, jawohl ... ich dachte, der Winter würde Einmal-am-Tag traurig machen, weißt du, dunkel; aber sie war genau wie immer, oder nie genau gleich, und was für ein Spiel oder Trick dieses Dunkel und Leicht auch immer war, es war etwas, was sich von einem Tag auf den anderen ereignete, von einem Augenblick zum anderen, und nicht von Jahreszeit zu Jahreszeit. Im Entresol richteten wir für uns allein private Ecken ein, wo wir die langen, langen Dämmerstunden verbrachten; manchmal machte die Trübsinnigkeit dieser Stunde sie traurig – nein, sie war eben in dieser Trübsinnigkeit zufällig traurig –, und wir ließen früher ein Licht heraus und taten, als sei es schon Nacht. Ihr vom Sommer gebräunter Körper wurde wieder bleich, und das helle Haar, das wie ein Flaum auf ihren Gliedern lag, wurde dunkel. Und wir träumten miteinander inmitten der Menschenmenge dort. Ich dachte, es sei aus Scham, einer Scham wie die alten Manieren bei der Liste, daß sie sonst nirgends je von diesen Dingen sprach und nie wollte, daß davon gesprochen wurde, so als seien sie nie geschehen.

Aber es war keine Scham. Sie wollte einfach keine Kennzeichen setzen; sie wollte jede dieser Gelegenheiten einmalig machen, so vergangenheitslos wie einen Traum. Es gab keine Worte: sie brauchte keine.

Und dann erwachte ich. Und jetzt weiß ich nur, daß ich träumte und daß ich jetzt wach bin.

Dritte Facette

Die großen Schneefälle kamen in jenem Monat, in dem die Kalenderkinder ganz warm eingepackt einen Schneehaufen mit einem Gesicht machten, der Zweige als Arme hatte und einen Hut, wie sie die Männer der Liste tragen. An einem Tag in dem darauffolgenden Monat, Februar, lagen wir auf dem Entresol und sahen zu, wie der Schnee fiel und zu Regen wurde; durch seinen Schleier schienen die schwarzen Bäume langsam auf uns zuzugehen, obwohl sie nicht näher herankamen. Einmal-am-Tag lehnte sich gegen Brom, biß sorgfältig ihre Nägel auf die Länge, die sie gerne hatte, und feilte sie am rauhen Engelsgestein der Wand glatt. Rings um uns hörten wir winzige Wintergeschichten, Geschichten von Türen im Wald, winzigen Türen am oberen Ende ausgetretener Stufen, ein Licht im Inneren: die Türen öffnen sich einen Spalt, und Augen blicken heraus.

Dies war die Zeit der langen Trägheit bei der Liste; wenn man sagen konnte, daß diese Menschen überhaupt je auf etwas warteten, dann konnte man auch sagen, daß sie in dieser Zeit kaum etwas anderes taten, als auf den Frühling zu warten. Jetzt wurden die meisten Kinder geboren, die Zeit war sorgfältig berechnet; unter uns stieß gerade eine Gruppe gurrende Laute über einem Neugeborenen aus, ein Mädchen, vermutete ich, dem Getue nach zu schließen, das sie darum machten. Zwei ältere Kinder standen vor einem der langen, weißen Kästen, der offen war, und spielten endlos Verkleiden, das eine trat aus einem schwarzen, glänzenden Gürtel und tauschte ihn gegen die ausgefranste Perücke und den Kunstpelz des anderen. Sie ließen Edelsteine und fleckige Bänder, Armbanduhren und Hemdfetzen baumeln, jedes drehte sich herum, um sich vom anderen begutachten und widerwillig bewundern zu lassen. Ich beobachtete sie, freute mich an den Augenblicken bleicher Nacktheit; ihre Stimmen drangen, leise und undeutlich, bis zu uns herauf.

»Die Tür im Ellbogen«, sagte der schläfrige Geschichtenerzähler in unserer Nähe, »die Tür, die einen Spaltbreit offen ist, durch den der Winter kommt und kalt auf das Herz bläst.«

Ich dachte an Blink, wie er eingepackt und schläfrig gesagt hatte: ›Die Welt ist klein.‹

Und, ja, siehst du; umsichtig sind sie, wie ich sagte, und sie passen gut auf sich auf: denn sie verschwinden nicht, diesen Beschluß würde die Liste nie fassen, obwohl es mir manchmal schien, daß im Endeffekt alles auf ein Verschwinden hinzielte – nein, aber sie werden völlig überrascht werden, weil sie den uralten Kampf des Menschen gegen die Welt vergessen haben, doppelt und für immer, sie haben doppelt und für immer die Schnur vergessen, die einst um den Finger jedes Menschen gebunden war; sie werden sich wie Schellfische in einem geheimen Schellfischbett im Wald nur um der Strömung willen bewegen, und sie werden ihr Wissen so streng für sich behalten wie Katzen, sie werden endlos die zwölf Jahreszeiten abzählen, während der Wald, das Wasser und der Winter die Werke der Engel, STRASSE und vielleicht sogar Klein Belaire auffressen ...

»Februar ist der kürzeste Monat«, sagte Einmal-am-Tag und prüfte an ihrer Wange, ob die Fingernägel glatt genug gefeilt seien, »und auch der längste.«

Das untere Stockwerk gehörte den Katzen, die dort herumliefen, ebenso wie den Menschen, zwischen denen sie sich bewegten. Ich sagte schon, daß es auch in Klein Belaire Katzen gab; aber die Angehörigen der Liste schienen bei ihren Katzen zu leben, nicht umgekehrt. Man fügte sich ihnen. Houd hatte mir erzählt, daß die Katzen der Liste nicht zur gleichen Familie gehörten wie all die anderen Katzen, die ich vorher kannte; diese großen, friedfertigen, weisen

Tiere stammten von einer Rasse ab, die die Engel sozusagen erfunden hatten; von einer Rasse, die sie aus der alten Rasse der Katzen entwickelten, indem sie sie mit den gleichen Mitteln veränderten, mit denen sie uns Menschen verändert hatten, und aus dem gleichen Grund – Nützlichkeit. Und in den tausend Generationen, die danach kamen, waren sie durch sorgfältige Auswahl der Partner noch weiter verändert worden. Sie jagten nur wenig, sondern fraßen, was man in den Küchen von Achtundzwanzig Essenzen für sie zubereitete; fast nie hörte ich eine dieser Katzen den unheimlichen, gequälten Schrei wie von einem verlorenen Baby, den ich früher im Wald um Klein Belaire gehört hatte, ausstoßen. Ich sagte, die Angehörigen der Liste seien Erwachsene: aber wenn ich jetzt auf das Stockwerk hinunterschaute, auf dem die Katzen umherspazierten, dachte ich mir, die Katzen seien die Erwachsenen und die Menschen ihre Kinder. Und wie Kinder dadurch Manieren lernen, daß sie die Erwachsenen beobachten, so lernten die von der Liste von ihren Katzen Manieren.

Ich war stolz auf diese kleine Einsicht; ich hatte keine Ahnung, wie nahe ich der Wahrheit war, deshalb war ich so weit von ihr entfernt wie eh und je.

Zhinsinura kam durch den Mauerweg, und andere folgten ihr, sie trugen ihre Zottligen – warme Kleidung für den Winter, die jedoch übereinander getragen wurde, um die Kälte abzuhalten.

»Wir gehen in den Wald«, rief sie zu uns herauf. »Kommt mit!«

»Warum?« fragte Einmal-am-Tag.

»Eine Katze hat sich verirrt. Helft sie suchen.«

Der Name der Katze war Puff, es war ein sehr altes, müdes, orangefarbenes Weibchen mit einer großen, schmuddeligen Mähne; auf einem Auge war sie blind. Sie war seit zwei Tagen verschwunden, sagte Zhinsinura, als wir uns in Warmkleidung zwängten, aber dabei hätte sich niemand etwas gedacht, wenn es sich um Brom oder Fa'afa gehandelt hätte. Puff hingegen, und auch noch im Winter ... Sie drängte uns, beim Anziehen schneller zu machen.

Es war naß, schwarz und hoffnungslos im Wald, immer noch nieselte es, und ich wußte nicht, wie sie es sich vorstellten, etwas anderes zu finden als Schlamm und alte Schneewehen, in die man hineinfallen konnte, aber sie gingen den ganzen Tag weiter, als hätten sie einen Weg. Wir schwärmten aus und verloren uns bald aus den Augen, ich kämpfte mich auf einmal neben jemand vorwärts, den ich nicht kannte, und der bis an die Augen grau vermummt war. Er hieb mit einem Stock auf den schmutzigen Schnee ein und stieß feuchte Wolken aus seiner Nase.

»Hilf mir hier raus!« sagte ich, weil sich mein Fuß unter dem Schnee in etwas verfangen hatte.

»Hundetage«, sagte er.

Wir befreiten mich. »Was hast du gesagt?«

»Hundetage.« Er wedelte mit seinem Stock und zeigte auf den Wald. »Februar ist ein magerer Monat für sie. Es heißt, wenn sie überhaupt nichts zu fressen finden, rennen sie so lange im Kreis herum, bis der schwächste zusammenbricht, und der ist dann dran. Ich weiß es nicht. Vermutlich ist es fair. Aber gewöhnlich finden sie etwas.«

Wie Puff, dachte ich, die so alt und kalt war. In Klein Belaire erzählte man sich, daß alle Hunde schon vor langer Zeit aufgegessen oder getötet worden seien, aber in diesem Wald …

»Hundetage«, sagte der andere wieder, und seine Augen wanderten über den grauen Tüchern, die seinen Mund bedeckten, von einer Seite auf die andere. Wir blieben stehen, um uns zu orientieren. Das unaufhörliche Tropfen schien meine Ohren zu erfüllen und machte es mir schwer, andere Geräusche zu unterscheiden. Die hohen Baumwipfel waren im Nebel verschwunden, und ihre schwarzen Stämme schienen vor Nässe ganz faulig. Der Wald knackte plötzlich ganz in unserer Nähe, und wir fuhren herum: zwei von unseren Leuten traten zwischen den Bäumen heraus und kamen auf uns zu, ihre Kleidung war so schwarz wie der Tag. Wir riefen ihnen zu und gingen weiter; und jetzt wanderten meine Augen genauso von einer Seite auf die andere wie die meines grauen Freundes.

Lange Zeit kämpften wir uns durch ein Dickicht aus stachligen Büschen, ließen uns von vorspringenden Ästen zerkratzen und stolperten über Wurzeln. Dahinter fiel das Gelände steil in eine Art Senke im Boden ab, deren tiefste Stelle mit dunklem Wasser gefüllt war, das einen Rand aus papierdünnem Eis hatte. Als wir am Rand dieser Senke herauskamen, sah er auf der anderen Seite etwas, und ich sah auch etwas.

Es sah auf der linken Seite Puff, die sich durch den Schnee nach oben kämpfte, um den Bergkamm auf der anderen Seite zu erreichen.

Ich sah weiter rechts Einmal-am-Tag, auch sie kletterte nach oben und versuchte Puff zu erreichen.

Wir zeigten beide auf das, was wir sahen, und sagten gleichzeitig: »Schau!« Einmal-am-Tag muß auf der Seite der Katze gewesen sein, auf der sie blind war, denn Puff lief verzweifelt weiter, bis zum Kinn im Schnee: in diesem Augenblick hörten wir, wovor sie davonlief. Das Geräusch zerriß den Nebel, ein scharfes, knurrendes Jaulen, das sich ständig wiederholte und mich vor Entsetzen erstarren ließ. Auch Einmal-am-Tag blieb stehen, aber Puff lief weiter; weiter links knackte und krachte es im Wald, und ein Tier brach aus der Deckung hervor. Der Mann neben mir bleckte die Zähne und zischte vor Angst, und das Tier – ein schmutziggelbes, hageres Geschöpf mit einem großen Kopf – blieb stehen und ließ seinen Kopf zwischen Einmal-am-Tag und Puff hin- und herpendeln, die gerade über den Kamm verschwand. Hinter ihm ertönte ein Geräusch im Wald, und ein rotes Tier sprang heraus; es blieb gar nicht stehen, sondern lief, den hageren Rücken zum Buckel gekrümmt, weiter durch den Schnee. Das gelbe folgte. Aus dem Wald brach ein geflecktes, glitt ins Wasser, kam platschend wieder heraus und glitt hinter den anderen her.

Einmal-am-Tag war oben am Rand angekommen und darübergeklettert, sie schlug auf die im Schnee steckenden Hunde ein, und der Mann neben mir hatte schon den halben Weg zum Rand des Teiches zurückgelegt, schreiend und mit seinem Stock herumfuchtelnd, ehe ich aus meiner

Erstarrung erwachte und hinter ihm herschlitterte. Als wir den Teich umrundeten, bis zu den Knien in Wasser und Schlamm, kamen noch zwei Hunde jaulend aus dem Wald gerannt und blieben stehen, als sie uns sahen. Sie wichen zurück, rannten auf uns zu und wieder weg, als wir versuchten, die Böschung zu erklettern, wir wagten nicht, ihnen den Rücken zu kehren, und schrien sie an, wie sie uns anschrien. Jetzt kamen zwei Männer aus dem Wald, die den Fußspuren von Einmal-am-Tag gefolgt waren, und mein Freund mit dem Stock riß sich den grauen Schal vom Gesicht und winkte ihnen damit zu, und als die Hunde sie sahen, rannten sie in eine andere Richtung davon.

Durchnäßt, schmerzhafte, kalte Atemzüge ausstoßend, kamen wir oben an. Puff, Einmal-am-Tag und die Hunde waren fort. Der Schnee, aufgewühlt und voll Fußspuren, schmolz überall auf dem schwarzen, nassen Boden in kleinen Häufchen, und über den Schnee, von meinen Füßen ausgehend, zog sich in einer wilden Tropfenlinie ein langer Streifen Blut.

Katzenblut; daran klammerte ich mich. Puffs Blut. Arme Puff, aber schließlich ist sie schon alt, trotzdem ist es schlimm, jedenfalls ist es Katzenblut ... Die beiden in Schwarz rannten an mir vorbei, eilten weiter und machten sich gegenseitig auf die Fußspuren aufmerksam. Ich stand immer noch ganz niedergeschmettert da. Der mit dem Stock kam heran und stellte sich neben mich, seine triefend nassen Stiefel quietschten.

»Hundetage«, sagte er; »ein magerer Monat, und nichts ist so groß, daß sie sich nicht darüberwagen, wenn es mehrere sind ...«

»Nein«, sagte ich.

Er ging weiter, folgte den anderen, sein Kopf wackelte schnell von einer Seite auf die andere. »Wenn sie bei der Katze bleibt«, so hörte ich ihn sagen, »werden die Hunde sie beide packen, ja, sie würden sie in den Wald schleifen, du hörst doch, wie still es jetzt ist, du verstehst, was das bedeuten würde ...«

Nein, nein, nein, er hat den Kopf verloren, dachte ich und

wollte ihm folgen, dann wandte ich mich noch einmal zurück und betrachtete den Schnee. Er hat den Kopf verloren wegen des Katzenblutes, das war es, warum redet er so daher?

»Hunde sind Hunde sind Hunde sind mindestens Hunde«, sagte der mit dem Stock.

»Warum siehst du nicht einfach nach?« schrie ich ihn an, meine gefühllosen Füße scharrten im Schmutz. »Warum hältst du nicht den Mund und siehst einmal nach?«

»Holzrauch«, sagte der mit dem Stock und blieb wie angewurzelt stehen.

Ich roch und sah es gleichzeitig: ein dunkler Fleck im Wald, brauner als der graue Tag. Er rannte darauf zu, schrie nach den anderen; ich stand nur da, versuchte immer noch, mit mir selbst aufrichtig zu sprechen, ich hatte Angst, weil ich ohnehin nicht wußte, was ein Feuer im Wald bedeuten mochte. Der mit dem Stock wandte sich um, winkte mir zu und verschwand in einer Baumgruppe.

Durch die Baumgruppe führte ein Pfad, und am Ende dieses Pfades stand eine Blockhütte, die vor einer alten Mauer aus Engelsgestein errichtet war; Rauch, vermischt mit Asche, stieg durch ein Loch in dem Dach aus Flechtwerk auf. Der gelbe Hund, der erste, den der mit dem Stock und ich am Teich gesehen hatte, trabte vor der Tür auf und ab, bis er uns sah, dann wich er zurück und rannte davon, sobald wir näher kamen. Aus einer anderen Richtung kamen zwei schwarzgekleidete Leute zur Hütte herauf und verschwanden im dunklen Inneren, als gingen sie durch den Mauerweg; sie schienen zu lachen. Der mit dem Stock ging hinein. Ich kam als letzter und hörte sie drinnen sprechen. Ich trat ein.

Im Flackerschein des Feuers und im Rauch saßen die Menschen in ihren schwarzen Umhängen und lachten leise, während sie sich in der Wärme entspannten. Zhinsinura lachte auch; neben ihr lag die alte Puff und schlief; und in ihren Armen lag Einmal-am-Tag, ihre Augen leuchteten hell im Feuerschein, sie lächelte. Ich schlich mich an sie heran, die Angst lag mir immer noch wie ein harter Klumpen im

Magen, ich wollte sie berühren, wollte wissen, daß sie es wirklich war.

»Du bist unverletzt«, sagte ich, und die anderen lachten.

»Ja«, sagte sie. »Der Doktor war hier.«

»Welcher Doktor? Was für ein Doktor?«

Sie schüttelte nur lächelnd den Kopf.

»Wie, was ist geschehen? Wie ist dieses Feuer hierhergekommen? Wie, was ...«

Zhinsinura legte mir entschieden die Hand auf das Handgelenk. »Still!« sagte sie. »Es ist jetzt so schön.«

Die anderen waren verstummt, und Puff erwachte für einen Augenblick und blinzelte mich mit ihrem einen Auge an. Ich sah, daß ich jetzt nicht, und wahrscheinlich niemals, erfahren würde, was geschehen war, wessen Blut das auf dem Schnee gewesen war, denn das war vorher gewesen, nicht jetzt; jetzt war alles schön. Ich sollte nicht verlangen, was man mir nicht freiwillig gab. Ich setzte mich langsam und dachte nach: Wenn ich da zwischen den Hunden gewesen wäre, hätte ich diesen schönen Ort nicht gefunden, weil ich nicht danach gesucht hätte.

»Ja«, sagte ich. »Ja, jetzt ist es schön; mit dem Feuer und allem, ja.«

»Er war vielleicht dunkel«, sagte der mit dem Stock, dessen Gesicht mich über das Feuer hinweg breit angrinste. »So dunkel, daß er schrie.« Er verschränkte behaglich seine Hände hinter dem Kopf und ließ noch mehr von seinen Zähnen sehen. »Hundetage«, sagte er zufrieden.

Und so fand ich heraus, was dunkel und was leicht ist.

›Du hast nicht von der Februarkachel erzählt.‹

Ich kann mich nicht mehr sehr gut daran erinnern. Ich weiß noch, daß sie ›krakeliert‹ war, weißt du, durch die Hitze oder etwas anderes war ein Gewebe aus feinen Sprüngen darauf entstanden. Ich weiß noch, daß sie hauptsächlich schwarz war, wie der Monat. Sie standen auf einer Brücke, glaube ich, über einem kalten Fluß; etwas Riesiges war draußen auf dem Fluß. Ich weiß es nicht mehr.

Auf der bleichen Märzkachel kräuselte sich der Saum des

blauen Kleides, das das Mädchen trug, in der gleichen Linie, wie sie den Weg des toten Blattes im November kennzeichnete: die geschwungene Linie, die den Wind bedeutete. Sie standen auf einem braunen Hügel im Wind, der Hügel sah aus, als sei er die Spitze der Welt – ringsum war nichts zu sehen als ein riesiger Himmel, bleich und rötlich. Der Wind, der hinter ihnen blies, zerzauste ihnen die Locken und hielt ihre Drachen hoch oben, so hoch, daß sie ganz winzig aussahen.

In dem noch überdachten Teil eines der verfallenen Gebäude von Service City fand Einmal-am-Tag inmitten der gestapelten und gebündelten Dinge, die die Liste hier lagerte, ihren Drachen. Wir setzten uns mitten in das Durcheinander und hörten Zher zu, während sie mit unendlicher Konzentration einen neuen Schwanz für den Drachen band. Ihre Augen blickten nach unten, ihr Mund schien den gleichen Befehlen zu gehorchen, die ihre Hände befolgten: er schloß sich fest, wenn eine Schnur angezogen wurde, dann öffnete er sich und wurde spitz, wenn sie den nächsten Fetzen suchte; wenn sie einen Knoten machte, lugte ihre Zunge heraus.

»Wenn der Mond im März voll ist«, sagte Zher, »wird der Hase verrückt.« Seine Augen wurden groß und wild. »Er stampft mit den Füßen.« Zhers Füße stießen mit einem dumpfen Knall gegen den Boden. »Er ballt die Fäuste und kann es nicht aushalten, kann es nicht aushalten.« Zher starrte um sich, seine Beine zuckten, als wollten sie wieder zutreten. »Wenn ein anderer kommt, schreit er: ›Kein Platz, kein Platz!‹, selbst wenn genügend Platz da ist.«

Einmal-am-Tag lachte über seine Verrücktheit und wandte sich dann wieder ihrer Arbeit zu. Von allen hier in Service City fand ich sie am schönsten, wenn sie so versunken war, weil ich sie liebte, aber in diesem Punkt waren alle wie sie. Alles, was sie taten, nahm ihre Aufmerksamkeit völlig in Anspruch. Es war, als ob das, was zu tun war, den leitete, der es tat, als wäre die Aufgabe der Herr.

Natürlich gab es nicht viel, was die Liste tat. Eines davon war, im März Drachen steigen zu lassen. Es gab viele in diesem Gebäude, zerbrochene und ganze, sie hingen zwischen einem Bündel Plastikstiefeln und grauen Umhängen und einem Ständer mit zusammengerollten Schirmen. Am richtigen Tag, er war kühl und windig, ein Tag wie ein steifer, neuer Besen, um den Winter hinauszufegen, verstreuten sich alle über einen braunen Hügel, die Hüte hatten sie festgebunden, an den Zottelpelzen riß der Wind, daß sie sich bauschten, alle Drachen mit ihren leuchtenden Schwänzen waren hoch in der Luft. Ein anderesmal war es vielleicht wieder nicht so.

Nun ja. An einem stillen, duftenden Tag, als in den Wäldern schon blasse Triebe sproßten, wurde die Kachel mit dem Drachen weggenommen, und jetzt lagen auf einem Stapel drei und auf dem anderen neun; diejenigen, die dabeistanden und zusahen, ließen einen kleinen Laut der Zufriedenheit hören, als der April aufgedeckt wurde.

Ein silbriger, schräg fallender Regenschauer ließ Wasser aus den Pfützen aufspritzen. Die Pfützen mit ihren silbernen Rändern spiegelten ein weiches Grün, das überall undeutlich war, vom Regen verschleiert. Nur auf dieser Kachel war das Mädchen nicht blau gekleidet; sie und der Junge trugen die gleichen, glänzenden, gelben Mäntel, ihre Schenkel wölbten sich sanft aus den weiten Schäften gelber Stiefel. Aber der Schirm des Mädchens war blau; und obwohl es auch in anderen Monaten regnete, nahmen die von der Liste nur im April ihre Regenschirme heraus, um sie zu wässern.

An einem regnerischen Tag beobachtete ich durch den Mauerweg, wie sie mit voll erblühten Schirmen über die weite Steinfläche schlenderten. Manche Schirme waren geflickt, andere verbogen, und es fehlten Speichen, manche waren nicht richtig über den Rahmen gespannt und sahen aus wie Fledermausflügel. Houd war dabei; sein grau und grün gestreifter Schirm war größer als die anderen und hatte einen seltsam geschnitzten Griff, und er grinste zu mir her, als könnte er mich durch den Mauerweg sehen, so wie ich ihn sehen konnte.

Sie kamen langsam herein, als die Glocke fünfmal an-

schlug, nicht, um den Abend anzukündigen, sondern mitten am Tag. Sie schüttelten Wasser aus ihren Hüten und von den flatternden Schirmen – aus irgendeinem Grund durften sie im Raum nicht aufgespannt werden, und sie rochen nach dem warmen, feuchten Tag und brachten Grünzeug herein, Farnkräuter, Triebe und Blüten, auf denen die Tropfen funkelten. Als sie sich ringsum auf dem Boden versammelten, beobachtete Zhinsinura, die sich einen hohen Stuhl herausbringen ließ, sie so, wie die Katzen es taten, mit dem gleichen Blick, einer sanften, an alles gewöhnten Neugier. Sie wies sie an, sich zu setzen, ohne ein Wort zu sagen, nur ihre Hände dirigierten leicht; Kinder wurden zum Schweigen gebracht, und das Herumgelaufe hörte auf, als die Leute gegenüber von ihr Plätze gefunden hatten und sich mit der für die Liste typischen Geduld in diesen Dingen niederließen. Nach einiger Zeit waren zwei grobe Halbkreise entstanden, in dem einen weiter innen saßen nur Frauen und Mädchen, in dem äußeren Männer und Jungen.

Einmal-am-Tag ging an mir vorbei, wischte sich den sauberen Regen aus dem Gesicht, lächelte mir zu und setzte sich zu den Frauen. Ich wäre gerne neben ihr gesessen, aber dies war der Tag, an dem die Liste der Langen Liga und Mutter Toms gedenkt, und an einem solchen Tag kennen die Männer ihren Platz, sie lehnen sich zurück und halten den Mund.

Hinter dem Mauerweg wurde der Regen einen Augenblick lang stark wie ein Weinkrampf, dann ließ er nach. Wir schwiegen. Zhinsinura begann zu sprechen, und die Katzen wurden neugierig.

Vierte Facette

»Im letzten Monat des Winters«, begann Zhinsinura, beinahe als spräche sie nur mit der Katze zu ihren Füßen, »der auch der erste des Frühlings ist, brach das Eis auf dem Fluß, das massiv gewesen war und Gewicht tragen konnte, und schwamm in großen, aufeinanderprallenden Platten davon, was ein sehr hübscher Anblick ist.

Das Eis fragte: Wie ist es möglich, daß der Fluß so etwas fertigbringen konnte? Und der Fluß könnte antworten: Das Eis hat sich eine Aufgabe gestellt, die es nicht bewältigen konnte, und alles, was nicht erledigt wurde, blieb dem Fluß zu tun; und was die Vernichtung dessen angeht, was du gemacht hast, nun, das war gar nicht ich, das waren nur die Zeit und die Veränderungen, und ich bin übriggeblieben.

Ich sagte, so könnte der Fluß antworten, aber er antwortet nicht, weil kein Eis mehr übrig ist, dem er antworten könnte.

Wenn wir eine Geschichte über die alten Zeiten erzählen sollten, würden wir sagen, daß die Menschen Engel waren und fliegen konnten; sie waren die spröde, unbewegte Oberfläche des Eises. Den Fluß, der schnell und unsichtbar darunter hinströmte, würden wir die Frauen und ihre Liga nennen. Und was Zeit und Veränderungen angeht, nun, sie waren immer die gleichen, sie haben keinen anderen Namen.

Nun sagten in jener Zeit die Männer zu den Frauen: Seht, wir haben den Kleinen Mond an den Himmel geworfen, unsere Pflanzer sind der Sonne entronnen, und wir müssen uns bemühen, diese Werke für immer weiterzuführen. Die Männer haben viel zu tun und müssen ihre Zeit richtig nützen; jede von euch, die dazu fähig ist, darf bei diesen Aufgaben mithelfen. Aber während wir einen neuen Mond bauen und ihn neben den alten hängen, werdet ihr immer noch vom alten Mond beherrscht; ihr könnt eure Zeit nicht richtig nützen; das ist eure größte Schwäche.

Und dann sagte Mutter Tom zur Liga: Das ist eure einzige Stärke. Der Frühling kommt, und auf jedem Fluß muß das Eis brechen. Die Zeit braucht euch, und sie wird sich euch zunutze machen, ob ihr nun dunkel oder leicht seid.«

Zhinsinura griff hinter ihren Stuhl, hob eine kleine Schachtel auf und stellte sie vor sich hin. Die Vorderseite der Schachtel war so gemacht, daß sie wie eine Art Torbogen aussah; und als Zhinsinura an der Rückseite der Schachtel kräftig drehte, wurde der Torbogen hell, und wir schienen in einen Garten zu schauen, in dem ein Obstbaum in Blüte stand und wo eine riesige, dicke Frau winkte. Sie winkte: ich meine, es war nicht ein Bild, das sie winkend zeigte, nein, sie winkte richtig, ihre Hand hob sich, grüßte und kehrte wieder an ihre Seite zurück; dann hob sie sich wieder, winkte wieder, kam wieder herunter, hob sich dann noch einmal und winkte. Während sie winkte, sprach Zhinsinura, die Hände leicht auf die Schachtel gelegt.

»Mutter Tom sagte: ›Ich bin zum Teil Mensch, zum Teil Katze, zum Teil Traum und ganz Frau.‹

Wißt ihr, Mutter Tom hatte eine Operation gehabt. Sie war ein Mann gewesen und dann in eine Frau umgewandelt worden. Und das war auch sehr gut geglückt, in jenen Tagen der Engel war alles möglich und machbar. Ihre weiblichen Teile waren wirklich, so echt, wie ihre männlichen Teile gewesen waren; sie nannte ihre weiblichen Teile Janice, nach einer Frau, die auf der Straße ermordet worden war, und der man die Teile entnommen hatte. Sie sagte immer: Janice würde sich freuen, wenn sie es wüßte. Die Ärzte konnten damals einfach einen Satz Teile durch einen anderen ersetzen, so leicht war das, und auf ihre Engelsart dachten sie, damit sei alles getan; aber die weiblichen Teile von Mutter Tom begannen, eine Person zu entwickeln, die außerhalb von ihnen stand, eine Frau, die dunkel und leicht über den Mann hinauswuchs, der Mutter Tom früher gewesen war. Mutter Tom sagte: Janice verändert mein Bewußtsein. Mutter Tom wog so viel wie zwei Frauen, sie hatte eine Stimme wie ein Eistaucher und wollte ganz Frau sein, bis zur Zugehörigkeit zur Liga der Frauen.

Zu dieser Zeit erzählten sich die Engel einen Witz über die Liga. Wenn sich die Liga versammelt, sagen sie, falten Frauen mit Taubenbrüsten die Hände vor dem Körper und sprechen zwischen Schalen von Schnittblumen hindurch zu anderen Frauen. Sie tragen alle Blumenhüte und reden nur albernes Zeug.« Zhinsinura nahm eine Nuß und einen Nußknacker dazu aus ihrer tiefen Tasche. »Es war ein guter

Witz«, sagte sie, »aber die Engel wußten gar nicht, warum er lustig war.

Ich habe geweint«, sagte sie, »wenn ich daran dachte, wie sie darum kämpften, ihre Zeit richtig zu nützen; und ich habe mir vorgestellt, wie sie weinten. Mutter Tom weinte oft nach solchen Versammlungen, wenn die Frauen einmal mehr gegen ihresgleichen gekämpft hatten, anstatt gegen die Engel; sie weinte, wenn sie in ihren Träumen die Stimmen der Frauen hörte, überschnappend, furchtsam, wütend, albern, und vor allem weiblich. Weiblich! weinte Mutter Tom dann immer. Weiblich! Sie begriff langsam, glaube ich, worauf sie sich da eingelassen hatte, und war froh, daß sie es wußte. ›Ich möchte kein Mann mehr sein, nicht für alle Pflanzer im Universum‹, sagte sie, ›oder für alles GELD auf der Bank oder alle Städte am Himmel.‹

Mutter Tom verwirrte die Liga, und lange Zeit ließ man sie dort nicht zu, aber sie hörte nicht auf zu sprechen, wann immer man es ihr gestattete, und als die Jahre vergingen, wurde ihre Geschichte immer länger: sie sprach darüber, was kommen würde, soweit sie es sehen konnte; über die Männer, denn sie war einer gewesen, über dunkel und leicht, obwohl, was gab es da schon zu sagen? Die Frauen fingen an, ihr zuzuhören, manche davon jedenfalls; und sie zu verstehen; aber manchmal blickten sie auch zur Seite, lächelten und hörten nicht zu und warteten darauf, daß es wieder schön würde.

›Schön!‹ kreischte Mutter Tom dann. ›Schön!‹ Denn als sie älter wurde und immer mehr von den Frauen der Liga auf sie hörten, weinte Mutter Tom immer weniger und schrie immer mehr.

Damals machten die Engel einen Fehler. Sie hatten die Liga immer für einen komischen Verein gehalten, und Mutter Tom hielten sie für noch komischer. Aber Mutter Tom kannte die Männer und redete weiter, sie wurde älter und lauter, und je mehr man ihr zuhörte, um so älter und lauter wurde sie; bis die Männer wie ein Mensch mit einem Vogel in der Hand waren, der darum kämpft zu entfliehen: drückt man fest zu, stirbt der Vogel; drückt man nicht fest zu, fliegt er davon. Die Engel drückten fest zu, und der Vogel flog davon. So machten sie es immer.«

Zhinsinura knackte ihre Nuß und aß sie ruhig und konzentriert. »Seht ihr«, sagte sie, »letzten Endes verstanden die Engel den Witz doch: solange die Frauen darum kämpften, ihre Zeit richtig zu nützen und sich den fantastischen Unternehmungen der Engel anzuschließen, war nichts zu befürchten, aber wenn die Frauen verstummten, wie Mutter Tom es ihnen sagte, dann waren die Unternehmungen der Engel in schrecklicher Gefahr. Was taten sie also? Sie schickten zwei oder drei Leute in Mutter Toms Garten, diesen Garten hier, und töteten sie. Mutter Tom war damals fast achtzig. Und sie töteten sie.

Wenn man eine Geschichte über die alten Zeiten erzählen sollte«, fuhr sie fort, »würde man sagen, daß der Tag, an dem die Engel Mutter Tom in ihrem Garten töteten, jener Tag im Winter war, der am kürzesten ist, der Tag, an dem der Winter ernstlich beginnt, aber auch der Tag, nach dem die Tage, wie langsam auch immer, allmählich zum Frühling hin wieder länger werden. Denn Mutter Tom hatte sich in ihrem langen Leben endlich den Frauen, die sie liebte, verständlich machen können. Die Engel dachten lange Zeit, der Vogel sei tot. Das Eis wurde dick – aber der Fluß war tiefer; das Eis schwieg, der Fluß sprach nur mit sich selbst, und niemand hörte es.

Der Fluß sprach über Mutter Tom. In jenen Tagen wurde dieses Bild hier gemacht, zur Erinnerung an sie, und tausend andere Bilder, die die Frauen aufbewahrten. Von Mutter Tom sagten sie: Wenn sie dunkel war, war sie sehr, sehr dunkel, aber wenn sie leicht war, war sie leichter als Luft.

Über die Dinge, die Mutter Tom gesagt hatte. Über das, was kommen sollte, was ihre Männer geplant hatten, wenn sie abends nach Hause kamen, womit sie gekämpft hatten und woran sie gescheitert waren, und wie sie ihre Zeit richtig genützt hatten zur Niederlage; und sie erinnerten sich, was Mutter Tom ihnen geraten hatte, wenn die Männer redeten: Haltet den Mund.

Über Gärten und Kleider und die Schwierigkeiten mit der

Ernährung und darüber, daß die Lichter ständig ausgingen. Über ihre Kinder und welches am schönsten war, und über Geldgeschichten und darüber, was man tun sollte, wenn die Lichter für immer ausgingen. Über die neuesten Wunder der Engel und wie anscheinend bald nichts mehr unmöglich sein würde, und wie ihre Männer ihnen alles geben konnten, was sie wollten.

Alles, was sie wollten.« Zhinsinura fuhr sich mit der Hand über die Augen und berührte die Schachtel, in der Mutter Tom nicht aufhörte zu winken. »Ich wäre dunkel gewesen, ganz, ganz dunkel, damals; ich bin heute noch dunkel, wenn ich daran denke. Wie hart, wie hart! Das Werkzeug der Zeit zu sein, wenn jene, die sich für die Herren der Zeit halten, endlose, nutzlose Geschichten erzählen, um sie zu binden, Geschichten, die die Frauen nie widerlegen konnten, selbst wenn sie sie verstanden. Wenn man zusieht, wie die eigene Gattung wie eine kranke Katze ißt und nicht satt wird, wie sie würgt und Würmer heraufhustet. Und immer noch den Mund zu halten. Und nie zu wissen, genausowenig, wie ein Werkzeug das weiß, wann man gebraucht wird – ob man sich nicht vielleicht getäuscht hat und schließlich nicht doch einfach die Aufgabe hat, jenen unersättlichen Engelshunger zu befriedigen, ob das nicht schließlich doch ALLES IST, WAS MAN WOLLTE? Es war nicht Mutter Tom, nein, und sie hatte gewußt, daß nicht sie es sein würde – es war jenes lange Feuer, das das Werkzeug der Zeit schmiedete, das es endlos lange in der Flamme von Dunkel und Leicht formte, bis seine Stunde kam.

Für die Engel war der Sturm die dunkelste Zeit seit Anfang unserer Gattung: denn was weiß das Eis vom Frühling?

Und obwohl die Liga damals ihre volle Größe erreicht und alle ihre Geschichten auswendig gelernt hatte, als sie sich hier nach dem Sturz von Gesetz und Gierung zum erstenmal versammelte, hier in Service City, auf diesem Stockwerk, und an tausend anderen Orten wie hier; und obwohl man sich an Mutter Tom erinnerte und jetzt wußte, was sie gemeint hatte, und auch ungefähr wußte, was man tun sollte, um mit der Hilfe zu beginnen – obwohl die Frauen das alles wußten, waren sie damals nicht leicht. Denn vergeßt nicht, Kinder, vergeßt eines nicht: Obwohl die Frauen der Liga klüger waren, trotz all ihres Dunkel und Leicht, *sie waren selbst auch Engel.* Vergeßt das nie, denn es ist ihr größter Ruhm! Ich habe gespürt, wie sie sich in jenen Tagen hier und dort getroffen haben: und ich weiß, daß sie trotz all der Fähigkeiten, die sie hatten, Schrecken verspürten, dunklen Schrecken und Panik; und was immer sie später schufen, sie wußten, daß ihre Aufgabe damals hauptsächlich darin bestand, zuzusehen, wie die Engel starben. Denn das Eis hatte sich in der Sonne geteilt, mit einem Laut, der wie Weinen und Lachen zugleich war.«

Von den Frauen, die vor Zhinsinura saßen, hatten einige gespannt zugehört, das Kinn in der Hand; andere waren damit beschäftigt gewesen, Kinder zum Schweigen zu bringen oder Katzen wegzuschieben, oder Plätze zu tauschen, um einen besseren zu bekommen. Die Kinder spielten und neckten sich gegenseitig, wie Kinder es immer tun, wenn ernsthafte Dinge gesagt werden. Denn schließlich war es eine alte, uralte Geschichte, und alle hatten sie schon hundertmal gehört: dies war nur der Tag im April, an dem es bei der Liste Brauch war, sie ganz zu erzählen. Ich hatte vielleicht gespannter zugehört als alle anderen.

Mutter Tom in ihrem Garten hob die Hand, winkte, senkte die Hand.

»Wir, die wir das Kind der Liga sind«, sagte Zhinsinura, »und die wir uns an Mutter Tom erinnern – wir, die wir das Gefühl haben, als seien diese Frauen von früher immer noch hier, hier, wo sie die Nahrungsmittel bewachten und ausgaben, die einst auf den Tausenden von Regalen lagerten, die jetzt seit langem verschwunden sind; hier, wo sie Medizinen bereiteten, um Leben zu retten, die es schon lange nicht mehr gibt; wohin sie von ihren Reisen mit Geschichten und Engelsdingen zurückkehrten, die immer noch vorhanden sind; wo sie ihre Pläne machten und wo die alten Vereinbarungen getroffen wurden, die die Welt zu dem machten, was sie heute ist; und wo sie schließlich jenen Kampf aufgaben –, wir vergessen es nicht, auch wenn wir nichts bedauern, so wie niemand mehr den Tod eines Elternteils vor langer Zeit bedauert, wenn er selbst alt geworden ist.

Wenn ihr eine Geschichte von den Tagen erzählen solltet, in denen die Liga wuchs und zur Langen Liga ruhmvollen Angedenkens wurde, würdet ihr sagen, daß eine Katze dann neugierig ist, wenn sie sich nicht wohl fühlt. Daß die Frauen der Liga durch ihre Neugier die Geheimnisse der Töchter der Medizin entdeckten und all die Medizinen der Engel, dafür sind wir ihnen dankbar. Daß sie dadurch die vier toten Männer ausfindig machten, das schaurigste aller Engelsgeheimnisse, und sie vernichteten, davor schaudern wir zurück: und wir preisen ihren Mut. Daß sie durch ihre Neugier Dr. Boots kennenlernten und so erfuhren, was es mit dunkel und leicht auf sich hatte, so wie wir es wissen, was ist dazu zu sagen? Aber die Liga, wie sie war, besteht nicht mehr; die Neugier ist befriedigt, der Kampf vorbei. Dunkel oder leicht, die Welt ist leichter, als sie früher war.«

Sie schüttelte den Kopf und bürstete sich mit der Hand die Reste der Nußschalen aus dem Schoß. »Und trotzdem, stellt euch vor«, sagte sie und blickte mit einem breiteren Lächeln über die hinaus, die ihr Lächeln auffingen, »denkt nur lange genug darüber nach, um zu spüren, wie seltsam es ist, Kinder, wie seltsam es schließlich ist, weit mehr seltsam als glücklich oder traurig. Jetzt kommt der Mai und jene Vereinigung, die seltsamste von allen. Ich will von niemandem sein Geheimnis wissen: denkt nur einen Augenblick lang darüber nach, daß wir jetzt hier sind, daß das alles damals geschah, und daß es soweit gekommen ist, und wie seltsam, seltsam, seltsam das ist!«

Den Gesichtern rings um mich schien es, wie Zhinsinura es verlangte, zu dämmern: das einzige, was ich gewußt hatte und sie alle anscheinend nicht. Sogar ein leichtes Gelächter stieg auf und setzte sich fort, es wurde tiefer bei den Männern und erstarb dann wie unser Abendlied.

Daß sie darüber lachten, wie seltsam das alles war, das ließ sie zum erstenmal, seit ich zu ihnen gekommen war, wie gewöhnliche Menschen erscheinen, ich meine, wie aufrichtig Sprechende. In ihrem Gelächter ging, so schien es, der Tag zu Ende. Der Regen würde bis in die Nacht hinein oder die ganze hindurch anhalten; in seinem silbernen Glitzern war der Nachmittag schon dunkel. Zhinsinura saß immer noch da, Mutter Tom vor sich, knackte Nüsse und aß sie, während wir übrigen uns streckten und reckten, umhergingen und wieder miteinander redeten.

Ich begab mich zu Einmal-am-Tag, die vor der Schachtel saß, in der Mutter Tom stand und winkte. Es war dunkler geworden in jenem Garten, und Mutter Toms ewiges Winken war langsamer geworden. Weil Einmal-am-Tag immer noch zusah, sah auch ich zu.

»Was hat sie damit gemeint«, fragte ich, »als sie sagte: ›Jetzt kommt der Mai und jene Vereinigung‹?«

»Sie meinte unsere Briefe von Dr. Boots«, antwortete Einmal-am-Tag, ohne die Augen von der Schachtel zu wenden.

In dem Garten stand ein blühender Baum, und jetzt, aus der Nähe, konnte ich sehen, daß sich vor Mutter Toms großen Füßen eine winzige Katze zusammengerollt hatte. Mutter Toms Hand hob sich, und ein Blütenblatt begann vom Baum zu schweben. Ihre Hand reckte sich hoch hinauf und winkte, das Blütenblatt erreichte den Boden; Mutter Tom lächelte, und die Katze zu ihren Füßen schloß friedlich die Augen. Mutter Tom senkte die Hand; das Lächeln verschwand, als die Hand an ihrer Seite zur Ruhe kam. Dann schien den ganzen Garten ein winziges Zucken zu durchlaufen. Mutter Toms Gesicht wurde starr, grimmig und ängstlich, die Augen der Katze waren plötzlich offen und wachsam. Ihre Hand hob sich, genauso wie vorher, ihr Gesicht erhellte sich zu einem Lächeln, die Augen der Katze schlossen sich langsam, und genau in diesem Augenblick fiel wieder ein Blütenblatt vom Baum.

Wenn sie dunkel war, so hieß es von ihr, war sie sehr, sehr dunkel, und wenn sie leicht war, war sie leichter als Luft. Sie winkte und winkte wieder, jedesmal wurde ihr Gesicht dunkel und ängstlich, dann erhellte es sich zu einem Lächeln; jedesmal, wenn sie lächelte, schloß die Katze die Augen. Und jedesmal schwebte ein neues Blütenblatt schaukelnd und leicht vom Baum zu Boden.

»Wenn wir lange genug zusehen«, sagte ich, »werden keine Blütenblätter mehr da sein. Der Baum wird Früchte tragen.«

»Nein«, sagte Einmal-am-Tag. »Das wird er nicht.«

St. Gene hatte einmal ein Rätsel gemacht: Er nahm einen Papierstreifen, drehte ihn halb ein und klebte ihn dann zu einer Schlinge. Nun, sagte er, fahre die Außenseite der Schlinge mit deinem Finger nach. Aber berühre nicht die Innenseite. Die Innenseite fing jedoch immer an, ehe die Außenseite zu Ende war, die Schlinge begann immer wieder von vorne, ehe sie ihr Ende erreichte.

»Das ist ein Rätsel«, sagte ich. »Du hast mir letzten Monat versprochen, daß du mir keine Rätsel mehr aufgeben würdest.«

»Ich kann mich an keine Rätsel erinnern«, sagte sie.

Mutter Tom winkte. Die Katze schlief. Das Blütenblatt fiel. Plötzlich hatte ich das erstickende Gefühl, als habe ich entdeckt, daß ich auf immer und ewig in einem kleinen, abgeschlossenen Raum gefangen sei, und ich verstand: all die Blütenblätter, die herabfielen, waren ein einziges Blütenblatt. Mutter Toms Winken war ein einziges Winken. Der Winter kommt niemals.

Fünfte Facette

»Wann wirst du gehen?« fragte ich sie.

Der Mai hatte unser Schattenhaus auf dem Hügel wieder aufgebaut; das Gras, das wir dort niedergetreten hatten, war goldgrün wieder aufgestanden.

»Bald«, sagte sie. »Sie werden kommen und es mir sagen.«

Sie waren fortgegangen, einer nach dem anderen, hinunter an den Fluß, und dann kamen sie zurück von Dr. Boots, viele waren nackt, die Alten sahen aus wie Kinder, und die Jungen wirkten alt. Jeder bekam den Brief, und ihre Geheimnisse wurden stark und sicher und kreuzten überall meinen Weg. Ich wandte mich an einen der Freunde, die ich gewonnen hatte, nach dem anderen und erkannte, daß sie verschwunden waren, auch wenn sie mich immer noch ansahen; und mir erstarb die Begrüßung auf den Lippen. Selbst die jüngsten Kinder schienen, obwohl sie genau wie ich nicht beteiligt waren, stiller zu werden, sie spielten Spiele, die ich nicht kannte, mit Katzen, die ruhelos und wachsam wirkten. Und obwohl es die von der Liste waren, die – in gewissem Sinne körperloser wurden, so war es doch scheinbar ich, der nicht anwesend, der nur ein Flackern der Erinnerung war und ein Mißverständnis inmitten des massiven Gewichts ihres Zaubers.

»Was wäre«, sagte ich zu ihr, »was wäre, wenn du dieses Jahr nicht gingst?«

»Was meinst du damit?« fragte sie, aber nicht so, als wolle sie es wirklich wissen, sondern als ob ich etwas ohne jede Bedeutung gesagt hätte, was sie kaum interessierte. Eine dichte Welle der Verzweiflung schlug über mir zusammen. In Klein Belaire hätte sie mir diese Fragen nie stellen können, obwohl sie zur Flüsterschnur gehörte, die Frage: Was meinst du damit?

»Ich meine, was ich sage«, antwortete ich leise. »Ich meine wirklich, was ich sage.«

Sie sah mich an, ihre blauen Augen waren so leer und undurchsichtig wie der Himmel hinter uns. Sie wandte den Blick ab wie die Grashüpfer, die in dem feuchten Gras herumhüpften; sie schaute zu Brom, der hinter ihnen herjagte, zierlich für so ein riesiges Tier. Sie konnte es nicht hören. Ich würde alles mit Worten sagen müssen.

»Ich will nicht, daß du gehst und dir diesen Brief holst«, sagte ich.

Während des Jahres, in dem ich mit ihr gelebt hatte, war sie langsam zu einem Menschen geworden, den ich kannte, nicht zu dem Mädchen, das ich früher gekannt hatte. Ich hatte nicht verlangt, was mir nicht freiwillig gegeben wurde; und doch hatte sie sich mir geschenkt. Und ich wußte, wenn sie ihren Brief bekam, würde sie mir genauso sicher wieder entfremdet werden, als wenn sie von hier zum Kleinen

Mond fliehen würde. »Hör mir jetzt zu!« sagte ich und nahm ihr schmales Handgelenk. »Wir könnten fortgehen. Du hast gesagt, sie hätten nichts dagegen, und ganz sicher würden sie sich gerade zum jetzigen Zeitpunkt am allerwenigsten darum kümmern. Wir könnten heute abend noch gehen.«

»Wohin gehen?« Sie lächelte mich an, als erzählte ich irgendeine fantastische Geschichte, einen von ihren Witzen.

»Wir könnten nach Klein Belaire zurückkehren.« Ich meinte: nach Belaire, wo wir geboren wurden, nach Belaire und zu seinen Heiligen, zum Karteisystem und den Klatschbasen, den Knoten lösen, anstatt sie noch fester zu knüpfen, wie es die Alten hier tun, nach Belaire, wo es für jede Geschichte einen Beweis gibt, und wo alle Geheimnisse wenigstens einen Namen haben; ich meinte: ›Wir könnten heimkehren.‹

»Ich war dort nicht zu Hause«, sagte sie, und mein Herz machte einen Satz, denn ich hörte heraus, daß sie mich gehört hatte. »Ich war dort nicht zu Hause, es war nur ein Ort, an dem ich mich zufällig befunden habe.«

»Aber dann eben irgendwohin, wohin du willst, nur ...«

»Nicht«, sagte sie sanft und sah ins Gras auf die glitzernden Grashüpfer. Sie meinte: Nicht jetzt, mach mich nicht ausgerechnet jetzt dunkel!

Weit in der Ferne sahen wir jemanden auf uns zukommen in einem ärmellosen, schwarzen Mantel und einem breiten Hut. Houd. Er blieb in einiger Entfernung stehen und beobachtete uns einen Augenblick lang. Dann hob er den Stock, mit dem er ging, winkte Einmal-am-Tag heran, wandte sich um und ging wieder fort.

»Ich muß jetzt gehen«, sagte sie und erhob sich.

»Weißt du, daß ich dich damit verliere?« fragte ich, aber sie gab mir keine Antwort, ging nur hinter Houd her auf Service City zu.

Ich legte den Kopf auf die Knie und schaute in das Gras zwischen meinen Füßen. Jeder Grashalm, jede winzige Knospe, jedes noch winzigere Insekt war ganz scharf, schärfer, als ich es je zuvor gesehen hatte. Das erstaunte mich.

Nein! Ich sprang auf, und Brom hörte auf zu spielen und beobachtete mich. Ich holte Einmal-am-Tag ein, als sie gerade über den weiten, sonnenheißen Steinplatz gehen wollte. Der Winter hatte Sprünge aufgerissen, hatte seinem Gesicht winzige Falten hinzugefügt, wie es die Jahre bei einem menschlichen Gesicht tun.

»Einmal-am-Tag«, sprach ich sie von hinten an, »ich gehe fort. Ich weiß noch nicht, wohin, aber ich gehe. In einem Jahr komme ich zurück. Aber versprich mir eines: versprich, daß du an mich denken wirst. Denke immer an mich! Denke an ... denke an Belaire und an die Füchse, an das GELD, denke daran, wie ich gekommen bin und dich gefunden habe, denke an ...«

»Ich kann mich an keine Füchse erinnern«, sagte sie, ohne sich umzudrehen.

»Ich werde zurückkommen und dich noch einmal fragen. Wirst du an mich denken?«

»Wie kann ich an dich denken, wenn du nicht hier bist?«

Ich packte sie an der Schulter. Plötzlich war ich wütend. »Du kannst! Hör auf damit! Sprich mit mir, sprich mit mir, ich kann es nicht ertragen, wenn du nicht mit mir sprichst ... Schon gut, schon gut«, denn ihr Gesicht verschloß sich vor mir, sie wandte sich ab, nahm meine Hand aus der ihren, als sei sie ein zufälliges Hindernis, ein toter Ast, ein alter Mantel. »Hör nur zu! Ganz gleich, was du sagst, ich weiß, daß du mich hören kannst: Ich werde jetzt fortgehen, wir können beide nachdenken, und dann werde ich zurückkommen. Im Frühling.«

»Jetzt ist Frühling«, sagte sie und ging über den Platz davon. Ich beobachtete sie, deutlich, weiß und lebendig hob sie sich einen Augenblick vor der unermeßlichen, abwesenden Schwärze des Mauerwegs ab; dann war sie fort. Ein Augenzwinkern, und sie war fort. Als hätte es sie nie gegeben.

Und was, dachte ich, und das Herz lag mir wie ein kalter Stein in der Brust, und was ist, wenn sie aufrichtig mit mir gesprochen hätte, wenn sie aus allem, was ich sagte, herausgehört hätte, daß ich genausowenig von hier fortgehen konnte – für ein Jahr, für einen Monat, für einen Tag – wie Brom sprechen oder St. Blink lügen konnte?

Ich erinnere mich nicht an den Rest dieses Tages, weiß nicht, was ich trieb. Vielleicht blieb ich dort, wo sie mich verlassen hatte, auf jenem Stein. Aber am Abend, ehe ich sah, wie sie zurückkehrte, ging ich zu den Achtundzwanzig Essenzen, um Zhinsinura zu suchen.

Sie stand mit anderen alten Leuten an der langen Theke und grübelte mit ihnen über einem großen Stück glatten Schiefers, das sorgfältig mit Bienenwachs beschichtet worden war, so daß man Zeichen darauf machen konnte. Nach einigem Überlegen wählte sie eine Frau aus und gab ihr ein spitzes Stöckchen; als die anderen ihr lächelnd zunickten, beugte sie sich nieder und machte ein Zeichen auf das Wachs. Dann umarmte Zhinsinura sie, und sie ging mit ein oder zwei anderen weg.

»Ich will auch gehen«, sagte ich, und Zhinsinura wandte mir ihren verschleierten Blick zu. »Ich habe alle eure Prüfungen bestanden. Ich habe nicht verlangt, was mir nicht freiwillig gegeben wurde; aber darum bitte ich jetzt.«

Sie hob die Hand, um den anderen zu bedeuten, sie sollten warten, dann nahm sie mich bei der Schulter und führte mich zum Zeittisch, wo wir alleine miteinander sprechen konnten. »Niemand hat dir Prüfungen auferlegt«, sagte sie. »Aber ich möchte dich eines fragen: Warum bist du hierhergekommen?«

Darauf gab es viele Antworten, aber nur eine, die jetzt von Bedeutung war. »Es gab da eine Geschichte«, sagte ich, »von vier toten Männern. Ein weiser Mann, den ich kannte, hat mir gesagt, daß ihr hier vielleicht das Ende dieser Geschichte kennt. Er hatte vermutlich unrecht. Aber das ist jetzt nicht mehr wichtig.«

»Die vier toten Männer sind tot«, sagte sie, das Kinn in die Hand gestützt. »Die Liga hat sie zerstört, die vier durchsichtigen Kugeln, in denen überhaupt nichts war: sie hat alle bis auf eine zerstört, und die ist für immer verloren, so gut wie zerstört ...«

»Es gab fünf!«

Sie lächelte. »Ja. Das ist richtig, fünf.« In ihren verschleierten Augen lagen Antworten auf dieses Geheimnis; die letzte Prüfung bestand darin, nicht danach zu fragen.

»Es ist mir jetzt gleichgültig. Ich will nur noch hierbleiben, hier bei ihr, und das kann ich nicht, wenn ich nicht weiß, was ihr wißt, wenn ich nicht verstehe ...«

»Und wenn das nichts hilft? Ich glaube, ihr aufrichtig Sprechenden setzt zuviel Vertrauen in Wissen, Verstehen und solche Dinge.«

»Nein. Bitte. Ich suche nicht einmal Verstehen. Ich will ... sie, ich will sie sein. Ich will sie sein. Ich will nicht mehr ich sein. Es hilft nichts. Nichts, was ich weiß, hilft mir irgendwie. Ich weiß nicht, ob es besser ist, sie zu sein als ich zu sein, aber das ist mir jetzt gleichgültig. Ich gebe auf. Hilf mir! Ich habe keine Vorbehalte mehr.«

Zhinsinura hörte mir zu. Sie kaute an einem Finger und dachte nach. Wir waren jetzt alleine, abgesehen von der Katze Fa'afa, die sich nicht für uns interessierte. Ich blickte hinunter auf die Maikachel zwischen uns: die Kinder (die in einem Jahr nicht älter geworden waren) standen in einem Holzhaus mit einer breiten Tür, einem Haus, das mit Ballen von geschnittenem, gelbem Gras angefüllt war – die Sonne schien und beleuchtete ihre Wangen und ihre sanft niedergeschlagenen Augen. Sie hatten die Hände auf den Knien liegen und blickten auf eine Katze hinunter, eine winzige, getigerte Katze, die auf der Seite lag, und an deren Zitzen drei, vier, fünf Kätzchen saugten. Mehr als jede Katzenmutter und ihre Kinder, die ich je gesehen habe, wirkten sie wie die Fuchsfamilie, die ich für Einmal-am-Tag entdeckt hatte. Würde auch ich sie vergessen?

Zhinsinura beugte sich zu mir und streichelte mir die Wange; ich spürte, wie sich ihre Ringe in meinem Bart verfingen. »Ich liebe Boots«, sagte sie leise. »Ich bin alt, ich habe nie von jemandem gehört, der älter ist, und ich möchte es gar nicht anders haben. Ich liebe Boots; also werde ich dir deine Bitte erfüllen; und ich hoffe, du wirst so behandelt werden wie ich damals. Aber vergiß nicht: Du kannst nicht hoffen, daß es irgend etwas helfen wird. Es wird sein, wie es eben ist, niemand kann es berechnen; nicht Boots, ich nicht, und dein junges Mädchen auch nicht, nicht einmal du selbst, du wirst schon sehen.

Aber das sind schon zu viele Worte. Sie helfen dir nicht.« Sie stand auf und führte mich zu der Theke, wo die mit Wachs bedeckte Schiefertafel lag. »Bleib heute abend alleine«, sagte sie. »Komm morgen ganz früh zu mir! Ich werde dich hinbringen. Du wirst deinen Brief von Dr. Boots bekommen.« Sie reichte mir das spitze Stöckchen. »Und jetzt unterschreibe die Liste.«

Alle Zeichen waren da; auch das von Einmal-am-Tag. Ich hatte kein Zeichen, daher kratzte ich vorsichtig und unbeholfen das Handtellersymbol meiner Schnur auf die Liste.

Ich war allein in dieser Nacht, auch wenn ich nicht schlief. Ich lag da und dachte, wie sehr es auch Einmal-am-Tag gewesen sein mochte, die mich soweit getrieben hatte, irgendwie mußte es auch auf dem Weg gelegen haben, den ich von Anfang an genommen hatte. Ich hatte die vier toten Männer gesehen, und Einmal-am-Tag hatte mir Olives unhörbare Geheimnisse ins Ohr geflüstert; ich war ausgezogen, um ein Heiliger zu werden und jene Geheimnisse zu ergründen, und hatte erfahren, daß der Winter die Hälfte des Lebens ist, obwohl ich dem Herzen von Einmal-am-Tag nicht näherkommen konnte – ich konnte ihm niemals näherkommen als jetzt, wenn ich nicht diesen letzten Schritt tat. Ich dachte an Zher, wie ich ihn an jenem ersten Tag gesehen hatte, als ich nach Service City gekommen war, und ich dachte daran, daß Einmal-am-Tag jetzt bei den Alten saß wie damals er, als sei in ihr eine Lampe angezündet worden. Morgen würde ich so sein wie sie. Und ich bedauerte jetzt nur noch eines, daß ich in jener Nacht nicht mein altes Bündel schnürte und Service City für immer verließ.

Ich kam früh am Morgen zu Zhinsinura, fröstelnd und gähnend in der morgendlichen Kühle und vor Erwartung, und folgte ihr durch den Wald ans Flußufer. Dort war ein langes Floß mit Plastikleinen vertäut, ein Mann und eine Frau im

Alter meiner Eltern saßen darin und warteten. Der Mann und ich machten, als Zhinsinura sich gesetzt hatte, das Boot los und stakten es mit Stangen, die abgegriffen und glatt waren, hinaus auf den maischnellen Fluß.

Lautlos bis auf das Klatschen der Wellen gegen die Floßseiten und auf das Glucksen des Waldes folgten wir der Strömung. Zhinsinura rauchte Tabak und schob die Pfeife ständig zwischen den Zähnen hin und her. »Über den Brief«, sagte sie einmal, »gibt es bei uns nur einen alten Witz. Die Engel sagten, jeder Brief hat drei Teile: die Begrüßung, den Hauptteil und die Schlußformel.« Ich lauschte auf das Rollen der uralten Worte und sagte nichts. Überall an den von Rinnen durchzogenen Ufern war ein Wirrwarr von verfallenen Gebäuden zu sehen, größtenteils waren sie jetzt vom Wald überwuchert und nur an einem von Engelshand gemachten Winkel oder einer geraden Linie im Moos zu erkennen. Wir glitten daran vorbei, fuhren unter herabhängenden Weiden wie durch dünne Vorhänge hindurch und kamen nach einiger Zeit an einen Kai im Fluß, dort wendeten wir das Floß und machten es fest.

Vom Kai führte ein Pfad hinauf zu einer – wie war ihr Wort dafür? – Schneise: ein gepflegter Platz mit jungen Weiden und weichem Gras, in den die Sonne dringen konnte. Einige von der Liste waren hier und sahen zu, wie wir herankamen, gaben aber kein Zeichen des Erkennens: manche waren nackt. In der Mitte der Schneise stand ein kleines Haus aus Engelsgestein, das im Lauf der Zeit eingesunken war und jetzt zum Teil in der weichen Erde steckte; ein schmaler Pfad führte zu seiner niedrigen Tür hinunter. Zhinsinura nahm die beiden, mit denen wir gekommen waren, beiseite; sie nickten, sahen mich lächelnd an und setzten sich, um zu warten. Wie damals vor dem Mauerweg packte Zhinsinura mich mit festem Griff an der Schulter und führte mich in das dunkle Innere des kleinen Hauses hinunter.

Es gab nur ein kleines Fenster. Einen Augenblick lang sah ich, weil ich noch das Sonnenlicht in den Augen hatte, Sterne in der Dunkelheit. Ich sah, daß der kleine, quadratische Raum leer war; dann erkannte ich, daß das nicht stimmte. Da stand eine Kiste oder ein Sockel, so durchsichtig wie Glas oder noch durchsichtiger; darin schwebten Reihen von silbernen und schwarzen Bällen oder Knöpfen wie im Wasser. Und oben auf der Kiste stand eine durchsichtige Kugel, so groß wie der Kopf eines Menschen, in ihrem Inneren war überhaupt nichts.

»Die fünfte«, flüsterte ich.

»Boots«, sagte Zhinsinura. Sie zog einen Silberhandschuh über ihre Hand, einen Silberhandschuh, der wie Eis schimmerte. »Setz dich!« sagte sie. Ich gehorchte; ich glaubte sowieso nicht, daß meine Knie mich noch tragen würden; Zhinsinura tat mit ihrer behandschuhten Hand so, als wolle sie einen der Knöpfe innerhalb der Kiste drehen. Der Knopf drehte sich. Die klare Kugel wurde mit einem kleinen Geräusch, das sich anhörte wie ein erschrockener Atemzug, sofort schwarz; so tiefschwarz, daß sie nicht länger aussah wie eine Kugel, sondern wie eine schwarze Kreisfläche, die aus der Welt herausgeschnitten ist.

»Schließ jetzt deine Augen«, sagte Zhinsinura; »es ist am besten, wenn du die Augen schließt.« Ich tat es, aber erst, nachdem ich gesehen hatte, daß sie mit ihrem Silberhandschuh so tat, als wolle sie einen zweiten Knopf in der Kiste drehen; und daß der schwarze Kreis sich von seinem Sockel erhob und wie ein Licht schwebte; und daß er auf mich zukam.

Und dann kam die Zeit, von der ich dir erzählen muß, es aber nicht kann; die Zeit, als Boots da war und ich nicht. Als ich nicht in Sprechendes Schilfrohr war und Boots in ihm war; als Boots lebendig war; als sie Schilfrohr war und ich nicht; als ich überhaupt nicht war. Ich kann mich an nichts davon erinnern – ich war nicht anwesend –, und obwohl Boots' Anwesenheit in Schilf ihre Spuren hinterließ, obwohl sie ihn für immer brandmarkte und färbte, erinnerte er sich an nichts, vergaß er alles, noch während ich in ihn zurückkehrte: denn obwohl Boots viele Leben hat, hat sie kein Gedächtnis. Ich weiß nur, was Boots als letztes tat: sie schloß ihre Augen. Und dann verließ sie ihn. In diesem Augenblick, als Boots fortging, bekam ich meinen Brief: mein Brief war ich selbst.

»Öffne deine Augen!« sagte Zhinsinura.

Jenes – »Öffne deine Augen!« – drang durch die Türen von Schilf ein. Ich war nicht da, und so drang es in nichts ein; aber so schnell wie immer fand es den alten Pfad, den solche Dinge schon unzählige Male genommen hatten, und lief ihn entlang. Nur konnte es diesmal, als wäre es ein Licht, den Pfad sehen, den unendlich langen Pfad, den es nahm. Der Pfad war Schilf, alles war Schilf, überall, Schilf war Handgriffe, Wege, Treppen, ein Pfad, auf dem es tief eindringen konnte. Und ich war nichts; aber als Zhinsinura jenes »Öffne deine Augen!« sagte, entrollte ich mich von irgendeinem winzigen Zentrum des Nichtseins aus nach außen und baute Schilf auf, um es zu empfangen: der Pfad, den jene Worte nahmen, und der Raum, durch den der Pfad führte, entrollten sich beide miteinander. Die Worte beobachteten, wie ich mir selbst dabei zusah, wie ich einen Raum schuf, der einen Pfad enthielt, auf dem die Worte durch den Raum drangen, dorthin, wo ich ihn baute. Ein Raum wie Kugeln, wie die Brotbäume, aber alle ineinander, Kugeln in strahlender Vielfalt, die nur aus Hüllen bestanden, jede Kugel paßte sich gerade rechtzeitig in eine größere ein, um das »Öffne deine Augen!« in die kleinere entweichen zu lassen, bis die Worte und ich Schilf soweit aufgebaut hatten, daß er uns beide enthalten konnte; und wir alle drei verstrickten in einer schweigenden, schnellen Kopplung alle unsere Eigenschaften miteinander. Und ich öffnete meine Augen.

Die schwarze Kugel zog sich gerade von meinem Gesicht zurück, sie schwebte zu dem Sockel und ließ sich darauf nieder. Zhinsinura tat mit ihrem silbernen Handschuh so, als wolle sie Knöpfe drehen. Die Kugel kam zur Ruhe; Zhinsinura drehte einen Knopf. Die Kugel war wieder durchsichtig. Boots schlief.

Zhinsinura sagte: »Kannst du gehen? Wir werden jetzt gehen.«

Der ganze, große Raum, den ich gebaut hatte, um das »Öffne deine Augen!« aufzunehmen, verschwand wie eine

Wolke, und nur ein klein wenig schneller, als ich ihn gebaut hatte, baute ich einen neuen Schilf mit einem neuen Pfad, um diese neuen Worte aufzunehmen. Und dann wußte ich (reglos, unfähig, mich zu bewegen, die Hände krampfhaft um meine hochgezogenen Knie geschlungen, den Mund ebenso weit aufgerissen wie die Augen), daß ich diese Räume schon, oh, wie viele Millionen Male gebaut und jeden davon verloren hatte, daß sich jeder verändert hatte, daß sie weniger wirklich waren als Wolken, und daß ich weniger unveränderlich war als eine Fahne im Wind, und ich wußte, daß ich noch eine Million weitere Räume bauen würde, jeder so verschieden wie dieser von ... wovon? Wie war ich einen Augenblick zuvor gewesen? Was war das Gewaltige, was ich gerade erst erfahren hatte? Verschwunden ... Ich versuchte, etwas zu ertasten, um zu SEIN, ein Haus, in dem ich SEIN konnte, und es gelang mir nicht; und ANGST kam durch all die gestirnten Kugeln von Schilf herausgestürmt, und ich spürte, wie ich ein Haus baute, in dem sie leben konnte, und wie ich sofort vergaß, daß ich je anderswo gelebt hatte als in ANGST. Ich mühte mich, wieder aufzubauen, mich zu erinnern, aber das Mühen vergrößerte nur das Haus von ANGST, und ich war jetzt nur noch Schilf, der sich fürchtete.

Aber dann ereignete sich das Sonnenlicht, denn Zhinsinura führte mich hinaus.

Und das Haus von ANGST war weniger als eine Erinnerung, weil SONNE meinen ganzen Raum einnahm.

Ich hätte beinahe geweint und beinahe gelacht, als ich daran dachte, wie ich jetzt Häuser nicht nur für jedes Wort, sondern überhaupt für alles bauen mußte, was einen Namen hat. Eine WEIDE ereignete sich, und GEHEN AUF DEM GRAS; eine PERSON, DIE ICH KANNTE, ereignete sich. Jedesmal, wenn ich den Kopf drehte, ordneten tausend Dinge ihre Pfade und plauderten miteinander darüber, wer den nächsten Pfad bekommen würde, und jedesmal, wenn ich mich umdrehte, wurde tausendmal Schilf gemacht und fiel klingelnd, seufzend, flüsternd, knisternd wieder ab.

Ich blieb wie angewurzelt stehen. Zhinsinuras Ziehen an

meiner Hand ließ mich zurückzucken. Ich mußte vorsichtig sein. Bestimmt muß sich in dieser Eile irgend etwas, irgend etwas verirren. Ich mußte vorsichtig sein, um nicht PFAD für irgendeinen Namen falsch zu ziehen, so daß er sich verirren konnte. Warte, warte, flehte ich; aber nichts wartete, und wie war ich je fähig gewesen, für ALLES schnell genug zu bauen? Ich war starr wie ein Stein vor Anstrengung, und ANGST war alles, was ich beherbergen konnte; aber vor der Tür von ANGST blieb ich stehen, etwas stieg in mir auf, das allem begegnen wollte, dem ich mich nicht stellen konnte.

Das, was aufstieg, war, wie ich einmal sagen will, Boots. Ich will sagen, daß Boots hiergeblieben war, obwohl sie mich verlassen hatte. Ich sage, daß Boots aufstieg und daß sie aus ihrem Haus tief in mir sprach und sagte: VERGISS! Vergiß, daß du jemals etwas anderes warst als das vollkommene Haus, das du ständig baust, und ob es nun dunkel oder leicht ist, es wird sich selbst bauen. Was die Namen angeht, die dort eintreten, sie können sich nicht verirren; denn wenn das Haus vollständig ist, warum ist ihnen dann PFAD nicht genauso vollständig auf die Füße gezeichnet? Ich werde sagen, daß Boots das gesagt hat, ich will sagen, das war es, was ihr Brief enthielt: ich will sogar sagen, daß bei ihren Worten die steinerne Starre von mir wich, ich flatterte wie eine Fahne im Wind und weinte und lächelte gleichzeitig. So will ich es sagen: aber das Geheimnis, oh, das Geheimnis, daß Boots nichts, überhaupt nichts, nichts zu sagen hat.

Sechste Facette

Die Zeit ist, glaube ich, wie ein Zurücktreten von etwas, sagen wir, von einem Kuß. Zuerst ist der Kuß da; dann weicht man zurück, die Augen erfüllen das Blickfeld, dann, wenn man weiter zurückweicht, werden die Augen eingerahmt vom Gesicht; das Gesicht wird Teil eines Körpers, und dann ist der Körper von einer Tür umgeben, die Tür ist von den Bäumen daneben umschlossen. Der Pfad wird länger und die Tür kleiner, die Bäume erfüllen den Blick, die Tür verschwindet, dann verliert sich der Pfad im Wald, und der Wald verliert sich in den Bergen. Und doch ist irgendwo im Zentrum immer noch der Kuß. Genauso ist es mit der Zeit.

Ich weiß, daß in meinem Zentrum jetzt die Zeit ist, in der nicht ich da war, sondern Dr. Boots. Das ist der Kuß. Der Brief kam, nicht damals, sondern beim ersten Schritt, den ich machte, als ich wegging, als ich wie ein Neugeborener an den Ort zurückkam, an dem ich immer gelebt hatte: zu Schilf, zu dieser Welt. Und doch ist Boots da, im Zentrum; manchmal, in einem Augenblick, der mein Herz langsam und heftig schlagen läßt, in dem ein Traum zerbricht oder ein gegenwärtiger Augenblick in Stücke fällt; kann ich mich erinnern – genauer, ich kann schmecken –, wie es war, als ich Boots war. Ich glaube, wenn ich weiterhin in Service City gelebt und diesen Kuß jedes Jahr wiederholt hätte, wäre ich mit der Zeit im gleichen Maße Boots geworden, wie ich ich war, ich hätte Schilf mit Boots geteilt, wie sich alle von der Liste selbst mit ihr teilten. Und sogar in meiner Situation wußte ich, als ich auf der Pier saß und darauf wartete, daß das Floß zurückkehrte, daß ich Boots für immer in mir tragen würde.

Ich sagte, ich wartete: ich versuchte einen Augenblick lang zu warten, aber ich konnte es nicht lange; statt dessen wurde ich ein Piermensch, der auf nichts wartete. Für mich gab es kein Inzwischen.

»Kann jemand staken?« fragte Zhinsinura einige andere, die mit mir dort saßen. »Er kann jetzt nicht.«

Das Floß glitt durch die braune Strömung und erreichte die Pier; das nasse Holz stieß an den Stein und es schwenkte herum. Die beiden an Bord standen mit der Bewegung auf und sahen mich unter ihren breiten Hüten hervor an; einer warf mir ein weißes Seil zu, und ich starrte es an, ohne danach zu greifen. Ich hörte, wie sie lachten, und lachte auch, dann aber vergaß ich, warum, weil ich zusehen mußte, wie die langen Stangen mit einem mächtigen Holzlaut aufgelegt wurden. Ich stieß einen gewaltigen Seufzer aus, als hätte ich gerade aufgehört zu schluchzen; einen Seufzer, weil alles von so ungeheurer Üppigkeit war.

Sie setzten mich ins Boot, und Zhinsinura stieg ein; und als man es gegen die Strömung drehte, drehte sich die Welt schwindelerregend in meinen Augen.

Ich glaube, sie waren es, die beiden im Boot, die Zhinsinura die Nachricht über Einmal-am-Tag mitteilten. Ich glaube, ich kann mich erinnern, daß sie nur mit ihr sprachen, ich hörte, wie sie sich dann alle drei umdrehten und mich ansahen. Wenn ich auch ihren Namen hörte, konnte ich doch in diesem Augenblick kein Haus bauen, das groß genug gewesen wäre, ihn aufzunehmen; statt dessen sah ich den kleinen Kräuselwellen des Wassers neben dem Boot zu, den zahllosen, hellen Augen der Sonne in den Blättern über uns. Ich hätte es nicht wissen können, hätte es auch nicht vermutet, daß ich durch eine zeitweilige Abwesenheit, durch die Tatsache, daß ich eine Zeitlang von einem anderen Geschöpf bewohnt wurde, das einfacher, weniger wirr, von einfacherer Weisheit war als ich, so verändert werden könnte, daß die Welt, aus der ich bestehe, so verändert werden könnte: aber ich lernte mit wachsender Freude. Ich lernte, während sich das Floß fortbewegte, und ich durch den Tag glitt, wie der Tag durch mich, die Aufgabe Herr sein zu lassen: das heißt ja nichts anderes, als daß man nur das tun will, was von einem getan werden will. Ohne jegliches Leiden ist dazu jede Katze imstande, jedes Lebewesen außer dem Menschen, der es erst lernen muß. Die Aufgabe herrschen zu lassen, ist eine schwere Aufgabe für den Menschen, am schwersten ist sie für die Kinder der Engel, wie entfernt die Verwandtschaft mit den Engeln auch sein mag. Aber man könnte es lernen: es zu lernen, ist die einzige Möglichkeit, wie ich es lernen kann, denn ich bin ein Mensch. Weit entfernt, vor langer, langer Zeit kämpften die Engel in großen Qualen mit der Welt, sie kämpften unablässig; aber ich würde lernen, ja, im langen Maschinensommer der Welt würde ich es lernen, mit ihr zu leben. Es war doch so einfach, so qualvoll einfach. Ich spürte, wie sich meine süßen Zuchtmeister vervielfachten, und aus meinen

Augen fielen salzige Tränen, genau wie jetzt aus den deinen.

Zhinsinura kam über das Floß und setzte sich neben mich. Ich konnte nicht sprechen, um ihr meine Dankbarkeit auszudrücken, so legte ich nur meinen Kopf in ihren Schoß. Sie strich mir über das Haar. »Einmal-am-Tag«, sagte sie, »ist heute morgen mit einigen anderen fortgegangen, die zum Handeln nach Westen gezogen sind. Sie war nicht zum Mitgehen bestimmt worden; sie hat sich selbst dazu entschlossen. Sie sagte zu Houd: ›Ich werde erst zurückkommen, wenn Schilf fort ist, und zwar für immer.‹«

Doppelt und für immer. Über der Zeit gibt es Häuser außerhalb von Häusern, in denen das Leben viel, viel schwerer ist als in den Millionen von kleinen innerhalb von ihnen; in diesem Augenblick freute ich mich gerade an einem kleinen, das von den schneidenden Kräuselwellen der Wasserskifahrer in den Untiefen des Flusses erzählte.

»Wenn ich das gewußt hätte«, sagte Zhinsinura, und dann sagte sie nichts mehr; denn was ist da zu sagen? Schließlich: »Schilf«, sagte sie, »du mußt so lange bei uns bleiben, wie es nötig ist; aber wir wollen, daß sie irgendwann nach Hause kommt.«

Wie klug von ihr, ihm das gerade in diesem Augenblick zu sagen! Denn ich war leicht, und sie wußte es; und obwohl ich ganz deutlich spürte, wie sich ein fernes, dunkles Haus allmählich um alles schloß, was ich tat, war ich in diesem Augenblick hell, und ich sah den Wasserskifahrern zu. Ich seufzte, vielleicht wegen einer gewaltigen und hoffnungslosen Last, vielleicht wegen einer gewaltigen und hoffnungslosen Last, die auf diese Weise von Schilfs Rücken genommen wurde und auch vom Rücken von Einmal-am-Tag. Ich dachte zufrieden, wie traurig es doch wäre, wenn man nie wieder nach Hause gehen könnte. Ich glaube, ich schlief.

Ich bin jetzt sehr müde, Engel, ich muß mich ausruhen.

›Ruhe dich nur aus.‹

Nimm deinen Kristall heraus, es gibt nichts mehr, überhaupt nichts mehr zu erzählen.

›Nur noch das Ende. Das wird nicht lange dauern.‹

Der Mond ist aufgegangen. Er ist jetzt eine Sichel. Als ich mich entschloß hierherzukommen, war er voll. Bin ich so lange schon hier?

›Nein. Länger.‹

Die Wolken sind dick. Ich glaube, dort unten kann man den Mond nicht sehen … Oh, Engel, nimm ihn heraus, mach ein Ende, ich kann nicht mehr!

Der Himmel ist Gras

Erste Facette

›... und fange mit einem neuen von vorne an, dem vierten.‹

Vielleicht solltest du sie nicht vergeuden. Wir haben mit dem letzten vorzeitig aufgehört.

›Das macht nichts. Kannst du jetzt weitererzählen?‹

Hast du mir schon gesagt, wozu du diese Dinge brauchst, diese Kristalle, meine ich? Wenn ja, dann habe ich es vergessen.

›Nur um zu sehen – um zu sehen, wie stark du bist. Ich meine, ob die Geschichte sich verändern wird, je nachdem, wer ...‹

Je nachdem, wer ich bin?

›Je nachdem, wer sie erzählt.‹

Hat sie sich verändert?

›Ja. In kleinen Dingen. Ich glaube nicht ... ich glaube nicht, daß ein anderer Einmal-am-Tag so sehr geliebt hat wie du, ich meine, so sehr wie in dieser Geschichte. Und ich habe nie zuvor von der Fliege in Plastik gehört.‹

Wirst du mir von ihm erzählen, von dem, der ich bin? Ist es ein Mensch?

›Ja.‹

Liebst du ihn?

›Ja.‹

Ich möchte wissen, wieso ich mir das dachte? Weil du mich an sie erinnerst? Nein, nun, ich soll das gar nicht wissen, oder? Gut. Ich werde weitermachen.

Ich würde dir gerne erzählen, wie ich die Zeit in Service City verbrachte, nachdem Einmal-am-Tag fort war, nur erinnere ich mich an fast gar nichts davon, und das ist nicht verwunderlich. Ich weiß nur noch, wie leer und gleichzeitig voll die Stadt erschien. Ich erinnere mich auch an die Katzen: sie wechselten überall auf dem Boden die Plätze, sie balgten sich und vergaßen ihren Streit, gingen (in Schritten, die mir klarer waren als Worte) zur Ruhe und von der Ruhe in den Schlaf hinein und vom Schlaf in tieferen Schlaf. Wenn ich ihnen zusah, wollte ich auch schlafen.

Und dann ging ich fort. Ich weiß nicht mehr, auf welche Weise ich mich für einen Tag entschied, oder ob ich dunkel oder leicht war; oder wie ich mich für eine Richtung entschied, nur daß es nicht Westen war. Ich weiß aber noch, wie ich im Juli auf einem Felsen weit entfernt von Service City saß und mich mit einer Kuh anfreundete.

Mein Bart war jetzt länger; ich hatte ihn nicht, wie im Labyrinth Sitte, kurzgeschnitten. Neben mir war mein Lager: ein großes Quadrat, nicht aus Stoff, aber aus einem stoffähnlichen Material, das mir Zhinsinura aus den Schätzen der Liste gegeben hatte. Es war auf einer Seite silbern und auf der anderen schwarz, und wenn ich mich hineinwickelte, blieb ich auch auf feuchtem Boden warm und trocken, obwohl es so dünn und fein war wie die feinsten Umhänge der Liste. In meinem Bündel war genügend Brot für fast ein Jahr, wenn ich sparsam damit umging, in einem Trockenbeutel, wie die Liste sie herstellt; und Vier Töpfe und einige andere Arzneien; und eine Handvoll feiner blauer Papiere, von Händen gemacht, die, wie ich wußte, zur Schnallenschnur gehörten; und Streichhölzer, die die Hälfte der Zeit verzischten, sie waren nicht so gut wie die, die mein Volk macht. Und auf meinem Silberlager, neben meinem Bündel, saß Brom und beobachtete die Kuh mißtrauisch, bereit, wegzulaufen.

Hättest du nicht gedacht, daß Brom Einmal-am-Tag folgen würde? Ich schon. Aber er folgte mir. Oder ich folgte ihm: das ist bei einer Katze das Einfachere, und ich wußte ohnehin nicht, wo ich hingehen sollte; der Abenteurer war Brom. So kamen wir im Juli hierher, in Weideland, wo man gut wandern konnte, wo es Mäuse und Kaninchen gab, die Brom jagen konnte, und in der Ferne Kühe. Ich trug einen breiten, schwarzen Hut. Die ganze Zeit, während ich in Service City gelebt hatte, hatte ich keinen Männerhut getragen, aber an dem Tag, als ich fortging, hatte Houd den seinen vom Kopf genommen und ihn mir aufgesetzt. Er paßte. Es war nicht, als hätte ich ihn mir verdient, obwohl ich bis dahin keinen getragen hatte, weil ich das Gefühl hatte, ich hätte ihn mir nicht verdient. Er paßte, das war alles.

Die Kuh hatte anscheinend ihr Junges verloren. Ihr großes Euter mit den Zitzen war geschwollen, und sie stieß deshalb klagende Laute aus. Weil ich hier schon seit ein paar Tagen ruhig lagerte, oder wegen Dr. Boots, kam die Kuh nahe an mich heran. Ich bewegte mich nicht, sondern blieb sitzen und rauchte weiter, Brom fauchte, und die Kuh wich zurück. Wie in einem kleinen Tanz kam sie näher und ging wieder weg. Nun, dachte ich, ich kann nicht an dir saugen, mein Freund. Schließlich kam sie so nahe heran, daß ich sie berühren konnte, obwohl sie meine Hand abschüttelte, als ich es versuchte. Ihre Augen waren erstaunlich: groß, feucht und braun wie bei einer schönen Frau, auf eine Art, daß es fast komisch war, mit langen, seidigen Wimpern.

Nachdem es einen Tag so hin- und hergegangen war (die endlose Geduld von Dr. Boots!), lernte ich – und die Kuh ließ es zu – ihre Zitzen so zu streichen und zu drücken, daß die Milch herauslief. Sobald ich damit begonnen hatte, hielt die Kuh mäuschenstill und ließ mich gewähren, sie muß sogar vor Erleichterung geseufzt haben (können Kühe seufzen?). Die Milch lief in schnellen, dünnen Rinnsalen heraus. Als sie zu Ende ging, nahm ich meinen unverwüstlichen Hut herunter und legte ihn unter dem Tier auf den Boden, die letzte Milch bildete einen kleinen Teich in dem Hut, und ich probierte sie ein wenig mißtrauisch. Warm, dick und weiß schmeckte sie; ich fragte mich, ob ich mich dabei an den Geschmack aus meiner Babyzeit erinnern würde, aber das war nicht der Fall oder vielleicht doch, denn die Milch schmeckte mir. Auf dem Weg zum Bach, wo ich meinen Hut auswaschen wollte, dachte ich, wenn die Kuh bei mir bliebe, wäre ihre Milch eine ganz hübsche Abwechslung zum Brot und Wasser, und schaden würde sie mir vermutlich nicht; sie schmeckte gut, und das ist das beste Zeichen.

Die Kuh blieb bei mir, und Brom fauchte nicht mehr, wenn sie näher kam, obwohl ich nicht behaupten kann, daß die beiden jemals Freunde wurden. Wenn ich weiterging (ich meine, wenn Brom weiterging und ich ihm folgte), folgte die Kuh mir. Ich nannte sie Fido, das war, wie Blink gesagt hatte, ein Name, den die Engel in früheren Zeiten ihren Tieren gegeben hatten. Es war ein wenig mühsam, mit zweien von ihnen unterwegs zu sein, aber habe ich schon gesagt, daß ich viel Geduld hatte? Wenn ich sie verlor, blieb ich stehen und setzte mich, und nach einem Nachmittag oder einem ganzen Tag waren sie beide immer zu mir zurückgekommen. Man möchte glauben, daß ich damals dunkel war, so dunkel wie niemals sonst. Das ist nicht wahr. Ich war glücklich. Es war Sommer, ein schöner, heißer, trockener Sommer; das Grasmeer war endlos und glänzte wie Silber in den leichten Windstößen, als flitzten Fische durch seine Teiche. Als Gefährten hatte ich eine zweite Katze, Brom, und ich hatte eine Kuh, die Milch gab; zur Unterhaltung hatte ich Schilf. In den Stunden, in denen Fido Gras fraß und Brom auf der Jagd war oder schlief, wanderte ich auf den Pfaden von Schilf, die Boots mir gezeigt hatte. Ich mochte ihn. Sein Inneres schien unendlich zu sein, mit vielen Winkeln und versteckten Räumen, wo er sich mit der Welt und mit Worten verband, mit anderen Menschen, mit Dingen, die er kannte, mochte oder nicht mochte.

Erst später, im Winter, bekam ich Angst vor ihm.

Als es ungefähr Oktober wurde (ohne den Kalender der Liste war ich wieder auf meine alten Schätzungen angewiesen) und sich das Gras meerbraun färbte und der Regen in Fahnen darüberstürzte, begann ich nach einem Ort zu suchen, wo ich den Winter verbringen konnte. Das war mein erster, bewußter Entschluß, seitdem ich Service City verlassen hatte, ich dachte schon, ich hätte vergessen, wie man das macht.

Jedenfalls fand eigentlich der Ort mich: ich suchte nur STRASSE und ging einige Tage auf ihr, dann bog ich auf einen kleinen Seitenast ab, der, das wußte ich, wieder zu ihr zurückführen würde; und da sah ich ihm ins Gesicht.

Es war nur ein Kopf, etwa dreimal so groß wie ich, und sein dicker Hals saß auf einem kleinen Steinquadrat voll Sprüngen und Unkraut. Rings um ihn wuchs der Wald üppig und war voll abfallender Blätter. Vielleicht war der Kopf einmal bemalt gewesen, aber jetzt war er mattweiß, bis auf dunkle Roststreifen, die wie schmutzige Tränen aus seinen Augenhöhlen liefen. Da er von einem großen Ohr zum anderen grinste, schien es, als weine er aus irgendeiner unerträglichen Freude heraus.

Ein Kopf war es ganz bestimmt; zwei große, vorstehende Augen hatte er und eine Kugel von einer Nase; der grinsende Mund war einmal offen gewesen, die Unterlippe verlief breit und flach wie eine Theke, und die rostigen Metallplatten, die die Öffnung ausfüllten, waren wie schlechte Zähne in einem Mund. Nur war das Ganze für einen Kopf von lächerlich kugelförmiger Gestalt. Als ich davorstand, hatte ich den Eindruck, als hätte ich ihn schon einmal gesehen, aber nicht einmal jetzt weiß ich mehr, wo das war.

Auf der Rückseite war eine Metalltür, zusammengerostet, bis sie dünn war wie Papier, und ich durchstieß sie. Drinnen war es dunkel und eng, es roch wie an einem Ort, der, wer weiß wie lange, verschlossen war, und nach kleinen Tieren, die einen Weg ins Innere gefunden hatten; sie flohen vor Brom und mir, als wir den Raum in Besitz nahmen. Bei offener Tür konnte ich sehen, was wir gefunden hatten: es war doch tatsächlich eine Küche gewesen, und sie sah wie eine Miniaturausgabe der Küche in Achtundzwanzig Essenzen aus. Und wozu hier, mitten im Nichts, wo nur STRASSE verlief? Vielleicht hatten die Engel zeigen wollen, daß sie ihre Küchen überall hinbauen konnten ... Eine Decke halbierte den Raum etwa in der Höhe meiner Nase, und in der Decke war eine Tür; ich kletterte hindurch, nachdem ich ein paar Dinge aufeinandergestapelt hatte. Sehr dunkel war es, aber ich konnte die Wölbung des Schädels erkennen, in dem ich stand, und die konkaven Augenhöhlen. Nachdem ich lange durch alten Unrat und neue Nester gestolpert war, fand ich ein Stück Metall, vielleicht ein Rohr, damit durchstieß ich die beiden großen, runden Pupillen und ließ Licht herein.

Ich brauchte ein oder zwei Tage, bis ich all den alten Schrott beseitigt hatte, dann konnte ich sehen, daß der Boden fest und der Schädel dicht war. Für Brom und mich baute ich eine Treppe, auf der wir in den Schädelraum klettern konnten, und reparierte die Tür im Hals, und für die Augen machte ich Fensterläden, damit ich sie nachts schließen konnte. Ich bin in einigen von diesen alten Fertigkeiten bewandert, weißt du, und ich wußte auch soweit Bescheid, um einige Tage lang so viel trockenes Gras und anderes Futter als Wintervorrat für Fido zu sammeln, wie ich nur konnte. (Natürlich sammelte ich zu wenig.) Ich war überrascht, daß immer noch Milch kam, wenn ich an den Zitzen zog, obwohl doch die Zeit, die ein Kind von ihr brauchte, um erwachsen zu werden, bestimmt längst vorbei sein mußte.

Unten, in den Wannen aus Engelssilber, konnte ich Feuer machen; sogar eine Haube aus Engelssilber war darüber. Und ein Loch führte nach draußen, so daß es nicht zu rauchig wurde; die Hitze stieg nach oben, und dort oben machte ich mir ein Bett aus Zweigen, Blättern und Kiefernnadeln und bedeckte es mit meiner Schwarzsilbernen. Und so hatte ich Unterschlupf gefunden, als der Winter begann.

Wenn du dabeigewesen wärst, wenn du unten im Wald gestanden und durch die kahlen, vom Regen glitschigen Bäume nach oben geschaut hättest (es schien jetzt jeden Tag zu regnen), hättest du den Kopf sehen können, in dem wir wohnten, knochenweiß im Nieselregen, mit rostigen Zähnen idiotisch grinsend; und zu dir hinunter (aber nicht auf dich; auf nichts und niemand) hätte Brom geschaut, aus dem linken Auge heraus, und ich hätte aus dem rechten hinausgespäht. Ich hatte viel Zeit, während ich so dasaß, um darüber nachzudenken, wofür mein Kopf möglicherweise einmal gedient hatte. Ich war den ganzen Winter über allein dort, und viele Erklärungen kamen mir in den Sinn. Einmal erschreckte ich mich selbst so sehr, daß ich dunkel wurde, weil ich plötzlich zu dem Schluß kam, daß das, worin ich wohnte, nicht etwas war, was die Engel gemacht hatten, sondern einer der Engel selbst, der an diesem trostlosen Ort bis zum Hals in Stein begraben war, tot, grinsend und weinend, mit einer Küche in seinem Mund und mir in seinem Gehirn – ich konnte mich gerade noch soweit beherrschen, daß ich nicht in panischem Schrecken auf und davon rannte.

Nun, ich kam darüber hinweg. Ich mußte. Sonst konnte ich nirgendshin.

In diesem Winter ging ich dazu über, mein Leben mit Fleddern zu fristen. In gewissem Sinne ist jeder, der heute lebt, ein Fledderer; ganz bestimmt die Liste mit ihrem Schatzhaus voll Engelszeug, und das Labyrinth mit seinen Truhen; auch Blink war ein Fledderer, wenn man Wissen dazurechnet. Aber es gibt auch ein paar Leute wie Teeplee, bei denen das Fleddern die einzige Beschäftigung ist.

Es kam ein Tag, da dachte ich, ich wollte einmal sehen, ob ich etwas Glas finden könnte, um die Holzläden zu ersetzen, die ich für die Augen des Schädels gemacht hatte, oder vielleicht sogar ein wenig schönes, durchsichtiges Plastik. Ich war auf meinem Weg zum Kopf an einer großen Ruine vorbeigekommen, und ich benützte diesen Tag, um dorthinzugehen und nachzusehen, ob ich nicht etwas Brauchbares finden könnte; es war ein warmer, dezemberartiger Tag, klar, braun und heiter; ich hatte gerade meine Geburtszeit hinter mir; ich war siebzehn geworden.

Die Ruine war einer der Orte gewesen, von denen die Engel unzählige Tausende errichtet hatten, ein so riesiges Gebäude, daß es seinen Kopf oder seine Köpfe über die Wälder erheben konnte, die ringsum wuchsen. Eine hohe Wand stand ganz allein da, wie ausgeschnitten, alle Fenster waren leer; seltsam, aber obwohl das Sonnenlicht jetzt leichter durch all diese Fenster dringen konnte, wirkten sie nur noch blinder. Große Bäume hatten ihre Finger und Zehen in die Wände anderer, umgestürzter Gebäude gegraben, hatten aber den großen, steinernen Platz (den diese Orte alle haben müssen) großenteils unberührt gelassen; stacheliges, braunes Gras überwucherte die vereinzelten Hügel aus Mauertrümmern. Es war hier vermutlich nicht stiller als irgendwo sonst; Eichelhäher kreischten mich an, und Eichhörnchen pfiffen; aber es wirkte stiller. Man konnte sehen, wo sich Pfade zwischen den Gebäuden in den richtigen Winkel überkreuzt hatten; die breitesten Wege führten zu dem größten und am wenigsten verfallenen Gebäude hinauf, und ich ging zu seinem breiten, dunklen Eingang. Beinahe wäre ich eingetreten, aber ich blieb doch stehen und blinzelte in die Dunkelheit hinein – und da sah ich, daß der Raum keinen Fußboden hatte. Weit unten huschte etwas vorbei: eines der Tiere, die hier Unterschlupf gefunden hatten. Das winzige Geräusch erzeugte ein gewaltiges Echo.

Die staubigen Lichtstrahlen aus den leeren Fenstern erleuchteten den dunklen Wirrwarr unter mir nicht, aber ich konnte erkennen, daß es Wege gab, auf denen man hinunterklettern konnte. Ich war schon ein Stück weit unten, als ich mich fragte, ob ich wohl wieder hinaufkommen würde, und innehielt. Ich stieß mit dem Fuß etwas von dem Sims, auf dem ich stand, und hörte zu, wie es in die Tiefe hinunterklapperte; ich setzte mich und wischte mir etwas von der Schulter, was daraufgefallen war.

Ich wandte mich um. Was mir da auf die Schulter gefallen war, war ein Handschuh, und in diesem Handschuh steckte eine Hand. Ich schrie auf, konnte mich aber nicht erheben, weil das Sims zu schmal war. Die Hand hing an einem ganzen, langen Körper, über dem ein bleiches Gesicht schwebte, dessen Augen unter gekräuselten Brauen argwöhnisch glänzend auf mich herunterblickten.

»Nun«, sagte das Wesen, und sein Griff an meiner Schulter wurde fester. Der Handschuh, in dem seine Hand steckte, war aus glänzend schwarzem Plastik und hatte eine breite, steife Stulpe, von der weiße Plastikfransen baumelten. Auf die Stulpe war undeutlich ein weißer Stern gedruckt oder gemalt. Ich wußte nicht, sollte ich mich fürchten oder erstaunt sein: es war von Kopf bis Fuß in dickes, glänzendes Zeug gekleidet, das mit einer Schnur in einer Kapuze zusammengefaßt war; der Umhang hatte breite rote und weiße Streifen, außer über der Schulter, dort war ein leuchtend-

blaues Viereck, das von gleichmäßigen Reihen makelloser weißer Sterne durchzogen wurde. Aus der rot-weißen Kapuze schlängelte sich ein langer Hals, so lang, daß er sich in der Mitte durchbog, als sei er gebrochen; die Haare waren feine, metallfarbene Stoppeln, beinahe ganz abrasiert. Gegen meinen Willen mußte ich lächeln; und obwohl sich der Griff des Wesens nicht lockerte, lächelte es auch. Seine Zähne waren regelmäßig, gesund und makellos; grün wie Gras.

»Fledderer?« fragte es.

»Ich weiß es nicht«, antwortete ich, obwohl mir das Wort vertraut vorkam. »Ich habe nach ein bißchen Glas gesucht. Ich dachte, hier würde ich vielleicht etwas finden, was ich brauchen könnte, ein bißchen Glas oder Plastik ...«

»Fledderer«, sagte das Wesen, nickte und grinste grün. Es ließ meine Schulter los und zog die Hand aus dem Handschuh. Die Hand war bleich und blitzte von Ringen, es streckte sie mir entgegen und sagte: »Schütteln.« Ich dachte, es wolle mir beim Aufstehen helfen, aber als ich die Hand nahm, da – schüttelte es sie nur schnell nach oben und unten und ließ sie wieder los. Sollte das eine Warnung sein, eine Begrüßung, oder was? Es lächelte immer noch, aber die grünen Zähne machten es einem schwer zu erkennen, warum, aus irgendeinem Grund. Es glitt an mir vorbei, raffte seinen gestreiften Rock und begann, schnell hinunterzuklettern, an Griffen, die ich nicht bemerkt hatte, dann drehte es sich um und winkte mir, ich solle ihm folgen.

Es war nicht leicht, ihm zu folgen. Es kletterte an der Mauer hinunter und über die riesigen, undefinierbaren Haufen von rostigem Schutt wie ein Eichhörnchen oder eine Spinne. Dann und wann warf ein großes Fenster weit oben ein Bündel Dezemberlicht nach unten, und dann leuchtete sein prächtiges Gewand einen Augenblick lang auf und erlosch dann wieder wie eine Lampe, die abgeschirmt wird. Da fiel es mir ein: »Ich bin kein Fledderer«, sagte ich. Dann, lauter, um das vielfache Echo, das bei unserer Kletterei entstand, zu übertönen: »Ich dachte, die Fledderer wären alle tot?«

Bei diesen Worten blieb er stehen und wandte sich mir zu, halb im Lichte eines Fensters, halb außerhalb davon. »Tot?« fragte er. »Hast du tot gesagt? Wirklich? Siehst du dieses Nationalding hier?« Er breitete das Gewand mit einem Schwung im Licht aus. »Dieses Nationalding hier ist tot, seitdem es gemacht wurde, und doch ist es noch so gut wie neu; und ich glaube, daß noch lange, nachdem ich selbst so tot bin wie dieses Ding, irgendein Körper in seine alte Pracht gewickelt sein wird. Also sag nicht tot! Folge mir nur!«

Zweite Facette

»Fledderer«, sagte Teeplee, »sind wie Busser.«

Der Raum, in den er mich schließlich geführt hatte, tief unten im Bauch der Ruine, war klein und wurde von einer grellen Lampe erleuchtet. Auf dem Weg hierher hatte ich in einer dunklen Tür flüchtig ein menschliches Gesicht erblickt, und in einer anderen einen menschlichen Rücken, der gerade verschwand; und unter dem Tisch, an dem wir saßen, kramte ein Kind schweigend in Dingen herum, es lernte vermutlich, was es lernen mußte, denn das Zimmer war so voll von altem Zeug, daß man sich vorkam, als säße man in einer geschnitzten Truhe, nur schien keines dieser Dinge hier in irgendeine Ordnung zu gehören.

Teeplee hatte mir – außer seinem Namen – auch gesagt, daß die anderen hier seine »Familie« seien und daß alle Kinder hier ihm gehörten. Alle! »Meine Bande«, nannte er sie. Wie ich schon sagte, war es mir eingefallen: die Fledderer waren Menschen, die in den Tagen, als die Liga an der Macht war, sich ihr nicht unterwerfen wollten, sondern umherzogen und alles nahmen, was sie vom Zusammenbruch der Engel ergattern konnten, sie verwendeten es, tauschten es und lebten, soweit sie konnten, nach Art der Engel: und ihr Hauptschatz waren Frauen, die auf die alte Art gebären konnten, ohne Eingriffe, immer und immer wieder wie Katzen. Natürlich waren Männer, die Frauen irgendwelcher Art als einen Schatz ansahen, Feinde der Liga, und die meisten wurden zur Strecke gebracht; als ich daher mit Teeplee in seiner Höhle voll Engelskram saß, hatte ich das Gefühl, als befinde ich mich Hunderte von Jahren in der Vergangenheit.

»Busser?« fragte ich.

»Du weißt schon, Busser. Große, kahlköpfige Vögel mit breiten Flügeln, die von toten Sachen leben.« Er richtete sich in seinem Umhang in großartiger Pose auf. »Busser sind national«, sagte er. »Sie sind die Nationalvögel.«

»Ich weiß nicht, was ›national‹ ist«, sagte ich, »nur, daß es etwas mit den Engeln zu tun hatte ...«

»Nun, da hast du es ja«, sagte Teeplee und deutete mit seinem langen Finger auf mich. »Hast du noch nie einen Engel gesehen? Sie sind alle kahlköpfig, oder jedenfalls so weit wie möglich; genau wie Busser.«

Einen Augenblick lang dachte ich, er wolle behaupten, er hätte wirklich Engel gesehen, aber er meinte natürlich Bilder; ja, und ich hatte eines gesehen, das graue Bild von Onkel Plunkett, kahl wie ein Busser.

Er fing an, in diesem und im nächsten Raum in Stapeln von Sachen herumzuwühlen, um das Glas oder Plastik zu finden, das ich wollte. »Ein Fledderer ist«, sagte er, während er sich umsah – ich erkannte langsam, daß in dem Raum so etwas wie eine eichhörnchenhafte Ordnung herrschte –, »so etwas wie ich, jemand, der von dem lebt, was die Engel gemacht haben und was nicht verdirbt. ›Es verdirbt nicht‹ heißt, es ist nicht ›wegwerfbar‹. Siehst du, die Engel glaubten früher einmal, es wäre gut, wenn man Dinge nur einmal benützte und dann wegwarf. Warum sie das glaubten, weiß ich nicht. Aber nach einiger Zeit erkannten sie, daß sie bald alles auf der Welt weggeworfen haben würden, wenn sie so weitermachten, also änderten sie ihre Meinung und machten Dinge, von denen man immer nur eines hatte, und das hielt ewig. Als sie das wirklich gut konnten, war schon alles vorbei, aber die Sachen verderben immer noch nicht ... He, was ist damit?«

Er zeigte mir eine Kiste voll Flaschenböden, grün und braun.

»Ich hatte an etwas Größeres gedacht«, sagte ich.

Er stellte die Kiste beiseite, ohne enttäuscht zu sein. »Nun sagte ich: ›Wir leben davon‹«, fuhr er fort. »Das heißt, daß man die Sachen vielleicht anzieht, wie dieses Nationalding hier, oder daß man sie für andere Dinge eintauscht, die man essen kann, oder sie den Frauen als Geschenk gibt oder so, oder manchmal« – er beugte sich grinsend dicht zu mir –, »manchmal ißt man sie auch. Such dir Engelsessen und iß es dann selbst.«

Er blickte so triumphierend drein, daß ich lachen mußte. »Ist es nicht ein wenig abgestanden?«

»Ich habe gesagt ›es verdirbt nicht‹«, sagte Teeplee ernst. »Ich habe gesagt ›Fledderer sind wie Busser‹; ich sagte auch ›Busser leben von toten Dingen‹. Siehst du, mein Junge – paß auf, schau dir mal das an!«

Er hatte eine gewölbte, schwarze Plastikscheibe gefunden, die verzogen und verkratzt war. »Ich dachte, vielleicht etwas Durchsichtiges«, meinte ich. Er warf die Scheibe klirrend weg und suchte weiter.

»Weißt du«, sagte er, »Dinge zu machen, die nicht verderben, heißt, sie von Anfang an tot zu machen, so daß sie niemals sterben. Es gibt totes Metall, das Engelssilber, das nicht rostet, keine Beulen bekommt oder matt wird; und toten Stoff wie diesen hier; und Plastik wie totes Holz, das weder Trockenfäule bekommt noch Würmer, und auch keine Risse. Und was das Seltsamste ist: die Engel konnten sogar tote Nahrung machen, Nahrung, die nie abgestanden wird, nie verrottet, nie verdirbt. Ich esse sie.«

»Solche Nahrung habe ich auch. Ich rauche sie.«

»Nein, nein! Doch nicht dieses fürchterliche rosa Zeug! Ich meine Nahrung, Nahrung, die man *ißt!* Schau her!« Er stellte sich auf die Zehenspitzen und holte von einem hohen Regal einen geschlossenen Metalltopf herunter, der einen matten Plastikglanz an sich hatte. »Metall«, sagte er, »das nicht rostet, und darüber eine Hülle aus Plastik. Und nun paß gut auf!« Oben an dem Topf war ein Ring befestigt, und Teeplee steckte seinen Finger darunter und zog daran. Ich hatte erwartet, daß der Ring sich lösen würde, aber statt dessen war ein Zischen zu hören, wie wenn jemand heftig die Luft einzieht, und der ganze Deckel löste sich in einer anmutigen Spirale. »Schau!« sagte Teeplee und zeigte mir, was in dem Topf war: es sah aus wie Sägemehl oder kleine Holzsplitter. »Kartoffeln«, sagte er. »Nicht jetzt; ich meine, jetzt noch nicht; aber wenn du es mit Wasser mischst, wirst du dich wundern: ein Kartoffelbrei, genau das ist es, und so gut wie neu.«

»So gut wie neu? Und wie schmeckt es?«

»Nun ja. Tot. Aber wie Nahrung. Wenn du es ins Wasser wirfst, bekommst du etwas wie Kartoffelbrei, den die Engel gemacht haben, Junge, Kartoffeln, die tausend Jahre alt sind!« Er blickte ehrfürchtig in den Topf und schüttelte das Zeug; man hörte ein trockenes, sandiges Geräusch. »Nun verändert sich sogar ein Stein«, sagte er, »sogar ein Berg innerhalb von tausend Jahren. Aber die Engel konnten Kartoffeln wie diese machen, die von Anfang an tot waren, daher konnten sie sich nicht verändern. Sie konnten Kartoffeln machen, die unsterblich sind.«

Er versank plötzlich in Gedanken oder in Staunen und setzte sich. »Heute gibt's kein Glas. Komm in zwei oder drei Tagen, dann werden wir sehen.« Er ließ mich von dem Kind hinausführen. »Aber vergiß nicht«, sagte er, als ich ging. »Es wird dich etwas kosten.«

Ich kam wieder; ich kam oft wieder. Der Winter war lang, und bei Teeplee war man in angenehmer Gesellschaft. Ich habe von einem dunklen Haus gesprochen, ich habe vom Vergessen im Lauf der Zeit gesprochen. Und es ist komisch: wenn ich in meinem Kopf allein war, schien ich manchmal ganz nahe daran, mich völlig zu verlieren, aber beim alten Teeplee fühlte ich mich wohl – vielleicht weil es niemanden gibt, der so anders als alles ist, womit ich aufgewachsen war, wie ein Fledderer.

Mit ›mich selbst verlieren‹ meine ich folgendes: Wenn ich alleine war, schien trotzdem immer noch jemand da zu sein, mit dem ich sprechen konnte. Ich wachte in meinem kalten Kopf auf (das Feuer war schon lange ausgegangen), lag in meiner Schwarzsilbernen eingewickelt da und fing eine Unterhaltung mit diesem anderen an, und er antwortete mir, lange lagen wir da und zankten uns wie zwei Klatschbasen, die dieselbe Geschichte auf zwei verschiedene Arten erzählen wollen.

Wir sprachen über Boots. Im Herzen der Geschichte befand sich ihr Brief, aber ich hatte ihn vergessen, hatte vergessen, daß ihr Brief ›Vergessen‹ hieß. Schließlich stand ich dann auf, holte mir Milch von der Kuh, setzte mich und rauchte, und dann kletterte ich vielleicht wieder in mein kaltes Bett zurück und plauderte weiter die ganze Zeit unaufhörlich mit diesem anderen über etwas, von dem wir nicht mehr wußten, daß wir es vergessen sollten.

Ich hatte wirklich sie sein wollen, erklärte ich; damit war es mir ernst. Ich will es immer noch. Ich kann nichts dafür; niemand ist verantwortlich, sagte ich, weder Boots noch sie, nicht einmal ich; ich habe es gewollt, verstehst du nicht, was kann man dazu noch sagen? Aber der andere sagte: Warum bist du dann jetzt hier und nicht dort? Du mußt dir zu wenig Mühe gegeben haben. Ich weiß, daß du unrecht hast, antwortete ich; ich weiß nicht mehr, warum, aber so ist es nicht, es ist genau das Gegenteil davon, jedenfalls habe ich mich bemüht, wirklich ... Nicht genug, sagte er. Und wir versuchten, uns gegenseitig den Rücken zuzukehren, aber das geht nicht.

Was mich erschreckte, war, daß ich bei dem Versuch gescheitert war, sie zu werden, und daß ich bei diesem Versuch aufgehört hatte, ich selbst zu sein. Die frühesten Ausgaben meiner selbst jagten mir Angst ein, wenn sie in den Augenblicken vor dem Einschlafen zu mir zurückkehrten (habe ich dir schon erzählt, daß ich gelernt hatte, sie herbeizurufen? Ja.), und ich fühlte, daß ich, anstatt etwas zu erfahren, irgend etwas, statt dessen eine schmerzliche, eine unheilbare Wunde davongetragen hatte; daß ich, sosehr ich mich auch darum bemühte, nicht länger wirklich meinen konnte, was ich sagte, oder sagen, was ich wirklich meinte. Und dann durchfuhr mich ein Fauchen der Angst. Dann starrte ich aus den Augen des Kopfes heraus und überlegte, ob es nicht warm genug sei, um nachzusehen, was Teeplee heute vorhatte.

So verbrachten wir dann den Tag miteinander, bis zum Kinn in unzerstörbares Engelszeug gewickelt – er in sein gestreiftes und bestirntes Gewand, ich in meinen schwarzen Umhang, und meinen Hut –, kletterten über den alten Unrat und sprachen über uralte Dinge, bis uns Hände und Füße taub wurden; in der klirrenden Kälte stapften wir dann zu seinem Loch in der Ruine zurück, um unsere Schätze abzuladen und uns darüber zu einigen, wer was nehmen sollte. Da ich hauptsächlich wegen des Spaziergangs und wegen der Gesellschaft mitging, bekam er immer die besten Sachen, obwohl ich zum Schein feilschte, um seine Gefühle nicht zu verletzen. Er feilschte erbittert um tote, nutzlose Geräte und ließ erst nach langem Nachdenken und vielen beharrlichen Versicherungen, daß man sie doch sicher zu irgend etwas verwenden könnte, ab von ihnen.

Manchmal waren wir zwei oder drei Tage unterwegs, wenn Teeplee ein schönes, großes Stück ›Siedlung‹ entdeckt hatte, wie er es nannte; manchmal brachte er einen von seinen Jungen mit, aber nie eine Frau. (»Das ist Männerarbeit«, sagte er immer mit vorgerecktem Kinn.)

Er kannte viele Sagen und Märchen über die Engel, dieser Teeplee, obwohl ich nie genau wußte, wieviel ich davon glauben sollte. Ich fragte ihn, warum alle Siedlungen, die ich je gesehen hatte, gleich aussahen: alle die kleinen, baufälligen Hütten waren gleich, jede hatte einen Raum als Küche und einen Steinraum zum Waschen. War denn keiner der Engel je auf die Idee gekommen, die Dinge einmal anders zusammenzustellen? Er sagte, wenn mich das, was ich gesehen hatte, schon überraschte, dann hätte ich soweit reisen sollen wie er, dann hätte ich es überall gesehen, Siedlungen, die sich soweit erstreckten, wie das Auge reichte, so drückte er es aus, und, ja, überall genauso ausgestattet, wie die Engel es immer machten, so konnten sie Tausende von Meilen von einer Küste zur anderen reisen und eine Kiste vorfinden, die ganz genauso war wie eine, die sie verlassen hatten. Er sagte, manche hätten sogar so eine Kiste mit sich herumgezogen, wo immer sie hinkamen, wie eine Schnecke ihr Haus, nur für den Fall, daß sie irgendwo haltmachten, wo nicht alles so war, wie sie es haben wollten. Stell dir das nur mal vor, sagte er, sie rasten über gewaltige Entfernungen, soweit, wie du nie reisen wirst, selbst wenn du viele Leben hättest, und fanden überall Siedlungen vor, die genau gleich waren, und sie wollten es auch noch so und nicht anders.

Nun, wie konnte er das wissen? Vielleicht gab es dafür auch eine ganz andere Erklärung. Vielleicht war es ein Gesetz gewesen, daß es so sein mußte.

An einem Tag voll Rauhreif, in einem riesigen Gelände voll großer, zusammengestürzter Blöcke, die durch ihr eigenes Gewicht in die Erde eingesunken waren – es sah aus, als habe die Erde den Mund zu voll mit Engelswerk genommen –, fand ich etwas Gutes: eine große Schachtel voll glitzernder Schrauben, so gut wie neu. »So gut wie neu«, sagte Teeplee und zitterte vor Kälte und Neid. Den ganzen Rückweg über fragte er mich immer wieder, ob ich sie auch nicht verloren hätte, ob es nicht vielleicht sicherer wäre, wenn er sie trüge, und so weiter; und als wir wieder in der stickigen Wärme seines Unterschlupfs waren, legte ich die Schrauben zwischen uns auf den Tisch. Teeplee zog sich den Handschuh von einer Hand und tauchte die Hand in die knisternden Stücke: er betastete ihre sauber abgeschnittenen, spiraligen Ränder, steckte den Daumennagel in ihre Schlitze. »Eine Schraube«, sagte er; »ja, eine Schraube ist kein Nagel, es ist nicht, als würde man etwas mit einer Schnur zusammenbinden, mein Junge. Eine Schraube, eine Schraube hat …« – er ballte die Faust – »eine Schraube hat Autorität.« Dann, als wäre die Antwort eigentlich gar nicht wichtig für ihn: »Was willst du dafür haben?«

»Nun«, sagte ich, »ein Paar Handschuhe könnte ich schon gebrauchen.«

Schnell zog er seinen Handschuh wieder über die nackte Hand.

»Sicher«, sagte er. »Natürlich möchtest du schöne, warme Handschuhe, nicht so etwas wie diese Dinger hier.« Er hob seine schwarzen Plastikfinger und wackelte damit. Warum war auf jede Stulpe ein Stern gemalt?

»Ich finde, sie sehen gut aus«, sagte ich. »Unzerstörbar.«

»Du sagst ›Handschuhe‹«, sagte er. »Ich habe Handschuhe gesehen, im Vergleich zu denen sind das hier nackte Hände.« Er sah mich von der Seite an. »Es ist kein Paar.« Er hob die Hand, um jeder Kritik zuvorzukommen, die ich etwa äußern könnte, und ging in sein anderes Zimmer, um dort herumzusuchen.

Er kehrte mit etwas zurück, das in einen schmutzigen Fetzen eingewickelt war. »Es gibt Handschuhe«, sagte er, »und Handschuhe.« Er wickelte den Fetzen auf und legte vor mich auf den Tisch einen Silberhandschuh, der wie Eis schimmerte.

Wirst du mir glauben, Engel, daß ich, bis ich ihn dort sah – mehr wie eine Hand als wie ein Handschuh, wie der strahlende Schatten einer Hand –, vergessen hatte, daß Zhinsinura mit einem solchen Handschuh Boots manipuliert hatte, ich hatte völlig vergessen, daß der Handschuh, mit dem man mich durch Boots ersetzte, von der gleichen Art war wie der, den man St. Andy gestohlen hatte. Es ist so: erst als ich Teeplees Handschuh auf seinem rissigen Tisch sah, erinnerte ich mich an jenen anderen – nein, noch mehr: als ich ihn sah, wurde mir jener Augenblick wiedergegeben, ganz, mit all seinem Staunen und seinem Schrecken: ich sah den kleinen Raum, die durchsichtige Kugel und ihren Sockel; ich sah, wie Zhinsinura sich den Handschuh überstreifte, und hörte sie sagen: ›Schließ deine Augen!‹ Zu viele Wunder waren diesem einen beinahe unmittelbar gefolgt: ich hatte völlig vergessen.

»So einen Handschuh habe ich schon gesehen«, sagte ich, als der Augenblick – nicht verblaßt, nein – vorübergegangen war.

»Sehen ist eine Sache«, sagte Teeplee. »Haben ist eine ganz andere.«

»Und ich kenne eine Geschichte von einem solchen Handschuh, vielleicht sogar von diesem.« Es gab einen Raum – einen einzigen Raum, nur einen Punkt sogar –, an dem sich alles in meinem Leben überschnitt. Ich spürte, daß mein Verstand sich überkreuzte, so, wie meine Augen überkreuz schauen können.

»Wegen dieser Schrauben«, sagte Teeplee.

»Ja, ja«, sagte ich. »Nimm sie nur!« Er tat es, langsam, erstaunt über meine Gleichgültigkeit, unsicher, ob er nicht vielleicht doch einen schlechten Tausch gemacht hatte. »Wo hast du ihn gefunden?« fragte ich.

»Nun ja, er ist jedenfalls hier.«

»War dort bei dem Handschuh, irgendwo in seiner Nähe, ein Ball – ein Silberball, nun, vielleicht nicht wirklich Silber, aber von dieser Farbe?«

»Nein.«

»Bist du sicher? Vielleicht doch. Würdest du noch einmal dorthin gehen? Ich könnte dich begleiten.«

Er sah mich mit zusammengekniffenen Augen an. »Was ist mit diesem Ball?«

»Ich weiß nicht, was damit ist«, sagte ich und lachte über seine Verwirrung und über meine eigene. »Ich weiß es nicht. Ich wollte, ich wüßte es. Ich weiß nur, daß ich alles dafür geben würde, was ich besitze, um ihn zu bekommen, nicht daß das sehr viel wäre.«

Er kratzte sich seinen kahlen Busserkopf und schaute düster auf den Handschuh hinunter. »Es ist doch nicht einmal ein Paar«, sagte er.

Und so hatte ich also etwas, worüber ich nachdenken konnte. Lange Zeit legte ich ihn nicht an. Er lag fleckenlos und unglaublich mitten unter meinen Sachen, und ganz gleich, wie ich ihn faltete, immer nahm er die Gestalt einer lebendigen, menschlichen Hand an, obwohl er fein und beinahe gewichtslos war, wenn man ihn in der Hand hielt. Als ich ihn schließlich überzog – er glitt gefräßig über meine Finger und mein Handgelenk, als hungere er nach langen Jahren nach einer menschlichen Hand –, nahm ich ihn augenblicklich wieder ab. Ich glaube, ich hatte Angst davor, was meine Hand da drinnen tun könnte. Von da an sah ich ihn nur an und dachte darüber nach – ich dachte in Kreisen.

Es gab auch noch andere Dinge, die mich in den Nächten beschäftigten. Der andere behauptete, dadurch würde ich sie nur noch mehr begehren, und ich gestand das ein; jedenfalls waren meine Rekonstruktionen unserer bleichen Dämmerträume nur schwach, wir hatten zu wenig Kennzeichen angebracht. Manchmal lag ich mit hochgezogenen Röcken da, rieb verzweifelt an dem unnützen Ding herum und ertappte mich dabei, wie ich gleichzeitig ebenso nutzlose, kalte Tränen vergoß.

Du solltest wirklich nicht lachen.

Dritte Facette

Es kam ein Tag, an dem ich einsah, daß der Winter ewig war; obwohl es Tage gab, an denen es nicht fror, und Tage, an denen die Sonne schien, würden darauf immer wieder Kälte und Regen folgen.

Jener Tag hatte schön begonnen, aber der Nachmittag zerrte wieder von überall die Wolken herbei, und sie fingen erneut mit ihrem unablässigen Weinen an. Gegen Abend schwächte sich das Nieseln zu einem Schnüffeln ab, aber die Wolken hingen tief und ausgebeult herab und hatten noch mehr vor. Ich saß da und rauchte, ließ auf der Innenseite des konkaven Augapfels einen kleinen Stapel rosafarbener Asche anwachsen, mit der der feuchte Wind spielte. Nein, in diesem Jahr gab es keinen Frühling; der Wald war vor Verzweiflung ganz glitschig und ausgekühlt bis ins Mark. Nicht ganz tot, nicht erfroren; den ganzen Winter über war nur wenig Schnee gefallen. Aber hoffnungslos.

Sei dankbar, sagte er zu mir, daß sie nicht da war und du nicht zurückkehren konntest zu ihr. Sie wußte, daß du nicht so sein würdest wie sie, wenn du von Boots zurückkamst, daß du nur ein armer Krüppel sein würdest, nicht das eine und auch nicht das andere; nicht du selbst, den sie zuerst liebte, aber auch niemand anders.

Ich verstehe nicht, sagte ich ihm. Ich habe nichts verstanden, und jetzt ist mir nichts mehr geblieben. Ich habe um ihretwillen meine tiefste Weisheit umgestoßen, habe mich zu einem klaren Teich gemacht, in dem sie sich spiegeln konnte. Und jetzt ist nur noch leerer Himmel da.

Nun, siehst du es denn nicht? fragte er. Du hast versucht, transparent zu sein.

Wie der Mauerweg, sagte ich.

Sie muß opak werden, du mußt transparent werden. Es gibt auf der Erde keine Kraft mehr, die stärker wäre als die Liebe, aber …

Opak, sagte ich. Ja.

Transparent, sagte er.

Jedesmal, wenn ich ihr enthüllte, daß ich in ihr etwas gesehen hatte, veränderte sie es im gleichen Augenblick, um sich noch tiefer zu verbergen.

Sie wollte es selbst nicht wissen, sagte er. Das kannst du ihr nicht verübeln.

Es war, als folgte ich ihr in eine Höhle und bezeichnete meinen Weg durch eine lange Schnur; und gerade, als ich ans Ende der Schnur kam und ihr daher nicht weiter folgen konnte, riß mir Dr. Boots die Schnur aus der Hand.

Es war sowieso nur eine Einbahnstraße, sagte er. Es führt also kein Weg heraus.

Darüber, sagte er, sind wir einer Meinung.

Nun, sagte ich, dann ist es, glaube ich, an der Zeit, diese Bürde zu erleichtern.

Ich ging zu dem Bündel, das alles enthielt, was ich besaß, und nahm den Kasten heraus, der die Vier Töpfe enthielt. Ich nahm ihn mit zum Fenster zurück, öffnete den Verschluß und machte den Deckel auf. Der erste Topf war blau und enthielt eine orangefarbene Substanz – die beiden Farben des Hauses, das Achtundzwanzig Essenzen hieß; das waren Töchter der Medizin für jegliche Krankheit. Der zweite Topf war schwarz und enthielt die rosafarbene Substanz, mit der ich mich aus einem Knoten mit Sieben Hände hinausgeträumt hatte. Der dritte war silbern und enthielt die schwarzen Körnchen, die einem eine Bürde erleichtern. Der vierte war knochenweiß und enthielt die weiße Entscheidung der Engel, die Sprich-ein-Wort einmal abgelehnt hatte, während ich zusah (nein, sagte sie, dieses Jahr nicht). Ich hob die brennende Zigarre auf, die ich auf die Fensterkante gelegt hatte; ich hielt sie fest zwischen zwei Fingern, schloß die Augen vor dem aufsteigenden Rauch und dachte über die Töpfe nach. Ich dachte an Houd, wie er vor dem Spiegel stand, auf dem ein Mann mit hohem Hut abgebildet war, der einem Jungen riesige Töpfe gab. »Das gießt dunkel und leicht zusammen«, hatte er gesagt, »und man denkt eine Zeitlang nur über den Zusammenguß nach, und nicht über alles.«

»Alles?« fragte ich.

»Das ist Relativität«, sagte er.

Nun denn, Relativität, was immer das ist; wir werden einen Zusammenguß versuchen. Ich öffnete den silbernen und den schwarzen Topf; aus dem einen nahm ich ein schwarzes Körnchen wie ein Stückchen Asche und schluckte es. Ich befeuchtete meinen Daumen und drückte ihn auf die rosa Oberfläche des anderen Topfes, dann strich ich mit dem Daumen über die Innenseite meiner Lippe. Und dann rauchte ich weiter, ließ im Fenster einen Haufen Asche anwachsen, den der stärker gewordene Wind in die Nässe davonblies.

In meinem Kopf war gerade genügend Platz für das Spiel, obwohl Leute, die im Hintergrund standen und zusahen, die Fensteraugen füllten und verdunkelten. Die Spieler saßen Wange an Wange mit hochgezogenen Knien im Kreis. Sie spielten nur mit einem Ball, und obwohl viel geplaudert wurde, gab es keinen Streit darüber, wer anfangen sollte: der Ball begann auf dem Knie meiner Mutter.

»Welches Knie?« fragten sie, und die Klatschbase Lach-Laut bewegte den Ball auf das Knie von Mbaba. »Was den Silberball und den Handschuh angeht«, sagte Mbaba, »die sind verschwunden; aber sonst, schau her!« Und sie öffnete ihren Mund und zeigte mir ein makelloses Gebiß, grün wie Gras.

»Welches Knie?« hieß es, und der Ball wanderte auf das Knie von Rotbemalt und von dort zum Knie von Sieben

Hände, und der sagte: »Eines Tages, mein Großer, eines Tages«, und zurück zu Rotbemalt, die gerade sagte: »Ein Knoten in der Schnur, da muß ich lachen.«

Der Ball hing in ihrer langen, sicheren Zange in der Luft. »Welches Knie«, sagten sie, und der Ball wanderte auf das Knie von Einmal-am-Tag. Sie hob ihre unwahrscheinlich blauen Augen und sagte: »Für immer.«

»Frag die Frauen«, sagte Sieben Hände und versetzte den Ball zu In-einer-Ecke, der rauchend dasaß und leise sagte: »Leichter als Luft, leichter als Luft.«

»Ein alter Witz von Roy«, sagte Einmal-am-Tag und gab mich an Rotbemalt weiter. »Viele Leben«, sagte die, »viele Leben in dem Augenblick zwischen Geburt und Sterben.«

»Jetzt ist Frühling«, sagte Einmal-am-Tag und bewegte mit unsicherer Hand ihre Zange auf den Ball auf Rotbemalts Knie zu. Zhinsinura schüttelte langsam den Kopf, als die Zange näher kam.

»Wie viele Leben hat eine Katze?« fragte sie.

»Neun«, sagte Rotbemalt.

»Fehler«, sagte Houd, der ein Armband aus blauen Steinen trug; und er legte den heruntergefallenen Ball mit seiner Hand mit den gelben Nägeln auf sein eigenes Knie.

»Welches Knie?« fragten sie alle. Und die Zange griff nach dem Ball. »Der Große Knoten und die Erste Falle ergeben die Kleine Falle, die Kleine Falle und die Expedition ergeben das Zweite, kleine Tor, oder bei der Blätterschnur die Große Geöffnete Falle«, sagte Rotbemalt, und der Ball fing wieder an, von Knie zu Knie zu fliegen.

»Die Fliege kann in jede Richtung schauen«, sagte der Knospende und legte mich auf das Knie des Blühenden. »Und sie sieht nichts, das sie aufhält«, sagte der Knospende; »aber sie kann sich trotzdem nicht bewegen.«

»Und das soll eine Lehre sein«, sagte der Blühende und legte mich auf Blinks Knie. »Wir sind alle Menschen ohne Bein«, sagte Blink gähnend. »Ein verlorenes Bein wird nicht wieder gut, wie etwa eine Erkältung.«

»Bist du schon ein Heiliger?« fragte der Knospende, und der Blühende legte mich wieder zurück auf das spitze Knie von Einmal-am-Tag. Blink sagte: »Teile«, und legte mich auf das Knie eines anderen Mädchens, eines Mädchens in einem sternenbesetzten, schwarzen Gewand mit einer großen Katze neben sich, die alles beobachtete. »Wie kannst du an mich denken«, sagte sie, »wenn ich nicht da bin?«

»Fehler! Zwei Fehler«, sagte die Katze. Man hob den Ball auf, und er wanderte auf das Knie von Zher. Einmal-am-Tag sagte leise: »Schön.«

»Schließlich«, sagte Rotbemalt, als sie eine Pause machten, »ist es nur ein Spiel.«

»Welches Knie?«

Der Ball ging schnell reihum. »Das Ziel ist«, sagte Houd, »nie zu entdecken, daß man es spielt.«

»Irgendwann einmal«, sagte Rotbemalt, »transparent zu werden; und durch das transparente Leben vom Tode befreit zu sein.«

»Zu lernen, damit zu leben«, sagte Blink. »Wir lernen, damit zu leben; wir versuchen es. Wir haben unsere Systeme und unsere Weisheit ...«

»Wie spricht man aufrichtig?« fragte Zhinsinura. »Tauschen wir doch unsere Geheimnisse aus.«

»Ich kann mich nicht an Rätsel erinnern«, sagte Einmal-am-Tag.

»Die Begrüßung, der Hauptteil und die Schlußformel. Dort kannst du einen Pfad hindurchfinden.«

»Einen Pfad«, sagte Rotbemalt.

»Ist nur ein Name«, sagte Zhinsinura.

»Ist auf deine Füße gezeichnet«, sagte Mbaba.

»Für den Ort, wo du bist«, sagte Zhinsinura.

»Als wir wanderten«, sagte Mbaba.

»Wo du darauf gegangen bist«, sagte Zhinsinura, »ist nur eine Geschichte.«

»Und dann und dann und dann«, sagte Blink.

»Manche der Geschichten sind schön ...«

»Das ist Relativität«, sagte Houd.

»... und andere nicht. Das ist dunkel und leicht.«

»Er war vielleicht dunkel«, sagte der mit dem Stock und hob den Ball mit einer Zange aus feuchtem, schwarzem

Holz auf. Der Ball rutschte und wackelte in der Astgabel. Er bekam ihn nicht in den Griff. Und sie hatten so gut gespielt.

»Wie viele Leben hat eine Katze?« fragte Puff. »Schnell!«

»Viele Leben«, sagte Rotbemalt, »viele Leben in dem Augenblick zwischen Geburt und Sterben.« Der mit dem Stock konnte den Ball gerade noch auf ihrem Knie ablegen, und alle sagten ›aaah‹.

»Welches Knie?« fragten alle. »Das Knie von Dr. Boots«, sagte Einmal-am-Tag leise. »Jetzt ist Frühling.«

»Und aufrichtig Sprechen ist ...

»Transparent«, sagte Rotbemalt.

»Und dunkel und leicht ist ...«

»Opak«, sagte Zhinsinura.

Der Ball, mit dem sie spielten, war eine Haselnuß. Zhinsinuras Zange, die danach griff, war wie ein Nußknacker. »Opak, transparent«, sagte der Ball. »Wie der Mauerweg.«

»Fehler«, sagte Einmal-am-Tag ein wenig traurig, aber wo, als habe sie es erwartet.

Zhinsinura lächelte und hob den Ball mit den Fingern auf. »Mauerweg«, sagte sie. »So etwas gibt es nicht.« Sie legte die Nuß in ihren Nußknacker ein.

»Drei Fehler«, sagte Teeplee. »Das Spiel ist aus.« Zhinsinura knackte in aller Ruhe die Nuß.

Bei diesem Geräusch blickte ich auf. Über mir zog sich ein dünner Riß über die ganze Breite des Schädels, seitlich spreizte er Finger ab.

Die Zigarre in meiner Hand war ausgegangen. Brom schlief, aber nicht im Bett, wo er gewöhnlich lag. Durch die Tür im Fußboden konnte ich das Feuer niedrig und schattenhaft brennen sehen. Draußen hörte ich das schwere Geräusch des Abends, dann erkannte ich, was es war – Regen. Der Riß im Schädel erweiterte sich mit einem kleinen Geräusch, und ich sprang mit einem Schrei auf, der den Doktor weckte, aber Brom nicht.

›Was für einen Doktor?‹

»Aber das stimmt nicht«, sagte ich. »Es waren gar nicht wirklich drei Fehler.«

»Ja«, sagte der Doktor. Sie war nicht alt, aber ihr Haar war weiß und die Hände, mit denen sie mein schwarzsilbernes Tuch an sich gezogen hatte, waren voll Falten. Sie bewegte sich, und das Bett knarrte unter ihr. Sie sah mich mit großen, stillen Augen an.

»Weil«, sagte ich, »ich doch weiß, wie man aufrichtig spricht.«

»Ja«, sagte der Doktor.

»Es geht genauso wie dunkel und leicht.«

»Ja«, sagte der Doktor.

»Ja«, sagte ich, »denn wenn man aufrichtig spricht, erzählt man jedem, der einen hören kann, von dunkel und leicht, genau in diesem Augenblick. Je besser man eine alte Geschichte erzählt, um so mehr spricht man über den gegenwärtigen Augenblick.«

»Ja«, sagte der Doktor.

»Also bin ich immer dunkel und leicht gewesen. Ich brauchte es nie zu lernen, weil ich es nicht wußte.«

»Ja«, sagte sie.

»Und ich habe nie aufgehört zu sagen, was ich wirklich meinte, oder wirklich zu meinen, was ich sagte, denn wie hätte ich es anders machen können?«

»Ja.«

»Dann gibt es keinen Unterschied. Es ist ganz das gleiche.«

»Ja.«

»Und das bedeutet es dann wohl auch, wenn man sagt, daß es so etwas wie den Mauerweg nicht gibt?«

»Ja.«

»Gut. In Ordnung. Also zwei Fehler.«

»Ja.«

»Das Spiel geht weiter.«

»Ja«, sagte der Doktor.

Ein lautes Knacken über mir ließ mich den Kopf einziehen. Ich blickte nach oben. Der Spalt in meinem Kopf erweiterte sich fürchterlich. Regen sickerte herein, machte Flekken auf dem weißlichen Grau. Brom blickte erst zur Decke und dann zu mir. Ich ging zu meinem Bündel, warf die Vier

Töpfe hinein und suchte meine Brille. Ich setzte sie auf. »Ich glaube«, sagte ich, »es ist jetzt Zeit zu gehen.«

Der Doktor beobachtete mich, als ich dicht an die Stelle im Bett herankam, wo sie lag. »Damit können wir uns beide zudecken, es ist groß genug«, sagte ich und zog die Schwarzsilberne weg, mit der sie bedeckt war.

In dem düsteren Licht dachte ich, da sei eine Katze mit ihr im Bett; aber natürlich war sie die Katze. Sie drehte sich vorsichtig und graziös um, stieg auf allen vieren aus dem Bett und ging über den Fußboden. Ihre getigerten Beine und Schenkel waren wie die von Fa'afa bei der Liste; ihre Hände halfen mir, über den Fußboden zu gehen und aus dem Fenster zu sehen. Da saß sie, die Knie hochgezogen, die Hände auf dem Fenstersims. Ihr Schwanz fegte herum und bedeckte ihre Krallenfüße. Über uns knirschte und spaltete sich der Schädel; ein feines, weißes Pulver rieselte herunter.

»Jedenfalls«, sagte ich, als ich meine Stimme wiederfand, »müssen wir fort.«

Sie schaute von mir zum Regen und dann zur Tür im Fußboden. Lautlos tapste sie darauf zu und verschwand. Brom folgte ihr. Ich schulterte mein Bündel, nahm die Schwarzsilberne, setzte meinen Hut auf. Dann blickte ich nach oben. Der Schädel hatte ein ganzes Netz von Sprüngen.

Sie warteten an der Außentür, mit dem nachdenklichen Widerwillen, den Katzen gegen Regen an den Tag legen. Brom mußte selbst die Entscheidung treffen; ich ging zögernd zum Doktor und kniete vor ihr nieder. Der nasse Wind von der Tür her ließ sie erschauern, aber als sie sah, daß ich den Silberhandschuh trug – wie er an meine Hand kam, weiß ich nicht –, wurde sie ganz ruhig, hob langsam die Arme und ließ sie mir um den Hals gleiten. Mit einem leisen Schrei, ich weiß nicht mehr, ob es ein Ja oder ein Nein war, legte ich einen Arm unter sie, hob sie auf und trug sie. Und dann traten wir in die Nacht und in den Regen hinaus. Die Blätter trieften unter meinen Füßen, als ich den Abhang hinunter von meinem Kopf wegstolperte. Regennasse Windböen fegten über den Weg, und ich wäre mit meiner Last beinahe gestolpert. Hinter mir glaubte ich zu hören, wie der Kopf, den ich verlassen hatte, zerbröckelte. Ich wollte zurückschauen, aber da war nur Dunkelheit und Wald, und die Hände des Doktors hielten mich fest. Ich konnte ihren Atem spüren, sanft und warm, als schliefe sie, und obwohl ich sie bei jedem Stolpern und Schlittern fester packte, war sie ganz entspannt; sie schien sich unter dem Gewand, das uns bedeckte, sogar an mich zu kuscheln.

Als wir an STRASSE kamen, die breit und kahl war, blieb ich stehen. Ich schaute in beide Richtungen, aber da gab es nur Wind, Regen und Steine, und dunkle Bäume mit schwarzen Knochen. »Ich glaube«, sagte ich, schon keuchend, »ich glaube, ich weiß, wo wir hingehen könnten.«

»Ja«, sagte der Doktor gedämpft durch das schwarze Tuch. Sie seufzte, und wir wandten uns nach Norden.

Es war ein langer Marsch. Ich hatte schließlich einige Monate gebraucht, um von zu Hause soweit nach Süden zu kommen; der Marsch zu Blinks Wald und dann nach Süden bis Service City, und danach war ich noch einen ganzen Sommer lang immer weiter nach Süden gegangen; und diese Last war schwer. »Und was ist mit dem Regen«, schluchzte ich mit schmerzenden Lungen, »was ist mit dem Frühling, der nicht kommt ...« Als schließlich eine von Nieselregen erfüllte Dämmerung anbrach, als ich auf einem kahlen, mit Schnee befleckten Hügel stand und hinunterschaute in das Tal Jenes Flusses, von dessen verborgenem Lauf weißer Dampf wie Winteratem aufstieg, da waren meine Arme und Hände so lange ineinander verschlungen gewesen, daß ich wußte, das Loslassen würde die größte Schwierigkeit sein.

»Irgendwo«, sagte ich zu ihr, »unten in jenen Hügeln, jenseits Jenes Flusses, ist ein Wald; und in diesem Wald, wenn du ihn kennst, gibt es einen Pfad. Der Pfad wird deutlicher, je weiter man geht, bis er sich unter den Bäumen erweitert, und dann sieht man eine Tür. Die Tür wird deutlicher, je näher man herankommt, bis man schließlich davorsteht; und dann kann man eintreten und sich umsehen. Ein Mädchen, dessen blaue Augen so opak sind wie der Himmel, spielt Ringe, und sie blickt auf, wenn man eintritt. Aber ich kann nicht mehr weitergehen.«

Ich brach in die Knie und setzte meine Last ab. Langsam, zitternd, löste ich meine Hände voneinander, während meine Muskeln mit aller Kraft zurückschnellten. Ich zog das Tuch weg, sah mir an, was ich mitgenommen hatte, und fragte mich, ob es sich gelohnt hatte, dieses Zeug so weit zu tragen.

Ein hübscher Plastikkrug war dabei und ein Trichter, mit dem ich Regenwasser aufgefangen hatte – so etwas ist knapp. Da war ein Spatenblatt, nicht zu sehr verrostet, und ein Stück weiße Wäscheleine. Da waren auch einige Bücher, größtenteils verrottet, die hatte ich Blink geben wollen, falls ich ihn je wiedersah. Ein paar Stücke Engelssilber – eines davon hatte Teeplee ein Hundehalsband genannt, ich dachte, es könnte nützlich sein. Und – das schwerste – eine Maschine, verrostet, wo sie nicht mit Plastik beschichtet war, sie sah irgendwie aus wie eine mechanische Ausgabe von Blinks Kreuzgitterwörtern: sie hatte Reihen von kleinen Schildchen mit Buchstaben darauf und andere, unverständliche Teile. Teeplee hatte gesagt, etwas verächtlich, es sei eine Buchstabiermaschine. Ich hatte sie behalten, weil ich sehen wollte, ob ich damit vielleicht das Buchstabieren lernen könnte.

»Aber das ist alles viel zu schwer«, sagte ich. »Einfach zu schwer.«

»Deine Fledderzeit ist also vorbei?« fragte Teeplee. »Ich dachte, die Sprechenden werfen nie etwas weg?«

Mein Herzschlag wurde langsamer. Der Hügel und das von Nebelfetzen erfüllte Tal schienen dünner zu werden, so als müßte ich mit meinen Sinnen nur noch ein wenig mehr Druck ausüben, um hindurchsehen zu können. Ich drückte: und was ich sah, war die Straße, die zu Teeplees Ruine führte, und der alte Fledderer selbst in seinem Sternen- und Streifengewand. Ich war die ganze Nacht hindurch gewandert und hatte nicht mein Zuhause erreicht, mit dem Doktor auf dem Arm, sondern nur diese Stelle, und mit einer Ladung Schrott. Hinter mir war der Kopf wahrscheinlich noch ganz heil. Aber das war gleichgültig: ich würde nicht zurückgehen.

»Nein, sie ist nicht vorbei«, sagte ich. In dieser realen Umgebung klang meine Stimme dünn und unsicher. »Aber dort haben sie schon eine ganze Menge Zeug.«

»Wohin gehst du?« fragte er.

»Nach Hause«, sagte ich, »jetzt, wo der Frühling kommt.« Und das war auch so: der Regen hatte ihn angekündigt, und ich hatte es nicht gewußt; aber jetzt, wo ich vor diesem stummen Haufen Schrott kniete, war es ganz klar: in den nassen Büschen rings um mich hatte jeder Wassertropfen auf jedem Zweig einen grünen Punkt in der Mitte, und der Wind, der das nasse Gras durchkämmte, zeigte, daß da zarte, junge Triebe keimten. Natürlich hätte Boots so ein Geheimnis nie verraten, sie hätte mir nie zugeflüstert, daß der Frühling sicher kommen würde, so lange nicht, bis ich vergessen hätte, daß er überhaupt möglich war. Das ist dunkel und leicht, dachte ich, das ist der Frühling; jetzt ist es schön. Damals ließ ich den Doktor los; und das Loslassen war wie ein Fallen, als fiele ich sanft rückwärts in ein wartendes Paar Hände, das ich nie sehen würde, das aber zweifellos da war.

»Aber wie wäre es damit?« fragte Teeplee und nahm aus seinem Gewand etwas Kleines heraus, ein Stück Wintereis, nein, etwas anderes. »Ich habe einen Ausflug gemacht«, erklärte er mir.

Es war kein richtiger Ball; es sah eher aus wie einer der Knöpfe, die wie in Wasser innerhalb von Boots' Sockel schwebten. Ich hob den Silberhandschuh an meiner Hand. »Gib ihn mir«, verlangte ich.

»Das kostet dich etwas«, sagte Teeplee.

»Alles, was ich habe«, sagte ich. Er tat, als wolle er mir das Ding geben, ließ es aber los; vielleicht wollte er es fallen lassen, aber es fiel nicht zu Boden: mein Handschuh begann zu tönen, ein seltsames Pfeifen ging von ihm aus und kam doch nicht von ihm, der Ball schwebte auf ihn zu und landete so sanft wie ein Vogel in meiner Hand.

Und als Ball und Handschuh vereinigt waren, schickten sie einen Doppelton aus, einen Ton, den irgendeine Maschine hier in der Stadt hörte, ist das richtig? Ja. Irgendein Engelsohr hatte wer weiß wie viele Jahrhunderte darauf gewartet, diesen Ton zu hören: und als er gehört wurde, begann Mongolfier mit seinen Vorbereitungen.

»Das Zeug ist nicht viel wert«, sagte Teeplee und stieß mit der Zehe gegen meine Schätze. »Reicht nicht für so etwas Gutes wie diesen Ball. Das Ding ist wirklich gut und in tadellosem Zustand.«

»Gut«, sagte ich; und ich fand in meinem Ärmel ein glänzendes Stück altes GELD und nahm es heraus, das Stück, mit dem ich ›gekauft‹ worden war. Ich hielt es einen Augenblick lang fest, spürte unter meinem Daumen das nach oben strebende Haar über dem Engelsgesicht, das darauf eingeschnitten war, aber es war mir nicht mehr wichtig. Ich hatte gefunden, was verloren war, und konnte es ins Labyrinth bringen und wieder an seinen Platz legen, und ich konnte die lange, seltsame Geschichte erzählen, wie ich dazu gekommen war: und wenn ich es Teeplee im Austausch für den Ball von St. Andy gab, konnte mich das jedenfalls auch nicht befreien, denn mit GELD ist es wie mit allem, wie mit allem anderen, was die Menschen tun: es geht immer nur in eine Richtung.

Vierte Facette

Es war beinahe Sommer, als ich wirklich auf dem Hügel stand, der über das kleine Tal hinblickt, wo Klein Belaire lebt, denn diese Stelle gibt es wirklich; es war mit mehr Einzelheiten ausgestattet als in meinem Zusammenguß, und natürlich war alles grün, aber ich erkannte sie doch. Es war genau die Zeit, zu der ich fortgegangen war, drei Jahre zuvor. Zuerst hatte ich so schnell ich konnte den Hügel hinunterrennen und den Pfad zur Tür der Schnallenschnur suchen wollen; aber an dieser Stelle hielt mich etwas fest. Ich richtete mein Lager für die Nacht her, wie ich es unterwegs jeden Tag getan hatte, und setzte mich. Die Nacht kam mit einem Mond, der beinahe voll war; wieder wurde es Tag.

Ich dachte: Wenn ich den Hügel hinuntergehe, wird es genauso sein wie damals bei Olive, ich werde plötzlich von weither eintreffen, eine große Katze mit freimütigen, gelben Augen neben mir, und mit einem schrecklichen Geheimnis.

Ich habe dir nicht erzählt, daß mich Brom in meinem ersten Lager, das ich errichtete, nachdem ich Teeplee verlassen hatte, fand. Er erschreckte mich, als er sich ans Feuer heranschlich, und dann lachte ich laut auf, als ich ihn sah. Aber nachdem er an meinem Atem geschnuppert hatte, nur um sicherzugehen, daß ich auch wirklich ich war, und das Lager angeschaut hatte, legte er sich lediglich mit einem Seufzer nieder und schlief ein. Eine Katze.

Brom war es, der meinen Besucher zuerst sah. Ein weiterer Tag war vergangen: ich konnte mich immer noch nicht entschließen, den Hügel hinunter und über Jenen Fluß zu gehen, so lag ich auf dem Rücken, blickte in die goldgrünen, frischen Blätter hinauf und dachte an gar nichts; da hörte ich, wie Brom dieses Geräusch machte – *ak-ak-ak-ak* – das manche Katzen machen, wenn sie Vögel sehen, oder einfach so, ohne Grund, zum Himmel hinauf. Ich rollte mich herum, um zu sehen, weshalb er so kicherte – vielleicht schwebte ein Falke am Himmel –, und setzte mich mit einem Schrei auf.

Jemand ließ sich an einem rissigen, weißen Schirm aus dem bewölkten Himmel herunter.

Es war eine große Halbkugel, durchscheinend weiß. Von ihren Rändern gingen Seile aus, die die Halbkugel über einem Ball aus Luft straff hielten; und in den Seilen hing wie eine Fliege in einem Spinnennetz ein Mensch, er hielt sich fest, seine Füße bewegten sich träge, während er herabschwebte. Ich sprang auf und rannte los, folgte seiner langen Bahn nach unten, wie sie sich mit dem Wind veränderte. Als das Ding näher kam, schien es größer zu werden; ich konnte den Mann in den Seilen deutlich sehen. Er winkte mir zu, dann widmete er seine ganze Aufmerksamkeit der Aufgabe, dieses Ding zu steuern, indem er an den Seilen zog, damit es auf die Hügelwiese fiel und nicht in die Bäume. Er prallte auf den Boden, mit schnellen, überhaupt nicht sanften Bewegungen, und es schien sicher, daß er den Boden mit einem gewaltigen Aufschlag berühren würde, trotz seines Schirms, der jetzt wie eine sehr schlechte Konstruktion aussah und überhaupt nicht zu funktionieren schien. Ich hielt den Atem an, als er mit den Füßen die Wiese berührte. Genau in diesem Moment warf er sich herum, vermutlich, weil er seinen Sturz auf diese Weise bremsen wollte; und hinter ihm kam die Kugel herunter, sie war doch nur aus Stoff, sie fiel zusammen und bauschte sich in der Brise nach außen.

Der Stoffschirm versuchte recht kraftlos, sich auf der Brise wieder zu erheben, aber jetzt war der Mann auf die Beine gekommen und wurde von dem Schirm mitgezogen, er bemühte sich, sich loszumachen, kämpfte mit wilder Entschlossenheit, ihn anzuhalten; schließlich kam er frei und begann das Ding mit heftigem Zerren einzuholen, während es sich wie ein massiver Nebel über den Boden kräuselte und in die Höhe stieg. Ich kam mit einem Stein dazu und warf ihn auf den Stoff, um ihn am Boden festzuhalten. Danach war es einfach; der Mann faltete das Ding irgendwie zusammen, drehte sich um und sah mich an.

»Mongolfier«, sagte er, und ich wußte nicht, was ich darauf antworten sollte.

Er war ein bleicher, ernster Mann mit glattem, schwarzem Haar, das ihm immer über die Augen fiel. Von Kopf bis Fuß war er in einen engsitzenden, braunen Anzug gekleidet, Jacke und Hose knapp sitzend, mit vielen Taschen, und er trug seltsame, glänzende Stiefel, die ihm bis an die Knie reichten und mit meterlangen Bändern fest geschnürt waren. Ich lächelte und nickte und schickte mich an, näher zu kommen – aber da wich er zurück, ohne je seine dunklen, großen Augen von mir zu wenden, Augen, wie ich sie nur bei wilden Tieren gesehen habe, die eine schreckliche Verletzung erlitten hatten.

Genau in diesem Augenblick kam Brom vorsichtig hinter mir aus dem Gebüsch: und bei seinem Anblick schrie der Mann auf. Er wich zurück, es schien, als wolle er umfallen – er trug ein Bündel auf dem Rücken, das so groß war wie er selbst, und kramte verzweifelt in seinem Behälter, den er an seiner Seite trug. Er riß etwas heraus: es war eine handgroße Maschine mit einem Griff und einem schwarzen Metallfinger, den er auf Brom richtete. Stocksteif stand er da, mit dem Ding in der Hand, und starrte uns an. Erst als Brom, der seine Angst spürte, sich hinter mich schlich, setzte und vorsichtig herausspähte, steckte der Mann sein Ding wieder ein, dann hockte er sich, ohne Brom aus den Augen zu lassen, so hin, daß der untere Teil seines riesigen Bündels den Boden berührte. Er drückte auf einen schwarzen Fleck an seinem Gürtel und stand auf. Das Bündel blieb auf der Wiese stehen.

»Mongolfier«, sagte er wieder. An dem Bündel waren gar keine Riemen befestigt, es hatte eine unregelmäßige Form und war mit einem Tuch zugedeckt, das aussah wie mein eigenes schwarzsilbernes, es haftete daran, als sei es naß oder als drücke ein Wind es von allen Seiten gleichzeitig fest.

»Wie hast du das gemacht«, fragte ich, »das mit dem Bündel?«

Er hob die Hand, um mich zum Schweigen zu veranlassen. Mit der anderen Hand griff er in eine seiner vielen Taschen und zog eine weitere, kleine, schwarze Maschine heraus. Diese stülpte er sich über ein Ohr und rückte daran, bis sie festsaß; es sah aus wie ein großes, falsches, schwarzes Ohr. Und genau das war es auch. Er machte mit der Hand eine Bewegung, die ›Komm her!‹ bedeutete, die Augen schräg nach oben zu dem falschen Ohr hin verdreht, aber als ich auf ihn zutrat, sprang er weg.

»Du bist nervöser als die Kuh, die ich einmal hatte«, sagte ich; darauf zog er den Kopf ein und lauschte an seinem Ohr. Er verdrehte die Augen und biß sich auf die Lippen.

»Mehr Nerven«, sagte er langsam, als rede er im Schlaf, und wir starrten einander verwirrt an. Wieder winkte er mir, ich solle näher kommen, und ich wollte schon erneut auf ihn zutreten, als ich plötzlich verstand, was sich hier eigentlich abspielte. Wir sprachen nicht dieselbe Sprache. Er verstand nichts von dem, was ich sagte, und ich würde nichts verstehen, wenn er etwas sagte. Aber das falsche Ohr verstand anscheinend: es flüsterte ihm zu, was ich sagte, und dann antwortete er mir auf meine Art, so gut er konnte. Wenn das so war, würde es lange dauern, ehe ich ihn fragen konnte, was er oben im Himmel gemacht hatte, also setzte ich mich nieder und fing an zu sprechen.

Er setzte sich nach einer Weile ebenfalls und lauschte – seinem Ohr, nicht mir, manchmal nickte er, manchmal warf er verwirrt die Hände in die Höhe; er ballte die Faust vor dem Mund, bis seine Knöchel weiß wurden. Einige schwierige Sachen, die ich sagte, verstand er recht schnell, aber als ich ›Schönes Wetter‹ sagte, schaute er ganz verblüfft drein. Spät an diesem Tag ging die Unterhaltung ganz gut hin und her; er wählte seine Worte mit Vorsicht, und sehr viel davon war sinnvoll. Seine Augen hielten nie still, sondern flitzten immer kleinen Geräuschen nach, die Vögel und Insekten machten; als ein Schmetterling in seine Nähe kam, sprang er hoch. So saß er hier bei mir, gar nicht überrascht über meine Anwesenheit, und ich mußte mit ihm sprechen, als hätten wir seit langem vereinbart, uns hier zu treffen und das zu tun, aber jeder normale Vorgang erschreckte ihn. Das einzige, was ihn von seiner Angst ablenkte, war Zuhören und Sprechen, und damit kämpfte er heftig gegen sie an.

Schließlich winkte er mir, ich solle schweigen. Er zog seine gestiefelten Beine hoch und schlang die Hände darum. »Ja«, sagte er dann. »Jetzt muß ich dir sagen, warum ich hier bin.«

»Gut«, sagte ich. »Du könntest mir auch sagen, wie du hierhergekommen bist.«

Er knirschte vor Ungeduld mit den Zähnen, und ich winkte beschwichtigend ab. »Ich bin gekommen«, sagte er, »um unser Eigentum zurückzuholen, das sich, wie ich glaube, bei dir befindet.«

Seltsamerweise war ›Eigentum‹ ein Wort, das ich ihm gegenüber nicht verwendet hatte. Ich glaube, ich habe es in meinem Leben noch nicht zweimal ausgesprochen. »Was für ein Eigentum?«

Aus einer seiner anderen Taschen zog er einen feinen Silberhandschuh, der im Sonnenlicht matt wirkte. »Einen Handschuh«, sagte er, »wie diesen; und dazu, noch wichtiger, einen weiteren Gegenstand, ein kleines Ding, wie ein, wie ein ...«

»Ball«, sagte ich. Jetzt war ich an der Reihe, Angst zu haben. »Könntest du«, fragte ich und schluckte die Angst hinunter, »könntest du mir vielleicht eine Frage beantworten?«

»Drei«, sagte er und hielt drei Finger in die Höhe. »Drei Fragen.«

»Warum drei?«

»Tradition.«

»In Ordnung. Drei«, sagte ich. Ich zählte sie nach Art der Liste ab:

»Aah: Was ist mit diesem Ball und diesem Handschuh, und was haben sie mit den toten Männern wie Onkel Plunkett zu tun? Bee: Woher hast du gewußt, daß ich die Sachen habe? Und Tsee: Woher kommst du?«

Als er meine Fragen hörte, die Augen auf das falsche Ohr gerichtet, begann er zu nicken; er sah mich an, und zum erstenmal, seitdem er herabgestürzt war, lächelte er, ein seltsames, dunkles Lächeln, das entrückter war als sein verschlossenes Gesicht zuvor. »Sehr gut«, sagte er. »Ich antworte dir und beginne mit der letzten Frage – auch aus Tradition. Ich komme ...« – er deutete himmelwärts – »von dort. Aus einer Stadt dort, manche nennen sie Laputa. Ich wußte, daß du unser Eigentum hast, weil es einen Ton ausstößt – nicht den Ton, den du hörst, sondern einen anderen, viel feineren, den eine Maschine in der Stadt aufgefangen hat. Und es hat sehr viel zu tun mit dem Mann Daniel Plunkett, von dem du sagst, er sei tot, und den ich auf meinem Rücken von der Stadt hergebracht habe. Das ist er.« Und er deutete auf das schwarze Ding, das mitten in den Wiesengräsern hockte.

»Dann bist du ein Engel«, sagte ich, »wenn du mir solche Dinge erzählst.« Er hörte auf zu lächeln und lauschte, dann machte er eine Geste des Nichtverstehens. »Ich glaube nicht«, sagte ich nach einer langen Pause, »daß ich mit drei Fragen auskomme.«

Er setzte sich und nickte, als wolle er an eine große Aufgabe herangehen. Dreimal setzte er an, jedesmal hielt er wieder inne, als würde er abgewürgt; es war, als sei jedes Wort ein Stück von ihm und müsse unter Schmerzen aus seinem Inneren herausgerissen werden. Er erzählte mir, daß es nicht mehrere Städte am Himmel gebe, nur diese eine mit Namen Laputa, die die Engel gebaut hatten, als die letzten Tage bevorstanden; es war eine große Halbkugel, an der Grundfläche eine Meile im Durchmesser, und ganz transparent – ein feines Spitzenmuster aus dreieckigen Scheiben, er hatte ein Wort dafür, das ausdrückte, daß sie so zusammengefügt waren, daß sie ihr Gewicht selbst tragen konnten, und die Scheiben waren nicht aus Glas, sondern aus etwas – eher aus nichts – eine Substanz oder ein Zustand, der das Licht durchließ, selbst aber nichts war und sonst für nichts durchlässig war.

»Wie der Mauerweg«, sagte ich, und er sah mich an, sagte aber nicht, daß es so etwas nicht gebe. Er versuchte mir zu erklären, wie die Luft im Inneren aufgeheizt und die Luft draußen kälter sei, und verhaspelte sich dabei; und ich sagte, ich wüßte es: aus genau diesem Grunde sei das Ganze leichter als Luft.

»Ja«, sagte er. »Leichter als Luft.« Und so hob es sich in den Himmel, eine ganze Meile breit, gestützt durch seine vollkommene Einfachheit war es seitdem immer geschwebt, während Generationen von Engeln dort geboren wurden, lebten und starben. Er sprach von Maschinen und Motoren, und ich fragte mich zuerst, warum sie daran interessiert sein sollten, ihre Städte mit solchem Zeug vollzustopfen, bis ich begriff, daß er sagen wollte, ihre Maschinen seien immer noch vollkommen: sie taten immer noch, wofür sie gebaut waren. Ich schaute sein falsches Ohr an und dann das Bündel in der Wiese; er sah meinen Blick. »Ja«, sagte er, »sogar das funktioniert noch.«

Er erzählte mir, wie die Engel nach dem Sturm zurückgekehrt waren, um die vier toten Männer zu holen, ihr größtes Werk, und wie drei davon von der Liga zerstört waren und einer verschwunden; und jenem verschwundenen, Plunkett, waren sie gefolgt, wie auch die Liga es getan hatte, aber sie hatten ihn vor der Liga gefunden und ihn fortgebracht in die Stadt im Himmel. Nur, sagte er, habe ein Teil gefehlt: ein Ball und der Handschuh, mit dem man ihn bedienen konnte, die ... die ... Und dann hörte er auf und mußte wieder neu anfangen, mir Plunkett auf andere Weise zu erklären. Es dauerte lange, weil er immer wieder nachdenken, an seinen Knöcheln kauen und voll Ungeduld auf seine Stiefel schlagen mußte; und seine Spannung griff auf mich über, ich unterbrach ihn so lange mit Fragen, bis er mich anschrie, ich solle still sein.

Wir verstanden einander allmählich, als ich ihm sagte, ich hätte ein Bild von Plunkett gesehen. Er atmete tief ein und sagte mir: die Kugel, die Plunkett war, sei so etwas wie dieses Bild: aber sie sei kein Bild von seinem Gesicht, sondern von seinem Wesen. Anstatt sein Bild anzuschauen, um zu sehen, wie sein Gesicht aussah, mußte man sich die Kugel selbst auf den Kopf setzen, und so lange man diese Kugel trug wie eine Maske, so lange war man nicht selbst anwesend, sondern Plunkett; Plunkett wurde in einem selbst wieder lebendig, man schaute aus Plunketts Augen, nein, Plunkett schaute einem aus den Augen. Die Kugel war ganz gefüllt von Plunkett und wartete nur auf jemanden, in dem sie SEIN konnte; wie, wie die Bedeutung eines Wortes auf ein Wort wartet, dessen Bedeutung sie sein kann ...

»Wie ein Brief«, sagte ich. Er nickte langsam, war sich aber offenbar nicht ganz sicher, was ich damit meinte.

»Und der Ball und der Handschuh?«

»Um die Kugel auszulöschen«, sagte er. Die Kugel war nur ein Behälter; jetzt enthielt sie Plunkett, aber mit dem Ball und dem Handschuh konnte er sie leermachen, Plunkett würde nicht mehr da sein, die Kugel wäre so leer wie ein Spiegel, in den niemand schaut, und könnte dann statt dessen jemand anderen spielen. Der tote Mann würde tot sein.

»Doppelt und für immer«, sagte ich. »Ist das mit den anderen passiert?«

»Ich glaube schon.«

»Außer mit der fünften.«

»Es gab nur vier«, sagte er.

»Es gab fünf«, widersprach ich.

Er stand auf und ging zu seinem Bündel. Er hatte seinen Silberhandschuh übergestreift und zog damit das schwarze Tuch weg, das an dem Bündel haftete. Da stand eine durchsichtige Kiste oder ein Sockel mit Reihen von schwarzen und silbernen Knöpfen, die wie in Wasser darin schwebten, und oben auf dem Sockel befand sich eine durchsichtige Kugel, so groß wie der Kopf eines Menschen, in ihrem Inneren war anscheinend überhaupt nichts. »Es gab vier«, sagte er. »Es gab ein Experiment mit einem Tier. Das hat man gemacht, weil man nicht wußte, ob ein Mensch getötet oder verletzt würde, wenn man so ein Bild von ihm machte; wenn das Tier dabei getötet wurde, nun, das war nicht schlimm, aber dann würde man wissen, daß man es mit einem Menschen nicht machen durfte. Aber das Experiment war ein Erfolg. Und so machte man es mit vier Menschen.« Er setzte sich wieder und zog die Knie hoch. »Also war die fünfte Kugel, von der du sprichst, das Experiment. Es war eine Katze, eine Katze namens Boots.«

Der Abend war gekommen. Das Tal dort unten war dunkel, und die Schatten der Bäume griffen über die abfallende Wiese, aber wir waren immer noch im Licht; er in seiner braunen Kleidung, die Knie umklammert, ich und das Ding, das Plunkett war, obwohl Plunkett tot war.

»Ich bin diese Katze gewesen«, sagte ich.

Die Angst schaute ihm aus den Augen; sein bleiches Gesicht war verzerrt. »Und ich«, sagte er, »ich bin Daniel Plunkett gewesen.«

»Und dann zurückgekehrt.«

»Und dann zurückgekehrt«, bestätigte er.

»Engel«, fragte ich, »warum bist du hierhergekommen?«

»Ich habe deine Fragen beantwortet«, sagte er. »Nun mußt du mir eine beantworten.« Er setzte sich, rückte sein Ohr zurecht und fragte: »Wie würde es dir gefallen, ewig zu leben oder beinahe ewig?«

Die ganze Nacht, bis zum Aufgang des Mondes, versuchte ich, ihm zu antworten. Ich versuchte, ihm zu sagen, wie ich die vier toten Männer aus Stein gesehen und im Warmen gefröstelt hatte; wie es gewesen war, das Geheimnis zu lösen, und wie ich dazu Einmal-am-Tag nach Service City gefolgt und Boots gewesen war; wie die vier toten Männer immer der Kreuzweg in meinem Leben gewesen waren, an dem ich mich weiter in die Dunkelheit hineinwandte. Und er versuchte mir die ganze Nacht zu erklären, er sprach von Prozessen und Bildern, davon, wie schmerzlos und ungefährlich es sich gezeigt hatte. Wir redeten beide, und trotz seines Engelsohres verstand keiner den anderen.

»Du willst«, sagte ich, »daß ich anstelle von Plunkett euer toter Mann werde. Selbst wenn ich verstünde, wozu ihr einen solchen braucht, könnte ich mich nicht entschließen, es zu werden. Verstehst du das nicht?«

»Aber ich würde dir nichts wegnehmen«, sagte er zitternd vor Anstrengung. »Genausowenig, wie dir ein mit Zucker bestreutes Glas etwas wegnimmt, wenn du deinen Daumen daraufdrückst.«

»Ich weiß es nicht«, sagte ich. »Boots war in mir, als ich nicht da war. So lebendig wie immer. Ihr hat es nichts ausgemacht, glaube ich; aber ich glaube, einem Menschen würde es etwas ausmachen. Ich denke an eine Fliege, die in einem Plastikwürfel gefangen war. Sie konnte in jede Richtung hinausschauen, war aber nicht fähig, sich zu bewegen. Das erschreckt mich.«

»Fliege?« sagte er zu seinem Ohr. »Fliege?« Darin konnte er keinen Sinn erkennen. Ich rollte mir etwas zu rauchen und sah dabei, daß meine Hände zitterten. »Fliege«, sagte er verzweifelt. Ich riß ein Streichholz an, aber der Kopf flog zischend weg und traf Brom, der heulend aufsprang, und angesichts von alledem, der Fliege, der Flamme, von Brom und mir, der ich so dumm war, riß er sich das falsche Ohr vom Kopf, schleuderte es zu Boden und brach in Tränen aus.

Was ist los?

›Es ist nur ... nun, so wie du es erzählst, klingt es komisch. Er war aber nicht komisch. Er war tapfer und gut, der beste Mensch seiner Zeit. Als er hinunterkam, weißt du, da hatte er keine Ahnung, was er vorfinden würde; er kannte nur die Stadt – und die Welt, in der Plunkett gelebt hatte. Soviel Mongolfier wußte, würde ihn das Land unter ihm verschlingen wie ein Mund. Außer auf Bildern hatte er nie ein Tier gesehen. Und doch sprang er von dort, wo er zu Hause war, hinunter, um unser Leben zu verändern. Er war nicht komisch.‹

Ich wollte nur meine Verwunderung ausdrücken. Für seine Leiden habe ich keine Worte; vor ihnen fühlte ich mich schwach und alt, wie man sich vor einem zornigen Kind fühlt. Ich konnte seinen Worten nicht folgen, und deshalb weinte er, mehr wollte ich nicht sagen ...

›Wenn er hätte sprechen können wie du, hätte er es dir klarmachen können.

Er hätte dir erzählt, daß die Engel, als sie die Stadt errichteten, das nicht aus Verzweiflung taten, oder weil sie dem Untergang entfliehen wollten, den sie geschaffen hatten: sie waren stolz darauf, die Stadt war ihre letzte Hoffnung und die größte Maschine der Menschen, in ihr sollte das Wissen erhalten werden, das zu ihrer Erschaffung geführt hatte, geschützt vor der Masse von Menschen, die im Wahnsinn alles zu vernichten suchten, was die Engel anstrebten. Plunkett war das komplizierteste und kostbarste aller Werke der Engel, und als sie es zum erstenmal benützten, taten sie es so wie bei allen anderen Dingen, die sie gerettet hatten: um sich bei seiner Verwendung des Wissens und der Fähigkeiten zu erinnern, die das Werk geschaffen hatten.

Weißt du, du glaubst, alle Menschen, die zu Plunketts Zeit lebten, seien Engel gewesen, hätten fliegen können und sich in wilden Leidenschaften verzehrt, die Welt zu verändern und sie dem Menschen untertan zu machen, ohne Reue, ohne Geduld, ohne Angst. So ist es nicht. Die Masse der Menschen waren genausowenig Engel wie du. Sie waren unfähig, die Welt der Engel zu verstehen, sie hatten keine Ahnung, wie man irgendwelche Wunder wirken konnte, sie litten nur unter dem Hunger der Engel, litten blind, als die Welt der Engel zertrümmert wurde. So ein Mensch war Plunkett. Zhinsinura sagte, sogar die Frauen der Liga seien Engel gewesen; von Plunkett lernten die Engel, daß auch sie Menschen waren.

Und der erste, der aus Plunketts Augen schaute und das erfuhr, sprach, als er zurückkehrte, nie wieder ein Wort.‹

Du machst mir Angst um den, der ich bin. Wie hart, wie schwer ... schwerer als Boots muß es sein, viel schwerer ...

›Ja: denn auch wenn Boots kein Gedächtnis hatte, du hast eines. Und auch Plunkett hatte es: sie lösten sich von ihm und erinnerten sich an alles, an seine Beschämung, seine Verletztheit, seine Verwirrung. Alles, was er wollte. Boots' Brief hieß: Vergessen; Plunketts Brief hieß: Erinnern.

Damals hieß es, es mache wahnsinnig, dann, es sei ein Fehler gewesen, man sollte es nicht mehr benützen. Aber es wurde wieder benützt. Die Tapfersten lernten, Plunkett zu ertragen und darüber zu sprechen. Und wie man im Labyrinth Geschichten von den Heiligen erzählte und beim Sprechen alt wurde; und wie sich die Liste an die Liga erinnerte und in Boots alt wurde, so wurden wir in Plunkett alt. Alles, was wir wußten, war, zu lernen, wie man mit seinem Leiden leben konnte: mit unserem Leiden. Wir vergaßen unsere Pläne: die Jahre wurden zu Jahrhunderten; unser Stolz verschwand, wir studierten nur noch Plunkett, unsere Hoffnung wandelte sich in Furcht, unsere Zuflucht wurde zum Exil.‹

Aber warum habt ihr nicht aufgehört? Warum seid ihr nicht wieder zurückgekehrt? Die aus der Stadt konnten doch zurückkehren, oder nicht, wenn sie sahen, daß sie sich geirrt hatten?

›Nein. Die Welt, die sie verlassen hatten, war Plunketts Welt: mehr wußten sie nicht von der Erde. Plunkett lehrte sie, daß die Regeln der Menschen nicht ausgereicht hatten; und wenn das so war, dann mußte die Welt unter ihnen tot sein und die Menschen mit ihr. Das war die einzige Möglichkeit.‹

Aber es ist nicht so. Die Welt ist anders geworden. Ihr

könntet zurückkommen, niemand trägt euch etwas nach. Ihr müßt zurückkommen. Dort seid ihr doch zu Hause.

›Zu Hause ... Weißt du, wie groß die Welt ist? Ich weiß es. Die Winde wehen immer in westlicher Richtung um sie herum, die Stadt bewegt sich mit ihnen, und in einer Lebensspanne kommt sie immer wieder an den Ort, von dem sie ausgegangen ist. Ich wurde über dem Meer geboren: als ich erwachsen war, war das Meer noch immer unter uns. Wenn wir Stürme durchqueren, sind das nicht die Stürme, die auf die Erde stürzen: wir lernen sie in ihrem Ursprung kennen; wir durchqueren sie, ohne erschüttert zu werden. Weißt du, wenn es hier schneit, fliegt der Schnee nach oben; der Blitz kommt so nahe, daß man ihn berühren könnte, und er kommt nicht vom Himmel, sondern er kommt von unten herauf, von der Erde, er hat mir nie Angst gemacht.

Weit in der Ferne sehen wir die Erde, wenn die Wolken sich teilen: verschwommen und lieblich und möglich, vermutlich so, wie ihr ferne Berge anschaut und sie bestaunt, ohne sie aber je zu besuchen. Nein: ich bin hier zu Hause. Hier war auch Mongolfier zu Hause. Um dieser Heimat willen, die durch Plunketts Angst und Leid so dunkel war, sprang er zur Erde hinab, um dich zu suchen, der uns heilen würde; dich, der du den Ball und den Handschuh gefunden hattest, mit denen wir uns von Plunkett befreien konnten; dich, der du unsere Tränen trocknen würdest.

Wenn er hätte sprechen können wie du, hätte er dir das gesagt ...‹

Wieso kannst du so sprechen wie ich, und er konnte es nicht?

›Du hast es uns gelehrt. Wir sind jetzt aufrichtig Sprechende, Schilf.‹

Und du? Du auch, Engel? Weißt du, was es heißt ... ein anderer zu sein, zurückzukehren aus dem Nichts, zurückzutaumeln durch alle Wege, als sei man aus einer Höhe herabgestürzt, und zu sehen, und zu sehen ... Kennst du das?

›Nein. Ich weiß nur, was die anderen erzählten: daß es das Grausamste war, wenn man Plunkett war; daß es, schwer wie du bist, eine Freude ist, wenn man dich am Ende absetzen kann, daß es leicht ist nach den Tagen des Schweigens; daß ich lernen könnte, mit dir zu leben, wie es mit Plunkett keiner je konnte. Plunkett hat uns tapfer gemacht, und du hast uns glücklich gemacht. Aber ich habe es noch nicht erlebt: ich fürchte mich davor, dein Gewicht zu tragen.‹

Und Mongolfier konnte es? Habe ich ihn unbeschwerter gemacht?

›Nein. Nach Plunkett hat er es nie mehr gewagt. Er hat dich hierhergebracht. Sie haben es ihm erzählt; er sah, wie es funktionierte; aber er selbst wagte es nie.‹

Du beschämst mich. Ich schäme mich des Motivs, aus dem heraus ich schließlich einwilligte, daß er mich, oder was immer er mit sich nehmen wollte, mitnahm.

›Warum?‹

Es war einfach so: Schon seit ich ein Kind war, habe ich irgendwo in meinem Innern immer an eine Stadt im Himmel geglaubt. Nicht so wie Blink, als ein Vielleicht, oder wie die Liste als Geschichte, oder wie der Kleine St. Roy als einen hübschen Gedanken, sondern ich glaubte, daß es sie wirklich gab. So wirklich wie die Wolken. Und dann war ein Engel von dort herabgefallen und hatte gesagt, er würde mich mitnehmen. Und wie sehr er auch behauptete, daß ich, ich Sterblicher, keine Veränderung spüren würde, daß ich genau wie vorher auf der Wiese sitzenbleiben würde, während er mit ... mit so etwas wie einem Scheibchen des Karteisystems davonflog, wenn er so etwas hätte sagen können: trotzdem dachte ich, ich könnte sehen, wie sie war, diese Kuppel, diese Wolken. Das ist alles.

Aber zuerst schlief ich. Ich war erschöpft vom Kampf. Ich wickelte mich in meine Schwarzsilberne und beobachtete eine Zeitlang den Mond; Brom lag schnurrend neben mir. Mongolfier wollte nicht schlafen; er saß kerzengerade da, den Rücken gegen einen Baum gelehnt, und schaute.

In jener Nacht träumte ich vom Labyrinth, davon, daß ich auf PFAD auf das Innere zulief, durch große und kleine Zimmer, in denen Truhen aufbewahrt wurden und wo Klatschbasen Schnüre studierten, daß ich in einer Spirale das Zentrum immer enger umkreiste, vorbei an rauchenden

Leuten und spielenden Kindern, hinein in schmale Gänge aus Engelsgestein im düsteren, kleinen, tiefen Inneren. Ich erwachte, ohne das Zentrum erreicht zu haben, und mit dem Gedanken, daß ich eigentlich nie genau gewußt hatte, wo das Zentrum von Belaire war. Da sah ich Mongolfier, der dasaß, bleicher durch seine Nachtwache, sein ... sein Gewehr, wie er es nannte, im Schoß, und wartete.

»In Ordnung«, sagte ich. »In Ordnung.« Ich rieb mir die Augen und setzte mich auf. Er erhob sich, ganz steif und verkrampft, und streckte die Hand nach dem Silberball und dem Handschuh aus. Ich suchte in meinem Bündel danach; sie riefen leise aus den Zottelpelzen heraus, die ich über sie gestapelt hatte. »Nun«, sagte er, als er sie hatte, seine Stimme war heiser durch die Schlaflosigkeit, aber zum erstenmal, seitdem ich ihm begegnet war, ruhig. Er führte mich durch die Wiese zu der Stelle, wo Plunkett mitten unter den Blumen stand. »Setz dich, setz dich«, sagte er, »und schließe die Augen!«

Ich setzte mich, aber die Augen wollte ich nicht schließen. Ich sah zu, wie silberner Nebel aus dem Tal Jenes Flusses aufstieg. Ich beobachtete Mongolfier an der Maschine; er zog sich meinen Handschuh über, brachte damit den Ball dicht an den Sockel heran, auf dem Plunkett saß, und ließ ihn dann los; als hätte er ihn geworfen, grub sich der Ball in die gläserne Kiste und reihte sich neben die anderen dort ein. Als er eindrang, hörte das Pfeifen auf. Mongolfier tat mit der behandschuhten Hand so, als wolle er jenen Ball, jenen Knopf drehen, und er drehte sich. Die Kugel oben auf dem Sockel, durchsichtiger als Glas, wurde trüb, als fülle sie sich mit Rauch; Mongolfier drehte den Knopf, bis die Kugel schwarz war: so schwarz wie der Mauerweg: ein schwarzes Nirgendwo im Morgen.

»Plunkett ist tot«, sagte er. »Schließe deine Augen!« Mit dem anderen Handschuh, dem, den er mitgebracht hatte, tat er so, als drehe er einen schwarzen Knopf, und die Kugel erhob sich von ihrem Sockel. »Schließ die Augen!« sagte er und blickte von mir zu seiner Maschine.

»In Ordnung«, sagte ich, aber ich tat es nicht. Ich setzte

meinen Hut auf, ich nahm ihn wieder ab. Die schwarze Kugel näherte sich langsam meinem Gesicht. Einen Augenblick lang konnte ich die grenzenlose Angst spüren, die ich vor dem Mauerweg empfunden hatte, als die Kugel mein Blickfeld erfüllte; und dann schloß ich die Augen.

Und öffnete sie hier wieder.

›Ja. Und jetzt mußt du sie wieder schließen, die Geschichte ist zu Ende ...‹

Warte. Leg den Handschuh weg! Ich habe Angst.

›Angst?‹

Angst um ihn, um mich. Was tue ich, Engel, allein, gefangen wie die Fliege, wenn ich nicht hier bin und dies erzähle?

›Nichts. Wenn du träumst, sind das Träume, die du schon vergessen hast, wenn du erwachst. Aber ich glaube nicht, daß du träumst: nein, wahrscheinlich tust du gar nichts!‹

Es scheint, als wäre ich immer noch auf jener Wiese, und ich, das heißt, nur meine Geschichte, kam hierher, um erzählt zu werden. Aber das kann nicht sein. Ich habe all das schon früher erzählt.

›Ja.‹

Warum kann ich mich dann nicht daran erinnern?

›Du bist nicht hier, Schilf. Nichts von dir ist hier, nur ... nur so etwas wie ein Scheibchen aus dem Karteisystem, das dich nur enthüllen kann durch ...‹

Gegenseitige Durchdringung.

›Ja, gegenseitige Durchdringung. Mit einem anderen. Der jetzt verschwunden ist, während du hier bist, und der zurückkehren wird, wenn du verschwindest. Aber nichts, was zu dir gesagt wurde, während du hier bist, kann dir etwas anhaben, genausowenig, wie das Bild von Plunkett zurücklächeln konnte, wenn man es anlächelte; wenn du wieder in einem anderen Menschen bist, wirst du wieder überrascht sein, dich hier zu befinden, überrascht, daß du noch vor einem Augenblick mit Mongolfier auf der Wiese gesessen hast; du wirst über die Kuppel staunen und über die Wolken; und du wirst deine Geschichte wieder erzählen. Wie es ist, du zu sein, wenn du nicht hier bist, sondern auf deinem Sockel, das wissen wir nicht; wir wissen nur, daß du manchmal schläfst, wenn du aus diesem Schlaf kommst, und manchmal wach bist ...‹

Wie oft? Wie oft?

›... und daß du das jedesmal fragst. Wenn unser Sohn ... wenn mein Sohn erwachsen ist und dich aufnimmt, falls er das wagt, dann wirst du hier dreihundertmal erweckt worden sein, in zweimal so vielen Jahren.‹

Nein. Nein, Engel ...

›Viele Leben, Schilf. Rotbemalt hat es gesagt.‹

Aber sie ist fort. Sie sind alle fort. Und ich ... Was habe ich denn getan in meinem Leben, Engel? Bin ich alt geworden? Bin ich den Hügel jemals hinuntergegangen? Und Einmal-am-Tag? ... Oh, Engel, was ist aus mir geworden?

›Ich weiß es nicht ... Es gibt einige, die haben, nachdem sie du waren, Vermutungen angestellt; sie haben geträumt oder sich vorgestellt, wie du nach Belaire zurückgekehrt bist, wie du ein Heiliger wurdest. Mongolfier sagte, er habe dich beobachtet, nachdem der alte Schrauber ihn abgeholt hatte, er habe beobachtet, wie du ihn angestaunt hättest, habe beobachtet, wie du ihm beim Davonfliegen zugeschaut hast ... Mehr wissen wir nicht. Wir wissen nur das, Schilf, was du uns erzählst. Hier bist du jetzt alles, Schilf.‹

Und erfahre ich das jedesmal? Und vergesse es dann? Als wäre ich Mutter Tom in ihrer Schachtel, wie der Papierstreifen, den St. Gene geschlungen hat?

›Ja.‹

Dann befreie mich jetzt, Engel. Laß mich schlafen, wenn ich schon nicht sterben kann. Befreie mich schnell, solange ich das alles noch ertragen kann ...

›Ja. Schlafe jetzt, tapferer Mann; schlaf weiter, Schilf; schließ die Augen, schließ die Augen, vergiß!‹

Nur ... warte, warte noch! Hör zu! Der, der ich bin, du mußt sanft mit ihm umgehen, Engel, wenn er zurückkehrt, vergiß das nicht. Hier. Nimm meine Hand, nimm seine Hand! Ja. Laß sie nicht los! Versprich es mir!

›Ja. Ich verspreche es.‹

Bleib bei ihm.

›Für immer. Ich verspreche es. Schließ jetzt die Augen!‹

Autobiographische Skizze

John Crowley wurde 1942 als Sohn eines Arztes, der damals im Army Air Corps war, in Maine geboren. Seine frühe Kindheit verbrachte er in Vermont, danach zog er mit seiner Familie im Süden und Mittelwesten umher. 1964 machte er an der Universität von Indiana sein Examen, danach lebte und arbeitete er einige Jahre in New York City in verschiedenen Berufen, als Fotograf, kommerzieller Künstler, Autor von Dokumentarfilmen und Fahnenkorrektor für das New Yorker Telefonbuch. An Filmen arbeitet er weiterhin mit (sein letzter, eine Studie der dreißiger Jahre in Amerika mit dem Namen ›America Lost and Found wurde 1979 im Fernsehen gesendet und erntete Lob und Preise), aber seit 1974 hat er sich hauptsächlich auf das Schreiben von Romanen verlegt: *The Deep* (1974) (*In der Tiefe,* Heyne-Buch Nr. 06/3821), *Beasts* (1976) (*Geschöpfe,* Heyne-Buch Nr. 06/3684) und *Engine Summer* (1979). Ein großer Roman über eine Familie, die an Feen glaubt, der Titel ist *Little Big,* ist 1981 in den USA herausgekommen und erschien auf deutsch 1984 im S. Fischer Verlag, Frankfurt. Im Augenblick arbeitet Crowley an einer historischen Fantasyreihe, die im 16. Jahrhundert spielt. Vor kurzem ist er in seine Heimat nach New England zurückgekehrt und lebt in den Berkshires in Massachusetts.